五代史演义

现代白话版

蔡东藩 著 刘子儒 校订

天津出版传媒集团
天津人民出版社

图书在版编目（CIP）数据

五代史演义 / 蔡东藩著；刘子儒校订 —天津：天津人民出版社，2018.6
ISBN 978-7-201-13577-9

Ⅰ. ①五… Ⅱ. ①蔡… ②刘… Ⅲ. ①章回小说—中国—现代 Ⅳ. ① I246.4

中国版本图书馆 CIP 数据核字（2018）第 116980 号

五代史演义
WUDAI SHI YANYI
蔡东藩 著　刘子儒 校订

出　　版　天津人民出版社
出 版 人　黄　沛
地　　址　天津市和平区西康路 35 号康岳大厦
邮政编码　300051
邮购电话　（022）23332469
网　　址　http://www.tjrmcbs.com
电子信箱　tjrmcbs@126.com

责任编辑　郭晓雪
特约编辑　丁　兴
责任校对　余艳艳

制版印刷　天津中印联印务有限公司
经　　销　新华书店
开　　本　710×1000 毫米　1/16
印　　张　22.5
字　　数　504 千字
版次印次　2018 年 9 月第 1 版　2018 年 9 月第 1 次印刷
定　　价　56.00 元

自序

读史读到五代这一段，让人不禁扼腕叹息：“中国五千年来，各种乱世，没有比五代还乱的。”

在这一代，天昏地暗，贤才遁隐；掌权者不作为，奸雄贼寇横行天下。狡诈之徒当权，祸乱世间；他们一旦得志，就恣意妄为。君不君，臣不臣，三纲五常崩毁无遗，基本的伦理道德也丧失殆尽。有的人为了得势选择铤而走险，甚至去和蛮夷外族结亲，认贼作父。为了权势，有些父子骨肉也能互相残杀。

天子之位就像是下棋一样你争我夺，国家就像驿站似的轮流做主。在这样的大势之下，生灵涂炭，民不聊生，尸横遍野，那些争权夺利的人对这一切根本不在乎。天下至此，是天意还是人为？哪一代能乱成这样？

我们可以掐指数一数，五个朝代共历时五十三年，国都从汴京迁到洛阳，有过十三位皇帝，换了八个姓。在华夏大地之上，这一时期先后建立了十个国家，这还没算上后梁和后唐时期的外族鲜卑氏建立的后燕。同时，西北方的辽国也一直存在，与华夏各朝对抗。历代史学家因为它是外族政权而将其视为蛮夷。辽国虽然是蛮夷之邦，但是像五代时期诸国这样，没有礼义廉耻，与蛮夷又有什么分别呢？甚至还不如他们吧？

宋代薛居正编撰的《五代史》共一百五十卷，详细地记录了五代这一段的历史，但文笔不甚高明。后来欧阳修在他的基础上，去繁存简，最终成书七十四卷。欧阳修的《新五代史》，增添删减都恰到好处，内容严谨体例规则，既陈述罗列了那些奸臣逆子的罪状，又树立了世道人心的标杆。后世有人诟病欧阳修版的五代史太过简洁，不如薛居正版的渊博详尽，我觉得是误解。其他关于五代史的作品还有王溥的《五代会要》，陶岳的《五代史补》，尹洙的《五代春秋》，袁枢的《五代纪事本末》，以及路振的《九国志》，刘恕的《十国纪年》，吴任臣的《十国春秋》等书。这些作品大多是稽考民间传说遗闻，整体质量上，都不如《新五代史》。

孔圣人著了《春秋》，让乱臣贼子们都心怀畏惧；欧阳修作《新五代史》的意义，基本上亦是如此。

我之前所编撰的唐、宋两代的通俗演义，已经交付出版社印制发行了；而五代史尤其特殊性，其在唐、宋之间是承上启下的，因此有必要做一番讲述，以满足读者对了解这段历史的渴望。在这部书的撰写过程中，我查阅了各类史书典籍，效仿欧阳修的写史原则不敢虚构历史，也不敢背离史实。以我粗陋杂乱的文辞，来彰显欧阳文忠公著史的精深旨意，希望当世的贤才们不要讥笑我的拙劣仿效。关于五代史，我也有一些自己的思考。五代的天下大乱，祸根在于唐代的藩镇制度。藩镇的弊病没能解决，结果就愈演愈烈，才有了五代的乱世。

五代到现在已经过了上千年，但当今天下各路军阀拥兵自重，各霸一方，争端四起，全国百姓生活于水深火热之中，朝不保夕命如蝼蚁，与五代五十多年的乱世何其相似？此外纲常凌替，道德崩坏，内政混乱，外侮更甚，也是与五代相同而令人慨叹之处。前人的教训就在眼前，如果能从治乱兴衰的史事中总结出道理作为借鉴，或许能让多灾多难的中国，摆脱灾祸走向繁荣，而不像五代那样动荡纷争五十余年。于书成之际写下这篇序。

中华民国十二年三月

古越蔡东藩

识于临江书舍

目录

第一回　乱世枭雄起四方

天下大势，治久必乱，合久必分，这是中国古人老生常谈的一句话。说的是任何一个朝代，太平的日子久了，朝野上下，不知祖辈创业的艰难、守成的辛苦，一味地穷奢极欲，败坏法度，把先人辛苦打下的基业，逐渐消耗殆尽。

偏偏国运这个东西，又故意趁机捉弄世人，今年发大水，明年闹大旱，害得苍茫大地哀鸿遍野，盗贼蜂起。老百姓被逼的没有办法，与其饿死、冻死，还不如跟了强盗，一同掳掠一番，反而能吃香喝辣，穿金戴银。运气好的话还可以做个伪朝的官，发点大财，抢夺几个娇妻美妾，后半辈子享尽荣华富贵。于是国家越来越动荡，各路盗贼，分据一方。

其中的三五个枭雄，趁着国家扰乱的时候，号令一帮追随者，竖起一面旗帜，不是僭号称帝，就是裂土称王。一时间天下出现这么多帝，这么多王，动乱还能平息吗？

笔者广览史籍，查考遗事，像这种乱世分裂的情况，实在不止一两次。东周时有列国，后汉时有三国，东晋后有南北朝，晚唐后有五代，都是东反西乱，四分五裂。其中南北朝、五代，更是闹得一塌糊涂。笔者刚刚编完《唐史演义》，在那本书里，残唐时候的乱象和四方分割的情形，还没有交代明白，因此不得不将五代史事，继续演述。

五代先后历时五十三年，换了八姓十三个皇帝，改了五次国号，分别是梁、唐、晋、汉、周。史家因为梁、唐、晋、汉、周五个字在前代早已用过，担心混淆，所以他们又在这五个字前面加了一个“后”字，称为后梁、后唐、后晋、后汉、后周。与此同时，还有一些角逐中原，称王称帝，跟后梁、后唐、后晋、后汉、后周五朝，或合或离，不相统属的国度，共计十个，在史籍上将其统称为十国，那就是吴、楚、闽、南唐、前蜀、后蜀、南汉、北汉及吴越、荆南。

说起这五代十国的当时的情形，简直是君不君，臣不臣，父不父，子不子，弑君篡位之事屡见不鲜，无休无止。就算有一两个明君，像后唐的明宗，后周的世宗两人，当时被赞为贤明英武，但也不过是相对当时的君主好一些，实际上也不足以匡扶天下。所以五代时期的皇帝，在位时间最多的不过十多年，最少的只有一年多，各国也大都如此。

古人说得好，木朽虫生，墙空蚁入。偌大的中原，没有一个能够一统天下的君主，周边的蛮夷从旁窥伺，喜于有机会入侵中原，喧宾夺主。一时间天下混乱不堪，土地被夺，子女被掳，社稷被灭，君臣被囚，整个中华大地纷纷扰扰，无药可治。再加上那鲜卑遗种，朔漠健儿，也乘机跑进来蹂躏一番。试想当时的人们是何等的困苦？环境是怎样的险恶？

照此看来，要想内讧不蔓延下去，除非是国家统一；要想不被外族统治，也唯有国家统一！要是还是那样昏天暗地的你争我夺，纲纪废弛，礼教衰微，人伦灭绝，无论是什么朝局，什么政体，都无济于事。眼看神州大地动荡不宁，四夷不断入侵，好好一个大中国变成了盗贼横行的世界，堂堂中华儿女变成了蛮夷的奴隶，岂不是让人可悲可痛么！如果列位不信，一部五代史就是前车之鉴！待笔者从头到尾讲述一番。

五代第一个朝代就是后梁；后梁第一世皇帝，就是大盗朱阿三。朱阿三原名朱温，大唐朝廷给他赐名朱全忠，后来他做了皇帝，又改名为朱晃。他的皇位是从唐朝那里篡夺来的，笔者先前编撰《唐史演义》的时候，已经将他篡位的情形，大概说了一下，只是他的出身履历，还没有详述。接下来要讲述五代史，他又坐了第一把龙椅，当然要特别表明了。

此人是宋州砀山午沟里人，他的父亲叫朱诚，是个研究儒经的老先生，在本乡开设学堂。朱诚娶妻王氏，生了三个儿子。长子名叫朱全昱，次子名叫朱存，小儿子名叫朱温。朱温因为排行第三，所以小名便叫朱阿三。

相传朱温出生的时候，他家的屋顶上有几道红光，直冲云霄。方圆数里之外的村民们非常惊骇，一起大声呼喊着："朱家起火了！"说完只见大家你打水、他挑桶跑到朱家救火。谁知道跑近一看，屋子好好的，并没有什么烟火，只听见呱呱的婴儿哭声，从屋里传到屋外。大家更加觉得奇怪，便询问朱家的近邻，到底怎么回事。只听他们说朱家刚刚降下一个婴儿，此外并没有发生什么奇怪的事情。大家听后都嚷嚷着说："我们明明看到了几道红光，为什么到了这里却啥没有瞧见。莫非预示着这个孩子将来会飞黄腾达，所以才会出现如此异象！"

一代枭雄就降生在这样的穷乡僻壤，一出生就大家惊异不已，可见此人气象不凡。三五岁的时候，也没见有什么与众不同的地方，不过是喜欢舞刀弄棒，常常跟邻居的孩子吵闹。他的二哥朱存跟朱温秉性相似，也很淘气，屡教不改。父母也无计可施。只有他的大哥朱全昱，生性忠厚，待人有礼，颇有乃父家风。朱诚曾对族里人说："我生平熟读五经，也靠这个养家糊口。生的三个儿子，只有大儿子朱全昱还跟我有些相似；两个小的不学无术，长大后肯定没什么出息。不知道我朱家将来会是个什么结局！"

不久，三个儿子逐渐长大，家里的吃穿用度的花费一天比一天多，朱诚靠办学堂挣的那几个小钱儿根本入不敷出。朱老头整天郁郁寡欢，不料抑郁成疾，竟然一病不起，撒手人寰了。更惨的是，他死后家徒四壁，朱家连丧葬费都凑不齐，亏了亲族邻里慷慨解囊，这才将老头草草安葬了。剩下这无依无靠的一母三子，突然遭逢这么大的变故，叫他们怎么过活？不得已，朱母带着三个儿子去了萧县，到富人刘崇家里为仆，朱母当了老妈子，三个儿子做了佣工。朱全昱虽然很勤快，但是没什么力气。倒是朱存和朱温颇有几分蛮力，但一个做事粗心大意，一个做事狡猾懒惰，都不肯卖力干活。

刘崇曾斥责朱温说："朱阿三，你小子平时就喜欢说大话，好像没你干不成的事，其实干啥也不行！你自己说说，你在我家当佣人，哪块田地是你耕的，哪个园子是你浇的？"朱温接口说："你这个市井村夫，就知道埋头耕田，懂得什么男儿壮志，我岂能一直是种田佣工？”刘崇见他出言顶撞，禁不住怒气上冲，随手抄起棍子打向朱温。朱温不慌不忙，双手把棍子抢去，折成两节。刘崇更加恼怒，转身进屋去找粗棍子，正好被刘崇的老母撞见，便问他怎么气成这样，要找什么。刘崇说他非要打死朱阿三，刘崇的老母连忙劝住说：“打不得，打不得，你不要小瞧了朱阿三，他将来可是个了不得的人物呢！”

各位读者，刘崇的老母为什么这么看重朱温呢？原来朱温刚到刘家，还不过十四五岁。一晚，在夜深人静的时候，朱温的房子里忽然发出响声，把刘崇的老母给惊醒了，她起床前去探视。走进一看，只见一条鳞甲森森，光芒闪闪的赤蛇将熟睡在床榻上的朱温团团缠住，吓得刘崇的老母毛骨悚然，大叫了一声，将朱温也给惊醒了，奇怪的是，朱温醒来后，那条赤蛇也跟着杳然不见了。从此以后，刘母就觉得朱温不是一般人，对他也是格外优待，平日里常常给他梳头，当作自己的亲儿孙一样，她曾经告诫家人：“朱阿三不是凡人，你们千万不要欺负他！”家人有的似信非信，也有的笑她老糊涂了。刘崇是个孝子，见老母亲不让他打朱温，倒也罢手。在刘母的庇护下，朱温得以安居在刘家，但他始终是个无赖，到了二十岁以后，他还是初性不改，时常闯祸。

一天，朱温竟然把刘崇家的饭锅给偷出来了，想换点钱。幸亏刘崇及时发现，将他追了回来。本来朱温这回是难逃一顿杖责的，又多亏了刘母出来遮护，这才相安无事。刘母见朱温还是这样不知长进，便告诫他说：“你现在已经老大不小了，不能再像以前那样游手好闲了，如果你不愿意耕作，请问你到底想要干什么呢？”

朱温回答说：“我平生最喜欢做的事，就是骑马和射箭。不如给我准备些弓箭，让我到崇山峻岭里打些野味，也让主人尝尝鲜。这个我最拿手，一定不辱使命。”刘母点点头，嘱咐说：“这样也好，但是千万不要射死平民百姓！”朱温拱手说：“谨遵慈教！”刘母从家里找出旧时的弓箭，给了朱温，并让朱母也对他再三叮咛，告诫他千万不要惹祸。

这回朱温总算听话，他每天到山里打猎，倒真是身手不凡。就算是像鹿那样敏捷的动物，也能徒步追上，手到擒来。不久，刘家的厨房里堆满了野味，刘崇也一反常态，对他赞赏有加。朱温的二哥朱存看在眼里，也觉得技痒，表示愿意跟随弟弟一同去打猎。他也向刘崇要了一张弓，几支箭，每天和朱温一起驱獐逐鹿，早出晚归，从来没有空手的时候。这两个人非但不觉得辛苦，反而乐得逍遥自在。

一天，朱温两兄弟到宋州郊外打猎，一路上艳阳天气，明媚春光，一派赏心悦目的佳景。这兄弟二人放下手上的弓箭，正在那里遥望景色，忽然见到有几百名士兵簇拥着两乘香车，从身边经过，向前行去。他不禁触动痴情，急忙上前追赶，朱存也紧随其后。他们绕了几个弯后，来到了山麓中。只见从那绿树阴浓中，露出红墙一角，再转几个弯，眼前出现一座大的寺庙。那两乘香车就停在寺庙前，在车旁的丫鬟从车里扶出二人。一个是半老的妇人，举止大方，却有几分宦家气象；另一个是青年闺秀，年龄不过十七八岁，生得仪容秀雅，身材曼妙，眉宇间更是露出一种英气，不像小户人家的儿女那样扭扭捏捏，腼腼腆腆。

朱温见两人下了车，料想这对母女要入寺烧香，于是等她们走进殿后，也放胆跟了进去。这对母女拜过如来，参过罗汉后，由主客僧引入客堂。朱温胆子也大，他三脚两步走到这位女子面前，仔细端详了一番，发现这女子的确是位绝世美人，不是凡间女子可比的。联想翩翩的朱温勉强定了定神，让她过去。这女子跟着母亲进入客室，休息了一会儿，便呼唤兵役伺候，走出寺庙，连袂上车，跟飞似的离开了。

朱温跟着他们来到了寺外，见她们已经离去，又返回寺中问明了主客僧，这才得知这对母女，年老的妇人是宋州刺史张蕤的妻子，年轻的女子便是张蕤的女儿。朱温听了惊讶说："张蕤？他原来是砀山的富豪，跟我们正好同乡，他现在是宋州的刺史吗？"主客僧回答说："听说他也要卸任了。"朱温听了也没说什么，和二哥朱存出寺去了。

在回去的路上，朱温对朱存说："二哥，你还记得父亲在世的时候，说起的汉光武的故事吗？"朱存问是什么故事，朱温回答说："汉光武还没做皇帝的时候，曾经感叹说：'为官当做执金吾，娶妻当得阴丽华！'后来他果然得偿所愿。今天我们看见的张氏女子，恐怕当年的阴丽华也不过如此。你说我们配做汉光武吗？"朱存笑着说："癞蛤蟆想吃天鹅肉，真是自不量力！"朱温却奋然说："时势造英雄，想刘秀当初，有什么官爵？有什么财产？后来他平地升天，做了皇帝，娶到了阴丽华为皇后。风水轮流转，谁又知道如今会不会轮到我们呢？"朱存又哈哈大笑着说："你真是好笑！你看我们寄人篱下，能过上温饱的日子就算万幸了，还想什么娇妻美妾？真是痴人说梦！就算照你的妄想，我们也得做出点事儿才对，怎么可能一步登天呢？"朱温说："想干出点事还不简单，不是参军，就是为盗。现在唐室已经乱套了，兵戈四起，前些时候我听说王仙芝在濮州起义，最近又听说黄巢在曹州起兵响应。凭借我们的这般勇力，如果跟着他们去当强盗，抢些女人玉帛，不是轻松得很吗？何必总在这里混吃等死，埋没英雄壮志呢？"

他这一席话，还真把朱存说动心了，当场就说："你说得有理，我和你就去投奔黄巢去吧。"朱温又说："我们先回去向母亲和主人辞行，明天就可以动身。"两人商量好后，回到刘崇家，先去禀明了老母，直说是外出谋生。朱母很了解他们的性格，还放心不下，想要劝阻，不同意他们离开。两人齐声说："孩儿们都二十多了，再不去闯荡一番，难道要老死在这里吗？母亲尽管放心，我们一定会照顾好自己的！"

朱全昱听说两位弟弟有志远出，也来问明他们的打算。毕竟也不是什么正道，两人含糊地说："现在还没确定去哪儿，大哥要是有意去就一起去，否则就在这里陪着母亲也是好的。"朱全昱是个安分守己的人，便回答说："我留在这里侍奉母亲，两位弟弟放心去吧，要是有好的出路，到时候再回来接我们也不迟！"两人点头称是。朱温很感激刘母一直以来的照顾，便特地跑去跟她说明，刘母嘱咐了几句，便由他去了。而刘崇因这两人在家也帮不上什么忙，没事还老惹祸，巴不得他们离开，便也没有阻止。

两人在家住了一宿，第二天一早，他们饱餐一顿，便去向母亲拜别，再向刘母和刘崇告辞。刘母拿了些干粮和盘缠，作为他们的路费。他们接下后，又辞别了朱全昱，兴高采烈上路了。当时为唐僖宗乾符四年，黄巢正占据着曹州，在山东横行霸道，剽掠州县。郓州、沂州一带，也渐渐被黄巢的兵马占夺。黄巢的势力一天比一天壮大，四面八方的亡命之徒纷纷前去投奔，黄巢也无不收纳。朱温弟兄两人来到贼寨，贼兵头目见他们身高马大，武艺高强，当然录用。两人既然加入了强盗的行列，那便是官军的敌人。他们仗着一身的勇力，在战场上勇往直前，官军无不望风披靡，没过多久就被提拔做了队长。朱存乘势掠夺妇女，充做妻房。而朱温却一直记挂着张氏女子，大有“曾经沧海难为水，除却巫山不是云”的意思，因此还是独往独来，是贼党中的为数不多的光棍。

过了一年多，朱温屡立战功，居然能够待在黄巢的左右，充做亲军的头目。这么多年来，他对张氏女子念念不忘，于是，他怂恿黄巢派兵攻打宋州。黄巢便命他率领几千兵马，围攻宋州城。谁知那宋州刺史张蕤，早就卸任了，偏偏后任的守吏颇有些能耐，久攻不下。朱温得知张蕤已经离任，已经大失所望了，又听说唐廷的援兵马上要来了，便率众回去了。

不久，黄巢自称冲天大将军，驱众南下，命朱温留守山东，朱存随众南行。黄巢率众转战浙闽，后来又趋入广南，沿途一路骚扰，闹得鸡犬皆空。偏偏南方正值瘟疫肆虐，有十分之三四的黄巢的党徒染病身亡。再加上官军云集，他们险些走入死胡同。黄巢见情况不妙，决定率众北归，他们从桂州渡江，沿湘江而下，一路上免不得跟官军遭遇，双方大小数十战，互有死伤，朱存战死于乱军之中。黄巢率众从湘南出长江，渡过淮河向西，再召集山东的留守的贼众，合力西攻。他们一路攻城拔寨，攻下东都，进陷潼关，最后竟然攻陷了长安。

唐僖宗从京都逃往兴元，黄巢竟然僭号自称大齐皇帝，改元金统。他命朱温屯兵于东渭桥，防御官军。黄巢派朱温四处征讨，攻城略地，耀武扬威。朱温也不负所望，所向披靡。这时候的唐室江山，已经有一半在黄巢的掌握之中。中原一带，满目疮痍，所有的民间村落，大多变成了瓦砾场。老弱病残无处可逃，尸填沟壑；年轻人有的被抓做了壮丁，有的当了强盗，胆小的流落到了他乡。最可怜的还是青年妇女，她们被盗贼掳走后，无非做了他们行乐的玩物，被任意糟蹋，性命堪忧。

那朱温当盗贼多年，多次得到伪齐皇帝黄巢的栽培，平日里东驰西突，抢来的美人也不知有几千几百，他生性好色，哪里肯做一只吃素的猫儿？只是他这情人眼里早就爱定了一个西施，就算挑了几位娇娃，让她们侍寝，也总嫌美中不足，总觉味同嚼蜡。今天受用完了，明天就抛弃了，从来不会正名定分，找个真正的妻子。想不到老天有意成人之美，他的心上人竟然被他的部下捉住了，献到了他的座前。那张氏女子跪伏在案下，朱温定神一瞧，发现正是他日思夜想的好女郎。虽然她碰头散发，穿戴粗俗，但还是掩盖不了倾国倾城之貌。朱温认出后，不禁失声叫道：“你是前宋州刺史的女公子吗？”张女不敢不答，只好低声称是。朱温连声说：“请起！请起！女公子是我同乡，突然遭逢兵祸，想必受到了不小的惊吓吧！”

张女这才含羞称谢，起身站在一旁。朱温又问起她的父母和亲族，张女回答：“家父已经过世，母亲现在也失散了，小女子跟着一班乡民，流离到这里，幸好遇见了将军，顾全乡亲情谊，才得以苟全性命。”朱温听后，将手搭在张女的肩上，说：“自从我在宋州郊外目睹小姐的芳姿后，便对小姐倾慕不已，近年来东奔西走，我经常打探你家的下落，始终没有音信。我曾私下发过毒誓，如果娶不到你这样的妻子，情愿终身不娶，所以直到今天，正室之位还是空着的。现在真是机缘巧合，我能重新与小姐相见，真是三生有幸啊！”

张女听后，禁不住羞红了脸，低着头不说话。朱温当即召出婢仆，服侍张女下去休息，然后选了个好日子，准备正式成婚。到了良辰吉日，穿着伪齐官服，器宇轩昂新郎朱温，跟珠围翠绕，打扮得跟天仙一样张女，一起站在红毡上，他们行过了交拜礼后，被众人送入了洞房。不用细想，这一夜有说不尽的缠绵，道不完的欢愉。正是：

居然强盗识风流，淑女也知赋好逑。

试看同州交拜日，和声竟尔配雎鸠。

第二回 五代第一贤妇

唐僖宗从长安向西奔逃，到了兴元后，又转入蜀中，号令各军镇将士，合力讨伐贼寇，收复长安。河中节度使王重荣，本来已经归顺了黄巢，因为黄巢多次遣使前来征调他的兵马，不堪忍受，所以决定反了黄巢，重新归顺朝廷。他杀死了黄巢派来的使者，纠合四方的军镇统帅，响应唐僖宗的号令，锐图光复都城长安。黄巢得知消息后，火冒三丈，立即命令朱温出师攻打河中。试想，朱温此时正新婚燕尔，肯定不愿出兵，但是军令难违，无奈之下，他只好匆匆准备了些粮草，带了些人马，向河中开进。不料，朱温在进军途中就与河中的兵马遭遇，一场交战下来，被河中兵马杀得大败，丧失了四十多船的粮草军械，幸亏自己逃得快，侥幸保全了性命。

王重荣乘胜进军渭北，与朱温相持。朱温刚刚遭遇一场败仗，士气不振，粮草不济，自知不是他的对手，便急忙派遣使者到长安，请求增派援军。可黄巢丝毫没有增援的意思，朱温又接连上表奏请，先后十多次。起初黄巢只是不予理睬，到后来反而严词驳责，说他手握重兵，却不肯效力。朱温心想自己在外为他卖命，却遭到这样的待遇，不免愤懑不已。后来他打探原因，才得知是伪齐中尉孟楷暗中挑拨离间，引起黄巢对他的猜忌，才导致这样的局面。

朱温得知这个消息后，气不打一处来，碰巧他的智囊谢瞳来了，当即献策说："黄巢只不过是一介草寇，要不是他瞄准了时机，趁着李唐皇室衰落的之际，举事造反，他怎么可能称霸一方呢？他并不是什么有功德的人，没有一统天下的韬略，所以这个人发迹容易，败亡也快，跟着他成不了大事。如今大唐天子在蜀地，各镇守将都听命勤王，云集响应，力图恢复大业，可见唐室虽然已经衰落，但是人心还没有溃散。况且将军在外奋力征战，小人却在内挑拨掣肘，庸主也对你横加猜疑，试问这样下去，将军能有什么好下场？当初章邯背秦归楚，后人皆称这是明智之举，还望将军三思！"

朱温心里正痛恨黄巢，听了谢瞳这番怂恿之后，不禁连连点头。朱温想征求一下妻子的意见，于是写了一封信给张氏，说明自己将要背弃黄巢归附唐廷，张氏也回信表示赞成。于是，朱温拿定主意，将黄巢派来的监军严实骗入帐中，一刀斩了，然后提着他的首级在军前号令，宣布弃暗投明，归顺大唐。朱温一面写信给王重荣，求他替自己奏明唐僖宗，情愿悔过投诚。当时宰相王铎受了唐僖宗的派遣，出任诸道行营都统，他听说朱温要来投降，喜出望外，也代为保奏。唐僖宗看完这两份奏章后，非常欣喜，对左右说："此乃天助我大唐啊！"于是，他当即颁下诏书，授予朱温左金吾卫大将军，兼河中行营招讨副使，赐名朱全忠。此后，朱温开始跟官军联合，共击黄巢。

话说唐僖宗自乾符六年后，两次改年号。第一次改为广明，用了一年就废弃了，第二次改为中和，总算沿用了四年。朱温归降就是在中和二年的秋季。第二年的三月，唐僖宗又拜朱温为汴州刺史，兼宣武军节度使，并保留河中行营招讨副使一职，待收复京城后，便到地方赴任。

这一年的四月，河东节度使李克用等人率军光复了长安，赶走了黄巢乱贼。黄巢率残军逃往蓝田。朱温带着爱妻张氏，移驻宣武军，留治汴州。到了那里之后，他派遣一百多士兵，带着车马，来到萧县刘崇家，接母亲王氏和刘崇的母亲。

刘崇家本来一直住在偏僻的乡下，虽然当地也几经变乱，幸好那里不是什么要冲，没有受到战火的焚掠，所以刘崇一家得以安然无恙。自从朱温弟兄离开后，一别就是五年，杳无音讯。那时，朱全昱已经娶妻生子，始终没有离开刘家。朱母时常惦念两个儿子，她四处托人打探消息，有人说他们做了强盗，还有人说他们已经死在了岭南，反正没有一个准信儿。这天汴州来的使者到了刘崇家门前，只听见车声辘辘，马声萧萧，吓得村中的百姓不知所措，以为这队人马不是大盗进村劫掠，就是乱兵过路骚扰，总之大祸临头了，纷纷弃家逃走。当然刘崇一家老小，也感到惊惶万分。一会儿，汴州来的使者敲开了刘崇的大门，说是奉了汴帅的差遣，特地来迎接朱太夫人和刘太夫人。朱母心惊胆怯，把使者的话听错了，还以为两个儿子做了强盗，被官府拿住，他们这次来是搜捕家属的，急得朱母魂飞魄散，一口气跑进了厨房，吓得跟待宰的小鸡一样瑟瑟发抖。还是那刘崇稍微有些胆识，他出去问明汴州来使，这才得知朱温为国立了大功，官拜宣武军节度使，这些人是奉命特来迎接太夫人的。

刘崇随即四处寻找朱母，要将这个天大的喜讯告诉她。找了半天，终于在厨房的柴堆后面找到了她。刘崇将来使的话一字不漏地转告了朱母，可是她还是不敢相信，一边颤抖一边说："朱……朱三，他从小游手好闲，恶形恶状，不知道在哪里做了盗贼，送了性命，怎么可能有这样富贵？这个汴州镇帅，恐怕不是我的儿子，想必是弄错了吧！"刘崇的老母在一旁却从容不迫地说："我早就说了朱三不是凡人，如今做了汴帅，应了我的话吧！朱母啊，我如今要称你为朱太夫人了！一人有福，庇护千人，我刘氏一门，以后全仗太夫人照拂了！"说到这里，便向朱母施礼称贺。朱母慌忙答礼，说："可别折杀老奴了！"刘母见她还是不信，便拉着朱母的手，来到厅堂，让她自己去问问清楚。朱母硬着头皮，将信将疑地跟着刘母走了出来。见到汴使后，刘母笑着说："朱太夫人来了！"汴使一见，连忙下拜行礼，并问及刘母，这才知道这就是刘太夫人，于是也向她行礼。随后，汴使将朱温先前如何做了强盗，后来又如何弃暗投明，如何建功立业，如何得到封赏的经过一一详述无遗。朱母这才敢相信自己的儿子果真有了出息，高兴地哭了起来。

这时汴使呈上两套华丽的衣袍，请两位太夫人更衣上车，马上起程。朱母说："这里还有他的大哥朱全昱，以及刘氏一家，难道不跟我们一块儿去吗？"汴使说："等两位太夫人到了汴州之后，汴帅自然会另有安排的。”朱母这才跟刘母进了室内，换上华服，然后出门上车而去。萧县离汴州城不远，只有一二天的路程。在距离汴州十里的地方，朱温早已排好仪仗，亲自前来迎接两位老夫人。没过多久，见两位老夫人到来，他连忙下马施礼，向她们问安，随即让两车先行，自己上马随后。路边的百姓，看到这一幕，都非常羡慕，称为盛事。到了城里后，朱温跳下马，扶两位老夫人登堂，摆下盛筵，为她们接风。刘母坐在左边，朱母坐在右边，朱温将妻子张氏叫了出来，拜过两位老母后，才跟张氏并肩坐在下首，陪两位老母欢饮。

酒过数巡，朱母突然问到朱存。朱温回答说：“母亲既然看到了活着的朱温，还要问他做什么？”朱母说：“你和他都是我的骨肉，我怎么可能忘得了呢？”朱温又说：“二哥早已战死在岭南了，听说留下了两个儿子，因为现在路上不太平，所以也就没接过来，母亲不必担心，我自有打算！”朱母听后，转喜为悲，可是看到朱温有点儿醉了，也不敢苛责，只得换了个话题说：“你的大哥朱全昱还待在刘家，现在已经娶妻生子了，但是日子却不过是勉强维持，却仍是一贫如洗。你既然已经发达了，就应该顾念一下兄长。还有刘家主人也养了你好几年，刘太夫人当年怎么对待你的，你也应该记得，今天该怎么回报呢？”朱温狞笑着说：“这不劳烦母亲嘱咐，当然是有福同享了。”朱母这才没说什么。宴席结束后，军营中早就腾出了两间静室，供两位老母居住，朱温又派人到刘家，赠予刘崇和朱全昱各一千两黄金。

不久，黄巢兵败，死于泰山。唐僖宗从蜀地回到了长安，改元光启，大封功臣，朱温也得以晋升为检校司徒、同平章事，封沛郡侯。朱温的母亲被封为晋国太夫人，朱全昱也被封了官，就是刘崇母子，也由朱温代请皇帝恩赐，都得到了封赐。此时的朱温不免得意忘形，他拿着酒杯来到母亲面前，祝寿，对母亲说：“我父亲号称朱五经，他苦读一生，却连半个功名也没捞到，如今他的儿子身为节度使，晋登相位，荣膺侯爵，总算是功成名就，光宗耀祖了！”说完，便哈哈大笑了起来。

朱母见他得意洋洋，忍不住随口说：“你能混到今天这个地步，也算是为先人扬眉吐气了，但是若论德行，恐怕比不上先人。”朱温听了，很吃惊，便问为什么。朱母凄然说：“别的事且不说，你二哥和你一起出去的，都跟随黄巢做了强盗，他独自战死在荒郊野外，尸骨还在他乡。他的两个孩儿飘零异地，穷苦无依。你既然有幸安享富贵，却为什么对他们置之不理呢？你良心上过得去吗？照这样看来，你的德行确实不怎么样！”朱温于是跪在地上，哭着谢罪，并马上派人到南方取回兄弟的棺椁，并带着两个侄儿回到汴州，取名朱友宁、朱友伦。朱全昱早就来到了汴州，见过母亲和弟弟，受封为官之后，便带着家眷回到午沟里，大盖府邸，光耀门楣。他也生了三个儿子，长子名叫朱友谅，次子名叫朱友能，三子名叫朱友诲，在后文都会有表述。

光启二年，朱温晋爵为王，从此权势一天比一天煊赫，成了一方强镇。俗语说得好，江山易改，本性难移。他天生一副盗贼心肠，专爱损人利己，遇到他有危难的时候，就算要他下跪，他也乐意。等难关一过，他依然趾高气扬，目中无人，甚至会以怨报德，往往将救命恩公一股脑儿逼入死地，好让他独享尊荣，这是朱温第一桩的黑心。笔者从前编的《唐史演义》中也曾详细叙述过，这里只是再大致提一下。先前有一个黄巢的党羽叫尚让，他曾率领一班强盗进逼汴州，河东军统帅李克用好心好意救了朱温，帮他把尚让赶走了。可是后来他却把李克用骗到上源驿，假意设宴酬谢，却在夜间暗中派军围攻驿馆，幸亏李克用命不该绝，得以跳墙逃走，只损失了几百河东兵士。这是唐僖宗中和四年的事。后来尚让归降，又出了一个秦宗权，也是黄巢余孽，占据蔡州，跟朱温交锋多次。朱温败多胜少，又向兖郓求救。兖郓是天平军驻节地，节度使朱瑄与弟弟朱瑾先后前来支援。朱温这才得以借他们的兵势，打走了秦宗权。谁知道他又过河拆桥，反倒诬陷朱瑄兄弟反间自己的部下，发兵袭击二朱，把他们管辖的曹、濮二州，硬生生地夺了过来。一面又进攻蔡州，捉住了秦宗权，押送到京师，由此得以晋封东平郡王。

唐僖宗驾崩之后，由他的弟弟唐昭宗继位。朱温又暗中贿赂宰相张濬，怂恿他出征河东。后来张濬被李克用打败，不但全军覆没还得罪了李克用，被朝廷流放到了远州。朱温却乘机取利，故意向魏博借道，说要发兵助讨河东。魏博的军帅罗弘信跟河东无冤无仇，当然不肯答应，他即倾力攻打魏博，连战连胜。罗弘信见不是他的对手，没办法只能奉上钱财，乞求和解。朱温得了厚贿，便停止向河东进兵，又去攻打兖郓。朱温的前军被朱瑾击败，没有得志，索性又迁怒于徐州，由东而南。徐州节度使时溥，资望本来在朱温之上，偏偏权位不如朱温。他不免对朱温有些妒恨。正巧秦宗权的弟弟秦宗衡，在淮扬一带作乱，唐廷命朱温兼淮南节度使，命他出兵征剿秦宗衡。朱温便有了借口，说要借道徐州。时溥哪里肯同意，于是朱温便以此为借口，移军攻打徐州，连拔濠、泗二州。时溥多次与之交战失利，退兵死守彭城，朱温穷追猛打，连番进攻，最后将彭城攻陷，时溥一家上下全部自焚而亡。

从此，朱温兵势更盛，便又起了攻取兖郓的想法。可怜朱瑄兄弟，连年征战，弄得师劳力竭，没法维持，不得已向河东乞求支援。李克用一直痛恨朱温的刁滑，到也发兵东援，偏偏罗弘信跟朱温和好了，在中途截住了李克用，不让他进军。兖郓属城，陆续被朱温夺走，朱瑄也被抓了，最后被朱温所杀。朱瑾得以脱身，逃往淮南，他的妻子却落入朱温的手里。朱温见朱瑾的妻子姿色可人，便强迫她侍寝，一连蹂躏了几夜，然后带回了汴梁。还是经过其妻张夫人的婉言劝阻，才让朱瑾的妻子去做了尼姑。

先前，朱温的母亲在汴州的时候，总是告诫他不要肆意淫戮。朱温虽然不肯全然听老母的，但至少还有几分收敛。而现在，朱温的老母已回到午沟里，得病故去。朱温没了母亲的训诫，自然横行无忌，多亏了妻子张氏，她聪明贤惠，熟悉礼法，内外的政事，她都会有所干预。朱温本来对她宠爱有加，再加上张氏的话往往能应验，是朱温不能比的，所以朱温对她增添了几分敬畏，一举一动都会向妻子请教。有时朱温已经率军出行了，半路上汴州的使者，一说是奉了夫人的命令，召还大王，朱温二话不说，当即勒马回军。平时的侍妾，也不过是三五个人，不敢贪得无厌。所谓“以柔克刚”，看来朱温的妻子张氏，真是深通此道。不知道老天为什么要生出这样一个聪慧女子，来做一个强盗的贤内助？

朱温占据兖郓等地后，兼任宣武、宣义、天平三镇的节度使。不久，他又会同魏博，攻打李克用，连拔洺、邢、磁三州。当时朝廷的诏令，都出不了长安，哪里还敢过问，朱温要什么，便依他什么。昭宗光化三年，一个叫刘季述的宦官，竟然将昭宗幽禁起来，另立太子李裕为皇帝。宰相崔胤，暗中召朱温回京勤王。可是朱温这个时候正在攻取河中，哪里肯出兵，好好的复辟的大功，归了神策指挥使孙德昭。孙德昭带兵进京后，诛杀刘季述，废掉太子，仍旧扶持昭宗登基，改元天复。朱温错失了这么好的机会，后来也不免后悔，但幸好河中已经拿下，于是鼓动手下上表朝廷，请朝廷让自己做河中的统帅，昭宗见朱温手握重兵，却也不敢不从。

偏偏这时宫里面，又出了一个韩全诲，代替刘季述做了中尉，比刘季述还要狡诈。他暗中勾结凤翔节度使岐王李茂贞，把皇帝劫到了凤翔。那时宰相崔胤又召朱温去迎回天子，朱温率军到了凤翔城东，耀武扬威了几天，却根本没有打算勤王救驾。后来，李茂贞又威逼昭宗下诏，命令朱温还镇，朱温本来就是无心迎驾，他出兵凤翔只不过是假托名目，掩人耳目罢了。既然接到了昭宗的诏命，正好引兵回到河中。一直以来，朱温对河东虎视眈眈，他回到河中后又出兵进攻河东，攻取慈、隰、汾三州，直抵晋阳。朱温的兵马围攻晋阳数天，被河东守军击败，这才下令退师，同时慈、隰、汾三州也随之抛弃了。正巧崔胤赶到了河中，力劝朱温将昭宗迎回来。朱温便将河东的事情放一边，再督军五万，进围凤翔。这回朱温是动了真格，李茂贞接连失利，便将韩全诲诛杀，交出了昭宗，与朱温议和。朱温奉驾还京，改元天佑，大杀宦官。昭宗特旨赐朱温号为回天再造竭忠守正大功臣，加爵梁王，兼任各道兵马副元帅。

此时唐室的大权，尽落于朱温之手。朱温见时机成熟，便开始谋划篡夺帝位的活动。他把宫廷内外的禁卫军全部撤换，派自己的子侄和心腹将士，掌握宫禁兵权。部署完毕后，朱温正准备强迫昭宗禅位之时，突然接到了汴梁的消息，说是张夫人抱病不起，眼看就不行了。朱温心急如焚，只好暂时放下了野心，回到汴州探望妻子。

回到汴州，果然见到爱妻僵卧在床，已经骨瘦如柴，奄奄一息了。俗话说："英雄气短，儿女情长。"朱温到了此时也不免洒了几点悲伤的泪水。躺在床上的张夫人听到有哭泣声，顿时醒了过来，勉强睁开了双眼，只见朱温站在床前，擦着老泪，便强振娇喉，凄声问："是大王回来了吗？"朱温连忙答应。张夫人说："妾身自觉病体垂危，恐怕将与大王永别了。"朱温听后，更觉难过，他握住妻子的手，潸然回答："自从在同州跟夫人成亲，到现在已经二十多年了。不但内政仰仗夫人主持，就是外事也要靠夫人谋划。现在大功告成，转眼间我就要荣登大宝，满心指望着跟夫人同享尊荣，再做几十年的太平皇帝和皇后，哪知道夫人病成这样，这该怎么办啊！"张夫人也流泪说："人总有一死，也没什么遗憾的，况且妾身能够位列王妃，已经是喜出望外了，也没有什么其他奢望了。大王也算是备受唐室的厚恩，如今唐室还没有到无可救药的地步，大王应该再辅佐几年，不能突然就将他废掉。试想从古到今，有几个太平天子，可见做皇帝不是那么容易啊！"朱温随口回答说："时势逼人，我也是没有办法啊！"张夫人叹息说："大王既然有大志，妾身也没有办法挽回，但是上台容易，下台难，大王千万要三思而后行。要是大王真的天人归一，登上了皇位，妾身还有一句话，作为遗谏，可好么？"朱温回答说："夫人尽管说，我一定遵从。"张夫人半天才说："大王英武过人，其他的事我不需要担心，唯独‘戒杀远色’这四个字，希望大王随时注意！妾死也瞑目了。”说到这里，张夫人不觉气向上涌，痰喘交作，好不容易熬过了一天一夜，就与世长辞了。朱温痛哭流涕，汴州军民中也是人人垂泪。原来朱温生性残暴，每次动怒时，杀人如草芥，部下将士，没有人敢劝阻，只有张夫人出面救解，只需要几句好话，就能使铁石心肠立刻柔软下来，所以赖她存活下来的军士不计其数。她这一辈子生荣死哀，也是应有的善报。

朱温有两位爱妾，一个姓陈，一个姓李，张夫人也是和颜相待，从来都没有难为她们。就是朱温抢来的朱瑾的妻子，出家为尼，也是由张夫人赠给衣食，没少照顾她。史家称她用柔婉之德，制豺虎之心，可以说是五代中第一贤妇。张氏受唐封为魏国夫人，生了个儿子叫朱友贞，是朱温的第四个儿子。后来朱温篡唐，即位改元，追封张氏为贤妃，不久又追封为元贞皇后。正是：

巾帼聪明胜丈夫，遗箴端的是良谟。
妇言不用终罹祸，淫恶难逃身首诛！

第三回 大盗朱温篡位

却说朱温急着想篡夺唐室江山，于是逐渐布置，拉拢同党，铲除异己。首先反对朱温的镇帅，就是平卢军节度使王师范。王师范为人好学，常以忠义自许。岐王李茂贞从凤翔给王师范写信，说朱温威逼天子，包藏祸心。王师范看完信不禁大怒，当即发兵讨伐朱温。他派行军司马刘鄩攻打兖州，自己督兵攻打齐州。朱温哥哥的儿子朱友宁领兵增援齐州，击退了王师范，又派别将葛从周围攻兖州。朱友宁乘胜攻下了博昌、临淄各城，直抵青州城下，王师范这时也得到了淮南的援兵，大破汴军，朱友宁在作战中因马惊落马被杀。

朱温听到兵败的消息，亲自率领强兵二十万，昼夜兼行，来到青州城东，与王师范大战一整天，王师范败走。朱温于是留部将杨师厚攻青州，自己带领兵马回到汴州，王师厚又连败师范，抓住了他的弟弟王师克。王师范担心弟弟被杀，没办法只好举城请降。刘鄩也把兖州城献给了葛从周。朱温把王师范的家族迁徙到汴梁，本来想举荐王师范为河阳节度使，后来因为侄子朱友宁的妻子哭着请求他为友宁报仇，于是就把王师范连同他的家族两百多人全部杀死。只任命刘鄩为元帅府都押牙，兼鄜州留后。

这时朱温又听说李茂贞和养子李继徽，带领兵马逼近京城。朱温于是又带兵出屯河中，请昭宗迁都洛阳。唐相崔胤这才知道朱温另有所图，于是准备招募六军十二卫，暗中防御，并且与京兆尹郑元规等人整顿兵甲，日夜不停。朱温得知后，正想质问崔胤，正赶上在留典禁军的侄子朱友伦因击毬坠马，竟然摔死了。于是他以此为由，说友伦暴死，实际上是崔胤、郑元规等人暗中加害，上表请示昭宗捉拿罪犯，以正国法。昭宗一见表章，大吃一惊，当即把崔胤等人免职。可是朱温还是恨恨不平，他暗中派侄子朱友谅带领兵马入都，令他为护驾都指挥使。一面胁迫昭宗迁都洛阳，一面捕捉崔胤、郑元规等人，并且全部杀死。

昭宗这时已经成了一个傀儡，只好跟着朱友谅，带领何皇后等人出了京城。来到陕州时，朱温也从河中入见，昭宗把朱温请进寝宫，当面赐给他酒器以及衣物等。何皇后也哭着说："以后我们都要依靠将军了。"昭宗又下令命朱温兼判左右神策军，以及六军诸卫事。朱温又把昭宗的左右，如小太监等十多人以及打球、供奉、内园等二百多名侍从，全都骗入行营斩首，把这些人的尸体埋在幕下，另选二百多人入侍昭宗。从此昭宗虽然名为皇帝，实际上却如同犯人一样，处处受汴州人的管束。

朱温装作很恭顺，自己先到洛阳整治宫室，然后迎接昭宗到洛阳，自己又返回汴城。昭宗这时已经身在牢笼，自知危在旦夕，于是暗中分颁绢诏，告难四方。晋王李克用，岐王李茂贞，蜀王王建，吴王杨行密也都相互移檄，声讨朱温的罪行。朱温索性一不做，二不休，竟然令养子朱友恭以及部将氏叔琮、蒋玄晖等人杀了昭宗，改立昭宗第九个儿子辉王李祚为帝。他却假惺惺地跑到洛阳，跪在昭宗棺前，放声大哭，并且把罪行全部推到朱友恭和氏叔琮的身上，把他们拉出来斩首。朱友恭临刑时大喊道："出卖我是想堵住天下人之口，可是人可以欺瞒，鬼神可以欺瞒吗？"一切处理完之后，朱温又回到汴州。辉王李祚这年才十三岁，后世号为昭宣帝。他虽然身登帝位，可是一个十三岁的孩子哪里知道什么国家大事，连年号都不敢改。何皇后受尊为皇太后，移居积善宫，她本来就是个女流之辈，没什么能力，这时更是如坐针毡，自料母子难保，可是也只能每天以泪洗面罢了。朱温又令蒋玄晖设计把唐室诸王都杀死，从昭宗长子德王李裕算起，一共杀死九人。又把唐室原来的丞相裴枢、独孤损、崔远、陆扆、王溥等人全部贬斥，等到他们出城住到白马驿的时候，发兵围捕，把他们全部杀死，投尸河中。还有一个唐相柳璨，平时就一个劲儿谄媚朱温，多次替朱温出谋划策。这时朱温想自己的目的就要达到了，准备派使者向各地镇守的将领传示，表明自己要取代唐的意图。晋、岐、蜀、吴等地当然不答应，山南东道节度使赵匡凝，和弟弟荆南留后赵匡明当然也不肯听令。朱温于是立即派大将杨师厚率领大军攻打襄州，赶走赵匡凝，然后又攻打江陵，赶走了赵匡明，于是荆襄都成为朱温的领地。柳璨等人反而说朱温有南征大功，向皇帝请旨封朱温为相国，总制百揆，兼任二十一道节度使。可是朱温篡唐心切，哪里还要什么荣封，当时就秘密吩咐蒋玄晖，让他和柳璨商议，尽快逼迫唐帝禅位。可是蒋玄晖与和柳璨却把这件事想得很复杂，说是必须被封过大国，加过九锡，然后再禅位，这才符合魏、晋以来的古制。于是再晋封朱温为魏王，加九锡，入朝可以不小步快走，参拜可以不称自己的名，兼任天下兵马大元帅。朱温却勃然大怒说："这样的虚名，对我有什么用？只要把皇帝之位交给我，一切就算了事。"于是拒绝接受诏命，不愿受赐。而宣徽副使王殷、赵殷衡平时与柳璨等人有矛盾，这时就乘机到朱温这里进谗言，说是柳璨等人还想暗中保护唐室江山，所以才搞出这种种名目，好等待外援。朱温听了这话更加生气，当时就想杀了柳璨和蒋玄晖。柳璨听了这个消息，非常吃惊，当即奏请皇帝禅位，并且到汴州准备为自己辩解，可是却吃了一碗闭门羹。回到东都洛阳，正赶上宫人来传何太后的旨意，请柳璨代自己向朱温请求，保护禅位后他们母子的性命，柳璨含糊答应。蒋玄晖和张廷范那里，也得到了太后的传话，他们的回答也和柳璨差不多。这件事被王殷、赵殷衡知道了，他们这时又有了口实，向朱温说柳璨与蒋玄晖、张廷范等人入积善宫夜宴，对何太后焚香发誓，要兴复唐室江山。朱温本来性情就十分暴戾，这时还哪管什么虚虚实实，竟然令王殷等人把蒋玄晖抓起来。王殷等人干脆说蒋玄晖私通何太后，索性把何太后一并杀死。蒋玄晖被砍了头，焚骨扬灰。又把柳璨也绑到东门，赏他一刀，临刑时柳璨自己还叫道："负国贼柳璨，该死！该死！"张廷范也被拿下，车裂而死。朱温当时就想赶赴洛阳，把帝位篡夺了来，可是正在这时魏博军帅罗绍威派人送来一封密信，请朱温出兵帮他除掉悍将，朱温于是亲自带兵赶往魏州，杀死了魏州牙军八千家。又因为幽州军帅刘仁恭一直是魏博的隐患，因此顺便渡河，围攻沧州。刘仁恭向河东求援，李克用遣将领周德威、李嗣昭等人，出兵潞州，作为声援。潞州节度使丁会本来已经归顺了汴梁，这时被河东兵马攻打，力不能支，同时又恨朱温弑逆不道，就干脆举城投降了河东军。朱温攻不下沧州，又听闻潞州失守，于是带兵还魏，由魏返梁。也幸亏他有了这番奔波，唐室的江山才算是多苟延了一年。到了唐昭宣帝天祐四年三月，东都遣御史大夫薛贻矩到了汴城，传述禅位诏旨。朱温盛称符瑞，说自己有庆云盖护府署，后来又说家庙中生出五色灵芝，第一室神主上，有五色衣，这显然是取代唐室的预兆。薛贻矩脸朝北下跪叩首，口中称臣，等到返回东都后，请昭宣帝即日禅位。昭宣帝到了这时候也无可奈何，只好派遣宰相张文蔚、杨涉，及薛贻矩、苏循、张策、赵光逢等一班大臣，带着玉册传国宝及诸司仪仗法驾，赶往汴梁。朱温当即下令改名为晃，取日光普照的意思。四月甲子日，张文蔚等人从驿馆入城，登上大梁殿廷，这殿名“金祥”也是朱温临时定名的。朱温戴着通天冕，穿着衮龙袍，大摇大摆，从殿后由一班人簇拥出来，那边汴梁的将领早就站立在两旁，拱手伺候。张文蔚、苏循等人带着册文走上来，由张文蔚大声宣读册文道：

咨尔天下兵马元帅相国总百揆梁王：朕每观上古之书，以尧舜为始者，盖以禅让之典，垂于无穷，故封泰山，禅梁父，略可道者七十二君；则知天下至公，非一姓独有。自古明王圣帝，焦思劳神，惴若纳隍，坐以待旦，莫不居之则兢畏，去之则逸安。且轩辕非不明，放勋非不圣，尚欲游于姑射，体彼大廷，矧乎历数寻终，期运久谢，属于孤藐，统御万方者哉？况自懿祖之后，嬖幸乱朝，祸起有阶，政渐无象，天纲幅裂，海水横流，四纪于兹，群生无庇，洎乎丧乱，谁其底绥？洎于小子，粤以冲年，继兹衰绪，岂兹冲昧，能守洪基？惟王明圣在躬，体于上哲，奋扬神武，戡定区夏，大功二十，光著册书。北越阴山，南逾粤海，东至碣石，西暨流沙，怀生之伦，罔不悦附，矧予寡昧，危而获存。今则上察天文，下观人愿，是土德终极之际，乃金行兆应之辰。十载之间，彗星三见，布新除旧，厥有明征，讴歌所归，属在睿德。今遣持节银紫光禄大夫同中书门下平章事张文蔚等，奉皇帝宝绶，敬逊于位。于戏！天之历数在尔躬，允执厥中，天禄永终，王其祗显大礼，享兹万国，以肃膺天命！

张文蔚读完册书，将册书交给了朱温，再由张策、杨涉、薛贻矩、赵光逢，依次递上御宝，都由朱温接受。朱温于是俨然升座，张文蔚等人降至殿下，率百官跪拜称贺。

大礼行过，朱温休息了半天。午后在殿内设宴，招待群臣。这殿叫作玄德殿，暗中以虞舜自比，引用的是“玄德升闻”的成语。张文蔚等人都参加了宴会，大家分坐在两边。朱温举起酒杯对大家说：“朕辅政不久，这区区功德，还未能遍及人民，现在得居尊位，实在都是由诸公推戴的，朕心里未免又是感动又是惭愧！这里还请诸公畅饮几杯！”张文蔚等人听了这话，都离席叩谢，但是一时也不知说什么话才得体，也只有闭口不言。只有苏循、薛贻矩及刑部尚书张祎极力献谀，盛称陛下功德巍巍，正应该应天顺人，臣等毫无功力，只是感谢陛下的鸿恩，立誓以后要尽忠报效等话。朱温听了掀髯大笑，开怀痛饮，一直喝到晚上才撤席，大家都谢恩而归。

第二天朱温又下令大赦天下，改了年号，改国号为大梁，废昭宣帝为济阴王。特地下了一道诏令：

王者受命于天，光宅四海，对上天要恭敬地服从，对百姓要全心地爱护，根据历数的成败，革故鼎新，知兴拜成替，创业垂统，知图箓以无差。神器所归，祥符合应，所以三正互用，五运相生。前朝道消，中原政散，瞻乌莫定，失鹿难追。朕经纬风雷，沐浴霜露，四征七伐，垂三十年，纠合齐盟，翼戴唐室。随山刊木，罔惮胼胝；投袂挥戈，不遑寝处。洎上穹之所赞，知唐运之不兴；莫谐辅汉之文，徒罄事殷之礼。忽比夏禹，忽拟周文，适足令人齿冷！唐主知英华易竭，算祀有终，释龟鼎以如遗，推剑绂而相授。朕惧德匆嗣，执谦允恭，避景命于南河，眷清风于颍水。吾谁欺，欺天乎。而乃列岳群后，盈廷庶官，东西南北之人，斑白缁黄之众，谓朕功盖上下，泽被幽深，宜顺天以应时，俾化家而为国。恐只有寡廉鲜耻等人，如是云云。拒彼亿兆，至于再三。史策无闻。且曰七政已齐，万几难旷：勉遵令典，爰正鸿名。告天地神祇，建宗庙社稷。顾惟凉德，曷副乐推，栗若履冰，怀如驭朽。金行启祚，玉历建元。方宏经始之规，宜布维新之令。可改唐天祐四年为开平元年，国号大梁。书载虞宾，斯为令范，《诗》称周客，盖有明文。是用先封，以礼后嗣，宜以曹州济阴之邑奉唐主，封为济阴王。凡百轨仪，并遵故实。姬庭多士，比是殷臣。楚国群材，终为晋用。历观前载，自有通规。但遵故事之文，勿替在公之效。应是唐朝中外文武旧臣，现任前资官爵，一切仍旧。凡百有位，无易厥章，陈力济时，尽瘁事朕。此诏。

于是升汴州为开封府，定名为东都。先前唐朝有东都洛阳，现在改称为西都，废京兆府，改名为大安府，长安县改为大安县。设置佑国军节度使，让前镇国军节度使韩建充任。授张文蔚、杨涉为门下侍郎，薛贻矩为中书侍郎，并同平章事。改枢密院为崇政院，命太府卿敬翔为院使。敬翔本来是梁主朱温的第一功臣，朱温当时一切篡唐的谋划，无不与他商议过。所以梁主受禅后，仍令他特掌机要。此后的一切军国大事，必经崇政院裁定，然后再提交给宰相。宰相平时如有奏请，全部由崇政院代为陈述。又特设建昌院，管理国家的钱粮，让养子朱友文掌管院中事务。友文本来姓康名勤，梁主朱温非常喜欢他，视同己出，于是改赐他姓名，排入自己儿子行中。朱温有七个儿子，长子叫朱友裕，接下来的是朱友珪、朱友璋、朱友贞、朱友雍、朱友徽、朱友孜，连同朱友文共称八儿。朱友裕这时已经逝世，追封为郴王，朱友珪为郢王，朱友璋为福王，朱友贞为均王，朱友雍为贺王，朱友徽为建王，朱友文也受封为博王；朱友孜还小，所以没有得到王爵。朱温又追尊朱氏四代庙号，高祖朱黯为肃祖皇帝，高祖母范氏为宣僖皇后，曾祖朱茂琳为敬祖皇帝，曾祖母杨氏为光孝皇后，祖父朱信为宪祖皇帝，祖母刘氏为昭懿皇后；父亲朱诚为烈祖皇帝，母亲王氏为文惠皇后。又封大哥朱全昱为广王，追封二哥朱存为朗王。朱全昱的儿子朱友谅为衡王，朱友能为惠王，朱友诲为邵王，朱存的儿子朱友宁、朱友伦已经去世，也得到了追封：朱友宁为安王，朱友伦为密王。

朱温又特地开了家宴，召集诸王宗戚，在宫中畅饮。喝到酩酊大醉，还是余兴未消，当时又拿出了五色骰子，和家族里的人赌了起来。一掷千金，呼喝喊叫的，几乎把那皇帝的脸面都丢尽了，看起来依然是个砀山无赖，出口成脏，骂个不停。

朱全昱平时就无心富贵，曾隐居在砀山故里，整天拿着一支竹杖，逍遥自在。唐室曾授他为岭南西道节度使，他却不愿意赴任，仍旧辞职闲居。这时知道朱温受禅当了皇帝，才不得已来到大梁，就是得封王爵，也不过是随遇而安，一点儿都不觉得有什么高兴的。这时他看见朱温带酒狂赌，实在看不下去，就很不满意地看着朱温说："朱阿三，你本来是个砀山小百姓，跟着黄巢作乱，目无法纪。一朝反正归唐，就得到了优厚的待遇，天子任用你为四镇节度使，已经是位极人臣，穷享富贵，也算是不负你的志向了，你为什么又起了歹心，竟然灭了唐家三百年的社稷？像这样的忘恩背义，鬼神也不一定会保佑你，我恐怕朱氏一族，就要被你覆灭了！你还能赌出什么来？"说到这里，顺手取过骰盆，将骰子扔了一地。

各位读者！你想朱温到了这个时候，怎么能忍受得了，不由得站了起来，要和朱全昱拼命。周围的族人急忙劝解，把朱全昱拉出了宫外，朱温还是恨恨不已，乱呼乱骂，几乎把朱氏的祖宗十七八代全都骂了进去。众人又把他劝回了寝宫，这才算是了事。朱全昱竟然飘然自去，仍然回到砀山故里中，芒鞋竹杖，安享清福去了。等到朱温第二天酒醒起来，仔细想想哥哥的话，倒也觉得有理，于是就把这事搁在一边，不再提起了。所以朱全昱竟得以安享天年，直到后梁末皇帝贞明二年，在故里终寿正寝。

这些都先不说。再说唐室已经灭亡，国号已改，梁廷又传诏四方，不准再用先前唐朝的年号。各镇都畏惧梁主的势力，不敢抗命，只有四镇不服，仍然使用唐朝的年号，并且向各地传檄讨伐梁室，要兴复唐朝。读者你说是哪四镇，就是晋、岐、吴、蜀。我这里把他们的来历叙述如下：

晋　河东，被沙陀人李克用占据。李克用原姓朱邪，他的父亲名叫赤心，因为有功被任为云州刺史，唐朝赐姓名为李国昌。李克用为云中守捉使，擅杀了大同防御使段文楚，占据了云州，败奔鞑靼。后来因为黄巢作乱，入征有功，官拜河东节度使，加封为晋王。唐亡后不服梁的命令，仍称天祐四年。

岐　凤翔，被深州人李茂贞占据。李茂贞本来姓宋，名叫宋文通，因为征讨黄巢有功，也是由唐朝改赐了姓名，官任凤翔节度使，之后又多次得到了封赏，官拜岐王。唐亡后也不服从梁的号令，仍称天祐四年。

吴　淮南，被庐州人杨行密占据。杨行密曾经当过强盗，后来转投军伍，乘乱占据了庐州，因为铲平了黄巢的余党，得拜为淮南节度使，之后又晋封为吴王。唐昭宣帝末年，杨行密死了，他的儿子杨渥继位，因见晋、岐都不受梁命，于是仍奉唐正朔，称天祐四年。

蜀　西川，被许州人王建占据。王建当初是个盐枭，投奔了忠武军。入关赶走了黄巢，得以补为禁军八都头之一。后来入蜀并有两川，被封为蜀王。唐朝灭亡后也不受梁命，并且因为天祐的年号也是朱温所改的，也不承认，所以仍称为天复七年。

那时四镇已经变成了四国，与梁在中原对峙。其中以晋为最强，其次为吴、蜀、岐。四国传檄征讨梁国，而梁国也传檄征讨四国，这真叫作中原逐鹿了。正是：

人心世道已沦亡，元恶公然作帝王。

差幸纲常存一线，尚留四镇抗强梁。

第四回 李亚子督兵破夹寨

却说晋王李克用，岐王李茂贞，吴王杨渥，蜀王王建有志抗梁，向四方传送檄文，发动各镇征讨朱温，兴复唐室。当时四方各镇，势力最大的为吴越、湖南、荆南、福建、岭南五区。这五区见了檄文后，并没有什么响应，反而使晋、岐、吴、蜀四国也不敢贸然发难。究竟这五镇军帅是什么样的人物，这里也不得不表明如下：

吴越　杭州临安人钱镠的守地。钱镠曾是盐枭，后来投靠石镜镇大将董昌的麾下，将功折罪，出任都知兵马使。后来他跟董昌分据杭州和越州，不久董昌在越州僭号称帝，钱镠由杭州发兵将董昌斩首，唐朝廷封钱镠为越王，后来又改封吴王。

湖南　河南许州人马殷的守地。马殷当初是秦宗权一派孙儒的裨将，孙儒兵败而死后，马殷跟同党刘建锋逃到了洪州。刘建锋占据湖南，被部下所杀，众人推举马殷为主帅。马殷上表奏闻唐廷，朝廷授予马殷为淮南节度使。

荆南　陕西陕州人高季昌的守地。高季昌小时候是汴州富人李让的家童。朱温镇守汴州时，李让向朱温买官，朱温收李让为义子，改姓名为朱友让。高季昌也跟着李让进见朱温，朱温觉得他很有能力，非常喜爱他，就命李让收高季昌为义子，于是高季昌也跟着冒姓了朱氏。后来高季昌跟随朱温攻打凤翔有功，得以官拜宋州刺史，恢复本姓高氏。不久，朱温打跑了赵匡凝兄弟后，便保奏高季昌为荆南留后，获得朝廷同意。

福建　河南光州人王审知的守地。王审知的哥哥王潮为县史，因战乱从军，因平乱有功，由福建观察使陈岩举荐，得任泉州刺史。陈岩死后，王潮升任，接替了陈岩的职务，王审知也跟着做了副使。王潮死后，由王审知继任，不久王审知便升任节度使，加封琅琊王。

岭南　闽人刘隐的守地。刘隐祖籍上蔡，他的祖父刘安仁在南海经商，便将家眷安置在了广东一带。他的父亲刘谦为封州刺史，兼贺江镇遏使。刘谦死后，刘隐得以袭职。后来，岭南节度使徐彦若向朝廷表荐刘隐为节度副使，委以军事重任。徐彦若死后，军中推举刘隐为岭南留后，刘隐上表奏明朝廷，并向朱温行贿，这才坐上了节度使的宝座。

各位读者，你想这五镇当中，高季昌是梁主朱温一手提拔起来的，当然肯为朱温效力；刘隐也得到朱温很多好处，怎么肯背叛梁朝呢？吴越、湖南、福建远离中原，与朱温又素无恶感，也乐得袖手旁观。况且朱温受禅以后，对他们格外笼络，加封钱镠为吴越王，马殷为楚王，王审知为闽王，高季昌实授节度使，兼同平章事职衔，刘隐加检校太尉兼侍中，不久又晋封为南平王。这五镇自然是对梁朝岁修朝贡，稽首称臣，哪里还记得唐朝的厚恩呢？还谈什么加入晋、岐、吴、蜀四国的讨梁联盟，共同兴复唐氏江山呢？

此外还有河北著名的几个大镇，唐朝末年都称雄割据，不奉朝命。到唐室衰亡后，各镇都是非削即弱。成德军治理镇州，节度使王镕，是唐朝累世藩臣，年龄虽然不大，但是资望却是最高，一直都跟河东关系紧密。朱温得势以后，会同魏博军攻打河东，取得邢、洺、磁三州，声势浩大。朱温作书招降王镕，劝他与晋断绝关系，归附梁朝。王镕还在犹豫不决，朱温已兵临镇州城下，烧掉了南关，王镕这才乞和，并愿意把儿子王昭祚送去作为人质。朱温将王昭祚带回了汴州，还将爱女许配给他，跟王镕结为了儿女亲家。到了开平元年，朱温封王镕为赵王，此时成德军已经倾心归顺大梁了。

魏博军节度使罗绍威，跟朱温一向和睦，他的长子罗廷规，也娶了朱温的女为妻。朱温曾帮助他铲除过作乱的将士，替他消除了内患。虽然耗费了无数的钱财，有时也会说些有愧唐室的话，但终究对朱温是德多怨少，总不肯无故背叛梁朝。朱温即皇帝位后，罗绍威又进贡魏州的良木，作为建造宫殿的材料，朱温也赐他宝带名马，作为酬劳，彼此的欢洽，不问可知。

卢龙军治幽州，节度使刘仁恭，占据了幽、沧各州，与魏博军一向不和。朱温曾帮魏博军攻打刘仁恭，多亏河东李克用声援，朱温才没有占到便宜。这一镇倒是与晋通好，与梁成仇。谁知道那刘仁恭骄侈成性，击退梁兵后，越发穷奢极欲，恣情淫逸。幽州有座大安山，四面都是悬崖峭壁，他却偏在山上筑起宫室，极其华丽，并采选良家妇女，安居在宫中，以供他游幸。刘仁恭担心精力不济，平日里四处召集方士，一起采药炼丹，希望能长生不老。凡是百姓的家财，全部被他勒令缴出，窖藏在山中。民间买卖交易，只许用墐土来代替钱币，各处怨声载道，他还自鸣得意。刘仁恭最喜欢的一名爱妾罗氏，生得杏脸桃腮，千娇百媚。有其父必有其子，他的二儿子刘守光也是个好色之徒。他对罗氏暗中艳羡，将她勾搭上手，竟然代父效力，与罗氏作云雨之欢。不料事情败露，刘仁恭把刘守光痛打了一顿，将他逐出了幽州。正巧梁将李思安，奉梁主之命，领兵来攻打幽州。那时刘仁恭还在大安山，淫乐如常，好不自在。刘守光从外地引兵击退了梁军，并派遣部将偷袭大安山，将他的老子幽禁了起来，还自称为卢龙节度使。他掌权之后，把在大安山上宫室里包括罗氏在内的，稍有姿色的女人全部揽回城中，轮流伴宿，日夜淫乐，丝毫不逊他的父亲。刘守光的大哥刘守文，是义昌军节度使，治理沧州。他听说父亲被弟弟囚禁，连忙召集将吏，边哭边说："家门不幸，想不到我家竟然出了这么个畜生，我生不如死，敢请诸将和我一同征讨这个贼子！"诸将允诺。于是，刘守文督兵赶到芦台，跟刘守光的兵马对仗。战了半天，双方互有死伤，两下鸣金收兵。第二天，刘守文又进兵蓝田，被刘守光击败，无奈只能撤兵回到沧州，并派人向契丹求援。刘守光担心他叫来帮手，又害怕梁兵乘机来犯，索性差人到梁朝，献表乞降。梁主朱温随即颁发诏命，授刘守光为卢龙节度使。于是幽沧一带，也成为朱梁的属镇了。

此外如义武军节度使王处直、夏州节度使李思谏，朔方节度使韩逊，匡国军节度使冯行袭等人，都已向朱梁俯首称臣，不生异心。所以晋、岐、吴、蜀所传达的那些檄文，无论远近，都没人响应。

蜀王王建见各镇都袖手旁观，便写信给晋王李克用，主张各自称帝。李克用回信说："此生誓不失节！"王建接到书信后，又迁延了几个月，毕竟当皇帝的心热，终究还是按捺不住，僭号称尊。国号为大蜀，改元武成，用王宗佶和韦庄为宰相，唐道袭为内枢密使，立长子王宗懿为皇太子。然后又自上尊号，称英武睿圣皇帝。岐王李茂贞看着心痒痒，也想效仿，但终究因自己地窄兵虚，势力不够，不敢称帝，但是开府置官，所有的宫殿号令，都大致仿照帝制罢了。

梁主朱温最忌惮晋王，篡位后他随即遣大将康怀贞率兵数万去攻打潞州。晋将李嗣昭拒守不出，康怀贞日夜猛攻，还是不能攻克。康怀贞在四面筑起高垒，分兵屯守，打算将他们困在城中。李嗣昭向晋告急，晋王李克用随即派周德威为行营都指挥使，率同李嗣本、史建瑭、安元信、李嗣源、安金全等，前去救援潞州。援兵行至高河，遇到梁将秦武前来拦阻，被援兵杀败，狼狈逃走。康怀贞也向梁廷请求添兵，梁主朱温责怪他无能，另外任命亳州刺史李思安为潞州行营都统，降康怀贞为行营都虞侯。李思安率领河北兵马西行到潞州城下，又重新修筑了一道城墙，内防城中人马向外冲突，外拒援军，取名叫作夹寨。他还命人从河北运来军粮，俨然有垒高粮足，虎视眈眈的样子。晋将周德威也不跟他硬碰硬，只是每天派遣轻骑前去偷袭。只要梁军出动，轻骑便立即撤退；梁军只要回去了，他们又跑来骚扰，以此来牵制梁军的计划。李思安担心粮车被劫，便又在东南出口筑起甬道，跟夹寨相接，免得出现纰漏。可是周德威与部下诸将轮番进攻，排墙填堑，时来骚扰，害得梁军日不得安，夜不得眠，只好坚壁不出，与晋军长久相持。正当两军在潞州相持不下的时候，李克用又命李存璋等人分攻晋州、洺州，使梁军往来援应，疲于奔命。梁主朱温也派发河中、陕州的将士，赶赴行营救援，以壮兵力。双方旗鼓相当，誓决雌雄，从梁开平元年秋季开战，一直打到二年正月，还是不分胜负。这是梁晋之间的第一次大的战争。

李克用因忙于军务，半年不得歇息，免不得忧劳交集，后背生了毒疽。他在床上躺了几天，可是毒疽越来越大，无药可疗。李克用自知会一病不起，便命弟弟振武军节度使李克宁、监军张承业和大将李存璋、吴珙、掌书记吴质等人，立长子李存勗为继承人。李存勗是李克用的二妻曹氏所生，小名亚子，从小娴熟骑射之术，胆力过人，李克用对他非常喜爱。他十一岁的时候，跟随李克用征剿黄巢有功，向朝廷献捷时，唐昭宗见他长相异于常人，特地赏赐他鸂鶒卮、翡翠盘，并摸着他的后背说："你的儿子莫样不凡，他日富贵了，可不要忘了报效朝廷！"因此李克用对他更加钟爱，在临终之际宣布让他承袭自己的封号，还对李克宁等人说："这个儿子志气远大，一定能秉承我的遗志，希望你们好好教导，这样我死而无憾了！”并将李存勖召到卧榻前，叮咛嘱咐说：“李嗣昭坚守潞州，正被陷在重围中，只恨我不能亲自去救援，恐怕要跟他永别了。我死后，丧葬处理完后，你火速跟周德威等人全力去救他，千万不要丢了潞州！”说到这里，又令人取来平时佩带的箭袋，从里面抽出三支箭矢，分别交给李存勖，每交付一支，便谆嘱几句。第一支箭是教他灭梁，第二支箭是教他扫燕，第三支箭是教他驱逐契丹。梁晋是世仇，李克用不能亲自灭梁，是他一辈子的遗憾。燕是指刘守光，刘守光叛晋降梁，也是李克用所痛恨的。契丹酋长耶律阿保机，曾跟李克用结拜为兄弟，后来梁主受禅，耶律阿保机与梁通好，自食前言，所以李克用也引为恨事，李存勖哭着接过箭矢，立誓完成父亲遗愿。李克用又对李克宁说：“以后亚子就拜托给你了，你可不要辜负我啊！”说到我字时，就已经忍不住痛苦，一声狂呼，便气绝毙命，享年五十三岁。

李存勖因父亲去世，非常哀恸，一连几日郁郁寡欢。李克宁料理丧事，也忙乱了好几天。李克用生前，养子非常多，穿的丧服跟李存勖差不多的一共有六七人。李存勖继位，他们都心怀不服，四处捏造谣言，意图作乱。李克宁久握兵权，在军中德高望重，一向被将士们敬重，因此大家都怀疑他有二心。监军张承业，本是唐朝的宦官，当年朱温护驾进京，与崔胤对宦官大开杀戒，还命各镇主帅将监军全部斩首。李克用跟张承业交好，便只杀了一名罪犯来代替，张承业仍然做他的监军。他感念李克用的再造之恩，因此格外效力，对李家忠心耿耿。他见李存勖一直住在丧庐，每日痛苦不已，不理军务，便对李存勖说：“你要真是个孝子，就该守住祖宗基业，哭哭啼啼的有用吗？如今将军刚刚去世，外有汴寇压境，军情危急刻不容缓；内有居心叵测之人企图作乱，谣言百出，一旦事发便大祸临头。请大王戴孝听政，主持危局，这才是真正的尽孝啊！”李存勖这才出庐理事，听到军中议论纷纷，也觉得心惊胆战。他连忙邀李克宁前来，悲伤地说：“侄儿年少无知，不通政务，恐怕不能继承遗命，镇住各军。叔父功德卓著，将士诚服，请叔父暂时担任主帅，等侄儿自立后，再听叔父处分。”李克宁语重心长地说：“你是长子，况且又得到亡兄的遗命，谁敢有异议？”于是扶李存勖到议事大堂，召集军中将士，推戴李存勖为晋王，兼河东节度使。李克宁首先拜贺，将士们也不敢不从，相率下拜。只有李克用的养子李存颢称病没来。

李克宁回府后，李存颢半夜前来拜访，出言挑拨说：“兄长去世，弟弟继承也是古今常有的事情，为什么叔父还要向侄儿下拜呢？”李克宁正色说：“父业子承天经地义，我又何必做那种不仁不义的事情呢？”话还没说完，忽然屏风后有人大笑说：“叔叔倒是好心肠，可万一将来侄儿要杀叔叔，那也只好束手待毙了！”李克宁回头一看，只见有一人走出来，原来是妻子孟氏。便对她说：“你怎么也来胡说！”孟氏说：“上天给你的你不要，今后必然要遭殃！你以为李存勖是什么好人吗？”李存颢有了个大帮手，又用一番甜言蜜语，竭力怂恿，说得李克宁竟然心动了，叹息说：“名位已定了，叫我怎么办？”李存颢说：“这有什么难的？只要杀掉张承业、李存璋，就一定能够成功！”李克宁说：“你先回去和你的心腹商量妥当，再作计较。”

李存颢喜出望外，回去后跟同党计议，决心奉李克宁为节度使，并执拿晋王和他的母亲曹氏，献给梁朝，做梁的藩国。都虞侯李存质，也是李克用的养子，当时也在座商议，只是他跟李克宁不和，议论时不免跟李存颢发生矛盾。李存颢告知李克宁，李克宁竟然随便找了个罪名将他杀害，李克宁还请求充当云中节度使，并割蔚、应、朔三州为属郡。那时李存勗已经动疑，但表面上还是含糊答应。

若想人不知，除非己莫为。这件事被大臣史敬镕得知，他入见太夫人曹氏，将李克宁和李存颢等人的阴谋，全部说了出来。曹氏非常惊骇，急忙告诉了李存勗。李存勖连夜召见张承业、李存璋等人入内，哭着对他们说："我的叔父想要害我母子，全然不顾叔侄的情分；但骨肉不应该自相残杀，我自当退位让贤，以免内祸。"张承业听后勃然大怒，说："臣受先王重托，遗言犹在耳旁，李存颢等人想要举晋降贼，试问大王还有生路吗？只有大义灭亲了，不然不日就要亡国了！"李存勖点头应允。

第二天，李存勗跟李存璋等人议定，在府上埋伏刀斧手，诱使李克宁、李存颢等人前来赴宴。这一干人等毫无防备，才刚刚坐下，就被伏兵拿下。李存勗哭着斥责李克宁说："侄儿先前曾让位与叔父，叔父不取；今侄儿已经定位，为什么却要来夺位，还想将我母子执送给仇人，叔父竟然如此狠心，是何道理？"李克宁羞愧不已，没有说话。李存璋等人大喊，要求立时诛杀他们，李存勗这才取出父亲的神位，摆起香案，将李克宁和李存颢等人斩首，并赐李克宁的妻子孟氏自尽。一场内乱，就此胎死腹中。

扫清内乱后，李存勖正打算率军救援潞州，忽然听说唐废帝在济阴暴毙，料定是朱温害的，便命三军戴孝举哀，准备声讨朱梁。部众认为周德威在外手握重兵，担心他有二心，况且他向来跟李嗣昭不和，恐怕不肯出兵相援，于是大家都怂恿晋王将周德威从潞州调回。正好梁主朱温亲自统兵赶到泽州，并将李思安罢免，换用刘知俊为主帅，另派范君实、刘重霸为先锋，牛存节为抚遏使，命他们限期拿下潞州。一面派使者前往潞州，谕令李嗣昭归降。李嗣昭烧书斩使，督兵死守，梁军像发疯一样几番猛扑，李嗣昭大腿被流箭射中，他默默将箭拔出，毫不动容，仍然督兵拒敌，因此城中虽然兵困粮乏，但还勉强支撑得住。

梁主朱温见潞州难以攻下，打算退师回朝，诸将争着献计说："李克用已经死了，周德威也率军回去了，潞州孤城无援，指日可下，请陛下再留一个月，一定可以攻破潞城。"梁主朱温只好勉强停留了几天，但还是担心岐人乘虚来攻，堵截他后路，便决心从泽州还师，留下刘知俊围攻潞州。

周德威从潞州返回晋阳，将兵马留在城外，徒步一人入城。他到李克用灵柩前，痛哭了会儿，便去拜见李存勖。与李存勖见面后，他恪守君臣之礼，言行非常谨慎。李存勗大喜，便跟他商议军情，并说起了先王的遗命，命他援救潞州。周德威当即答应，表示愿意再往。于是，李存勗召集诸将议事，他首先开口说："潞州是河东的屏障，要是潞州失了，河东就危险了。先前朱温所惧怕的只有先王一人，如今他听说我少年继位，必定以为我不通军事，不会领兵打仗。我若带领精兵良将，星夜兼程，攻其不备，用愤卒攻击惰兵，何愁不胜？能否解救潞州，稳定霸业，便在此一举了！"张承业在旁边应声说："大王所言甚是，请立即出师。"诸将也同声赞成。

第二天，李存勗大阅士卒，命丁会为都招讨使，与周德威等人先行一步，自己亲率大军随后。大军到了三垂岗下，距潞州只有十余里，那时天色已黑，李存勗命军士歇息一会，偃旗息鼓，匍匐在地上。到了第二天黎明，正好出现漫天大雾，咫尺之内看不清人。李存勖乘机驱军急进，直抵夹寨。梁军毫无防备，刘知俊还高卧未起，突然听说晋兵杀到了，慌忙披衣穿鞋，整甲上马，召集将士出寨抵御。哪知李嗣源已经从西北角杀入，周德威从东北角杀入，两路敌军，手中都拿着火具，连烧带杀，吓得梁军东逃西窜，七歪八倒，刘知俊料定抵挡不过，便带着几百名败兵，仓皇逃出城外。梁招讨使符道昭，逃跑心切，对着马尾一顿鞭打，反而将马激怒，把符道昭甩落在地。凑巧周德威追到，只见他手起刀落，便将符道昭剁成两段。这一战梁军大败，将士伤亡过万，丢弃的资粮兵械堆积成山。败报到了汴梁，梁主朱温惊叹说："生子当如李亚子，李克用真是虽死犹生！不像我的这些儿子，简直像猪狗一样不值一提！"正是：

晋阳一鼓奋雄师，夹寨摧残定霸基。
生子当如李亚子，虎儿毕竟扫豚儿。

第五回 战蓟北刘守光杀兄

周德威率军赶到潞州城下，请李嗣昭开门，并喊着说："先王已经去世了，嗣王亲自前来救援，攻破夹寨，贼兵都跑了，快开门迎接嗣王！"李嗣昭听后，竟然抽出箭矢，把箭头对准了周德威。左右见状连忙劝阻，李嗣昭说："我怀疑他已被贼人招降，跑到这里来诓骗我！"左右说："他既然说嗣王也来了，何不求见嗣王，再作计较。"李嗣昭觉得言之有理，便对周德威说："嗣王既然也在，可否一见？"周德威连忙退下，前去告知李存勖。不久，李存勖亲自来到城下，仰面招呼李嗣昭。李嗣昭见李存勖穿着孝服，不禁大哭起来，军士也相率落泪。李嗣昭连忙下城开门，恭迎李存勖入城。李存勖好言相慰，并说起父亲的遗言，这次是跟周德威一同来援救潞州的。李嗣昭跟周德威相见后，彼此冰释前嫌，和好如初。

兵马入驻潞州后，周德威请命进攻泽州，李存勖命他跟李存璋一同前往，互相照应。那时，梁抚遏使牛存节正率兵接应夹寨，兵马到达天井关时遇见溃散的士兵，这才得知夹寨被破，并听说晋军想要进攻泽州，他当即号令三军："泽州地据要害，千万不能丢失，虽然没有诏命，我们也应该前去救援才是！"话音刚来，众将士脸上都透露惧色，牛存节又说："身为军人，畏敌逃避，岂是大丈夫所为？身为人臣，见危不救，岂是为臣之道？众将士且随我前往，敢言后退者，斩！"于是，他高举马鞭，麾众前进。援军到了泽州城下，城里有的人已经心怀异志，牛存节入城拒守，人心这才平定下来。周德威等人率兵到来，围攻了十多天，牛存节多方抵御，无懈可击。刘知俊又收集溃兵，来支援牛存节，周德威料定不能拿下，便焚烧了攻城的器具，引兵退守高平。

晋王李存勖也引兵回到晋阳，休养士卒，论功行赏。他任命周德威为振武军节度使，并以兄弟之礼对待张承业，升堂拜母，赏赐丰厚。在政治上，他饬令各州县举荐贤才，罢黜贪官，放宽租税，抚恤孤穷，伸张冤案，严禁奸盗，他的属地得到大治。在军事上，他又训练士卒，严明军律，信赏必罚，军力大大提高，成了军政强国。李嗣昭在潞州也励精图治，他扶农劝桑，宽租缓刑，不到几年时间，百姓安居乐，州富民旺，依旧是一座巨镇。从此，晋国成为梁国的头号劲敌。

梁主朱温弑杀昭宣帝后，又因为苏循等人是唐室的旧臣，朱温担心他们对唐室心念旧恩，便勒令他们辞职。唐臣张文蔚遇害，杨涉也被免官，改用吏部侍郎于兢、礼部侍郎张策为同平章事。韩建对梁室忠心耿耿，朱温也加他同平章事职衔。第二年，朱温下令迁都洛阳，改称大梁为东都，命养子博王朱友文留守。那时，岐、蜀、晋三国联兵攻打梁国的雍州，被梁将刘知俊击退，没有得志。三国的兵马陆续撤回，打算再联结淮南，共图大举，偏偏淮南突然发生内乱，也发生了弑逆的大事。

淮南节度使吴王杨渥，年少袭位，他本性爱好饮酒游玩，又擅长击球。在为父守丧时，他为了击球取乐，下令用蜡烛把操场围了十圈，一晚上耗费了几万钱。有时，他独自一人骑马外出，竟然忘了回归，连帐前的亲卒都不知道他的去向。左牙指挥使张颢、右牙指挥使徐温，都是杨行密的旧臣，他们面受遗命，辅佐杨渥承袭爵位。杨渥发兵曾袭取洪州，活捉镇南节度使钟匡兼有江西之地后，他越发骄奢自大，日夜荒淫，张颢与徐温入内哭着进谏，劝勉他继承先王遗志，不要再任性妄为了。杨渥怒斥说："你二人都说我没有志向，那为何不杀了我，再拥立一个有志向的，省的你们费心呢？"张颢、徐温听后，大惊失色，仓皇退出。杨渥担心他们有变，便召入心腹将领陈璠、范遇，命他们掌管东院军马，用来自卫。哪知道张颢、徐温已经看透杨渥的用意，乘杨渥不备，亲率几百刀斧手，直接闯入大堂。杨渥惊骇万分，颤抖着说："你们果真想杀我吗？"张颢、徐温齐声说："这怎么敢呢，但是大王身边有些人挟权乱政，误君害国，必须诛杀他们，才能稳定国家。"杨渥还没来得及说话，张颢、徐温就命人上前将站在一旁的陈璠、范遇拿下，双刀并举，两颗人头落地。随后，张颢、徐温始跪地认罪，还说这是兵谏遗风，不敢无礼。事到如今，杨渥也无可奈何，只好隐忍，豁免他们的罪名。

从此淮南的军政都归张颢、徐温两人掌握。杨渥日思夜想，想要除掉这两人，但苦于无计可施。这两人也心不自安，左思右想，干脆一不做二不休，打算谋杀杨渥，分别占有淮南的土地，并向梁朝称臣。尤其是张颢，他担心夜长梦多，迫不及待地派遣同党纪祥等人，半夜潜入杨渥帐中，行刺杨渥。那时杨渥还没就寝，他吃惊地问发生了什么事，纪祥也是直言不讳，据实相告。杨渥跪求说："你要是能反杀张颢、徐温，我一定封你们做刺史。"大家都觉得心动，只有纪祥不肯相从，拔出佩剑，刺向杨渥。杨渥无从闪避，饮刃倒地。见杨渥一息尚存，纪祥又用绳子勒住他的脖子，将他扼死。纪祥当即出帐禀报张颢，张颢率兵闯入，命士兵把守出口，手持利刃，然后召集众将，只听他厉声问道："嗣王暴毙，军府应当归谁来主持呢？"大家都不敢应答，张颢接连问了三次，仍然毫无音响，他不由得暴躁起来。这时幕僚严可求缓步走上前，低声献计说："军府这么大，唯有大人德高望重，可今天未免太过仓促，恐怕人心不服啊！"见张颢迟疑不决，严可求又说："先王的旧属还有刘威、陶雅、李简、李遇等人，都手握兵马，他们现在都在外地，大人想要自立为王，他们甘心屈居人下吗？不如暂时拥立幼主，等时机成熟，大事可成！"张颢听了这番话，倒也不免心慌，怒气全消，反倒成了默默无言的木偶。严可求料定他已经泄气，便带着同列赶到节度使大堂，让他们稍等片刻，大家只觉得莫名其妙。只见严可求进到旁室，不到半刻，又走了出来，高声喊道："太夫人有教令，请诸君静听！"说着便从袖子里取出一张纸，长跪宣读，诸将也依次下跪，只听严可求朗读道：

先王创业艰难，中道薨逝。嗣王又不幸早逝，世子杨隆演，依次当立，诸将大多是先王的旧臣，应当不辜负杨氏，衷心辅导王子，上报国家，下安黎民！

读完后起身，大家齐声说："既然有太夫人的教令，那我们应该遵从，快迎接新王嗣位就是了。"张颢此时也已出来，听到严可求所读的教令，旨意明确，却也不敢有异议。他只好率众人将杨隆演迎入，尊奉为淮南留后。各位读者，你说这真是太夫人的教令吗？杨行密的正室史氏本来是没什么本事，只不过杨渥是她所生，又是杨行密的原配，案例应当奉为太夫人。严可求乘乱行权，偷偷跑到旁室中草草写下诏书，诈称是史氏的教令，众将都深信不疑，连张颢都被他瞒过了，因此才不敢从中作梗。杨氏一脉，全亏了严可求才得以苟延残喘。

虽说立了幼主，张颢还是一贯专权。他想当初徐温本是同谋，这次迎立杨隆演，徐温却置之不问，反而使自己孤掌难鸣。他怀疑徐温另有图谋，便想调他出去，免得被他暗算。张颢准备上书，请求调徐温为浙西观察使。严可求得知消息后，立即跑去对徐温说："张颢把大人调到外地，日后必定把弑君的罪名强加在大人的头上，大人大祸临头了！"徐温问他该怎么办，严可求说："张颢刚愎自用，寡谋少智，凭我三寸不烂之舌，只消三言两语，定能说服他打消念头。"徐温连连拜谢。

严可求出了徐府，连忙去了张府，对张颢说："大人跟徐温一同受命，辅佐嗣王。如今大人将徐温调出，别人都说大人有加害于他的意图，是不是真的？"张颢吃惊地说："我没这么想啊。"严可求说："人言可畏，倘若徐温也从此怀疑大人，号召外地兵马，入清君侧，大人该怎么应对呢？"张颢少断多疑，果然将原议取消，劝幼主照常任用徐温。杨隆演一个黄毛小孩，也只得一一依从。

不料，行军副使李承嗣得知严可求有依附徐温的意图，暗中告诉了张颢。张颢半夜派刺客前去刺杀严可求，亏得严可求眼明手快，用东西挡住了刺刀，问明刺客来意，才知道是张颢派来的，严可求神色不变，便对刺客说："死就死吧，但请容我留一封遗书，向主上告别。"刺客点头，拿着刀站在一旁，严可求提笔书写，语语激烈，字字恳切，刺客也颇读了些诗书，不禁心软，说："大人忠君爱国，我也不忍心杀害，大人只要交出些财物，我便放过你。"严可求任凭他自己拿，刺客抢夺了些财物后便去回禀张颢，只说严可求已闻风逃走，只能静待时机了，张颢没有怀疑。

严可求担心张颢不肯罢休，连忙告知徐温，力请他先发制人，并说左监门卫将军钟泰章可以一同共事，徐温派心腹翟虔邀请钟泰章前来，密谋诛杀张颢。钟泰章一力担承，回去后他跟三十名壮士密谋，刺臂流血，立誓杀贼。第二天早上，一行人准备妥当后，直接来到左牙都堂，正好张颢在升堂办公，只见钟泰章扔出的手中大刀，直插张颢的头颅，顿时倒毙。壮士一齐下手，杀死张颢左右数十人。徐温也率右牙兵亲自前来接应，左牙兵有些忌惮，不敢妄动，徐温大喊："张颢等人弑君谋逆，按律当诛，如今张颢已死，余党还没有肃清，无论左右牙兵，只要能捕除逆党者，一概论功行赏！"左牙兵听到号令后，踊跃而出，将参与弑君的纪祥等人抓来，交给徐温处理，徐温命人将他们推出午门，处以极刑。

徐温一面前去禀报史太夫人，史氏惶恐失色，哭着对徐温说："我儿杨渥骄奢自大，引来杀身之祸；孙儿年幼，不胜重任，如今事情到了这个地步，我情愿带着家人返回庐州原籍，请公放我一条生路，也算功德一件。”徐温跪拜说：“张颢大逆不道，弑君专权，不可不诛。徐温岂敢有负先王的厚恩，希望太夫人放心，我徐温定当竭力辅佐杨氏！”见史氏收住了眼泪，徐温这才告退。当时淮南人士，都说徐温是杨氏的忠臣，却不知当初弑杀杨渥是徐温也有参与，只不过张颢做了傀儡，替徐温背负了罪名，徐温却坐收渔翁之利罢了。真是强中自有强中手，一山还比一山高啊！

徐温除掉张颢后，得以兼任左右牙都指挥使，军府大事都归他取决。杨隆演不过备位充数，毫无实权。严可求此次立有大功，升任扬州司马，他辅佐徐温治理军旅，修明纪律，颇有儒将风范。审计官骆知祥由徐温亲自委任，负责财赋，他纲举目张，有条不紊。淮南人提起严、骆，满口赞赏，很是悦服。徐温原籍海州，年少时跟随杨行密做了强盗。后来杨行密归顺朝廷，做了一方节度使，便将他视为心腹，所以他才得以手握重权。他曾对严可求说：“现在大事已定，你我应当推行善政，好让大家能睡个安稳觉，才算尽职尽责呢。否则，如果跟张颢一样的话，百姓如何安居乐业？”严可求当然赞成，他列举张颢所行的弊政，全部革除，再重新订立法度，严禁强暴，放宽刑罚，减轻赋税，军民无不高兴。

徐温到到广陵，大练水师，用养子徐知诰为楼船副使，防遏升州。徐知诰是徐州人，原名李升，幼年丧父，流落在濠州和泗州一带。杨行密攻打濠州时，将他收留，那时他年仅八岁，却生得头角峥嵘，状貌魁梧。杨行密想要将他收为养子，偏偏杨渥不肯相容，只好命他转拜徐温为义父，徐温给他改名为徐知诰。成年后，徐知诰喜欢读书，精于骑射，刚毅有谋，徐温曾对家人说：“我这个养子是人中俊杰，将来必定比我亲生儿子要有出息得多！”从此对他更加宠爱，徐知诰也很恭谨。所以徐温修治战舰，特任徐知诰为副使，徐知诰果然称职，他经营的水师，庄严雄壮，训练有素。

过了三月，江西镇南节度使，抚州刺史危全讽，联合抚、信、袁、吉各州的将吏进攻洪州。吴将刘威遣使到广陵告急，自己跟城内的官员登城宴饮，装出一副很从容的样子。危全讽怀疑刘威早有防备，所以不敢轻进，只屯兵象牙潭，派人到湖南乞求兵马。湖南楚王马殷派遣指挥使苑玫围攻高安，遥作声援。正巧广陵那边派大将周本率七千人来援洪州，倍道疾趋，直指象牙潭。危全讽在溪水边安营扎寨，延绵数十里。周本也隔溪布阵，命老弱残兵前去挑战，引诱危全讽出战。危全讽见敌军羸弱不堪，想打他一个下马威，便倾寨出动。危全讽也不管好歹，便麾众渡溪，三军刚渡到一半，那周本就带着精锐前来截击。危全讽这才意识到中了奸计，慌忙对仗，怎奈部众东倒西歪，毫无阵列，再经吴军一击，东奔西散，只剩下亲卒几百人，护着危全讽往回逃窜。途中又被吴兵围住，杀死无数，好不容易冲开一条血路，跑回溪岸，又迎面撞上一位将军，只听他大喝一声，竟然将危全讽吓落马下，被他捉了去。各位读者可知道是谁擒住了危全讽，原来就是周本。他见部兵围住了危全讽，便乘机率众过溪，去堵截他的归路，正巧危全讽逃了回来，趁他不备，顺手将他拿下。刘威又乘胜攻克袁州，擒获刺史彭彦章。吉州刺史彭玕见大势已去，率众逃往湖南；信州刺史危仔倡也单骑奔逃吴越。湖南将领苑玫听说危全讽被活捉了，便撤去了高安的围军，正准备率军回去，偏偏淮南大将米志诚杀到，吃了一个败仗，抱头窜归。从此，江西又归于平定，淮南再无战乱。

再说说河北一带的形势。义昌节度使刘守文，因弟卢龙军节度使刘守光囚禁其父，大逆不道，于是发兵声讨，偏偏连战不胜，不得已贿赂契丹，向他们借兵。契丹酋长耶律阿保机，发兵两万来支援刘守文。刘守文令沧、德两州的将士全部出动，有二万余人，与契丹两军会合后加起来有四万余人，屯兵蓟州。刘守光听说刘守文又来了，也将幽州的兵士全部发出，亲自督领，两军在鸡苏会战，两兄弟非要争个你死我活。卢龙军刚刚把兵马摆开，契丹的两路铁骑就分头突入，锐气百倍，刘守光部下见他们来势凶猛，料定抵挡不住，便即倒退。刘守光也无法禁止，只好随势退下。刘守文见外兵得胜，也跃马出阵，一边驰骋一边喊道："不要伤害我的弟弟！"话还没说完，忽然听见飕的一声。他料知有暗箭射来，急忙勒马一跃，那来箭正不偏不倚，射中马头，马熬不住疼痛，立时掀翻在地，刘守文也随马倒地。仓猝中不知道是谁把他夹到了马上，向敌军阵营奔去，等他镇定后仔细一看，才认出是刘守光的部将元行钦。此时他暗暗叫苦，也已经来不及了。

刘守光见元行钦擒住刘守文，也壮了几分胆气，又麾兵杀了回去，沧、德军失去主帅，还有什么心思恋战，霎时大溃。如此一来，契丹的那两路人马也被牵动，他们索性各走自己的路，一股脑儿全散了。刘守光命人将刘守文押回，囚禁起来，自己再督兵攻打沧州。

幽州军马兵临城下，沧州节度判官吕兖、孙鹤临时又推立刘守文的儿子刘延祚为帅，登城守御。刘守光连日猛攻，还是不能攻下。于是，他命人堵住沧州粮道，切断水源，把沧州城围了个水泄不通。双发相持了一百多日，城中的粮草耗尽，一斗米三万钱都没地方买得，百姓只能吃堇泥，驴马互相吞蚀尾巴上的毛发。吕兖无可奈何，挑选城中伤残的男女，拿米糠喂饱，烹割充食，充作军粮，叫作"宰杀务"。究竟人肉有限，不足以喂饱三军，只见满城枯骨累累，惨无人烟。孙鹤不得已拥着刘延祚开城献降。刘守光入城后，下令将沧州将士的家属全部掳回幽州，连刘延祚也带了回去，只留下儿子刘继威镇守义昌军，并派大将张万进、周知裕辅助，自己率军鸣鞭奏凯，得意班师。回到幽州后，他又派遣使者向梁廷告捷，并代替父亲请求退休。梁主朱温答应了他的请求，封刘仁恭为太师，在幽州养老，封刘守光为燕王，兼任卢龙、义昌两军节度使。

刘守光派刺客将刘守文刺杀，自己却虚情假意，痛哭流涕。并把罪名算在了刺客的头上，将他杀死偿命。后来，他又大杀沧州将士，灭掉了当初坚守不降的吕兖全族，只有献降的孙鹤幸免于难。吕兖的儿子当时吕琦只有十五岁，他被牵到市中，正要被处斩，幸亏吕氏的门客赵玉急忙跑到法场大喊道："这是我的弟弟赵琦，不小心去了吕家，还望不要误杀了好人！"监刑官这才下令停刑。赵玉带着吕琦逃生，吕琦的脚疼得不能走路，赵玉就背着他逃窜，还更改了姓名，沿途乞讨，得以辗转来到代州。吕琦痛心全家灭门，发誓刻苦勤学，这才得以自立。晋王李存勗听说了吕琦的事迹，任命他为代州判官，并且表彰赵玉的忠义，赐给了他不少金帛。正是：

幽父杀兄刘守光，朔方黑黯任倡狂，

尚余一个忠诚仆，窃负遗孤义独彰。

第六回 周德威援赵破梁军

再说梁将刘知俊曾受梁主朱温的命令担任西路行营都招讨使，防御岐国和晋国。梁佑国军节度使王重师与刘知俊关系很好，曾经和刘知俊在幕谷会师，大破岐兵。梁廷收到捷报后，又令刘知俊乘胜进军，连拔丹、延、鄜、坊四州。梁主朱温当即令牛存节为保大军节度使，镇守鄜坊；高万兴为保塞军节度使，镇守丹延。唐代时在延州设置保塞大军，统辖四州，后来改为二镇。安置好攻占的城池后，朱温再命刘知俊进取邠州。邠州被岐王李茂贞的养子李继徽所占据，李继徽原名杨崇本，他虽然拥兵不多，但是还有些势力。刘知俊担心不能攻克，就借口缺粮，不肯贸然前进。

梁主朱温怀疑他怀有二志，便召他还朝。刘知俊正准备赶赴洛阳，忽然听说王重师被逮捕，被满门抄斩，朱温另用刘捍为长安留后，不得吃一大惊。原来王重师镇守长安多年，每年按时贡奉，统军刘捍想要抢夺王重师的位置，暗中向梁主进谗，只说王重师暗通邠、岐，朱温也不加查明，就将王重师召回，严刑惩罪，并让刘捍继任。各位读者，试想此时的刘知俊，能不动了兔死狐悲，鸟尽弓藏的念头吗？同时，他又接到弟弟刘知浣的密书，教他千万不要入朝，入朝必死无疑，因此他更加恐惧，观望不前。刘知浣担任梁廷指挥使，他在梁主前面申请，愿意亲自迎接兄长还朝。梁主朱温不知其中有诈，当即批准。他随即带着家属赶到刘知俊的行营。刘知俊见家属们全都安然无恙，非常高兴，便占据了同州，归降了岐王李茂贞，并贿赂长安的守将，命他们将刘捍拿获，押送到凤翔，自己亲率部兵占住了潼关。

梁主朱温再派遣近臣去诏谕刘知俊，刘知俊还是拒不听命，于是朱温削掉了刘知俊的官爵，特派山南东道节度使杨师厚和马步军都指挥使刘鄩前往征讨刘知俊。刘鄩到了关东，抓获了刘知俊的伏兵，并让他们作为前导，乘夜前去叩关。守关的将士没能识破危机，把门给打开了，刘鄩的兵马一拥而入，刘知俊措手不及，只好丢弃关卡，向西逃走，带着族人逃往岐国。

那时，岐王李茂贞已经杀死了刘捍，正准备发兵援应刘知俊，不料刘知俊仓猝前来，岐王只得好言抚慰，授他中书令，并命他去攻取灵州，待攻下灵州后，便封他为一镇的统帅。刘知俊带着几千岐兵，星夜兼程，径直来到灵州城下，把城池围了起来。梁朔方节度使韩逊派飞使向梁朝告急，梁王朱温立即派遣镇国军节度使康怀贞、感化军节度使寇彦卿，前往援救，同时攻打邠宁。

康怀贞等人星夜前进，连下宁、衍二州，直入泾州境内。刘知俊撤去围兵前去支援泾州，康怀贞等人也退兵到三水，偏偏刘知俊已绕到前面，据险袭击，把康怀贞麾下的兵士冲成了好几段。康怀贞仓皇失措，幸亏左龙骧军使王彦章，持着两大杆铁枪，在前面开路。只见他左挑右拨，戳死了一百多岐兵，岐兵吓得退到两旁，从中间露出一条生路，康怀贞这才得以走脱。可是部将李德遇、许从实、王审权等人都被冲散，不知下落。康怀贞狼狈跑到升平，不料傍晚时分，前方有座大山挡住道路，两面都是峭壁，中间只有一条狭窄的道理，人马可以通过。康怀贞担心有埋伏，忽然听到一声呼哨，那岐兵便从山谷中涌了出来，堵住了山口。为首是一员大将，正是刘知俊，还大喊着康怀贞快来受死。康怀贞吓得手脚冰冷，对着王彦章说："这……这该如何是好？"王彦章说："节帅跟着我前进就是了，怕他什么？"于是便舞动着两枪，杀入山口。一杆枪足有一百斤重，经他两手舞动，好像篾片一般轻盈。刘知俊上前拦阻，怎么经得住王彦章的神力，战到三五个回合，已经杀得汗流浃背。刘知俊招架不住，慌忙勒马撤退，王彦章且战且进，康怀贞紧紧跟在后面，费了半天工夫终于杀透了山谷，一股脑地跑了。可怜手下的许多军士都被岐兵截住，不是被杀，就是受擒，一个都没有生还。当初感化军节度使寇彦卿跟康怀贞分途进兵，听说康怀贞战败而归，急忙收军回来，还算没有吃大亏。

刘知俊向岐王献捷，岐王授予刘知俊为彰义节度使，治泾州。梁主朱温见康怀贞大败，懊怅了好几天，又接到外镇许多的军报，更加没心思处理，只好敷衍了事。一是夏州节度使李思谏病逝，他的儿子李彝昌承袭，被部将高宗益所杀。后来高宗益又被众将诛杀，另推李彝昌的叔父李仁福为镇帅，并上表奏闻梁廷。梁主随即批准，授李仁福为夏州节度使，即为后来的西夏国。一是魏博节度使罗绍威病亡，罗绍威的长子罗廷规是朱温的女婿也早早去世，次子周翰上表请求袭位，梁主也随即批准。一是楚王马殷，求梁主赐号为天策上将军，梁主心想："我既然已经封他为王，他还要这上将军的名号有什么用呢？"朱温打算批斥不准，转头一想还是笼络要紧，不如答应他的请求，免得他到时候翻脸，于是也给他上将的名号。楚王马殷得报大喜，于是借着天策上将军的名目，开府置官，命弟弟马賨存为左右相，居然也独霸一方了。

河北这边，成德军节度使赵王王镕向梁朝报称祖母过世，朱温派遣使臣带着赏赐的赙仪，前去吊问。使臣回来后，说晋国也派了使臣过去，梁主朱温疑心大起，于是便动了并吞河北的念头，省得成为晋国的爪牙。朱温派遣供奉官杜廷隐、丁延徽为赵军的监军，并命他们带着几千魏博兵，分别屯守深、冀二州，托词帮助赵军守御，暗中嘱咐他们袭取赵王的地盘。

那是戍守深州的大将石公立，急忙派人禀报王镕，求请拒绝梁兵进城。王镕担心得罪朱温，所以没有采纳，反而将石公立召回了镇州。石公立出城时，指着城门哭着说："朱氏灭唐社稷，即使是三岁小孩儿都知道他居心叵测，我王自认为是他的亲家，便让他屯兵，真是开门揖盗，眼看全城上下都要做梁朝的俘虏了！"石公立刚刚离去，梁使杜廷隐等人就率领魏博兵入城，深州人民，非常惊骇，纷纷逃出城外，杜廷隐随即将城门关住，尽杀了赵守城的赵兵，并按此方法袭取了冀州。

石公立返回禀报王镕，极言梁人不守信用，王镕也是半信半疑。不久，深、冀两州相继失守，消息传到镇州，王镕这才醒悟，并令石公立夺回深、冀。可惜杜廷隐等人早就做好准备，严兵以待，哪里还能夺得回来！各位读者，这成德军管辖的地界，只有镇、赵、深、冀四州；此时已经失去一半，叫王镕怎么不慌呢？他当下四处求援，先派遣说客到定州，费了好多金银钱帛，才买通了义武节度使王处直，跟他一起抗拒梁军，并派使者去燕、晋告急。

燕王刘守光依附梁朝，当然不肯相救，只有晋王李存勗接见赵使，并毫不迟疑，答应发兵援救。晋将大多谏阻说："王镕向朱温俯首称臣已经好多年了，他每年都向梁朝献上重赂，还跟朱温接为儿女亲家。这次向我们求救，其中必定有诈，愿大王不要答应他们！"李存勗摇头说："你们只知其一，不知其二。试想唐朝在的时候，王氏就反叛无常，怎么甘愿做朱氏的臣属呢？如今朱氏出兵掩袭，王镕连命都快没来，还顾什么秦晋之好呢？我要是不救，最后坐收渔利的便是朱氏。我意已决，急速发兵，会同赵军，共破朱氏，免得他踏平河北后，又来侵犯我河东！"刚说完，定州也派使臣到来，说愿意联合镇州推举晋王为盟主，合兵攻梁。李存勗允诺，随即将两使遣归，命周德威率兵一万，前往赵州，帮助王镕防守。

梁主朱温听说晋军援赵，也命令王景仁、韩勍、李思安诸将领兵十万，进逼镇州，直抵柏乡。王镕非常害怕，又派人向晋王乞求人马。见梁兵声势浩大，李存勗亲自出马，留下蕃汉副总管李存番等人驻守晋阳，自己亲率大军东下。王处直也派兵五千，一同前往。李存勗到了赵州，与周德威合军一处，在野河安营扎寨，与柏乡只相隔五里。梁兵坚壁不出，李存勗命周德威率兵挑战，仍然没有一人出来接仗。周德威命令游骑进逼梁军大营，痛骂梁军，并向梁营中射箭。这下热闹了梁军副使韩勍，他开营出战，带着三万雄兵，怒马奔来。周德威连忙挥军退回，韩勍哪里肯罢休，他将三万人分为三队，追击晋军。晋军见梁军盔甲鲜明，光耀夺目，不禁心摇气馁，脸上露有三分惧色。周德威瞧见后，便下令说："敌军都是汴州的市井之徒，铠甲虽然鲜明，却都是无用之辈，十人还不如你们一人，你们不用担心。每杀死或活捉一人，便赏百钱，这可是难得的发财机会，大家可不要坐失良机啊。"军士听后，一扫恐惧之态，都跃跃欲试，回头想跟敌军拼杀。见士气高涨，周德威分兵两路，攻击梁军的两头，晋军左驰右突，擒获敌兵几百人。周德威且战且退，两军见李存勗出兵接应，这才退兵。

周德威驰入大营，进帐献议说："贼军气势锐利，我们宜当按兵持重，等他疲敝，方可进攻。"李存勗说："我率孤军远道而来，救人危急，应当速战速决，怎么能按兵不动呢！"周德威说："镇州的兵马只能守城，不能野战，我军虽能驰骋，但只能在旷野间冲突。如今我们逼近贼寨，骑兵无法施展，况且敌众我寡，不能与之接战，要是被他们知道我军虚实，我们就危险了！"李存勗默然不答，高卧帐中。周德威出帐对张承业说："大王见得了点小胜便开始骄傲了，不自量力，想要速战。如今贼军就在咫尺之间，只相隔一条河。要是他们造桥出击，我们就被动了。不如退屯高邑，依城自固，然后再用夹寨时的计谋，一面诱敌离营，彼出我归，彼归我出，一面派轻骑劫掠粮饷，不出一个月，一定能大破敌军。"张承业点头称赞，入帐对李存勗说："现在是大王安枕无忧的时候吗？周德威老将军能征惯战，经验丰富，他的话大王可要三思啊！”李存勗突然从床上跳了起来，说：“刚才我正思量周将军的话，觉得言之有理。”随即召入周德威，命大军拔营，慢慢退回到高邑。后来，晋军抓获梁营的侦查士兵，得知王景仁果然在编筏造桥，以便进兵。李存勗这才称赞周德威的先见之明，对他再三嘉奖。当时已经是梁开平四年冬季，两军休兵不战。

过了残冬，第二年正月，晋军多次派出游骑，截击敌人放牧，抓了很多割草喂马的梁兵。于是梁兵便闭门不出，周德威令游骑在梁营周围叫嚣。梁兵怀疑有埋伏，更加不敢轻动，只能将草席拿来喂饲战马，还是饿死了很多马匹。周德威见梁兵连日不战，决心将他们引诱出来。于是他跟史建瑭、李嗣源两将带着三千精骑，亲自前往诱敌。来到梁军寨门前，他命骑士高声辱骂梁将，连梁主也被骂到，寨门仍然寂然无声。他又命骑士下马，席地而坐，信口痛骂，把汴梁君臣的丑事全都讲了出来。大约骂了一两个时辰，才把寨门骂开。梁兵像潮水一般涌了出来，一马当先的是梁将李思安，只见他挺枪跃马，引兵前来。周德威连忙命骑士上马，跟他接战。交手不到两个回合，周德威便引兵撤退。晋军退到野河，河上的浮桥都已经搭建好了，晋将李存璋带着镇定的兵士护守浮桥，并放周德威等人过去，自己上前阻拦梁兵。梁兵声势浩大，延绵数里，他们上前夺桥，镇定兵多方抵御，被梁兵杀退。快要支撑不住的时候，晋王李存勗登高观战，对都指挥使李建及说：“贼兵要是过桥了，那就麻烦了！”李建及奋然跃出，号召长枪兵二百名，跑去援助李存璋。他们个个以一当十，以十当百，毅然向前，竟然将梁兵杀退。梁兵稍稍休息后，又来夺桥，李存璋、李建及等人依旧拼命厮杀，不许他们越过雷池一步，从上午九点杀到下午三点，还是没有分出胜负。这是梁晋的第二次恶战。

李存勗对周德威说：“两军交战，实力不相上下，我军兴亡在此一举。我愿做大家的先驱，这回一定要重创他们，方泄我心头之恨！”说到这里，便举起马鞭，打算出发。周德威连忙拉着缰绳，力谏说：“梁兵人多势众，我们只能智取，不能力胜。敌军远离营寨十几里，虽然带着干粮，但却没有时间进食。等战到晚上，他们饥渴交迫，士兵疲劳，必定想要退兵。到那时，我们再轻出精骑追击，必定大获全胜，所以此时还需要静待时机啊！”李存勗点头下马。

不久，夕阳西下，天色变暗，梁兵还没进食，再加上八九个小时的鏖战，当然疲乏不堪，渐渐的倒退下去。周德威登高大喊：“梁兵逃跑走了！”说着，便率领精锐骑兵，奋力追击。梁兵此时已经毫无斗志，纷纷弃甲倒戈，仓皇逃生。王景仁、韩勍、李思安等梁将也拍马飞奔，只顾逃命。李存璋率兵追击，并命令军士齐声高喊：“梁人也是人民，只要解甲投戈，可以免除一死！”梁兵听后，都把兵器丢去，跪在路边求饶。赵军心怀深、冀两州的旧仇，不愿善罢甘休，见到一个梁兵，便杀一个。汴梁的精兵，这次被屠戮殆尽。从野河到柏乡，一路上尸骸遍野，沿途都是败旗断戟。晋军追到柏乡，梁营内不剩一人，遗弃的辎重粮械，不可计数。这次战役，晋军斩首二万首级，缴获战马三千匹、铠甲兵仗七万件，擒获梁将陈思权以下总共二百八十五人。

当晚，晋王李存勗收军屯守赵州，打算休息一晚，第二天再进攻深、冀两州。谁知梁使杜廷隐等人早就闻风弃城，逃之夭夭。两州城中的丁壮都被梁军掳去，老弱病残一律坑杀。赵州军进城检视时，城中只剩下断垣碎瓦，屋舍破烂，一片荒凉的景象。于是，成德军和义武军两镇，都跟梁朝断绝交往，改用唐朝天祐年号。

晋王李存勗，因魏博军助梁为虐，决心会同镇、定两军，共同攻打魏博军。在此之前颁发了一篇讨贼檄文，说得堂堂正正，慷慨淋漓。文云：

王室遇屯，七庙被陵夷之酷，昊天不吊，万民罹涂炭之灾。必有英主奋发，忠臣响应，斩长鲸而清四海，靖妖氛以泰三灵。本人位列镇帅，身负重任，看到天地倾覆，怎能不闻不问？所以仗桓文公辅合之规，问羿浞凶狂之罪。逆贼朱温本事砀山一无名小辈，黄巢余凶。当僖宗奔波之初，我太祖李克用扫平之际，他假扮忠心，束身泥首，请命牙门，包藏奸诈之心，只显示妇人之态。我太祖可怜他穷困，特地提拔，特发表章，为他请帅梁汴，他才出任萑蒲之泽，便居茅社之尊。没想到他非但不感恩，却遽行篡位，使大唐二十圣之宏业，三百年之文物，外则五侯九伯，内则百辟千官，或代袭簪缨，或门传忠孝，都遭到陷害，永抱沉冤。况且镇、定两藩，本是国家巨镇，他们为了安定民心并保全族人，都屈节向他称藩。可是逆贼朱温心狠手辣，专行不义之事，想要吞并河北之地。赵州特发使者，前来求援，我志在荡平贼寇，亲自率军前往，定下盟约。贼将王景仁，带兵十万，屯据于柏乡，遂驱三镇之师，授以七擒之略。双方交战，贼寇败绩，贼兵奔逃的景象如陡坡之丸，我军胜利的势头如燎原之火。僵尸仆地，流血成川，兵戈狼藉，遍于草莽。谋夫猛将，都成了俘囚。今又征集兵甲，简选战车，乘胜长驱，翦除元恶。魏博军、邢洺军之众，都是感恩怀义之人，你们的祖先都是盛唐的赤子，岂能依附虎狼之党，忘记唐朝的覆载之恩呢？你们也是无方逃难，才被胁从。空尝胆以衔冤，竟无门而雪愤。现在既然听到捷报，想来都会感到宽怀。如今义军即将出征，先行招抚。昔日耿纯焚庐而向顺，萧何举族以从军，这都因为他们能审时度势亡，建功立业，造福子孙子。弃暗投明，转祸为福，就在今日。如果能顺天归顺，开城以降，官员可以继续担任，百姓则优加赏赐。三镇诸军，已经发布严令，不得焚烧百姓庐舍，剽掠马牛，各方百姓，都可以安心耕织。我军恭行天罚，只在惩戒元凶，其他的一概不问。还请军民体谅，檄文到处，如同律令。

檄文发出去后，李存勖命周德威、史建瑭率军趋赶赴魏州；张承业、李存璋率军赶赴邢州，自己率同李嗣源等人在后跟进。魏博军帅罗周翰，急忙向梁廷乞援，一面出兵五千，堵住石灰窑口。周德威率骑兵掩击，追到观音门，罗周翰闭门坚守。不久，晋王听说梁主朱温要亲自出兵援救魏州，屯兵于白马坡，他急忙派遣杨师厚领兵数万，先前往邢州，自己率军转往魏城，打算尽快攻下魏州，然后再抵拒梁兵。

这时，镇州王镕派人送来一封书信，李存勖急忙打开一看，原来是燕王刘守光写给王镕的，再由王镕转交给晋王。李存勖匆匆一览，禁不住冷笑了起来。正是：

狡猾难逃英主鉴，聪明反被别人欺。

第七回　晋将妙计退强敌

再说燕王刘守光，前次不肯出兵救赵，想要看两虎相斗，自己好做个卞庄子[①]。偏偏晋军大破梁兵，声势鼎盛，他也不免后悔，又想出了乘虚袭击晋地的计策。他厉兵秣马，治兵戒严，并且写信给镇、定两镇的主帅，大意是说两镇联合晋，南讨逆贼，燕也有精兵三十万，愿意做大家的前驱，只是四镇联盟，必定要推选一名盟主，请问盟主之位该归谁？王镕收到书信后，便转交给李存勖。李存勖冷笑几声，召集部将说："赵人曾经向燕告急，刘守光不肯发兵相助，如今他听说我们战胜了梁军，反而自吹兵强马壮，想要来离间三镇，岂不是可笑！"诸将齐声说："云、代二州跟燕接壤，他要是乘我空虚，出兵偷袭我们，也是一心腹大患。不如先扫平刘守光，然后就能专心南讨了。"李存勖点头称好，于是下令班师，回到赵州。赵王王镕亲自出城迎接晋王，并大犒将士，还派遣养子王德明跟从晋军。王德明原姓张，名文礼，狡猾过人，后来王镕被他杀害。李存勖留下周德威等人帮助守卫赵州，自己率大军返回晋阳。

梁将杨师厚到了邢州，奉梁主朱温的命令，留兵屯守。梁主又派遣户部尚书李振，为魏博节度副使，率兵进入魏州，只托言罗周翰年少，不能抵御贼寇，所以才添兵助防，其实明地里觊觎成德军，暗中却想图谋魏博军。

王镕听说梁主向魏博添兵，又写信给晋王李存勖，相约商议。两王到承天军，握手叙谈，非常亲昵。因为王镕跟李克用年纪相仿，所以李存勖叫称他为叔父。赵王因为惦念着梁兵侵犯的事，虽然脸上强作欢笑，但总显得不那么开怀。李存勖看破他的心思，慨然道："朱温恶贯满盈，一定会天诛地灭。虽然有李师厚等人助他为恶，将来也总要败亡。要是他敢前来侵犯，侄儿愿意亲率将士前来援应，请叔父不要担忧！"王镕听后，这才改忧为喜，亲自捧起酒杯，给晋王敬酒。晋王一饮而尽，也斟酒回敬，王镕喝完酒后，又令小儿子昭诲拜见李存勖。那是王昭诲年仅四五岁，跟着父亲一起参加议会。李存勖见他长得聪明可爱，于是李存勖决定将自己的女儿许配给他，并割襟为盟，订下这门娃娃亲。彼此欢饮一直到了晚上，这才散席而归。晋赵之间的关系，从此更加稳固了。

---

① 卞庄子，春秋时鲁国的大夫，有勇力。相传他曾看到两只老虎正在吃一头牛，因为肉味甘美而互相打斗，结果大虎受伤，小虎死亡，卞庄子再朝着受伤的老虎刺去，必定能得到杀死两只老虎的美名。

王镕返回镇州后，正值燕使到来，求尊刘守光为尚父。王镕非常犹豫，只好将来使安置使馆，火速派人报知晋王。李存勗听后，大怒说："这种畜生也配称为尚父吗？我正要兴兵问罪，他还敢夜郎自大吗？"于是准备下令出师。诸将入谏说："刘守光罪大恶极，确实要讨伐，可是我军刚刚经历大战，满目疮痍还没恢复，不如假意推尊他为尚父，好让他目空一切，方便以后下手，大王以为何如？"李存勗沉吟了半天，微笑说："这样也好。"于是他答复王镕，姑且尊他为尚父。王镕立即遣归了燕使，并答应了他的请求。义武节度使王处直也照葫芦画瓢，跟晋、赵二镇共推尊刘守光为尚父，兼尚书令。

使者回去后，刘守光非常欣喜。他又上表梁廷，说是晋赵等一致推戴，只是臣受陛下厚恩，不敢急着接受，恳求陛下授臣为河北都统，臣愿为陛下扫灭镇、定、河东三镇。两面讨好，也算煞费苦心。梁主朱温也笑他狂愚，权且授予他河北采访使，并派使者册命。

于是，刘守光命有司草定仪注，准备加尚父的尊号。有司取来唐朝册封太尉的仪注单，呈给刘守光，刘守光看了一遍，惊奇地问："这仪注里怎么没有郊天改元①的礼节呢？"有司回答说："尚父只是人臣，不能行郊天改元的礼仪。"刘守光大怒，将仪注单扔到地上，瞪着眼睛说："如今天下四分五裂，大的称帝，小的称王，我拥地三千里，带甲三十万，就是做了河北的天子，谁敢来阻拦我？尚父的微名，我不稀罕要了！你们快去草定帝制，选个好日子，我要做大燕皇帝！"有司不敢多说，唯唯而退。

从此，刘守光每天穿着赭龙袍，作威作福，部下稍微违背他的意愿，便抓到监狱中，甚至会被关进铁笼，外面用炭火烧烤，把人活活烤死，或者有铁刷子刷脸，使人面无完肤。孙鹤看不过去，时常进谏，并劝刘守光不该称帝，他说"河北四面受敌，西有河东窥伺，北有契丹垂涎，国中又是公私交困，哪里是称帝的时候呢？"刘守光不听，将士们也窃窃私语。刘守光却命人在大庭中陈列刀斧，号令大家说："胆敢再来劝谏，斩！"梁使王瞳、史彦章到燕，也被他拘禁起来。各道的使臣，到一个，囚一个。刘守光决定在八月上旬，即燕帝位。孙鹤反复进谏说："沧州一战，臣本当殉节，幸蒙大王保全，才得以活到今天，臣怎么敢怕死忘恩！臣为大王考虑，眼下的确不宜称帝！"刘守光大怒，说："你敢违反我的号令吗？"说完，便命军士将孙鹤抓住，割他身上的肉来吃，孙鹤大喊："百日之后，必有急兵！"刘守光更加恼怒，命人用泥土塞住孙鹤的嘴巴，并凌迟处死。

过了几天，刘守光即皇帝位，国号大燕，改元应天。他将梁使从监狱里放出来，并胁迫他们向自己称臣，于是，他任王瞳为左相，卢龙判官齐涉为右相，史彦章为御史大夫。这消息传到晋阳，晋王李存勗大笑说："不出今年，我便能将他铲除了。"张承业建议派使者前去致贺，好让他越来越骄盈。于是李存勗便派遣太原少尹李承勳赶赴燕地，赠送国礼。刘守光命他用臣子参见皇帝的礼仪参见自己，尹承勳说："我是唐朝命官，担任太原少尹，燕王岂能让我俯首称臣呢？"刘守光大怒，将他关了几天，放出来后，又蛮横地问："现在你愿不愿意向我称臣？"尹承勳说："燕王要是能让我主臣服，我才愿意称臣，否则要杀就杀，何必多

① 郊天是在郊外祭拜天帝的简称。古代天子往往自称受命于天，所以要隆重祭礼天帝。

问！”刘守光听后，怒上加怒，竟然将尹承勳推出斩首。晋王听说尹承勳被杀，于是大阅军马，筹备讨伐燕国，但对外托言南征。

这时，梁主朱温改开平五年为乾化元年，大赦天下，封赏功臣。他听说清海军节度使刘隐病逝，也假惺惺地停朝三天，并命刘隐的弟弟刘岩承袭爵位，随后便托病不朝，无心处理政事。就算刘守光拘禁了梁使，僭越称帝，也只好让他胡作非为，没有精力过问。

到了七八月，秋阳如火，他听说河南尹张宗奭家里池塘很多，是个避暑的好地方。于是朱温带着侍从，去了张宗奭的家里。张宗奭原名张全义，祖籍濮州，曾经跟着黄巢做过强盗，充任伪齐的吏部尚书。黄巢战败而死后，张全义跟同党李罕之，分别占据河阳。李罕之为人贪婪残暴，总是勒索张全义，张全义忍无可忍，偷袭了李罕之。李罕之逃到晋国，请来晋师，围攻张全义。张全义无奈只好向汴梁求救。朱温答应了他的请求，派出兵马援救，击退了李罕之，晋军也撤了回去。后来，张全义得以受封河南尹，他感念朱温的厚恩，始终尽职尽力。同时，他勤俭节约，鼓励百姓耕种，自己也积攒了巨万家资。于是特地在家中修建了会节园，堆山引水，极其雅致，好似一个家中的世外小桃源。朱温篡位后，他的职位如旧，张全义为了阿谀奉承朱温，请他为自己改名。朱温倒也应允，赐名宗奭，格外优赏。这回朱温到他家避暑，他自然更是格外巴结，殷勤侍奉，并且命家中所有的妻妾妇女，都来叩见朱温。

朱温一住就是好几天，病竟然好了一大半，食欲大开，色欲也旺盛了起来。他暗想张全义的家眷大多姿色可人，他仗着皇帝的威风，将她们召了进来，陪伴玩乐。第一次他召入张全义的两位爱妾，强迫她们侍寝；第二次又改召入张全义的女儿；第三次轮到张全义的儿媳，简直是猪狗不如。妇女们忌惮他的淫威，不敢抗命，只好横陈玉体，任由他玷污。甚至连张全义的继妻储氏这个半老徐娘，也被他搂住求欢，演了一出高唐梦。

张全义为了苟活，也只好忍气吞声。倒是他的儿子张继祚有些骨气，他羞愤交并，拿着一把快刀，连夜跑到园中，要去刺杀朱温。偏偏被张全义撞见，硬把他拉了回来，并劝他说：“在河阳的时候，我们被李罕之围困，饿的只能吃木屑。正是命在须臾，朝不保暮的时候，多亏梁军到来，救了我全家性命，大恩大德，怎能忘怀呢？你千万不要轻举妄动，否则我先杀了你！”张继祚这才罢休。

第二天，有人将此事告知了朱温。朱温大怒，传见张全义。张全义担心是因为昨晚的事，吓得一顿乱抖。妻子储氏在旁边笑着说：“这么胆怯，算什么男子汉？我跟你一起去，包管没事！”于是她跟张全义一起去见朱温。一进去，朱温果然面带怒容，储氏也竖起柳眉，厉声质问：“宗奭本来只是一个种田的老头，驻守河南三十年，期间开荒掘土，敛财聚赋，帮助陛下创业，如今年老体衰，还能有什么作为？听说陛下误信谗言，怀疑宗奭，这是什么道理？”朱温被她这一驳问，一时间也不知道怎么回答。他又担心储氏翻脸，将日前暧昧的情事和盘托出，没办法只好假作笑容，劝慰储氏说：“我又没有恶意，请不要多说了！”储氏夫妇这才谢恩出来。朱温也不免心虚，随即命侍从护驾回京去了。

忽然，朱温听说晋、赵联军南下，他又想出些风头，亲自到兴安鞠场，传集将士，亲自教阅。阅兵结束后，朱温下令亲征，出兵卫州。他正在用膳时，又有人来报说：“晋军已经到了井陉了。”当下匆匆吃完，便拔寨北进，星夜兼程赶到相州，这才接到侦查骑兵的实报，说晋军并没有南下。朱温下令停止进兵，不久便移军到洹水，又收到边吏的奏报，说晋、赵兵马已经出境，累得梁主朱温坐立不安，急忙引军赶往魏县。这时军中谣传四起，一天早晨，不知是从哪里得到风声，说是沙陀骑兵纷至沓来，顿时全营大乱，你逃我散。梁主下令严刑遏制，还是不能阻止。后来，梁军探得数十里间，并没有敌军的骑兵，军心这才安定下来。

梁主朱温患病多年，只因夹寨、柏乡的两次失利，不得不勉强带兵亲征，以求报复。谁知又中了晋王声东击西之计，害得他奔波跋涉。他不禁狂躁异常，所有功臣宿将，只要稍犯点错误，不是诛杀就是斥逐，因此人心更加恐惧，战战兢兢。朱温在相州待了一个多月，仍不见有一个敌兵，便向南撤回到怀州。怀州刺史段明远出城迎谒，非常恭谨。梁主入城，段明远也是供奉丰盛。段明远有个妹妹，荳蔻年华，芙蓉脸面，不小心被朱温瞧见。朱温便问明段明远，硬要她侍寝。段明远无可奈何，便令妹子盛妆入谒，承接雨露。春风一度，龙心大悦，当面封段妹为美人，并将她带回洛阳。无奈朱温已过花甲之年，禁不住途中的颠簸，并因色欲过度，精力愈衰，回到洛阳后旧病复发，吃了无数人参鹿茸，才得以起床。正巧这时派往燕地的史彦章回来了，并替刘守光代为求援。朱温大怒，说：“你已经向刘守光称臣，还敢来见朕吗？”史彦章趴在地上，说：“臣怎敢辜负厚恩，背主事燕。只因为晋赵各镇都推尊刘守光，唆使他背叛陛下，好让燕首当其冲，他好坐收渔利。臣与王瞳暂时委身留在燕地，并力劝刘守光不要背叛陛下，刘守光这才跟各镇绝交，为陛下去攻打易、定两州。定州王处直，向晋、赵求得援兵，夹攻幽州。现在幽州危急万分，要是陛下坐视不救，恐怕河北就不归大梁所有了！”这一番花言巧语，又把朱温的怒气平了下去。史彦章又将一块儿来的燕使，招来见朱温，并呈上刘守光的表书。书中大多是悔过、乞怜的话，惹得朱温雄心大振，答应出兵援救，于是又督兵亲征。

到了白马顿，随行的官员大多不愿再前行，只是勉强赶路，有三人落在了后面，一个是左散骑常侍孙隲，一个是右谏议大夫张衍，一个是兵部郎中张俊，都是第二天才赶到的。朱温恨他们延误军机，将他们一并处斩。大军行至怀州，段明远铺张极盛，比上次还要奢侈。梁主非常高兴，厚加赏赐，且给他改名段凝。随后朱温进军魏州，决定攻打赵地，以缓解燕地之围，他命杨师厚为都招讨使，李周彝为副使，率三万人围攻枣强县；命贺德伦为招讨接应使，袁象先为副使，也率三万人围攻蓨县。

两路兵马，同时发出，朱温则安居在行营，静待捷报。突然，有名哨卒踉跄奔入，大声奏报说：“晋兵来了！”朱温仓皇失措，连忙出帐骑了御马，只带着亲兵数百人，向杨师厚大军奔去。各位读者！你说晋军真的来了吗？原来并不是晋军，只是赵将符习带着几百骑兵侦察军情，梁兵误以为是晋军来了，纷纷弃营远逃，这足见梁军军心不稳，已经呈现败象。

杨师厚到了枣强县，督兵急攻。枣强城虽然矮小但很坚固，赵人用精兵把守，任梁军怎么攻扑，他们就是死战不退。这一攻就是好几天，城墙坏了就修，修了又坏，内外死伤，数以万计。不久，城中的弓箭和炮石快要用完了，大家商议开城投降，一名士卒奋然说：“梁人自从柏乡战败，对我们赵人恨之入骨，要是投降，岂不是送死？我愿意独入虎口，杀他一二员大将，或许可以解围，这也说不定呢！”于是，他乘夜用绳子从城上溜了下来，跑到梁营诈降。李周彝召他入帐，问到城中的情形，赵兵回答：“城中粮草军械还有很多，足够半月之用。将军既然收留了小人，就请赐我一把宝剑，小人愿意以死效命，取守城将领的首级献给将军！”李周彝却也谨慎，不肯给剑，只让他挑着辎重跟着大军。赵兵乘着间隙，竟然举起扁担，朝李周彝的脑袋打去，李周彝呼痛倒地。左右卫兵连忙上前施救，将赵兵乱刀砍死。这位赵兵颇有胆色，可惜史册上没留下姓名。朱温听说后大怒，限令三日之内，一定要攻下此城。杨师厚亲自冒着乱箭炮石，昼夜猛攻，第二天终于攻陷了枣强城。梁军入城后，不问老幼，一概屠戮。可怜这枣强城，变做了一座血污城。

另一方面，贺德伦等人进攻蓨县。蓨县是赵州的属地，跟赵州相距不远。赵州本由晋将周德威驻守，后来周德威被调回，仅留下李存审、史建瑭、李嗣肱等人戍守。收到蓨县的急报后，李存审跟史建瑭、李嗣肱商量说：“大王正在忙着围攻幽州和蓟州，没有精力顾及这里，南方的军事，都委托为了我们。如今蓨县告急，我们怎能坐视不理呢？一旦贼兵攻占蓨县，必然向西侵犯深、冀两州，祸患无穷。我想了个好办法，定能吓退贼兵。”史建瑭、李嗣肱齐声说：“要是真有奇计，愿意听从指挥！”于是，李存审引兵来到下博桥，命史建瑭、李嗣肱分道巡逻，但凡遇到梁卒兵放牧，立刻抓来。李存审又将麾下分为五队，命他们四处抓捕梁兵，无论是侦探还是砍柴的，一概抓住带回下博桥。两边总共抓了一二百人，李存审下令杀了一大部分，只留十几个活口，并砍去他们一条手臂，放他们回去，还对他们说：“你们回去转告朱温，晋王大军已到，叫他前来受死！”断臂兵逃回梁营，当然据实禀报。这时正值朱温带着杨师厚的兵马来到贺德伦的大营，助他攻打蓨县。朱温听完断臂兵的禀报后，也觉惊心，当即与贺德伦分驻营寨，只相隔一里多。贺德伦也很是戒备，派兵四处巡查，慎防不测。不料到了傍晚，营门外忽然起火，烟雾冲霄，接着噪声大作，万箭齐来。贺德伦连忙命亲卒把守营门，严禁各军，不要轻举妄动。外面一连乱了一两个时辰，直到天色昏黑，才没了动静。贺德伦当时检查军士，发现又丧失了一二百名士兵，也有人说是自己内部生乱，是真是假也不知道。而此时梁主的大营前，又出现了几个断臂兵，还大喊着晋军大兵杀来了，贺军的军营已经陷没了。梁主朱温非常惊愕，立即下令毁去营寨，乘夜逃走。由于天色昏暗，分不清南北，朱温竟然迷失了道路，东奔西撞了二三百里，这才抵达了贝州。

贺德伦听说梁主已经逃走，当即下令退军，并再派遣侦骑探明虚实。哨探回来后说晋大队人马其实并没出动，不过是先锋游骑前来示威。贺德伦听了，脸上虽然带着三分惭色，但心想是梁主自己先跑的，怪不了自己。朱温发现自己上当后，如何忍受得了，他又是羞愧又是愤怒，病又加重了几分，不得已在贝州养病，命各军陆续退回。

晋军听说梁军退去了，全军欢声雷动，都称赞李存审的妙计。究竟是怎么回事，原来李存审听说梁主亲自前来，并跟贺德伦分营驻扎，便知道梁主已经堕入计中。他剥下先前俘获斩杀的梁兵的衣服，让游骑穿着，冒充梁兵，三三两两，混到贺德伦的大营前。大营四周的巡逻士兵还以为是本营的士兵，便没有查问。那冒充梁兵的晋军，便就在梁营前放火射箭，喊杀连天，并乘机抓获几十个梁兵，跟前番一样，将他们手臂砍去，放他们去恐吓梁主。梁主被他一吓，果然仓皇逃走，连贺德伦也站立不住，拔营退去。这次，李存审仅仅用了几百个晋军，就吓退了七八万梁兵，这便是李存审的妙计。正是：

疆场决胜在多谋，用力何如用智优，
任尔貔貅七八万，尚输良将幄中筹。

第八回 朱友珪弑父

梁主朱温一病就是半个月，稍好了些后，又从贝州去了魏州。博王朱友文从东都觐见，请车驾返回洛阳。朱温这才启程南归。朱温回到洛阳后，身体稍微康复了些，正好朱友文搞了一个食殿，献上了一些宝物。于是，朱温下令在食殿用膳，并召集文武百官前来赴宴。酒席上，朱温酒醉兴发，突然冒出在九曲池泛舟的想法。九曲池水不深，船也很大，本来没什么危险，不料船只荡到池心时，突然遇到一阵怪风，竟然将御舟吹翻了。梁主朱温掉到池水中，幸亏侍从竭力捞救，这才没被淹死。朱温坐上小船上了岸，搞得拖泥带水，狼狈不堪。

那时还是初夏，天气还算温和。他急忙换了龙袍，回到寝宫。从此，他的心病更加严重，晚上总是失眠。他时常让妃嫔宫女通宵陪着他，可是即便这样他还是觉得惊魂不定，寤寐徬徨。那时，燕王刘守光多次递来败报，一再请求支援，朱温病情越来越重，他对近臣们说："我经营天下三十年，不料太原的余孽，竟然如此猖獗。我看他的志气不小，必会成为心腹大患。现在上天又要夺走我的寿命，我要是一死，我的儿子们都不是他的敌手了，恐怕我要死无葬身之地了！"说到这儿，哽咽了几声，竟然晕了过去。近臣急忙上前呼救，才得以苏醒。从此便奄卧在床榻，没有上朝，内政因病不能处理，外事就更没精力过问了。

这年岐、蜀失和，经常发生战争。蜀主王建曾许诺将爱女普慈公主嫁为岐王的侄儿李继崇。岐王因为两家成了亲戚，便多次派人到蜀要钱，蜀主也是无不照给，非常慷慨。后来，没想到岐王又要求蜀国割让巴、剑二州，蜀主王建大怒，说："我对李茂贞也算仁至义尽，无奈他贪得无厌，要完了钱又来索地，我要是答应割地，就是抛弃百姓。我宁可多给钱财，也不能割地。"于是准备了丝茶布帛七万，交给来使带回。李茂贞见蜀王不肯割地，多次向李继崇谈起，语气之中有愤愤不平之意。李继崇本来就喜欢嗜酒使性子，夫妻间经常吵架，这时又被叔父挑唆，以致夫妻反目成仇。普慈公主暗派宦官宋光嗣用绢书向蜀主禀报，请求回到成都。蜀主王建见宝贝女儿受苦，于是派人将公举接回成都，并留住不让她回去。

岐王大怒，随即跟蜀国绝好，并派兵攻打蜀地兴元，被蜀将唐道袭打退。岐王又命彰义节度使刘知俊和侄儿李继崇，发大军攻打蜀国。蜀王命王宗侃为北路行营都统，出兵接战，被刘知俊等人杀败，逃回安远军。安远军是兴元的屏障。刘知俊等人进兵围攻，幸亏蜀主率倾国之兵前来支援，大破岐兵，刘知俊等人狼狈逃走。后来刘知俊被岐将进谗，兵权被夺走，全族被发配到秦州。又过了三年，秦州被蜀国夺占，刘知俊因为妻小被俘虏，又背叛岐国归降了蜀国。

再说梁主朱温连年抱病在床，病情反复。朱温年龄虽然已经过了花甲，但好色心肠到老都不衰减。自从张妃去世后，朱温篡唐登基，始终不肯册立皇后。昭仪陈氏，昭容李氏，起初都因为美色幸而得宠，可是渐渐的色衰爱弛，被废置于冷宫。陈氏自愿出家为尼，出居在宋州的佛寺；李氏却在冷宫抑郁而终。此外后宫的妃嫔，只是随时选入，也并不是没有姿色颇佳的，怎奈梁主喜新厌旧，今天爱这个，明天爱那个，本着多多益善，博采兼收的原则。甚至连漂亮的儿媳，也命她们入宫侍寝，供他淫乐，居然做个扒灰老。博王朱友文非常有才能，虽然他是梁主的养子，但却深受宠爱，比亲生儿子还要优待。当初梁主迁都洛阳，留朱友文守汴梁，一守就是五年，一直不见召回。朱友文的妻子王氏，生得十分美丽，被朱温所垂涎，便借着侍疾为名，召她到洛阳，留下陪伴枕边。王氏也不推辞，反而曲意奉承，极其殷勤，但有个条件作为交换，要求朱温答应。各位读者猜猜是什么事情？原来是要求朱温将来把梁室的江山传给朱友文。

梁主朱温本来就喜爱朱友文，再加上又宠爱王氏，自然答应。偏偏暗中有个反对的女人，跟王氏势不两立，非要跟王氏比个你死我活。这人是谁呢？原来朱友珪的妻子张氏。张氏也颇有姿色，也十分妖艳，但略逊王氏一筹。王氏没有入侍之前，她便得到了公公的专宠。怎料王氏应召进来后，朱温的眷恋一大半移到了王氏的身上，渐渐冷淡了张氏。张氏含酸吃醋，心中很是不平。因此她买通宫女，专门窥伺王氏的隐情。

一天，梁主朱温屏退了左右侍从，只召王氏入室，对她密语道："我已病入膏肓，恐怕好不了，明天你去东都，把友文召来，以便我嘱咐后事，免得延误了大事。"王氏非常欣喜，随即整理行装，当天就启程了。王氏的行踪被人看穿，报告给了张氏。张氏随即转告朱友珪，边哭边说："皇上将国宝交给王氏带回东都，要传位给朱友文。要是他们夫妇得志了，我们全都要死了！"朱友珪听后，也吓得目瞪口呆，又见爱妻哭泣不止，不由得也泪下两行。

朱友珪正不知所措，突然有个人插嘴说，"大王想要活命，必须尽快用计，难道光哭就能没事吗？"朱友珪愕然回头一看，原来是仆人冯廷谔。朱友珪呆看了他了一会儿，这才把他扯到内室，谈了许多密语。忽然，崇政院有诏使前来，他闻信出来接受诏旨，才知道自己被调为了莱州刺史，他十分惊愕。他勉强镇定了神态，将诏使送走，又跑去跟冯廷谔商量。冯廷谔说："最近被调到外地的官吏，多半被诛杀，事情已经万分危急了，要是不做点大事，恐怕大王的死期不远了！"

朱友珪于是换了身衣服，偷偷跑到了左龙虎军营，告诉韩勍皇上要传位朱友文的事。韩勍见功臣宿将大都被诛杀，心中早就忐忑不安，听了郢王的话后，便愤然说："郴王早逝，大王按照顺序应当册立，怎么能传位给养子呢？皇上老悖淫昏，竟然会有这样的妄想，大王应当早早动手才是啊！"朱友珪觉得很有道理。于是，韩勍派牙兵五百人，跟着朱友珪混入到了控鹤士[①]中。他们分头埋伏，等到夜深人静时，斩杀守卫，一股脑儿冲进了梁主朱温的寝

① 控鹤意为骑鹤，古人谓仙人骑鹤上天，因此常用控鹤指皇帝的近幸或亲兵，唐朝时就有控鹤监，是值宿的禁中。

室，大喊大叫了起来。寝室的侍从全部逃走，只剩下朱温这个老头儿。只见他匆匆揭开帷帐，慌忙披上衣服，爬起了床，见朱友珪手握长剑，面容凶恶，便怒视朱友珪说："我早就怀疑你这个畜生，后悔没能早些杀掉你！逆贼啊！逆贼啊！你竟然忍心加害你的生父，天地岂能容你？"朱友珪也瞪着眼睛，咬牙切齿说："老贼你奸淫儿媳，传位外人，早该碎尸万段！"冯廷谔随即拔剑上前，直逼朱温。朱温绕着柱子逃跑，刺了三次都被朱温闪过。怎奈朱温有病在身，再加上年老体衰，绕着柱子跑了三圈，已经是头昏眼花，倒翻在床上。冯廷谔抓住机会，抢步急进，将长剑刺入朱温腹中，只听一声狂叫，朱温便呜呼哀哉了！享年六十一岁。

朱友珪见他肠胃都被捅了出来，血流得满床都是，随即命人用被子包裹着尸体，塞到床下，秘不发丧。他立派供奉官丁昭溥拿着伪诏，跑到东都，命东都马步军都指挥使均王友贞立即诛杀朱友文。王友贞不知道这是矫诏，随即骗朱友文前来，把他杀死。朱友文妻子王氏也在半路上，被朱友珪派去的人截杀。除掉朱友文后，他宣布伪诏说：

朕艰难创业已经三十年了，一晃也做了六年的天子。朕期盼中外齐心协力，百姓安康。没想到朱友文阴蓄异图，想实行篡逆。昨晚半夜，一群反贼突然冲入禁宫，幸亏郢王朱友珪忠孝，领兵赶来，将反贼剿杀，朕才得以保全性命。然而由于受到惊吓，朕旧病复发，恐怕危在旦夕。朱友珪剿除凶逆，护驾有功，权且命他总领军国重事，为朕分忧。

第二天，丁昭溥从东都赶了回来，并报告朱友文已经被诛杀，喜得朱友珪心花怒放，弹冠登极。他又下一道矫诏，说皇上已经驾崩，还写下遗诏，说传位为他。随后，他将遗骸草草棺殓，准备发丧，自己在灵柩前即位登基。朱友珪封韩勍为侍卫诸军使，命他在宫中守卫，保护自己的安全。韩勍劝朱友珪多拿出些金帛，赏赐诸军，以取悦大家。朱友珪也很聪明，赏赐了诸军将领。将领们得了厚赏，也乐得升官发财，束手旁观了。只是内廷虽然被他笼络，但外镇却不受他的羁绊。

匡国军听说发生内乱，都向节度使告变，请求进京勤王。当时韩建刚好调任镇帅，竟然却置之不理，后来竟然被手下杀害。那时杨师厚正留守在邢、魏，他也乘机率军进驻魏州，将罗周翰赶了出来，独霸一方。朱友珪畏惧杨师厚的势力，只好将罗周翰调到其他地方，并特任杨师厚为天雄军节度使。天雄军即为魏博军，唐朝时的旧称。护国军节度使朱友谦，年轻时是石壕间的大盗，原名朱简，后来归附朱温，因为跟朱温同姓，愿意归附养子之列，改名朱友谦。朱温篡位后，命他镇守河中，加封冀王。他听说洛阳告哀，料定必有蹊跷，便哭着对手下说："先帝辛苦了几十年，才创建了这些基业，前些天我听说宫中有变，有人一手遮天。我身为一方节度使，不能入宫扫清逆贼，岂不是一大恨事！"话还没说完，洛阳那边来了诏书，加封他为侍中中书令，并征召他入朝，朱友谦对来使说："先帝突然驾崩，是谁即位？我正要前去问罪，他还敢征召我？"

来使匆匆返回，报知朱友珪。朱友珪随即派韩勍率军征讨河中，朱友谦见不是对手，便举河中归降晋国，并向晋王乞求援助。晋王李存勖统兵前往，大破梁军，韩勍等人败还。各位读者，这朱友珪的生母本是亳州一个妓女。从前朱温镇守宣武时，攻占了宋州和亳州，朱温看上这个妓女，一场云雨之欢后，便生下一名男子，取名朱友珪，排行第二。因为是这种出身，兄弟们都瞧不起他。况且他又手刃生父，如此大逆不道，还想嫁祸给朱友文，这样凭空诬陷岂能瞒过所有的人？岂能安享富贵？

糊糊涂涂地过了半年，已是梁乾化三年元旦，朱友珪君临天下，大赦天下，改元凤历。那时均王朱友贞，已经代替朱友文的职责，做了东都留守，后来又加官检校司徒，并命驸马都尉赵岩，带着诏书来到东都。朱友贞私下宴请赵岩，对他说："你跟我是郎舅至亲，不妨直言相告。先帝升天，到处都是流言蜚语，驸马在内廷供职，肯定知道内幕，请问究竟发生了什么？"赵岩哭着说："大王即使不问，我也该直言不讳。嗣君弑父夺位，把控朝纲，内臣实在无力讨罪，全仗着外镇出力了。"朱友贞说："我早有此意，却担心无人助我一臂之力，怎么办？"赵岩回答："如今论手握强兵，德高望重的没人比得上魏州的杨令公，最近他又加任为都招讨使，只要能得到他的一句话，胜过千军万马，那大事可成了。"朱友贞拍手称赞说："好！就这么办！"

宴请结束后，朱友珪派遣心腹马慎跑到魏州，入见杨师厚，并传话说："郢王弑父篡逆，天下共知。众望共属大梁，大人要是乘机起义，帮助均王进京勤王，定能名垂千秋！"杨师厚正在迟疑不决，马慎又说，均王承诺事成以后出五十万缗钱犒赏三军。杨师厚于是召集部将，质问大家说："郢王弑逆时，我不能入都讨罪，现在君臣名分已定，又要入京声讨，真的可行吗？"众人还没回答，就有一将应声说："郢王弑君杀父，这样的乱臣贼子，人人得而诛之。均王兴兵复仇，我们奉义讨贼，怎能认贼为君？一旦均王破灭叛贼，敢问大人将何去何从？"杨师厚恍然大悟，起身说："我差点误了大事，幸亏又良言提醒，我当作讨贼的先锋！"于是他跟马慎说明，让他回去告诉均王，静候佳音。他派将校王舜贤偷偷潜入洛阳，跟龙虎统军袁象先商定计策；又派遣都虞侯朱汉宾屯兵滑州，作为外应。王舜贤到了洛阳后，正巧赵岩也从汴梁回来。赵岩是梁主朱温的女婿，袁象先是梁主朱温的外甥，他们当然想报仇，这两人商议好大计后，把计划密报给了梁、魏。

在此之前，梁主朱温的随从军龙骧军推举指挥使刘重霸为首，声言讨逆，并占据怀州。朱友珪命人征剿，始终不能扫平。汴梁的守将曾经参加过龙骧军，朱友珪正好召他们进京。均王朱友贞派人对众人说："龙骧军在怀州叛乱，天子怀疑你们也有参与，所以才将你们一概召回。恐怕你们到了洛阳，恐怕是活不了命了。均王那里已经有了密诏，只是均王不忍心杀害你们，所以才特地让我过来告诉你们。"守将听后，都跪拜在均王府门前，求指一条生路。朱友贞早就准备好了伪诏，递给他们一一看后，随即有哭着说："先帝与你们经营社稷共历三十余年，南征北战，才有了今天的基业。如今先帝都被奸人所害，请问你们要怎么逃生呢？"说到这里，便将守将们带到府厅，命他们仰视墙上的挂像。大家一看，发现是梁主朱温的遗像，纷纷扑倒在地，一边拜一边哭。朱友贞也呜咽着说："郢王残害君父，违天逆地，现在又要屠杀亲军，残忍至极。你们要是能赶赴洛阳，擒杀逆贼，告谢先帝，还可以转祸为福呢！"

大众齐声允诺，争呼朱友贞为万岁。朱友贞连忙派人飞报赵岩等人，让他们前来接应大军。赵岩、袁象先半夜开门，放大军入都，一面贿赂禁卒千人，共入宫城。朱友珪听说宫外有变，慌忙带着妻子张氏和冯廷谔逃到皇宫城北，打算翻墙逃生。偏偏后面追兵大至，大喊杀贼。朱友珪自知不能走脱，便命冯廷谔先杀掉他的妻子，后杀掉自己。冯廷谔见无路可退，也自刎而死。都中各军，乘着混乱四处劫掠，许多官员在混乱中丧生。京城骚乱了一天，到了晚上才算安定。

袁象先拿到传国玉玺后，让赵岩到汴梁迎接均王友贞。朱友贞说："大梁是先帝创业的基地，何必要去洛阳呢。如果大家真心推戴本王，那就在东都受册，等乱贼尽除后，再去洛阳拜谒陵庙就是了。"赵岩返回告诉百官，百官也没有意见。于是，均王朱友贞在东都即位，削去凤历年号，仍然号称乾化三年，追尊父亲朱温为太祖神武元圣孝皇帝，生母张氏为元贞皇太后，追还朱友文的官爵，并废朱友珪为庶人，向四方颁发诏书说：

我国家赏功罚罪，必协于朝章，报德伸冤，怎敢欺于天道？即便有逆贼倒行逆施，虽然偶得逞一时，终究逃不过制裁。重念太祖皇帝开创基业，四方征剿，始建皇朝。后来迁都洛阳，留守的重任，需要选拔贤才，予以重任。已故博王朱友文，才兼文武，博古通今，身负留守汴梁这兴旺之地的重任。他忠心无私，留守二年内，施惠于民，确实有劳于家国。去年郢王朱友珪，心怀篡逆之心，锋芒毕露，将不利于君亲，欲窃国盗位。那时正值先王患病将愈，博王朱友文于是密上封章，请求戒备宫禁，于是以莱州刺史授予郢王。朱友珪不服调任，施行大逆，并纵兵于内殿，丧心病狂，弑父杀君，反而嫁祸给东都留守！他伪造诏书，妄加刑戮，并夺走博王的封爵，还改了他的姓名，冤耻两深，欺天大罪，罪不容诛！幸赖上苍保佑，宗庙显灵，才使得中外辅佐，远近相助。不久内难平复，元凶遭诛。既雪耻于同天，且免讥于共国。朕正准备避世谢人，守丧尽孝，怎奈众人推崇，继承皇位。冤愤既然已经伸张，恩泽也应该达于九泉。博王应复其官爵，仍令有司择日归葬。朱友珪凶恶滔天，神人共弃，生前敢为大逆，死后且有余辜，应废为庶人，以示后人。特此布敕，使得远近闻知。

这道诏书下达之后，朱友贞改名为朱锽，进封天雄军节度使杨师厚为检校太师，兼中书令，加封邺王。西京左龙虎统军袁象先为检校太保同平章事，加封开国公。此次勤王，这两人最为出力，所以封爵也最为优待。其他的如赵岩以下，也都升官晋爵。朱友贞又派人前去招抚朱友谦，朱友谦仍然归顺，称梁年号。只是与晋却没断绝来往，也算是个骑墙派人物。梁朝到了这时，才算得以苟安。第二年改元贞明，梁主朱友贞又改名为朱瑱。正是：

多行不义必遭殃，稽古无如鉴后梁，

乃父淫凶子更恶，屠肠截脰有谁伤？

第九回 讨饭的皇帝

再说刘守光僭越称帝后，便想吞并邻镇，打算举兵攻打易州和定州，抢夺义武节度使王处直的地盘。参军冯道是景城人，他面谏刘守光，劝阻行军。刘守光不肯听从，反而将冯道拘押入狱。冯道为人随和，非常受人尊重，燕人听说他下狱了，仗义相救，将他放了出来。冯道料定刘守光必亡，便举家逃到晋阳。晋王李存勗命他为掌书记，并问他燕的实际情况，探得了虚实。

李存勖正打算发兵攻燕，可巧王处直派人前来乞援，于是晋王派振武节度使周德威，领兵三万，前往定州救援。周德威跟赵将王德明、程严在易水会师，共同攻打岐沟关。联军一鼓作气，将关攻下，随后又进兵涿州。涿州刺史刘知温命偏将刘守奇拒守，刘守奇手下有个门客叫刘去非，他对城下的守兵大喊："河东的兵马为父讨贼，关你们什么事，为什么要卖命坚守呢？"守兵被他这么一喊，斗志全无，多半逃走。刘知温料定不能坚守，只好开门迎降。晋将周德威随即又率军抵达幽州城下，另派裨将李存晖等人往攻瓦桥关。守关的将吏和莫州刺史李严都出关投降。刘守光连接收到败报，惊慌的了不得，急忙带着钱财向梁求援。那时梁主朱温督兵攻赵，想要使出一招围魏救赵的妙计，没想到被晋将李存审吓退。幽州没了一大援手，更加觉得孤危，只好誓死坚守。

晋将周德威率军攻城，但幽州城墙高大又坚固，士兵不够用，只好再向晋阳乞师。晋王李存勗便调李存审前来援应，还带领吐谷浑、契苾两部的番兵前往支援周德威。周德威得到增兵后，随即四面筑垒，打算长久围困，刘守光见晋军越来越多，心里更加恐惧。

燕将单廷珪，向来以骁勇自称，他不愿龟缩在城中，极力请求出战。刘守光拨精兵一万，命他开城接战。单廷珪披甲上马，扬鞭出城，一声狂呼，万人跟进。只见他挺着一杆长枪左冲右突，还真有些厉害。晋军拦阻不住，退到了龙头冈。龙头岗层峦叠嶂，地势非常险峻。周德威倚冈立寨，据险自守，忽然见见单廷珪跃马前来，来势汹汹。周德威忙令部将排定阵势，自己登冈指挥，准备对敌。单廷珪老远看到周德威，便对左右说："今天我一定要活捉周阳五！"阳五是周的德威的小名。说完，他拿着一杆长枪，当先冲锋，枪锋所至，所向披靡。晋军三进三退，那单廷珪竟然不问死活，率军径直向周德威杀去。周德威究竟是员老将，他不慌不忙。只是装作胆怯，策马往山岗上逃跑。单廷珪只管跃马追赶，他朝着周德威的背后，一枪刺去，满心以为正中周德威的胸腹，谁知周德威早就防着这手，只见他腰身一闪，便把枪头让开，同时右手拿出了铁鞭，朝单廷珪的马头一顿猛击。那马疼得受不了，从山上滚了下去。山岗本是就不平，这一滚就滚出了几丈远。单廷珪虽然骁悍，但也驾驭不住，还是弄得人仰马翻，摔得皮开肉绽，凑巧山下面有晋军在那儿埋伏，顺手便把他给捆了起来。燕兵见主将被擒，慌忙退走。晋军乘胜追击，斩首三千级，侥幸逃脱的燕军全部逃到了城中，这一战，燕军的士气跌落到了谷底。

周德威斩了单廷珪后，又分兵攻下顺州、檀州，后来又攻克芦台军，拿下居庸关，一路旗开得胜。刘守光惶急万分，多次派人去梁朝告急，那时正值梁廷内乱，自顾不暇。他只好自己想办法，命大将元行钦在河北募兵，骑将高行珪出守武州，作为外援。晋王李存勗急忙派遣李嗣源去攻打武州，高行珪出战失利，投降了李嗣源。元行钦听说武州失守，急忙引兵攻打高行珪。高行珪命弟弟高行周去晋军大营作为人质，乞求援助。李嗣源再度进兵与元行钦交战，八战八胜，元行钦心服口服，最后归降。李嗣源非常欣赏他的勇气，便将他收为养子，任他为代州刺史。

再说周德威围攻幽州，已经一年多了。从前因为幽州四周还有燕兵分布，必须要远近兼顾，统筹内外，所以一时不便进攻，只能扎下连营竖栅，跟燕兵相持。后来他听说四面的犄角都已经覆灭，于是开始向南门进军，专心攻城。刘守光昼夜不安，他自知兵力不能支撑，不得已致书妥协，希望能求和。周德威笑着对来使说："大燕皇帝，还没有在郊天即位呢，怎么这么窝囊？我受命讨罪，不管其他的事情，请为我转告燕帝，休想乞和，快来一战。"于是便叱退了来使。刘守光听后，更加窘迫，又派部将周遵业带着一千匹丝绢、一千两白银、一百段蜀锦献入晋营，哀求周德威说："富贵成败，人生常理，录功叙过，也是霸主盛业。我王刘守光不愿甘居朱温之下，这才背梁称尊。谁知道得罪了大国，使得你们劳师经年，现在已经知道了罪孽深重，还希望晋王宽恕！"周德威说："要是能战就来战，不能战就立时投降，何必多说！"周遵业还想开口，见周德威起身入内，也只好怏怏退还，报知刘守光。刘守光搔首挖耳，也是无计可施。踌躇了很久，忽然听到城外喊声震天，料到是晋军又来攻城，不得已硬着头皮，登城巡守。他老远看见周德威跨着骏马，手里拿着令旗，指挥战士，于是他凄声遥喊："周将军！你是三晋的贤士，为什么要这么咄咄逼人，就不能网开一面吗？"周德威回答："你已经是砧板上的鱼肉了，好好反思一下自己吧，不用责怪别人！"刘守光顿时语塞，痛哭流涕。

不久，平营、莫瀛等州城都降了晋，刘守光情急智生，他见晋军有所懈怠，便亲自引兵连夜出城，偷偷跑到顺州城下，冒充晋军，让守军打开城门。守兵被他唬着，再加上黑夜无光，竟然真的把他们放了进去。城门一开，刘守光率兵冲入，一顿乱杀乱砍，斩杀了许多守兵，占住城池后，又乘胜转攻檀州。那时周德威已经闻知，急引兵到檀州，与刘守光接战。在半路，周德威跟刘守光相遇，双方一场混战，晋军大破刘守光，刘守光带着一百多残卒，仓皇逃回了幽州。晋王李存勗派遣张承业犒劳行营，并与周德威商议军情。此事被刘守光得知，他又写信给张承业，表示愿意举城投降。张承业知道他为人狡猾，便将来使遣回。刘守光急得实在没法，再派人前往契丹，跪求援兵。契丹酋长阿保机也听说他为人不讲信用，不肯出兵援救。刘守光急上加急，心想除了投降，也没别的办法了。于是，他多次派人向周德威乞降，可是周德威始终不同意，刘守光又登城对周德威说：“我已经力屈计穷，只求将军放我一马，等晋王到了，我便开门迎接，俯首听命！”

周德威让张承业回去禀报晋王。晋王命张承业留守晋阳，自己赶往幽州。他一人一骑在幽州城下对刘守光喊道：“朱温篡逆无道，我本想会合河北的五镇兵马，兴复唐祚。你不肯跟我同心协力就算了，竟然还效仿朱温，僭号称帝。更加过分的是，你还想要欲并吞镇、定两镇，如此贪婪无信，惹得天人共怒，才会有今天的下场。不过，成败也是大丈夫常有的事，你还必须做出选择，敢问你将何去何从？”刘守光哭着说：“如今我已成为釜中鱼，瓮中鳖了，听候大王发落！”晋王也动了怜悯之心，当即折断弓箭，对他发誓说：“只要你出来相见，我保证你安然无恙。”刘守光听后，还是犹豫不决，只是含糊答应说：“再等几天吧！”

晋王见他如此不讲信用，觉得又好笑又气愤，回到周德威的营中后，决心明天督军猛攻，立誓要拿下此城。当天晚上，有个叫李小喜的燕将从城里遛了，跑到晋军大营投降，并报告城中已经粮尽兵竭。这个李小喜是什么人呢？原来他是刘守光的亲臣，当初他教刘守光千万不要降晋。后来，到了危急的时候，他又劝刘守光写信乞降，其实是缓兵之计，并不是真心投诚。不料李小喜却先走一步，真的投降了晋军。晋王李存勗当即命众将五更造饭，让各军饱餐一顿，等到明天一早，一声鼓角，全营涌出。

第二天早上，晋王亲自披着甲胄，督兵进攻。晋军这边搭着竖梯，那边垒着攀堞，从四面八方同时动手。那是燕兵已经疲惫不堪，哪里还能支持得住，就算是有心拒守，也是防不胜防。霎时间，城楼就被攻破，燕兵乱窜。晋兵攻上城楼后，并趁势下城去捉拿刘守光。那时，刘守光已经带着妻子李氏、祝氏，儿子刘继珣、刘继方、刘继祚等人逃出了城外，向南逃往沧州。只有他的父亲刘仁恭还被幽禁在别室，被晋军马到擒来。此外刘氏家族三百多口都来不及逃走，一起做了俘囚。

晋王李存勗进入幽州城后，严令士兵，禁止骚扰百姓，并授周德威为卢龙节度使，兼官侍中。改命李嗣本为振武节度使，并派人追捕刘守光。可怜刘守光抱头南奔，途中又迷了路，在荒野小道中走了几天，而且身上没带干粮，空着肚子逃难，非常狼狈。到了燕地边界，见有几处村落，于是他派遣妻子祝氏到一农家里讨饭。农妇见她衣着华丽，并不像个乞丐，就问她为什么会如此落魄，祝氏也直言不讳。农家主人张氏假意留她食宿，并命家人将刘守光也请到家中，暗中却派人通报晋军。晋军匆匆赶到，将刘守光和二位妻三个儿子，一并捉住，押送到军门。那时晋王李存勗正设宴犒赏将士，见将吏已经抓住了刘守光，便笑着说：“大王是本城的主人，怎么还出城避客呢？”刘守光匍匐在台阶下，叩首求饶。晋王命他跟刘仁恭一同住在馆舍，并给予酒食。刘守光正是饥肠辘辘，见到酒菜，一阵狼吞虎咽，乐得饱餐一顿。

过了几天，晋王下令班师，令刘守光父子带着枷锁随行。刘守光的父母对着刘守光，一边唾弃一边辱骂道：“你这个逆子，我刘家竟被你葬送到这般田地！”刘守光听后，低着头没说话。路过赵州，赵王王镕早已摆好盛宴，迎接犒劳晋军。王镕请晋王上坐，举杯祝贺大军凯旋，喝得正高兴时，他站起来请求说：“希望见大燕皇帝刘守光一面。”于是，晋王命将吏将刘仁恭父子牵入，去掉枷锁，入席同饮。刘仁恭父子拜见王镕，王镕也作揖答拜，并赠送他们衣服鞍马。在席间，刘守光仍然饮食自如，丝毫不觉惭愧。

不久，晋王辞别赵王返回晋阳，即将刘仁恭父子用白链牵入太庙，自己亲往监刑，刘守光大喊："守光死而无恨，只是当初我之所以不投降，都是李小喜出的主意！"晋王将李小喜召入对证，李小喜怒目斥责说："你囚父杀兄，奸淫父亲的爱妾，难道也是我教你的吗？"晋王生气地指着李小喜说："你究竟做过燕臣，不应如此无礼！"便喝令左右，先将李小喜枭首，然后处斩刘守光。刘守光又大喊："我自幼善于骑射，大王想要成就霸业，何不开恩赦免我的死罪，我定当以死相报！"就在此时，他的两位妻子在旁边叱责说："事已至此，活着还有什么意思？我们情愿先死，请动手吧！"刘守光临刑之际，还在不停地哀求，直到刀起头落，方才寂静。晋王另派节度副使卢汝弼押着刘仁恭到代州，剖出他的心肝祭奠先王李克用，然后枭首示众。刘氏其余三百多口，全部被处死。

王镕与王处直举荐晋王李存勗为尚书令。晋王三次推让后才接受。他开府置行台，仿照唐太宗，再命李嗣源会同周德威和镇州兵马，攻打梁朝的邢州。梁天雄节度使杨师厚，发兵救援邢州。晋军因前锋失利，只好引军撤回。

话分两头，再说淮南节度使杨隆演嗣位后，又由徐温派遣部将周本平定江西，内外无事。徐温又命人分别到晋、岐，报告杨隆演袭位。晋、岐两国，也承认他是嗣吴王，杨隆演知道后自然是非欣慰。只是徐温辅政，权势一日盛过一日，镇南节度使刘威、歙州观察使陶雅、宣州观察使李遇、常州刺史李简都是杨行密部下的老将，他们仗着旧勋，蔑视徐温。李遇曾对人说："徐温算什么东西！我见都没见过他，他就敢做吴相吗？"这话传到了徐温耳朵里，徐温派馆驿使徐玠出使吴越，并令他路过宣州的时候顺便召李遇入朝。李遇踌躇不决，徐玠说："大人要是不肯入朝，恐怕有人会怀疑你要造反！"李遇愤然说："你说我造反？先前徐温弑杀侍中（指杨渥，他曾兼任侍中。），到底是谁要造反呢？"

徐玠回来禀报徐温，顿时触动了徐温的痛处，他大发雷霆，当即下令淮南节度副使王玠担任宣州制置使，并加李遇抗命不朝的罪状，派遣都指挥使柴再用和徐知诰两人，领兵征讨李遇。李遇怎肯俯首听命，他闭城拒守，柴再用等人围攻了一个多月，还是不能攻下。李遇的小儿子曾是淮南的牙将，被徐温抓到军前，柴再用对李遇喊道："你要是再抗命，就杀了你的儿子。"李遇见小儿子痛哭求生，心中好像刀割一般，便对柴再用说："给我两天的时间，容我考虑考虑！"正好徐温派遣说客何荛全劝降李遇，何荛进城对李遇说："大人要是还不改初衷，那我也不奢望能活着离开了，要杀要剐，悉听尊便。只是就靠这一座城池，恐怕也支撑不了多长时间，不如听我一句劝，献城纳款，还能保全身家呢！"李遇左思右想，实在没有别的法子，只好依了何荛的话，开门请降。谁知那徐温却是歹毒，竟然命柴再用把李遇杀死，并将李遇全家上下，一并诛杀。从此，诸将都非常畏惧徐温，再也不敢违背他的命令。

徐温的养子徐知诰这次征剿立有大功，被升为升州刺史。他在任期间，选用廉吏，修明政教，并举荐洪州进士宋齐邱为推官与判官王令谋、参军王翊一同谋议，牙吏马仁裕、周宗、曹悰也被收为腹心，隐然有笼络众心，缔造宏基的大志。而对待徐温，他又恪守子道，一点都不露骄态，非常谦恭。徐温曾对他的儿子们说："你们侍奉我，能比得上知诰吗？"从此，徐知诰的请求，他无不依从。

后来，徐知诰又向徐温告密，说刘威专横放肆，不可不防。徐温又想兴兵往讨。刘威有个幕客叫黄讷，他向刘威献计说："大人虽然遭到谗谤，但究竟没有真凭实据，如果大人能轻舟去见徐温，自然消除嫌疑了。"刘威点头，他便乘着一叶小舟，只带两三个侍从，径直前往广陵，陶雅也受命前来，跟徐温相见。果然，徐温见他二人如此诚心，便好生招待，并转达吴王杨隆演加赏他们的官爵。刘威、陶雅非常悦服，在广陵住了好久才告别。徐温摆下盛宴为他们饯行，席间徐温表现得非常殷勤，还装作恋恋不舍的样子，弄得刘威、陶雅两人感激涕零，表示要肝脑涂地，誓不相负。

不久，徐温跟刘威、陶雅共推吴王杨隆演为太师，徐温也得以升官加爵，领镇海军节度使，兼同平章事职衔。后来，徐温在广陵又派遣部将陈章攻打楚国，占得岳州，并擒获刺史苑玫；又在无锡击退吴越兵马。楚与吴越，先后向梁诉讼，梁命大将王景仁为淮南招讨使，率兵一万，进攻庐、寿二州。徐温与东南诸道副都统朱瑾，联兵抵御，大破梁军。徐温又自封马步诸军都指挥使，并两浙招讨使，兼官侍中，晋爵齐国公。他私自徙镇到润州，留儿子徐知训留守广陵。那时徐知训已经充任淮南行军副使，手握内政，小事都由徐知训裁决，大事又飞书与徐温商量。当时淮南百姓，只知道有徐氏父子，不知有杨隆演。

梁主朱友贞，听说淮南势盛，担心东南各镇会跟淮南连兵，成为梁朝的祸患。他正打算设法遏制。正巧荆南节度使高季昌大造战舰五百艘，修缮器械，招兵买马，有称雄的志向。梁主索性如他所愿，封他为渤海王，赐衮冕剑佩，以骄其志。果然，高季昌意气更加骄横，整天想着开疆扩土。他探得蜀国发生内乱，随即亲率战船，攻打蜀国的夔州。

蜀王王建自从僭越称帝后，跟岐王撕破脸皮，双方连年交战。将岐兵击退后，他的气焰更加嚣张。枢密使唐道袭是舞僮出身，如今非常得宠，太子王宗懿非常看不起他。王宗懿好勇善射，还喜欢当面侮辱大臣，大家都很讨厌他。一天，他在大庭广众之下，效仿舞僮的模样，样子非常滑稽。一旁的唐道袭看在眼里，恼羞成怒，非常气愤。唐道袭是王建的宠臣，遇到大事王建必定与他熟商。于是，唐道袭得以乘隙进谗，污蔑王宗懿谋乱。王建开始还不信，但是禁不得唐道袭的再三挑拨，再加上诸王大臣添油加醋，也不觉动疑起来。于是他命唐道袭带领士兵，进宫护卫。王宗懿知道后，又惊又怕，便嘱咐大将徐瑶、常谦等人引兵袭击唐道袭，唐道袭身中数箭，坠马而亡。王建收到消息后，真以为王宗懿要谋反，随即派遣王宗侃调集大军，将王宗懿及叛将全部斩杀。事后，王建追废王宗懿为庶人，改立幼子王宗衍为太子。

高季昌见蜀国内乱，以为有隙可乘，于是发兵进攻夔州。夔州刺史王成先出兵逆战，高季昌令军士乘风纵火，焚烧浮桥。蜀兵见敌人来势汹汹，都很害怕，幸好蜀将张武一马当先，率军舰挡住了敌人的去路。荆南军舰不能进军。突然，风势倒吹，害得高季昌放火自燃，荆南兵不是被烧死，也是淹死了。见大军溃散，高季昌仓皇换上小舟，狼狈逃走。正是：

返风扑火自当灾，数载经营一炬灰！

天意未容公灭蜀，艨艟多事溯江来。

第十回 梁、晋大战

荆蜀刚刚战罢，梁、晋又来交兵。梁任命杨师厚为天雄节度使，封邺王。杨师厚晚年，拥兵自重，根本不受梁主所制，幸好他享年不久，突然得病去世，梁廷上下都暗自庆贺。租庸使赵岩、判官邵赞都请求将天雄军分为两镇，减削兵权，梁主朱友贞依计而行。天雄军原本管辖魏、博、贝、相、澶、卫六州，梁主派贺德伦为天雄节度使，只领魏、博、贝三州；另在相州设置昭德军，管辖相、澶、卫三州，任命张筠为昭德节度使。这二人受命赴镇，梁主又担心魏人不服，又派遣开封尹刘鄩率兵六万，在白马顿渡河，表面上是说防备镇、定两镇突袭，其实是防备魏人变乱，暗作后援。

贺德伦到了魏州后，遵照梁主命令，将魏州原来的将士一半分派到相州。魏兵都是父子相承，族姻结合，不愿分开。魏军大营连营聚哭，怨苦连天。贺德伦担心会发生变乱，当即禀报刘鄩。那时刘鄩正在南乐屯兵，他先派澶州刺史王彦章率龙骧军五百骑驶入魏州，以震慑魏兵。这样一来，魏兵更加害怕，他们聚在一起商量说："朝廷忌惮我们军府强盛，所以让我们分离。我六州将士历代以来世居本地，从来没有远出河门，一旦骨肉相离，生不如死！"当即乘夜作乱，纵火大掠，并围住了王彦章的军营。王彦章突出重围，乱兵又冲入牙城，杀死贺德伦的亲卒五百多人，将贺德伦劫获，禁居在楼上。贺德伦焦急万分，乱军首领张彦，禁止党人剽掠，只逼迫贺德伦表达梁廷，恢复旧制，贺德伦只好依他奉表。梁主收到表奏后大吃一惊，立即派人前往抚慰魏军，并许诺张彦为刺史，但不批准规复旧制。张彦一再请求，梁使一再往返，但只是奉诏宣慰，始终不许恢复旧制。张彦非常愤怒，当即将诏书撕毁扔在地上，并用手指向南方，痛骂梁廷，还愤然对贺德伦说："天子愚昧暗弱，听人谗言，如今我兵甲虽然强大，却不能自保。请镇帅投靠晋阳，求得一个外援，才能相安无事。"贺德伦顾命要紧，又只得依他，向晋投降，并求得援师。

晋王收到降书后，当即命李存审进据临清，自己亲率大军东下，跟李存审会师。途中又接到贺德伦的来书，说是梁将刘鄩已进军洹水，离魏州城不远了，恳请火速进军。晋王担心魏人有诈，不肯轻进。贺德伦派遣判官司空颋前往晋军大营犒军。司空颋是贺德伦的心腹，到了临清后，将魏州的变乱前因后果全部告诉了晋王，并向晋王献言说："除乱当除根，张彦凶狠狡猾，不能不除。大王如果想要保境安民，千万不要纵容这个始作俑者！"晋王觉得很有道理。

第二天，晋王进屯永济，并召张彦到大营议事。张彦跟几个党徒毫无防备，虽说带了五百卫兵，可都只在大营外面。张彦等人刚到晋军大营，晋王就喝令军士将他们拿下。张彦等人都大喊着无罪，晋王宣谕说："你带头作乱，威胁主帅，残虐百姓，还说无罪吗？今天我举兵来这儿，只是为了安民，并非贪恋他人的土地。你虽说投降有功，但对魏州有罪，功小罪大，不得不诛杀你，以谢魏人。"张彦无词可答。晋王随即命人将张彦一行全部处斩，一共八人。晋王又传谕营外的魏兵："这次作乱罪在这八人，现在已经伏诛，其他人都既往不咎，大家不必惊慌！"魏兵听后，众皆拜伏，争呼万岁。

又过了一天，晋王率军前往魏州，贺德伦听说晋王到来，率全城将吏出城迎接。晋王从容入城，由贺德伦奉上印信，请晋王兼领天雄军。晋王谦让说："我听说魏州城中涂炭，特地来救火安民，并不是来抢夺地盘的，还请你不要误会。"贺德伦再拜说："贺德伦不才，心腹部将大多惨遭张彦的毒手，现在形孤势弱，怎能再统率州军呢？况且寇敌逼近，一旦有失，岂不是辜负了大王的大恩，还请大王千万不要推辞！"晋王这才受了印信，调贺德伦为大同节度使。

晋王李存勖得到魏城后，命沁州刺史李存进为天雄都巡按使，巡察街市。遇到散播谣言以及抢夺钱物的人，定斩不赦。从此城中秩序井然，没人再敢喧哗。李存勖又派兵袭取了德、澶二州，梁将王彦章奔回刘鄩的军营，但家属还在澶州城内，被晋军掠获。晋王命人优待家属，并派人招抚王彦章。王彦章却不顾妻儿，将晋使斩首。晋军大为恼怒，将他的家属屠戮无遗。随后，刘鄩又进军魏县，晋王出军抵御。晋王喜欢冒险，他带着一百余骑就去了刘鄩的大营，打探军情。偏偏被刘鄩探知，在半路设下伏兵，专待他们到来。晋王一行人刚刚靠近，就被伏兵团团围住，晋王跃马大喊，麾骑冲突，所向披靡。骑将夏鲁奇手持利刃，掩护晋王突围，从午时杀到申时，杀死梁兵一百多名，这才得以突出，夺路奔回。梁军还不肯罢休，穷追不舍，夏鲁奇请晋王先行一步，带着剩下的人断后，又手刃梁兵数十人，身上到处都是创伤。正在危急之间，李存审带着援军赶到，击退了梁兵。晋王检点了从骑，虽然大多受伤，但只有七人阵亡，他对从骑说："差点成了别人的笑柄。"从骑应声回答说："敌人怎么敢笑大王，应该惊叹大王英武才对！"夏鲁奇独出死力，晋王特别封赏，赐姓名为李绍奇。

刘鄩进军魏县城中，一连十几天不出来，一点消息都没有。晋王觉得不对劲，便命侦骑前去侦探。侦兵返回禀报，说城中并没有烟火，只有旗帜插在城墙上，非常整齐。晋王疑惑着说："我听说刘鄩用兵，一步百计，这其中一定有诈！"便再命侦探，才得到确报，果然城中大部兵马已经撤走。晋王笑着说："刘鄩以为我的兵马全部在魏州，必定乘虚袭击晋阳，真是老奸巨猾。但是他的长处在于偷袭，短处在于决战，我料定他还没有走远，我们火速追上去，一定能大获全胜。"于是，他领着一万骑兵，倍道急追。果然刘鄩大军已经偷偷行至黄泽岭，打算袭击晋阳。但途中遇到霪雨，道险泥滑，梁兵长途跋涉，已经疲惫不堪，因此行军非常缓慢。晋阳城内也早已接得消息，加强防备，枕戈待旦。刘鄩大军到乐平时，粮食已经吃完，又听说晋阳早有防备，后面又有追兵到来，免不得进退两难，惊惶交迫。眼看众将生有变志，势将溃散，刘鄩哭着对他们说："我们离家千里，深入敌境，腹背受敌。如今山谷高深，我们将何去何从？为今之计，只有力战方能有一线生机，否则我只有一死报君了。”部众感念他的忠诚，这才没有生乱。

晋将周德威本来留守幽州，他听说刘鄩要西袭晋阳，急忙率军前往救援，走到土门，刘鄩已经离开乐平，从邢州绕到了宗城，打算袭取临清，断绝晋军的粮道。周德威星夜兼程追赶刘鄩，一路上，抓到了十几个刘鄩排除的间谍。周德威把他们的手臂砍下，放他们回去，并让他们告诉刘鄩：“周侍中大军已经到了临清！”刘鄩非常吃惊，只好按兵不进。谁知道到了第二天傍晚，周德威的兵马才赶到临清，在一旁驻扎的刘鄩看到后，才知道自己中了奸计。刘鄩见已经失去袭取临清的最佳时机，只好引兵前往贝州。晋王收到军报后，得知刘鄩已经由西返东，追兵不能得手，于是屯兵博州，跟周德威遥做声援。周德威追击刘鄩到了堂邑，双方杀了一仗，互有死伤。刘鄩又将兵马转移莘县，设堑固守，并修建了甬道运送粮饷。晋王李存勗，也带着部队驻扎在莘县的西边，两军烟火相望，一日几战，不分胜负。晋王又分兵袭击甬道，用大刀阔斧，斩伐栅木，刘鄩督兵坚守，随坏随修，晋军也无可奈何，只抓到十几个人，就回去了。

梁主朱友贞，责备刘鄩劳师费粮，催他速战速决，刘鄩写信奏明行军的情形，还说晋军的确是个劲敌，不能贸然出战，只能训兵养锐，徐图进取。这封奏疏呈上去后，刘鄩又接到梁主的手谕，问他什么时候能取胜，刘鄩看后非常恼火，又上奏说：“臣现在还没想到好办法，如果每人再给一千斛粮，一定能够大破贼军。”各位读者，试想这梁主朱友贞虽然生性优柔寡断，但是见了这种奏报，也有些忍耐不住，便又下手谕说：“将军屯军积粮，究竟为了吃饱肚子呢？还是为了破贼呢？”刘鄩接得手谕后，不得已召问诸将：“主上深居宫中，对军旅大事一无所知，只知道跟那些年少气盛、纸上谈兵的人谋划军机，急于求成，可是敌人的势头正盛，如果出战，肯定对我们不利，该怎么办？”诸将齐声回答：“胜负总要决出，这样旷日持久，也不是好办法。”刘鄩不禁变了脸色，他退到帐中对亲军说：“主上昏暗，大臣阿谀，将士骄恣，士兵懈怠，我恐怕要死无葬身之地了！”

第二天，刘鄩又召集诸将，在每人面前放一盆水，让他们全部喝完。大家都面面相觑，没人敢喝。刘鄩便对诸将说：“一盆子水，尚且难以喝完，滔滔河流，能一口吸尽吗？”大家这才明白他是在借水喻义，可是大家还是不说话。偏偏朝廷的使者又来了，总是一个劲的催战。刘鄩实在没有办法，只好亲自挑选一万精兵，开城逼近镇定的军营。镇定军猝不及防，倒也惊乱，偏偏晋将李存审、李建及等人从左右两边来援，将刘鄩大军冲成几段。刘鄩腹背受敌，慌忙收兵撤回，可是已经丧失了一千多人，于是刘鄩更加决心坚守不出，并详报梁主朱友贞，请他不要再催了。

梁主朱友贞，半信半疑，整天寝食不安，又因为宠妃张氏忽然得病，心情非常沉重。张妃是大梁功臣张归霸的女儿，才色兼优，梁主朱友贞，早就想册立她为皇后。可是因为连年与晋交战，朱友贞无心改元，连郊天大礼都被搁浅了，更别说册封一事。后来，张妃病情加剧，朱友贞连忙册封她为德妃，白天刚刚行礼，半夜就去世了。毕竟夫妻一场，梁主朱友贞，悲伤了好几天，觉得身心疲惫，天还没黑就上床休息了。到了晚上，他好像梦见有人刺杀他，便从梦中惊醒。忽然，他听到门外有些动静，他急忙从剑匣中取出宝剑，披衣起床，自言自语说："难道真的有刺客吗？"话还没说完，寝门忽然开启，真的有个人拿着长刀闯了进来，前来行凶。刺客见梁主拿着手里拿着宝剑，急忙转身逃走，可惜被梁主抢上一步，将他刺倒，结果了性命。梁主急忙将卫兵喊了进来，命他们查看尸体。有人认出这是康王朱友孜的门客，梁主当即命人前去抓捕朱友孜。那时朱友孜正等待刺客回来，一听到敲门声，连忙跑去开门，结果被卫士撞个正着，被顺手牵来，押到了内廷。梁主当面审讯，朱友孜无可抵赖，低着头不说话。梁主非常气愤，下令将他处斩。原来朱友孜是梁主的弟弟，双眼中有重瞳子，自称有天子之相，想要弑兄自立，不料弄巧成拙，竟然送掉了性命。

第二天，梁主在朝堂上对租庸使赵岩和张妃的兄弟张汉鼎、张汉杰说："差点就见不到爱卿们了！"赵岩他们还不知道发生了什么，经梁主说明详情后，才顿首称贺，并面奏说："陛下登基已经三年多了，还没有郊天改元，所以才被奸人觊觎，内乱频发。如果陛下早早办了此事，就不会发生这种事情了！"梁主觉得很有道理。就在当天，朱友贞改乾化五年为贞明元年，亲自祭祀圜邱，颁下诏书大赦天下，并命次妃郭氏暂时总领六宫的事宜。郭氏是登州刺史郭归厚的女儿，也因为姿色被宠幸。自从朱友孜伏诛后，梁主开始猜忌宗室兄弟，唯独重用赵岩和张妃兄弟。赵岩等人仗势弄权，卖官鬻爵，并暗中陷害旧臣故相，如敬翔、李振等一班勋臣，名为秉政，但是他们说的话都不被采用。大家心灰意冷，眼看朱梁七十八州，要陆续被别人占去，不能长享太平了。

梁主改元贞明，是在乾化五年十一月中，转眼就是贞明二年。那刘鄩仍然坚守莘城，闭门不出。晋军虽然多次挑战，始终没人出来应战，城防却又非常坚固，无懈可击。晋王李存勗留下李存审看守大营，自己前往贝州劳军，扬言要撤回晋阳。刘鄩觉得是个机会，便奏请梁主袭击魏州，梁主朱友贞回信说："朕发动全国兵马，全部托付给将军，这一战关系社稷存亡，希望将军勉力！"刘鄩命杨师厚的故将杨延直引兵一万，前往袭击魏州。杨延直半夜赶到魏州城南，还以为城中并没有备防，慢慢悠悠地安营扎寨，谁知还没扎到一半，就从城中杀出一彪人马，个个精壮绝伦，以一当十。再加上夜深天黑，杨延直看不清到底有多少敌军，只好见机撤军。其实城中只有五百名壮士，他们潜出劫寨，却吓退了梁兵一万多人。

第二天凌晨，刘鄩率兵到了城东，跟杨延直会合。他正准备督兵进攻，只听见城中鼓声大震，城门洞开，有一大将领军杀出，前来接仗。刘鄩老远一看，认出他是李嗣源，也摆开阵势，与他交锋。将对将，兵对兵，正杀得难解难分时，突然看见贝州方向，也有一军杀到。一马当先的那位统帅，穿着不同寻常，面貌也非常英伟。他手中拿着令旗，如风一般驰来。刘鄩惊讶地说："来的主帅是晋王，他不是说要撤军吗？难道又被他骗了？"于是连忙引兵后退。晋王跟李嗣源合兵后，步步进逼，刘鄩且战且行。逃到故元城西时，后面喊声大震，李存审驱军杀来，刘鄩叫苦不迭，急忙指挥兵马布成圆阵，准备防守。偏偏西北面有晋王大军，东南面有李存审大军，两都摆下方阵，鼓噪前行，刘鄩大军被夹在中间，不能呼应。交战了一段时间，刘鄩大军不支，纷纷溃散。刘鄩见大势已去，连忙带着十几骑，突围杀出，其余的七万多步兵，经过晋军一阵掩杀，伤亡了一大半，其余的即使侥幸逃脱，又被晋军追到河里，连杀带淹，最后只剩下几千人过河，跟着刘鄩退保滑州。

梁匡国军节度使王檀密奏梁廷，请朝廷发动关西兵偷袭晋阳，朝臣都觉得这是绝妙奇计，朱友贞下令照行。王檀发动河中、同华各镇兵马，总共三万人，出阴地关，悄悄来到晋阳城下。果然，城中没来得及预防，监军张承业听说梁军来了，急忙调动所有士兵和男丁百姓登城拒守。王檀昼夜猛攻，险些攻陷了城门，承业又慌又急。代州老将安金全，那时已经退休，安居在晋阳，他去见张承业，说："晋阳是我们的根据地，一旦失守，那就完蛋了！我虽然年老体衰，但我报效家国的斗志不改，请赐我兵器铠甲，我当为大人拒敌。"张承业转忧为喜，将府库里的铠甲兵器交给安金全，安金全召集子弟和退职的老将一共几百人，半夜从北门溜出，袭击梁军大营，倒真把梁兵给吓退了。

过了一天，又由昭义军节度使李嗣昭，派出牙将石君立引五百骑前来救援。石君立早上从潞州出发，傍晚赶到晋阳，突过汾河桥，击败梁兵，直抵城下，又大声喊道："昭义全军都来了！"张承业大喜，开城迎入。石君立又跟安金全等人，半夜从各门出兵，分头骚扰梁营，梁兵多有死伤。王檀料定不能攻克，又担心晋的援军从四面八方赶来，便匆匆撤还。那时，降将贺德伦还留在晋阳，他手下的士兵纷纷缒城逃出，前去投奔梁军。张承业担心他做内应，便将贺德伦处斩，然后报知晋王，晋王却没有加罪。梁主朱友贞，听说刘鄩大败而归，王檀又无功而返，忍不住长叹："我大势已去了！"。他召刘鄩入朝，刘鄩担心梁主会追究战败之罪，只借口说晋军还没有撤退，不便擅离职守。梁主为了安抚刘鄩，又授予他为宣义节度使，命他屯兵黎阳。

另一方面，晋王命李存审攻打贝州，刺史张源德固守，李存审屡攻不下。晋王亲自率军攻打卫、磁二州，连连得手，降服卫州刺史米昭，斩杀磁州刺史靳绍。他又派人分别攻打洺、相、邢三州，三州的守将不是投降就是逃走，不费吹灰之力便将三州纳入囊中。晋王将相州仍然归到天雄军，在邢州特地设置安国军，兼辖洺、磁二州，并命李嗣源为安国节度使。后来又进兵沧州，守将毛璋也出城投降。只有贝州刺史张源德，始终抗拒晋军。城中的粮食吃完了，甚至以人为粮。军士将周源德杀死，准备向晋军投降，又担心晋军痛恨他们坚守而杀掉他们，便请求晋军允许他们披甲带刀，出城迎降。李存审假装答应，等开城后，麾兵进城，抚慰一番后，便命降将丢兵弃甲。降众不知是计，刚刚脱去铠甲，上缴兵器，不料一声号令，被晋军四面包围。晋军见一个，杀一个，把降众三千多人，杀得干干净净，一个不留。从此河北一带，都归晋所有。只有黎阳还是由刘鄩守住，总算还是梁土。晋军前去攻打不能攻下，只好班师而回。

河北大部分已经落入晋王之手，晋军势头正盛。就在此时，晋王李存勖却连夜赶回晋阳。原来李存勖非常孝顺，他这些年虽然一直经营河北，但一有空闲必定赶回去，看望生母曹氏。这次因为行军太久，所以才行色匆匆。晋祖李克用的正室本来是刘氏，李克用起兵代北，转战中原，曾命刘氏一同前往。而刘氏又深通兵法，又善于骑射。她曾经用宫女组建了一支卫队，教她们武艺，随从军中。李克用所立的战功，多半出自刘氏的帮助。后来，李克用得以封王，刘氏也受封为秦国夫人。可惜的是，刘氏膝下无子，但她为人随和善良，跟李克用的爱妾曹氏相处得非常融洽。她总是在李克用面前说，曹氏有富贵之相，日后一定能生下贵子。后来。曹氏果然生下李存勗，李存勗嗣立后，曹氏也被推为晋国夫人。母以子贵，曹氏的地位甚至高出了刘氏几分。可是刘氏却毫不妒忌，对待李存勖像亲生儿子一样。李存勗每次回来看望曹氏，曹氏也必定命我去令问候嫡母，不能缺了礼仪。正是：

尹邢相让不相争，王业应由内助成，
到底贤明推大妇，周南樛木好重赓。

第十一回 契丹崛起

晋王李存勗回到晋阳后，过了残年，忽然听说契丹酋长阿保机称帝改元，竟出兵夺取了晋的新州，又进军围攻幽州。契丹与晋之间眼看又要大动干戈了。

再说中国北方，一向是外族人居住的地方，他的兴衰交替，也是屡有变革。唐初突厥最大，后来突厥分裂，回鹘、奚、契丹又相继称盛。到了唐末，契丹最强，他本来是北方的强国，国内分为八个部。每部都有酋长，号为大人。又推举一个大人为领袖，统辖八部，三年一任，不得争夺。

到了唐朝末年，正是阿保机为八部统领，他擅长骑射，也很有智谋，曾经乘机入塞，攻陷城邑，掳得中原人民，挑选一部分土地，让这些人耕种。不出几年，居然也禾麦丰收，人口繁衍。阿保机为其修筑城郭，设立集市，安置官吏，并且也效仿中国幽州制度，称新城为汉城，汉人住在这里，倒也安居乐业，不想着回中原的事。阿保机听汉人说，中国君主历来是世袭的，从来也没有换着干的事，因此也以武力威慑各部，不肯再遵行三年一任的老例，时光飞逝，已经过去九年了。那八部大人都有怨言，阿保机于是通告各部说："我在任九年，所得汉人，不下数万，如今他们都居住在汉城，我现在自为一部，去做汉城首领，不再统辖你们各部，可以吗？"各部大人当然都满口答应。阿保机于是搬到汉城去住，练兵造械，四处攻占土地。

党项在汉城的西边，阿保机曾经率兵去攻打，想要把党项占为己有，没想到东方的室韦部却乘机来袭击汉城，城里人十分吃惊。就在这时，城中出了一个女英雄，她披甲上马，号召徒众，开城迎战，打败了室韦部的军队，将他们追逐了二十多里，杀了不少人，缴获了不少兵器，才收兵回城。你说这个人是谁？她就是阿保机的妻子述律氏。这述律氏名叫述律平，是回鹘血统，小名叫月理朵。长得很高，脸很白，有勇有谋。阿保机带兵四处征讨的时候，大多由述律氏暗中参议，屡建奇功。这次阿保机西侵党项，留下她在汉城据守，她每天早晚戒备，所以在强敌来袭的时候毫不惊慌，从容破敌。等到阿保机听说汉城有变带兵回来时，敌人早已败走，全城也安然无恙了。汉城在炭山的西南，这里盛产盐铁，所出的食盐，以前都分给诸部。述律氏又为阿保机设法，想借此召集诸部大人来这里，干脆将其全部杀掉。于是，阿保机派遣使者到诸部说："我的盐池一直满足你们各部的需要，你们得了好处，难道不来谢谢盐主吗？"于是诸部各大人就带着牛、酒，亲自来到汉城，与阿保机共会于盐池。阿保机设筵席款待，喝到酒酣耳热的时候，阿保机掷杯为号，两旁伏兵齐出，持刀乱杀一通，那八部的大人没有一个活着出来的。阿保机当即分兵去占领八部，八部已经失去了主子，谁还敢来抵挡？一个个只好俯首听命，愿意拥戴阿保机为国主，阿保机于是得以称雄北方了。

当时晋王李克用听闻梁将要篡唐，打算出兵声讨，于是想联络契丹来作为援助，就派人去与阿保机相约，想要与他联盟。阿保机倒也同意，便率兵三十万，来与李克用会合。到了云州东城，李克用盛筵相待，两人约为兄弟，共同出兵攻梁，临别时李克用又送了阿保机好多东西，阿保机也以骏马千匹相赠。没想到梁篡大唐江山以后，阿保机竟然背弃了前言，反而派人去行贿梁朝，并请求梁朝的册封。梁主朱温也派使者答报，命他剿灭了晋阳，然后才给他册封，并且与他相许两国为甥舅国。各位读者，你想那李克用得到了这个消息，能不深恨契丹吗？所以在李克用李临死的时候，曾交给李存勖一支箭，嘱咐他一定要剿灭契丹。

晋王李存勖嗣立后，打算先图取河北，所以不便与契丹绝交。他写信给契丹，仍然称阿保机为叔父，述律氏为叔母。等到李存勖伐燕时，燕王刘守光曾派参军韩延徽到契丹去求救兵，阿保机不肯发兵，还留住了韩延徽不放，想让他给自己为臣。韩延徽不拜，惹得阿保机大怒，罚他喂牛喂马。可那述律氏却慧眼识人，劝阿保机道："韩延徽守节不屈，正是当今贤士，如果能对他好好相待，他一定会为我们所用，为什么要使他充为贱役呢？"阿保机于是召进韩延徽，让他坐在自己身边，和他谈起军国大事，韩延徽应对自如。阿保机大喜，于是把他待若上宾，让他为自己出谋划策。韩延徽感念他的知遇之恩，所以也竭力相助，教他战阵，助他侵略，东驰西突，收服党项、室韦诸部。后来，他又创设了文字，制订了礼仪，设置了官号，一切法度，番汉参半，尊阿保机为契丹皇帝。阿保机自称天皇王，妻子述律氏为天王皇后，改元为天赞。并且以所居的横帐地名为姓，叫作世里，翻译成中文就是"耶律"二字。阿保机又在汉城北方营造城邑宫室，称为上京，上京的四周，都修筑了高楼，作为往来游猎、登高休息的地方。那里的风俗崇尚拜日崇鬼，每月到了朔望之时，一定要向东朝着太阳礼拜，所以阿保机登基理事，也称东向称尊。这是梁贞明二年间的事。

不久，韩延徽又暗中回到了幽州，探视家属，并顺便到了晋阳，入见晋王李存勖。李存勖将他留居幕府，并命他掌理书记的职务。这时，有个叫王缄的燕将，私下里对晋王说韩延徽反复无常，不应该信任他。晋王也动了疑心，韩延徽也察觉出来，就借着看望母亲的名义，又回到了契丹。阿保机失去韩延徽之后，就好像失去了一只臂膀，等到韩延徽回来后，他大喜过望，当时就任命韩延徽为相。后来，韩延徽给晋王写了一封信，把罪过都归咎王缄，还说只要他在契丹一天，就不会让契丹南侵，只是自己在幽州还有一个老母亲，希望晋王能开恩代为赡养，发誓不敢忘怀晋王的恩德。晋王李存勖于是命幽州的长官，好好照顾韩延徽的母亲，不能让她缺衣少食。谁知后来契丹竟然大举南侵，从麟、胜二州攻入，直抵蔚州。晋振武军节度使李嗣本发兵前去抵御，结果寡不敌众，李嗣本也被活捉。不巧，屋漏偏逢连夜雨，新州防御使李存矩骄惰成性、不体恤军民，被偏将卢文进等人杀死，卢文进也逃到了契丹，带着契丹兵占领了新州，整个云、朔都为之大震。

晋王李存勖这时刚从河北归来，接连得到警报后，急忙调幽州节度使周德威发兵三万，去抵御契丹。周德威到了新州城下，看见契丹兵士一个个精悍绝伦，心中开始打退堂鼓。后来，他又听说契丹皇帝阿保机率兵数十万前来援应，料到不能抵敌，便带兵退了回来。刚退到半路，就听到后面喊声大震，契丹兵追了上来。周德威勒马回头向北望去，只见那胡骑漫山遍野，踊跃奔来。他急忙下令布阵，整备对仗。可阵势还没布好，敌人就已经冲到了上来，凭着一股锐气，突入阵中，周德威招架不住，没办法只好领着大军再退。可是契丹兵马跑得飞快，霎时间队伍又被冲断，乱战中死伤了无数人马，只剩下几千人保着周德威，狼狈地逃回幽州。契丹兵乘胜追击到幽州城下，声言有百万之众，毡车毳幕，遍布山野。契丹一路上俘获的兵民，全部用长绳捆住，连头带脚，就像捆猪一样。到了夜间，好多俘虏都挣脱了绳子，找准机会逃走了。契丹主也不过问，一心指挥兵马围攻幽州。周德威一面求援，一面固守。卢文进又向契丹主献计，请建造火车和地道，仰攻俯掘。周德威用铜铁镕汁，上下挥洒，敌人畏惧烫伤，攻势才算稍微松懈。

双方相持有一百多天，晋将李嗣源、阎宝、李存审等人，又奉晋王之命率步骑兵七万，来援幽州。李嗣源与李存审商议："敌军骑兵恰是厉害，我军却善于利用险阻，我们不如走山路赶往幽州。如果遇到强敌，敌军的骑兵也无法施展，我们也可以依险自固，免得让敌兵占了便宜。"李存审连连称是，于是带兵翻越大防岭东行，由李嗣源与养子李从珂率领三千骑兵为先锋，马衔枚，人无声，悄悄疾走。距离幽州还有六十里的时候，与契丹兵狭路相逢，晋军全力死战才得以继续前进。走到山口，契丹出动一万骑兵拦住了去路，李嗣源来到契丹阵前，摘下头盔，手扬马鞭，用契丹话说："你们无故背弃盟约，犯我疆土，我王已率百万大军，直抵西楼，要灭掉你们的种族，你们还在这里做什么？"契丹兵听了这语，也不免心惊，一个个面面相觑。李嗣源乘机冲入敌阵，手舞铁棒，打死了一个敌人头目，后面的将士也一拥而上，将契丹兵马冲散，安全抵达了幽州。这时契丹主阿保机见攻城不下，又赶上盛夏连降大雨，已经班师回国，只留下部将卢国用继续围城。这时卢国用听说晋军的救兵到来，就在幽州城外列阵等着，李存审命步兵埋伏在阵后，不要轻举妄动，只让老弱残兵拿着点燃的火把，在阵前叫骂。契丹兵见烟尘蔽天，也被搞得莫名其妙，见晋军老弱，便出军迎战。李存审看准时机，命令阵后的伏兵一起冲了出来，趁着烟雾迷离，人自为战，蹂躏敌阵。契丹兵大败而逃，由晋军从后追击，连杀带俘有一万多人，这才收兵进入幽州城。周德威见了诸将，紧紧握住双手，激动地流下了眼泪。

晋王听到契丹败北的消息后，非常高兴，并决定要伐梁。他将李嗣源等人调回，打算指日出师。这时正赶上天寒地冻，河水都结了冰。晋王大喜说："我用兵几年，因为一水相隔，不便飞渡，现在河水结冰，正是天助我了！"于是急忙赶赴魏州，调兵南下。

这时梁黎阳留守刘鄩已经应召入朝，朝廷责备他失守河朔，把他贬为亳州团练使。河北失去了一员大将，没人能抵挡晋军，晋王看河冰已经很坚固了，就带着步兵骑兵渡河。河南有一座杨刘城，由梁兵驻守，沿河几十里，都修筑了营寨。晋王带领兵马突进，毁掉了各个营寨，直抵杨刘城城下。晋王命士兵背来芦苇，填平了城濠，并四面攻扑，当天就攻陷了城防，擒住了守将安彦之。那时，梁主朱友贞还在洛阳拜谒皇陵，准备行西郊祀天之礼。他听说杨刘城已经失守，晋军快杀到了汜水关，急得不知所措，慌忙停止了郊祀，赶回大梁。后来梁主又探听到晋王攻占了濮郓，大肆掳掠后总算回兵了，这才把悬着的心放了下来，安稳地过了残年。

第二年是贞明四年，梁主朱友贞召集近臣一起商议，想要发兵收复杨刘城。梁相敬翔上疏说："国家连年战败丧师，国土越来越小，陛下深居宫中，只是与左右近臣商议军务，这哪里能高瞻远瞩呢？试想李亚子嗣位以来，不管是攻城还是野战，无不身先士卒，亲冒矢石。听说他在攻杨刘城的时候，亲自背柴，跑在士兵前面，所以才能一举登城，夺我疆土。陛下儒雅守文，宴安自若，只是一个劲儿让那些后进将士们去驱逐强敌，恐怕不是什么良策。当今之计，应该向那些能征善战的老将请教，寻求良策，否则来日方长，后患还是不少啊！"梁主看了他的奏章，又把赵、张等近臣找来商议。赵、张诸臣都说敬翔自恃为老臣，口出怨言，请梁主下诏谴责。多亏了梁主曲意优容，只是把奏章搁了起来，置之不理也就算了。

过了几天，梁主令河阳节度使谢彦章率领几万兵马，攻打杨刘城。晋王李存勗那时已经回到魏州，接到杨刘的警报后，他急忙率兵赶到河上。谢彦章筑垒防守，把河堤打开，放出洪水，阻住晋军。晋王亲自登上小船，观察水情。只见水势弥漫了方圆好几里，深得没过了枪杆，心里也觉暗暗出惊，沉吟了半天，才笑着对诸将说："我料到梁军并没有一定要打仗的意思，只不过想要以水来自固，让我们自行疲惫，我怎么会中他们的奸计！看我先驱渡兵，攻他不备。"第二天早晨就调集将士，下令攻敌。自己率领魏州兵马先行渡水，后边的兵马也都跟上，披甲横枪，整队后行，正巧这时水势已经回落，只有膝盖那么深，众人都十分高兴，一拥而过。梁将谢彦章率领几万兵马，排在岸边阻拒晋军，晋军冲突了好几次，都被击退了。晋王眉头一皱，计上心来，兵马退到了河心，回头见梁兵追了上来，于是有翻身杀回。军士也都回身冲杀，大喊杀敌。谢彦章没有防到这招，竟被晋军冲散队伍，等到退回到岸上的时候，已经不能成阵。晋王指挥将士大杀一阵，杀死了一万多人，河水都染红了，谢彦章也仓皇而逃，晋军于是攻克了滨河四寨。

晋王打算一鼓作气，乘机灭掉梁国。他四面征兵，命周德威率领幽州三万兵马；李存审率沧、景的一万兵马；李嗣源率邢、洺一万人马；王处直遣将率易、定一万人马，另加上麟、胜、云、朔各镇兵马，一起在魏州会师，还有河东、魏博各军，一同赶到校场，由晋王升座大阅，慷慨誓师。各路兵马一齐呐喊，仿佛是海啸山崩，响震百里。梁兖州节度使张万进听到这声音吓得望风披靡，派来使者请求投降。晋王于是带领全军，沿河直上，在麻家渡扎营。梁朝命贺瓌为北面行营招讨使，率领十万兵马，与谢彦章会兵濮州，驻兵在州北的行台，相持不战。

晋王多次派兵马前去诱敌，可是梁营中始终不动，惹得晋王性起，亲自带着几百骑兵，来到梁营前，坐在那里辱骂。这时梁兵却突然出营追杀，险些伤了晋王，又多亏了骑将鲁夏奇拼死抵抗，晋王才能脱险。众将都劝晋王不要再拿生命儿戏，赵王镕和王处直也给晋王写信说："黎民的命运，都系在大王身上，大唐的命脉，也系在大王身上，怎么能这样自轻呢？"晋王笑着对来使说："从古到今，平定天下，大都是由百战得来。深居宫中、沉溺在酒宴怎么能得到天下呢？”来使走后，晋王又出营上马，亲自去挑战。李存审拦着晋王的马头流泪劝道：“大王应该以天下为重，冲锋陷阵是我们的职责，不是大王应该做的！”晋王还是不肯回去，李存审干脆抓住马缰躺在地上，晋王这才下马还营。

第二天晋王乘李存审不在的时候，又偷偷前往敌营，随从骑兵仍然不足一百，他对左右说：“李存审这个老头子总是那么扫兴，真让人讨厌！”快到梁营的时候，营外有道长堤，晋王一马当先，率先冲上了长堤，跟他一同上堤的只有十几人。万万没想到，堤下竟然埋伏了梁兵，他们一声呐喊，全都冲了上来，把晋王他们团团围住。晋王拼命力战，可一时也冲不出去。幸亏后面的骑兵陆续冲上长堤，从外面攻入，才杀开一条血路，策马飞奔。这时李存审也带领兵马前来援救，才把梁兵杀退。晋王再一次虎口脱险，心惊胆战的他回到军营后，更加相信李存审的忠言，从此对他更加优待了。

两军相持，转眼间已经有一百多天了。晋王又按捺不住，下令进军，在距梁营十里远的地方扎寨，打算与梁军决一死战。梁招讨使贺瓌也多次想要出战，都被谢彦章拦下。一天贺瓌与谢彦章到营外阅兵，在离营十里远的地方，正好有一块高地，贺瓌指着那块高地对谢彦章说：“这里地势险要，可以安营立寨，我们应当先抢占下来。”可是谢彦章却并不答话。后来，晋军逼近时，果然在高地安下了营寨。于是，贺瓌怀疑谢彦章与晋军私通，并密报梁主。后来，他竟然先斩后奏，协同行营都虞侯朱珪将谢彦章杀害。梁主也不辨虚实，不但不罚，反而升朱珪为平卢节度使，兼行营副指挥使。

晋王听说谢彦章被杀，高兴地对诸将说：“将帅不和，自相残杀，正使我们有机可乘！现在，如果我带领大军直指梁都，他们难道还能坚壁不出？只要他们敢出来与我交战，我们就一定能够取胜！”可周德威却劝说道：“梁军虽然杀死了自己的上将，可兵马还是不少，这样轻易行动的话，恐怕对我们不利。”晋王不听，向军中下令，让老弱病残都回魏州，所有精兵猛将，全部随行。

第二天，晋王下令拆毁了营寨，命大军向汴梁进发。大军走到胡柳陂，有探马前来报告说：“梁将贺瓌率领大批兵马从后面追来了。”晋王冷笑说：“我正是要他追来，好和他决一死战。”周德威又劝谏说：“敌军火速追来，不曾休息，我军步步为营，所到之处都立了营寨，守备有余。兵法上所说以逸待劳，正是现在的情况。请大王先按兵不动，由我们分出骑兵，去骚扰敌人，让他们不能好好休息，然后我们再一鼓出师，那样胜算就大了。否则梁兵顾念家乡，心里憋着一股激愤之情，这个时候与他们交战，恐怕我们不一定能取胜啊。”晋王听后，勃然大怒道：“之前在河上，恨不能和敌军交战，现在敌人来了，我们又不攻击，还在等什么？你怎么这么胆小！”说到这里，他回头对李存审说：“你让辎重兵先走，我为你们断后，看我先打败敌军，再与你们会合。”周德威不得已，带着幽州兵随行，哭着对儿子说：“我将不知死在哪里了！”

不久梁军大举而至，横亘了几十里，晋王自领中军，镇定军在左，幽州军在右，辎重兵留驻于陈西。晋王带领亲军冲入梁阵，所向无敌，十进十出，无人敢拦，梁军都指挥使王彦章支持不住，竟带着手下的人向西逃走。晋军的辎重兵看见敌军旗帜，还以为是梁军前来偷袭，顿时惶恐了起来。辎重兵冲向幽州军中，幽州兵马也跟着发生混乱。王彦章见晋军大乱，便乘机捣入，杀死许多幽州兵马。周德威慌忙拒战，可是却来不及阻拦，再加上贺瓌也率军前来帮助谢彦章，经过一场蹂躏，可怜那周德威父子，竟然战死在乱军之中！正是：

统兵百战老疆场，具有兵谋保晋王。

谁料渡河偏梗议，将军难免阵中亡。

第十二回　吴与吴越交兵

周德威死后，晋军的士气一下子就低落下来，晋王见幽州兵战败，急忙退守高邱。梁将贺瓌乘胜占据了土山，准备与晋王再度决战。晋王见敌军气势逼人，晋军看了都很害怕，李从珂、王建及等将领也请晋王收兵还营，等明天一早再战，晋王沉默不语，只有阎宝对晋王说："王彦章骑兵已经向西赶往濮阳，山下只有步兵。到了晚上，他们一定不想再战，我们居高临下，一定可以打败敌军。大王深入敌境，偏师已经失利，如果现在撤退，敌人一定有机可乘。如果现在收兵北归，恐怕河北也不会归大王所有了。成败就在今天，大王千万不要轻易退兵啊！"晋王听后，还是犹豫不决。李嗣昭也上前劝说："敌军没有营垒，我们派骑兵前去骚扰，让他们寝食难安，等他们退兵的时候，我们再发出骑兵攻击，一定能大获全胜。"王建及这时也执甲横槊，慷慨说道："敌兵已经露出了倦容，不乘这时候去打，还要等到什么时候？大王尽管登山督战，看我们为大王破敌！"晋王见众将都斗志昂扬，也奋然说："不是你们提醒，我几乎误了大事！"于是令李嗣昭、王建及率领骑兵当先冲突敌军阵势，自己率兵在后跟进。

梁兵那时都饿着肚子，只想着吃东西的事，正准备埋锅造饭，谁想到李嗣昭、王建及两员大将以迅雷不及掩耳之势杀了过来。他们大刀长槊，搅入阵中，刀过处头颅乱滚，槊到时血肉横飞，那些士兵一个个都逃命要紧，纷纷四散奔逃。晋王又率领大军赶到，好像泰山压顶一般，哪里还有抵御的份？贺瓌拍马逃回，部下更是溃不成军，阵亡的兵士大约有三万人。这是梁、晋的第三次鏖战。

晋王李存勗得胜回营，检点军士，死伤的也不少。他听说周德威父子阵亡，不禁放声大哭道："上天丧我良将，我后悔不听周将军的劝谏，现在后悔也来不及了啊！"周德威还有一个儿子叫周光辅，现任幽州兵马使，晋王随即任命他为岚州刺史。这场大战中，李嗣源和李从珂与晋王失去了联络，军中讹传晋王已经渡河回到了河北，于是也准备撤军。后来他们又听说晋王得胜，已经进军濮阳城，这才又返过头南渡到了濮阳，进见晋王。晋王见到他后，冷笑说："你以为我已经死了吗？这么急急忙忙北渡，到底想要干什么？"李嗣源无奈，只能磕头谢罪。晋王念他和李从珂有功，不忍心责备，只是罚酒一杯，算做小小的惩戒。晋王失去了周德威，心痛不已，便带兵回到了魏州，并派李嗣昭暂时掌管幽州军府大事。

梁主朱友贞接到贺瓌兵败的消息后，更加坐立不安，后来王彦章手下的败兵逃了回来，说是晋军就要杀到了汴梁了。于是他惊慌失色，把城里百姓都赶到城楼上，协助守城，并打算迁都洛阳。后来探马报来准确的消息，说晋军已经撤兵了，朱友贞这才免去了长途奔波，但也受到了不小的惊吓。

话分两头，当初晋王发兵攻打梁国的时候，曾经派使者到吴，约吴国从南北夹攻。吴王杨隆演命行军副使徐知训为淮北行营都招讨使，连同副都统朱瑾，带领兵马赶赴宋州和亳州，与晋军遥相呼应。吴国还向各州县传发檄文，下令进围颍州。梁主令宣武节度袁象先出兵援救颍州，吴军一见梁军前来增援，却不战自退。各位读者！你说吴军为什么如此怯弱呢？原来徐知训为人骄恣淫暴，将士们都不服他，所以毫无斗志，不愿意为他卖命。徐知训却也乐得退军，回到广陵，也好纵情淫乐。

徐知训凭借他父亲徐温的权势，多次升迁，做了内外都军使，兼任平章事职衔。他平时酗酒好色，遇到长有些姿色的妇女，就千方百计弄到手。抚州刺史李德诚的家里有十几个家妓，年轻貌美，姿色可人。徐知训得知后，就写信给李德诚，要他分几个给自己消遣。李德诚肯定舍不得，就回信说："我家里虽然有几个家妓，可都又老又丑，不配侍奉贵人，请容我为您另找几个年轻的。"徐知训看后，大怒说："他连家妓都不肯给我，太不把我放在眼里了！等我荡平李家，别说家妓，就连他的妻子都能弄到手！看他能不能逃出我的手掌心？"李德诚知道后十分害怕，急忙挑了几个姿色最佳的家妓，献给了徐知训，徐知训这才罢休。

徐知训不光欺辱吴国大臣，就连吴王杨隆演也经常被他侮弄。一天，杨隆演召见徐知训一起喝酒，徐知训喝得酩酊大醉，他仗着父亲徐温的淫威，竟然强迫杨隆演跟歌妓一起跳舞。懦弱无能的杨隆演不敢反抗，只好听命。左右侍从实在看不下去，怒视着徐知训，并破口大骂反贼。徐知训那时已经酩酊大醉，听到这话后怒发冲冠，随即拔出佩剑，当着杨隆演的面将侍从杀害。杨隆演在一旁吓得坐在地上瑟瑟发抖，不敢出声。后来，徐知训酒醒之后，竟然大摇大摆睡觉去了跟没事一样。

杨隆演的卫将李球、马谦听说主上被辱，想要为主除害。他们打算在徐知训进宫上朝时，埋伏卫兵除掉徐知训。谁知道徐知训随身也带有侍卫，他们一路且战且退。就在快要得手的时候，朱瑾从宫外带来的人马，将李球、马谦两人杀死，其余的卫兵死的死，逃的逃。徐知训气愤难忍，想要乘势进宫杀了杨隆演，幸好被朱瑾拦住。从此徐知训更加嚣张跋扈，把谁都不放在眼里。

徐温一直以来都非常偏爱养子徐知诰，所以徐知训也不免嫉妒他。当时，徐知诰担任升州刺史。他指挥兵民修筑府舍，鼓励农耕，减税少租，升州得以大治。不久，徐知诰进朝，在准备回到升州时，徐知训假装为他饯行，暗中却埋伏士兵，想要杀掉徐知诰。幸亏徐知诰平时为人随和仗义，跟徐知训的弟弟徐知谏平时关系不错。在酒席上，徐知谏偷偷踢了徐知诰一下，徐知诰猜想这是场鸿门宴，便借口上厕所，跳墙逃走了。徐知训见徐知诰迟迟不归，派人查看后，才得知徐知诰已经逃走了。他怒不可遏，随即拔出佩剑交给心腹将领刁彦能，命他火速追杀徐知诰。刁彦能敬佩徐知诰的为人，随便敷衍了事。回去后他报告徐知训，说没能找到，徐知训也没有办法，只好算了。

后来，徐知训为了答谢朱瑾的救命之恩，就亲自到朱瑾府上登门拜谢。可巧朱瑾那天有事不在家，徐知训见朱瑾爱妾生得美丽动人，竟然色胆包天，对她动手动脚。朱妾受了侮辱，朱瑾回府后，便将此事告诉了他。朱瑾听后咬牙切齿，捶胸顿足。后来他又听说徐知训想把自己外调，免不得恨上加恨。于是他索性一不做二不休，想出一个先下手为强的办法。

一天，朱瑾借口过生日，将徐知训请到自己家中，盛筵相待。席间他把爱妾叫了出来，让她跳舞助兴。徐知训色迷心窍，一双色眼看得目不转睛。朱瑾暗中窃笑，假装奉承，表示情愿把爱妾送给他。徐知训开心地手舞足蹈，非常得意。朱瑾知道徐知训的仆人都在厅从，一时间不方便下手，于是又请徐知训进入内堂，把自己的继妻陶氏叫出来见徐知训。陶氏风情万种地走到徐知训面前，下拜施礼，徐知训当然也要弯腰答礼。就在此时，朱瑾冷不防地从背后拿棍棒，猛地一击，将徐知训敲晕在地。室内埋伏的壮士听到声音后，也持刀出来，手起刀落，那淫凶暴戾的徐知训，当时就头断血流，一道灵符向鬼门关挂号去了。

朱瑾割下徐知训的人头，提着头走出大厅，徐知训的仆人一见，全都被吓跑了。朱瑾又跑到吴王府，跪奏杨隆演说："我已经为大王除了一害！"说着，就把血淋淋的头颅拿起来给杨隆演看。杨隆演吓得魂不附体，连忙衣服挡着眼睛，战战兢兢地说："这……这事我不敢管。"一边说，一边跑到内室。朱瑾不禁愤怒交集，大喊："你这小子真是废物，枉费了我的一番苦心！"随即把徐知训的人头扔在柱子边，准备离开，没想到吴王府门已经关了。徐知训的心腹刁彦能带着人马赶了过来，追杀朱瑾。朱瑾急忙跑到后院，打算跳墙逃走，不料不小心从墙上摔了下来，摔断了大腿。此时追兵已经发现了他，朱瑾知道自己逃不出去了，就远远对追兵说："我为百姓除害，就算是死，也可以含笑瞑目了。"说完，把手里的剑向脖子一横，当即死去。

当时，徐温一直在外镇守，并不知道儿子徐知训干的那些坏事。他突然听说儿子被杀，愤怒的不得了，立即带领兵马渡江赶到了广陵。后来守吏报告说凶手朱瑾已经死了，于是他又命人去搜捕朱瑾的家属。朱瑾满门上下一百多口，全部被抓了起来，徐温下令全部斩首，并把朱瑾的尸体陈列在北门，暴尸十天。

朱瑾在江淮一带名望很高，百姓都很敬重他。于是有人把他的尸体偷了出来，入土埋葬。那时正赶上瘟疫流行，说来也怪，只要病人取来朱瑾墓上的土，用水和服，马上就会痊愈。徐温听说后，愣是不信，还命人把尸体挖了出来，扔到了池塘里。不久，徐温便染上了病，夜里他还经常梦见朱瑾前来索命，不由得又惊又怕，他只好又命渔民用网把朱瑾的尸骨捞出来，并且在塘边建了一个祠堂，日夜供奉。奇怪的是，大家将朱瑾的尸骨安置好后，徐温的病真的就好了。徐温本来打算把朱瑾的党羽一网打尽，因为这个事情，才改变了主意。后来徐知诰、严可求等人，也向他述说了徐知训的罪行，徐温这才幡然醒悟说："这个孽子看来是死有余辜，我真是错怪朱瑾了！"

徐知训死后，徐知诰更加得到徐温的重用。不久，徐温便任命徐知诰为淮南节度副使，兼内外马步都军副使，通判府事，并暂时负责润州团练事务。徐知诰却一反徐知训的所作所为，十分恭敬吴王，对待士大夫和将士也特别谦和，宽人严已。他求贤才，纳规谏，杜绝请托，铲除奸猾，减免苛捐杂税，百姓都十分敬爱他。就连那些悍夫武将，也没有一个是不佩服他的。他任用宋齐邱为自己出谋划策，宋齐邱劝他大型农业，减免赋税，使江淮大地没有一寸空土，桑柘满野，禾黍盈郊，国家从此富强。徐知诰想要重用宋齐邱，可是徐温不愿意，只是任命宋齐邱为殿直军判官。而宋齐邱始终为徐知诰效力，每天晚上都与徐知诰商议大事，又担心隔墙有耳，两人只是用铁筋画灰为字，写完马上擦掉，所以两人的秘计，没有一个人知道。

严可求料到徐知诰心怀大志，他曾经对徐温说："徐知诰并非徐氏的子孙，却礼贤下士，笼络人心，如果不早点除掉他，以后一定后患无穷！"徐温却不肯听从，严可求又劝徐温让次子徐知询代掌内政，徐温也不答应。徐知诰这时也听到一点风声，竟调严可求为楚州刺史。严可求知道自己遭到徐知诰的猜忌，于是急忙去拜见徐温说："唐朝灭亡已经十多年了，我们还奉唐朝正朔，无非借兴复唐室为名，而实施自己的计划。现在朱、李两家争逐河上，朱氏日渐衰落，而李氏却日益强盛，一旦李氏得到了天下，难道我们还向他称臣吗？不如我们先建吴国，也好自立。"这一番话，说到徐温心坎里去了。原来徐温曾经劝过杨隆演自立为帝，杨隆演不答应，所以才拖延下来。在徐温的心中，考虑到自己权重位卑，只有让吴王称帝，自己才能掌握百官，约束各镇。

于是，徐温留下严可求参与政事，让他起草表章，推吴王为帝。吴王杨隆演还是不同意。徐温再次邀集将吏藩镇，一再上表，终于于唐天祐十六年，也就是梁贞明五年四月，杨隆演宣布即吴王位。在国中实行大赦，改元为武义，建了宗庙社稷，置百官宫殿，文物都采用天子礼，只是不称帝号。追尊杨行密为太祖，谥号孝武王，杨渥为烈祖，谥为景王，母亲史氏为太妃。拜徐温为大丞相，掌管中外军事，封为东海郡王。命徐知诰为左仆射，参知政事，严可求为门下侍郎，骆知祥为中书侍郎，立自己的弟弟杨濛为庐江郡公，杨溥为丹阳郡公。这个杨濛不像他的吴王那么懦弱，并且很有才能，他曾经叹息说："我祖先创业艰难，难道现在要落入他人之手吗？"徐温听了这话，恐怕自己对付不了他，于是便把杨濛调出朝廷，任命他为楚州团练使。吴王杨隆演本来不愿意称帝的，只是被徐温强迫，勉强上任，这时又见徐氏父子专权日久，无论怎样懊怅，也不敢表露出来。所以他经常郁郁寡欢，整天只知道借酒浇愁，也不吃多少饭。后来弄得疾病缠身，常常不能上朝理政，政事全部被徐温父子掌握。

这时吴越却又来挑衅。吴越王钱镠竟派他的二儿子钱传瓘率领战舰五百艘，自东洲来攻打吴国。一时间警报像雪片一样，接连飞到广陵。吴王杨隆演，生病不愿关心战事，一切调兵遣将的事情，当然就交给大丞相大都督了。先是吴越王钱镠，本与淮南不和，梁国因此加以利用，令他牵制淮南，并且任命他为淮南节度使，兼任本道招讨制置使。钱镠也曾经向梁廷上表，极力劝说淮南可以攻取。于是吴越国多次侵犯淮南，双方互有胜负，等到梁主友珪篡位时，钱镠又被册封为尚父。朱友贞诛杀朱友珪继位后，又任命钱镠为天下兵马元帅。钱镠于是建造了元帅府，建置官属，雄踞东南。等到吴王杨隆演建国改元，梁主朱友贞又向吴越下令，让他大举伐吴，因此钱镠才派钱传瓘出师。

吴相徐温急忙调舒州刺史彭彦章以及裨将陈汾带领水师去抵御吴越兵马。船队顺流而下，到了狼山，正好和吴越军相遇。可是这吴船正一帆风顺地疾驶，急切中停不下来，那吴越战舰又避开到两边，让他们驰过。吴军踊跃前进，没想到后面鼓角齐鸣，吴越军帅钱传瓘竟驱动战舰，扬帆追来，吴军只好回船与战。刚一交锋，在吴越军的战舰中，忽然扔出许多石灰，随风飞到了吴船上，迷住了吴军的眼睛。吴军不停地擦眼，那边又扔来许多豆子和沙粒，吴军已是头眼昏花，七高八低，站不住脚。又经吴越军乱劈乱斫，杀得鲜血淋漓，船上的沙、豆染上了鲜血，更加圆滑，一时间全船都跌成了一团。钱传瓘又令军士放火，焚烧吴船，吴兵一个个心惊胆战，四散奔逃。彭彦章还想力战，可是身上已经受了几十处伤，知道已经无法挽救了，情急之下拔剑自刎。陈汾却先已逃了回去，眼看着彭彦章战死，却不去援救，导致四百多艘战舰，都成了灰烬，偏将被活捉了七十人，兵士伤亡几千名。

徐温接到报告，立即杀掉了陈汾，没收了他的家产，并且把他家产的一半分给了彭彦章的妻子，让她们以此赡养终身。一面出兵驻扎于无锡，截住敌军，一面令右雄武统军陈璋，率领水军绕出海门，截断敌军的退路，吴越军乘胜进军，与徐温对峙。当时正是孟秋，天气还很炎热，徐温这时正得了热病，不能领兵，判官陈彦谦急忙从军中选出一个非常像徐温的小头目，让他冒充徐温充作军帅，身环甲胄，号令军士，徐温这才得以休息。不久吴越兵马又来攻打中军，这时徐温的病已经好了些，于是亲自带兵出战。徐温远远看见那秋阳如火，两岸间的芦苇已经枯黄，又赶上西北风大起，他心生一计，如果乘势放火，肯定能烧他一个精光。于是，徐温令军士拿着火种，四处放火，火借风势，风助火威，吴越兵马当时就吓得四处奔逃。徐温马上率兵追击，斩杀了几万人。吴越将何逢、吴建，也被杀死，只有钱传瓘逃走了。逃到香山的时候，又被吴将陈璋截住了去路，好不容易才夺路逃回。可是十成水师，已经损失了七八成了。

徐温下令收兵回镇，徐知诰又请求徐温派出两千步兵，假冒吴越兵马，向东偷袭苏州。徐温听后，很不高兴地说："你这本来是一条妙计，但是我只求保境安民，现在敌军已经逃远了，何必又要结下仇怨呢？"诸将齐声说："吴越全靠舟船作战，现在正是天旱水涸，舟船不便于行驶，这正天亡吴越的好机会，为什么不乘胜追击，扫灭了他？"徐温叹息说："天下战乱已经有很多年了，百姓都十分困苦，况且吴越国富民强，不能轻视。我们已经胜利了，敌军也知道我们的厉害了，现在我们要做的就是敛兵示惠，让两地人民能够安居乐业，君臣得以高枕无忧，这岂不是好事！过多的杀伤又有什么用处呢！"于是不听诸将的意见，带着兵马回去了。

回去之后徐温又请吴王写信，派使者到吴越，说愿意归还无锡的俘虏。吴越王钱镠也回信愿意讲和。从此，两国解除积怨，休兵息民，彼此和好度日，有二十年两边没有交战，这不能不归功于徐温啊！

第二年的五月，吴王杨隆演病情加重。徐温从升州入朝，与廷臣商议继位的事宜。有的人对徐温说："从前蜀先主临终时，曾经对诸葛亮说：如果我儿子不好，你就要把他取代了。"徐温不等他说完，就严肃地说："这是什么话，我如果想要窃位，在杀张颢时就可以做到了，何必要等到今天？杨氏已经传了三君主了，就算无男有女，也要拥戴支持，如果谁再说这种话，杀无赦！”大家这才闭口不言，唯唯听命。于是徐温传吴王的命令，召丹阳公杨溥监国，任命杨溥的哥哥杨濛为舒州团练使。不久杨隆演就病逝了，年仅二十四岁。他的弟弟杨溥嗣立，尊生母王氏为太妃，追尊哥哥杨隆演为高祖宣皇帝。正是：

权兼内外总兵屯，报国犹知戴一尊，

试看入朝排众议，徐温毕竟胜朱温。

第十三回 淫昏失德的蜀主

再说蜀主王建杀死了太子王宗懿，改立幼子王宗衍为太子。王建有十一个儿子，为什么单立这个小儿子呢？原来那蜀主的正室周氏长相一般，并且也没有生儿子，虽然有几个侍妾生了几个儿子，可是因为没有什么姿色，也不受宠爱。后来得到了眉州刺史徐耕的两个女儿，充入后宫。这一对姐妹长得都很漂亮，仿佛和江东的大小乔相似。各位读者，你想这蜀主得到了这样两个美人，还能够不爱如珍宝吗？徐氏姐姐生了个儿子宗衍，徐氏妹妹生了个儿子宗鼎。宗鼎先生，排行第七，宗衍后生，排行最小。此外还有宗仁、宗纪、宗辂、宗智、宗特、宗杰、宗泽、宗平等，都是别的侍妾生的。王建称帝后，十一个儿子都受封为封王。元膺被杀后，王建因宗辂很像自己，而宗杰又有才能，就想在这两个儿子中挑出一个作为太子。这时徐氏姐姐已经被封为贤妃，徐氏妹妹也被封为淑妃，两妃专房用事，怎么肯一把龙椅轻易交给别人呢？当时就令心腹太监唐文扆带上黄金百镒，送给宰相张格，嘱咐他联络百官，立宗衍为太子。张格既然得到了重贿，立时写了一份表章，让百官署名，只说是已经奉了密旨，要立宗衍为太子。百官都以这件事蜀主已经与宰相决定了，也不便违议，就随便的签上了名。张格把表章呈上，蜀主看了惊疑说："宗衍年纪那么小，能够做太子吗？"当时大徐妃正好在旁边，当时就说："宗衍已经十多岁了，看相的都说他以后会大贵；不过陛下今天倒是也很为难。前面有十几个诸王，哪里轮得上宗衍呢？妾情愿带他出宫，免得惹来别人的猜忌，也省得让陛下为难！"说完，脸上的泪珠儿就已经簌簌地掉下来了。妇人惯技。蜀主连忙安慰说："我并不是不想立宗衍为太子，只是担心他少不更事，反而耽误了国家大事。"徐妃又回答说："从宰相到下面的大臣，全都一致赞成，只有陛下圣明，考虑到这个问题，妾恐怕陛下并不是因为这个，只是左右为难，所以才借此骗我罢了！"蜀主一再申辩，而那徐妃一再撒娇，弄得蜀主也没有办法，便说："罢了！罢了！我明天就立宗衍为太子便是了。"徐妃这才含泪感恩。

王宗衍长得方脸大耳，手长过膝，眼睛能看见自己的耳朵，很有学问，童年就出口成章。只是他性情轻浮，好那些靡靡之音，他曾经收集艳体诗二百篇，取名为《烟花集》，传诵于全蜀。被立为太子后，宗衍专门任用一班淫朋狎客，充作自己的僚属。他们整天除了唱和淫词外，就是斗鸡击球，不干什么正事。蜀主一天经过东宫，里面传出一阵喧嚣声，十分热闹。询问一番后，才知道是太子与诸王在踢球，王建不禁长叹："我身经百战，历经千辛万苦才攒下起这份基业，他这样不学无术，玩物丧志，我把重任交给他，怎么可能放心啊？”从此，蜀王开始产生废立的想法。无奈，那精明能干的徐贤妃从中周旋，她只需要拿出一笑一颦的作态，就将这狡猾奸诈的蜀主王建制服得服服帖帖，所以废立之举始终不见达成。

十一个儿子当中，宗杰是王建最喜爱的一个。宗杰多次向他禀陈时政，谈今论古，父子两人聊的非常欢快。一次，宗杰正和他畅谈，正说得起劲，只见他脸色发青，四肢抽搐，当时就倒地身亡了。蜀主心如刀绞，更加忧虑。再加上自己年衰力竭，禁不住这种打击，以至于伤感成病。他自知无药可医，他见北面行营招讨使王宗弼为人沉稳有谋，可以托付大事，便将他召还成都。王建当即任命他为马步都指挥使，并当面嘱咐他和宰相张格等人："太子仁弱无能，沉迷玩乐，要不是徐妃他们一再请求，我是不会越次册立他为太子的。我死后，如果他不能继承大业，我的儿子很多，可从中选一个合适的继位。只是不要加害他，将他安置到别宫就行了。徐妃兄弟，只可以给他们优厚的禄位，一定不能让他们掌握兵权，干预内政。这样一来，我王氏的江山就能得以保全了。”宗弼等人连连答应，退了出去。

不料，这些话传到了徐妃的二中，她又转告给唐文扆。唐文扆是内飞龙使，掌握禁兵，兼参枢密。他得知消息后，竟然派兵守住了宫门，不让大臣进宫。宗弼等三十余人，每天都要会向蜀主问安。唐文扆派兵守住了门口，他们都不能进入，只有宫内的命令往外传送。宗弼猜想唐文扆这是要谋反，于是王宗弼带着府中的家丁，硬生生地闯进了内宫，并向蜀主极言唐文扆的罪状。蜀主王建这时虽然病情很重，可头脑还很清楚，他将太子宗衍召入侍疾，下旨命东宫掌书记崔延昌暂且主持宫中大事，贬唐文扆为眉州刺史。翰林学士承旨王保晦是唐文扆的同党，也被剥夺了官爵，流放到了泸州。蜀国上下所有的财赋和一切刑牍案狱，都委任给翰林学士庾凝绩承办。都城及行营军旅，全都委任于宣徽南院使宋光嗣管领。这宋光嗣本来是个小太监，他精通揣摩迎合之术，因此受到重用。本来蜀主平时内置枢密使，专用一些德高望重的读书人。这次，他担心太子年少，士人不肯听他的，因此特地改任宦官，哪知道这两川的基业，就要被这阉人给毁了！

不久蜀主病情加剧，他又任命宗弼兼任中书令，宋光嗣任内枢密使，与功臣王宗绾、王宗瑶、王宗夔等人，一起接受遗诏。这宗弼、宗绾、宗瑶、宗夔，都是王建的养子，改姓的王氏，因辅佐王建有功，得以受到重用。王建病死后，太子王宗衍继位。他即位以后，将“宗”字去掉，改名为王衍，王宗弼等人也都晋封为王。王衍尊父亲王建为高祖皇帝，嫡母周氏为昭圣皇后。周氏因王建去世，悲哀成病，不久也去世了。王衍于是尊生母徐贤妃为皇太后，太后的妹妹徐淑妃为皇太妃。一朝天子一朝臣，王衍即位后，相继任免了一大批重臣。他任命宋光嗣掌管六军诸卫的事务，剥夺了唐文扆的官爵，逼他自尽。王保晦也被杀死，贬宰相张格为茂州刺史，后来又贬为潍州司户。礼部尚书杨玢，吏部侍郎许寂，户部侍郎潘峤，都因为是张格的同党而被贬官。同平章事的位置，授予了兵部尚书庾传素。又起用内给事王廷绍、欧阳晃、李周辂、宋光葆、宋承蕴、田鲁俦为将军，各参军事。兄弟诸王，都让他们兼领军使。彭王宗鼎却对众兄弟说："亲王掌兵，实在是祸患的根源。况且主上年少，诸王手握兵权，一定会有人说我们图谋不轨，包藏祸心。所以缮甲训兵，绝不是我们这类人应该做的事。”于是他辞去军使兼职，在封地建造了一间书舍，在门前种植松树和竹子，自娱自乐，倒也逍遥快活，无是无非。

只有那王宗弼那时已被封为巨鹿王，之后又晋封为齐王。他总揽大权，职兼文武，凡是内外大臣的升降，全都由他一人掌握。于是，他得以纳贿营私，作威作福。对此，蜀主王衍却毫不过问，整天只是喝酒唱歌，乐此不疲。他即位时，册立了一位皇后，是前兵部尚书高知言的女儿。高氏端庄沉静，很有妇德。王衍却觉得她为人古板不会修饰，对她并不满意。于是又命内教坊严旭选取良家女子二十人，充入后宫。严旭奉旨到百姓家中强行搜抓，见有姿色的女子，不管她们愿不愿意，硬要将他们带入宫中。只有一些有钱的人家，多给他一些贿赂，才可以免选。征选美女一事，可以说弄得民间怨声载道，而负责此事的官员却个个腰包丰盈。二十人征满后，严旭进宫复旨。蜀主见他所选美女，个个都是芙蓉为面，杨柳为眉，不由得喜笑颜开，一个劲儿夸赞严旭的办事才能，当即提升他为蓬州刺史。从此，王衍开始左拥右抱，极尽欢娱。还有那太后太妃，也喜欢游玩。她们经常到亲贵家里，与他们饮酒作乐，一住就是十天半个月。有时蜀主也按捺不住，经常带着宠臣外出游玩。一些地方官员听说蜀王驾到，都极尽奢侈，招待愈甚，因此，耗费不可胜数。太后太妃见出行费用入不敷出，便颁发教令，卖官鬻爵，价钱出的越高，官位就越高。礼部尚书韩昭，毫无才能，因溜须拍马才得以升任礼部尚书。这次他又向太后太妃行贿，又得以升任文思殿大学士，地位竟然在翰林承旨之上。他曾经出入于宫禁，当面向蜀主请求，说想买下几个州刺史的官职，然后再卖出去，得到的钱用来供蜀王游乐。这种胆大妄为的要求，蜀主居然答应了他，真是特别加恩了。

不久，蜀主王衍改元为乾德。乾德元年，改龙跃池为宣华池，他下旨在池水边营造花园，大兴土木。第二年立高祖庙于万岁桥，蜀主王衍请太后太妃，以及后宫的妃嫔等，入庙祭祀，整个祭祀过程虽然花费巨大，极其奢靡，但是却一点都不庄重。华阳尉张士乔极力劝谏，希望蜀王简朴节约，顿时惹怒了王衍，下令要把他斩首，还是徐太后当面阻拦，张士乔才得以免死，但也被流放到黎州。幸免于难的张士乔万分愤激，他不忍目睹先王的江山一步步沦陷，竟然投水自杀了。

后来，王衍又下诏说要北巡。御驾从成都出发，王衍身披金甲，头戴珠帽，手持弓箭，跨马当先。一路上尾随身后的旌旗兵甲，蜿蜒有一百多里。到了安远城，王衍又令王建的养子王宗俦、王宗昱、王宗晏、王宗信等人带领兵马讨伐岐地，进攻陇州。那时岐王李茂贞已经派兵驻扎在汧阳，与陇州遥为呼应，想要攻下陇州谈何容易。蜀偏将陈彦威从大散关出兵到了箭筈岭，路上遇上岐兵，打了一回胜仗就带兵回来了。蜀主王衍接到了捷报后，亲自赶赴利州犒劳三军。一路上，龙舟画舸，辉映江水，各州县的官员也是全力供奉，穷奢极欲，百姓不堪重负，怨言四起。

御驾走到了阆州，蜀王见州民何康的女儿，长得美丽过人，当时就命令侍从强行取来。可是何女那时已经许配给了别人，没多久就要出嫁了。蜀主问明底细后，拿出一百匹帛，赐给她丈夫家，命他另外再娶一个，还算是浩荡皇恩。可是那何女却把这些东西占为己有，留给自己受用。这未婚夫得知后，是又急又气，最后竟然一病身亡了！

蜀主王衍得到了何女后，也没有心思再游玩了，当时就下令返回成都。回到成都后，王衍跟何女缠绵了一个多月后，又觉得味同嚼蜡，平淡无奇。一次，王衍奉了徐太后的旨意去他的舅舅家探望，在那里他见到了一个绝代佳人，长得极其婀娜多姿，玉骨仙容，不同凡人。王衍这个色鬼怎么肯轻易放过，问明太后，才知道她是外公徐耕的孙女，跟王衍是表兄妹。王衍当时就命她出来相见，并且把她携带进宫。各位读者！你想那王衍是蜀帝，徐氏怎么敢违慢，只好眼睁睁地任由他把女儿带走。

入宫以后，两人颠鸾倒凤，都在意料之中。那徐女不但长得美艳，而且曲尽柔媚，极善奉承。哄得这位伪天子对她十分怜爱，宠冠六宫！徐太后姐妹见侄女又得专宠，为母氏一族增了不少光彩，也算十分欣慰。那时，王衍已经不想再在母系一族中选取妻妾，只好托言说这徐女是韦昭度的孙女，封她为韦婕妤，后来又加封为韦元妃。六宫粉黛见到此情此景，当然心怀嫉妒。最难堪的还是正宫高氏，她本来已经失宠，自从韦妃入宫以来，更被疏远，免不了说几句埋怨的话。王衍得知后，竟然把她废了，将她打发回家。她的父亲高知言那时年纪已经很大了，听到这个坏消息，当时就惊得昏了过去，好不容易救醒过来，还是一个劲儿流泪，也不肯吃饭，饿了几天就一命呜呼了。王衍对此却不闻不问，一个劲地想要立韦妃为继后。无奈宫里还有一位金贵妃，长得也十分美丽，而且擅于绘画，可以说是才貌俱全。相传这位金贵妃出生时，正赶上天降大雨，她的生母梦见火凤绕庭，于是生下了她，所以她的小名叫作飞凤。乾德初年她被选入后宫，曾经也得到王衍的专宠，后来韦妃入宫后，王衍见她的次数才慢慢减少。但她毕竟进宫较早，资格要比韦妃优越，所以韦妃也不能后来居上。况且有她还有火凤的梦兆，已经具备入选皇后的资格，王衍踌躇了好多天，不得已立了金妃为继后。后来王衍又想废立，幸亏后宫的一些嫔妃代为求情，金贵妃才得以定位。虽然金后名分上是皇后，可是情意上王衍还是对金后并不亲近。随着时间的流逝，这蜀宫里佳丽越来越多，王衍整天酣歌曼舞，变成了一个花天酒地，沉迷酒色的无志之君。俗话说得好，乐极悲生，像蜀主王衍这样的荒淫无度，不思进取，能不加速自己的灭亡吗？

这时梁、晋两家正在交仗，晋王李存勗出兵驻扎在魏州，得到了一个传国宝，是一个寺院里的僧人献上的，说是唐京丧乱时得到的，已经秘藏了四十年。于是晋臣都相率称贺，纷纷上表，怂恿晋王李存勖自立为帝。蜀主王衍听到了消息，也写了一封信，派使者送给晋王，请晋王继承唐统，北面称帝。晋王把他的信拿出来给大臣们看，说："当初王太师也曾给先王写过信，说是建议几个诸侯各自称帝，独霸一方。先王曾经对我说：'昔日唐天子驾幸石门，我曾发兵讨贼，威震天下。那时我如果要挟天子占据关中，自作九锡禅文，又有谁敢阻拦呢？但是我家世代忠良，不忍心做出这样的事，你以后一定要规复唐室，保全大唐的社稷，不要效仿那些人的所作所为！'这话现在还在耳边，我怎么能背弃父亲的遗训呢？"说完已经流下了眼泪，群臣也只好把劝他称帝的事情放下，一时也不敢多说。

这时候的梁、晋两国，正在德胜两城间常年交战。德胜是个渡口的名字，地处河北的要冲。晋王命李存审在夹河筑城，分作南北二城，也叫作夹寨。梁将贺瓌率兵前去争夺，先后交战了一百多次，最终还是不能攻克。梁河中节度使冀王朱友谦连连上表请求停战，梁主怀疑他通敌，他只好在河中投降了晋王。梁主又起用刘鄩为招讨使，让他攻打河中。刘鄩与朱友谦早有姻亲，刘鄩先给他写了一封信讲明利害，然后才进兵。朱友谦没有回信，只是派人向晋王告急。于是晋王派遣李存审前去增援。刘鄩等不到朱友谦的回复，这才出兵进逼同州。那时李存审也已经赶到，两军交战，刘鄩的败走。梁副使尹皓、段凝等人密报梁主，诬陷刘鄩徇亲误国，一路上故意拖延，所以才会有这场败绩。梁主朱友贞也不加详查，竟然命西都留守张宗弼把刘鄩毒死，贺瓌这时也病死了。

在梁国的将领中，论智谋的首推刘鄩，论勇猛以贺瓌为最。这两人相继丧命，整个军队的士气一下子低落了不少。晋军又连打胜仗，声威愈振。于是那一帮攀龙附凤的臣僚，又劝晋王自立为帝，无非是说晋王天命所归，人心所向，晋王应该应天顺人，尽早登上大位的话。各镇的节度使，也又各献上货币几十万，充作即位的经费。还有吴王杨溥，也给晋王写信劝进，最终这无心称帝的李存勖，竟然也动了心，雄心勃勃地动了做皇帝的心思了。

大部分的文臣武将都劝谏晋王称帝，只有一个唐朝的遗臣不以为然。他听说晋王有称帝的意愿，便特地从晋阳赶赴魏州，当面劝谏。这个人是谁呢？原来就是监军张承业，张承业对晋王可算是竭尽忠诚。以往，只要晋王出征在外，所有的军府政事，全都委派给张承业处理。张承业劝课农桑，贮积金谷，收养兵马，征租行法，不宽贵戚，因此军政肃清，馈饷不乏。刘、曹两位太夫人，也都曾十分重视张承业，有时张承业与李存勖的意见不相悖，两位太夫人一定会痛责李存勖，让他向张承业道歉。先前，李存勖加授张承业为左卫上将军，兼燕国公，张承业全都推辞下来，终身自称唐官。这时诸臣都劝李存勖自立为帝，晋王已经动了心，张承业于是赶到魏州当面劝说："大王世代忠于唐室，多次解救唐室的危难，所以老奴我甘愿侍奉大王，到现在已经是三十多年了。这些年我为大王聚积财赋，招兵买马，发誓要剪灭逆贼，恢复本朝宗庙社稷，以此来尽老臣的一片忠心。现在河北刚刚平定，可是朱氏家族仍在，大业还没有成就，大王就想身登大位，实在跟当初发兵征讨的誓言不大相同。天下人都会说大王自相矛盾，一定会对大王很失望，名不正则言不顺，那样对大王很是不利。为臣建议大王，最好是先灭掉朱氏，为先王复仇，然后再立唐室的后人为帝。南取吴，西取蜀，横扫宇内，合为一家。到那时，大王功勋卓越，再施行称帝，谁还敢有异言？所以大王越晚称帝，就越对大王有利。老奴我没有别的意思，不过是受了先王的大恩，想要为大王创立万年的基业，请大王千万不要怀疑！"李存勗听了这番话后，慢慢地回答说："其实我原本也没有称帝的意愿，但是大家都这么劝我，我也不好违逆，你说我该怎么办呢？"张承业听后，知道已经阻止不了，忍不住痛哭着说："诸侯血战，本来都是为了唐家，现在大王却要称帝，不但有负于诸侯，也有负于老奴了！"于是匆匆向晋王告辞，回到了晋阳。从此张承业郁郁成疾，竟一病不起。

李存勗听说张承业得病了，一时也不愿称帝。突然就在这时，成德军发生变乱，王镕的养子王德明，竟然发动兵变将王镕杀害，并将王氏一族屠杀殆尽。王德明派使者向晋王告乱，还谎称自己平复变乱，请晋王嘉奖他为镇州留后。这场意外，又惹动了李家的兵甲，假仁假义地去征讨镇州。正是：

乱世屡生篡夺祸，强王又逞甲兵威。

第十四回 李亚子登坛即帝位

却说成德节度使赵王王镕，自从和晋联合后，得到了一大强援，从此外患少了，他却不免居安忘危，因逸思淫。他下令大兴土木，建造宫室，广选美女，又宠信江湖术士王若讷，在西山大筑宫宇，炼丹制药，以求得长生不老之术。王镕每次出宫游玩，一连几天也不回去。一切政务，都交给宦官李弘规、石希蒙处理。石希蒙一向善于谄谀，所以特别受王镕的宠幸，常常与王镕同卧同起。

这次王镕又在西山鹘营庄留宿，李弘规趁机劝说："现在天下的强国当属晋国，可是晋王还在身先士卒，亲冒矢石。大王只是一方诸侯，实力远不如晋王，可却搜括国帑，充作游览的费用。大王贪图享乐，此次出宫已经快一个月了，万一发生祸乱，有人关上城门不让大王进城，请问大王那时将到哪里去呢？"王镕听了这话才知道害怕，急忙下令回宫。可是石希蒙又在一旁阻拦，不让王镕回去。李弘规知道后非常生气，竟然带着部将苏汉衡率领兵马直入庄中，用刀逼着王镕说："军士都已经非常疲惫了，请大王马上回国！"王镕还没来得及回答，李弘规又说："石希蒙怂恿君主误国误民，罪不可赦，请马上诛杀他向众人谢罪。"王镕仍然不回答，李弘规竟然招呼士兵，将石希蒙推出斩首，并将首级扔在了王镕面前，王镕没办法只好回城。那时王镕的长子王昭祚已经带着梁公主回到了赵地，王镕于是命他想办法杀掉李弘规、苏汉衡。王昭祚将此事转告给了王德明，王德明手握重兵，随即就将李弘规、苏汉衡拿下，一齐斩首，并且诛灭了他们的家族。同时王德明又四处搜缉余党，追查谋反的事，弄得亲军人人自危。

王德明为人十分狡诈凶狠，他见这时有机可乘，便在亲军中煽动说："大王命令我把你们全部杀掉，可是我实在于心不忍。但是如果不从命的话，我也自身难保，我到底该怎么办呢？"众人听了都十分感动，纷纷表示愿意听从他的指挥。于是王德明密令一千亲军，前往宫里擒杀王镕。那时王镕正跟道士焚香受符，没有一点防备，亲军杀入宫中，轻而易举地就把王镕的首级割了下来。王德明得知赵王已死，索性毁去宫室，大肆屠杀王氏家族，唯独留下梁女普宁公主不杀。王德明恢复姓名，仍叫作张文礼，并向晋王告乱，请求封自己为留后。晋王得知王镕被杀，非常愤怒，当时就想出兵征讨。可群臣们都劝说如今和梁国作战，不能再树立一敌，暂且答应他的要求，不要跟他撕破脸皮。没想到，这个狡猾的张文礼又偷偷地向梁主进表，说王氏是被乱兵所杀，幸好公主没事，请朝廷马上派一万精兵，由自己再去向契丹求助，合并攻打河东，晋也可以从此扫灭了。梁主朱友贞看完表章，一时犹豫不决。群臣对此意见不一，有人劝梁主乘机规复河北，而赵岩、张汉鼎、张汉杰等人又说张文礼首鼠两端，千万不能相信。梁主思前想后，最终还是决定按兵不发。张文礼也一再派人前去送信，可是都被晋军在半路截获了。

赵将都指挥使符习曾经率一万人马，跟着晋王驻扎在德胜城。张文礼对他暗怀猜忌，要将他召回镇州。符习接到命令后就去拜见晋王，流着眼泪请求晋王把自己留下。晋王对他说："我与赵王同盟讨贼，情同骨肉，没想到一夜之间遭遇横祸，竟然被乱臣贼子所杀，我十分痛心。你如果能不忘故主，愿意为他复仇，我可以拨给你兵马粮草，去讨伐逆贼！"符习听后，跟手下三十多个部将跪在地上，一边哭一边说："大王一片诚意，还纪念着我们的故主，答应让我们复仇。但是我们不敢劳烦大王的兵马，情愿带领本部兵马前往，抓住逆贼，以报王氏对我们的累世隆恩，就算是死也没有什么遗憾了！"晋王听了十分高兴，当即命符习为成德留后，让他带领本部兵马先行，并且派遣大将阎宝、史建瑭为后应，从邢州向北进发，直抵赵州。赵州刺史王铤自知不能抵敌，随即开城投降。晋王仍令他为刺史，随即下令移军攻打镇州。

那时，张文礼已经病重，他听说赵州失守，当时就给吓死了。他的儿子张处瑾秘不发丧，与将领韩正时等人全力抵抗晋军。晋兵过了滹沱河，督军进攻镇州。城上的矢石如雨，身先士卒的史建瑭竟然中箭身亡了。晋王得知史建瑭的死讯，非常震惊，打算亲自分兵前去策应。就在这时，晋军抓了一个梁军间谍，根据他的招供，梁国北面招讨使戴思远要乘机来攻打德胜城。晋王急忙令李存审带兵驻扎在德胜城，李嗣源带兵在城外埋伏。李嗣源先用老弱兵去引诱梁兵，等他们深入后，以鼓声为号，埋伏的兵马一起冲出。李嗣源先出马迎战，便把梁兵冲乱，李存审又从城中杀出，晋王再亲自率领铁骑三千，迎头痛击，三路精兵一齐杀出，杀死了梁兵两万多人。

戴思远逃走后，晋王想亲自率军攻打镇州，这时忽然接到定州的来信，王处直竟然劝阻他进兵，这倒使晋王生了疑心，他心里暗暗想："王处直跟我关系一直很好，为什么要阻止我呢？"于是他将张文礼送给梁国的蜡信寄给了王处直，并且写信给他说："是张文礼先负我，我不能出兵征讨！"读者你们猜这王处直为什么要劝阻晋王呢？原来王处直听说晋王要讨伐张文礼，就和左右商议说："镇、定二州，互为唇齿，要是镇州没了，定州也不能独存，万一晋王起了贪心，我们定州就不保了，这事不能不防。"于是王处直这才写信给晋王，请晋王赦免张文礼。可是晋王偏偏回信拒绝，害得王处直每天坐立不安。

王处直有个儿子叫王郁，因为一直得不到王处直的宠爱，就逃到了晋阳。那时晋王李克用把自己的爱女嫁给他为妻，非常重用他，王郁现任新州防御使。这时王处直对晋已经怀有二心，他私下派人找到王郁，教王郁用重金贿赂契丹，请契丹出兵南下，牵制晋军。王郁提出要求，除非让自己成为继承人，才答应他的要求。王处直不得不答应，可是那定州的军士都不愿召入契丹人，认为那是引狼入室。

王处直有个养子叫刘云郎，后来改名叫王都，王处直一直很喜爱他，早有将节度使的职位传给他的想法。他听说王处直已经答应让王郁继承职位，眼见那定州节钺要被王郁夺走，非常不甘心。这时，有人劝王都先行发难，把握机遇。王都把心一横，竟然带着几百新军，闯入王处直的府上，手里拿着大刀，对着王处直大叫说："你误信孽子，不顾众人反对，私召外寇，像你这样昏庸无能的主上怎能再统领我们呢？请你退居西宅，也好安享天年吧！"王处直正要反驳，只见那些军士一哄而上，把他押送到了西第，并将王处直的妻妾全都送到了西第，一齐关了起来。说来这个王都也算是个无情无义的人，好歹王处直待他不薄，他竟然将王氏子孙以及王处直的心腹将士全都杀死，一个不留。

接掌大权后，王都派人报告晋王，晋王见王处直被软禁起来，免去了自己一个后患，就命王都代管兵权。王都得到了晋王的回信，就到西第去给王处直看，王处直当时气得猛地站起，手捶着胸膛大叫道："逆贼！我哪里对不住你？"说完，竟然张开大嘴上前咬王都的鼻子。王都慌忙躲闪，慌忙跑了出去。不久，王处直就悲愤而死。王都又拨出兵马协助晋王，晋王即留李存审、李嗣源居守德胜，自己率领大军去攻打镇州，可是镇州防守很严，一连打了好多天也没有进展。

忽然幽州传来急报，说是契丹大举南下，涿州沦陷，幽州现在也被包围。晋王正打算分兵去救援，偏偏定州这时也来人告急，说是契丹前锋已经进入境内，直逼镇、定二州。晋王不能两边兼顾，只好先救定州，率军北上。大军走到新城的时候，听说契丹兵已渡过沙河，将士们听后脸上都有惧色，有的人干脆偷偷逃跑了，用严刑也不能制止。诸将进帐请示说："契丹的风头正盛，恐怕难以抵挡，再加上梁寇入侵，不如撤军吧。"晋王也难以决策。正在众人议论纷纷、莫衷一是的时候，中门副使郭崇韬说："契丹这次来，只是贪图别人的金帛，并不是为了镇州的急难而诚意相援。大王刚刚战胜梁兵，威震华夏，如果能挫败他的前锋，他自然就会撤军的。"晋王听了，正要答话，又有一个人出来接着说："强敌在前，有进无退，怎么能无故退兵，涣散军心呢？"说话的是李嗣昭，晋王随即也起座说："我的意思也是如此！"于是出营上马，亲自带领五千铁骑，奋勇先进，诸将这时候也不敢不跟上。

他们一行人赶到新城北，前面一带都是桑林，晋军从桑林中分路前进，逐队赶到。正好契丹兵也骤马前来，见桑林中尘埃蔽天，也不知道晋军有多少人马，当时吓得扭头就往回跑。晋王分兵追击，驱赶契丹兵过了沙河，契丹兵马淹死了一大半溺死。契丹主阿保机的儿子也被晋军活捉，阿保机退到望都。晋王收兵进入定州，王都在马前迎谒，愿意把自己的爱女许配给王子李继岌。李继岌是晋王的第五个儿子，是宠妃刘氏所生，经常跟随晋王出征，晋王这时也当然慨然许婚。休息了一夜，晋王率军赶赴望都，晋军乘势追击，大败契丹前军，契丹主立足不住，只好向北逃到了易州。晋王追赶不上，转向前去支援幽州。围困幽州的契丹兵听说援军到了，纷纷逃走。这时又天降大雪，平地的积雪有几尺深，契丹兵马冻死了不少，阿保机只好懊恼地回去了。

其实这次契丹出兵，完全是王郁的请求，王郁曾对阿保机说："镇州美女如云，金帛如山，镇州现在还没被攻下，天皇如果去取，还可以全部得到，否则就将归晋所有了。"阿保机听了十分高兴，番后述律氏担心阿保机掳得赵地的美女，自己失去了宠幸，便说："我们有羊马千万头，坐踞北方，过着无忧无虑的日子，为什么还要劳师远出、乘人之危呢？况且我听说晋王用兵，天下无敌，要是失败了，后悔也来不及了！”阿保机却跃跃欲试地说：“张文礼那里有黄金五百万，我为你取来。”于是不听述律的话，带兵马南下，结果吃了好几个败仗，灰溜溜地回去了。他心里十分懊恼，却无处发泄，便将王郁捉了回来，关在狱中。

晋王听说番兵已经逃走，于是亲自到番营巡视，老远看见敌军撤退有条不紊，丝毫没有混乱。晋王不禁长叹：“契丹治军严谨，秩序井然，不是我们中原的兵马比得上的，看来后患还是不浅啊！”话刚说完，那德胜城又送来军报，说是梁兵乘虚偷袭魏州，情况危急，请晋王火速派兵增援。晋王急忙招呼亲军，背道南行，五日就到达了魏州。梁将戴思远一见晋王亲自前来援救，烧掉自己的营寨就撤退了。

晋王见南北两支强敌全被打败，镇州现在援绝势孤，攻取它是指日可待。可是兵家的得失，岂能预料得到？晋军大将阎宝竟然被镇州兵打败，退保赵州。原来阎宝抵达镇州城下，筑起了长垒，连日猛攻不下，又引滹沱水围困镇州，断绝镇州城与外界的联系。城里的粮食吃完了，张处瑾派人出去找食物。晋军故意放他们出来，设下埋伏，想要将他们一举歼灭。这几百号人呐喊着冲了出来，阎宝见他们兵少，也没有防备，可是不一会儿又杀出了几千人，一个个大刀阔斧，破围而出，来烧阎宝的营寨。阎宝抵挡不住，只好弃营逃走，去守赵州。镇州兵冲进营寨搬运粮草，一连搬了好几天才搬完。

晋王收到消息后，急忙改任李嗣昭为招讨使，替代阎宝统领兵马。李嗣昭赶到镇州，正碰上镇州守将张处瑾派兵出城迎接搬粮的人马。李嗣昭带领的兵马突然杀到，率军追杀这些士兵。没想到追到城下，城上竟然射下暗箭，不偏不倚，一支利箭射在了李嗣昭的头上。李嗣昭忍痛拔箭，慌忙撤军。这天傍晚，李嗣昭回营疗伤，可是头上血流不止，没过多久竟然一命呜呼了。噩耗传到魏州，晋王十分悲痛，好几天吃不下饭。晋王又调李存进为招讨使，进兵驻扎于东垣渡，继续攻打镇州。李存进刚到那里还没来得及安营扎寨，镇州将张处球就带领七千兵马前来劫寨。李存进慌忙对敌，与敌兵在桥上激战，杀死了不少镇州兵，可是自己也战死在阵中，晋军又丧失了一员大将。

围困了一个多月，镇州这时已经是力竭粮尽，张处瑾等人束手无策，只好遣使者到魏州请求投降。使者刚派出去，晋王已派李存审到来，挥兵猛扑，两军相持到晚上。城中守将李再丰审时度势，表示愿为晋兵内应。他乘着月黑风高，从城上投下绳索接应晋军。晋军拉着绳子爬上城楼，将城门打开，放全军入城。张文礼的妻子和儿子张处瑾、张处球、张处琪以及张文礼的党羽全部被抓。李存审正要准备把他们押到魏州，这时赵人到军前请命，希望晋军能把这几个人交给他们，好让他们为故主报仇。李存审把这件事报告给了晋王，晋王答应了他们的要求。那些赵人将这些人剁成肉泥，分给野狗吃，又把张文礼的尸体挖出来，用乱刀砍成肉酱。他们在王宫的灰烬中找出赵王王镕的遗骸，以礼祭葬。晋王任命赵将符习为成德节度使，符习流泪辞谢说：“故主无后，我应该披麻戴孝为他送葬，葬礼完了之后再说吧。”葬礼结束后，符习请晋王兼领成德军，晋王也答应下来，另外准备割相、卫二州，设置义宁军，任命符习为节度使。符习又推辞说：“魏博军是个重镇，不应分开，我愿意自己去攻取河南的一镇，这样才不辜负大王对我的期望！”晋王听后非常高兴，便任命符习为天平节度使，兼东南面招讨使。

晋卫州刺史李存儒原来叫杨婆儿，之前是一个戏子，因为深受晋王的宠幸，最后当上刺史。李存儒剥削百姓，残暴无度，弄得魏州百姓怨声四起。梁将段凝、张朗等人乘机攻打，占据了卫州，李存儒也被抓住。后来，梁军有一鼓作气攻陷了淇门、共城、新乡。于是澶州以西，相州以南，又回到了梁军的手里。

坏事成双，泽潞留后李继韬这时也竟然叛晋降梁。李继韬是李嗣昭的次子，李嗣昭曾任泽潞节度使，他在镇州战死后，长子李继俦袭职。因为李继俦秉性懦弱，被弟弟李继韬关押起来。晋王当时正忙于打仗，无暇过问，只得暂且任命李继韬为留后。泽潞本来设置了昭义军，这时也改称安义军。可是李继韬虽然得以窃位，毕竟心里还是不安，幕僚魏琢和牙将申蒙这时又对李继韬说："晋朝连失大将，将来一定要被梁吞并，早点投降梁才是明智之举。"李继韬的弟弟李继远也劝哥哥归降梁国。于是，李继韬派李继远奉着降表来到梁廷，梁主一见十分高兴，当即任命李继韬为泽潞节度使。

泽州由昭义军的旧将裴约镇守，他哭着对众人说："我服侍故主已经二十四年了，故主慷慨仗义，立志报效晋王，剪灭仇雠。不幸镇州一战为国捐躯，他的骸骨还没下葬，他的儿子就背弃君亲，甘心降贼，我真的不能理解。我宁可死也不肯投降！"于是占着泽州城，坚守不出。梁国派遣偏将董璋率军前去攻打，久攻不下。李继韬这时也招兵买马，援助董璋。裴约见敌军势大，便向魏州求援，可是晋王李存勗这时正创行帝制，整天忙着编订礼仪，根本无心顾及泽州。

读者看过原文，一定还记得那晋臣劝李存勖称帝已经不是一次两次了，只是因为监军张承业极力谏阻，才算是拖延了一两年。可是后来张承业生病卧床不起，一年之后，竟然逝世。晋王表面看起来很悲痛，可是却也带着三分喜意。李存勖那些善于察言观色的手下早就看透了他的私心，于是又上书劝进。这时五台山的僧人又献上古鼎，说是有祥瑞之兆。晋王于是命有司制置百官省寺，仗卫法物，打算在四月份举行登基大典。

晋王本来奉唐朝的历法，称为天祐二十年，到了四月上旬，晋王李存勖升坛称帝，祭告天神地祇，改元为同光，国号为唐。宣布诏书，大赦天下，任命行台左丞相豆卢革为门下侍郎；右丞相卢澄为中书侍郎并同平章事；中门使郭崇韬、昭义监军使张居翰并为枢密使，判官卢质、掌书记冯道俱充翰林学士；升魏州为东京兴唐府；号太原为西京；称镇州为北都；令魏博判官王正言为兴唐尹；都虞侯孟知祥为太原尹，充西京副留守；泽潞判官任圜为真定尹，充北京副留守；李存审、李嗣源等一班功臣，都加官晋爵，同时仍旧兼任各地节度使。追尊曾祖李执宜为懿祖皇帝；祖父李国昌为献祖皇帝；父亲李克用为太祖皇帝；在晋阳立庙。除了三代之外，又奉唐高祖、太宗、懿宗、昭宗四主，分别建了四庙，与懿祖以下合成七室，尊生母曹氏为皇太后，嫡母刘氏为皇太妃。那刘氏毫不介意，依着旧例，到太后曹氏那里称谢，曹氏却是面带惭色，离座起身迎接，脸上露出忐忑不安的样子。刘氏却平淡地说："愿我儿国运长久，使我们得以终天年，随先君于地下，这已经是万幸了！此外还有什么好计较的呢？”曹氏听了这话，两人相对流泪。曹氏令人在宫中摆宴，彼此对坐，把酒畅饮，尽欢而散。后人都称赞刘太妃的美德。正是：

并后犹防祸变随，况经嫡庶乱尊卑；

私图报德成愚孝，亚子开基礼已亏！

第十五回 朱梁覆灭

晋王李存勖改国号为唐后，当然要称为唐主。正好这时梁郓州守将卢顺密来降，献上袭取郓州的计策。李存勖当即召集群臣商议此事，郭崇韬等人都说不行。唐主李存勖单独将李嗣源召进宫商议，李嗣源正为胡柳渡河北逃的事而后悔，如今想要立功补过，便慨然进言说："我朝连年用兵，百姓都很疲惫，如果不出奇制胜，什么时候能成就大功？臣愿意独当此任，竭尽全力，以报陛下！"唐主听了非常高兴，立即派他率领五千兵马，偷偷地赶往郓州。大军走到河滨的时候，天色已晚，夜雨阴沉，军士们都不敢再继续走了，前锋高行周对众人说："天助我也！郓州的兵马这时一定不会防备，我们正好出其不意，攻取此城。"于是渡河东进，直抵城下，李从珂一马当先，登上云梯，军士们也都踊跃跟上。守城的兵将毫无察觉，几百个人莫名的做了断头鬼。李从珂开城迎进李嗣源，再乘胜进攻牙城，也是一鼓而下，州官崔簹和判官赵凤都被活捉，送入兴唐府。唐主十分高兴，满口称赞李嗣源是个用兵奇才，当即任命为他天平节度使。

梁主友贞听说郓州失守，惊惶的不得了，一怒之下罢免了北面招讨使戴思远，严命段凝、王彦章等将领发兵出战。梁相敬翔自知梁室危急，立时入见梁主说："臣跟随先帝夺取天下，先帝不觉得臣是个庸才，对臣的建议无不采纳，现在敌军势力日益强大，陛下却不听臣的忠言，臣尸位素餐，就是活着又有什么用，不如现在就死在陛下面前吧！"说到这里，就从靴子里拿出一根绳索，套在脖子上，做出勒死自己的样子。梁主急忙命左右上前救解，然后又问他到底想说什么。敬翔说："现在情势非常危急，如果不启用王彦章为大将，恐怕局面难以支持了！"梁主连连点头，下旨升王彦章为北面招讨使，段凝为副招讨使。王彦章入见梁主，梁主问他破敌的期限，王彦章答只需三日，左右听了都不禁失笑。

王彦章出宫后，就带兵向滑州进发，两天便赶到了滑州。他召集将士，置酒畅饮，暗中却派人准备船只，选派六百甲士，趁夜带着工匠、各自拿着大斧一起登船，顺流而下。夜半时分，营中的酒宴还没散去，王彦章假装离开换身衣服，却从营后走出，带领精兵几千人，沿着河的南岸，直趋德胜南城。德胜的守将是朱守殷，唐主曾派人给他送信嘱咐说："王铁枪勇猛过人，善于用兵，所以一定会来偷袭德胜城，你当严密防才是。"那时朱守殷正屯兵于北城，料想王彦章出兵不会这样迅速，所以就没有防备。没想到王彦章派出的兵船，乘风前来，先由那些工匠们烧热了炭，烧断了河上的铁锁，再由甲士用斧子砍断了浮桥，南城这时已经是孤立失援。王彦章又率兵赶到，攻打南城，南城没一会儿就被攻破，守城的几千士兵都被杀光了。王彦章从受命出师到拿下南城，前后正好三天。朱守殷急忙用小船运载兵士，渡河前去南城增援，可是却被王彦章杀退。王彦章再度进兵攻克了潘张、麻家口以及景店诸寨，军势大振。

唐主李存勖听到兵败的消息后，急忙命令朱守殷弃去德胜北城，把房屋拆掉做成木筏，载着兵械，赶去杨刘城，协助守将李周固守。王彦章拿下德胜之后，又和副使段凝一起率领十万大军进攻杨刘。梁军好几次都把城堞冲毁了，还全仗着李周全力防御，才算是勉强保全。王彦章猛攻不下，退兵驻扎于城南，另外派水师据守河口。

李周派人赶赴魏州报急，唐主亲自率领兵马前来救援。到了杨刘城，见梁兵的堑垒一重又一重，无路可通，也不禁着急起来。唐主向郭崇韬问计，郭崇韬回答说："现在王彦章守着渡口要道，他的意思是想收复郓州，如果我军不能南下，他必然要指日东征，那样郓州就不保了。臣请在博州东岸筑城屯兵，截住河津，这样既可以救济郓州，又可以分散敌军的兵势。但是王彦章如果知道了，一定会前来骚扰，使我们无法筑城。臣建议陛下每天前去敌营挑战，牵制王彦章，只要十天的时间，我们的城防可以筑好，到那时就可以无虑了。"唐主李存勖听了，连连叫好。他当即命郭崇韬率领一万兵马，连夜赶往博州，到麻家口渡河筑城，昼夜不停地加班苦干。

唐主李存勖在杨刘城下与王彦章每天苦战，双方的死伤相当。六天之后，王彦章得知郭崇韬筑城的消息，当即带领兵马前去攻打。那时城墙刚刚筑好，还没来得及部署防备，并且沙土疏松，并不坚固。郭崇韬急忙鼓励部下，四面御敌。王彦章的有几万兵马，梁军的十多艘大船横亘河流，断绝了唐军的援路，气势十分嚣张。所幸郭崇韬身先士卒，死战不退，一时还支持得住。就在这时，唐主亲自带兵从杨刘赶来增援，在新城西岸列阵。城里的人看见援兵已到，顿时士气大增，一个个呐喊着冲向梁军。梁军见唐军援军到了，一个个面带惧色，纷纷断绳收缆，王彦章自知大势已去，也只好解围退兵。唐主随即带兵南下，王彦章又带兵赶到杨刘，唐骑将李绍荣放火焚烧了梁军的战舰，段凝害怕首先怯退，王彦章又从杨刘退兵，唐军奋力追赶，杀死了一万多名梁兵，并重新夺回了德胜城。杨刘城中三天前就已经断粮，解围之后，守城的兵士纷纷庆贺。

王彦章在军中的时候，深恨赵岩、张汉杰等人扰乱朝政，他曾说："等我立功回朝后，一定要把那些奸臣杀光以谢天下。"这两句话被赵、张二人知道了，他们私下里商量说："我们宁肯受死于沙陀人之手，也不愿被王彦章所杀！"于是勾结同党，要陷害王彦章。段凝一直依附赵、张二人，并与王彦章一直不和。在外行军时也多次与王彦章发生矛盾，多方牵掣。一有捷奏传回，赵、张二人就把功劳归于段凝；等到兵败的消息传到，又都推到王彦章的身上。梁主朱友贞深居宫中，哪里知道外面的事。梁主担心王彦章不能肩负大任，竟把他召回汴梁，把军事全都交给了段凝。此举让将士们都心灰意冷，梁室覆灭的日子不远了。

唐主李存勖听说王彦章已经退兵，于是也回到了兴唐府。这时，泽州守将裴约又多次派人告急，唐主李存勖叹息说："我哥哥李嗣昭忠勇无双，怎么会生下继韬这个逆子！裴约赤胆忠心，知恩图报，绝对不能让他陷入敌军。”于是，唐主对指挥使李绍斌说：“泽州是个弹丸之地，对于朕来说没有什么用处，你替我把裴约救回来就好了。”李绍斌奉命去了，他赶到泽州时，泽州已经被攻破了，裴约也已经战死。李绍斌只好返回报告唐主，唐主听后悲悼不已。

不久，李存勖听说王彦章被调走，由梁将段凝继担任招讨使，与唐军僵持。这时，梁指挥使康延孝因为得罪了梁主，带着一百骑兵前来投降。唐主把他们召进帐中，赐给他锦袍玉带，并询问他梁国的局势。康延孝回答说：“梁朝的疆土不算小，兵马也不算少。但是梁主昏庸不明，赵岩、张汉杰等人又揽权专政，内结宫掖，外纳贿赂，败坏朝纲。梁主不能知人善任，并且对人猜忌，每调发一兵一卒，都会命近臣监督，大军的进退都要参考监军的意见。我听说梁主最近有大动作，他们分几路同时发兵，董璋出兵太原，霍彦威出兵镇定，王彦章攻打郓州，段凝迎击陛下，准备在十月大举进兵。臣看那梁朝的兵力，聚在一起的时候固然不少，但是一分开就没什么可怕了。陛下只需养精蓄锐，等待他们分兵，趁着梁都空虚的时候，率领精骑五千，从郓州直抵大梁，不出一个月，天下就可以平定了。”唐主李存勖听后，心里十分高兴，当即任命康延孝为招讨指挥使。

果然如康延孝所说，几天不到王彦章便率军进攻郓州。原来，王彦章应召回到梁廷后，入见梁主，详细讲述了前番胜败的情况。赵岩等人又弹劾他对梁主不敬，勒令他回去，准备分路进兵。梁主只给新募的几千人士兵和五百残兵让他统领，令他攻打郓州。最令王彦章头疼的是梁主竟然把张汉杰派做他的监军，王彦章只好忍着苦水，怏怏不乐向东行军。梁主又令段凝率大军牵制唐主，段凝多次派游骑在澶、相二州不断骚扰。泽、潞二州为梁援应。契丹因为上次兵败，也总是想着报复，传言在草枯冰合的时候契丹就会出兵。唐主这时，也非常踌躇，不知道该怎么办。

宣徽使李绍宏等人都说郓州难守，不如与梁讲和，用郓州来交换卫州和黎阳，然后彼此划河为界，休兵息民，再图良策。唐主听了勃然大怒，说：“要是真的这样，那么我们都死无葬身之地了！”于是喝退李绍宏等人，召郭崇韬进宫商议，郭崇韬说：“陛下马不下鞍，兵不解甲，已经有十五年了，无非是想要剪灭伪梁，雪我前耻，完成先帝遗愿。郓州百姓希望得到陛下的庇护，这才归降了我们，如果与梁交换，臣担心郓州百姓都会寒心，将士们也会由此而解体。就算是画河为界，又有谁来为陛下拒守呢？臣曾经细问过康延孝，已经得知梁朝的虚实。梁朝将大部分精兵交给段凝，命他侵扰我们南疆，后来又决河自固，认为我们不能飞渡，可以确保无患。然后他们又命王彦章进逼郓州，两路下手，动摇我们的军心，这也算是条妙计。但段凝本不是大将之才，关键时刻不能决策。王彦章虽然善于用兵，但他统兵不多，又被梁主所猜忌，也难成大事。最近捉到的敌军间谍，都透露大梁兵马虚空。陛下如果能留些兵马坚守魏州和杨刘，亲自率领精兵直捣梁朝老巢，大梁空虚，势必望风瓦解，到时候伪主授首，敌军自然投降。否则今年秋谷不登，军粮将尽，总这样迁延下去，恐怕要生内变。还望陛下奋志独断，不要受众人影响！帝王应运，必有天命，切不可畏首畏尾！？”唐主听了，不禁眉开眼笑，踌躇满志地说：“你的话正合我意，大丈夫成即为王，败即为寇，我决意这样干下去了！”

不久唐主接到了李嗣源的捷报，说是已经派遣李从珂击败了王彦章的前锋，王彦章现在已经退保中都。唐主对郭崇韬说：“郓州告捷，足以壮我军士气了，就此进兵，肯定能大获全胜！”唐主当即下令将士们将家属送回兴唐府，自己也跟随军从行的妃子刘氏以及皇子李继岌诀别说：“国家成败，在此一举，如果事不能成，就把家属聚在一起，全都自焚，免得受敌人的侮辱！”刘氏鼓励说：“陛下此去，一定能够成功，我们都盼着与陛下长享荣华富贵，不会出现意外的！”说完，与唐主告别。

唐主嘱咐李绍宏送回刘氏母子，并命他与宰相豆卢革、兴唐尹王正言等人一同把守魏城。自己率领大军从杨刘渡河，赶往郓州，与李嗣源会师。到了郓州之后，唐主当即任命李嗣源为前锋，连夜进军，直插汴梁。三更的时候，大军渡过汶河，逼近梁国中都。中都一直没什么兵力，虽然有王彦章带兵驻扎，可是兵马不足一万，而且都是刚招募来的新兵，将卒之间没有什么默契，布阵作战也都十分生疏，即便是百战不殆的王彦章，也是有力难使，孤掌难鸣。王彦章得到探马的报告，说唐主亲自带兵攻来，急忙选出前锋数千人，出城堵截。可这回来的都是唐主的主力，这些新兵蛋子根本不值一扫，只剩下几个败卒，跟着王彦章逃回了中都。王彦章十分焦急，正想弃城逃回，只听城外鼓角齐鸣，炮声大震，唐军数万人乘胜杀到。王彦章上楼遥望，只见旌旗蔽空，刀枪曜日，那一班如狼似虎的将士，拥着一位后唐之主李存勗，踊跃前来，王彦章禁不住仰天长叹：“敌军如此雄壮，让我怎么对付啊？”守城的将士看见唐军的威势，一个个都吓得魂飞魄散，意变神摇，勉勉强强守了半天。那唐军的强弓硬箭，又接连射上城楼，守城的兵士多半中箭倒地，其余的兵卒都逃到了城下。王彦章料定难以支撑，没办法只好开城突围，仗着两杆铁枪，杀出一条血路，向前急奔。那时，王彦章身上已有多处创伤，带着几十个骑兵，勉强赶路。唐将紧随其后，大叫：“王铁枪！王铁枪！”王彦章也不知是谁，刚回头一看，那来人已经手起槊落，刺伤了他的马头，马一下子栽倒在地，王彦章也摔下马来。王彦章身负重伤，难以逃脱，被来将轻松地捉去了。

读者你说是什么人捉住了王彦章？原来是唐将李绍奇。唐主指挥兵士，围捕梁将，捉住了监军张汉杰，曹州刺史李知节和裨将赵廷隐、刘嗣彬等二百多人。王彦章曾对人说：“李亚子只不过是个斗鸡小儿，怕他干什么？”如今却被李绍奇捆着送到唐主的帐下，唐主笑着问他：“你曾把我看作小儿，今日肯服我吗？”王彦章默不作声，唐主又问：“你是梁朝的大将，梁主怎么不派你镇守兖州，却要你守这座危城呢？”王彦章正色说：“天命已去，说这些还有什么用？”唐主怜惜王彦章的材勇，想劝他投降，并赐他良药医治创口。王彦章长叹说：“我本一介勇夫，承蒙梁主厚恩，位至上将。我与陛下交战了十五年，现在兵败力竭，不死还等什么？就算陛下怜爱，侥幸不杀，可我何脸面面对天下之人呢？朝为梁将，暮为唐臣这种不知羞耻的事情我做不出来！”唐主很是感慨，命人先将他关押，并派李嗣源再去劝降。李嗣源小名叫邈佶烈，王彦章见他进来，一动不动地躺在那里，嘲讽说：“你不是邈佶烈吗？想来说服我，不可能！”李嗣源听后，非常生气，一言不发便离开了。

第二天，唐主大开盛筵，慰劳将士，李嗣源坐在首席。唐主举杯对他说：“今日的战功，以将军为首，其次为郭崇韬。当初如果我听了李绍宏等人的话，大事就去了。”唐主又对诸将说："从前我所忌惮的只有王彦章一人，现在他已经就擒，这是天要灭梁了。但是段凝还在河上，我们下一步该如何行动呢？"诸将对此意见不一，有的说应该先巡视海东，有的说应该转攻河上，只有康延孝请唐主急取大梁。李嗣源这时也站起来说："兵贵神速，现在王彦章已经就擒，段凝还不知道，就算是有人传报，他也一定半信半疑。即使他知道我们的计划，就算立即发出救兵，也要经由白马南渡，而渡河的船只一时不能造好。我军前往大梁，路程不远，又没有什么崇山峻岭阻挡，大军方阵横行，昼夜兼程，很快就可以赶到，我想段凝还没离开河上，朱友贞就已经被我们所擒获了！陛下尽管依照延孝的话，率领大军在后边慢慢跟进，臣愿意带领一千骑兵，作为陛下的前驱！"唐主很是振奋，马上命人撤宴，当天晚上就派李嗣源带兵先行。

第二天早晨，唐主率领大军继进，并令王彦章随行，在路上唐主问王彦章："我此行能保证必胜吗？"王彦章摇头说："段凝有精兵六万，怎么肯坐视不理呢？此行恐怕是凶多吉少！"唐主听了非常不高兴，呵斥说："败军之将安敢动摇我的军心！"当即命人将他推出去斩了，王彦章慨然就刑，颜色不变。处斩之后，士兵献上首级，唐主也叹息，称赞他真是一个忠臣，当即命人厚葬了他。两天后，大军赶到曹州，梁朝守将不敢抵抗，开门投降。

梁主朱友贞接连得到警报，慌得手足无措，急忙召集群臣问计，大家面面相觑，一句话也说不出来。梁主哭着对敬翔说："朕后悔当初没有听你的话！如今形势危急，还望你不要怨恨朕，为朕想一个良策！"敬翔也哭着跪下说："臣蒙受先帝厚恩已经三十六年，名义上是宰相，可实际上如同老奴，事陛下如事主人。臣曾说段凝不能大用，陛下不听。现在唐兵快兵临城下，段凝却仍居于河北，不来救援。臣请陛下弃城躲避一时，陛下一定不肯听从；请陛下出城接战，陛下也未必同意。现在就算是张良、陈平在世，也难为陛下设法了，请陛下赐臣先死，以聊谢先帝！臣不忍心看见祖宗社稷沦亡啊！"梁主无话可说，只得相对痛哭。梁主冷静后，急忙命张汉伦向北去追回段凝的兵马。张汉伦到了滑州，被河水隔绝，渡不过去。梁都久久等不来救兵，更加惶恐。城中有几千只控鹤军，朱珪请求率兵出战，梁主还是不答应，只召来开封尹王瓒，嘱托他守城。王瓒无兵可调，不得已把市民都赶上城，严加守备。这时唐军还没有兵临城下，城里已经是一日数惊，朝不保夕了。

有人请梁主西奔洛阳，有人劝梁主去移驾段凝军中。控鹤都指挥使皇甫麟说："段凝本就不是将才，他能身居重位，完全是皇帝宠幸的缘故。现在事情紧急，他人又去哪儿了呢？"赵岩在一边也接口说："事情到了这个地步，一旦离开大梁，谁能保证不会出现变乱呢？"梁主听了这话，觉得无可奈何，日夜哭泣，不知怎么办才好。第二天又传来坏消息，唐军快到城下，梁主最信任的租庸使赵岩又不辞而别，偷偷跑到了许州。梁主这时已经没有什么希望，于是将皇甫麟召来，对他说："李氏是我的世仇，我们两家斗了几十年，水火不容！事到如今朕不可能向他低头，与其等着挨他的刀子，还不如死在你的手里！"皇甫麟哭着说："臣愿意为陛下冲锋，保护陛下安全离开！"梁主说："已经太迟了！"皇甫麟听后，要拔剑自刎，梁主阻止说："我当与你一起死！"说到这里，就握皇甫麟手里的刀，向脖子上一横，鲜血直喷，倒在身亡了，皇甫麟随后也自杀了。史书上称梁主朱友贞为梁末帝，在位十年，享年仅三十六岁。梁朝自从朱温篡位，一共一十六年，就亡了国。正是：

登楼自尽亦堪哀，阶祸都由性好猜，
宗室骈诛黎老弃，覆宗原是理应该！

第十六回　册刘后以妾为妻

梁主朱友贞自杀后，过了一天，唐军的前锋李嗣源才到大梁城下，开封府尹王瓒打开城门投降，迎接李嗣源入城。李嗣源进城后，没过多久，唐主也到了，李嗣源率领梁臣武将出城迎接。梁臣一个个拜伏请罪，唐主也好言抚慰，让他们仍袭旧职。唐主用手拉着李嗣源的衣服，笑着对他说"我能剪灭梁室，全都是你们父子的功劳，以后你们与我同享富贵！"进城之后，唐主登上元德殿受贺，梁相李振对敬翔说："新主已经下诏赦免了我们，我们也应当进朝拜贺才是。"敬翔却慨然地说："我们二人同为梁相，君昏不能谏，国亡不能救，新君如果问起这些，我们将如何对答呢？"李振听了没有办法，只好退了出来，第二天竟自己去谒见唐主。有人把这件事报告给了敬翔，敬翔叹息说："李振枉称为大丈夫，国亡君死，还有什么脸面见人呢？"于是便悬梁自尽了。

唐主下令寻找梁主朱友贞的尸首，不久就有梁臣将朱友贞的首级献上，唐主审视之后，长叹道："朱梁父子与朕父子对垒了几十年，朕恨不得见一见我的老冤家。现在他已经死了，就把他的遗体收葬吧。至于首级，立时拿到太庙中祭拜先帝。"左右得到吩咐，当然照办。唐主一面派遣李从珂等人，出师封邱，招降段凝。这时，段凝正率领兵马回来援救，并派先锋杜晏球当先赶路。半路上杜晏球接到了唐主的招降信，表示情愿投降。段凝手下的五万多人，也都跟着投降了。段凝面见唐主，伏地请罪，唐主同样好言抚慰，并妥善的处理投降的将士，使他们各得其所。

可笑的是段凝投降后竟然扬扬自得，一点儿惭愧的样子都没有，梁国的旧臣对都恨得咬牙切齿。段凝心知肚明，于是抢先下手，向唐主进献谗言，极力排斥那些人。唐主信以为真，将郑珏、萧倾、刘岳等一班旧臣一共十一个人通通贬斥。段凝意犹未尽，又与部将杜晏球联名上书，说梁国奸臣赵岩、张汉杰、朱珪等人一贯作威作福，残害百姓，不可不除。唐主再次颁下诏书，把敬翔、李振定为首罪，说他们党同朱氏，共同倾覆唐祚，全该处死。朱珪助虐害良，张氏一家荼毒生灵，全该处斩。赵岩在逃，下令各处严加擒捕，归案正法。

这道诏书一下，除了敬翔已经自杀外，李振、朱珪、张汉杰、张汉伦等人，全都在汴桥下尽行处斩。他们的妻子儿女，也全部被诛。赵岩逃到许州，被匡国节度使温韬所杀，首级献到了唐廷。赵岩家当然也是满门抄斩，不必多说。唐主又赐段凝姓名为李绍钦，赐杜晏球姓名为李绍虔。唐主下令追废朱温、朱友贞为庶人，毁去梁国的宗庙神主，还想挖掘朱温的陵墓，将他斫棺焚尸、挫骨扬灰。河南府尹张宗奭已经改名张全义，正好他进京，便劝说道："朱温虽然是陛下的世仇，但已经死了多年，刑无可加，还请陛下免去焚斫之举，以显圣恩！"唐主听后，便打消了这个念头。不久，唐主又颁下诏书，大赦天下，凡是梁室文武职员将校，一律不加罪，只下令铲除梁氏。并命郭崇韬暂时代理军中事务，并进封他为太原郡侯，赐给他铁券，并兼成德军节度使。郭崇韬职兼内外，忠心耿耿，唐主也把他看成心腹。豆卢革、卢程等人本没什么才能，无非因他们是唐室的故旧，才得以荣居相位，坐受成命罢了。

唐主下令肃清宫掖，捕杀朱氏家族。梁主的妃嫔多半怕死，都跪地苦苦哀求，希望免死。只有贺王友雍的妃子石氏站在那里，面色凛然，非常从容。唐主见她丰容优雅，体态端庄，不禁爱慕起来，随即令人带她进去梳洗打扮。石氏瞪大眼睛说："我堂堂王妃，岂肯侍奉你这胡狗。头可斩，身不可辱！"唐主听了大怒，当即下令将她斩首。后来唐主又见梁末帝的妃子郭氏，一身素装，泪眼愁眉，仿佛是带雨梨花，娇姿欲滴，就好言好语地问了她几句话，并让她回宫。此外的一班妃妾，有的留有的遣，多半都给予免刑。当晚，唐主召郭氏侍寝，郭氏是个贪生怕死的人，没办法只好解带宽衣，任唐主戏弄。

不久，唐主第三位夫人刘氏和皇子李继岌从兴唐府来到汴梁，唐主把他们迎进府中，重叙欢情。刘氏出身微贱，祖籍魏州，她的父亲长着黄色的胡须，通晓医术和卜术，自号为刘山人。唐主攻打魏州的时候，裨将袁建丰抢来了刘女，当时她不过六七岁，却长得聪明伶俐，娇小可爱。唐主喜爱她的秀慧，便把她带到晋阳，让她侍奉太夫人曹氏。太夫人教她吹笙，她一学就会，再教她歌舞书画，他也无不心领神会，曲尽微妙。十多年过去了，转眼间刘氏便到了出嫁的年纪，更加出婀娜多姿，俨然成了一代尤物。唐主常常去探视母亲，在酒席上，曹氏经常命刘女在旁边吹笙。笙声悠扬宛转，楚楚动人，最妙的地方在于不快不慢，正好与歌舞的节拍相合。唐主深通音律，听见刘女按声度曲，一点错误都没有，不觉惊喜不已，又见她千娇百媚，姿态缠绵，越觉得可怜可爱，便目不转睛地盯着她看。曹太夫人觉察到儿子的心思，便把刘女赐给唐主为妾。唐主大喜过望，当即拜谢慈恩，然后迫不及待把她带回寝室，上演那龙凤配去了。当时唐主的正室是卫国夫人韩氏，第二位夫人是燕国夫人伊氏，自从刘女得到宠幸后，作为第三任妻房，被封为魏国夫人。后来，刘氏生下皇子李继岌，长得非常像唐主，唐主非常高兴，刘氏因此受到专宠。

唐主经营河北的时候，常常让刘氏母子跟在身边。那刘老头听说女儿得以显贵，便找到魏州来，自称是刘氏的父亲。唐主让袁建丰辨认，袁建丰说抢刘氏的时候却是见过这个黄胡子老头。可是刘氏却不肯承认，还生气地说："我离乡时候的情景，多少能记得一些，我的父亲已经死在乱兵之中，我曾记得跟他告别，哪里来的土里土气的老头，也敢来冒称我的父亲？"于是命人打了刘老头一百鞭子，可怜这刘老头老迈龙钟，哪里经受得起这顿毒打？三番两次痛昏过去，醒来之后，便哭着走了。各位读者，你想这位刘夫人连自己的生父都下得了手，何况别人呢？

刘夫人到了汴宫，听说唐主召幸了梁妃，心生醋意，便跟唐主好好地理论了一番，说了一些冠冕堂皇的话。唐主也觉得有点说不过去，就让这梁妃出家当了尼姑。可怜这位梁妃郭氏，被唐主玩弄了几个晚上，还是不能享受荣华富贵，只好洒泪离去。唐主倒也不忘旧情，赠给她不少金帛，并赐名为誓正，作为最后的恩典。刘氏生怕唐主藕断丝连，非要唐主把她发配远方。于是，唐主只好把郭氏送往洛阳，终身当尼姑去了。

此事传出去后，宫廷内外都知道刘氏的权力不小，于是都争着向她献殷勤，宋州节度使袁象先便是第一个。他入朝后，带着数十万珍宝，先贿赂刘夫人，然后再贿赂唐主的亲幸之臣。于是宫廷上下对他大肆赞扬，因此得到唐主的赏识，赐姓名为李绍安。此外如梁将霍彦威、戴思远等人，也都向宫中的人纳贿，暗中在宫里找好靠山，当作后援，以此得到唐主的恩赐。梁将段凝改名为李绍钦后，仍然担任滑州留后，他也向刘夫人行贿，刘夫人在唐主面前替他说了不少好话，不久他便升做了泰宁节度使。还有河中节度朱友谦、博州刺史康延孝等也相继入朝，他们如法炮制，同样得到了唐主的恩典。朱友谦由唐主赐名为李继麟，康延孝被赐名为李绍琛。匡国节度使温韬从前挖掘过唐室的山陵，这次因为献上了赵岩的首级，所以没被加罪。他听说袁象先等人都受到了宠荣，也带着金银进京，向宫内之人大行贿赂，当时就由唐主召见，再三慰劳，并且赐名为李绍冲，过了十多天时间才回到许州。后来郭崇韬弹劾他的罪状，唐主也不予过问。

不久，楚王派来使者入京进贡，吴王也派来使者前来祝贺，岐王当然也派使者奉表称臣。这一连串的阿谀奉承，弄得唐主志满气盈，不是出外游玩，就是深居宫中宴乐。刘夫人喜爱歌舞，唐主想取悦刘氏，曾面敷粉墨，和那些戏子们在庭中做戏。戏子们都称他为“李天下”，唐主也以“李天下”自称。一天他在庭院里四下游荡，突然大喊两声：“李天下！李天下！”这时，有个叫敬新磨的戏子，竟然上前打了唐主一个耳光，唐主整个人都懵了，其余的戏子们也都大惊失色。敬新磨却从容地说：“李天下只有一个，陛下在那里叫谁呢？”听了这话，唐主竟然转怒为喜，还厚赏了敬新磨。

过了几天，唐主又到中牟游玩，一路上踢坏了不少农田，中牟令拦住唐主的马头劝谏说：“陛下身为百姓的父母，怎么能损坏农民的庄稼，让他们不得收成以致冻饿而死呢？”唐主嫌他多嘴，把他喝退，还想把他处死。敬新磨把中牟令追了回来，把他拉到唐主的马前，假意训斥说：“你身为县令，难道不知道天子喜好游猎吗？百姓的庄稼妨碍了皇上驰骋，不该践踏吗？”唐主听了这话，也不禁哑然失笑，于是赦免了中牟令。

只是那些戏子们良莠混杂，能有几个像敬新磨那样正直的人呢？并且刘夫人爱看戏，她常常招来戏子们进宫演戏，而且多多益善。那些戏子们得以自由出入宫掖，经常侮弄朝臣，群臣一个个都敢怒不敢言。还有一些官员反过来依附那些戏子，靠着他们取媚深宫。最有权势的伶官叫作景进，他经常出宫采访一些民间的奇闻逸事，说给唐主听。唐主兴趣浓厚，总是召见他。于是他自恃为唐主的宠臣，时常找机会进献一些谗言，害民乱政，连王公将相都怕他三分。宰相卢程才能并不称职，这时已经被贬。郭崇韬推荐了尚书左丞赵光胤，豆卢革推荐礼部侍郎韦说，他们二人都被授命为同平章事。其实赵光胤只是轻率好夸，韦说也只不过是谨重守常，都没有相国的才略。况且这时已经是小人当道，朝政昏昧，单靠这几个庸夫，怎么能稳住大局呢？

荆南节度使高季昌听说唐灭掉了梁，心里十分害怕，为了避讳唐主的祖父李国昌的名字，特地改名为高季兴，还打算亲自入朝拜谒。司空梁震进谏说："大王是梁室的故臣，现在唐已灭梁，必将挥兵南下，大王不严兵拒守，怎么能自投虎口，甘为鱼肉呢？"高季兴不听，留下两个儿子在荆南据守，只带着三百卫士，来到了汴都。果然，唐主将高季兴留住不放。后来还是郭崇韬婉言相劝，说是陛下刚得了天下，应该显示出宽大的心怀，唐主这才优礼相待，设下盛宴招待。在席间唐主趁着酒兴，笑着问高季兴："朕纵横沙场十多年，才得到了天下。现在各镇多已称臣，只有吴、蜀二国，还不肯归命。如果现在我想统一，应该先攻吴还是先攻蜀呢？"高季兴暗想那蜀道艰险，不容易进攻，便故意回答说："吴地狭小，不如蜀地富饶，况且蜀主荒淫无道，百姓怨声载道，陛下率王师攻打，不愁不胜。等到蜀国扫平后，再顺流东下，取吴也就易如反掌了。"唐主听了连连称好，当夜尽欢而散。第二天，便批准了高季兴返回荆南。

高季兴听到放行的消息，立即辞别了唐主，匆匆南归。走到襄州的时候，正准备到驿馆投宿，忽然心里一动，立即命卫士连夜抢关逃走。果然，襄州刺史刘训接到唐主派人送来的飞诏，让他把高季兴关起来，不要放走。可是高季兴已经逃走多时了，追赶不上，刘训只好据实禀报唐主。原来高季兴进朝的时候，那些戏子和太监，多次向高季兴索要贿赂。高季兴虽然给了他们一些好处，可是他们并不满足。高季兴辞行后，那些人都劝唐主不让放他走。高季兴料到那些小人会翻脸，所以才连夜脱身。跑回江陵后，高季兴激动地握着梁震的手说："我不听先生的话，差点回不来了，真是好险呐！唐朝皇帝刚刚灭了梁朝，唐主便自矜自傲，朝中也是伶人弄权，腐败成风，这样的朝廷又怎能持久呢？照我看来，也不用惧怕他了！"于是高季兴下令修城积粮，招纳梁朝的散兵游勇，每天加以操练，准备抵御唐兵南侵。其实唐主并没有把高季兴放在眼里，这次被他侥幸逃脱，唐主也并不在意。

当年梁主到洛阳准备行郊天大礼，被唐军一下子给吓了回去，在那里扔了不少仪仗法物。江山改姓李后，河南尹张全义乐得奉承新主，上表奏请唐主移驾洛阳行郊天大礼，说是仪式用品都已具备。唐主听了大喜，加封张全义为太师尚书令。仲冬吉日，唐主带着家属，从汴梁赴洛阳。张全义当然竭诚迎接，可刘夫人却别有私心，说仪式的用品还不齐全，不足以显示皇帝的尊贵，必须再加制造，才可以进行祭祀。唐主对刘氏言听计从，于是嘱咐张全义增办器物，改到明年二月初一，再行郊祀之礼，无非是想张全义再向她行贿。后来，唐主见洛阳的宫殿比汴梁更为华丽，索性决定在这里定都，不再回汴梁。唐主下旨恢复汴州开封府为宣武军；改前梁永平军大安府为西京；称晋阳为北京；恢复镇州成德军；许州匡国军仍为忠武军；陕府镇国军仍为保义军；耀州静胜军仍为顺义军；潞州匡义军仍为安义军；郎州武顺军仍为武贞军；在延州设置彰武军，邓州设置威胜军，晋州设置建雄军，安州设置安远军。所有天下官府名号以及各寺院的名匾，经过梁朝改名的，一律复旧。

安义军李继韬先前叛唐降梁，梁朝灭亡后，他本想向北逃往契丹。唐主派人去宣召他，表示不会加罪，可他还是不敢去。他的母亲杨氏一向善于蓄财，积攒了百万家资。杨氏以为钱可通神，便带着儿子一起进京。一到洛阳，杨氏先用重金贿赂那些戏子太监，然后又赠给刘妃不少财宝，求她为自己儿子求情。刘妃收了好处当然代她向唐主说情，极力强调李嗣昭是功臣，应该加以宽待。那些戏子太监也乘机替李继韬求情，说他本没有恶意，是被奸人迷惑才酿成大错。慢慢地唐主的耳根子软了下来，李继韬乘机觐见，并叩头谢罪，哭着表示悔悟。果不其然，唐主十分大方赦免了他，还多次让他随自己游猎，十分器重他。唐主的弟弟薛王李存渥秉性耿直，看不起李继韬这样的小人，所以常常当面斥责他。李继韬不免忐忑不安，又贿赂那些太监戏子，托他们向唐主求情，调自己回到安义军。可是唐主怎么都不同意，李继韬无奈，又偷着给弟弟李继远写信，嘱咐军士假意放火，好让唐主放自己回去安抚军士。谁知道诡计被人识破，唐主大怒，将李继韬立即斩首，李继远也被杀掉了。

唐主命李继韬的哥哥李继俦袭职，当初李继俦被弟弟关押，在狱中待了好几年，吃尽了苦头。他出来后，为了报复李继韬，将李继韬的家产全都夺走，连同他的妻妾一并夺去，恣意淫污。李继韬的弟弟李继达知道后，大怒道："二哥被杀，大哥没有一点骨肉之情，毫不悲痛，反而夺走他的家财，奸淫他的妻妾，像这样人面兽心的东西，我还能和他共处吗？"于是他暗中为李继韬披麻戴孝，并派人杀死了李继俦。节度副使李继珂见李继达作乱，派兵攻打李继达，李继达不敌，自刎身亡。

第二年是同光二年，唐主派皇弟李存渥和皇子李继岌一起去晋阳，将太后、太妃接到洛阳来。刘太妃说："陵庙都在这里，如果都去洛阳，谁来祭祀先祖呢？我还是留下吧！"于是刘太妃决定留在晋阳，并设宴为曹太后饯行，两人流着眼泪分了手。曹太后到了洛阳，唐主将她迎进长寿宫。唐主的正妃韩氏，次妃伊氏，也跟着到了洛阳。母子团圆，妻妾欢聚，唐主开筵接风，畅饮通宵，这自不必多说。那位貌美心凶的刘夫人，表面上假作欢笑，心里却非常焦急。她做梦都想坐上皇后的宝座，所以一直蛊惑唐主，希望能满足自己的心愿。唐主倒是有答应的意思，只是韩、伊两夫人地位到底在刘氏之上，所以不便越次册立，一直犹豫不决。刘夫人想了很多办法，都没什么效果。这时候韩、伊两夫人又来到洛阳，眼见正宫的位置就要被这两人夺去了，她情急生智，急忙嘱咐那些戏子太监笼络几位宰相，希望能得到他们的支持。

豆卢革历来模棱两可，畏惧刘夫人，自然满口答应。只是将相郭崇韬为人刚正不阿，再加上他非常讨厌那些戏子太监，不能轻易说动。刘妃找到了郭崇韬老朋友，希望他去劝说郭崇韬。郭崇韬见了老朋友，谈了一些关于宦官乱政的想法。老朋摇头说道："刘氏专宠的事，你也很清楚。作为臣子，我们哪里是她的对手！我替你考虑，不如奏请皇上立刘氏为皇后。其实皇上也早有意册立，只是怕你不同意。这样做，一来迎合了皇帝的心思，二来得到了刘夫人的后援，一举两得！以后就算有再多人说你的坏话，也撼动不了你的地位！"郭崇韬听了不禁连连点头，于是同意与豆卢革等联名上书，奏请立刘氏为皇后。唐主看到表章，自然欣慰。

不久，郊祀的期限到了，郭崇韬又献出军钱十万缗。二月初一这一天，唐主亲自到南郊祭祀，自己为首献，命皇子李继岌为亚献，皇弟李存纪为终献。祭礼过后，从宰相以下按次序向唐主称贺，唐主回到五凤楼，颁下大赦诏书。过了几天，唐主下诏，册立刘氏为皇后，封皇子李继岌为魏王。这时洛阳已经建立了太庙，皇后刘氏既然已经接受了册封，当然坐着凤鸾车，敲锣打鼓，到太庙拜谒。她本来就长得美丽，再加上那珠冠玉佩，象服华衣，更显出万种妖娆，千般婀娜。洛阳的仕女们看到雍容华贵的皇后，纷纷赞叹不已。回宫后人人都争着向她祝贺，只有韩、伊两夫人心中不平，没去祝贺。唐主于心有愧，为了弥补她们，便封韩氏为淑妃，伊氏为德妃。正是：

漫将妾媵册中宫，禁掖甘心启女戎，

纵使英雄多好色，小星胡竟乱西东！

第十七回 牝鸡司晨

唐主册立刘后，嫡庶倒置，已经铸成大错。他又轻信刘后，重用宦官担任诸道的监军，后来又任命伶人陈俊、储德源为刺史。郭崇韬力谏不从，功臣多半愤惋，朝中怨声渐起。租庸使孔谦担任盐铁转运副使，当初下诏赦免的赋税，仍旧征收，百姓怨声载道。从此，唐主的诏令，大家变得半信半疑。后来，唐主又自加尊号，封赏幸臣，并加封岐王李茂贞为秦王，荆南节度使高季兴为南平王，夏州节度使李仁福为朔方王，赐吴越王钱镠金印玉册。他还派使者李严去蜀地，探察虚实。李严回来禀报唐主，说蜀主王衍荒淫纵欲，不理政务，他斥逐贤臣，亲近小人，赏罚不明，大军一临，定能马到成功。他的一番话，把唐主撩拨地心痒难耐，于是唐主开始整备兵马粮械，决意攻蜀，指日出师。

正巧秦王李茂贞病故，上表奏请长子李继曮袭位。唐主拜李继曮为凤翔节度使，赐名李从曮，并征兵一同讨伐蜀国。可没等李从曮出兵，契丹就已经进犯蔚州。无奈，唐主只得将攻蜀事宜暂行搁起，授李嗣源为招讨使，前去抵御契丹。李嗣源奉命出师，唐主又与郭崇韬商议，命李嗣源镇守成德军，调他兼任汴州宣武军节度使。郭崇韬那时已经是成德节度使了，身兼两个要职，所以他推辞说："臣位极人臣，无限富贵，怎么能再兼任如此重任呢？有些将军经历百战，也不过只是一州的刺史。臣无汗马功劳，得以身居高位，实在感到深深不安！况且汴州富饶昌盛，是军事要冲，臣不能亲临治所，只能命他人代管，要设此虚名根本对国家没有好处！"唐主说："爱卿说的也有道理，但是当初要不是爱卿'保固河津，直趋大梁'的计谋，朕岂能成就的帝业？这是百战之功所不能比的。"郭崇韬一再推辞，唐主这才答应解除兼职。蕃汉总管李嗣源受命来到成德军，因家在太原，上表请授儿子李从珂为北京内牙指挥使，方便顾家。唐主看完表章后，恨他为家忘国，竟贬斥李从珂为突骑指挥使，命他镇守石门镇。那时，李嗣源已经击退了契丹，他听说儿子被黜，非常惶恐，希望进京朝见，可是唐主不许，李嗣源因此不免疑上加疑，忧上加忧了。

唐主听说契丹已经退兵，北方再无忧患，他整天游山玩水，沉迷声色，把讨伐蜀国的事情忘得一干二净。平日里，他经常跟刘后偷偷跑到大臣的私第游玩，动不动酣饮达旦，其中去的最多就属张全义的府上，唐主赏赐了许多财物。张全义为了巴结刘后，将得来的钱财一半送到内务府，一半送到中宫，刘后很是满意。她自念母家微贱，不免被其他妃妾嘲笑，便有了拜张全义为养父的想法，想沾些余光。刘后面奏唐主，说自己从小失去父爱，希望侍奉张全义为养父，弥补心愿，唐主倒也慨然允诺。于是，刘后乘着夜宴，请张全义上坐，打算行父女之礼。刘后贵为皇后，张全义怎么敢接受？他再三推辞，可是刘后却命随从强行将他按在座位上。刘后亭亭下拜，惹得张全义眼热耳红，想要急忙离开，可又被宦官拥住，没办法勉强受了全礼。唐主在旁边看着，反而喜笑颜开，叫张全义不必辞让，并亲自斟酒，为张全义祝寿。张全义谢恩饮毕后，又搬出许多财物，赠献给了刘后。

第二天，刘后命翰林学士赵凤草书，答谢张全义。赵凤入奏："国母拜人臣为父，从古至今，前所未闻，臣不敢起草！"唐主微笑着说："爱卿直言不讳，却是好事，但是皇后执意如此，其实也损伤不了什么国体，爱卿不要推辞了！"赵凤无可奈何，只好承旨草书，敷衍了事。

唐主见后宫妃子不多，想征选些良家女子，充入后庭。后宫来了位美女，长的国色天香，唐主非常宠爱她。刘后心怀嫉妒，总是想着将她撵走。正巧骑将李绍荣的妻子去世，唐主召他入宫，赐宴解闷，还安慰他说："爱卿妻子刚刚病逝，不必过于悲伤。大丈夫身边怎么能少的了个女人呢？爱卿等着，朕什么时候给你找个美女。"刘后听后，当即将唐主的爱姬召来，指着她对唐主说："陛下怜爱绍荣，为何不将此女赐给他呢？"唐主不好当面忤逆皇后，只能假装允许。不料刘后急忙催促李绍荣拜谢，一面嘱咐宦官，将爱姬用轿子送到了李绍荣的府上。唐主失了美女，当然快快不乐，好几天都不肯吃饭，但始终拗不过刘皇后，只好耐着性子，仍然与刘后交欢。

刘后非常信佛，她认为自己能当上国母，全赖佛祖保佑，所以平时所得的贿赂，都赐给了僧尼。唐主受到她的感染，痴迷佛教。五台山有个法号叫诚惠的和尚，自夸能降伏天龙，呼风使雨。先前他路过镇州时，赵王王镕对他傲慢无礼，诚惠忿然说："天上有五百条毒龙归我驱遣，我只需调遣一条巨龙吞云吐雾，你们镇州的州民就会成为鱼鳖了！"第二年，镇州果然发生洪水，淹死了不少百姓，从此大家都称他为神僧。唐主听说后，便派人将他请到了宫里，像活神仙一样供奉着。唐主一国之君，竟然带着刘后和皇子对诚惠三叩九拜，而诚惠居然高高就座，没有丝毫惶恐。唐主将他留在宫里，命人好生伺候。诚惠乘着闲暇，外出游玩，在路上达官贵人遇到他，没有谁敢不跪拜。唯独郭崇韬不肯屈膝，见到了只不过拱手行礼。偏偏冤冤相凑，洛阳天旱，几个月没下过雨。郭崇韬奏明唐主，请求诚惠作法祈雨。诚惠无可推辞，只好筑坛斋醮。他每天登坛诵咒，倒也有模有样，念念有词，可龙神偏偏不来听令，烈日依旧高升。郭崇韬放出狠话，说他要是再祈不来雨，就在坛下将他烧死。有人把这话告诉了诚惠，吓得诚惠神色仓皇，连夜逃回了五台山。回去后，他又担心唐主追究，竟然忧郁而死。唐主和刘后还以为自己不够虔诚，不能留住高僧，非常悔恨！许州节度使温韬，听说刘后痴迷佛教，情愿将私第改为佛寺，替皇后祈福。奏疏一上，便得到唐主和皇后的嘉奖。

同光三年，太妃刘氏在晋阳生病了，曹太后打算回去看望她，可是唐主不让。后来，太妃病逝，曹太后又打算前去送葬，唐主和百官都认为哪有太后给太妃送葬的道理，又百般阻挠。众意难违，太后没能启行，但是非常哀痛，整天不吃饭。过了一个月，竟然也魂归地下，去寻找那位刘太妃，再续生前的睦谊去了。起初，唐主丧母，却也号恸哭泣，断绝饮食。后来，百官纷纷上书劝慰，过了五天唐主开始用膳，渐渐地忘却了悲伤，又将淫乐游玩的故态发作了出来。

这年春夏，洛阳大旱，到了六月中旬才开始下雨。没想到这场雨竟然下了七十五天，百川泛滥，遍地洪水。虽然宫殿地势较高，可是楼层太低，湿气还是很重。唐主想登高避暑，又苦于没有高楼，整天闷闷不乐。宦官看出了唐主的心思，便进言说："臣记得洛阳全盛的时候，宫中楼阁，不下百数座。陛下贵为天子，却连一座避暑的楼阁都没有，太不合适了。"唐主反问："朕坐拥天下，建造一座不就行了吗？"宦官又说："郭崇韬经常眉头不展，多次跟租庸使孔谦谈到国用不足，恐怕陛下建造避暑楼阁的愿望很难实现啊！"唐主变色说："朕用的是内府的钱，跟国库何干？"于是命宫苑使王允平，加紧建造清暑楼。

唐主担心郭崇韬进谏，特地派中使传谕说："朕从前在河上与梁军对垒时，虽然行营暑湿，被甲乘马，也没觉得疲劳。如今身居深宫，荫庇大厦，反而不堪苦热，这是为什么呢？"郭崇韬让中使转奏说："陛下先前在河上，强敌未灭，心里念着深仇大恨，虽然遇到盛暑，也不会介怀。如今外患已除，海内臣服，陛下虽然身居珍台凉馆，却仍觉得炎热无比。其实环境并没有改观，只是陛下的心态发生变化了而已！陛下如果能居安思危，那如今的暑湿也会变为清凉了！"唐主听后，默然不语。宦官又进谗说："我听说郭崇韬的府邸比皇宫还宽敞，所以才体会不到陛下的炎热。"从此，唐主开始对郭崇韬心怀忌恨。

郭崇韬听说王允平监造营楼，每天的劳役高达万人，耗费高达几万钱，于是郭崇韬又进谏说："如今河南发生水灾，百姓颗粒无收，流离失所，请陛下暂且搁置工程，明年再造！"大家试想，唐主既然偏信谗言，还肯依从他的奏请吗？河南令罗贯为人刚正，由郭崇韬一手提拔。伶宦每次有所请托，罗贯都守正不阿，将请托书献给郭崇韬。郭崇韬一再奏闻，唐主都置之不理，伶宦知道后个个咬牙切齿。张全义也非常痛恨罗贯，希望借刘后除掉这颗眼中钉。于是，刘后在唐主面前，总是说罗贯的坏话，唐主只是怒而不发。后来，曹太后将要安葬在坤陵，不巧赶上大雨滂沱，道路泥泞，桥梁也怀了，结果就把安葬的时间给耽误了。唐主问明宦官，宦官说河南境内归罗贯管辖，应该由他负责。唐主勃然大怒，立即下令将罗贯逮捕下狱，严刑拷打，几无完肤。不久，唐主传诏，将罗贯斩首。郭崇韬得知后，连忙进谏："罗贯只不过没把道路修好，罪不至死啊。"唐主大怒说："他明知太后灵驾即将出发，朕也会往来途中，他却不修桥路，耽误吉日还说罪不至死吗？"郭崇韬又叩首说："陛下贵为天子，却迁怒于一个小小的县令，就不怕天下人说陛下心胸狭窄吗？"唐主拂袖起身说："大胆！你敢这样跟朕说话？爱卿既然这么赏识罗贯，那他交给你处理好了！"说完，便气愤走了。郭崇韬懊恼了好久，失魂落魄地离开了。第二天，传来消息，贯竟已经被杀，暴尸市集，朝中百官都大喊冤枉，唯独伶官和宦官互相道贺。

没过多久，唐主开始召集群臣，商议伐蜀的事情。宣徽使李绍宏保荐李绍钦即段凝为帅。郭崇韬反对说："李绍钦是亡国旧将，只知道阿谀奉承，有什么谋略？"群臣又举荐李嗣源。郭崇韬又反对说："契丹日渐强盛，李总管不该调离河北。"唐主郭崇韬说："那爱卿觉得谁合适呢？"郭崇韬回答："魏王身为太子，却无半点战功，请授他为统帅，好树立些威望。"唐主犹豫道："继岌还小，怎么能独自前往呢？起码要再派个副帅才是。"郭崇韬还没来得及回答，唐主又说："朕觉得你是最佳人选，烦劳爱卿走一趟了。"郭崇韬不好违背，只好受命。于是唐主命魏王李继岌充任西川四面行营都统，崇韬充任西川北面都招讨制置使，总领军事；又命荆南节度使高季兴，充任西川东南面行营招讨使；凤翔节度使李从曮，充任供军转运应接使；同州节度使李令德，充任行营副招讨使；陕府节度使李绍琛，充任蕃汉马步军都排阵斩斫使；西京留守张筠，充任西川管内安抚应接使；华州节度使毛璋，充任左厢马步军都虞侯了；邠州节度使董璋，充任右厢马步军都虞侯，客省使李严为安抚使，率兵六万，向西进发。

那时，蜀主王衍不知大难临头，还在南巡北幸，仍旧过着淫昏无度的日子。中书令王宗俦与王宗弼密谋废立，可是王宗弼犹豫不决，害的王宗俦忧愤身亡，蜀主王衍得以安居王位。他整天跟狎客、美人纵情游玩。不久，宣华苑建好了，里面有重光、太清、延昌、会真等殿；清和、迎仙等宫；降真、蓬莱、丹灵等亭，又有飞鸾阁、瑞兽门、怡神院等名目，都是金碧辉煌，备极奢丽。每天，他命那些后宫妇女，戴着金莲冠，穿着女道士服，到苑里列座畅饮，从早喝到晚。有时候，一些近臣也会参加，他们与宫里的女人并坐并饮，到了得意忘情的时候，男女猥亵，互相调情，恣意喧哗，毫无禁忌。正好太后太妃到青城山游玩，宫人的衣服上都绘有云霞，飘飘然如神仙一般。王衍歌兴大发，自己创作甘州曲，叙述仙状，他也经常往返与山中，在沿途歌唱。宫人依声属和，妙龄女子的娇喉清脆，娓娓可听，再加上身材曼妙，婀娜多姿，确实是一种赏心悦目的情景。王衍自认为与唐已经修好，可以确保无虞，竟然将边界的守兵撤走，一心安享太平去了。

宣徽北院使王承休本来是个宦官，却娶了个妻子严氏。严氏是个绝色佳人，被王衍多次召入宫中，与她同梦。王承休跟严氏其实是一对假夫妻，王承休乐得借妻求宠，仰沐恩荣。果然夫因妻贵，王承休得以升任龙武军都指挥使，用裨将安重霸为副使。安重霸狡佞善媚，多次劝王承休进宫请求秦州节度使一职。王承休随即入见王衍说："秦州有很多美女，我愿意去挑选一些给陛下。"王衍大喜，当即授王承休为秦州节度使，兼封鲁国公。王承休带着妻子严氏去了秦州，他将府署毁去，大建行宫，大兴劳役，并强取民间的女子，教导她们跳舞歌唱，并将她们绘成图像，再画一些秦州的花木，一起送给成都尹韩昭，托他代奏，请驾东游。

王衍看完图画后，非常欣喜，当即准备启程。群臣交章谏阻，王衍不肯听从。王宗弼上表力争，反而被王衍扔在了地上。徐太后哭着劝止，也不见效。前秦州判官蒲禹卿上书极谏，洋洋洒洒两千多字，却被韩昭拦截，还恶狠狠地对蒲禹卿说："我先把你的表奏收起来，等主上西归后，一定要让狱吏一个字一个字好好拷问你！"其实，王衍心中纪念着严氏，想要延续旧欢，再加上王承休呈献的各图，都送到王衍的心坎里了，所以无论是什么人规谏，都阻拦不住他。没过几天，王衍下诏改元咸康，宣布东巡，命一万兵士护驾，从成都出发。

路过汉州时，武兴节度使王承捷报告说唐军从西杀来，王衍却不相信，还自负地说："我正想耀武扬威，怕他做什么？”后来，到了梓潼，突然起了大风，树木都被连根拔起。随行的史官占兆说这风叫作“贪狼风”，是“败军覆将”的征兆。可是王衍还是不以为然，在路上与狎客赋诗作乐，毫不在意。后来，抵达利州城，又接到警信，说威武城守将唐景思已经迎降唐将李绍琛了。直到此时，王衍方才相信王承捷的军报是真的。第二天，威武的溃军陆续逃了过来，还说凤、兴、文、扶四州已经被节度使王承捷全部献给唐军。王衍终于赶到慌张了，他急忙命随驾清道指挥使王宗勳、王宗俨和侍中王宗昱并为招讨使，率兵三万，前往抵御唐军。

唐军倍道前进，势如破竹。李绍琛等为先驱，所经过的城邑，统统不战自破。先后收降威武城，得到了凤、兴、文、扶四州。郭崇韬命王承捷为兴州刺史，再敦促李绍琛等人进兵。李绍琛又连拔绍州，攻下成州。先锋到了三泉，与蜀的三位招讨使相遇，唐军凭着一股锐气，横冲直撞，杀了过去。蜀兵连年不练，很是懒惰，怎么禁得起身经百战的雄师乘胜前来呢？顿时，蜀兵你惊我惧，彼逃此散。这三位招讨使本不是什么将才，见大军溃逃，都吓得魂魄飞扬，抱头鼠窜，带来的三万兵马，被唐军杀死五千，其余的都溃逃了。

蜀主王衍听说三泉兵败，急忙从利州西还，留下王宗弼戍守利州，并下令且斩杀三位招讨使，以振士心。唐将李绍琛，昼夜兼行，直逼利州，西川大震。蜀武德留后宋光葆写信给郭崇韬，请唐军先不要入境，不久自当前来投降，否则将坚守决战，郭崇韬回信答应。果然，没过几天，宋光葆就带着梓、绵、剑、龙、普五州归降了唐军。武定节度使王承肇、山南节度使王宗威、阶州刺史王宗岳也都闻风生畏，各自派遣使者来到唐营，奉土投诚。秦州节度使王承休与副使安重霸密谋袭击唐军，安重霸假惺惺地说：“唐军乘胜而来，气焰嚣张。但大人身受国恩，现在主公有难，不能不去救援，我情愿与公一同西行入援。”王承休以为他是真心的，于是整军出城。没想到安重霸跟到城外后，忽然向王承休下拜说：“国家费了好大的财力才得到秦陇，要是我跟大人一同还朝，谁来守这里呢？重霸愿代替大人留守此地！”说完，竟然带着亲军回城了，王承休无可奈何，只好西行。可王承休前脚刚走，安重霸就举城归降了唐军。

在利州的王宗弼听说各州土崩瓦解，正在惊惶之际，正巧唐使带着郭崇韬的书信前来，陈明利害，劝他归降。他听得怦然心动，无心守城，正好王宗勳等人兵败狼狈逃回，他将蜀王的诏书拿出来给他看，两人相视而哭。王宗勳等人哭着说：“国家到了这个地步，完全是主上因为荒淫无道导致的，大人如果依从诏书，杀了我们三人，以后肯定会轮到大人的！还王大人三思！”王宗弼说：“我正有此意，所以出示诏书，跟你们商议良策。”三人齐声说：“不如降唐吧？”王宗弼点头说：“你们先送些钱财给唐军，我去一趟成都，把蜀王抓来献给唐军，怎么样？”王宗勳等人当然赞成，随即分头行事。

蜀主王衍离开利州，五天后回到成都，百官和后宫出城迎接。王宗弼回来后，率军劫持了徐太后和蜀主王衍，将他们幽禁在西宫。还有后宫和诸王，也一同被锢禁。他将内库的金帛全都搬到了自己的府邸，还自称西川兵马留后。后来，他听说唐军已经到了鹿头关，进据汉州，当即送去许多钱帛酒肉犒赏唐军。唐安抚使李严曾经访问过蜀国，王宗弼与他有一面交，便给他送了一封书信说："大人来了，我就归降！"李严收到书信后，想去趟成都，有人谏阻说："伐蜀是大人提议的，所以蜀人对大人的怨恨深入骨髓，千万不要自投罗网啊！"李严笑着不说话，带着几个人就去了成都。他见到王宗弼后，让他抚谕吏民，说大军马上就到，让他们撤去城防。他又到西宫去见蜀主王衍，王衍见到李严后痛哭流涕，李严婉言劝慰，说出降以后一定保全他的家属。王衍只好下令，命翰林学士李昊起草降表，派遣兵部侍郎欧阳彬奉降表，跟着李严同一同迎接唐军。唐统帅李继岌和副帅郭崇韬听说蜀主已经愿意投降，星夜兼程赶到成都，命李严带着蜀君臣出降马前。蜀主王衍白衣首绖，衔璧牵羊；蜀臣光脚衰绖，匍匐待命。李继岌受璧，郭崇韬解缚焚榇，承制赦免蜀君臣的罪过，王衍率百官向东北拜谢，引导唐军进入成都。总计蜀自从王建据守，一传即亡，共计一十九年。正是：

休言蜀道是崎岖，徒险终难阻万夫，
刘李以来王氏继，荒淫亡国付长吁！

第十八回 刘后密杀郭招讨

再说王宗弼投降了唐军，并说内枢密使宋光嗣、景润澄等人蛊惑唐主，将他们全部斩首，并将首级献给了唐帅李继岌。后来他又命儿子王从班，劫掠蜀主后宫，将搜刮来的珍奇古玩和美女嫔妃都献给了李继岌和郭崇韬，求做西川节度使。李继岌笑着说："这些原本就属于我家的东西，用得着他来献吗？"大军进入成都后，郭崇韬贴出告示，明文禁止侵掠，不得扰民。唐军从出师到现在，前后只用了七十天，收得十镇，六十四州，二百四十九县，士兵十三万，铠甲兵器、钱粮缯帛，数以万计。这次平蜀的首功，要属李绍琛。可是郭崇韬与董璋交好，每次商议军情只找董璋，从来不找李绍琛。李绍琛职位在董璋之上，所以很是不平，他愤愤地对董璋说："此次平蜀我立有大功，你们这些小人总是在郭公面前饶舌，说我坏话，难道我身为都将就不能用军法斩你吗？"董璋又怕又气，将此事转告给了郭崇韬。郭崇韬偏袒董璋，竟然上表举荐他为东川节度使，李绍琛更加愤怒，他说："我冒白刃，越险阻，平定两川，难道要让董璋坐享其成吗？"于是入见郭崇韬，极言东川重地不应该交给庸臣，让他三思。郭崇韬变色说："我奉命节制各军，你敢违抗我的处置吗？"李绍琛怏怏而退。

前番王宗弼想要坐镇西川，被李继岌拒绝。他死心不改，又贿赂郭崇韬，求他保荐自己。郭崇韬假装应允，但始终不见上奏。于是，王宗弼联名蜀官，请求郭崇韬镇守川蜀。宦官李从袭跟随李继岌来到成都，他本想仗着主子的威风乘机多敛些财宝，偏偏郭崇韬手握大权，蜀人都向他行贿，李从袭无从染指，于是便跑去对李继岌说："郭公专横，如今又让蜀人奏请自己为镇帅，居心叵测，大王应该预防才是！"李继岌说："主上倚重郭公如山岳，怎肯让他出镇蛮方呢？况且此事我也管不了，等班师回朝后，你自己跟皇上说吧。"原来郭崇韬有五个儿子，长子郭廷诲、次子郭廷信随父从军。郭廷诲私受贿赂，蜀臣自王宗弼以下，都跑去贿赂郭廷诲。所以副帅府上财货美女，连日不绝，而主帅府上却寂然无人，冷冷清清。李继岌也觉得愤愤不平，再加上李从袭在一旁煽风点火，自然弄得他疑忿交加，有时跟郭崇韬会谈时，语气常常带有讥讽之意。郭崇韬假装糊涂，并想将罪名嫁祸给王宗弼。他向王宗弼索要一万缗钱来犒赏军士，王宗弼哪里拿得出这么多钱。于是，郭崇韬就唆动军士，纵火喧噪，并禀报李继岌，责备罗列王宗弼的罪状，将他牵出斩首。他的兄弟王宗勳、王宗渥以及家属被全部斩首，家

产没收，王宗弼的尸骸也被扔到市井，供蜀人剖肉烹食，聊泄怨恨。

王宗弼已经伏诛，正巧王承休也从秦州到来，拜谒郭崇韬。郭崇韬也罗列了他的罪状，斩首示众。王承休死后，郭崇韬推荐孟知祥为西川节度使。孟知祥本来留守北都，因为跟郭崇韬是故交，所以才被引荐。孟知祥一下子从北都调到西川，一时不能莅任，蜀中留驻的大军，又不便马上班师，再加上蜀境盗贼四起，需要到处征剿，所以唐主特地下旨由郭崇韬派遣偏师，命任圜、张筠等人分领，四出招讨。

唐主派遣宦官向延嗣敦促大军班师还朝。向延嗣到了成都后，郭崇韬不曾远迎；入城相见后，谈及班师的事宜，郭崇韬又多有违背，搞得向延嗣好生不快。宦官李从袭跟向延嗣是同僚，两人关系很好，李从袭得以乘机进言说："这里的军事都由郭公把持，他的儿子郭廷诲每天跟军中的骁将和蜀土的豪杰把酒豪饮，指天誓日，不知怀着什么想法。这些将领都是郭氏的党羽，一旦有变，不仅我们要死无葬地，恐怕连魏王也不免罹祸了！"说完眼泪都已经出来了。向延嗣惊讶地说："莫慌莫慌，等我回去禀报皇上，一定会处理的！"

第二天，向延嗣到向李继岌、郭崇韬辞行。匆匆回到洛阳后，跑去把这件事告诉了刘后。刘后急忙告知唐主，请他把皇子李继岌调回来。前番，蜀人请立郭崇韬为帅时，唐主已经很怀疑了；后来他又查阅蜀中府库的账本，发现账目不对，心理更加不开心了；现在他又听到刘后这番话，当即将向延嗣召入，问明详情。向延嗣把矛头全部指向了郭崇韬，还说蜀库的货财都进了郭崇韬父子的私囊，惹得唐主怒气冲天，派遣宦官马彦珪火速赶往成都，敦促郭崇韬还朝，还当面嘱咐他说："郭崇韬要是奉诏班师，那也算相安无事。要是他还迁延跋扈、抗旨不遵，你可以跟魏王李继岌密谋，早早除掉这个祸患！"马彦珪唯唯听命，临行时入见刘后说："蜀中的形势非常危急，一旦有急变，我怎么可能在三千里之外来回奔波复命呢？"刘后又跑去禀报唐主，要他速杀郭崇韬，唐主摇头说："事出传闻，未知虚实，怎么能这么草率就杀功勋大臣呢？"刘后见唐主不同意，竟然自己拟写教令，让马彦珪交给李继岌，命他杀掉郭崇韬。

那时，郭崇韬还在部署军事，跟李继岌商量着什么时候还都。正好马彦珪到了成都，他把刘后的教令出示给李继岌，李继岌看完后，吃惊说："大军将正准备奉旨还朝，并没有抗旨，怎能随便诛杀招讨使呢？"马彦珪说："皇后已有密诏，大王如果不照办，要是被郭崇韬知道了，我们就完了！"李继岌说："可是父皇并没有诏书，只有母后的教令，怎能妄杀招讨使呢？"这时，李从袭等宦官又在旁边哭哭啼啼、捕风捉影，说出许多利害关系，吓得李继岌不敢不从。于是李继岌派人将郭崇韬召来议事，李继岌嘱使心腹李环，手里拿着铁锤，藏在门后，静待郭崇韬。郭崇韬毫无防备，昂然来到都统府，刚进门，那李环就急步上前，举起铁锤一个猛击，正中郭崇韬头颅，霎时间脑浆迸裂，倒地身亡。

李继岌见李环已经得手，急忙命人去捉拿郭廷诲、郭廷信，并将他们诛杀。郭崇韬的左右闻风而逃，只有掌书记张砺到魏王府前抱着郭崇韬的尸体，号啕大哭。这时，推官李崧向李继岌进言说："如今我们身在三千里外的川蜀，没有接到皇上的敕旨就擅杀大将，要是军心一变，返回的道路将布满荆棘了。大王为什么要做这种蠢事呢？"李继岌这才开始着急，表示很后悔，并向李崧问计。李崧急忙让人伪造敕书，钤盖蜡印，颁示出去，上面说只追究郭崇韬父子的罪行，与其他人无关，军心这才算稍微稳定了些。正好任圜剿平了乱军，带兵回来了，李继岌命他代理军政，并派遣马彦珪禀报朝廷。唐主又饬令李继岌还都，并命王衍入朝觐见，还赐他诏书说："朕一定为你分封裂土，不会亏待你的，皇天在上，绝不敢欺！"王衍大喜，对母亲和妻子说："还好能做个安乐公！"于是转告李继岌，说愿意跟着去洛阳。李继岌正要动身，凑巧孟知祥也到了，于是留下部将李仁罕、潘仁嗣、赵廷隐、张业、武璋、李延厚等人辅佐孟知祥留守成都，自己率大军启程，押同王衍的家属，向东北进发。沿途山高水长，免不了耽误些时日。

那时唐主已下诏揭发郭崇韬的罪状，并诛杀了他的三个儿子，抄没家资。保大军节度使，睦王李存乂，是唐主的六弟，他的妻子是郭崇韬的女儿。宦官想要尽诛郭崇韬的亲党，杜绝后患，于是入奏唐主说："睦王听说郭氏被诛，攘臂称冤，语气里多有不满。"唐主大怒，竟然发兵围住了李存乂的府邸，全部诛戮。伶官景进又诬称李存乂与李继麟通谋。李继麟就是朱友谦，任护国军节度使，常常苦于伶宦的勒索，多次拒绝他们。这次大军征蜀，他也派遣儿子朱令德从行。李继麟害怕被伶官诽谤，正准备入朝表明心迹，偏偏唐主已经被流言蜚语所蛊惑。唐主命朱守殷带兵到馆驿，也将他一刀杀死，并恢复他的姓名朱友谦，并下诏到李继岌的军前，命他诛杀朱令德。那时李继岌还没走出蜀境，接到诏书后，当即命董璋依照旨意行事，将朱令德杀毙。

李绍琛率领后军与李继岌相隔三十里，他听说魏王诛杀了朱令德，兔死狐悲，便对诸将说："国家南取大梁，西定巴蜀，都是郭公出谋划策；至于去逆效顺，与国家协力破梁的功劳都出自朱公。如今朱、郭无罪而被灭族，我们要是归朝，也肯定遭殃，冤哉！冤哉！奈何？奈何？"部将焦武等人是从河中调拨给李绍琛，曾是朱友谦的麾下，听了李绍琛的话后，便一齐号哭说："朱公有什么罪，凭什么杀他？我们要是回去，肯定会一同受诛，坚决不能东行了。"于是一同拥戴李绍琛，从剑州西还。李绍琛自称西川节度使，各处传达檄文，招谕蜀人，招降五万多人。

李继岌收到消息，立时命任圜为副招讨使，命他与董璋率兵数万，追讨李绍琛。在汉州，李绍琛跟追兵接战，双方胜负不分，忽然叛军后队纷纷溃乱，只见有一彪人马长驱突入，穿过李绍琛的阵内，接应任圜。李绍琛腹背受敌，哪里支持得住，好不容易拼命杀出，带着十几骑奔逃绵竹，途中被唐军追上，一鼓围住，任你李绍琛如何的勇武绝伦，也只好束手成擒了。读者你说是谁前来接应呢？原来就是新任西川节度使孟知祥。孟知祥得到李绍琛的檄文后，料定他必定率军来夺成都，不如先行出兵，堵截李绍琛。正巧李绍琛与任圜对仗，便乘机夹攻，把李绍琛一阵杀败，追擒而归。

孟知祥在汉州摆下酒席，犒劳任圜、董璋的兵马。酒席上，李绍琛带着镣铐，被关在囚车里，孟知祥递酒给他，说："公立有大功，何愁不能荣华富贵，为什么要找死呢？"李绍琛回答："郭公是陛下的第一功臣，他兵不血刃，手定两川，却无罪被诛，迟早会轮到我们头上，因此不敢还朝。今天被杀的是我，明天恐怕就要轮到你了！"孟知祥却也心动，但当着众人，不便说话，只好孟任圜等人将他押送洛阳。李绍琛被押解到凤翔时，宦官向延嗣带着诏书到来，将李绍琛斩首，恢复姓名康延孝。朱友谦与康延孝首先叛梁归唐，如今相继被杀，可为卖国求荣者的榜样。

李继岌见李绍琛变乱，担心王衍半路脱逃，特命李从曮调发凤翔军，与李严押送王衍去洛阳。李从曮等人押着王衍的家族和蜀臣眷属一共三千多人，走到长安时，忽然接到唐主的敕书，禁止他们入都。原来因为邺都发生叛乱，洛阳不免惊慌，唐主担心王衍入都后更加混乱，所以将他截留在长安，督令西京留守把他看管好。

魏博指挥使杨仁晸曾率兵戍守瓦桥关，年事已高，当然要回归邺都。偏偏唐主担心他回兵生变，下令命杨仁晸留屯贝州。当时邺都谣传四起，有说郭崇韬是因为要杀李继岌，自立蜀王才被灭族的。还有人说李继岌被杀，刘皇后将罪过归咎于唐主，已经将唐主弑杀。邺都留守王正言，年老怕事，急召监军史彦琼商议对策。彦琼本也是个伶人，他在邺都专横跋扈，藐视将领，王正言整天和他密议，城中人心惶惑，讹传更加弥漫。

贝州那边，杨仁晸的部下皇甫晖见不能回到魏州，便号召徒众，劫持杨仁晸，还说："主上能得到天下，都是我魏军经历百战得来的，魏军甲不去体，马不解鞍，已经有十多年了。如今天子不顾念旧劳就算了，竟然还要妄加猜忌。我们戍守边境多年，好不容易到了家门口，竟然不让我们回去。我听说皇后弑逆，京师已乱，将士们愿跟大人一同回魏州。要是天子没事，兴兵前来讨伐，我们魏、博的兵力也足以拒敌；要是天子真的出事了，我们正好可以自立为王，请公不必迟疑！"杨仁晸大怒说："大胆！你敢谋反吗？"皇甫晖也厉色说："公要是不允，大祸临头！"杨仁晸还想呵叱，却已被皇甫晖的手下乱刀交挥，砍死在血泊之中。

贝州指挥使赵在礼听说后发生兵变，连忙翻墙逃走。皇甫晖率众追上，将他抓了回来，并把杨仁晸的头颅给他看，让他作乱军首领。赵在礼担心遭到毒手，勉强答应。皇甫晖等人奉他为帅，焚掠贝州。警报传到了邺都，都巡检使孙铎急忙禀报监军史彦琼，请他派兵登城拒守。史彦琼不慌不忙，说等贼兵到了，再防守也不迟。谁知到了黄昏，贼兵已经到了城下，史彦琼仓猝召兵，登上北门楼拒守。半夜，史彦琼听到贼众在城外大喊大叫，人数众多，吓得他单骑逃亡洛阳。贼兵拥着赵在礼进入邺都，孙铎等人拒战不胜，也相继逃走。赵在礼占据宫城，命皇甫晖、赵进为马步都指挥使，纵兵大掠。那时邺都留守王正言还在莫名其妙，直到家人向他禀报，他才急忙命人收拾行李，准备逃走。可思前想后，踌躇良久，最后他还是决定走出府门，前去拜谒赵在礼，上门请罪。赵在礼答拜说："士卒思乡心切，不得已出此下策，公不要害怕，我们不会伤害你的。"王正言哭着请求回到洛阳，赵在礼将他送出城门。皇甫晖等人认为邺都无主，随即推举赵在礼为魏博留后。赵在礼听说北京留守张宪的家属留住在邺都，便派人前去慰问，并致书给张宪，希望他能加入自己。张宪收到书信后并不打开，而是将来使斩杀，把将书信交给了唐主。

唐主正想派将前去征剿，正好史彦琼逃到了洛阳，唐主命他选择合适的将领。史彦琼推荐李绍宏，刘皇后说这些小事，交给李绍荣去办就行了。于是唐主颁旨到宋州，命归德节度使李绍荣为邺都招抚，仍然命史彦琼为李绍荣的监军。李绍荣率兵来到邺都，在南门驻扎。他先派人拿着皇帝的手谕入城，好生抚慰。赵在礼用羊酒犒师，并在城上向李绍容拱手说道："将士们思家心切，擅自回归，劳烦大人代为奏明，要是能免去一死，一定改过自新！"偏偏史彦琼指着赵在礼大骂道："一群死贼！破城之后一定要将你们碎尸万段！"皇甫晖听后，便对众人说："史监军这样说的话，恐怕是不能恩赦了！"于是撕坏敕书，准备坚守。李绍荣攻城失利，退到澶州，又召集兵马，再行进攻。裨将杨重霸带着数百人奋勇登城，可是后面无人跟上，最后落得身首分离，无一生还。

唐主听说魏州久攻不下，打算亲自征讨。这时从马直发生变乱，幸好及时平定，终究是有惊无险。唐王曾挑选勇士作为亲军，叫作从马直。亲军生变，心腹都崩溃了，叫唐主如何放心亲自出征呢？随后，邢州兵赵太等人结党四百多人，杀官据城，自称留后。不久，沧州相继生乱，小校王景戡也以留后自称，彼此都各自有理，上表奏闻洛都。唐主命东北面招讨副使李绍真前去征讨赵太。李绍真即霍彦威，由唐主改赐姓名，另派人抚谕王景戡，劝他少生事端。唯独邺都日久不下，唐主又打算督师亲征。宰相等交章谏阻，并推荐李嗣源为帅，代替李绍荣。

李嗣源被唐主猜忌，被调到了洛阳。宣徽使李绍宏跟李嗣源关系非常好，竭力为他辩护。唐主密令朱守殷监视李嗣源，朱守殷反而悄悄对李嗣源说："令公功高震主，应当早日回到藩地，千万不要自取其祸！"李嗣源说："我一片忠心，不负天地，所遇祸福全听命数罢了！"邺都发生变乱后，李嗣源还留在洛阳，大臣们见李绍荣寸功未立，便推荐李嗣源去代替他。唐主说："朕爱惜嗣源，打算将他留在身边，所以不便遣往。"李绍宏又在旁边力请，张全义也请求李嗣源出师，唐主这才命他总率亲军，渡河北讨。

李嗣源拜别唐主后随即出发，大军赶到邺城西南时，李绍真正好荡平了邢州，赵太等叛徒也被抓住，来邺都会师。李嗣源与李绍真相见后，随即命李绍真将赵太等人带到魏州城下，斩首示众，为邺都作一个榜样。当晚李嗣源下令，立营休息，明早攻城。不料到了半夜，从马直军士张破败竟然纠众大哗，杀都将，焚营舍，直逼中军。李嗣源率亲军出营，大声呵叱道："你们想干什么？"乱众说："将士们跟着主上十多年了，经历百战才得到天下，贝州的戍卒想要回乡，主上却不同意，马直军几个士卒喧闹，主上就要将我们全部置于死地。我们本来没有叛志，实在是被时势所逼，不得不死中求生。现在大家已经定议，跟城中的人同心协力，主上在河南做皇帝，令公在河北做皇帝。"李嗣源听后不禁大惊失色，哭着劝他们不要这样，可他们就是不从。李嗣源又说："你们不听我的话，那就悉听尊便，我自己回京师便是。"乱众又说："令公哪里去？要是再不见机行事，恐怕就要遭遇不测了！"于是将腰刀抽出，胁迫李嗣源入城。

赵在礼听说城外发生兵变，命皇甫晖将率军将张破败斩杀，乱众全部溃逃，只剩下李嗣源、李绍真进退无路。就在这时，赵在礼带着将士前来迎接李嗣源，并对他说："将士们有负令公，在礼愿意听后令公的调配！"李嗣源带着李绍真入城，赵在礼设宴相待，他们酒酣登南楼，李嗣源阅视形势，他故意说："此城险固，可作根据，但必须借助人力驻守，城中兵不敷用，我当出去召回各军，才好举事。"赵在礼随口赞成，李嗣源随即跟李绍真出城，寄宿在魏县，可是前来投奔的将佐也只不过百人。

先前李绍荣屯兵城南，有数万之众，李嗣源被乱兵所逼，随即派遣牙将高行周去找李绍荣，约定共同剿灭乱卒，可是李绍荣却不答应，带着人走了。这次李嗣源在魏县只有百人归集，又无兵仗，幸好李绍真所带领的五千镇兵，留营以待，仍然前来归命。李嗣源哭着说："国家罹难到了如此地步，我只有归藩待罪，再图后举了。"李绍真劝阻说："不可不可，公身为元帅，不幸为乱贼所劫，李绍荣不战而退，必定诬陷令公谋反，令公要是归藩，便是据地邀君，正好落人口实。不如前往都城，面陈天子，还可以说得清楚。"李嗣源听后犹豫不决。

不久，李嗣源听说李绍荣已经退到了卫州，还上奏说他与魏州叛军通谋。李嗣源非常惶急，急忙遣人上章申辩，可是接连数奏，并不见有朝旨到来，更加觉得慌张，忽然有一人驰入说："明公应该早图善策！难道愿意坐以待毙吗？"李嗣源吃惊地问："你有什么好的办法？"那人不慌不忙，说出一条良策，正是：

佐命功臣同叛命，平戎大将反兴戎。

第十九回 李嗣源据国登基

却说李嗣源正在惶急时，帐下有人献策，请李嗣源马上决定大计。这人是谁呢？原来是左射军使石敬瑭。石敬瑭，沙陀人，他的父亲叫臬捩鸡跟从李克用转战有功，官至洺州刺史。臬捩鸡死后，石敬瑭得以追随李嗣源，因他屡建战功，得以任左射军使。这次他进言说："天下大事成自果断，败自犹豫，皇上对明公越来越不信任，千万不能自投罗网。大梁是天下重镇，我愿意带着三百骑兵，前往占据，明公引军跟进，只要以大梁为根本地，我们就能保全自己！"突骑都指挥使康义诚也接口说："主上昏庸无道，军民怨愤，明公从计可生，守节必死。"李嗣源左思右想，除此别无他法，只好下令率军奔向大梁。

唐主收到李绍荣的奏报后，随即派遣李嗣源的长子李从审前去劝说李嗣源。李从审走到卫州时被李绍荣所阻拦，还想杀他。李从审说："大人既然不肯原谅我的父亲，看来我也过不去了，我情愿返回洛阳。"李绍荣这才把他放了回去。李从审返见唐主后，哭着说被李绍荣阻挠，唐主见他如此可怜，便赐名李继璟，待他如子。李嗣源前后的奏辩全被李绍荣截住，无法上达。

那时两河南北多次发生水灾，人民流离失所，饿殍遍野。虽然京师的财赋减少，军士的粮饷不足，但是唐主还是带着后妃四处打猎游玩，每去一处都要耗费万钱，每一分钱都由百姓供给。可怜百姓都已经卖妻鬻子，啼饥号寒，还有什么钱财供他征收呢？车驾经过之处，百姓纷纷逃避。租庸使孔谦见仓库的粮食快吃完了，只能克扣军粮，军士吃不饱饭，怨声四起。唐主听说后，不但不思悔改，反而下了一道诏敕，说要预收明年夏秋的租税。

读者试想，当年的租赋百姓都无法筹集，哪里还缴得出来年的租税呢？可是官吏奉诏强收，害的人民怨苦异常，激成天变。太史上奏说客星犯天库，为了防止发生兵变，应当马上打开国库，散给百姓。宰相们也纷纷上表固请，唐主打算准奏，偏偏刘后不肯，还生气地对唐主说："我们夫妇君临天下，虽然借助武功，但终究天命所归，既然命数是上天决定的，那人力就不足畏惧了！"于是唐主停诏不下。

不久，李嗣源举事的消息传来，河南尹张全义当初举荐李嗣源，他担心连坐，竟然给急死了。唐主命指挥使白从晖扼守洛阳桥，并拨出内府的金帛，遍赐诸军，军士们纷纷骂道："我们的妻儿都已经饿死了，还要这些金帛有什么用？"唐主听后，后悔莫及，飞诏将李绍荣召回洛阳。李绍荣快到洛阳时，唐主亲自前去慰劳。李绍荣面请说："邺都乱兵想要渡河袭取郓州、汴州，希望陛下赶快到关东招抚各军，免得被乱军所诱。”唐主点头，返回都城，调集卫士，计日出发。

这时，伶官景进突然对唐主说：“西川还没有安定，王衍的族党不少，要是他们知道车驾东征，不免谋变，不如早早除掉为好。”唐主早就忘了当初的许诺，随即派遣向延嗣带着诏书西行，诏书中写着“诛杀王衍一行人等”。枢密使张居翰得知后，于心不忍，于是偷偷地将诏书上的“行”字改为“家”字，然后交给了向延嗣。向延嗣到了长安，由西京留守接诏，随即到秦川的驿战将王衍的家眷尽行处斩。王衍的母亲徐氏临刑钱，振臂大喊道：“我儿举国迎降，唐主承诺我儿荣华富贵，如今不但不加恩泽，反而残忍屠戮，信义何在？如此背信弃义，我料定唐主也将大难临头了！”徐氏母子死后，王衍的妻妾金氏、韦氏、钱氏等人也一并做了断头鬼。王衍最小的爱妾刘氏年纪最小，长的楚楚动人，非常可人。监刑官瞧着，暗生淫心，想要将她占为己有。刘氏慨然说：“国亡家破，夫君已死，我誓不受污，赶快杀我！”刑官见刘氏性情坚贞，只得忍痛割爱，将她监斩。此外蜀臣的家属和王衍的仆役全部获免，一字之差救了两千多人的性命，多亏了张居翰。

向延嗣还都复命后，唐主才从洛阳出发，他派李绍荣带着骑兵沿河先行，自率卫兵慢慢跟进。走到汜水时，凡是跟李嗣源的亲党多半逃亡。唯独李嗣源的儿子李继璟，依然跟随着。唐主命他再去晓谕李嗣源，他终不肯应命，情愿受死。后来唐主再三慰谕，强行命他召回父亲，不得已奉谕登程。半路上遇到了李绍荣，竟然被杀死。还有李嗣源的家属留居在真定，虞侯将王建立将监军杀死，保护着李嗣源一家。他正打算写信给李嗣源，凑巧李嗣源的养子李从珂从横水率军到来，于是与王建立会合，倍道投奔李嗣源去了。李嗣源见家属相安无事，非常高兴，随即分兵三百骑，归石敬瑭统带，命他为前驱，李从珂为后应，向汴梁进发。李嗣源又写信给齐州防御使李绍虔（即李绍虔杜晏球）、泰宁节度使李绍钦（李绍钦即段凝）、贝州刺史李绍英（原姓名为房知温，由唐主改赐姓名。）北京右厢马军都指挥使安审通等人，约定期限前来会合。李嗣源随即渡河到了滑州，再写信召平卢节度使符习。这些人都是梁朝的旧臣，他们听说朝廷杀了很多梁臣，个个成了惊弓之鸟，见李嗣源诚心相邀，当然愿意归顺，于是李嗣源的军势大振。

汴州留守孔循是个两头蛇，他一边派人去奉迎唐主，一边通好李嗣源。李嗣源的前锋石敬瑭不负厚望，星夜抵达汴梁，冲入封邱门，占据大梁，并派人催促李嗣源。李嗣源从滑州急行，也星夜赶到大梁城。当时唐主还荥泽，他命龙骧指挥使姚彦温率三千骑为前军，并面谕说：“你们都是汴人，我派你们为前驱，是因为我不想让其他军马惊扰你们的室家，你们要体谅我的用意！”彦温应声出发，抵达汴城时，见李嗣源已经据守，便释甲觐见，向李嗣源进言说：“京师危迫，主上被李绍荣所蛊惑，不能再侍奉他了。”李嗣源冷笑说：“你自己不忠不义，还敢说别人！”于是将他军印夺走，将这三千骑兵占为己有。

唐主进军万胜镇，接得各种不祥的军报，不由得神色沮丧，登高叹息：“我大势已去了！”于是下令班师。返回到汜水时，卫军已已经逃了一半。唐主将秦州都指挥使张唐留下驻守汜水关，李绍荣说的关东，就是此关。唐主自率剩下的将士西归，路过罂子谷，山路险窘，他为了稳固卫军的军心，便用好言慰抚随从官，还对他们说："魏王已经入京，载回的五十万西川金银，全部赏给你们就当是你们的酬劳！"随从官坦言说："陛下现在慷慨赏赐已经太迟了！即使得到赏赐也未必能感念圣恩。"唐主又恨又悔，不禁流泪。他又内库使张容哥索取袍带，想要赏赐给从臣。张容哥刚说出"颁给已尽"四个字，卫官就一拥而上，大声呵斥说："国家败坏都是因为你们这些阉人，还敢多言吗？"话还没说完，就抽刀追杀张容哥，还是唐主哭泣阻止，才算罢休。私下里，张容哥对同党说："皇后将内库的钱财都用光了，现在却把罪责归咎于我们，一旦发生兵变，我们一定会死无全尸，我真不忍遭此惨祸！"于是投河自尽。车驾行到石桥西时，唐主置酒悲涕，凄然对李绍荣等人说："爱卿们事我多年，富贵休戚，无不与共，事到如今，难道就没有一策相救吗？"李绍荣等百余人都截发置地，发誓以死相报。

唐主车驾回到洛阳后，第二天，就收到汜水关的急报，说李嗣源的前军石敬瑭已经抵达关下，李绍虔、李绍英等人已经与李嗣源合军，气势非常强盛。宫廷上下十分惊惶，宰相枢密等人都奏称魏王将率军到来，请陛下火速赶往汜水关，收集散兵，静待西军接应。于是，唐主召集散兵，约定期限，再次赶赴汜水关。

同光四年四月初一，是唐主再次赶往汜水关的日子，将士们严装待发，骑兵罗列在宣仁门外，步兵罗列五凤门外，专等御驾出巡。唐主正在用早餐，忽然听到皇城兴教门口喊声震天，他料知有变，慌忙放下筷子，召集近卫的骑兵前去抵御。到中左门时，见乱兵已经突入门内，气势汹汹，为首的是从马直禦指挥使郭从谦。唐主火冒三丈，他麾动卫骑，迎头痛击。郭从谦抵挡不住，率乱军退出门外，再派人到宣仁门外召骑兵统将朱守殷，进来剿除乱党。谁知朱守殷已经不在了，不久郭从谦又纠集更多的人，焚烧教门，还有许多乱兵爬墙而入。唐主又想抵御，一看旁边的近臣宿将，多半逃走，只有散员都指挥使李彦卿、军校何福进、王全斌等人还跟着唐主，挺刃血战。唐主也冒险格斗，杀死乱兵一百多人，就在他忙着杀敌的时候，突然一箭飞来，正中唐主的脸上，唐主痛不可忍，几乎晕倒。李彦卿见唐主中箭，连忙上前搀扶，退到绛霄殿下，将箭镞拔去，到处都是血。迷迷糊糊间唐主支吾着要喝水，宦官刚喂他喝下一杯水，他就殒命了，享年仅四十二岁。

李彦卿、何福进、王全斌等人见唐主崩殂，痛哭流涕。他们把乐器堆放在唐主的尸体上，然后放了一把无名大火，将乐器和唐主遗骸都付诸灰烬，免得被乱兵蹂躏，然后才逃走。唐主称帝仅仅只有四年，先前他秉承先父遗志，灭伪燕，扫残梁，走契丹，三箭报恨，还告太庙。家仇既雪，国祚强盛，差不多跟与夏少康、汉光武相似。偏偏后来牝鸡擅权，优伶乱政。他前后戮功臣，忌族戚，不体恤军民，酿成祸患，就是作乱犯上的郭从谦也是优人出身，平白无故地被任命为典亲军，最后被他杀了。可见女子小人最为难养，唐主被这两害夹击，断没有不亡的道理。

最得恩宠的刘皇后听说唐主驾崩后，急忙与唐主五弟申王李存渥和行营招讨使李绍荣等人收拾金银财宝，匆匆出宫。他们烧掉了嘉庆殿，带着七百骑兵从狮子门逃出，向西逃走。刘皇后离开后，宫中大乱，宫女太监纷纷逃离。直到这时那朱守殷才赶到宫里，他并没有想着平乱，反而挑选了三十多个伶人，命他们拿走乐器珍玩，带回府邸，然后去做那第二个李存勗，寻欢取乐去了。各营军士听说唐主驾崩，纷纷失去控制，大掠都城，昼夜不息。

当晚李嗣源已经赶到了罂子谷，他听说唐主的凶耗后，哭着对诸将说道："皇上一直很得军士们的拥护，只是被小人迷惑才惨遭此祸，我如今该怎么办呢？"诸将纷纷劝慰，才收住了眼泪。第二天，朱守殷派人到来，报告京城大乱，请李嗣源马上进京总领大局。李嗣源带兵进入洛阳，暂时居住在府邸，并下令禁止焚掠。朱守殷前来觐见，李嗣源对他说："你好好的处理都中事务，静待魏王到来。淑妃、德妃还在宫里，供给千万不要少了！等陛下下葬，社稷有主后，我当归藩尽职，为国家捍御北方！"说到此，即命朱守殷在灰烬中拾出唐主的遗骸，妥加棺殓，留在西宫，准备下葬。没过多久，宰相豆卢革、韦说等人当即率百官奉表劝进，李嗣源推辞说："我奉诏讨贼，不幸部众反叛，又被奸人所馋，我本打算入朝表明心迹，偏偏被李绍荣所阻，实在可恨！如今率军到此，本无他意，各位推崇我做皇帝，万万不敢做如此不忠不义之事，请大家不要再说了！"于是下令四处传达丧书，报告主丧。

魏王李继岌因蜀乱迁延了时日，到此时才到兴平，得知洛阳变乱，他担心李嗣源不能相容，又引兵西行，想退居凤翔。西京（即长安）推官张昭远劝北京（即晋阳）留守张宪上劝进表，张宪慨然说："我一介书生，从布衣到北京留守，都出自先帝的厚恩，我怎能贪生怕死，背主求荣呢？"张昭远听后，非常受感召，他哭着说："公能如此，忠义不朽了！"先前，唐主曾派遣吕、郑两位幸臣，监督晋阳的兵赋。后来，唐主的近属李存沼又从洛阳来到晋阳，与吕、郑二人密谋，要害死张宪，占据晋阳。汾州刺史李彦超得知消息，劝张宪先发制人。张宪摇头说："我受先帝厚恩，不忍出此下策，要是为义亡身，也算是天数，我认命了！"李彦超回去后，免不了跟将士们谈起此事，将士们也不等命令，乘夜起事，将李存沼和吕、郑二人杀死。张宪听说兵变，便逃离了晋阳。正好洛都的使者赶到，李嗣源命李彦超号令士卒，维持大局，城中这才安定。李彦超当即将洛使遣回，并上表劝进。洛都中的百官又三次上笺，请李嗣源监国。李嗣源这才勉为其难地答应下来，并入住兴圣宫。李嗣源用安重诲为枢密使，张延朗为副使。张延朗本是梁朝旧臣，因为善于巴结权贵，跟安重诲关系很好，所以才得以高升。

李嗣源又命内外官员，四处寻找诸王。永王李存霸是唐主的三弟，他一直留守在北京。李绍荣从洛阳奔出后，抛弃了刘后，打算去依附李存霸。他走到平陆时，被人抓获，送往虢州。刺史石潭将李绍荣脚骨砍断，用囚车送到了洛阳。李嗣源见到李绍荣后，怒骂道："我儿有什么对不起你的地方，你竟然下此毒手？"李绍荣冷笑说："先帝有什么对不起你的地方，使你叛命入都呢？"李嗣源听后更加气愤，当即命人推出斩首。老七通王李存确、老八雅王李存纪逃到了民间，安重诲查到下落后与李绍真两人密谋，派人将他们杀死，除去祸患。过了一个多月，李嗣源才得知，假惺惺地口头教训了安重诲，还说人死不能复生，叹了口气就算了事。

老五申王存渥与刘后逃往晋阳，白天赶路，晚上歇息，十分艰辛。刘后见李绍荣离她而去，担心李存渥也要抛弃她，索性相依为命，献身报德。李存渥见皇嫂婀娜多姿，虽然已经三十多岁了，可风韵不减当年，乐得将错便错，与刘后上演云雨之欢的好戏。抵达晋阳后，李彦超不愿接受李存渥，李存渥无奈离开，后来被部下所杀。刘后无处栖身，无奈削发为尼，把带出来的金银拿出来建了一座尼姑庵，权当安身之处。偏偏监国李嗣源痛恨刘后，不肯轻易饶恕，派人到晋阳将她刺死。一代红颜，到此才算收场。

留守在北京的永王李存霸听说兄弟大多惨遭杀戮，自然寒心，当即跑去找李彦超，希望能得到他的庇护，做个山僧。李彦超本想答应，可部下偏偏不肯，非要置他于死地。李存霸非常害怕，随即乔装打扮，潜逃出府，无奈被军士阻住，拔刀乱砍，死于非命。老四薛王李存礼与唐主儿子继潼、继漳、继憺、继峣等人都不知去向。只有老二李存美一直患风疾，侥幸免死。李克用本来有八个儿子，最后只剩下一个毫无用处的废物。而李存勗五个儿子，其中四个下落不明。

另一方面，长子魏王李继岌本打算西还，退保凤翔，可走到了武功，宦官李从袭又劝他赶赴京师，前往定难。李继岌再次东行，到了渭河。西都留守张籛将浮桥拆除，不让他东渡。无奈，李继岌只好沿着河东行，途中的士兵陆续逃散，李从袭又对李继岌说："我们大势已去，恐怕要大祸临头了，请大王早作打算。"说完就跑了。李继岌悲痛泪下，他绝望地对李环说："我已经山穷水尽了，你把我杀掉吧。"李环迟疑了很久，李继岌命他赶快动手，不得已李环取出帛部套在他的颈上，将他缢死。李从袭跑到华州，被都监李冲所杀。任圜到后，收集散兵两万多人回到了洛阳。李嗣源命石敬瑭前去抚慰，军士都无异言，各退回原营。

百官见李继岌已死，纷纷上表劝进。李嗣源按捺不住，开始大行赏罚。他先责租庸使孔谦奸佞苛刻，将他处斩，并废去租庸使这个名目，移除所有苛政；又罢除诸道监军使，历数宦官的劣迹，命所在地将他们一概诛杀。李绍真为了私仇，擅自将李绍钦、李绍冲逮捕下狱。安重诲对李绍真说："温韬、段凝只在梁朝犯下罪恶，如今监国刚刚平定内乱，希望国家安定，岂能专门为你复仇呢？"李绍真这才罢休，他禀明监国，恢复这两人的姓名，放归田里。后来，李嗣源又召孔循为枢密使。孔循和李绍真都劝李嗣源请改建国号，李嗣源摇头说："我十三岁就跟着献祖（即李克用的父亲李国昌），献祖见我是宗属，视我如亲生儿子。后来，我又跟着太祖南征北战，就是每次经营攻战，我都会参与。太祖的基业就是我的基业，先帝的天下就是我的天下，哪里有同家异国的道理呢？"礼部尚书李琪点头说："要是更改国号，那么先帝便成了路人，棺椁就无法厚葬，不但殿下忘不了三世旧君，就是我们这些人臣也会自觉不安的！前代也有旁支继承大业的例子，请监国以嗣子的身份在灵柩前即位，这才算得上情义两全了。"李嗣源点头称善。

过了两天，李嗣源从兴圣宫转到西宫，身穿丧服，在柩前即位。百官都穿着缟素，随后御衮冕受册，百官都改穿吉服，行朝贺礼，颁诏大赦；即改同光四年为天成元年。李嗣源下令各道四节供奉，不得苛敛百姓，刺史以下，不得贡奉。随后开始封赏百官，进任圜同平章事，恢复李绍真、李绍虔、李绍英等人的姓名，仍为霍彦威、房知温、杜晏球。杜晏球又自称是王氏的儿子，仍复姓王。还有河阳节度使夏鲁奇，洺州刺史米君立，本由唐主李存勗赐姓名为李绍奇、李绍能，现在全部复原姓名。将郭崇韬归葬，赐还朱友谦的官爵，将先帝李存勖安葬在雍陵，庙号庄宗。正是：

得国非难保国难，霸图才启即摧残；
沙陀派接虽犹旧，毕竟雍陵骨早寒！

第二十回 述律后废长立幼

再说李嗣源即位以后，更张旧政，调换百官，宰相任圜尽心辅佐，朝纲渐渐得到振兴，军民也能饱食无忧。邺都守将赵在礼请唐主李嗣源移驾邺都，唐主非常怀疑，将赵在礼改为义成节度使。赵在礼不肯离开邺都，上表说军情未稳，不便离任，唐主只好改任他为邺都留守。还有从马直指挥使郭从谦，他本是弑君的首恶，唐主李嗣源入都后，并不问罪，还让他担任旧职。不久，唐主将他调为景州刺史，在路上将他诛杀，并灭了全族。李嗣源没读多少书，各地递上来的奏折都命安重诲在旁宣读。安重诲也是半吊子，不能完全读懂，他奏请选用学士，专门负责陪读。于是，唐主命翰林学士冯道、赵凤担任端明殿大学士，端明大学士一职就是这个时候创建的。唐主见有人侍读了，便命安重诲兼领山南东道节度使。安重诲说襄阳重地不能少了主帅，不便兼领，因此上表推辞，唐主这才收回成命。但安重诲自恃功高，不免挟权专恣，满堂大臣，又要从此侧目了。

话分两头，契丹主耶律阿保机自从沙河败退后，便不敢入寇。同光年间，反而派遣使者来唐通好，唐也尽释前嫌，对使者优礼相待。阿保机南和东战，率军出击渤海，进攻扶余城。唐廷派遣使者姚坤到契丹告哀，并通告新主已经嗣位。那时阿保机还没返回西楼，由番官陪伴着姚坤东行，前去拜谒行幄[①]。姚坤入帐中，只见阿保机锦袍大带，跟妻子述律氏相对而坐。姚坤行过了礼，阿保机开口质问说：“朕听说河南北一共有两个天子，是真的吗？”姚坤回答：“唐天子因为魏州军乱，命总管李令公前去讨伐，不幸洛阳发生兵变，御驾猝崩。李总管带兵返回河南，进京平定叛乱，最后被众人所推，勉为其难继承大位，已经有段时间了。”

阿保机听后，突然变了脸色，起座仰天大哭道：“当年晋王李克用跟朕结为兄弟，河南的天子就是我的侄儿，如今真的罹祸了吗？朕听说中原发生变乱，不知真假，正打算率甲兵五万，来帮助我的侄儿，但因为渤海国还没除掉，所以就给耽误了，谁知道我的侄儿竟然长逝了！”说完又哭了起来，哭完又说：“我侄儿既然已经驾崩，你们理应派人北来与我商量，新天子怎么能自立呢？”姚坤反驳说：“新天子统师二十多年，位至大总管，所领精兵三十万，上应天时，下从人欲，那里还好迁延呢？”阿保机听后，刚要开口，他的长子耶律突欲就入帐指责说：“唐使不必强词夺理，你们的新天子终究是故主的臣子，他擅自称尊，真

① 古代帝王外出时的临时营帐。

是大逆不道！”姚坤正色说：“应天顺人岂能遵循匹夫的小节？试问你们的天皇王又是谁授予的呢？难道也是强取豪夺的吗？”突欲不能反驳，只好沉默。

阿保机见状，便和颜悦色地对姚坤说：“你说得很有道理！”随即命姚坤坐在旁边，并对他说：“朕听说你们故主有两千多宫婢，一千多乐官，平时喜欢放鹰走狗，嗜酒好色，再加上他用人不当，不爱人民，也应该遭祸致败。朕得知消息后，随即下令全家戒酒，解放鹰犬，罢散乐官，要是我效仿我侄儿的所作所为，恐怕也会一同覆没了！”姚坤回答说：“今新天子圣明英武，他剔清宿弊，庶政一新，虽然即位才几个月，可是海内慰望，百姓称赞。天皇王要是诚心修好，让南北人民，共享太平，岂不是美事！”阿保机说：“我与你的新天子并没什么宿怨，不妨修好，但必须割让河北给我，从此我决不南侵，与你国和睦相处！”姚坤敷衍说：“这哪是使臣能够决定的！”阿保机又说：“河北不肯给我，要是能将镇、定、幽三州给我，也算了事。”说到这里，便从案上取过纸笔，命他写割让书。姚坤正色说：“我此番前来是为了告哀，又不是来割地的！”于是将纸笔奉还，不肯草写。

阿保机将他拘押，不让他南归。攻夺了扶余城后，改名东丹国，留下长子耶律突欲镇守，号为人皇王，带着次子耶律德光回国，号为元帅太子。不料，在半路上阿保机患病，竟然驾崩了，享年五十五岁。皇后述律氏护丧返回西楼，突欲也奔丧归来。述律氏召集各部的酋长，商议传位的问题。述律氏一直非常喜爱德光，她命两个儿子各骑一匹马，分站在帐前两旁，并当着各部酋长面说：“这两个儿子我都很喜爱，到底册立谁为新的天皇王，请你们帮我选。你们觉得谁合适些，就去牵谁的马绳。”说到这里，便用目光斜视着德光。各位酋长一直都忌惮述律氏的雌威，一瞧述律氏这种眼神，当然心领神会，纷纷跑到了德光的马前，握住了马缰。述律后见状，非常高兴地说：“看来大家意见一致，那我怎敢违背众人的意愿呢？”于是便拥立德光为契丹嗣主，命突欲仍然回到东丹，同时放出唐使姚坤，让他回国报丧。

姚坤回到洛都后，报明唐主李嗣源，唐主见使臣归来，不便与契丹决裂，于是派人前去吊丧。德光尊述律氏为太后，将阿保机归葬在木叶山，尊庙号太祖。下葬当天，述律太后命各个酋长夫妇前来，临葬时，她问诸酋长：“你们都思念先帝吗？”诸酋长自然同声回答：“我们身受先帝厚恩，怎能不思？”述律太后微笑着说：“你们既然思念先帝，那我就送你们跟他在地下相见吧。”说完，便命令左右，将诸酋长推到墓前，杀死殉葬。各酋长的妻子见状，都失声痛哭，述律太后说：“你们不要哭了，连哀家都守了寡，你们怎能不和我一起呢？”各酋长妻子不敢违拗，只好退去。后来，述律太后为了剪除异己，总是以殉葬为借口残杀大臣，前后被杀的官员不下数百人。最后轮到了阿保机的宠臣赵思温，可是这个赵思温却偏偏不肯殉葬，述律太后质问他说：“你是先帝亲近的宠臣，怎么能不去陪他呢？”赵思温辩论道：“论亲近谁也比不上太后，要是太后肯去，臣自当跟随！”述律太后又说：“我并不是不想追随先帝，在地下侍奉他。但是嗣子幼弱，国家无主，所以不便殉葬。”说完，竟然取来宝剑将自己的左腕砍断，命左右放到墓中。正是这番诘问，赵思温竟然捡了一条性命。

述律太后临朝谕政，大小国事都由她裁决，前番归降的汉人韩延徽仍然担任政事令。耶律德光非常孝谨，每次遇到太后抱恙，非常忧急，甚至连饭都不吃，直到太后疾愈才恢复正常。过了三年，才改元天显。述律太后智谋过人，耶律德光也有勇有谋，所以契丹国一直在北方称雄，并没有什么大的变故。唯独契丹卢龙节度使卢文进，因为唐主李嗣源派人游说，说对唐主对以前的事情可以既往不咎，希望他能回来！卢文进的部下都是汉人，都想着回归，由不得卢文进不从，他也只好率众归唐了。唐主命他为义成军节度使，不久又调他做了威胜军节度使，加授同平章事，也算是特别宠荣了。

那时蜀国已亡，岐国投降，只有吴国还在。岭南镇将南海王刘隐死后，由他的弟弟刘岩承袭旧封。梁末刘岩建国号越，自称皇帝，改元乾亨。不久又改国号汉，改名刘陟。他经常给唐主李存勗写信，自称大汉国主。唐主命刘陟向自己称臣，语气非常傲慢。刘陟听说唐主骄淫，必定不能持久，于是与唐断绝来往。南诏[①]与汉境接壤，当时酋长蒙氏为部下郑旻所灭，改国号为长和。郑旻派遣使者郑昭淳到汉，献上朱鬃白马，希望和亲。汉王摆宴款待，并赋诗属和，郑昭淳随口吟咏，压倒汉臣。于是汉主将兄长的女儿增城公主遣嫁给郑旻。其实郑旻已经有了皇后马氏，就是楚王马殷的女儿，那增城公主到了长和，无非是备作嫔嫱罢了。刘陟这个人很迷信，汉南宫曾出现过白龙，汉王应瑞改名，改陟为龑。后来，一个胡僧呈入谶书[②]，说龑字不吉利，汉主于是采用飞龙在天的意义，杜造了一个"龑"字，定音为俨，取做名字。不久，南汉与楚关系破裂，楚人率军攻打封州，刘龑非常害怕，占卦后得"大有卦"，于是改元大有。他派遣部将苏章前去救援封州，用诱敌计将楚军杀了个片甲不留。楚王马殷派遣使者向唐朝进贡，联唐拒汉，从此楚汉相持，各自按兵不动。

南汉的东边就是福建，自从王审知受梁封爵，号称闽王。同光三年，王审知病逝，其子王延翰嗣位，受唐封为节度使。后来庄宗遇弑后，中原发生变故，他表面上奉唐为正朔，暗地里却也建国称王。王延翰好色，他的妻子崔氏长得很丑，可是又异常妒悍，王延翰广选良家美女充当妾侍，被崔氏接连加害，一年之内伤亡了八十四人。可能崔氏被冤鬼所缠，最后也暴亡了。王延翰的眼中钉没了，当然非常欣幸，他乐得淫纵暴虐，为所欲为。他额弟弟王延钧上书极力劝谏，反而被罢黜为泉州刺史。王延钧愤愤不平，私下里跟王延禀设谋，想要杀掉王延翰。王延禀是王审知的养子，原名周彦琛，一直跟延翰不和，曾担任建州刺史。这次他与王延钧合兵进袭福州，王延禀先到，率军闯入。王延翰沉迷酒色，根本就不曾与闻，直到王延禀带兵突入宫门后，才从惊慌地从床上爬起来。王延禀命部兵将他牵出门外，当面罗列他的罪状，将他杀死。随后，他大开城门，将王延钧迎入城内，推举他为留后。王延钧仍命王延禀驻守建州，同时详报唐廷，唐主封王延钧为闽王。可是那时闽已经建国，与汉相似，不过汉已经跟唐绝交，闽还向唐称臣，所以后唐天成元年，分为四国三镇。唐、吴、汉、闽为四国，吴越、荆南、湖南为三镇，吴、汉不服从唐命，此外还算称臣唐室，列作屏藩。

荆南节度使南平王高季兴阳奉阴违，当唐军讨伐蜀时，曾命他充任西川东南面行营招讨使，他自告奋勇地说要攻取夔、忠、万、归、峡等州，唐庄宗当然允许。谁知道他却作壁上观，按兵不发。后来，他听说蜀已被灭，不禁大惊说："这是老夫的过失啊！"司空梁震说：

---

① 南诏国，八世纪崛起于云贵高原的古代王国，由蒙舍部落首领建立。
② 记载预言应验的书。

“唐主得到蜀国后，必定更加骄淫，骄必速亡，不足为虑！这样一来，也许还是我们福气呢！”高季兴放大胆子，命兵士在江上设置关卡，江上有好多唐吏押解蜀物送往洛阳，他们当即在途中截获，夺得蜀货四十万件，并杀死唐押牙官韩珙等十余人。那时唐都大乱，唐朝无暇过问。后来李嗣源即位后，派人诘问高季兴，高季兴却满口抵赖，只说是押官自己掉到水里淹死的，要他去问水神。李嗣源听后，非常气愤，可是才刚刚即位，不便劳师讨伐。谁知那高季兴得寸进尺，要求将夔、忠、万等州划入荆南。唐主李嗣源还是含忍优容，勉强允许，但刺史必须由唐廷任命。偏偏高季兴率先袭踞夔州，拒绝接纳唐官。唐主是在忍无可忍，遥命襄州镇帅刘训为招讨使，进攻荆南。老天好像暗中帮助高季兴，长江一带连日霪雨，不肯放晴，刘训的部军多半得病，再加上粮草不济，无奈引兵退还。于是，高季兴将忠、万、归、峡四州全部纳入囊中。后来，唐将西方邺突出奇兵，把夔、忠、万三州夺回，并想攻打荆南，高季兴这才有些惧意，竟然带着荆、归、峡三州向吴国称臣去了。

再说唐廷这边，唐相豆卢革、吴说被谏议大夫萧希旨弹劾，说他不忠故主，被一并罢职，朝政都命任圜主持。相位空缺，枢密使孔循引荐梁臣郑珏为相，后来又荐入太常卿崔协。任圜认为崔协没有相才，打算改用吏部尚书李琪。偏偏郑珏与李琪不和，极力阻挠，孔循又袒护郑珏，与任圜多次发生口角。一天他们在御前争议，任圜愤然说：“枢密使不识朝中人物，被人所骗，崔协虽然出自名家，但并无才学。臣自觉才学不够，谬居相位，怎么还要添入崔协，惹人笑话呢？”唐主李嗣源说：“宰相位高责重，应该仔细审择。朕先前在河东时，见冯书记博学多才，与人友善，看来可以委任为相。”说完退朝。孔循脸色非常难看，他拂衣先走，边走边说：“天下大事都归任圜掌管，究竟任圜有什么才能？如果崔协暴死了，也不必说了；如果崔协不死，我一定要让他入相，看任圜如何应对？”随后好几天称疾不朝。唐主命安重诲前去劝慰，这才入朝莅事，安重诲私下里对任圜说：“现在朝廷缺乏人才，姑且命崔协入相，想也无妨。”任圜回答：“你舍弃李琪，相助崔协，好比弃鸿鹄而取燕雀。”安重诲沉默不语，但心中却很是不乐。从此，他和孔循一有机会就贬低李琪，赞扬崔协，唐主被他们蒙骗，最后命冯道、崔协为同平章事。各位读者！你想任圜既然不看好崔协，崔协必定心怀嫉恨，这两人共掌朝纲，还能同舟共济吗吗？

任圜因征讨蜀国有功，得以入相，他素知成都富饶，当初犒军时，还剩下一百万缗留在成都，于是他派遣太仆卿赵季良为三川制置转运使，命他护送犒军余钱到京都。西川节度使孟知祥不肯奉命，但赵季良跟他是旧交，所以将他留居在蜀中，没有伤害他。孟知祥的妻子李氏是唐庄宗的堂姐，曾被封为琼华长公主。孟知祥自从与董璋分被镇守两川后，他内恃帝戚，外拥强兵，权势日盛。赵季良此番入蜀，又被扣押，唐廷开始有些疑忌。安重诲想要除去祸患，客省使李严请命为西川监军，李严母亲告诫他说：“当初你倡议伐蜀，侥幸成功。蜀人一定对你恨之入骨，如今你还敢自投罗网吗？”李严说食君禄，应当尽君事，所以没有听从母亲教诲，执意出发了。到了成都，孟知祥盛兵出迎，入城设宴，酒喝到一半，孟知祥突然勃然说：“你先前奉命出使蜀国，回去就劝请庄宗伐蜀，庄宗听信了你的话，导致两川灭亡，如今你又来，蜀人能不害怕吗？况且如今各镇都已经废除监军，唯独你来监我的军，究竟是什么意思？”李严正想争辩，孟知祥已命部将王彦铢动手。王彦铢拔刀而起，李严终于知道怕了，连忙跪地乞哀。孟知祥说：“蜀人都想杀你，并不是我出自我的意思，你难道不知道众怒难违吗？”于是不由分说，被王彦铢推到台阶下，一刀两断。随后，孟知祥上表唐廷，诬陷李严索贿，还请授赵季良为节度副使。

唐主李嗣源想用恩信感化孟知祥，于是又再派遣客省使李仁矩到蜀慰谕。当时孟知祥的儿子孟昶还留住都中，唐主为了示好，命李仁矩一同送去。孟知祥见了儿子，非常开心，这回总算厚待李仁矩，将他遣归洛阳，上表称谢。但心中已不免藐视唐廷了。

当时，平卢军校王公俨作乱，幸而被讨平，公俨也诛杀。邺都军见状，也蠢蠢欲动，留守赵在礼担心不能制止，上奏希望调离。唐主调赵在礼为横海节度使，授皇甫晖为陈州刺史，赵进为贝州刺史，派遣皇次子李从荣镇守邺都。卢台兵变，也由副招讨使房知温与马军指挥使安审通，合兵围击，得以荡平。

宰相任圜与安重诲一同商议内外重事，但是他们的意见大多不合，唐主见平定外乱的主张大多出自安重诲，所以对他非常信任。按照惯例，使臣出使四方的费用由户部供给，但是安重诲打算改由内府承担。任圜与他在大殿据理力争，声色俱厉，唐主看不过去，只得怏怏入内。宫嫔见唐主有些生气，便问：“陛下跟谁议事啊，声音怎么这么大？”唐主说是宰相任圜，宫嫔又说：“臣妾以前在长安宫中，从来没见过宰相奏事时如此放肆，莫非他是轻视陛下不成？”唐主被她这么一挑拨，更加不悦，最后专信安重诲，对任圜越加冷淡。任圜失去信任后，上书求退，于是唐主免他相职，令为太子少保，任圜心不自安，上书辞官，也由唐主准许，高老退居磁州。

后来，唐主出巡汴州，走到荥阳时，民间谣言四起，都是唐主要调换镇帅。朱守殷正出镇宣武军，非常惊疑。判官孙晟劝朱守殷先发制人。于是朱守殷召都指挥使马彦超，邀他一同叛命。马彦超不从，朱守殷将马彦超砍死，登城拒守。唐主急遣宣徽使范延光前往诏谕，范延光说：“过去说说有什么用，不如发兵急攻。否则等他们准备妥当了，就难以攻下了。臣愿率五百精骑偷袭汴城，乘他不备，一定能够成功。”唐主于是调拨骑兵五百，星夜前往，飞驰二百里。到了大梁城下，天还没亮，喊声动地。朱守殷从睡梦中惊醒，急忙号召徒众，开城搦战，两下里杀到黎明，御营使石敬瑭又率亲军赶到，杀得汴军人仰马翻。朱守殷正要退回，遥见有一簇人马，拥着黄盖乘舆，呼喝前来。朱守殷不由得心慌意乱，策马返奔，哪知城上已竖起白旗，守兵一齐拥出，向前迎降，眼见是遏制不住，无路可走，只好拔刀自刎，血溅身亡！

唐主入城后，搜捕余党，总共诛杀上百人，唯独孙晟乘间逃脱，逃往淮南。那时安重诲还对任圜怀恨在心，他诬称任圜与朱守殷通谋，密遣供奉官王镐到磁州，颁发假诏书将任圜赐死。任圜怡然领命，喝下几杯酒后，仰药自杀。任圜是京兆人氏，一直很有政声，相业卓著，不幸抗直遭谗，无辜毙命。正是：

折槛留旌抗直臣，汉成庸弱尚知人，

如何五季称贤辟，坐使忠良枉杀身！

第二十一回 唐明宗励精图治

唐主李嗣源宠信枢密使安重诲，就连他是否假传圣旨也不过问。安重诲害死任圜之后，才把这件事禀告唐主，唐主反而下诏数说任圜的罪过，说他不遵礼分，暗中勾结朱守殷，应该处死。只是他的骨肉亲戚仆役等可以免罪。这在唐主看来，也还算是格外开恩了。其实却不知道自己已经被安重诲所蒙蔽，枉害忠良了。

从此安重诲作为佐命功臣，格外得宠。还有一个后宫宠妃与安重诲暗中联络，每次在唐主面前都说安重诲的好处，唐主于是更加深信不疑。原来唐主正室是曹氏，她只生了一个女儿，被封为永宁公主，第二个老婆是夏氏，生了儿子李从荣、李从厚，妾为魏氏，就是李从珂的生母，是从平山掳掠得来的。此外还有一个姓王的女人，出身于邠州一个卖饼的人家，被梁将刘鄩买了回去，作为侍女。等长到出嫁的年纪时，居然长成了绝色美人，眉如远山，目如秋水，鼻似琼瑶，齿似编贝，当时号称“花见羞”。很得刘鄩的喜爱。刘鄩死后，这个女人无家可归，漂泊到汴梁。正好这时李嗣源的第二个老婆夏夫人去世了，他又想再找一个。这时有人到安重诲那里，夸奖王氏的美色，安重诲又进去告诉了李嗣源，李嗣源把王氏叫来，李嗣源仔细端详，果然是美艳动人，名副其实。好美之心，人皆有之，难道唐主李嗣源，见了这种美色不格外爱怜吗？况且王氏身虽无主，却也有几万的遗产，也都带来交给了李嗣源。李嗣源既然得到了美人，又得到了金钱，自然是喜上加喜，宠上加宠。即位没多久，就封曹氏为淑妃，王氏为德妃。

王氏身边却还有些金子没有用完，于是又赠给李嗣源身边的人以及李嗣源的几个儿子。大家得了钱财，都极口称赞。而且王氏本身也是性情和顺，应酬周到，每当李嗣源早晨起来的时候，梳洗服饰全都由她在一旁侍奉，就是对待曹淑妃，也是毕恭毕敬，不敢有一点怠慢。等到曹淑妃即将被册封为皇后的时候，也曾私下里对王氏说：“我一直体弱多病，不想费神去管宫里的事情，妹妹可以代我正位中宫。”王氏慌忙推辞说：“皇后是天下之母，妾怎么敢当此尊位呢？”等到六宫的位置定下来后，曹氏虽然总掌管内权，可是也形同虚设，一切处置，大多出自王氏的主张。

王氏这时已经志得意满，却也没忘了自己的恩人，每次安重诲有所请托，她都尽心尽力。安重诲有几个女儿，经王氏代为介绍，想要让皇子李从厚娶安重诲的女儿为妻，唐主也很高兴地答应了。可是安重诲却偏偏进宫极力推辞，反而让王氏的一番好意付诸东流。看到这里，读者可能会想，安重诲这个笨蛋，有这样的内援，可以和后唐的天子，结作儿女亲家，还不高兴，而且这样做岂不是得罪了从中帮忙的王氏了吗？哪知安重诲并不是不愿意，而是受了孔循的愚弄。孔循也有一个女儿，也想当太子妃，一听说安重诲已经抢得先机，不禁着急起来。他本来是个狡猾绝顶的人，就去见安重诲说："公身居要职，是主上的近臣，不应该再与皇子为婚，否则也会因此引得主上的猜忌，恐怕反而把你调到外任。"安重诲本来就喜欢在朝内，不愿意到外镇，而且自以为和孔循又是莫逆之交，也真的以为是孔循一片好心，以为他一定不会有什么歹意，因此极力推辞婚约。孔循于是托宦官孟汉琼进宫对王德妃说，愿意把自己的女儿嫁给太子。王氏因为安重诲辜负了自己的盛情，心中未免有些不快，这时孟汉琼进宫转述了孔循的意思，也乐得李代桃僵，就找了个机会转告唐主，玉成好事。安重诲渐渐地也听到了一点风声，这才勃然大怒，马上向唐主奏请把孔循调到外镇，充忠武军节度使兼东都留守，唐主也就答应了。

正巧这时秦州节度使温琪进朝，愿意留在朝廷做事。唐主也很喜欢他的恭顺，任命他为左骁卫上将军，另外给他俸禄。过了好多天，唐主又对安重诲说："温琪是老人，应该选择一个重镇，任命他为帅。"安重诲回答说："现在也没什么好的地方缺人，还得再等等。"过了一个多月，唐主又问起安重诲这件事，安重诲却生气地说："臣早就说过现在没有缺人的地方，如果陛下一定要任命他，只有枢密使了。"唐主听了也忍耐不住，就说："这也没什么，温琪难道就一定不能做枢密使吗？"安重诲这时也觉得自己说错了话，一时也无言以对。温琪知道了这件事，反而心里产生恐惧，好几天装病没有上朝。

成德节度使王建立也和安重诲有矛盾，安重诲说他暗中勾结王都，心怀不轨。王建立说安重诲专权，愿意进朝和他当面对质。唐主当即召王建立入朝，王建立奉诏马上启程，赶到京城，在朝廷上极言安重诲结党营私，并且说枢密副使张延朗把自己的女儿嫁给了安重诲的儿子，两人相互援引，作威作福。唐主本来对安重诲起了疑心，又听到王建立这一番话，当然不开心，就召安重诲上殿。安重诲也含怒进来，惹得唐主更加懊恼，就对安重诲说："朕想交给你一个镇，让你暂且休息，先让王建立来代替你，张延朗也除授外官。"安重诲不等唐主说完，就大声回答说："臣披荆斩棘，跟随陛下已经几十年了，在陛下继位后，又代陛下分理机密，也已经三年了，天下所幸没有发生什么事。今天却要把臣摈弃，移徙外镇，不知道臣哪里犯了错，还请陛下明示！"唐主听了更加生气，一甩袖子站了起来，回到了内宫。

这时正好宣徽使朱弘昭入侍，唐主就对他说了安重诲无礼的事，朱弘昭委婉地劝说道："陛下平时对待安重诲如左右手，怎么能因为一时的气愤，就马上要把他摈斥？臣见安重诲话虽然说得过头了一点，但是心里并无恶意，还请陛下三思！"唐主的愤怒这才稍微减少了一些，第二天又召安重诲入宫，对他好言抚慰。王建立于是也向唐主辞行归镇，唐主说："你曾说过要入朝为分朕忧，怎么马上就要辞去呢？"王建立说："臣如果留在朝廷，反而让陛下动怒，不如告辞回去！"唐主说："朕知道了。"这时正好同平章事郑珏上表辞职，唐主下诏允准，然后任命王建立为右仆射，兼同平章事。

不久皇子李从厚娶了孔循的女儿为妃，孔循也乘机进朝，花重金贿赂了王德妃的左右，乞求能把自己留在朝中。安重诲再三奏斥，仍促令他回到原地。皇侄李从璨性情刚猛，从来不肯屈服于人。从前唐主驾幸汴州，去征讨朱守殷的时候，曾留他为皇城使，他召请宾客在节园客宴饮，酒后忘情，竟然躺在了皇帝的龙床上。当时也没人放在心上，这事过去了多年，反而又被安重诲提了出来，把李从璨贬为房州司户参军，不久又赐死。此外安重诲挟权胁主，党同伐异的事，一时间也难以尽述。

义武节度使王都在镇十多年，因为曾将自己的爱女嫁给了继岌，与庄宗结为姻亲，所以一直被恩宠。他属下的刺史可以由他自行任用，所出租赋，全都自己留用。等到庄宗去世后，继岌也自杀了，唐主李嗣源继位，对他还是曲意优容，不加征索，只有安重诲多次加以裁抑，并且说他逼父夺位，居心叵测，因此唐主对他也是随时提防。这时正赶上契丹多次侵犯边界，朝廷调集兵马守边，兵马大多屯驻在幽州和易州之间，免不了需要定州供应军需。王都不愿意供应，于是心里怀有了异志。再加上心腹将领和昭训劝王都早点设计自全，王都于是派人到青、徐、歧、潞、梓五镇，投递蜡书，约定一同起事。可是那五镇都没答复，这让王都孤掌难鸣，于是又请来了说客，让他去劝北面副招讨使王晏球。王晏球不但不答应，反而派人火速送信到朝廷，报告王都要造反。唐主就命王晏球为招讨使，发起诸道兵马进攻定州。

王都这时已经是骑虎难下，只好调集兵马拒守。一面向奚酋秃馁那里求救，并且答应给他重金。秃馁于是率领一万骑兵前来救援，突入定州。王晏球见番兵气盛，觉得先避一避他们的锋芒，于是带兵撤回退保曲阳。那秃馁不禁洋洋自得，与王都合兵进攻。将要攻到曲阳的时候，突然周围伏兵齐出，左右夹击，把秃馁等一举杀退。王晏球乘胜追击，攻克了西关城，作为行府，令祁、易、定三州的百姓，缴纳赋税供应军需。王都与秃馁困守孤城，王都把秃馁称为馁王，曲意奉承，求他设法为自己免祸。秃馁于是替他向契丹求救，契丹倒也发兵相助。王都派遣部将郑季璘、杜弘寿等人去迎接契丹兵马。却被王晏球知道了，派兵在半路伏击，把郑季璘、杜弘寿等全部活捉，斩首示众。

王都更觉得心灰意冷，等到契丹兵马到了之后，才与秃馁开城相会，合兵攻破了新乐，又逼攻曲阳。王晏球在城上向下遥望，看出了破绽，这才下城大声说："王都自恃有外援，带兵前来，我看他趾高气扬，必然没什么防备，可一战取胜。今日就是诸位报国的时候了，我们应该全部解去弓矢，一律用短兵器接战，不得回头，违令者斩！"此令一下，全军应命，当即开城出战。骑兵在前，步兵在后跟进，挥剑的，持斧的，拿枪的，一齐冲杀过去。王晏球在后边督战，有进无退，到了这时，任你番兵多么精壮，也被杀得七零八落，死伤过半，其余的全都向北退去，王都和秃馁也都拼了命才逃回去。

契丹的败兵逃回到本国，在半路上又被卢龙军截杀了一阵，只剩寥寥无几，脱归告败之后，契丹主耶律德光再次派来酋长惕隐来援救定州，又为王晏球杀败，仍然逃了回去。卢龙节度使赵德钧又派牙将武从谏埋伏在要路，截住契丹兵马的归途。惕隐没有防备，被武从谏冲突出一枪刺落在马下，活捉了回去，并且活捉番兵头目五十人，番兵六百人。赵德钧派人把俘虏献到洛阳。朝廷的大臣请求把他们杀掉以示威，唐主说："这些人都是契丹中的骁将，如果把他们全部杀掉，使其绝望，也许会让他们狗急跳墙，不如先留下他们的命，借以缓解边患。”于是把惕隐以及五十个番兵头目赦免了，其余的六百人全都处斩。

契丹两次失败，不敢再入中原。唐主于是派人催促王晏球攻城，王晏球与朝廷使者联辔并行，来到定州城下，与朝廷的使者分析形势，手扬马鞭对使者说：“这座城如此高峻，就算是城里的人任凭外兵登城，也不是一般梯子可以登上的，白白损兵折将，对敌人却没有什么威胁。不如驻兵在这里，爱民养兵，等待他们内部生乱，到时候就可以不战而胜了。”使者回去把这话报告给了唐主，唐主也是不再催逼了。到了第二年的二月，定州发生内乱，都指挥使马让能开城迎纳官军，王晏球挥军直入，王都全家举火自焚。秃馁也被唐军捉住，押送到大梁，就地斩首。王晏球凯旋而归，进朝后，唐主褒奖有加。王晏球却口不言功，反而说是久战才得胜，浪费军需，心里有愧，因此更得到唐主欢心，任命他为天平军节度使，兼中书令，没过多久又改任镇守平卢，王晏球病逝后，又追赠为太尉。这时吴丞相徐温也病死了，吴主杨溥自称皇帝，改元为乾贞，追尊杨行密为太祖武皇帝，杨渥为烈宗景皇帝，杨隆演为高祖宣皇帝，任命徐知诰为太尉兼侍中，拜徐温的儿子徐知询为辅国大将军，兼金陵尹。因为荆南高季兴也向他们称藩上表祝贺，于是特地封高季兴为秦王。高季兴发兵入楚地，在白田打败了楚军，俘虏了将吏三十四人，献入吴国。楚王马殷派人到唐去诉说，并且请唐主建行台。唐主封马殷为楚国王，马殷这才升潭州为长沙府，建立宫殿，设置百官，命自己的弟弟马宾为静江军节度使，儿子马希振为武顺军节度使，次子马希声掌管内外诸军事，姚彦章为左相，许德勳为右相，整兵添戍，控制边疆。

吴主杨溥听说唐楚相结，于是也派使与唐修好，在国书中自称皇帝。安重诲说杨溥敢与朝廷分庭抗礼，派人来窥视，不应该接纳，于是拒绝接见吴使。杨溥因为唐主已经拒绝和自己修好，索性再发兵攻楚。到了岳州，楚人早已有所准备，不等吴兵列阵，当时就迎头痛击，活捉了吴将苗璘、王彦章。剩下的残兵败将逃了回去，报告了吴主。吴主这才知道害怕，急忙派人到楚地求和，请求他们放还苗、王二将。楚王马殷于是把二将都放了回去，与吴平息了战争。

荆南节度使高季兴死后，留下了九个儿子，他的长子高从诲向吴国告哀，吴主令高从诲承袭父职。高从诲继位后，召集部下，对他们说：“唐近吴远，我们求远舍近，并不是良策，不如归附唐才是。”于是派使者到楚，请求楚王马殷代为谢罪，情愿仍然缴纳贡奉，一面令押牙官刘知谦奉表到唐廷，进献赎罪银三千两。唐主于是赦免他过去的罪过，任命高从诲为节度使，追封高季兴为楚王。

当初高季兴在世的时候，听说楚国富强，全依赖有谋臣高郁，于是多次派门客到楚地，进说楚王，暗中施反间计。但是楚王马殷始终不信，对待高郁仍和以前一样。后来希声管事后，又向楚散布谣言，说马氏的基业最终会被高郁所夺，高希声听到这话已经动疑，再加上自己妻子的亲属杨昭遂也想要谋取高郁的职位，也多次在希声面前诋毁高郁。希声竟然夺去了高郁的兵权，把他降为行军司马。高郁愤愤说：“犬子长大了，就想咬人了，我只能告老归田，免得被他吃掉！”这几句话被希声听到了，立即假传父亲的命令，派人杀死高郁，他的同族也都被杀死。这天大雾密布，马殷一直深居简出，还不知道高郁的死耗，这时看到漫天大雾，对左右的人说："我当初跟着孙儒渡淮，每次杀了无辜的人，必遭天变，难道今日又有冤死的人吗？"第二天才听说高郁的死讯，马殷捶着胸膛大哭道："我已经老了，政权已经不归我管了，使我的老部下横遭奇冤，可悲可痛啊！看来我也不能长久了。"第二年马殷就病死了，时年七十九岁。

马殷的长子希振因弟弟手握大权，自愿让位。于是由希声承袭父职，报到唐廷。唐朝廷因为马殷官爵都很高，无可追赠，只是赐谥为武穆。并且任命希声为武安、静江等军节度使。希声喜欢喝鸡汤，每日必烹五十只鸡。等到为殷送葬的时候，脸上并没有悲痛的样子，并且吃了好几碗鸡羹，然后才出去送葬。礼部侍郎潘起说："从前阮籍居丧的时候，也曾吃蒸乳猪，哪一代没有贤人呢！"希声听了莫名其妙，还以为这是赞美之词，仍然每天烹鸡如故。只是去掉建国的成制，恢复藩镇旧仪，尽心事唐，还不失畏天事大的意义。并且因为统治并不长久，不过两年就死了，所以还保全了首级，算是得了善终。

此外如吴越王钱镠在庄宗末年也据国称尊，改元为宝正。后来他给安重诲写信，语气非常傲慢，安重诲奏请唐主派供奉官乌昭遇、韩玫，出使吴越，传唐主旨意问罪。吴越王钱镠还算照旧接待，没有摆出帝王的架子胁迫唐使。等到唐使回来后，韩玫却诬陷乌昭遇，说他屈节称臣，向钱镠跪拜，乌昭遇竟因此而枉死。安重诲请示削去钱镠王爵，只令他以太师致仕，所有吴越朝聘使臣，全都让所在之地系治。钱镠派儿子钱传瓘等人上表讼冤，都被安重诲在半路拦截了，不得自伸。从此安重诲的积怨更加深重，连各处的藩镇都对他痛心疾首了。

唐主李嗣源即位后，励精图治，不喜好游猎，不贪恋货利，不任用宦官，不妄动兵革，只是专心除旧布新，与百姓共享太平，所以四方无事，五谷丰登。唐主改名为亶，以表诚意，并且与宰相等坐在一起闲谈，谈起现在的国泰民安，不由得沾沾自喜。冯道在一旁话中有话地说："臣当年在先皇的幕府里，一次奉命出使中山，路过井陉，道路十分崎岖。臣担心马摔倒，一路上牢牢把持马缰，总算没有出事。等走到平坦道路的时候，心里就放松了，松开缰绳，放马自行，竟然摔了跟头。可见临危时未必就危险，平安时也未必就平安，行路就是如此，何况治国平天下呢！"唐主听了点头称好，又接口问道："今天虽是丰年，但是不知道百姓家是不是都丰衣足食？"冯道又回答说："凶年遭饿死，而丰年又愁粮价太贱，无论丰年灾年，农家都要操心。臣曾记得进士聂夷有一首诗说：'二月卖新丝，五月卖新谷，医得眼前疮，剜却心头肉。'诗句虽然粗鄙，却是写尽了农家的情状。总之在各行各业中，务农最苦，作为人主最应该体恤他们啊。"

唐主听了很受触动，命左右把聂夷诗句抄了下来，自己时常吟诵，差不多就像座右铭一样，并且因为自己已经是年逾花甲，料想也没多少寿命了，每夜在宫中沐手焚香，向天祷告说："我本来是一个胡人，因为天下扰乱，为众人所推举，才暂且居于这个位置，自惭缺才少德，不能安民，愿上天早生圣人，作为百姓的主人，使我早点卸下肩头重负，这才是四海生民的幸福啊！"相传宋太祖赵匡胤就是在后唐天成二年降生洛阳的夹马营内。他的父亲叫作赵弘殷，曾在后唐掌管禁军，等到赵匡胤开国登基的时候，海内才得到统一。这都是由于唐主李嗣源的一片诚心，感动了上苍，才生下这个真命天子啊。正是：

敢将诚意告苍穹，一片私心愿化公，
夹马营中征诞降，果然天意与人同。

第二十二回　两川叛变

唐主养子李从珂，屡立战功，就是唐主得到天下，也多亏他带兵先来，得以号召各路军马才最后取胜。因此李从珂未免自恃功高，不甘心居于安重诲之下。一天安重诲设宴，两人各自争夸功绩，那李从珂终究是个武夫，几句话不合，起身就要动武，想要打安重诲。幸亏安重诲知道自己不是对手，急忙躲开了，免挨了一顿老拳。第二天，李从珂的酒醒了，自己也很后悔昨天的鲁莽，于是到安重诲那里去谢罪，安重诲虽然接待，总不免怀恨在心。唐主也听说了这件事，就把李从珂派出去任河中节度使。李从珂到了河中，却生性喜好游猎，出入无常。安重诲想要加害他，就假传圣旨，令河东牙内指挥使王彦温找个机会把李从珂赶走。王彦温奉命，等到李从珂出城阅马，王彦温就让兵士关上城门，不让李从珂进城，李从珂敲着门问道："我待你不薄，为什么不让我进城？"王彦温从城上回答说："我本来不敢负恩，但是接受了枢密院的密信，请公入朝，不必回城了！"李从珂没有办法，只好退驻虞乡，派使者进朝报告唐主。

唐主不知道怎么回事，自然要找安重诲询问。安重诲也不便说出实情，诈称是奸人传出的谣言。唐主想要把王彦温骗进朝廷，当面问清虚实，于是任命王彦温为绛州刺史，催促他进朝。读者试想，此时矫诏害人的安重诲，还肯让王彦温进朝对证吗？当下一再请求征讨王彦温，这才由西都留守索自通，步军都指挥使药彦稠率兵去征讨王彦温。唐主却当面嘱咐药彦稠说："王彦温拒绝李从珂，想必是有人主使，你到了河中，一定要把王彦温活捉回来，朕要当面问个仔细。"药彦稠应命而去，等他到了河中，王彦温还不知怎么回事，出城相迎。还没等说话，药彦稠那刀锋已经过来，王彦温的头颅当场被斩去。药彦稠杀了王彦温，把首级送到朝廷，唐主对药彦稠违命十分愤怒，下令严责，而安重诲却出面为其解围，也竟不加罪。李从珂知被安重诲陷害，只好亲自到朝廷当面申述，可是唐主却不让他详辩，让他马上回到驻地。安重诲又暗中指使冯道、赵凤等人弹劾李从珂失守河中的罪责，应加以治罪。唐主说："我的儿子被奸党陷害，是非曲直还没弄清楚，怎么能这样说他，难道一定要把他置于死地才甘心吗？朕料想你们一定是受人之托而来，未必出自本意。"他们也说不出话来了，就退了下去。

第二天安重诲独自进见唐主，仍然弹劾李从珂的罪状。唐主不高兴地说："朕当初作为小校时，家况贫苦，全靠我儿子背石灰，收马粪，换钱来养活，朕今日贵为天子，难道就不能庇护一个儿子！你现在一定要治他罪，请问你想要怎么处置他？”安重诲说：“陛下和他有父子之谊，臣不敢多说！请陛下裁断！”唐主说：“令他闲居在自己家里，也算是重处了，此外不必再多说了！”安重诲保奏任用索自通为河中节度使，唐主答应了。索自通到了河中，按照安重诲的意旨，检点军府甲仗，列籍上报，指控说这都是李从珂私造的。全靠王德妃从中保护，李从珂才得以免罪。读者看过上一回，已经知道王德妃为了婚议渐疏安重诲的事。这时王德妃已进位为淑妃，取来外库的美锦，来做地毯。安重诲又上书极谏，引用刘后的事为鉴戒，惹起美人嗔怒，从此更与安重诲水火不容。安重诲想要加害李从珂，所以王德妃偏要暗中保护李从珂，到底是枢密的权威不如帷房的气焰，安重诲却还不知道敛抑，又派遣磁州刺史康福出镇朔方。朔方是羌胡出没之地，那里的镇帅往往遭遇不测，康福是唐主器重的人，所以为安重诲所忌恨，想把他派到那里，借羌胡之手把他弄死。幸亏得主恩隆重，特地派将军牛知柔、卫审峭等人率一万人去护送，一路上把那些蠢蠢欲动的羌人差不多都杀干净了，才使康福安全抵达塞上，大振声威。

安重诲这一计没有得逞，也只好以后慢慢再说。可是一波未平，一波又起，西川节度使孟知祥本来雄踞成都，渐露他的异志。安重诲又出来献计，献上两个计策，一是把蜀地分割以瓦解蜀势，一是增蜀官以制蜀帅。唐主倒也赞成，就让安重诲调度。安重诲令夏鲁奇为武信军节度使，镇治遂州。又割东川中的果、阆二州，创置保宁军，任命李仁矩为节度使。并命武虔裕为绵州刺史，各自都拥有兵将。这种处置，实际是为防备两川起见。东川节度使董璋首先动起疑心。原来李仁矩曾往来于东川，先前因唐主祀天，他特持诏谕来见董璋，令董璋献礼钱一百万缗。李仁矩到了梓州，由董璋设宴相待，一再催请，可是直到中午李仁矩还是没来。董璋不禁大怒，带领兵士拿着刀进入驿馆，李仁矩正在那里拥着娼妓酣饮，突然听说董璋来了，仓皇出来相见。董璋让他站立在阶下，厉声呵斥说：“公只听说西川斩了李客省，难道我今天不能杀了你吗？”李仁矩这才觉得害怕，哭着跪下求饶，这才捡回一条命。董璋于是把李仁矩打发回去，但只献钱五十万缗。李仁矩本来是唐主旧将，又和安重诲关系密切，经过这件事，他带着怒气回朝，极力说董璋一定会造反，安重诲于是命他出镇阆州，让他和绵州刺史武虔裕联络，控制东川。武虔裕是安重诲的表兄，安重诲更把他当成心腹，暗中指令他陷害董璋。于是唐廷接连得到密报，都说董璋将要发难，安重诲又令武信军节度使夏鲁奇火速整治遂州兵马，严兵为备。

那时弄得董璋很是惊惶，不得不自求生路。他与孟知祥本来就有矛盾，一直不通往来。这次因为急求外援，不得不与孟知祥通好，愿与孟知祥结为婚亲。孟知祥见梓州的使者前来，把他召入问明来意，知道董璋的意思是想与自己联合。他的本意也是不愿和董璋连和，只是因为听到传言，说是朝廷将割绵、龙二州为节镇，自思对自己是祸患不远，与董璋同病相怜，也只好弃嫌修好。当时就与副使赵季良商议，赵季良的意思也是与董璋合纵拒唐。孟知祥于是派梓州的使者回去报信，愿意把自己的女儿嫁给董璋的儿子，并令赵季良到梓州答聘。赵季良回来对孟知祥说：“董公贪财好胜，志大谋短，将来一定会是西川的祸患，不可不防！”孟知祥这时才有些后悔，想要悔婚，可是一时又不好翻脸，只能先与董璋虚与委蛇，约他联名上表，表章中却说“阆中建镇，绵、遂增兵，这都是造成流言四起的原因，震动了全蜀，还请唐主收回成命”的话。朝廷接到表彰后，不过是略加慰抚，却毫不更改。董璋于是设计诱捕了武虔裕，把他幽锢府中，然后发兵到剑门，筑起七座营寨，又在剑门北置永定关，设置了烽火台，一面招募民兵入伍，把他们的头发剪去，在脸上刺上字，赶往遂、阆二州，去剽掠那里的镇军。孟知祥又上表请求割云安十二盐监，隶属西川，把盐款拨给宁江戍兵。于是两难并发，反令唐廷大费踌躇。

唐主李嗣源因为董璋的反相已经暴露，不像孟知祥还处于隐藏阶段，于是答应了孟知祥的请求，另派指挥使姚洪率兵一千人，辅助李仁矩镇守阆州。董璋听说阆州又增兵马，忍无可忍，他本来有一个儿子叫董光业，在京城任宫苑使，这时就写信给儿子说：“朝廷割去了我的属地，分建节镇，又多次拨兵戍守，分明是想杀了我。你替我向朝廷转达，如果朝廷再派一个人进入斜谷，我就不得不反，就此与你永诀了。”董光业收到信，就把信拿给枢密院承旨李虔徽，李虔徽又转告了安重诲。安重诲大怒说：“他敢阻我增兵吗？我偏要增兵，看他能怎么样！”随即又派别将荀咸父带领一千人西行。董光业听了这个消息，急忙对李虔徽说：“这队兵一去，我的父亲一定会反叛，我不敢自爱，但恐怕朝廷会因此而劳军大动干戈，不如赶快停止这支兵马的进发，可保我的父亲不反。”李虔徽又转告了安重诲，可安重诲哪里肯听。果然荀咸父还没到阆州，董璋就已经起兵造反了。

阆州镇将李仁矩，遂州镇将夏鲁奇与利州镇将李彦琦接连上表向朝廷告急。唐主召群臣会议军事，安重诲说：“臣早料到两川必反，但陛下却一直不放在心上，不派兵征讨，因此才造成今天的局面！”唐主说：“我不负人，但是人既负我，不能不征讨了。”于是命令利、遂、阆三州，联兵征讨。可是那三镇还没出兵，两川却已经先进犯了，反而使三镇自顾不暇，还想着什么联军？唐廷商议发兵的时候正好由西川进奏官苏愿得到了这一消息，立即派遣随从回去报告给孟知祥。孟知祥与赵季良商议。赵季良说：“当今之计，不如让东川先取遂、阆二镇，然后我们拨兵相助，并守剑门。到时朝廷大军虽然来了，我们已经无内顾之忧了！”

孟知祥就依计而行，派人去约董璋起兵。董璋愿带兵去攻打阆州，让孟知祥进攻遂州。孟知祥于是派指挥使李仁罕为行营都部署，汉州刺史赵廷隐为副，简州刺史张业为先锋，率兵马三万，去攻打遂州，再派牙内指挥使侯弘实、孟思恭等，领兵四千，协助董璋攻打阆州。

阆中镇帅李仁矩本来是个糊涂虫，一听说川兵攻来，就要出城迎战，部将都劝说道：“董璋早就想谋反，其来势一定锐不可当，我们不如固垒拒守，挫他锐气，等到大军到来之后，贼兵自然就退走了。”李仁矩大怒说：“蜀兵懦弱，怎能打得过我精锐之兵呢？”于是不听众人的话，居然出战。诸将因为良谋不被采纳，所以全都没有斗志，还没等交锋，就都先退去了，李仁矩也只好策马逃回。董璋乘势追击，险些儿突入城中，幸亏经姚洪断后，抵敌一阵，才得以收兵入城，登阵拒守。董璋曾为梁将，姚洪也曾在董璋麾下效力过，这时董璋就写了密信招降姚洪，让他作为内应，姚洪却把他的信扔到厕所里。董璋昼夜攻城，城中除了姚洪外，都不肯为李仁矩效力，眼见得保城无人，所以城池很快就被攻破了。李仁矩当场被杀，他的家属也全被杀死。姚洪带领一部分兵马坚持巷战，最后也被捉住了，董璋把他带到面前，呵斥他说："我曾经在行间把你提拔出来，今天你为什么要负我！"姚洪瞋目说："老贼！你当初只不过是李氏的奴才，扫除马粪，得到一点残羹冷炙就已经很感恩了。现在天子任你为节度使，有什么对不起你的，你却还要造反呢？天子对你有大恩，你还负于天子。我受了你什么恩惠，反而说我负你！我宁为天子死，也不愿与人奴一起活着！"董璋听了这话大怒，令壮士把大锅抬到殿前，把姚洪割成一块一块扔到锅里煮，姚洪一直到死还是骂不绝口。

唐廷听说阆州失守，于是下诏削去董璋的官爵，把他的儿子董光业也杀掉了，又任命天雄军节度使石敬瑭为招讨使，夏鲁奇为副，右武卫上将军王思同为先锋，率兵征蜀，并且令孟知祥兼供馈使。孟知祥这时已经和董璋一起造反了，唐主还想笼络他，所以才有这样的诏命。孟知祥当然不接受，反而增兵围住了遂州，并催促董璋尽快攻打利州。董璋带兵向利州出发，在路上遇到了阴雨，粮草接运不上，于是仍然退回阆州。孟知祥听了大惊说："阆中已经被攻破了，正好进取利州，我听说李彦琦没有什么勇略，听到大兵一到，一定会望风而逃，如果得到了他们的粮草，据险拒守，北军怎么能西救遂州！现在董公退缩于阆中，远弃剑门，一定不是良策，一旦剑门失陷，两川都吃紧了！"于是派人对董璋说，愿发兵三千人，协助他守剑门。董璋回答说剑门已经有备，不必再派人。孟知祥于是又派将下夔州，攻取泸州，更分道去攻黔、涪。

过了十多天，果然得到了董璋的急报，说是石敬瑭的前军已经攻破了剑门，守将齐彦温也被他捉去。孟知祥顿足说："董公真的误我了！"急忙召集都指挥使李肇进见，令他率领五千兵马，昼夜兼程赶往剑州。又派人到遂州，令赵廷隐分出一万兵马，会驻于剑州。再派前蜀永平节度使李筠领兵四千，据守龙州要害之地。西川诸将大都是郭崇韬留在这里戍守的，郭崇韬冤死后，诸将大多数都非常怨恨朝廷，所以愿意为孟知祥效力。这时正值隆冬，天寒路滑，赵廷隐从遂州移军，士卒都观望不前。赵廷隐流着泪说："现在北军势盛，如果你们不肯力战，那么妻儿全都会为人所有了！"于是众人的斗志才开始振奋，急忙向剑州进发。

先前西川牙内指挥使庞福诚，昭信指挥使谢锽带领兵马驻扎在来苏村，听说剑门失守，互相转告说："如果北军再到剑州，两蜀恐怕就难保了。"于是带领步兵一千多人，从小路赶赴剑州，这时正赶上石敬瑭的前锋王思同，阶州刺史王弘贽，瀘州刺史冯晖等人也率军从这座山冲下，远远看去，不下一万多人，庞福诚便对谢锽说："我军只有一千多人，来军总在万人以上，就算是以一敌十，还是不足。现在天色已经晚了，等到明天早晨，我们恐怕就没有能活下来的了。"谢锽说："不如乘着今天夜里，先去劫营，杀他一个下马威，免得他们轻视我们。"庞福诚说："我的意思也是这样！但敌众我寡，只好用疑兵之计，前后夹攻，让他们害怕退兵，就能保住剑州了。"谢锽奋然说道："我在敌兵之前迎击，将军攻击敌人的后面，这样可好？"庞福诚大喜，就与谢锽分路前进，这天夜里唐军已经翻过了北山，就在山下扎营，约好在黎明进攻剑州。夜色将阑之时，忽然听到营外喊声骤起，急忙出兵对敌，不料来兵甚猛，所拿的全都是利刃，乱冲乱砍，一个个好像生龙活虎一样。这时正是黑夜，也不知道来了多少兵马，一时情急心虚，已经觉得抵挡不住了，又听得山上响起了鼓角，响彻行营，不由得惊上加惊，一个个丢下营寨逃走，回保剑门，十多天不敢出兵。

庞、谢二将，把唐军吓退后，安然返回剑州。赵廷隐、李肇两军，也都陆续到来，剑州已经平安无事了，再加上董璋也派来王晖协助驻守，兵厚势盛，足以抵挡敌方官军。那庞、谢二将，仍然出镇原汛去了。

石敬瑭到了剑门，才向朝廷奏称孟知祥拒命。唐主下诏剥夺孟知祥的官爵，又催促石敬瑭马上出兵征剿。孟知祥听说剑州已经巩固了，这才大喜道："我只是担心唐军进据剑州，扼守住险要之地，或分兵直趋朴州，董公一定会弃掉阆州回兵，我军失援，也只好撤去遂州之围。两川震动，其势可忧，现在屯兵剑门，连日不出，我一定会成功了。"于是命令赵廷隐、李肇等人，整备迎敌。石敬瑭带着大军，进屯北山。赵廷隐在牙城后面，依山列阵，使李肇、王晖，于河桥列阵。石敬瑭带领步兵进击赵廷隐，又命令骑兵冲击河桥，两路兵马都被蜀兵用强弩射了回去。到了晚上，石敬瑭带兵退了回去，又被赵廷隐等人追杀了一阵，丧失了一千多人，仍然回驻剑门。

石敬瑭当时又派人回到朝廷报信，说是蜀道险阻，不易进兵，关右的百姓又因为不堪承受军赋，往往逃进山谷，聚为盗贼，这样下去前景堪忧啊，请唐主尽快制定良策。唐主接到军报，愁眉不展地问左右的人："什么人能解决蜀地的问题呢？看来只好由朕亲自出征了。"安重诲在一边说："臣职忝机密，军威不振，应该由臣负责，臣自愿前往督战！"唐主说："卿愿意西行，那还有什么说的呢？"

安重诲当即领命出发，日夜兼程奔驰了几百里，西方藩镇听说安重诲西来，全都十分害怕，急忙把钱帛粮草等物运到利州。天寒道阻，死在路上的人和牲畜数不胜数。凤翔节度使李从曮这时已经被改派到天平军，继任的是朱弘昭，他听说安重诲过境，拜迎在马前，把他留在府舍，服侍的极为周到，连自己的妻子也出来拜谒。安重诲还以为他是义重情深，和他谈起朝廷的事，无非说是谗言可畏，此行誓为国家宣力，以杜塞谗言。朱弘昭当时是极力称扬，等到安重诲走后，他就上书说安重诲心存怨望，不能让他到行营去。又给石敬瑭写信，劝他阻止安重诲，免得安重诲夺取他的兵权。石敬瑭也正在提防着这手，于是带兵驻扎在北山，与赵廷隐交战了几次，也没有取胜。并且因为遂州被攻克，夏鲁奇阵亡，心里很是焦躁，一收到朱弘昭的来信，就急忙上表唐廷，说是安重诲远来，反而会扰乱军心，请唐主马上把他召回去。

唐主早就对安重诲有些不满，另用范延光为枢密使，又因为宣徽使孟汉琼出使军前，回来说两川的变乱，都是由安重诲一人造成的，再加上王德妃也在一旁添油加醋，更加使唐主动了疑心，于是下旨把安重诲召回。安重诲刚到三泉，就接到了诏书，不得已只好东归。

石敬瑭听说安重诲已经被召回朝廷，自己也生了退意，正好这时孟知祥取了夏鲁奇的首级，派人拿着到行营示众。夏鲁奇有两个儿子都在从军，一起哭着向石敬瑭请求要把父亲首级夺回来。石敬瑭说："孟知祥为人宽厚，一定会把你们的父亲厚葬的，比起让他身首异处不是要好得多吗？"第二天孟知祥果然传下命令，把夏鲁奇的首级收了回去，备棺殓葬。石敬瑭也毁去营寨，班师北归，两川兵马在从后边远远地跟着，直到利州。李彦琦也弃城跑了回去。从此利、遂、阆三镇，全都为蜀军所有。孟知祥又派李仁罕等人，攻下了忠、万、夔三州，声势大振。董璋也收兵回了东川。

唐主听说石敬瑭带兵回来了，却也并不怪罪，只是想要把罪都推到安重诲头上。安重诲在回来的路上，经过凤翔，还想再与朱弘昭谈心，朱弘昭已经翻脸不理，闭门不纳。安重诲惆怅还都，途中接到诏书，任命他为河中节度使，不必再入觐，于是他直接到河中去了。

没过多久唐廷又颁下旨意，恢复吴越王钱镠的官爵，再起用李从珂为左卫上将军，出镇凤翔。安重诲听到这个消息，心里更觉不安，于是上书请求辞职回家，朝命又下令改任他为太子太师，另选派皇侄李从璋为河中节度使，并派步军药彦稠领兵同行，以防安重诲有变。安重诲有两个儿子，长子叫安崇绪，次子叫安崇赞，一直在京城宿卫，一听到朝廷有这道旨意，当天就私自来到河中找安重诲。安重诲说："你们到这儿来，有没有朝廷的命令？"两个儿子回答说没有，安重诲大惊说："你们没有旨意，怎么能私自前来呢！"说到这里，不禁顿足，半天才流着泪说："我知道了，这事并不是你们的意思，一定是有人诱使你们，陷我于重罪，我只能以死报国了，还有什么可说的呢？"走到陕州的时候，已经有旨意传来，令他把两个儿子关进监狱。

安重诲打发走两个儿子后，已经知道事情不妙，每天防着有什么不测。这时忽然有中使到来，见了安重诲，还没开口，就先对他大哭。安重诲也流着泪问他有什么事。中使说："人们都说公怀有异志，朝廷已经派药彦稠领兵来了。"安重诲流着泪说："我一直深受国恩，就是死也不足为报，还敢心生异志，烦劳国家发兵，让主上担忧吗？"不久李从璋、药彦稠来到，与安重诲相见，当时也没有什么恶意。安重诲正要交任，没想到皇城使翟光邺，传下密旨，令李从璋处置安重诲。李从璋当即带兵围住了安重诲的府第，自己进门见安重诲。刚到庭中，就向安重诲下拜。安重诲吃惊地急忙下阶答礼，没想到李从璋手出一锤，趁着安重诲低头达礼时，猛击过去，流血流了满地。安重诲的妻子张氏三脚两步地走了出来，抱住安重诲大叫道："我的丈夫就算是有罪，一死也就是了，何必要下这般辣手！"话还没说完，李从璋又用锤猛击张氏的头，可怜这一对夫妇，就此毙命，一起去阴曹地府了。

那翟光邺奉旨来到河中，不过是奉了唐主密嘱，说是安重诲如果真的有异志，可与李从璋商议。可是那翟光邺深恨安重诲，当时就授意李从璋，把安重诲夫妇打死，然后去报告唐主，只说是安重诲早蓄异图。唐主当即下诏，把断绝钱镠及离间孟知祥、董璋等事，一股脑儿全都推到安重诲身上，并且把他的两个儿子也全都杀死，只是他的族属还是免于连坐。正是：

大臣风度贵休休，贪利终贻家国忧，

一奋铁锤双殒命，生前何不早回头！

第二十三回 骄子弄兵

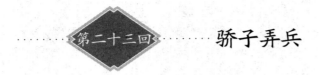

却说孟知祥占据了西川，这时候接到进奉官苏愿的回报，知道朝廷已经有心要招抚，并且听说在京家属也全都平安，于是派人去通知董璋，欲想要约他一起向朝廷写谢表。董璋勃然大怒，说："孟公的家属倒是都存活着，当然可以归附，可是我的子孙都被杀死了，还谢他什么？"于是把来使呵斥回去了。孟知祥再三派人去劝说董璋，说是主上既然对两川给予了优待，如果不奉表谢罪，恐怕会被大军征讨。我们理屈，反而会遭到败绩，不如早日归朝，以免后患。可是董璋始终不听。第二年是唐主长兴元年，孟知祥又派掌书记李昊到梓州，向董璋陈述利害。董璋不但不听，反而把李昊骂了一番，把他撵出府门。李昊闷闷不乐地回来，对孟知祥说："董璋不通情理，反而想要入窥西川，将军应该早作防备才是。"孟知祥果然增兵设防，按兵以待。

果然到了孟夏，董璋真的率兵入境，攻破了白杨林镇，把守将武弘礼活捉了。当董璋出兵的时候，与诸将商议要袭取成都，诸将全都赞成，只有部将王晖说："剑南万里，以成都为最大，这时正是盛夏，我们师出无名，看来未必能成功啊！"董璋不肯听他的话，于是进兵白杨林镇。

孟知祥听说武弘礼被捉，急忙召集众将商议。副使赵季良说："董璋为人轻躁寡恩，不能安抚士卒，如果他据险固守，倒是不易进攻，现在他不守巢穴，前来野战，却是舍长用短，不难对付了。只是那董璋用兵，精锐之军全在前锋，将军应该以弱兵来引诱他，虽然在他们的精兵之下遭遇小挫，但是终会得到大胜。还望将军不用担心！"孟知祥又问他谁可以当统帅，赵季良说："董璋素有威名，现在带领兵马突然杀到，摇动人心，只有将军亲自出兵抵御，才能振作士气。"赵廷隐这时却插话说："董璋有勇无谋，必然会大败，我愿意为将军活捉这个贼子！"孟知祥大喜，当即任命赵廷隐为行营马步军都部署，率领三万人马迎击董璋。

赵廷隐部署好军伍，结成战阵，然后入府辞行。这时正好从外面送来董璋的檄文，指斥孟知祥悔婚败盟，又有给赵季良、赵廷隐以及李肇的信，信中的语气，好像已经与三人订成密约，有里应外合的意思。孟知祥看完信，递给赵廷隐，赵廷隐拿起信扔在地上说："何必污目！想来不过是反间计，想让将军杀掉副使和我呢。"然后向孟知祥拜辞，孟知祥目送赵廷隐出兵，说："众志成城，一定能取胜。"

过了两天，又接到汉州兵败的消息，守将潘仁嗣和董璋在赤水交战，潘仁嗣大败被擒，接连又得到汉州失守的警报。孟知祥愤然起座，命赵季良守成都，亲自率八千兵马赶赴汉州，兵马来到弥牟镇的时候，见到赵廷隐在镇北驻营，就与他会师。第二天见董璋兵马已经来到了，孟知祥令赵廷隐在鸡踪桥列阵，扼守住敌人的必经之路，又令都知兵马使张公铎列阵后面，自己登上高坡督战。

董璋到了鸡踪桥畔，看见西川兵马很多，心里也有惧意，退驻武侯庙前，下马休息。帐下的兵士忽然大声嚷嚷道："已经正午了，还这样晒着我们干什么？何不马上交战！"董璋于是上马指挥兵马向前冲杀，前锋刚一交兵，东川右厢马步指挥使张守进就弃甲投戈，向孟知祥投降。孟知祥把他叫到身边询问军情，张守进说："董璋的兵马全在这里，再没有后援了，请将军赶快出击不要错失良机。"孟知祥于是指挥兵马全力出击，东川兵倒也是厉害，争夺鸡踪桥，赵廷隐部下的指挥使毛重威、李瑭相继阵亡，惹得赵廷隐性起，拼死力战，三进三退，总敌不住东川兵。都指挥副使侯弘实见赵廷隐不能得胜，也挥兵倒退。孟知祥骑马站在高坡，看到这种情形，不禁捏着一把冷汗，急忙用马鞭指挥后阵，让张公铎上前救应。张公铎的部下这时已经养足锐气，一听孟知祥指挥，骤马冲出，大呼而进。东川兵已杀得精疲力竭，不妨又有一支生力军，从斜刺里杀了过来，顿时人荒马乱，不能支持。赵廷隐和侯弘实又乘势杀回，把东川兵马一阵蹂躏，活捉了东川指挥使元积、董光裕等八十多人。董璋捶着胸膛长叹道："亲兵已尽，我又能依靠谁呢？"于是率领几个骑兵逃走了，其余的七千人都投降了孟知祥。潘仁嗣也逃走了。孟知祥再带着兵马穷追猛打，一直追到五侯津，又收降了东川都指挥使元瓌，长驱直入汉州城。董璋早就弃城东奔，西川兵冲进董璋府第，找不到他，只见有不少粮草兵甲，大家都争着搬取，无心去追董璋，董璋于是得以逃脱。

只有赵廷隐带着亲兵，追到了赤水，又收降了东川的散卒三千多人。孟知祥命李昊起草告示，慰抚东川的官民，并且给董璋写信，说是要到梓州诘问他负约的情由，以及带兵入侵的罪状。一面到赤水与赵廷隐军马会和，进攻梓州。董璋逃到梓州城下，坐着轿子进城。王晖迎上前问道："将军全军出征，现在回来还不到十个人，到底是为什么呢？"董璋这时已经是无言可对，只知道流泪哭泣。王晖却冷笑着退了下去。等到董璋进府刚要吃饭，没想到外面突然传来一阵喧哗声，他急忙扔下筷子出去看，只见乱兵不下百人，为首的是两个统领，一个是王晖，一个是他的侄子都虞侯董延浩。董璋自知这时候也没什么道理好讲，急忙带着妻儿从后门逃了出去，登上城楼召唤指挥使潘稠，让他领兵讨伐乱兵。可是潘稠竟带着十多个兵士登上了城楼，把董璋首级取下，献给了王晖。这时西川的赵廷隐正好带兵来到城下，王晖当即开城投降。

赵廷隐带领兵马进入梓州，检封了府库，等候孟知祥到来发落。可是孟知祥却在半路上得了病，一直在中途逗留。那李仁罕从遂州到来，由赵廷隐出城迎接，可是李仁罕并不向他道贺，并且态度傲慢。赵廷隐心里十分气愤，勉强请李仁罕入城。不久孟知祥的病好了，才来到梓州，犒赏将士。本来想任命赵廷隐为东川留后，可是李仁罕不服，也想要留镇梓州，于是就由孟知祥自行兼领，调赵廷隐为保宁军留后，仍然派李仁罕回镇遂州，两人才算受命，各归镇地。

山南西道王思同向唐廷报告，说是董璋已经兵败而死，孟知祥占据了两川。当时唐主召集群臣商议，枢密使范延光说："孟知祥虽然占据了全蜀，但他的士卒都是东方人，孟知祥恐怕他们思归生变，也想要借朝廷的威望，来镇压众心，陛下不如先假意招抚，令他归顺。"唐主说："孟知祥本来来是我的故人，现在这种情形完全是被奸人谗言陷害造成的，朕今天招抚故交，也不算是虚情假意啊。"于是派遣供奉官李存瓌赴蜀地，宣慰孟知祥。孟知祥这时已经回到成都，听说李存瓌带着诏书前来，当即派李昊出城迎接，把他请进府第，李存瓌打开诏书宣读，诏书中说：

董璋狼子野心，自取灭亡。卿的氏族亲戚全都保全，所成家世之美名，守君臣之大节。既往不咎，勉释前嫌，卿还应体会朕的心意！

孟知祥跪下听完了诏书，再拜受命。李存瓌把诏书递交给了孟知祥，然后才与孟知祥行甥舅之礼。原来那李存瓌是李克宁的儿子，李克宁的妻子孟氏，就是孟知祥的胞妹。李克宁被庄宗所杀，子孙却得以免罪。李存瓌仍留在朝廷，任供奉官。孟知祥见侄儿无恙，也很欣慰。留他住了几天，就让李存瓌回去了，上表谢罪。并且因为琼华长公主已经病逝，发出讣报告丧期，又上表称将校赵季良五人平东有功，请求唐主授予节钺。唐主再次命令李存瓌西行，赐已故长公主以祭奠，赠绢三千匹，赏还孟知祥原来的官爵，并且赐给他赐玉带。所有赵季良等五将，等孟知祥择地委任后，再请后命。孟知祥又请西川文武将吏，请求允许权行墨制，除补始奏。唐主也是一一允许。孟知祥于是用墨制授赵季良等人为节度使。第二年又由唐廷派遣尚书卢文纪，礼部郎中吕琦，册封孟知祥为东西川节度使，从此孟知祥不免得寸进尺，隐然有在蜀地称帝的心思了。

这时吴越王钱镠也已经是老弱多病，躺在床上很长时间，自己知道活不了多久了，于是召请将吏进入寝室，流着眼泪对他们说："我的儿子全都太愚懦，恐怕不能任后事，我死之后，还愿诸公找个贤才嗣立！"诸将都流着眼泪说："大王的儿子传瓘多年跟随大王征伐，仁孝有功，大家都愿意拥戴他，请以他为嗣主吧！"钱镠于是召来传瓘，把自己的印鉴和钥匙全部拿出来交给他说："将士们都推举你，你应该善自守成，不要辜负我及将士们对你的厚望！"传瓘拜受印钥，然后起来站在床边，钱镠又对他说："世世子孙，都要臣服于中国，就算是中原易主，也不要失事于大礼，这些你一定要切记！"传瓘连连答应着接受教诲，没过多久钱镠就去世了，享年八十一岁。

相传钱镠出生时正赶上天大旱，道士东方生指着钱镠父母家里，说池龙已经在这家降生了。当时钱镠刚刚出生，红光满室，他的父亲钱宽以为是不祥之兆，把他扔到了井边。只有钱镠的祖母知道他不是一般的孩子，把他抱回家抚养，取名为婆留，并且把那口井叫作婆留井。钱镠长到几岁的时候，曾在村边的大树下与一群小孩一起玩，他指挥着那群孩子，排成队伍，颇得军法的精髓。长大后骁勇绝伦，擅长骑射和使槊。他居住的城里有一座衣锦山，山上有一面石镜，宽有二尺七寸，钱镠对着石镜自己照着，看见镜子里的自己身穿冕旒，俨然有帝王之相。虽然自己并没有说出去，但是因此有了很大的抱负。等到受梁封为吴越王后，扩大了杭州城，修筑了捍海石塘。江中怒潮湍急，坝堤修不起来，钱镠派人从山上砍来大竹子，制成了五百把强弓，三千支硬箭，命弓弩手向潮头射去，潮水便退到西陵，于是得以竖桩垒石，筑成了长堤。然后又修建起了候潮、通江等城门，修造了龙山、浙江两道水闸，阻止潮水入河。从此钱塘富庶，称霸东南。

钱镠年轻时就从军，夜里从来没有安睡过，实在困极了就以圆木为枕，或者头枕大铃，枕头一滚就醒了过来，名为警枕。他在寝室里放一个粉盘，想起什么事，就写到盘子上，一直到老也不改变。平时立法颇严，一天晚上他微服出行，回来在北城门敲门，门吏不肯为他开关，里面传来话说："就算是大王来了，我也不给开门！"等到天亮时钱镠才从北门进入，召来北门的守吏，嘉奖他守法，给了他不少赏赐。他有一个宠姬郑氏的父亲犯法应当处死，左右的人替他求情。钱镠却发怒说："为了一个女人，就想要乱我的法度吗？"于是命令宫人把郑姬牵出，一并斩首。每遇春秋两季荐享，他一定会哭着说："今天我是富贵了，这都是祖先的积善，只是遗憾我的祖辈没有亲眼看见啊。"到了晚年，他更加礼贤下士，得以知人善任的美称。他去世后，传瓘袭承了职位，传讣告到唐都，唐主赐谥为武肃，命以王礼安葬，并且令工部侍郎杨凝式撰写碑文。浙江的民众请求为其立庙，唐主也下诏允许。第二年庙就建成了，庙中供着他的塑像，历代不移。浙江人称之为海龙王，也称为钱大王。

传瓘为是钱镠的第五个儿子，曾任镇海、镇东两军的节度使，嗣位后改名元瓘，他遵奉钱镠的遗命，去除国仪，仍采用藩镇的仪法，免除了百姓的赋税，与兄弟友善相处，慎择贤能，所以吴越一方，一直是平安无事。

再说那闽王王延钧杀兄夺位，占据了闽地几年，这时已经是得了病不能理事，王延禀竟带着儿子王继雄从建州来袭击福州。王延钧急忙派遣楼船指挥使王仁达带领兵马前去抵御。王仁达带兵出发，遇上了王继雄的兵马，先立起白旗，做出要投降的样子。王继雄信以为真，过舟慰抚，却被王仁达一刀杀死，乘势追击活捉了王延禀，牵到王延钧的大帐前。王延钧的病这时已经好了一些了，当面斥责王延禀说："兄曾说要我好好地继承先志，免得兄再来，今天又劳烦长兄来这里，莫非是由于我不能继承先志吗？"王延禀愧不能答，王延钧当时就喝令兵士把他推出，斩首示众，并且把他的名字改回为周绍琛。然后派弟弟王延政去安抚建州，慰抚军民，闽地又恢复安定。

王延钧从此渐生骄态，给唐廷上书，说是楚王马殷，吴越王钱镠，全都加了尚书令的官爵，现在两王全都死了，请授予自己尚书令。唐廷并没有理会他的要求。王延钧从此就不与唐廷通贡。不久又相信道士陈守元的话，建造了宝皇宫，自称为皇帝，改名为王鏻。陈守元又说是黄龙出现，于是改元为龙启，国号仍为闽，追尊王审知为太祖，建立五庙，设置百官，升福州为长乐府，独霸一方。唐廷现在也无力征讨，只好由他称雄。

这时武安军节度使马希声也已经病死了，他的弟弟马希范向唐廷报丧，唐主准许他承袭职位，这都不需细说。定难军节度使李仁福也因病去世，他儿子李彝超自称为留后，唐主想要在他那里稍示国威，于是改任李彝超镇守彰武军，另外选派安从进为定难留后。可是那李彝超却不肯奉命，只是托词定难的军民都挽留自己，不能到别处去。唐廷于是令安从进去征讨李彝超，后来因为粮草接运不上，无功而返。李彝超又上表谢罪，说自己没有叛唐之意，不过因祖代都居于定难，上下相习，所以很难迁徙，请求唐廷开恩仍准许他留在定难。朝廷大臣都认为夏州地处僻远，难以征讨，不如先把他安顿下来，省得劳师费财。唐主也就得过且过，授予李彝超以节度使的职位，姑息偷安罢了。

外事总算是稍稍平定，内乱又生，骨肉之间竟如同仇敌，萧墙内又忽起干戈，这也是教训不良，酿成祸变，这事说起来，也真是可叹可悲！原来唐主李嗣源，生了四个儿子，长子叫李从璟，被元行钦所杀。次子叫李从荣，三子叫李从厚，四子叫李从益。天成元年，李从荣受命为天雄军节度使，兼同平章事。第二年，授李从厚为同平章事，充河南尹，判六军诸卫事。李从荣听说李从厚的地位在自己之上，心里未免不高兴。又过了一年，唐主又把李从荣降为河东节度使，兼北都留守。没过多久，又与李从厚互换，李从荣得以任河南尹，判六军诸卫事。这两人都是一母所生，性情却大不相同。李从厚谨慎小心，颇有少年老成的样子，可是李从荣却轻率暴躁，专好与轻薄子弟们赋诗饮酒，自命不凡。唐主多次派人劝说，他始终不肯改正，唐主也只好把他付之度外。长兴元年，又封李从荣为秦王，李从厚为宋王。李从荣既然得了王爵，于是设置部属，更加召集一些淫朋酒友作为僚佐，日夕酣歌，纵欲无度，一日到内宫谒见唐主，唐主问道："你在军政余暇之时，都干了些什么？"李从荣回答说："空闲的时候就读读书，就和那些儒生们讲论经义。"唐主说："我虽然不知诗书，但是却喜欢听经义，经义中所说的，无非是父子君臣的大道，足以益人智思，此外的都不足学。我见庄宗好作诗歌，可是毫无益处，你是将门之子，文章本来就不是你所熟悉的，一定不会做得好，传到人们耳边，只怕是徒招笑柄，还望你不要学这样的浮华之事才好！"李从荣勉强答应，心中却不以为然。只是当时安重诲还在宫中，遇事对他有所抑制，李从荣还是比较敬他怕他，所以未不敢怎么样。等到安重诲死后，王淑妃和孟汉琼居中用事，授范延光、赵延寿为枢密使。范延光以疏属见用，本来就没有什么众望。而赵延寿本来姓刘，是卢龙节度使赵德钧的养子，冒姓刘氏，因为巧佞而得幸，娶了唐主的女儿兴平公主为妻，跻身内阁。李从荣对他们都很看不起，常常任意揶揄。石敬瑭从西蜀还朝后，受任为六军诸卫副使。他本来娶的是唐主女永宁公主，公主与李从荣是同父异母，历来都有矛盾，石敬瑭恐因妻得祸，不愿与李从荣共事，多次想出补外任，免得招惹是非。就是范延光、赵延寿，也都与石敬瑭有一样的想法，巴不得离开朝廷，也省了无数恶气，只恨没有机会，没办法只好低首下心，虚与周旋。这时契丹东丹王突欲与母弟之间发生冤仇，越海奔唐。唐主赐他姓名为李赞华，任命他为怀化军节度使。就是从前卢龙献俘的惕隐也被授予官职，赐姓名为狄怀忠。契丹派使都想要回突欲，唐廷不答应，于是契丹多次入侵。唐主想要选派河东镇帅，好控制契丹。范延光、赵延寿想要举荐石敬瑭以及山南东道节度使康义诚。石敬瑭好不容易得到这个机会，立即进宫，自请出镇，唐主于是授石敬瑭为河东节度使，石敬瑭领命后，当天就启程。到了晋阳之后，任用用部将刘知远、周瓌为都押衙，把他们当成心腹，军事委托给刘知远，财政委托给周瓌，静候内处消息，相机行事。唐主调回康义诚，让他任六军诸卫副使，代替石敬瑭的职位。把李从珂派出为凤翔节度使，加封潞王。四子李从益为许王，并加秦王李从荣为尚书令，兼官侍中。李从益的乳母王氏，本来是宫中司衣，因见秦王势盛，想要找机会依托于他，以后也好有所依靠，于是暗中嘱咐李从益到唐主面前，求见秦王。唐主还以为是小孩子想哥哥是人之常情，于是派王氏带着李从益到了秦府。王氏见了李从荣，非常谄谀，甚至做出许多媚态，殷勤备至。李从荣最喜奉承，又见王氏有几分姿色，也乐得顺水推舟，索性把李从益哄出房去，令婢女抱着她去见王妃刘氏，自己却与王氏搂着进入别室，做了一出鸳鸯梦。等到云收雨散，再订后会之期，并且嘱咐王氏留意宫中动静，传递消息，所以以后所有宫中的事情，李从荣没有不知道的。又有太仆少卿致仕何泽，也乘机邀宠，上表请唐主立李从荣为皇太子。唐主看了表章却是潸然泪下，私下里对左右的人说："群臣请求朕立太子，朕就要归老于太原的旧居了！"不得已令宰相枢密商议。李从荣听到这个消息，急忙进宫见唐主说："近来听说有奸人请立太子，臣年纪还小，愿意开始学治军民，不愿当此名位。"唐主说："这是群臣的意思，朕还没有决定。"李从荣才退了下来，对范延光、赵延寿说："有人想立我为太子，是想要夺我兵权，把我幽禁到东宫里啊。"范延光等人揣摩唐主的意思，又恐怕李从荣责怪，于是上表请求任命李从荣为天下兵马大元帅，地位在宰相之上。唐主下诏批准，于是李从荣总揽兵权，得用禁军为牙兵。每次出入，侍卫站满了街道，就是入朝的时候，也必然要带领几百随从，张弓挟矢，驰骋于皇宫之中，居然是六军领袖，八面威风。正是：

皇嗣何堪使帅师？春秋大义贵先知。

只因骄子操兵柄，坐使萧墙祸乱随。

第二十四回 蜀王称帝

却说唐廷大臣，看到秦王李从荣专权，都很害怕。其中最着急的是枢密使范延光和赵延寿二人。他们多次辞职，可是唐主都没允许。后来因为唐主有病，好几天不能上朝，李从荣却私下对亲属说："我一旦当了皇帝，一定要把那些当权幸臣全部杀光，扫清宫廷！"范延光、赵延寿听到这话，更加着急，又上表请求调到外地。唐主正病得心烦意乱，看了表章后大怒，把表章扔到地上说："要走就走，何必上什么表章呢！"范延光和赵延寿急得没办法。倒是赵延寿因是唐室驸马，有公主可以做内线。公主这时已进封齐国，颇得唐主垂爱，于是进宫替赵延寿说情，只说是赵延寿多病，不能担当国家重任，唐主还不肯马上答应。赵延寿又邀范延光进宫对唐主说："不是臣等不愿意贡献微劳，愿与勋旧轮流掌管枢密，免得惹人疑义。况且也不敢都走，只请放一人先出去，如果新进的人不能称职，仍然可以召臣回来，到那时臣奉诏立时回来就是了。"唐主这才勉强答应，唐主任命赵延寿为宣武节度使，赵延寿高兴地走了。枢密使一缺由节度使朱弘昭继任。朱弘昭也不愿意干，在朝廷上极力推辞，唐主生气地说："你们都不想在朕身边辅佐，朕养你们有什么用？"朱弘昭这才不敢再说什么了，惶恐地接受皇命。

范延光见赵延寿如愿调到外边，十分羡慕，只恨自己没有玉叶金枝当妻室，只好把囊中积蓄全拿了出来，送给宣徽使孟汉琼，托他恳请王淑妃，请她代为请求，希望能把自己也调出朝廷。毕竟钱能通神，一道诏书颁下，任命范延光为成德军节度使。范延光如同监狱里放出来的犯人，当天就向唐主告辞，到成德赴任去了。却晦气了一个三司使冯赟，被调补为枢密使，其他朝廷中的主要官员，也有一大半要求出调外地。有的得到恩准，也有的不被放行。被恩准的满心喜悦，被留下的却是一肚子忧愁。康义诚知道自己不能脱身，于是派儿子去服侍秦王，以求自保。唐主却还以为他忠诚，任命他为亲军都指挥使，兼同平章事，康义诚是表面上恭顺，实际上却阴持两端，有什么忠诚可言呢！

大理少卿康澄，眼看着变乱要生，写了一道名为"五不足惧，六可畏"的奏疏。时人称之为高论。奏疏中说：

臣听说安危得失，治乱兴亡，并不在于天时，也并不是由于地利，童谣也不是祸福预兆，妖祥也不是隆替之源？所以野鸡登上祭鼎而鸣，而桑谷生于朝，不能止殷宗之盛；神马长嘶而玉龟告兆，不能延晋祚之长。由此知道国家有五条不足惧，而有六条深可畏之事，阴阳不调不足惧，三辰失行不足惧，小人讹言不足惧，山崩川涸不足惧，蟊贼伤稼不足惧，这是五不足惧。贤人藏匿深可畏，四民迁业深可畏，上下相徇深可畏，廉耻道消深可畏，毁誉乱真深可畏，直言蔑闻深可畏，这是六可畏者。臣思陛下尊临万国，拥有天下，荡三季之浇风，振百王之旧典。设四科而罗俊杰，提二柄而御英雄。所以不轨不物之徒，无礼无义之辈，全都洗心革面。然而不足畏者，愿陛下存而勿论，深可畏者，愿陛下慎重对待。加以崇三纲五常之教，敷六府三事之歌，则鸿基与五岳争高，盛业共磐石永固。谨此上闻。

唐主看了本章，虽然也是下诏褒奖，可是总不能切实履行。对于那六可畏之事，始终没有放在心上，只落得优柔寡断，上下蒙蔽，几乎惹出伦常大变，贻祸宫闱。

长兴四年十一月，唐主觉得病好了一些，就出宫赏雪，到士和亭玩了半天，没想到又受了风寒。回到宫里以后，当天晚上就发烧了，急忙召御医诊视，御医说是伤寒所致，医生开了一个药方，吃下去却也没什么用。第二天就高烧不退，最后竟昏昏沉沉不省人事了。秦王李从荣与枢密使朱弘昭、冯赟进宫探病，叫了好几声，唐主也不回答。王淑妃坐在床边，代为传话说："李从荣来看你了。"唐主也不回答。王淑妃又说："朱弘昭等人也来了。"唐主还是不答。李从荣等人也没有办法，只好退了出去。

出到门外，就突然听到宫中有哭声，还以为是唐主已经死了。李从荣回到府中，一晚上也没有睡着，一心等着中使来找他。哪知道一直等到黎明，也没有一点儿音信，自己却是实在支持不住了，就在卧室中躺下，呼呼睡去，等到醒来的时候，已经是中午了，赶忙起来问仆从，并没有宫里的消息，不由得惊惧交并，马上派人入宫，诈称生病，自己却私下召集同党，定下一条秘计，想带领兵马进宫，先制服权臣。于是派押衙马处钧去对朱弘昭、冯赟说："我想带兵入宫，一方面侍奉主上的病，一方面防备意外情况。我该住在什么地方好呢？"朱弘昭等人说："宫中哪里都可以住，您自己决定。"然后又偷偷对马处钧说："皇上万福，王子应竭尽忠孝，不可妄信流言。"马处钧回去把这话告诉了李从荣，李从荣又派马处钧对二人说："你们难道不为你们的家族着想吗？怎敢拒我！"二人大惊，进宫去报告孟汉琼。孟汉琼又转告王德妃，王德妃说："主上昨天已经好了一些，今天早上又吃了一碗粥，看来没有什么危险了。李从荣怎么敢心怀异图？"孟汉琼说："这事还得防范，秦王入宫，一定会有大变！看来只有召康义诚，调兵护卫，才可以免除顾虑。"王德妃点头同意，孟汉琼就去办理了。

原来唐主李嗣源昏睡了一天一夜，到了第二天半夜，出了一身汗，就觉得热退神清，猛然坐了起来。环顾四周，只有一个宫女在一边守候，这时还坐在那里。就问那宫女说："现在是什么时候？"宫女起身回答说："已经是四更了。"唐主还想接着问什么，忽然觉得喉咙里发痒，急忙向痰盂里吐去，吐出几片已经腐烂的肉片，就像肺叶一样，随后又让宫女拿来痰盂，撤下了许多唾液，当时宫女又问他："万岁爷您现在清醒一些了吗？"唐主说："我之前一直是昏昏沉沉的，这时才清醒过来，不知道后妃们都到哪里去了？"宫女说："想必是回寝宫休息了，等奴婢去通报她们。"说完，就快步出宫，去报告那些后妃。六宫嫔妃得到消息，陆续赶来，互相看着笑着说："皇上总算还魂了！"于是上前请安，并问唐主肚子饿不饿？唐主这时也觉得腹中有些空了，想吃东西。于是拿来一碗粥，唐主当时就吃光了，仍然睡下，一觉睡到天亮，神色也好了许多。

这些事情李从荣却是一点儿也不知道，他还以为唐主已经死了，宫里秘而不宣，想要迎立别人为皇帝，觉得不得不先下手为强。等到孟汉琼去见康义诚的时候，康义诚却又爱子情深，对李从容未免投鼠忌器，只是吱吱呜呜地说："我只不过是个将校，不敢参与大事，凡事须由宰相处置！"孟汉琼见康义诚首鼠两端，急忙转告朱弘昭。朱弘昭大惊，连夜把康义诚叫到自己府中，一再追问，康义诚还是像之前那样回答，没过多久就走了。这天晚上李从荣已经召集了牙兵三千人，列阵在天津桥，等到黎明，就派马处钧到冯赟的府上，叩门传话说："秦王决意入侍，当居于兴圣宫，你们都有一家老小和宗族亲戚，办事要考虑周到，祸福就在你们一念之间，还望不要自寻死路！"冯赟还没来得及回答，马处钧就走了，冯赟把这件事转告给康义诚，康义诚说："秦王要入宫，我们应该奉迎。"于是冯赟、康义诚各怀私心，全都来到了右掖门。朱弘昭这时也跟着来了，孟汉琼从宫内出来，与朱弘昭等人一同来到中兴殿门外，聚议要事。冯赟把马处钧的话又详细说了一遍，并且对康义诚说："听秦王这话，心思已经很明白了，公不要因为儿子在秦府，就左右观望，要知道是主上养着我们，正为了今天，若让秦王的兵马进入此门，他们将怎样处置主上呢？像我们这样的人还会有活着吗？"康义诚还没来得及回答，门吏已经仓皇得跑了进来，大声喊道："秦王已经带兵到了端门外了。"孟汉琼听到这个消息，一甩袖子站起来说："今天宫廷发生突变，危及君父，难道还能观望下去吗？像我这样卑贱的性命，就是死了也没有什么可惜的，我应该率兵去迎击！"说着，就跑进殿门，朱、冯两人也跟着进去。康义诚不得已，也只好跟在后面。孟汉琼见到唐主说："李从荣造反了，已经带兵攻进了端门，若放他进宫，就要大乱了！"宫人听了这话，都吓得哭了起来，唐主也惊讶地说："李从荣怎么能干出这种事！"又问朱、冯两人说："究竟有没有这事？"两人齐声说："确有此事，现在已经让门吏闭门了。"唐主指着天，流着泪说："就劳烦卿处置了，只是不要惊扰百姓！"

这时李从珂的儿子控鹤指挥使李重吉也在一边，唐主又对他说："我与你的父亲出生入死，才打下的天下，李从荣有什么功劳？现在却被别人挑拨，敢做这样忤逆的事！我早就知道这样的东西不足以托付大事，应当把你的父来召到朝廷，授他兵权。你赶快为我闭守宫门！"李重吉领命，当即召集控鹤军，把宫门堵住。

孟汉琼披甲上马，出宫招来马军都指挥使朱弘实，令他率五百骑兵去征讨李从荣。李从荣这时正扼住天津桥，踞坐在胡床上，令亲兵去找康义诚。亲兵走到端门，见门已紧闭，又转身到左掖门，也是没人答应，就从门隙中往里看，远远看见朱弘实正带着骑兵赶来。于是慌忙回去告诉李从荣，李从荣惊慌失措，急忙起身穿上衣甲，弯起弓箭。没过多久朱弘实的骑兵就杀到了，冒着箭雨冲了过来，朱弘实远远地喊道："前面的兵马为什么要跟着逆贼，快快回到自己营寨，免得受牵连！"李从荣部下的牙兵，一听这话，都应声散去，吓得李从荣狼狈地逃了回去。走入府第，四顾无人，只有妻子刘氏，在寝室中抖作一团。正没法想，又听到门外人声鼎沸，一支兵马冲门进来，刘氏这时先钻到了床下，李从荣急不择路，也跟着钻了进去，与刘氏一起躲在床下。皇城使安从益带兵先冲进来，带兵搜寻，从外至内，到处都找了一遍都没找到，再往床下一看，见床下藏着两个人，当即顺手拽出，一刀一个，结果了性命。再到床后一搜，还躲着一个李从荣的小儿子，也是当即杀死，把首级割了下来，拿回去报功。

唐主听说李从荣已经被杀死了，又是悲伤又是害怕，当时就昏了过去。醒了之后，病又加重了几分。李从荣还有一个儿子，一直留养在宫中，诸将请求把他也杀死。唐主流着泪说："这个小孩儿有什么罪？"话还没说完，孟汉琼上前说："李从荣为逆，应妻子连坐，还望陛下舍弃私恩，以正国法！"唐主当时还不肯答应，可是将士们一片喧哗，无可禁止。只好命孟汉琼把那小孩儿也拉出来，一刀砍死，并且追废李从荣为庶民。诸将这才散去。

宰相冯道率领百官入宫问安，唐主见了泪下如雨，呜咽着说："我家不幸，竟然出了这样的事，真是愧见你们啊！"冯道等人也都流下了眼泪，只好用话婉转地劝说，然后退了出去。走到朝堂的时候，朱弘昭等人正在聚议，想要把秦府官属全部处死。冯道当时大声地说："李从荣的心腹，只有高辇、刘陟、王说这三人，像判官任赞任事才刚刚半个月，王居敏、司徒诩因病请假已经过了半年，怎么能够和李从荣同谋？为政应该宽大，不应该株连无辜！"朱弘昭还不肯听，冯赟却赞同冯道的意见，与朱弘昭力争，只杀了高辇一人。刘陟、王说，也得以免死。任赞、王居敏、司徒诩等人也分别给予了贬谪。

这时宋王李从厚，已经被调去镇守天雄军，唐主命孟汉琼去把他召回，并且令孟汉琼暂且掌管天雄军的事务。李从厚奉命回京，到了宫中，那唐主李嗣源，已经在三天前去世了。总计唐主李嗣源在位一共八年，享年六十七岁。史书称他性不猜忌，与世无争，为政清平，不滥用兵革，也算是五代中的贤君，第二年的四月，唐主才得以安葬徽陵，庙号为明宗。

再说宋王李从厚到了洛阳后，就在唐主的灵柩前行即位礼。过了七天才穿着丧服朝见群臣，赏赐中外将士。等群臣退班后，又登临光政楼存问军民，无非是表示新政已定，安定人心。回宫后，谒见了曹后和王妃，却也尽礼。这时正好朱弘实的妻子进宫朝贺，司衣王氏对她说了秦王李从荣的事，流着眼泪说："秦王为人子，不在左右侍奉主上，反而要引兵入宫；但要说他敢做这种大逆不道的事，实在是冤枉他了！朱公深受王恩，怎么能不为他辩白呢？"朱弘实的妻子回去把这话对朱弘实说了。朱弘实十分害怕，急忙与康义诚去见嗣皇，并且说王氏曾与李从荣私通，并且向李从容荣通报宫中秘事。这一番陈奏，断送了王氏的性命。嗣皇下诏令让她自尽。既而又辗转牵连，又牵扯到了司仪康氏，也一并赐死。后来又株连到了王德妃，弄得王德妃险些被打入至德宫，幸亏有曹后出面为其周旋，才算了事，但是嗣皇李从厚从此对待王德妃却冷漠了许多。

第二年的正月，改元为应顺，大赦天下。加封冯道为司空，李愚为右仆射，刘昫为吏部尚书，并兼同平章事。晋升康义诚为检校太尉，兼官侍中，判六军诸卫事。朱弘实为检校太保，充侍卫马军都指挥使。并且命枢密使朱弘昭、冯赟及河东节度使石敬瑭兼任中书令。冯赟认为超迁太过，辞不受命，于是改任兼职侍中，封为郃国公。其他内外百官，也都各自有所升迁。就连荆南节度使高从诲也晋封为南平王，湖南节度使马希范进封楚王，两浙节度使钱元瓘进封吴越王。只是加封了蜀王孟知祥为检校太师。孟知祥却不愿受命，把唐使打发回去了，嘱咐他代为辞谢。

孟知祥占据了两川，野心勃勃，想要效仿王建的故事。听说唐主已经去世了，李从厚做了皇帝，于是对自己的手下说："宋王年幼懦弱，执政的又是那些没有本事的人，不久就要生乱了。"手下的人听了，已经听出他话中有话，但因为已经接近年关，就权且混了过去。没过多久就是第二年的春天，于是推举赵季良为首，上表劝进，并且说出了不少祥瑞符命，什么黄龙出现，什么白鹊云集，都说是预示孟知祥为帝的先兆，是天意也是人愿。孟知祥还假意推辞说："我的德行浅薄，恐怕有辱天命，只希望能以蜀王终老，就已算是幸事了！"赵季良进言说："将士大夫，都尽节效忠，无非是想攀龙附凤，长承恩宠，现在大王如果不正大统，恐怕不能安抚人心，还望大王不要推辞！"孟知祥于是命人草定了帝制，择日登位。建国号为蜀，改元为明德。

到了这一天，孟知祥衮冕登坛，受百官朝贺。可是天公不肯作美，狂风怒号，阴霾密布，弄得一班趋炎附势的大臣也有些心惊。可是已经享受了眼前的富贵，也无暇顾及天心。当时任命赵季良为司空同平章事，王处回为枢密使，李仁罕为卫圣诸军马步军指挥使，赵廷隐为左匡圣步军都指挥使，张业为右匡圣步军都指挥使，张公铎为捧圣控鹤都指挥使，李肇为奉銮肃卫都指挥使，侯弘实为副使，掌书记。毋昭裔为御史中丞，李昊为观察判官，徐光溥为翰林学士。原来赵季良等人兼领节使的职务，一律照旧。追册唐长公主李氏为皇后，夫人李氏为贵妃。李贵妃本来是唐庄宗的嫔御，赐给孟知祥，她多次跟随从知祥出征，备尝艰苦。一天晚上她梦到一颗大星落到了自己怀里，起床后把这梦境告诉了长公主，长公主就对孟知祥说："此女很有福相，一定会生下贵子。"不久就生下儿子孟仁赞，就是后来的蜀后主孟昶。史家称王建为前蜀，孟知祥为后蜀。

孟知祥僭位称帝以后，唐山南西道张虔钊，式定军节度使孙汉韶，全都向他投降，兴州刺史刘遂清把三泉、西县、金牛、桑林等地的戍兵，全部撤回洛阳。于是散关以南的阶、成、文诸州，全归蜀所有。

过了几个月，张虔钊等人进见孟知祥，孟知祥也设宴款待降将。张虔钊等人为孟知祥敬酒，孟知祥正要接受，忽然手臂酸痛起来，勉强接过酒杯，好像有千斤重，拿也拿不动，急忙把酒杯放在桌上，用嘴来喝。等到张虔钊等人谢宴回去后，孟知祥勉强站起来回到内宫，连手脚都不能动了，成了一个风瘫症病人。拖到秋天，一命呜呼了。留下遗诏立儿子孟仁赞为太子，承袭了帝位。

赵季良、李仁罕、赵廷隐、王处回、张公铎、侯弘实等人，先拥立仁赞为嗣帝，然后为孟知祥举行丧礼。孟仁赞改名为孟昶，这一年才十六岁，暂不改元。尊孟知祥为高祖，生母李氏为皇太后。

孟知祥据蜀地称帝，才不过六个月，当时有一个和尚，自号为醋头，手里拿着一支灯檠，一边走一边喊道："不得灯，得灯就倒！"蜀人都把他当成傻子，等到孟知祥去世后，才知道"灯"字是影射着登基。又相传孟知祥入蜀时，看见有一老人相貌清癯，拉着车经过身边，身上拉的东西不多。孟知祥问他能拉多少？老人回答说："尽力不过两袋。"孟知祥并没有在意，渐渐就成了忌讳，后来果传了两代，就被宋所吞并。正是：

两川窃据即称尊，风日阴霾蜀道昏。

半载甫经灯便倒，才知释子不虚言。

第二十五回 李从珂篡位

却说唐主李从厚，已经改元为应顺，尊嫡母曹氏为太后，庶母王氏为太妃，所有藩镇文武大臣，更是普降隆恩，一律封赏。只是他对潞王李从珂有所猜忌，听信了朱、冯两位枢密的话，把李从珂的儿子李重吉派出为亳州团练使。李重吉有一个妹妹名叫惠明，在洛阳当尼姑，也被召进宫中。李从珂听说儿子被外放，女儿被内召，知道新主有猜忌自己的意思，免不了也是心意彷徨。他本来为明宗所喜爱，立下了不少战功，明宗病重的时候，他只派夫人刘氏进宫看望，自己在凤翔观望。等到明宗去世的时候，他也称病不去奔丧。这时已经料到会有内乱，自己在一边坐视成败。果然嗣皇李从厚听信谗言猜忌李从珂，多次派人去刺探李从珂。朱弘昭、冯赟，又捕风捉影，专喜生事。内侍孟汉琼，与朱、冯二人结为知己，朱、冯说他有功，加官至开府仪同三司，并且赐号忠贞扶运保泰功臣。这时孟汉琼出守天雄军，朱、冯二人又想把他弄回京城，好在一起协同办事，于是向嗣皇请奏召回孟汉琼，改派成德节度使范延光到天雄军。河东节度使石敬瑭，却让潞王李从珂改镇河东，兼北都留守。李从厚也不知利害，对朱、冯二人的奏请一律批准，遣使者出发各地，分头传命。

李从珂镇守凤翔，距京城最近，第一个接到朝廷派来的使者，接到召旨后，就是满肚子的疑惑。忽然又听说洋王李从璋也已经前来接替自己，心里更觉不安。那李从璋是明宗的侄子，先前兼任河中，曾亲手杀死安重诲。这次又调至凤翔，李从珂怕他也是来下辣手，当即召集部下，商议对策。众人都说："主上年轻，不能亲自执政，军国大事，都由朱、冯两位枢密主持。大王威名震主，离开镇地是自投罗网，不如拒绝才是！"观察判官冯胤孙却出来谏阻道："君命有召，应马上遵行，诸君的意见，恐怕不是良策。"众人听了，都哑然失笑，认为他这是迂腐之论。李从珂于是命书记李专美起草檄文，传达邻镇，大意是说朱弘昭、冯赟等人，乘先帝疾重，杀长立少，专制朝权，疏离骨肉，动摇藩镇，李从珂将要带兵入朝，誓清君侧，但是恐怕力不从心，请各地藩镇一起响应，以图报国。檄文发出后，又因为西都留守王思同挡住了出路，不得不先与他人联络，特地派遣推官郝诩，押牙朱廷乂等人，相继赶到长安，对王思同晓以利害，并且以美妓来诱惑。王思同却慨然说："我深受明宗大恩，官至节镇，若与凤翔同反，就算是成事，也不足为荣。一旦失败，那就身败名裂，遗臭万年了。这事决不能行！"于是把郝诩、朱廷乂关了起来，把情况上报唐廷。此外接到檄文的各藩镇，有的反对，有的中立，只有陇州防御使相里金有心依附李从珂，当即派判官薛文遇，前来议事。

唐主李从厚听说李从珂反叛的消息后，就想派康义诚出兵征讨。可是康义诚却不敢带兵出征，请唐主任王思同为统帅，羽林都指挥使侯益为行营马步都虞侯。侯益知道军情将变，于是也托病不去，所以被贬为商州刺史。唐主于是命王思同为西面行营马步军都部署，以前静难军节度使药彦稠为副，前绛州刺史苌从简为马步都虞侯，严卫步军左厢指挥使尹晖，羽林指挥使杨思权等，都为偏将裨将，出师几万，去征讨李从珂。又命护国节度使安彦威为西面行营都监，会同山南、西道，及武定、彰义、静难各军帅，夹攻凤翔。一面令殿直楚昭祚前往亳州捉拿团练使李重吉，把他关在宋州。洋王李从璋走到半路的时候，听到李从珂反叛的消息，当时就返回了朝廷。

王思同等人会同各道兵马，一起来到凤翔城下，真是征鼓喧天，兵戈耀日，当即传令攻城。凤翔城堑低浅，守备也不多，李从珂勉谕部众，登城拒守。可是无奈城外兵多势重，防不胜防，东西两关本是全城的保障，可是不到一天，都被攻破了，守兵伤亡不下千百，急得李从珂寝食难安。好不容易过了一夜，才到天明，又听得城外一片喧哗，一齐压了过来，就像那霸王被困在垓下，四面楚歌。

李从珂急忙登上城楼，流着泪对外面的军队说："我还不到二十岁的时候，就跟着先帝征伐，出生入死，遍体鳞伤，才打下了本朝基业，你们都跟着我很长时间了，也应该看到我的辛劳。现在朝廷信任奸臣，猜忌骨肉，我又有什么罪，却要劳动大军，一定要置我于死地呢？"说到这里，就在城上大哭起来。内外军士也都全部流下了眼泪。这时忽然从西门外跳出一员将领，仰头大叫道："大相公真是我的主人啊！"于是带领部众当场解甲投戈，愿意投降潞王。李从珂打开城门把他们放进来，杨思权在一张纸上写了几句话派人送进来，纸上写的是：愿大王攻克京城之后，任命臣为节度使，勿用作防团。李从珂当即下城慰劳，拿笔在纸上又写了几个字，写的就是"杨思权为邠宁节度使"，交给了杨思权。杨思权跪拜称谢。并且当时就登城招降尹晖，尹晖听到杨思权的召唤后，对各路军马喊道："城西军已经入城受赏了！我们也应该早点儿做打算！"说着，也把甲胄脱掉，作为先导，各路军马也都纷纷扔下兵器，投降城中。李从珂又打开了东门，迎纳尹晖等降军。

王思同这时还毫不知情，突然看见各路兵马都入城投降了，顿时惊得仓皇失措，与安彦威等五个节度使全都逃走了。凤翔城下依旧是风清日朗，雾扫云开。李从珂转惊为喜，把城中的财物都拿了出来，犒赏将士，甚至连鼎釜等物器也都估了价作为赏物。大众都很满意，欢声如雷。长安副留守刘遂雍听说王思同败兵退回，也生了异志，闭门不接纳王思同的到来。王思同等人只好转走潼关。李从珂整顿了大将旗鼓，带兵东行，恐怕王思同占据长安，全力拒守。等走到岐山的时候，听说刘遂雍不接纳王思同，大喜过望，当即派人去慰抚刘遂雍。刘遂雍也拿出了库中的金银，赏给了李从珂的前路军马，前军于是不入城，领了钱就绕城走了。等到李从珂来到后，刘遂雍又出城迎接，搜索民财，充作供给。李从珂也没时间入城，顺道东进，直逼潼关。

唐廷还没得到王思同兵败的消息，等到西面步军都监王景从等人从军中跑了回来时，才知道各路军马大溃。唐主李从厚惊慌的不得了，急忙召康义诚进宫商议，凄惨地对他说："先帝升天，朕在外藩，并不愿意进京争夺皇位，诸公却是同心推戴，辅佐朕登基。朕既然继承了大业，自己也恐年少无知，国事都委任给诸公，就是朕对待兄弟也并不苛刻。没想到凤翔却发难，诸公又都主张出兵，以为区区的叛乱，马上就可荡平，现在却是一败涂地，怎么才能转祸为福呢？看来只有朕亲自取凤翔，迎请兄长进朝来主持社稷，朕仍旧做藩王。就算是这样也不免罪谴，也甘心了，省得让亿万生灵涂炭！"朱弘昭、冯赟等人听了都面面相觑，不发一言。

康义诚这时眉头一皱，计上心来，就上前献计说："西师败溃，都是由于主将失策，现在侍卫的兵马还很多，臣请求亲自带兵马去抵敌，扼住要冲，召集离散的兵马，想来不至于再重蹈覆辙，还愿陛下不要太过担心！"唐主说："卿如果前往督军，也许会有把握，但恐怕敌人气势正盛，一个人也不济事，你去把石驸马找来，一同进兵，怎么样？"康义诚说："石驸马已经被调留原来的镇地，恐怕不是他愿意的，如果他也有异心，反而掉头去帮助敌人，那就弄巧成拙了。不如让臣自己去，也免受牵制！"李从厚还以为他的话出自真心，所以没有一点儿怀疑，就召集将士慰抚一番，并且亲至左藏，把库里的金银全拿出来，分给将士。对他们当面嘱咐道："你们若果能扫平凤翔，每人再赏二百缗。"将士们无功得赏，更加骄恣，各自拿着皇帝赏赐的东西，出去后对路边的人说："到凤翔后，请朝廷再多分一些，不怕朝廷不答应！"路人听了，其中有几个见识较高的，已料到他们贪狡难靠，康义诚却是得意洋洋，调集卫军，入朝辞行。

都指挥使朱弘实对唐主说："禁军如果出都拒敌，洛阳由什么人来把守？臣认为应该先巩固洛阳，然后再慢慢地以图进取，才是万全之计。"康义诚正恨朱弘实主兵，打死了李从荣，此时又出来阻挠，顿觉怒气上冲，厉声呵斥道："朱弘实你敢说这样的话，难道是想造反不成？"朱弘实本是莽夫，哪里肯退让，也厉声回答说："是你想造反，还说别人想造反吗？"这两句话的声音，比康义诚的嗓音还要响，正好这时李从厚登殿，听到朱弘实的声音，心里就已经不高兴了，就召集二人当面询问。二人又在殿前争执起来，朱弘实仍然怒气不息，康义诚这时装装作低声下气，两人各执一词。康义诚就对唐主说："朱弘实目无君上，在御座之前还敢这样放肆，况且叛兵就要到了，不发兵拦阻，却听任他们兵临城下，惊动宗社，这还能说不是造反吗？"李从厚听了这话不禁点头，康义诚又逼紧一步说："朝廷出了这样的奸臣，怪不得凤翔一乱，各军惊溃，现在要想整军耀武，必须将这样的卖国贼先正了国法，然后将士才能振奋，才可以扫平敌寇！"李从厚被他这样一激，就下令把朱弘实绑出市曹，就地斩首。各禁军见朱弘实惨遭冤死，无不惊叹，那康义诚得以泄了私怨，于是带着禁军，出了都城。

李从厚见康义诚带兵上路了，还以为有了可依靠的长城，索性令楚匡祚杀死李重吉，并且勒令李重吉的妹妹李惠明自尽，然后就在京城眼巴巴地专候捷音。当时又宣诏军前，任命康义诚为凤翔行营都招讨使，王思同为副。哪知道王思同逃到潼关，被李从珂的前军追上活捉了，带到李从珂的行营。李从珂当面对他加以斥责，王思同却慨然说："王思同起自行伍，承蒙先帝提拔到了镇帅，常抱愧没有功德报答主上；我也并不是不知道一旦依附大王，马上就能得到富贵，但人生总有一死，如果我依附了大王，那死后有什么脸面去见先帝啊？现在我战败就擒，只愿早死！”李从珂听了也觉得惭愧，改换了脸色站起身来道歉：“将军不要再说下去了！”于是命人把王思同先关押在后帐，可是杨思权、尹晖二人觉得没有面目与他相见，多次劝李从珂的心腹将刘延朗想办法杀掉王思同。刘延朗乘着李从珂醉之后，擅自将王思同杀死。等到李从珂醒后听说这件事，刘延朗剿说王思同要寻机逃走，于是只好把他杀了。李从珂听了，也只好付诸一叹了。

李从珂带领兵马进入了华州，前驱又捉到了药彦稠，李从珂命令把他关到狱中。第二天进驻阕乡，再过一天又进驻灵宝，各州邑无一拒守，李从珂的大军如入无人之境。护国节度使安彦威与匡国节度使安重霸也望风而降。只有陕州节度使康思立，闭门登城，等待康义诚的到来协同守御。李从珂的前路兵马来到城下，其中有捧圣军五百人，先前曾出守陕西，这时也为李从珂所招降，让他们充当前锋，这时就向城上呼唤道：“城中的将吏听着！现我们禁军十万，已经迎奉了新帝，你们这几个人，还为谁守城？白白连累一城人民，死无葬身之地，岂不是可惜！”守兵听了这话十分害怕，于是开城投降。康思立禁遏不住，也只好跟出投降，迎接李从珂入城。

李从珂入城安民，与部下再次商议下一步的行动。部下们献计说道：“现在大王要进攻京城，料想京城中的人都已经闻风丧胆，不如写封信派人送去京城，慰谕文武官员和百姓，让他们趋吉避凶，一定可以不战而胜的。”李从珂依他说的，当即派人到京城送信，说是大兵进城后，除了朱弘昭、冯赟两人的家族不赦免外，此外都可以各安旧职，不必忧疑。这时侍卫马军指挥使安从进正担任京城巡检，一得到这封信，当即私派心腹，专门等待李从珂的大军到来，好开城门出迎。

唐主李从厚这时还像在睡在梦中，下诏催促康义诚进兵。康义诚的军队到了新安，部下的将士全都扔下了兵器衣甲，逃到陕州投降李从珂。等到了乾壕，已经逃走了十分之九还多，只剩下了寥寥几十个人。康义诚心本来就心怀叵测，这次自己请求出兵，就是想把兵马带出去，迎降李从珂，也好有些资本，没想到兵士们全都先逃去投降了，大失所望。可正好路上遇到了李从珂的骑兵，一与他相见，就把身上所佩的弓箭解了下来，让他们带回去作为信物，传达自己想要请降的意思。这消息传到京城，急的唐主不知怎么办才好，急忙遣中使宣召朱弘昭。朱弘昭这时也正忧心如焚，突然听召，当即急得哭了出来，说：“陛下这么着急召我，分明是想杀来向敌人讨好啊！”自己觉得走投无路，当即投井自尽。安从进听说朱弘昭已死，竟领兵到了朱弘昭府第，砍了朱弘昭的首级，乘机又去杀了冯赟，把冯家的男女老幼也全都杀了，然后把朱、冯两人的首级送到陕州。

李从厚听到了朱弘昭的死耗，又听说冯赟全家被杀，自知危在旦夕，不得不避难出奔。这时正好孟汉琼从魏州回来，就令他再去魏州，先行准备，以便自己去往魏州。孟汉琼假装应命，出了都门，却扬鞭西驰，投奔陕府去了。历来李从厚还不知道，亲自率领五十骑兵到了玄武门，对控鹤指挥使慕容进说：“朕要去往魏州，也好慢慢地再图兴复，你可率领控鹤兵和我一起走！”慕容进是李从厚的爱将，当即应声说：“无论生死我都跟从陛下！请陛下先行一步，等臣召集部下，一起护卫吾皇！”李从厚于是出了玄武门。可是一出门外，门就关上了。关门的就是慕容进。他把主子放了出去，立即变卦，安安稳稳的居住京城，并没有从驾的意思。

宰相冯道等人入朝，到了端门，才知道朱、冯二人全都死了，皇帝也已经出走，于是只好怅然而归。李愚说：“天子出逃，并没有和我们打个招呼，现在太后还在宫中，我们先到中书省，派小太监入宫请示，问太后该怎么办，然后回府，你们认为怎么样？”冯道摇头说：“主上失守社稷，作为臣子的又到哪里去请示呢？如果再入宫城，恐怕不太合适。潞王已处处张榜，不如回府等他的教令，再作打算。”于是大家一起回到天宫寺。安从进派人来对他们说：“潞王昼夜兼程而来，就要进入京城了，相公应该率领百官，到谷水去迎接。”冯道等人于是到了寺里，传召百官。中书舍人卢导先到了，冯道对他说：“听说潞王就要到了，应该写表章劝他当皇帝，请舍人现在就起草吧！”卢导说：“潞王入朝，百官只可整顿迎接，就算是有废立的事，也得等太后的教令，怎么能这么快就劝进呢？”冯道又说：“凡事总得务实。”卢导反驳说：“公等都是大臣，难道有天子出外，作为大臣就马上拥立别人为帝吗？如果潞王还能恪守臣节，以大义来斥责你们，请问到那时先生又用什么话来对答呢？我替先生考虑，不如率领百官到宫中，进名问安，请太后指示，再定去就，才算是情义兼尽了。”

冯道还是踌躇未决，那安从进又遣人来催促说：“潞王来了，太后太妃，已派中使去迎接潞王，百官怎么还不出去迎接呢？”冯道慌忙出寺，李愚、刘昫等人也跟着去。到了上阳门外，站在那里等了好长时间，并不见潞王到来，只有卢导经过。冯道叫住他，又对他说劝进的事，卢导还是如之前那样回答。李愚长叹着说：“舍人说得很对，我们都是罪不胜数了。”于是大家都又回到了京城。

这时潞王李从珂还留在陕中，康义诚来到陕中投降待罪，李从珂当面斥责他说：“先帝晏驾，立嗣都由诸公，现在陛下居丧，政事都由诸公决断，为什么不能有始有终，而把我的弟弟弄到这种地步？”康义诚十分害怕，叩头请死。李从珂冷笑说：“你先下去吧，以后再处理你的事！”康义诚只好先留住在行营，马步都虞侯苌从简，左龙武统军王景戡，都被李从珂的兵将捉住了，一个个都匍匐求降。李从珂命人把他们都关到狱中，然后派人给太后送信，一面从陕中出发，东赴洛阳。到了渑池西，遇到了孟汉琼，孟汉琼跪在地上大哭，想要说些什么。李从珂勃然大怒说：“你也不必多言，我早已知道了！”于是命令左右的人说：“快把这个阉奴杀掉！”孟汉琼这时已经吓得魂不附体，连哀求的话都说不出来了，只见刀光一闪，身首分离。

李从珂又带领兵马到了蒋桥，唐相冯道等人已经在那里列队恭迎了。李从珂传令，说是还没见到太后，不便与百官相见。冯道等人又奉上劝进书，李从珂看也不看，只是令左右先收下来，竟昂然入都。先进见了太后、太妃，再来到西宫，拜伏在明宗柩前，哭着诉说前后的缘由。冯道等人这时也跟了进来，等到李从珂起身后，又列班拜谒。李从珂也答拜。冯道等人又开始劝进。李从珂说：“我并不是来夺位的，实在是不得已。等皇帝回来后，我还回到我的镇地去，诸公现在就说这些，好像是不能体谅我的苦衷了！”第二天就由太后下令，废少帝李从厚为鄂王，命李从珂掌管军国大事。又过了一天，又传出太后的教令，说是潞王李从珂，应即皇帝位。李从珂也并不极力推辞，居然在柩前行了即位礼，接受百官的朝贺了。

李从珂在凤翔的时候，有一个瞎子叫张濛，说自己通晓天命数术，曾经服侍过太白山神。神祠就是北魏崔浩庙。每逢有人来问吉凶休咎，都由张濛祷告，神就附体传话，十分灵验。李从珂部下亲校房暠，对张濛十分信服，曾托张濛代问潞王吉凶。张濛就传神之语说：“三珠并一珠，驴马没人驱。岁月甲庚午，中兴戊己土。”房暠听了茫然不解，请张濛解释。张濛说：“这是神语，我也不能解释。”房暠回去把这件事告诉了李从珂，李从珂听了也是莫名其妙，等到进京受册，文中一开头，就是应顺元年，岁次甲午，四月庚午朔三句话。李从珂回头对房暠说：“张濛的神言，果然应验了！”只有三珠这两句话，很难解释，于是又令房暠去请张濛共同研究。张濛说三珠指三帝，驴马没人驱就是失位的意思。李从珂于是任命张濛为将作少监同正，敕赐金紫，作为酬谢。

还有一种奇怪的应兆，凤翔人何叟，年过七十，无疾猝死。在阴间看到了阴官，阴官坐在桌子边对何叟说：“你替我告诉潞王，明年的三月，他当作天子二十三年。”何叟听完这句话，一声怪响，竟又活过来了。苏醒之后想那阴官所说的话也不便转告，就把这话藏在心里。过了一个月他又一次死了，又见到那个阴官，对他大怒地说：“你怎么能违抗我的命令，不去转达！今天我再放你一次，赶快去传报！”何叟吓得哆哆嗦嗦地领命退下，往出走的时候在走廊里看到一本簿书，就问守吏那是什么。守吏说：“就要改朝换代了，这就是升降人爵的簿籍啊。”等到何叟再次苏醒，这次他可不敢隐瞒了，就转告李从珂亲校刘延朗，刘延朗又转告了李从珂，李从珂把何叟叫来询问，叟答说：“请你等到明年三月，一定会有应验，否则到那时再杀了我也不晚。”李从珂于是赏给他不少金帛，嘱咐他不要再说出去，把他打发回家。到了那一天，果然应验了。不过李从珂当皇帝先后只有三年，为什么说成二十三年呢？后人仔细研究，才知道李从珂的生日是正月二十三日，小名就叫二十三，诨名叫作阿三。二十三年，就是三年，究竟这事是真是假，笔者也无从辨明。但史籍上是这样记录的，所以不妨依言录述，聊供读者作为谈资。正是：

同胞兄弟尚操戈，异类何能保太和！

养子可曾如养虎，明宗以后即从珂。

第二十六回 王继鹏弑父杀弟

却说潞王李从珂进入洛阳篡位的时候，正是故主李从厚流离于卫州驿，只剩得一个匹马单身，穷极无聊的时候。他从玄武门逃走，随身只带了五十个骑兵，刚出门回头看门已经被关上了，知道慕容进变卦，不由得自嗟自叹，只好慢慢前行。到了卫州东境，忽见前面有一队人马，拥着一位金盔铁甲的大官，吆喝着走了过来。到了面前，那大官滚鞍下马，倒身下拜，李从厚仔细一看，原来是河东节度使石敬瑭。当即传谕免礼，让他起来说话。石敬瑭起来问道："陛下为什么到这里来？"李从厚说："潞王发难，气焰十分嚣张，京城恐怕守不住了，所以我才匆匆出行，准备号召各镇兵将，勉图兴复，将军前来正好帮助我！"石敬瑭说："听康义诚出军西讨，胜负怎么样？"李从厚说："还说他干什么，他已经叛变投降了！"石敬瑭低下头不说话，只是长叹，却也心生歹意。李从厚说："将军是国家的宗亲，事到如今，全仗将军大力扶持了！"石敬瑭说："臣奉命改镇他处，所以才想进朝。麾下不过一二百人，怎么能御敌呢？听说卫州刺史王弘贽，本是一员宿将，练达老成，如果能和他一起共谋国事，那么还可以试试！"李从厚答应了。石敬瑭就赶到卫州，王弘贽出来迎见，两人寒暄了几句。石敬瑭就开口说："天子蒙难，已入将军境内，将军为什么不去迎驾呢？"王弘贽叹息说："前代的天子，虽然也有颠沛流离的时候，但总有将相侍卫，并随身带着府库法物，使手下得以有所依仰。现在听说皇帝北来，只有五十个骑兵跟随，就算是有忠臣义士，赤心报主，恐怕到了这时，也是无能为力了！"

石敬瑭听了他的话，也不加反驳，只是支吾地应付着说："将军说得也是，只是主上还住在驿馆里，我还得回去报信，听候裁夺。"说着就与王弘贽告别，回去告诉了李从厚，他把王弘贽的话尽述了一遍。李从厚听了不禁流下眼泪。惹恼了旁边的弓箭使沙守荣、奔洪进，两人一齐抢到石敬瑭面前，义正词严地指责他说："将军是明宗的爱婿，与国家休戚与共，今天主忧臣辱，理应相助，况且天子蒙难流离，所依靠的只有将军你了，可是你却误听邪言，不为天子想办法，难道要趋附逆贼，卖我天子吗！"说到这里，沙守荣就拔出佩刀，想要杀了石敬瑭。石敬瑭连忙倒退，部将陈晖当即上前护救石敬瑭，拔剑与沙守荣交斗，大约打了三五个回合。石敬瑭的牙将指挥使刘知远已经带领兵马进入驿馆，接应陈晖。陈晖胆力更壮，打掉了沙守荣手中的刀，把他一剑劈死。奔洪进料到不能支持，当即自刎。刘知远见两人已死，索性指挥本部兵马，来到李从厚面前，将李从厚随骑几十人，杀得一个不留。李从厚已吓做一团，不敢发声，哪知刘知远却麾兵出驿，拥着石敬瑭，竟去往洛阳了。不杀李从厚，还算是留些余地。各位读者！你想此时的唐主李从厚，形单影只，举目无亲，进不得进，退不得退，只好流落驿中，任人发落。卫州刺史王弘贽，对他全不过问，直至废立令下，才派使者把李从厚接了回来，把他安排在一间屋子里，一住几天，也无人过问，只有磁州刺史宋令询常派人去探问起居。李从厚也只能对着使者流泪，不敢多言。不久洛阳派来一个使者，进见王弘贽，向王弘贽跪拜，这人不是别人，就是王弘贽的儿子王峦，曾任殿前宿卫。王弘贽问他的来意，他就在王弘贽的耳边说了几句话。王弘贽频频点头，于是准备了毒酒，带着王峦去见李从厚。李从厚认出是王峦，就向他询问京城的消息。王峦一言不发，当即倒满酒请李从厚喝。李从厚问王弘贽说："这是什么意思？"王弘贽道："殿下已经被封为鄂王，朝廷派王峦来进酒，想来是为殿下饯行呢。"李从厚知道这不是真话，不肯喝，王弘贽父子劝了半天也没有劝下去，惹得王峦性起，拿过一条布，硬是把李从厚勒死了，年仅二十一岁。

李从厚的妃子这时还住在宫中，她生了四个儿子，年纪都还小。王峦杀死李从厚后回报，李从珂派人对孔妃说："李重吉在哪里？你们还想活下去吗？"孔妃顾念着四个儿子，只是哭个不停。没过一会，就有人拿着刀进来，随手乱砍，可怜孔妃和那四个儿子，一同毙命。磁州刺史宋令询听说故主遇害，痛哭了半天，也自缢身亡。李从珂改应顺元年为清泰元年，大赦天下，只是不赦免康义诚、药彦稠。康义诚被杀后，又把他的家族也都杀光。其余的如苌从简、王景戡等人，一律释免。葬明宗于徽陵，并把李从荣、李重吉的遗棺，以及故主李从厚的遗骸，都埋葬在徽陵的界内。李从厚墓上的土才不过几尺厚，没有修饰，也没有植树，令人悲叹。等到后晋石敬瑭登基，这才追谥李从厚为闵帝，可见李从珂的残忍，胜过了石敬瑭，怪不得他在位三年就葬身火窟了。

李从珂又下诏犒军，见府库已经空虚，于是令有司到民间搜刮民财，一连敲剥了好几天，也只得到了二万缗。李从珂大怒，下令硬行摊派，否则就关进监狱。于是狱囚累累，贫民都纷纷投井自尽，或者上吊而死。军士们在街上游行，脸上满是骄横之气。百姓们有的对他们说："你们只知道为主立功，反而让我们遭到鞭胸杖背，拿出钱来赏你们，你们问问自己的良心，是否有愧于天地？"军士听了这话，又上前横加殴打，甚至打得血肉横飞，积尸道旁，百姓有冤无处诉。尽管这样，犒军费还是不够，李从珂再下令搜刮宫里收藏的东西，以及各地的供品，甚至连太后、太妃也把自己的首饰器物拿出来，充作犒赏之资，可是还不过二十万缗。在李从珂从凤翔出发的时候，曾下令军中，说是进入洛阳后要每人赏一百缗，照这个估计，非得五十万缗不可，可是现在只有二十万缗，还不到一半。李从珂不禁十分忧虑。

这时李专美正在禁宫中值夜，李从珂于是把他召进来，对他说："卿一直享有才名，为什么不能帮我想想办法，筹足赏军的费用呢？"李专美拜谢道："臣本来才学微浅，材不称用，不过军赏不足，我认为没什么关系。自长兴以来，多次行赏，反而养成了一班骄兵。国家的财帛有限，而人欲无穷，陛下正是乘着这个机会，才取得了国家。臣以为国家的存亡，不在于厚赏，而是要修法度，立纲纪，保养元气，如果不改前车覆辙，恐怕也只能白白地给百姓造成负担，而本身的存亡还不可知呢！现在财力已经尽了，只弄到了这个数目，也就只能在这个基础上酌量派给，何必一定要按照先前说的那样重赏呢？”李从珂没有别的办法，只好下了诏书，凡是在凤翔投顺的，如杨思权、尹晖等人，各赐二马一驼，钱七十缗，下至的军人赏钱二十缗，在京军士各赏十缗。诸军都觉得很失望，马上流传出了一句话：“去却生菩萨，扶起一条铁。”生菩萨指的是故主李从厚，一条铁指的是新主李从珂。仔细体会这里的意思，已经是有悔恨的心思在里面了。

当时李从珂又大封功臣，除了冯道、李愚、刘昫三位宰相仍任旧职外，又任命凤翔判官韩昭胤为枢密使，刘延朗为副，房暠为宣徽北院使，随驾牙将宋审虔为皇城使，观察判官马裔孙为翰林学士，掌书记李专美为枢密院直学士。康思立调任邢州节度使，安重霸调任西京留守，杨思权升任邠州节度使，尹晖升任齐州防御使，安重进升任河阳节度使，相里金升任陕州节度使。加封天雄军节度使范延光为齐国公，宣武军节度使驸马都尉赵延寿为鲁国公，幽州节度使赵德钧，封北平王，青州节度使房知温，封东平王，天平节度使李从曮仍回镇凤翔，封西平王。只有石敬瑭从卫州入朝，虽然李从珂当面亲自加以慰劳，表面上看起来很融洽，但他们之前都在明宗手下，两人各以勇力自夸，一直不相上下，这时李从珂为主，石敬瑭为臣，不但石敬瑭是勉强趋承，就是李从珂也是勉强接待。相见后就把石敬瑭留居都中，也没有什么迁调，石敬瑭很是不安，以致愁出病来，瘦得皮包骨。还幸亏他的妻子永宁公主出入宫中，多次与曹太后谈起这件事，请曹太后让自己的丈夫仍回镇河东。永宁公主本来是曹太后的亲生女儿，母女情深，自然会为她尽力。李从珂对待太后、太妃，还算是尽礼，因此太后比较易说上话。有时公主进宫时，与李从珂相见，也曾经当面表露过这层意思。李从珂于是令石敬瑭还镇河东，加封为检校太师兼中书令，封公主为魏国长公主。

凤翔的旧将这时都来劝李从珂，都说应该留住石敬瑭，不应该把他派到外任。只有韩昭胤、李专美两人说石敬瑭与赵延寿都娶了公主为妻，一个居汴州，一个留京城，显得是暗怀猜忌，不大公正，不如把他遣归河东为好。李从珂也见他骨瘦如柴，料想也不足为患，于是就让他回了河东。石敬瑭得诏立即上路，好像那凤出笼中，龙游海外，摆尾摇头，扬长而去了。

不久李从珂又晋升冯道为检校太尉，相国一职仍旧。李愚、刘昫，一个太苛，一个又太刚，议论多不相合。李从珂于是有意易相，问亲信，都说尚书左丞姚顗，太常卿卢文纪，秘书监崔居俭都具有相才，可以择用。李从珂还是犹豫不决，于是把三个人的名字写了下来，放在琉璃瓶中，点上香烛向上天祷告，然后用筷子挟出两个条子，得到姚、卢两人的名字。于是任命姚顗、卢文纪同平章事，罢李愚为左仆射，刘昫为右仆射。后来又封夫人刘氏为皇后，授次子李重美为右卫上将军，兼河南尹，判六军诸卫事。后来又任命他兼同平章事职衔，加封为雍王。一朝的规制，这时已经是内外具备，那弑君篡国的李从珂，于是高居九重，自以为安枕无忧了。

闽主王延钧这时早已僭位称帝，封长子王继鹏为福王，充宝皇宫使，尊生母黄氏为太后，册妃陈氏为皇后。这陈氏她本是王延钧父王王审知的侍婢，小名金凤。说起她的履历真是十分卑污。她本来是福清人氏，父亲名叫侯伦，长得倒是美貌丰姿，曾经在福建观察使陈巖手下做事。那陈巖酷爱男风，与侯伦常同卧同起，把他当成男妾。可是陈巖的妻子陆氏，心里也十分喜欢侯伦，眉来眼去，竟与侯伦结下不解之缘，只瞒了一个陈巖。没过多久陈巖死了，陈巖的妻弟范晖自称留后。陆氏又托身范晖，产下一女，就是金凤。此女本来是侯伦所生，由范晖留养，等到王审知攻杀了范晖，金凤母女乘乱逃了出去，流落民间。幸亏族人陈匡胜收养了她们，才得以活下来。王审知占据闽中，选良家女子充入后宫，金凤得以入选，这一年她才十七岁，姿色也一般，却是生得聪明乖巧，娇小玲珑。一入宫中，很快学会了歌舞。王审知喜欢她的灵敏，就让她贴身服侍。

王延钧常到宫里出入问安，金凤对他也是曲意承迎，引得王延钧很是欢洽，心痒难熬。只是由于老父还在，不便勾搭，没办法只好忍耐一下。等到王审知一死，王延钧继位，这时还有什么顾忌，当即召来金凤，让她备酒为欢，已是郎有心，妾有意，彼此也不多说什么，等到酒酣兴至，自然拥抱上床，同作巫山好梦。这一夜的颠鸾倒凤，欢好无限。王延钧已经娶过两个妻子，可是从没有尝到这般滋味，不禁喜出望外，格外情浓。等到他称帝后，想要册立正宫，元配刘氏早已去世，继室金氏，貌美且贤，不过枕席上的工夫很是平淡，所以王延钧素来对她并不喜爱。到了金凤入幸，比金氏欢洽百倍。那闽后的位置，当然是属于金凤的。于是立金凤为皇后，又追封她的养父陈巖为节度使，母陆氏为夫人，她的族人守恩、匡胜为殿使。另外修筑了长春宫，作为藏娇的金窟。

王延钧曾任用薛文杰为国计使，薛文杰敛财求媚，往往诬陷富人的罪责，然后没他的家产，充为国有，因此得以大兴土木，穷极奢华。并且广采民女，罗列长春宫中，让她们充为侍婢。每当宫中举行夜宴，常常点燃几百支金龙烛，环绕左右，光明如昼。所用杯盘，都是玛瑙、琥珀及金玉制成的，并且令宫女拿着，不设桌椅。延钧无论上巳修禊，还是端午竞渡，一定要带着金凤一起游玩。后宫妇女，也都披绸着锦，簇拥而行。金凤作了一首乐游曲，让宫女同声歌唱，悠扬婉转，响遏行云。还有兰麝气，环佩声，传遍远方，令人心醉。王延钧既贪女色，又爱男风。有小吏叫归守明，面似冠玉，肤似凝酥，王延钧就把他引入宫中，与其欢狎，号为归郎。而那水性杨花的金凤姑娘，也为其神魂颠倒，愿与归郎做一对并头莲。归郎于是乐于奉承，就找个机会到了金凤的房里，成了好事。一开始他还躲着王延钧，后来王延钧得了风瘫症。于是金凤与归郎差不多夜夜同床，时时并坐了。但宫中婢妾甚多，有几个也是狡黠善淫的，也想亲近归郎，乘机要挟。弄得归郎没有分身之法，只好另想出一条妙计，招进百工院使李可殷，与金凤通奸。金凤本来就是多多益善，况且李可殷是个伟岸男子，就像战国时候的嫪毒一样，而又独擅秘计，更令金凤惬意。归郎这才稍稍得暇，好去应酬那些宫人，金凤倒也不去过问。只是李可殷不在的时候，还得由归郎当差。当时王延钧曾命锦工制作了九龙帐，掩蔽大床，国人都知道宫中情形，所以当时还流传着一首歌谣说："谁谓九龙帐，只贮一归郎！"王延钧哪里知道这样的情形，就算他有多少知觉，因为疾病在身，也是振作不起。

天下事总是无独有偶，除了那皇后陈金凤外，又出了一个李春燕。李春燕本来也是王延钧的侍妾，其妖冶善媚，不下金凤。而且姿态比金凤更好。王延钧对她也是宠爱有加，让她住在长春宫的东边，叫作东华宫。以珊瑚为树，琉璃为瓦，檀楠为栋，缀珠为帘，范金为柱，与长春宫一模一样。自从王延钧得疯瘫病后，不能御女，而那金凤得了归守明、李可殷等人，作为王延钧的替身，春燕却不免无人解救，势必另寻主顾。正好王延钧的长子继鹏愿替父代劳，与春燕联为比翼，私下订约，愿作长久夫妻。于是到金凤那里活动，请她转告王延钧，让两人成为配偶。王延钧本来不愿意，可是经过金凤的巧言说服，才把春燕赐给继鹏。

王延钧生性多忌，委任权奸。内枢密使吴英被国计使薛文杰谗言陷害，竟被处死。吴英曾掌管禁军，很得军心，军士因此都心生怨恨。这时又听说吴人攻打建州，闽主当即发兵迎战，可是军士都不肯出发，请求先把薛文杰交出来，然后再起程。王延钧不答应，后来经继鹏一再请求，才把薛文杰捉了起来，交给军士，军士把薛文杰乱刀砍死，分而食之，这才出发迎战吴人。吴人被击退。

不久王延钧又猜忌亲军将领王仁达，勒令自尽，一切政事，都归继鹏处理。皇城使李仿与春燕同姓，于是与春燕冒认为兄妹，和那继鹏也成了郎舅之亲，于是作威作福。李可殷也曾被他狎侮过，心里一直不平，就与殿使陈匡胜勾结，陷害李仿及继鹏。继鹏的弟弟继韬又与继鹏不和，也与李可殷结为同党，密图杀兄。可是没想到继鹏已经察觉，也与李仿密商，设法除患。这时正好王延钧的病情加重，继鹏与李仿于是放开胆子干了，竟然令杀手闯入李可殷家中。正好李可殷从里面出来，当头一棒，打得李可殷脑浆迸裂而死。

这李可殷可是皇后情夫，突然遭到杀害，那金凤怎么能受得了？急忙去告诉王延钧，没想到王延钧昏睡在床上，满口说着胡话，不是说王延禀来索命，就是说王仁达呼冤。金凤有话说不出，只好暗暗垂泪，暂行忍耐了。到了第二天，王延钧已经清醒，金凤就进去哭诉一番，激起王延钧的暴怒，带着病上朝。传入李仿，诘问李可殷有什么罪？李仿含含糊糊地应对，只说是要等待一切都查明了再复旨。李仿急忙溜出去了，找继鹏定计，一不做，二不休，号召皇城的卫士，呐喊着冲进宫中。

王延钧正退朝休息，高卧在九龙帐中，突然听到宫外一阵喧哗声，急忙想要起身去看，无奈手足疲软，无力起床。这时卫士一拥而入，就在帐外用槊乱刺，把王延钧身上捅了几个窟窿。金凤来不及奔避，也被刺死。归郎躲入门后，被卫士一把抓住，砍断头颅。李仿又出宫捉住了陈守恩、匡胜两个殿使，也全都杀掉。继韬听到变故正想逃走，逃到城门口，冤家碰着对头，正好与李仿相遇，李仿拔刀一挥，继韬的脑袋和身体就分家了。王延钧这时在九龙帐中还没断气，在那里一个劲儿地喊着，痛苦难忍，宫人等到卫士走了，才敢揭帐探视，只见已经是血流满床，王延钧当时只求早死以免除痛苦，令宫人用小刀割断喉管，这才毙命。正是：

九龙帐内闪刀光，一代昏君到此亡！

荡妇狂且同一死，人生何苦极淫荒！

第二十七回 石郎起兵

再说王继鹏弑父杀弟，并将仇人一并处死，欢喜得了不得，于是假传皇太后的命令，即日监国。到了晚上，没人敢生异议，便登上了帝座，召见群臣。群臣都俯伏称贺。王继鹏改名为王昶，册封李春燕为贤妃，命李仿掌管六军诸卫事。李仿是弑君的首恶，他做贼心虚，养了好多死士作为护卫。王继鹏担心他有异谋，秘密与指挥使林延皓计议，托名犒军，暗中埋伏，专等李仿进来，乘机下手。李仿昂然进入，走到内殿时，伏兵突然冲出，将他拿下，当场斩首。王继鹏下令关闭内城，严防外乱，并将李仿的首级悬挂在启圣门外，揭露李仿弑君弑后以及擅杀王继韬的罪状。李仿的部众不服，攻打应天门，不能得手，转而焚烧启圣门，林延皓率兵拒守，叛众见不能得手，只将李仿的首级取去，向东投奔吴越。

王继鹏听说乱兵已经溃去，非常高兴，当下命弟弟王继严暂且掌管六军诸卫，用六军判官叶翘为内宣徽使；追尊父亲王延钧为惠宗皇帝，发丧安葬，改元通文；尊皇太后黄氏为太皇太后，进册李春燕为皇后。王继鹏本有妻子李氏，自从得了李春燕，便将妾作妻，正室反而被贬入冷宫。李春燕善于淫媚，伺候人的功夫一流。王继鹏非常宠爱她，每次坐必同席，行必同舆，又为她建造紫微宫，专门供她游幸，繁华奢丽。李春燕说的话，王继鹏无不听从。内宣徽使叶翘博学正直，他本是福王府邸的宾僚，王继鹏以师礼相待，受益匪浅。担任宣徽使后，他的谏言不见采用，上书辞职，王继鹏多次挽留。后来，他又上书谏阻建造紫微宫，惹动王继鹏的怒意，随即批注："一叶随风落御沟！"于是叶翘被罢官，遣送原籍。

另一方面，河东节度使石敬瑭抵达晋阳后，担心被朝廷忌惮，暗地图谋自我保全，常常称病不理政事。他的两个儿子石重英、石重裔都在都中任职，石重英担任右卫上将军，石重裔为皇城副使，图谋都受到石敬瑭的密嘱，侦探内事。两人贿赂太后左右，每有所闻，随即传报。所以唐主李从珂与李专美、李崧、吕琦、薛文遇、赵廷等密探的内容，石敬瑭都了如指掌。正好契丹多次犯边，禁军大多屯守在幽州。幽州节度使赵德钧上表，乞求增加粮草。唐主下诏调发镇、冀二州一千五百车粮食，运到幽州。

当时河东大旱，百姓既没饭吃，又苦于徭役，百姓不免怨声载道。凑巧唐廷派遣使者到来，赐给石敬瑭士兵粮食和衣服，军士们感念皇恩，高呼万岁，声音响彻全营。幕僚段希尧听后，向石敬瑭进言说："陛下派人送来粮食，无非是笼络人心，听外面高呼万岁，看来士兵们眼里已经没有主帅了，以后还怎么调遣？请查出带头的人，明正军法！"于是石敬瑭命刘知远彻查追究，总共查得三十六人，推出处斩，以儆效尤。使者听说后，回去告诉了李从珂。从此，李从珂更加疑忌，派武宁军节度使张敬达为北面行营副总管，名目上是防御契丹，实际上是监视敬瑭。石敬瑭并不是傻子，他猜透了李从珂的心思，格外防范。

好不容易到了清泰三年正月上旬，唐主李从珂的诞辰来到，宫中称为千春节，唐主在内廷置酒，文武百官，联翩趋入，奉表进贺。那天，李从珂喝了很多，带着蒙胧醉意，宴毕回宫。正巧魏国长公主从晋阳来朝祝寿，她捧着酒杯为唐主祝寿。李从珂接下来喝完后，便笑着问她："石郎最近在干嘛？"公主回答："敬瑭生病了后，连政务都不愿亲理，每天卧床调养，由人伺候。"李从珂又说："朕记得他身体一直很强壮，怎么突然就病了？公主既然已经来京了，那就在宫中多住几天，由他去吧。"公主听后，急着说："他现在身边需要人侍奉，所以今天入祝后，明天就打算辞归了。"从李珂不等他说完，便说醉话道："才到京都就迫不及待地西归，莫非你想要跟石郎谋反吗？"公主听后，不禁低头，维维退出，李从珂也回宫就寝。

第二天醒来，有人入谏李从珂，说他酒后失言。此人是谁呢？原来是皇后刘氏。李从珂即位后，曾追尊生母鲁国夫人魏氏为太后，册正室沛国夫人刘氏为皇后。刘氏生性强悍，李从珂非常忌惮他，她听说李从珂的醉话后，一时不便进规，第二天一早方才入谏。那时李从珂已经记不起来了，经刘后这么一说，他才模模糊糊地想起了些，觉得非常后悔。当下召入魏国长公主，好言抚慰，并说昨晚喝醉了，胡言乱语，希望她不要介怀。公主自然谦逊，住了好几天，才敢告辞。李从珂为了安抚她，又进封她为晋国长公主，并赐宴饯行。毕竟夫妇情深远胜过兄妹，公主回到晋阳后，便将李从珂的醉话报告给了石敬瑭。石敬瑭听后，更加害怕，随即写信给两个儿子，嘱咐他们将洛都的私财偷偷运送到晋阳。于是京都谣言四起，甚嚣尘上，都说是河东将要造反。

唐主李从珂也有所耳闻，他对近臣们说："石郎是朕的至亲，本来没有么可怀疑的，但是无风不起浪，万一他要是反了，朕该怎么办呢？"群臣都不敢回答，支吾了半天，纷纷退出。学士李崧私下里对同僚吕琦说："我们受恩深厚，现在主上如此忧愁，我们怎能袖手旁观呢？吕公机智过人，有没有良策？"吕琦回答："河东要是有异谋，必定要拉拢契丹作为援手。契丹太后因为赞华投奔到我国，多次要求和亲，因为我们拘留的番将还没有全部遣还，所以和议才没达成。如果现在将番将送回，再用厚利来引诱他们，每年答应给他们礼币十万缗，想必契丹一定欣然从命。到那时，河东即使想要谋反，也掀不起大的风浪了。"李崧回答："这也是目前最好的办法了，但是钱财由三司掌管，我们必须先跟张相熟商，才能向皇上奏明。"说着，便邀同吕琦前往张府。

张相就是张延朗，明宗时他曾充任三司使，李从珂篡位后，命他为吏部尚书，兼同平章事职衔，仍然掌管三司。听说李、吕二人前来拜谒，当即出门迎接。知道李崧他们的来意后，张延朗说："要是照吕学士说的办，不但能辖制河东，还能节省不少边防费用。如果主上批准此计的话，那国家从此就安定了。礼币的事情就交给老夫办吧，不用担心，请两位大人马上奏陈皇上。"两人听后，非常高兴，匆匆辞别了张延朗。第二天他们入内密奏，李从珂认为此计非常好，命他们马上密草国书，送往契丹。

这二人应命退出，李从珂又召入枢密直学士薛文遇，跟他商议此事。薛文遇说："堂堂天朝天子，却向夷狄低头纳款，太羞耻了！况且胡虏贪得无厌，即使公主嫁过去又能怎样？汉元帝献昭君出塞，后悔无穷，后人作昭君诗云：'安危托妇人。'这件事怎么能行呢？"李从珂听后，不禁失声说："要不是爱卿这番话，我差点误了大事！"

第二天，唐主急召李崧、吕珂觐见。一进门，见李从珂满面怒容，他们行过了礼后，只听李从珂叱责说："爱卿身为辅臣，应当维持大体，扶持朝政，怎么能给朕出和亲这种馊主意呢？朕只有一个女儿，年纪还小，爱卿忍心将她送到沙漠里吗？况且胡虏并没有索要岁币，你们这么积极向虏廷输款，试问两位爱卿究竟在想什么？"二人慌忙拜伏说："臣等竭愚报国，一心为国家着想，不敢有半点私心，愿陛下明鉴！"李从珂听后，念他们忠心耿耿，命他们起身，并赐御酒给他们压惊。二人跪饮后，拜谢而退。

不久，唐主贬吕琦为御史中丞。朝臣窥测出唐主的意旨，哪敢再提和亲的事。忽然河东方面递上奏章，石敬瑭说自己被病痛缠身，乞求解除自己的兵权，将他迁到他镇。李从珂看完后，明知石敬瑭并非真心诚意，但因为是他主动请缨，乐得依从，打算将石敬瑭移镇郓州。李崧、吕琦又上书谏阻，还有刚刚升任枢密使房暠也力劝不可。唯独薛文遇奋然说："俗语说：'道旁筑室，三年不成'，这件事应该由陛下裁断，群臣都为自己考虑，怎么肯说真心话！臣料定河东移镇也反，不移也反，不如事先做些防备才是！"李从珂点头说："爱卿的话正合朕意，前日有术士说朕今年会得到一位贤佐，帮朕谋定天下，想必应验在爱卿的身上了！"命学士院草制，将石敬瑭迁为天平节度使，特命马军都指挥使宋审虔出镇河东，并命张敬达为西北蕃汉马步都部署，敦促石敬瑭马上迁往郓州。

读者试想，这石敬瑭上奏请移镇，明明是在有意尝试，谁知弄假成真，竟然颁下这道诏命。石敬瑭慌忙召集将佐，私下里跟他们商量说："上次我来河东时，主上曾答应我终身留在这里，不会换人接替，如今出尔反尔，正好应验了千春节上主上对公主说的话，我难道要束手就擒吗？"幕僚段希尧、节度判官赵莹和观察判官薛融等人都劝石敬瑭暂且忍耐，姑且前往郓州。忽然，旁边闪出一将说："不可！不可！明公要是去了郓州，就相当于被削了兵权。试想，这里兵强马壮，明公要是挥兵起事，传檄四方，帝业可成，奈何因为一纸诏书而自投虎口呢？"石敬瑭听后一瞧，说话的正是都押牙刘知远。石敬瑭正要回答，又有一人接口说："当今皇上刚刚即位，岂不知蛟龙不是池中物，不应放回深渊。当今皇帝把河东授予明公，真是天意相助，不是人谋所能违背的。况且明宗的亲生骨肉还在人世间，新主以养子的身份继承大位，名不正，言不顺。明公是明宗的爱婿，屡屡招新主疑忌，要是不早做打算，恐怕后悔莫及了！"石敬瑭一看，说话的是掌书记桑维翰。这两人的三言两语，惹动了石敬瑭的勃勃野心，他向二人拱手说："两位说得很有道理，但是河东一镇恐怕不足以与朝廷对抗。"桑维翰又说："从前契丹的主子与明宗结为兄弟，契丹的兵马一直在西北出没，明公要是能推诚屈节，服侍契丹，万一有急难，早上相召契丹兵晚上就赶到，还有什么好担心的呢？"石敬瑭于是决意发难，特令桑维翰草写表文，请唐主李从珂让位。表章上写着：

臣河东节度使石敬瑭，恭谨地致陛下：古代帝王治天下，立长子为储君，传位给嫡子，这是古今不变的法度。晋献公因为骊姬的缘故，废除太子，越立奚齐，导致晋大乱数十年。秦始皇不早立储君，杀扶苏，立胡亥，最后国家灭亡。唐代的天下，是明宗的天下。明宗皇帝金戈铁马几十年，他手持三尺剑，马上得到天下，并不是轻而易举的事情。曾几何时，皇帝晏驾，宋王登基。陛下以养子的身份继承大统，天下忠义之士都觉得不妥。愚臣望陛下退居藩邸，传位给许王，这样才能无愧于明宗皇帝的在天之灵，也能平复天下忠臣义士之心。不然，天下都会兴起问罪之师，讨伐陛下的篡位之罪，只能使得血流成渠，生灵涂炭，到那时就后悔莫及了！臣冒昧上言，静候裁夺。

原来李从珂篡位时，除了弑死故主李从厚之外，明宗所有的后妃和少子许王李从益都还安居在宫中，不曾冒犯，所以石敬瑭表上才逼迫李从珂传位给李从益。各位读者！你想李从珂是肯依从不肯依从呢？表文一到京城，李从珂一看，一股无名之火冒起三丈，他立即将表书撕碎，抛掷在地上，并命学士写诏斥责说：

爱卿对于固非疏远，但卫州的事爱卿也有责任，许王年少，他的话又有谁肯信呢？爱卿马上前去郓州，不要再徘徊不进了、给自己找麻烦，特此谕知。

石敬瑭得到诏书后，又跟刘知远等人商议，刘知远说："先发制人，后发被人所制。今日已经骑虎，不能再下，请潞王马上向四方传达檄文，并请求契丹援兵，即日举事，一定能够成功！"石敬瑭依计施行，忽然雄义都指挥使安元信带着部下六百多人前来投降，石敬瑭将他们迎入，委婉地问说："朝廷强盛，河东弱小，你为什么舍强归弱呢？"安元信说："元信虽然不懂天象，但就人事而论，帝王治理天下最重要的是信义。当今主上与明公最亲，却不能以信义相待，何况其他人呢？这么没有信义，只会马上灭亡，怎么能说强盛呢？"石敬瑭非常高兴，命他为亲军巡检使。不久，振武西北巡检使安重荣和西北先锋指挥使安审信、张万迪等人各率部兵归顺晋阳，石敬瑭一一欣然接纳。

不久，朝廷方面降下圣旨，削夺河东节度使石敬瑭的官爵，这也是意料之中的事情。后来，有探卒前来禀报，张敬达为四面排阵使，张彦琪为马步军都指挥使，安审琦为马军都指挥使，相里金为步军都指挥使，武廷翰为壕塞使，率兵五万，杀奔太原来了，这是一急。不久，又来急报，张敬达为太原四面都部署，杨光远为副使，高行周为太原四面招抚排阵等使，调集各道马步兵，已经从怀州进发，不久就要到太原了，这是二急。

石敬瑭召集将佐说："事态紧急，赶快去契丹那里求救吧。"话没说完，又传来了一个噩耗，他的亲弟弟都指挥使石敬德、堂弟都指挥使石敬殷以及他的两个儿子石重英、石重裔，全部被诛杀。石敬瑭听后，险些心痛死，半天才哭出声来。刚一哭出声，喉咙又被塞住，他用两手捶胸，好容易迸出声泪，边哭边说："我受明宗皇帝的厚恩，出力报国，如今却连累子弟含冤而死，含恨九泉！要是我再不举兵讨罪，恐怕满门不保了！我并不敢有负明宗，实在是朝廷逼我的，不得已才这样做。皇天后土，实所共鉴！"各将佐等都在旁边劝慰他。

石敬瑭急命桑维翰草表，向契丹称臣，并表示愿意以父礼相待，乞求立即发兵来援。事成以后，愿意割赠卢龙一道以及雁门关以北的各州，作为酬谢。刘知远连忙劝阻说："称臣已经够了，何必称子？多给点金币就够了，何必割让土地？今天因为紧急随便相许，以后必定成为中原的大患，实在行不得啊！”石敬瑭说：“眼前的事情要紧，顾不了日后了。”便命桑维翰马上草表，派人带着赶赴契丹。

契丹主耶律德光曾梦见一神人从天而降，郑重其事地对他说：“石郎派人来唤你，你应当马上前去！”醒后，他将梦里听到的话转告述律太后，太后认为梦兆无凭无据，不足为信。不久，石敬瑭果然派使者来了，他看完表书后非常高兴，欣然允诺。他跑去对述律太后说：“梦兆已经应验，看来是天意让我援助石郎！”述律太后也很喜慰，将来使打发回去，并写信约定秋高马肥之时，定当倾全国之兵前去援助。石敬瑭收到书信后，这才稍稍放心，急忙整兵备甲，修缮城濠去了。

过了几天，张敬达率大军来攻晋阳。石敬瑭命刘知远为马步军指挥使，安重荣、张万迪等降将全都归他调遣。刘知远调任没有私心，不分亲疏，因此颇得军心，都乐意归他调用。石敬瑭身披重甲，亲自登城，任他城下各军飞矢投石，一一点都不畏缩，只管坐镇城楼，寸步不离。刘知远在旁进言说：“我看张敬达等辈没有什么奇策，不过是深沟高垒，只想长期围困我们。明公赶快派人去安抚军民，免得城内人心混乱，给我们添乱。守城还算容易，我一人就足以担当了，请明公不要担心！”石敬瑭紧握刘知远的手，抚着他的背说：“有你在，我就放心了。”于是自己下城办事，守城的一切计划都委任给了刘知远。

刘知远率军固守，早晚不懈，小心拒守，张敬达屡攻不下。催促攻城的朝使却一再到来，后来又命吕琦前来犒师。兵马副使杨光远对吕琦说：“请大人替我代奏皇上，再宽限些时日，贼兵要是没有援兵，马上就能拿下，就算契丹兵到来了，也可一战破敌！”吕琦返回报告唐主李从珂，李从珂听后非常欣慰。偏偏过了十多天，还是不见捷报，免不了再下诏谕，催促各军马上攻下晋阳。张敬达也很心焦，四面围攻，可正值秋雨连绵，营垒大多被冲坏，不能合成长围。而晋阳城中，粮食快吃完了，石敬瑭也不免焦急起来，只盼望契丹兵前来救援。

契丹主耶律德光如约出师，他在军前号令说：“我并非为石郎兴兵，而是奉天帝的旨意，你们只管踊跃前进，必能得到上天的帮助！”军士齐声应命，耶律德光率五万铁骑，浩浩荡荡南下，扬言三十万大军，从扬武谷趋入，直达晋阳，在汾北列营。耶律德光先派人通报石敬瑭说：“我今天就破敌，你看可好？”石敬瑭急忙派人转告耶律德光，说南军势盛，不能贸然交战，不如休整几天再战。使者刚刚离开，就听到鼓角齐鸣，喊声大震，谁知两边已经交锋，石敬瑭急忙命刘知远带着精兵，出城助战。

说时迟，那时快，契丹主耶律德光已经派遣轻骑三千，进逼张敬达的大营。张敬达却也早有防备，他见来兵都没穿盔甲，纵马乱闯，还以为契丹兵轻率不整，便派出全营的军士迎战，一场厮杀，将契丹兵驱赶到了汾曲，契丹兵渡河而逃。唐兵还不肯舍弃，沿岸追击，谁知芦苇里都是伏兵，几声胡哨，全部杀出，将唐兵冲成好几截。那时唐步兵已经追到了北岸，大多被杀，唯独骑兵还在南岸，纷纷撤撤退。张敬达急忙收军回营，营内忽然突出一彪人马，当先的是一员大将，跃马横枪，大声喊道：“张敬达休走，刘知远守候多时了。”张敬达又惊又怕，急忙带着败军南逃，又被追兵掩杀一阵，死伤了一万多人。

晋阳解围，石敬瑭随即准备羊酒，亲自出城犒劳契丹兵士。石敬瑭见了契丹主德光后，行过臣礼。耶律德光上前搀扶石敬瑭，并对他说：“今日君臣父子幸得相会，也好算是盛遇了！”其实石敬瑭的比契丹主年长，却无奈只得施以父子礼！石敬瑭拜谢后，起身问：“皇帝远来，士马疲倦，一刻都不休息就跟唐兵大战，竟然能大获全胜，这是什么原因呢？”耶律德光大笑说：“你带兵多年，难道不知兵法吗？”石敬瑭非常惭愧，只好侧身恭听。正是：

战败适形中国弱，兵谋竟让外夷优。

毕竟德光如何说法，且看下回续叙。

第二十八回 契丹主册立晋高祖

再说石敬瑭询问契丹主耶律德光获胜的奥秘，德光笑着回答说："我出兵南下，担心唐军在雁门关一路扼守险要，使我不得进兵。后来我派人侦探，发现没有任何阻挠，我料定唐主无能，大事必成，所以长驱深入，直压唐营。我军气势锐利，他们气势沮丧，要是不乘势急击，坐误时机，胜负就不能预料了。这就是临机应变，不能按照一般的以逸待劳的常理来定论。"石敬瑭非常叹服，随即与耶律德光会师，进逼唐军。

张敬达等人逃到晋安寨，收集了残兵，闭门固守，被两军围住，几乎是水泄不通。张敬达检点士兵，还有五万多人，战马还有一万多匹，无奈将士们毫无斗志，个个胆战心惊，张敬达料定不能久恃，急忙派人从小道驰出，带着表章进京，禀报败状，并乞求援军。唐主李从珂，当然惶急，急命都指挥使符言饶率领洛阳步骑兵出屯河阳，天雄节度使范延光、卢龙节度使赵德钧、耀州防御使潘环三路进兵，共同援救晋安寨，同时下诏御驾亲征。次子雍王李重美入奏说："父皇眼疾还没好，不宜远涉风沙，臣儿虽然幼弱，愿代替父皇北行！"李从珂巴不得有人代往，既然儿子奏请，乐得准许。尚书张延朗和宣徽使刘延朗等人进谏说："河东联络契丹，气焰正盛，陛下若不亲征的话，恐怕将士们会很失望，耽误大事。还请陛下三思！"李从珂不得已，只好从洛阳出发。

途中唐主对宰相卢文纪说："朕听说爱卿具有相才，所以才重用你，现在情况紧急，爱卿愿意为朕分忧吗？"卢文纪无话可答，只是跪地磕头。到了河阳，李从珂又召集群臣，咨询方略。卢文纪这才进言说："国家根本，实在河南，胡兵忽来忽往，怎能久留？晋安大寨非常坚固，况且已经派发三路兵马前往增援，兵厚力集，不难破敌。河阳是天下的要地，车驾可留在这里镇抚南北，只要派遣近臣前往督战，要是不能解围，到那时再亲征也不迟。"张延朗也插嘴说："文纪说得很有道理，请陛下准议。"

张延朗曾劝驾亲征，为什么到了中途，突然改变主意了呢？原来，忠武节度使赵延寿随驾北行，兼掌军务，大权被他把持，自己不免失势。这时听到卢文纪让李从珂派遣近臣，正好可以设法把赵延寿派去，免的跟自己争权，所以才竭力赞成。李从珂怎么知道是他的私心，还以为这两位是为国着想，只管点头。李从珂问张延朗派谁去督战合适，他回答说："赵延寿的父亲赵德钧已经率领卢龙兵前去救援，陛下何不派遣赵延寿前去会兵，顺便督战呢？"李从珂迟疑不答，翰林学士须昌、和凝等人又一同怂恿，李从珂这才命赵延寿率兵二万，前往潞州。赵延寿领命出发。

一连几天，李从珂也没接到军报，于是他又遍谕文武官僚，命他们想办法拒敌。各官吏大多无能，想不出什么计策，唯有吏部侍郎龙敏，上书献议说："河东叛贼全仗着契丹的帮助，契丹主倾国前来，国内必然空虚，臣意请立李赞华为契丹主，派天雄、卢龙二镇兵马护送，从幽州直趋西楼，使他自乱阵脚。朝廷不妨再贴出檄文，明确告诉契丹主我们要偷袭他的老巢。这样一来，他一定会率军北回，到那时，我们再命行营将士简选精锐，在后面追击，不但晋安可以解围，就是叛贼也不难扫灭，这便是出奇捣虚的上计。"李从珂却也称妙，偏偏宰相卢文纪等人说契丹太后善于用兵，国内一定会有防备，这样贸然前往，只能使二镇将士白白送命，因此久议不决。李从珂反而被弄得没了主张，每天只知道酣饮悲歌，得过且过。

群臣里又有人劝李从珂御驾亲征，李从珂惊慌地说："爱卿们不要再提石郎了，一提他我就害怕！"于是，群臣从此缄口不言，相戒勿言。唯独赵德钧上表说愿意调集附近的兵马，前去营救晋安寨。李从珂还夸奖他忠心为国，传诏嘉奖，并命他为诸道行营都统、赵延寿为河东道南面行营招讨使。赵氏父子在潞州相见，赵延寿将带来的两万人全部交付给赵德钧。天雄节度使范延光，正奉命出屯辽州，赵德钧想要吞并范延光的兵马，范延光不从，赵德钧随即在潞州逗留，迁延不进。李从珂一再敦促，还是不见他行动。于是，李从珂又派吕琦带着自己的亲笔手敕，催促他进军。赵德钧这才引军到团柏，在谷口屯营，再行观望。

契丹主耶律德光进兵榆林，所有辎重老弱都留在虎北口，相机行事，胜即进，败即退。赵延寿想进兵打探消息，他禀报父亲，谁知道赵德钧笑着说："你还不知道我的来意吗？我先为你表奏皇上，请他授予你为成德节度使，要是他同意的话，我父子姑且效忠朝廷，否则石氏能称兵称王，图谋河南，我们难道不能这么做吗？"赵延寿非常怨恨张延朗，也乐得依从。赵德钧即日上表，大致说自己奉命远征，幽州势单力薄，建议派赵延寿到镇州驻扎，以便接应，请朝廷暂时任命他为成德节度使。李从珂收到表奏后，对来使说："赵延寿正要去攻打贼兵，哪里有时间移驻镇州，等叛乱平定后，我再答应他的请求。"使者回去禀报赵德钧，赵德钧又上表，坚持请命马上任命。李从珂大怒说："赵氏父子，一定要得到镇州，到底是什么意思？他要是能击退胡寇，即使代替朕的位置，朕也甘心。要是只知道趁火打劫、要挟君主，只能便宜了别人。难道给他一个镇州，他就能永享富贵吗？"于是将来使叱回，坚决不同意。

赵德钧知道后，随即派遣幕客带着黄金前去贿赂契丹主。契丹主耶律德光问命他的来意，幕客进言说："皇帝率大军远道而来，不是为了得到中原的土地，只不过是为了石郎报仇。但石郎的兵马比不上幽州的多，如今我主幽州镇帅赵德钧想跟皇帝做个买卖；如果皇帝肯立我主为帝，以我主的兵力足以平定洛阳，将来登基为帝，便与贵国约为兄弟，永不背盟。石氏那边，我主可以让他镇守河东，永不侵犯。皇帝也不必再久劳士卒，尽可以整兵回国，等我主事成之后，定当厚礼相报。"这番话，却把耶律德光哄得动心。契丹主心想自己深入唐境，晋安寨未下，赵德钧兵马强盛，而范延光又出屯辽州，倘若截断他的归路，反而会使自己腹背受敌，陷入危途。不如答应他的要求，一来可卖个人情给赵德钧，二来仍然能保全石郎，三来还能得些好处，拿着金帛，安然归国，这算不虚此行了。便留住赵德钧的幕客，打算慢慢跟他谈谈。

这时，早有石敬瑭的探马将消息告诉了石敬瑭，石敬瑭非常慌张，忙令桑维翰前去拜见耶律德光。耶律德光见他传入，桑维翰跪求说："皇帝亲提义师前来救援，汾曲一战，唐兵瓦解，退守孤寨。如今食尽力穷，转眼间就能扫灭。赵氏父子不忠不信，心蓄异图，他的部众都是临时召集起来的，不足畏惧。他们畏惧皇帝的兵威，所以才虚言哄骗，皇帝怎能轻信他的鬼话，贪取微利，放弃大功呢？要是晋军能取得天下，一定将中原的财力奉献给贵国，岂是小利能够比的！"耶律德光沉凝了半天，才回答说："你见过猫抓老鼠吗？猫要是没有防备，必被老鼠咬伤，何况大敌呢！"桑维翰又说："如今贵国已经扼住了他的咽喉，他怎能再咬人？"耶律德光说："不是我要违背盟约，而是兵法有云，知难而退。况且石郎仍然能够永远坐镇河东，我也算是保全他了。"桑维翰急忙说："皇陛下顾全信义，帅大军救人急难，四海人民都看在眼里。如果陛下一旦毁约，反而使大义不得善终，臣真的为陛下感到不值！"耶律德光还是不肯允许，桑维翰在帐外，从早一直跪到晚，哭着力争，说得耶律德光无词辩驳，只好答应。他叫出赵德钧的幕客，指着帐外的一块大石头，对他说："我此番前来是为了救石郎，即使石头烂了我也不改初衷。你回去报告赵将军，他要是知趣，就退兵自守，将来还不失为一方霸主，否则尽管来跟我交战！"赵德钧的幕客见事已至此，也不便再说什么，告辞离开。

耶律德光让桑维翰回去告诉石敬瑭，石敬瑭非常高兴，亲自来到契丹军营拜谢。耶律德光拍着石敬瑭的肩膀说："我奔波千里前来帮忙，总要成功才好回去。我看你的气貌识量，做中原主也是可以的，我现在就立你为天子，可好？"石敬瑭听后，好像夏日吃雪，非常爽快。但他一时又不好答应，只推辞说："敬瑭受明宗的厚恩，怎忍心忘却？因为潞王篡国，恃强欺人，这才劳烦皇帝远来，救危纾难。要是我自立为帝，非但对不起明宗，也对不住贵国！此事不敢从命！"耶律德光又劝说："做事贵在从权处理，我立你为帝，也正好使中原有主，不必推辞了！"石敬瑭含糊答应，说回营再议。

返回本营后，将领们都得知了消息，他们当然奉书劝进。于是，大家在晋阳城南，筑起坛位，石敬瑭先受契丹主的册封，命为晋王。然后择吉登坛，特于唐清泰三年十一月间，行即位大礼。册封这一天，契丹耶律主德光把自己的衣冠脱下，派人送给石敬瑭，并且给予册命。相传册中的词句因夷夏不同，特命桑维翰主稿，中国主子受外夷册封，这在历史上并不多见，册文中说：

天显九年，岁次丙申，十一月丙戌朔，十二日丁酉，大契丹皇帝若曰：元气肇开，树之以君，天命不恒，人辅以德。故商政衰而周道盛，秦德乱而汉图昌。人事天心，古今靡异。咨尔子晋王，神锺睿哲，天赞英雄，叶梦日以储祥，应澄河而启运。迨事数帝，历试诸艰。武略文经，乃由天纵，忠规孝节，固自生知。猥以眇躬，奄有北土，暨明宗之享国也，与我先哲王保奉明契，所期子孙顺承，患难相济，丹书未泯，白日难欺。顾予纂承，匪敢失坠，尔维近戚，实系本支，所以予视尔若子，尔待予犹父也。朕昨以独夫从珂，本非公族，窃据宝图，弃义忘恩，逆天暴物，诛翦骨肉，离间忠良，听任矫谀，威虐黎献，华夷震悚，内外崩离。知尔无辜，为彼致害，敢征众旅，来逼严城。虽并吞之志甚坚，而幽显之情何负！达于闻听，深激愤惊，乃命兴师，为尔除患。亲提万旅，远殄群雄，但赴急难，罔辞艰险。果见神祇助顺，卿士协谋，旗一麾而弃甲平山，鼓三作而僵尸遍野。虽已遂予本志，快彼群心，将期税驾金河，班师玉塞。矧今中原无主，四海未宁，茫茫生民，若坠涂炭。况万几不可以暂废，大宝不可以久虚，拯溺救焚，当在此日。尔有庇民之德，格于上下；尔有戡难之勋，光于区宇；尔有无私之行，通乎神明；尔有不言之信，彰乎兆庶。予懋乃德，嘉乃不绩，天之历数在尔躬，是用命尔，当践皇极。仍以尔自兹并土，首建义旗，宜以国号曰晋。朕永与为父子之邦，保山河之誓。诵百王之阙礼，行兹盛典，成千载之大义，遂我初心。尔其永保兆民，勉持一德，慎乃有位，允执阙中，亦惟无疆之休，其诫之哉！

石敬瑭登坛，拜受册命，国号大晋，并接过衣冠，穿戴起来。他在南面就座，接受部臣朝贺。礼毕后，鼓吹而归。当时喜好附和的诸臣，又说出现了什么符谶，称为符瑞。有人说牙城内有个崇福坊，在这个坊西北角落有个泥神，这个泥神头上总是会出现一股烟光，非常神奇。询问这个坊的和尚，说唐庄宗建国时，神像的头上也冒过烟。在即位之前，在太阳的旁边常常会出现五色云气，像莲芰的形状，术士都说这是天瑞，石敬瑭也视为祥征，因此乘势称帝，号令四方。

即位以后，石敬瑭又到番营拜谢耶律德光，并表示愿意割赠幽、蓟、瀛、莫、涿、檀、顺、新、妫、儒、武、云、应、环、朔、蔚十六州，作为酬谢，并许诺每年给契丹三十万岁币。耶律德光得了这么大便宜，当然欣喜若狂。他在营内设宴款待石敬瑭，欢饮过后，石敬瑭便返回了晋阳。第二天早上，在崇元殿石敬瑭下旨改元天福。一切法制都遵照唐明宗时的旧规，命赵莹为翰林学士承旨，桑维翰为翰林学士，权知枢密院事。刘知远为侍卫马军都指挥使，客将景延广为步军都指挥使。此外文武将佐，都各有封赏，册立晋国长公主李氏为皇后，大赦天下。布置停当后，再会合契丹的兵马攻打晋安寨。

晋安寨已经被围困了几个月，一直等不到援兵。营将高行周、符彦卿等人多次出战突围，都被契丹兵杀回。寨中的粮食已经吃完，可是张敬达决意死守，丝毫没有背叛的想法。杨光远、安审琦等人都劝张敬达，说不如投降契丹，保全一营将士的性命。张敬达怒叱说："我身为元帅，兵败被围，已经身负重罪，你们怎么还叫我降敌呢！况且援兵随时都有可能赶到，再等几天又有什么关系呢？万一援绝势穷，你们大可投降，反正我宁愿自刎也不愿做降将，背主求荣的事我做不出来！"杨光远斜视着安审琦，暗示他下手。安审琦不忍心加害，转身离开，并将此事告诉了高行周。高行周也佩服张敬达的忠诚，总是带着卫兵跟在后面保护他。张敬达却不识好心，反而对他说："你总是跟在我后面，到底想干什么？"高行周听后，反倒不敢跟在他身边护卫了。杨光远抓住机会，召集诸将密议。张敬达为人严厉，时常处罚诸将，所以大家都称他为张生铁，将士们早就有些不满，于是诸将跟杨光远合谋，决意杀张敬达。第二天，张敬达升帐议事，张光远假装说有事禀报，走到案前，拔出佩刀，竟将张敬达刺死，开寨投降了契丹。

契丹主耶律德光收纳降众后，入寨检查，还剩下五千多匹马，铠甲五万多件，于是把这些东西都搬了回去，交给了石敬瑭，并将降将降卒也都交给了石敬瑭统领，还说告诫说："好好为侍奉你们的主子！"他见张敬达因忠殉职，便收尸厚葬，对部众和降将说："你们身为人臣，应当以张敬达为榜样！"石敬瑭又请耶律德光，一同会师南下。耶律德光对石敬瑭说："桑维翰尽职尽忠，你应当任他为相才对。"石敬瑭于是授维翰为中书侍郎，赵莹为门下侍郎，并同平章事。石敬瑭打算留下一个儿子驻守河东，便询问耶律德光询的意见。耶律德光叫他将儿子全部喊出来，以便选择。石敬瑭当然遵命，命儿子们都出来拜见耶律德光。德光仔细端详，见有一人长得很像石敬瑭，双目炯炯有光，便指示石敬瑭说："你这二个儿子眼睛大，可任命为留守。"石敬瑭回答说："这是臣的养子石重贵。"耶律德光点头，命石重贵留守太原，兼河东节度使。这石重贵是石敬瑭哥哥石敬儒的儿子，石敬儒早早就死了，石敬瑭非常疼爱石重贵，视为己出，而这个石重贵就是后来的晋出帝。

晋阳既然有人把守，于是由德光下令，遣部将高谟翰为先锋，用降卒为前导，依次进兵，自己和石敬瑭为后应。前锋到了团柏，赵德钧父子都不战而逃。符彦饶、张彦琪、刘延朗、刘在明各将本来都是李从珂派来援救晋安寨，到了现在也相继溃散。士卒们自相践踏，伤亡无数，再经契丹兵从后追击，杀得唐军尸横遍野，血流成渠。耶律德光、石敬瑭到团柏谷口时，唐军早就不知去向，只剩下一片荒郊，枯骨累累了。

那时唐主李从珂身在怀州，还没收到各军的消息，直到刘延朗、刘在明等人狼狈逃回，才得知晋安寨已经失守，团柏又遭重创，石敬瑭已经称帝，杨光远等人都叛逃的消息，急得神色仓皇，不知所措。大家都说天雄军还未曾交战，军府远在山东，足以遏制敌人的气焰，不如移驾魏州，再作计较。李从珂也这么认为。学士李崧跟天雄军节度使范延光关系很好，李从珂便将他召来商议。李崧说范延光也不一定靠得住，建议南还洛阳。李从珂依议，于是下令起程回都。

洛阳人民，听说北军败溃，车驾逃回，顿时谣言四起，争相出城逃生。城门守吏请示河南尹李重美，建议禁止出行，李重美说："国家多难，不能保护百姓已经是罪无可赦了，倘若再断绝他们的生路，简直是禽兽不如，让他们自便吧！"于是任凭百姓逃亡，不加阻止，民心这才安定了些。

李从珂从怀州回到河阳，听说京都也非常慌乱，不敢进城，只暂且住在河阳，命诸将分守南北城。一面派人招抚溃将，准备兴复。谁知人心已经瓦解，众叛亲离，诸道行营都统赵德钧与招讨使赵延寿已经迎降了契丹，被耶律德光押往西楼去了。原来那赵德钧父子退到潞州后，石敬瑭派遣降将高行周劝他迎降，赵德钧见他们势大，倒也愿意归降。不久，石敬瑭与耶律德光一同来到潞州，赵德钧父子在高河迎接他们，耶律德光还好言安慰，可是石敬瑭扭头就走，对他们不理不睬，始终不跟他们交谈。耶律德光料定石敬瑭容不下他们，便将赵德钧父子送到了西楼。

回到西楼后，赵德钧见到了述律太后，并把带来的宝物和田宅册籍献了上去。述律太后问他："听说先前你向我儿请求要当天子，可有此事？"赵德钧趴在地上，不敢出声。述律太后又说："我儿南下之前，我曾告诫他说：'赵大王如果乘我空虚，向北发兵而来，你要马上回兵，顾着自己要紧！至于太原那边的成败，就管不了那么多了。'你要是真想做天子，等击退了我儿，再做打算也不迟啊。你身为人臣，不思报主，又不能退敌，只知道欲乘乱取利，浑水摸鱼，像你这种不忠不义的人还有什么面目活在这个世上？"赵德钧吓得浑身乱抖，一个劲儿地叩头求饶。述律太后又问："宝物在这里，那田宅呢？"赵德钧回答："在幽州。"述律太后问："那幽州现在属于什么人？"赵德钧说："现在属于贵国"述律太后说："既然属于我国，还要你来献什么？"赵德钧这时愧恨交加，汗如雨下，只恨地上没有缝隙，不能钻进去。最后还是述律太后大发慈悲，命人把他们打入狱中，等耶律德光回来后，再行发落。可怜的赵德钧到了这时，又不得不磕头称谢，退回到番邦的监狱里待罪。直到耶律德光北归后，才将他父子放出。赵德钧愧恨成病，不久就死了，而赵延寿却得以任翰林学士。正是：

番妇犹知忠义名，如何华胄反偷生！

虏廷俯伏遭呵责，可有人心抱不平！

第二十九回 南唐建国

却说晋王石敬瑭到了潞州后，打算引军南下。契丹主耶律德光想要北归，于是置酒告别，德光举杯对石敬瑭说："我远来赴义，幸蒙天佑，多次打败唐军。现在大事已成，我要是再南下，不免惊扰中原百姓，你可自引汉兵南下，免得人心震动。我命先锋高谟翰率五千铁骑护送你到河梁，要是你还需要他的帮助，那就一同渡河，不需要的话也听你的安排。我在这里暂留几天，静候佳音，万一你有危险，可速派人禀报我，我马上南下救你！要是你拿下了洛阳，那我就北返了。"石敬瑭听后，十分感激，紧紧握住耶律德光的手，一副依依不舍，泣下沾襟的样子。耶律德光也不禁潸然泪下，他脱下白貂裘，披在石敬瑭身上，并赠送石敬瑭良马二十匹，战马一千二百匹，还跟他订下誓约："世世子孙，幸勿相忘！"石敬瑭自然答应。耶律德光又说："刘知远、赵莹、桑维翰，都是你创业的功臣，如果他们没有犯下大错，不要抛弃他们！"石敬瑭也唯唯遵教。随即石敬瑭拜别了耶律德光，与契丹将高谟翰一同进逼河阳。

唐都指挥使符彦饶、张彦琪等人从团柏败还后，对唐主李从珂说："如今胡兵得势，石敬瑭他们马上就要南下。现在正值枯水季节，河水很浅，他们的骑兵很容易就能渡河而来，再加上我们人心已经离散，这里断不能固守，不如退回洛都吧。"李从珂于是命河阳节度使苌从简与赵州刺史赵在明，协同坚守河阳南城，自己回到了洛阳，并砍断了浮桥。他派宦官秦继旻和皇城使李彦绅到李赞华的府上，将他杀死，聊以泄愤。谁知道石敬瑭一到河阳，苌从简就马上迎降，还准备好了船只，帮石敬瑭渡河，并将刺史刘在明抓住，送到了石敬瑭的营中。石敬瑭将没有责怪刘在明，反而是仍然让他担任原职。随后大军渡河，向洛阳进发。

唐主李从珂，急命都指挥使宋审虔、符彦饶、节度使张彦琪以及宣徽使刘延朗等人率一千余骑到白马阪，视察战地，准备驻守。忽然见晋军渡河而来，大约有五千余骑，不一会儿就登上了岸，符彦饶等人早已相顾骇愕，对宋审虔说："哪里不能交战？何苦要在这里驻营，被敌人冲撞呢？"说着，便跑了回去。宋审虔独木难支，也退了回去。李从珂见四将回朝，还痴心妄想，与他们商议收复河阳的事情，可四将都面面相觑，一句话都不说。可见五代迎新送旧已经成了常态。

不久，告急文书如雪片一般飞来，不是说敌人到了哪里，就是说哪位将领又投降了敌人，最后报称胡兵一千多骑，已经占据了渑池，并截住西行的要道，正往洛阳杀来！李从珂听后，仰天叹息说："这是不给我活路了！"于是返回宫中，哭着去见曹太后、王太妃。王太妃没等他开口，就知道大事不妙，便对曹太后说："事情已经到了万急的地步，不如暂且躲避起来，听候石敬瑭的裁夺吧！"太后说："我李氏的子孙妇女，到了这个时候，还有什么面目求生，妹妹自便吧！"王太妃于是抢步离开，带着许王李从益逃走了。

李从珂这时已经心灰意冷，他带着曹太后、皇后刘氏、次子雍王李重美以及并都指挥使宋审虔等人，拿着国宝，登上了玄武楼，架起柴火，打算自焚。刘皇后回头看了看宫室，对李从珂说："我们即将葬身火海，还留着这些宫室有什么用？不如一同烧毁，免得落入敌人的手中！"李重美在旁谏阻说："新天子进京后，怎么肯露宿街头？宫室被毁，他肯定会大兴土木，到时劳民伤财，痛苦的还是百姓，我们何苦作孽，下此辣手呢？"于是作罢。李从珂命人在玄武楼下，纵起火来。只见一道烟焰，直冲霄汉，霎时间火烈楼崩，所有在楼上人的灵魂，都随了祝融氏到南方去了。

李从珂一死，都城各将吏纷纷开城迎降，解甲待罪。晋主石敬瑭随即率兵入都，暂时住在原来的府上。他命刘知远部署京城，扑灭玄武楼的余火，并禁止士兵劫掠百姓，命各军一律回到营中。所有的契丹将士都在天宫寺中留宿，将令一出，全城肃然，谁都不敢违犯军令。以前窜逃的百姓，听说城内秩序井然，慢慢都回来重操旧业了。不久，晋主下诏，督促百官朝见。这天，文武百官都在宫门外跪迎车驾。石敬瑭登上文明殿，接受群臣的朝贺，并用唐代礼乐，下旨大赦天下。唯有李从珂的旧臣张延朗、刘延浩、刘延朗三人，罪不可赦，依法治罪。刘延浩自尽，两个延朗都被处斩。追谥鄂王李从厚为闵帝，以礼下葬；追封闵帝的妃子孔氏为皇后，附葬在闵帝陵。并为明宗皇后曹氏举哀，辍朝三日，拾骨安埋。后来，石敬瑭又找到了德妃以及许王李从益，将他们迎接到了宫中。太妃请求削发为尼，晋主不许，将他安置在德宫，命皇后随时请安，像母亲一样侍奉着。封李从益为郇国公，唯独废故主李从珂为庶人。李从珂享年五十一岁，史家称为废帝。总计后唐从唐庄宗开始，到废帝结束，总共四次易主，三次易姓，只过了一十三年。

后唐已亡，变成后晋。石敬瑭仍用冯道为同平章事，卢文纪为吏部尚书，周瓌为大将军，充任三司使。符彦饶为滑州节度使，苌从简为许州节度使，刘凝为华州节度使，张希崇为朔方节度使，皇甫遇为定州节度使，其他的军镇大多沿用旧帅。命皇子石重义为河南尹，追赠皇弟石敬德、石敬殷为太傅，皇子石重英、石重裔为太保。改兴唐府为广晋府，唐庄宗晋陵为伊陵。送契丹将士回国，并送回李赞华的棺椁，追封为燕王。前朝学士李崧、吕琦已经外逃，晋主听说他们博学多才，将他们赦罪召还，授吕琦为秘书监，李崧为兵部侍郎，兼判户部。不久，又提拔李崧为相，充任枢密使，桑维翰兼任枢密使。

当时晋主刚刚占据中原，藩镇还没有全部归服，就算已经上表称贺了，不免还是反侧不安。再加上战后余生，满目疮痍，公私两困，国库空虚，契丹又贪得无厌，今天要钱币，明天要金银，几乎供不胜供，捉襟见肘。桑维翰劝晋主推诚弃怨，厚抚藩镇，谨遵契丹，训卒养兵，勤修武备，劝农课桑，丰实仓廪，通商惠工，储备财货。一段时间过后，百姓安居，国内逐渐安定。

契丹主耶律德光听说晋主已经得国，当即北还，走到云州的时候，节度使沙彦珣出迎，被德光留住。城中的将吏奉判官吴峦掌管州事，闭城拒寇。德光到了城下，抬头对吴峦喊道："云州已经割让给我了，你为什么要抗命？"话没说完，忽然从城上射下一箭，险些穿通他的脖子，幸亏闪避得快，才将来箭撇过一旁。耶律德光大怒，下令部众马上攻城，可是城上矢石如雨，自己反倒死伤了许多士兵。连攻了十几天，竟然没能攻下。耶律德光急着回国，便留下部将围攻，自己带领亲卒，奏凯而回。吴峦固守了半年，一点都没松懈，但是无奈粮食吃完了，不得已派人到洛阳，乞求援兵。晋主不便食言，他一面写信给契丹主，请他撤去围兵，一面召回吴峦，免得他从中作梗。没过多久，契丹兵果然解围而去，吴峦也奉召入都，被晋主任为宁武军节度使。还有应州指挥使郭崇威也耻于向契丹称臣，挺身南归。陆陆续续，这十六州的土地和人民全部割给了契丹，中国的外患，从此开始，持续了差不多三百年！

卢龙节度使卢文进曾经是契丹的叛将，他担心契丹会向石敬瑭要人，于是弃镇奔逃吴国。吴国徐知诰正谋划篡国，将他召为己用，当时中原经常发生变乱，很多名士鸿儒都投奔南来。徐知诰事先派人到淮河上，赠给他们许多钱财。到了金陵，又许诺高官厚禄，大家都很乐意为他效命。徐知诰在民间暗访，遇到那种婚丧缺钱的人家，就拿出钱财接济他们。盛暑时节，他也不张盖操扇，还对左右说："大家都暴露在烈日之下，我怎么忍心用那个呢？"军民被他所笼络，相率归心。他出生时曾有异兆，说有一条赤蛇钻到了他的母亲刘氏的床榻下，刘氏就得以怀孕，诞下了他。后来杨行密掳得他们母子，并命他拜徐温为义父。徐温收得他之后，梦中总会出现一条黄龙，所以对他格外垂爱。种种征兆，再加上养父的威望，四处笼络人士，整天想着篡夺吴国。

吴王杨溥还没怎么失德，徐知诰苦于无隙可乘，便奏请回金陵养老，留下儿子徐景通为相，暗中却嘱咐右仆射宋齐邱劝吴王杨溥迁都金陵。吴人大都不愿迁都，杨溥也无心移徙。徐知诰不能得逞，又命属吏周宗跑到广陵，劝吴王传禅。不久，节度副使李建勳和司马徐玠等人多次上书陈述徐知诰的功业，劝吴王早从民望，传位为徐知诰。于是，吴王封徐知诰为东海郡王，后又加封尚父太师大丞相、天下兵马大元帅，进封齐王。

徐知诰向来忌惮吴王的弟弟临川王杨濛，为了除掉他，徐知诰污蔑他藏匿亡命之徒，擅造兵器。杨濛因此被降为历阳公，幽禁在和州，后被押送到金陵，被徐知诰所杀。徐知诰又开大元帅府，自置僚属。闽、越等国都派使者劝进。那时吴王杨溥已成了傀儡，皇位对于自己已经不是一种权力和诱惑了，而是一种潜在的威胁。为了活命，他只好推位让国，把他父亲杨行密传下基业全都让给了徐知诰。他随即派遣江夏王杨璘奉册宝到金陵，禅位齐王。徐知诰建造太庙社稷，改金陵为江宁府，即皇帝位，改吴天祚三年为升元元年，国号大齐。尊吴王杨溥为高尚思玄弘古让皇帝，上册自称受禅老臣。用宋齐邱、徐玠为左右丞相，周宗、周廷玉为内枢密使，追尊徐温为太祖武皇帝。徐温的儿子徐知询跟徐知诰不和，已经被夺了官职。唯独徐知询的弟弟徐知证、徐知谔与徐知诰关系亲睦，因此封徐知证为江王，徐知谔为饶王。并将杨溥和太子杨琏迁到润州的丹阳宫，派兵防守，表面上说是护卫，其实就是看管。可怜杨溥父子，抑郁成疾，双双死于丹阳宫。

徐知诰立宋氏为皇后，儿子徐景通为吴王，徐景通后改名为徐璟。徐知证、徐知谔奏请徐知诰复姓，徐知诰假装谦抑，只说不敢忘却徐氏的恩德。后来经过百官多次申请，才复姓李氏，改名为李昪。他自称是唐宪宗儿子建王李恪的四世孙，因此再改国号为唐，立唐高祖太宗庙，追尊四代祖李恪为定宗，曾祖李超为成宗，祖李志为惠宗，父李荣为庆宗，奉徐温为义祖。以江宁为西都，广陵为东都。

因为李昪改国号为唐，史学家担心与唐朝相混淆，特标明为南唐。在此之前，江南流传着一个童谣："东海鲤鱼飞上天"。这时南唐大臣都趁势附会，说鲤李音通，东海又是徐氏的祖籍，李昪过养给徐氏后便做了皇帝，这便是童谣的应验。还有江西那边有株杨花，长着长着就变成了李花。临川有颗李树生连理枝，相传是李昪还宗的预兆。江州陈氏，宗族繁衍了七百多口，仍然没有分居。每次吃饭，必定摆下流水席，长幼依次坐着就餐，场面非常热闹。大家都说是因为皇上的德政显著，感动上天，才出现了这些瑞兆。州县官员，到处采风问俗，报上去的孝子悌弟不下数百人，而五代同居的共计有七家之多。李昪颁下制敕，旌表门闾，免除他们的役赋。这也无非是在铺张宣传，粉饰承平罢了。

再说另一边，天雄军节度使范延光听说晋军进入洛都后，从辽州回到了魏州。后来晋主颁敕招抚，不得已奉表请降。但毕竟是被强迫的，不免阳奉阴违。他还没贵显时，曾有江湖术士张生给他算命，说他以后一定能做上将相。后来，张生的预言果然应验，所以更加迷信张生。不久，他又梦见一条蛇钻到了他的肚子里，又叫张生给他圆梦，张生说蛇龙一母同胞，说明他以后可以做帝王。从此他更加自负，野心勃勃。唐主李从珂对他厚待有加，一时不忍心辜负大恩，所以蹉跎过去。到了石晋开国时，范延光没了顾念，但如果仓促发兵，恐怕不是晋朝的对手，于是他假意周旋，尽量敷衍，暗中却写信给齐州防御使秘琼，拉拢他叛乱。秘琼收到书信后，并没有答复他。范延光担心他密报晋主，于是派人去监视秘琼，乘他出城办事时，将他刺死。随即范延光整兵备甲，叛变的意图路人皆知。

晋主得知消息，非常担忧。桑维翰请晋主徙迁都大梁，并献策说："大梁北控燕赵，南通江淮，是一个水陆交汇的要地，物资非常富足。如今范延光造反的意图已经暴露，我们正好乘时迁都。大梁距离魏州不过十驿的路途，那里只要发生叛乱，我们即可发兵往讨，迅雷不及掩耳，一定能将他置于死地！"晋主点头称善。于是，晋主命前朔方节度使张从宾为东都巡检使，辅助皇子石重义居守洛阳，自己带着后宫和百官去了大梁，托词东巡。沿途由百官护驾，晋主安安稳稳地到了大梁。晋主下诏大赦，进封凤翔节度使李从曮为岐王，平卢节度使王建立为临淄王，这两人都有造反的可能，所以加恩抚慰。为了使范延光放松警惕，就连将反未反的范延光，也被加封为临清王。

范延光得了王爵，倒把造反的欲望打消了一半。偏偏左都押牙孙锐与澶州刺史冯晖合谋，多次劝范延光起兵发难。范延光有些犹豫，正巧身体抱恙，不能理事，孙锐竟然擅自递上表章，向朝廷挑衅。范延光得知后，使者已经出发，追不回来了。他将孙锐叫到跟前，一顿痛骂！孙锐是范延光的心腹，对范延光的梦兆早有耳闻，他将梦兆反复陈述，说此时发难，一定能够成功，否则将命不久矣！范延光被他连哄带吓，做皇帝的野心再次燃烧了起来，于是就依了孙锐的建议，派兵渡河，四处焚劫草市。

滑州节度使符彦饶据实上奏。晋主调动兵马，命马军都指挥使白奉进率骑兵一千五百人出屯白马津，再命东都巡检使张从宾为魏府西南面都部署，又派侍卫都军使杨光远率步骑一万人屯守滑州，护圣都指挥使杜重威率步骑五千人屯守卫州。谁知人情变幻不能预料，西南面都部署张从宾出兵讨伐魏州，反而被范延光引诱，也一同造起反来。

晋主正下令命杨光远为魏府四面都部署，张从宾为副。忽然接到急报，忙调杜重威移师前去讨伐。杜重威还没来得及发兵，张从宾就已经攻陷了河阳，杀死节度使皇子石重信，后又再攻入洛阳，杀死东都留守皇子石重义，并进兵据汜水关，将逼汴州。晋主下诏令都指挥使侯益统禁兵五千，会同杜重威，一同迎击张从宾，并饬令宣徽使刘处让从黎阳分兵会讨。可是远水难救近火，汴城里人心惶惶，百官无不惊惧。唯独桑维翰指挥军事，从容不迫，神色自如。晋主一身戎装，全城戒严，打算奔往晋阳。桑维翰叩头苦谏说："贼势虽然猖獗，但不能持久，请陛下静待几天，不要轻动！"晋主这才罢休，只敦促各军分头围剿。

白奉进到了滑州，与符彦饶分营驻扎。一晚，有军士乘夜掠夺百姓财物，白奉进派兵围捕，一共抓了五人，其中三人是白奉进的部下，另外二人是符彦饶的部下。白奉进下令将他们斩首，然后通知符彦饶。符彦饶认为白奉进事先不跟他商量，没把他放在眼里，于是愤愤不平。白奉进派人到符彦饶的大营，婉言道歉。符彦饶说："军中士兵归各自主帅管理，明公为何将我滑州的军士随意诛戮！难道你不分主客吗？"面对质问，白奉进也不禁发怒，便勃然回答："军士犯法，依法受诛，我与公同为大臣，为什么要分得那么清楚呢？况且我已经向你道歉，你还是不肯息怒，莫非你想跟着范延光造反吗？"说完，拂衣而去。符彦饶也并不挽留，由他离开。偏偏帐下的甲士大噪，持刀突出竟然将白奉进杀死。白奉进的从骑仓皇逃脱，边跑边喊。各营将士纷纷披甲操刀，喧噪不休。左厢都指挥使马万遏制不住，想要跟着作乱。巧遇右厢都指挥使卢顺密率兵出营，他厉声对马万说："符公擅自杀了白公，他必定跟魏州通谋，我们的家属都在大梁，为什么不思报国，反而助贼作乱，你想要被灭族吗？我们马上将符公抓住送给天子，军士顺命者赏，违命者杀，不必再迟疑了！"马万只好依了卢顺密，与都虞侯方太等人共同攻打牙城，一鼓即拔，擒住符彦饶，将他押往大梁。晋主下诏将符彦饶赐死，并授马万为滑州节度使，卢顺密为果州团练使，方太为赵州刺史。

杨光远见滑州变乱，急忙从白皋赶到滑城。将士们想推举杨光远为主，杨光远呵斥说："天子岂是你们的玩物！当初晋阳乞降，实在是被逼无奈，如今你们又想作乱，那就真的成反贼了！"士卒听后，再也不敢提了。抵达滑城后，那里已经风平浪静，重见太平。于是，杨光远递上奏书，将此次平乱的功劳归于卢顺密。

晋主见三镇相继叛乱，不免惊惶，于是又向刘知远问计。刘知远说："陛下先前在晋阳，粮尽兵乏尚且能成就大业。如今中原已定，陛下内拥劲兵，外结强邻，难道还怕这些鼠辈吗？陛下只要用恩惠抚慰将相，臣再用威信驾驭士卒，恩威并著，先把京都安定下来，只要根本深固，枝叶就不会伤残了！"于是晋主转忧为喜，委任刘知远整顿禁军。刘知远严明军纪，用法无私。有个军士就偷了一点钱财，事发被抓，刘知远当即下令将他处死。左右见罪行轻微，请他宽大处理。刘知远说：“国法论心不论迹，我杀的是他的贼心，不问他偷了多少东西！”于是众人畏服，全城纪律严整。

得到杨光远奏报后，晋主又命杨光远为魏府行营都招讨使，兼知行府事；调昭义节度使高行周为河南尹，兼东都留守；授杜重威昭义节度使，充侍卫马军都指挥使，命侯益为河阳节度使。晋主命杜重威、侯益与杨光远进军讨贼。杨光远率众赶到六明镇，正值魏州叛将冯晖、孙锐等人渡河前来，当即趁他不备，率军掩杀。冯晖与孙锐不能抵挡，大败逃走，淹死了好多士兵。杜重威、侯益乘胜杀到汜水关，撞见张从宾的一万兵马，当下迎头痛击，连斩带俘，一万人马所剩无几。张从宾慌忙逃走，乘马渡河，竟然给淹死了。两镇既然已经平定，范延光见大事不妙，便将罪状归咎在孙锐的头上，将他灭族。并写信给杨光远，求他代奏朝廷，情愿待罪。正是：

失势复成摇尾犬，乞怜再作磕头虫。

第三十回 王延羲乘乱窃国

却说晋主收到杨光远的奏报后，不便立时应允，仍然敕令杨光远进攻魏州。杨光远刻意观望，朝廷一切军事调度，他都抵触不行。晋主倒还是曲意优容，他命杨光远的长子杨承祚娶了长安公主，次子杨承信也被封了官，杨光远这才整顿兵马，慢慢前进。到了魏州城下，扎下大营，但不过虚张声势，迁延时日罢了。从天福二年秋季进兵到来年秋季，没有损坏魏州一砖一瓦。只是招降了前澶州刺史冯晖，并且举荐到朝廷，请晋主重用他。晋主任冯晖为义成节度使，打算以此诱降魏州将士，偏偏魏州还是坚守如故，杨光远旷日无功。

晋主因为连年用兵，弄得兵疲民倦，没办法只好再派遣心腹朱宪去招抚范延光，许诺他可以永镇大藩，还让朱宪传谕说："你要是投降，朕决不杀你，要是食言，皇天在上，死无全尸！"范延光听后，对副使李式说："主上一向讲信用，他竟然发此毒誓，我们也不必有所顾虑了。"于是撤去守备，厚待朱宪，让他回去禀报。朱宪复命后，过了好几天都没接到范延光的降表。于是又派宣徽使刘处让前往招抚，再三申说，这才使得范延光派两个儿子作为人质，并派牙将奉表待罪。晋主颁赐赦书，范延光穿着百姓的衣服出迎，跪地受诏。紧接着恩诏接连颁下，改封范延光为高平郡王，调任天平军节度使，仍赐丹书铁券。范延光手下的将佐李式、孙汉威、薛霸等人都授予防御使、团练使、刺史。牙兵都升为侍卫亲军，就是张从宾、符彦饶的余党也一并被赦罪，不再株连。

先前，魏州步军都监使李彦珣本是河阳行军司马，跟随张从宾一同造反。张从宾败死后，他得以脱逃到魏州，范延光命他为都监使，登城拒守。李彦珣有个老母住在邢州，杨光远将她抓住，推到城下，招降李彦珣。李彦珣拈弓搭箭，竟然将老母给射死了。后来，范延光归降，晋主不加追责，反而命李彦珣为坊州刺史。近臣说李彦珣杀母，天理难容，不应该轻易赦免。晋主说："敕令已经颁发，怎么能再改呢？"。随后，又授杨光远为天雄节度使，加官检校太师，兼中书令。

杨光远恃宠生骄，他多次跟宣徽使刘处让叙谈，说了不少对晋主不满的话。刘处让也说朝中军务大事都由李崧、桑维翰两位丞相把持，并不是出自晋主的决断。刘光远不禁动怒说："宰相得以兼任枢密使，除了前代郭崇韬，就没有这样的事。我听说李、桑二相都兼任枢密，怪不得他们独断独行呢！主上虽然可以容忍，可我刘光远却忍耐不下去！"刘处让回朝时，杨光远让他代为密奏，极言晋主执政的过失。晋主明知他有意刁难，但一想战乱刚刚平定，不得已勉强答应他的请求，改任桑维翰为兵部尚书，李崧为工部尚书，撤去他们枢密使的兼职，命刘处让代任。见晋主退让，杨光远更加专恣，他随时上表，还在指责宰辅的不是。晋主见他这么嚣张跋扈，担心将来势力太大难以控制，所以秘密跟桑维翰商量对策。桑维翰说天雄军是个重镇，多次发生叛乱，所以应该分裂他的疆土，拆散他的士卒，减杀他的势力。可命杨延光驻守洛阳，调虎离山，免为后患。晋主同意，即升汴州为东京，设置开封府，改洛京为西京，雍京为晋昌军，即加授杨光远为太尉，命他为西京留守，兼河阳节度使。升广晋府为邺都，即魏州。设置留守，就命高行周调任。升相州为彰德军，澶、卫二州为属郡，设置节度使，由贝州防御使王延胤升任。升贝州为永清军，博、冀二州为属郡，也设置节度使，由右神武统军王周升任。高行周他们都奉命莅镇，毫无异言。唯独杨光远怏怏失望，勉强移镇，他还偷偷贿赂契丹，诋毁晋室的君臣；又自养壮士一千多人，作为自己的爪牙。

不久，杨光远又诬告桑维翰做事不公平，跟老百姓争夺利益。晋主不得已将桑维翰调到相州，任王延胤为义武节度使，另用刘知远、杜重威为同平章事。刘知远是开国功臣，得以升任宰辅也理所当然。杜重威征讨魏州，有点功勋，全仗着自己与皇帝沾亲，才得以把持朝纲。刘知远不愿意与他为伍，便托疾卧床，不接受朝命。晋主不觉大怒，他召问赵莹说："刘知远拒绝接受圣旨，真是太不恭敬了，朕打算削夺他的兵权，将他罢官。"赵莹跪在递上求情说："陛下先前在晋阳的时候，士兵不过五千人，被十多万人唐兵围攻，危如累卵，要不是刘知远披肝沥胆，心同金石，陛下怎能成就大业？因为这点小的过错，便将他抛弃，陛下这样做，不但会令功臣寒心，而且会被他人诟病，说陛下气量狭窄，不能容人呢！"晋主听后，怒气稍解，随即命学士和凝到刘知远的府上善加抚慰，刘知远这才起床受命。范延光从郓州入朝，当面请求退休，经过晋主再三慰留，才回到旧镇。后来又多次上表乞休，晋主于是答应他以太子太师的身份退休，留居在大梁。

第二年，范延光请求回到河阳的府邸，晋主批准，于是带着许多金银财宝，启程上路。西京留守杨光远偏偏上奏说范延光是个叛臣，要是放虎归山，万一哪天逃到敌国，必定成为后患，请晋主早做预防，禁止他回归乡里。于是晋主命范延光暂且寄居在西京。范延光到了洛阳，杨光远随即派遣儿子杨承贵带领甲士，把他围住，逼他自杀。范延光说："天子在上，赐我丹书铁券，答应我不死，你们父子怎敢如此大胆！"杨承贵拿着白刃，驱赶范延光上马，威胁他去见杨光远。途中路过一座桥，杨承贵将范延光一推，连人带马，全都坠了下去。范延光载归的宝物，全都被杨承贵所劫，一股脑儿搬回了自己的府署，杨光远非常高兴。

随后，杨光远奏闻晋廷，只说范延光是自己投河自尽的。晋主早就看破了他的阴谋，但又畏惧杨光远的强盛，不敢责问，只命他入朝觐见。杨光远还算听命，入都朝见，晋主对他说："围魏一战，爱卿的不少爱将都立了功，朕还没有予以重赏，朕决定任他们做一州的刺史，免得他们失望。"杨光远代为谢恩。等他准备出发回洛阳时，晋主又一道的诏敕，将他调为平卢节度使，晋爵东平王。杨光远这才明白自己中计，怏怏出都，奔赴青州去了。

当时契丹改元会同，国号大辽。公卿百官都仿照中原的制度，并选用汉人作为辅臣，进赵延寿为枢密使，兼政事令。一面派人到到洛阳，接回赵延寿的妻子燕国长公主。夫妻团圆，赵延寿于是一心一意为大辽效力。晋主听说契丹改国号为大辽，便命宰相冯道为辽太后册礼使，左仆射刘昫为辽主册礼使，备着卤簿仪仗，前往西楼。辽主非常高兴，优待两位来使，厚赏遣归。晋主侍奉辽国非常谨慎，除了奉表称臣，尊辽主为父皇帝之外，每次一旦有辽国使者到来，他必定到偏殿跪在接受诏敕。除了每年输送三十万金帛之外，每逢特殊的节日或者丧礼，他都会派人送去厚礼，非常恭谨。辽太后、元帅、太子、诸王大臣一旦对馈赠不满意，就会派人前来责问，朝廷上下都感到很耻辱，个个咬牙切齿，唯独晋主卑辞厚礼，忍辱含羞。辽主见他如此诚心，命晋主不用上表称臣，只需称儿皇帝就行了，并颁发册宝，加晋主号为英武明义皇帝。晋主受册后，对辽主更加恭谨了。辽主得到幽州后，改名南京，用唐降将赵思温为留守。赵思温的儿子赵延照在晋朝为官，担任祁州刺史。赵思温密令儿子代奏晋主，说辽国一旦发生乱内，愿意献上幽州，归降晋朝。雁门关北面的吐谷浑本来属于中原，自从卢龙一带归辽所有后，吐谷浑也归入辽国。因为苦于辽国的贪婪和暴虐，仍然想着归晋，于是带着千余帐前来投奔。辽主因此责问晋主，晋主连忙派兵将他们赶了回去，这才了事。

北方稍微安宁了些，晋主又想着控制南方诸国。吴越王钱元瓘，楚王马希范，南平王高从诲都与晋朝通好，还算谨守臣礼。唯独闽国自从王延钧称帝以后，与中原久绝来往。嗣主王继鹏，改名为王昶，晋天福二年，他曾派遣弟弟王继恭到梁朝职贡，并通告嗣位的事情。当时晋国三镇正好大乱，晋主没有时间理会。但还是对王继恭以礼相待，当即遣还。第二年冬季，晋主这才命左散骑常侍卢损为册礼使，封闽主王昶为闽王，赐给赭袍，闽主弟弟王继恭为临海郡王。

使节刚刚出发，闽主王昶已经有所耳闻，随即派人告诉晋主，说自己已经承袭帝号，不需要接受晋主的册封。晋主却也不追回卢损，卢损到了福州之后，王昶辞疾不见，只命弟弟王继恭招待，不肯接受晋主的册命。闽国有个叫林省邹的官员私下里对卢损说："我的主子不事君，不爱亲，不恤民，不敬神，不睦邻，不礼宾，怎么昏庸怎么能守住国家呢？我打算扮作和尚逃往北方，或许以后能在晋国与你相见呢！"卢损于是告辞。闽主王昶还是置之不理，整天与宠后李春燕和六宫的嫔御，彻夜宴饮，淫乐不休。

方士陈守元、谭紫霄，以法术高超被闽王宠信。陈守元自号天师，谭紫霄自号正一先生，因为闽主对这两人的话言听计从，他们经常接受贿赂，替人办事。通文二年闽主下令建造白龙寺，通文四年又修建三清殿，这些建筑统统是雕甍画栋，非常辉煌。之所以建白龙寺，是因为谭紫霄捏造说一条白龙经常在夜间出没，所以必须建造一座寺庙，供它容身。而三清殿是受了陈天师的怂恿，里面供奉着宝皇大帝，元始天尊，太上老君的神像。这些神像都是用黄金铸成，重达数千斤。每天早上，闽主都要到三清殿祈祷，陈天师说这样能求得大还丹。一切国政，都交给巫师陈兴传命，裁决施行。陈兴跟闽主的叔父王延武、王延望有些仇怨。为了报复，陈兴假托神语，说他的两位叔父即将作乱。闽主王昶也不察虚实，随即命陈兴带兵将他们以及五个儿子全部捕杀。闽主的弟弟判六军诸卫事建王继严颇得人心，王昶又听信林兴的话，罢了他的兵权，并命他改名为王继裕，改任堂弟王继镕掌判六军。不久，闽主察觉了陈兴的阴谋，可并没杀他，而是将他流放泉州。方士等又上书说紫微宫不吉利，于是闽主迁居到了长春宫，但是还是酗酒淫乐跟往常一样。有时召入诸王，强迫他们饮酒，趁他们醉后失言，抓住把柄。堂弟王继隆，因醉失礼，当即被处斩。他时常醉后动怒，随意屠杀宗室。左仆射平章事王延羲是王昶的叔父，为了逃避闽主的迫害，只好假装疯癫，被闽主放置在武夷山中。后来被召还，幽锢在府邸。闽王荒淫，用度一天大过一天，国库不足，他又强令征收税用，甚至连瓜果鸡鸭也有纳税的名目，因此搞得天怒人怨，众叛亲离。

王昶的父亲在位时，曾设立两队卫军，叫作控宸、控鹤二都。王昶袭位后，又单独招募两千壮士，作为腹心，叫作宸卫都，待遇比这二都丰厚许多。有人说这二都心怀不满，将要作乱。王昶因此想将他们调出，派到漳、泉二州，二都将士非常惊惶。控宸军使朱文进、控鹤军使连重遇，又多次被王昶侮弄，心里愤愤不平。正巧北宫发生大火，王昶怀疑是连重遇故意纵火，要诛杀他。内学士陈郯将此事偷偷告诉了他，那天正好是连重遇值夜班。听到陈郯的话后，他大为恼火，随即号召二都的卫兵，焚毁长春宫，并围攻闽王，同时派人到王延羲的府邸，强迫他进宫，奉他为主帅，共呼万岁。

闽主王昶仓皇逃出宫中，带着皇后李春燕以及妃妾诸王逃到了宸卫都的营中。宸卫都慌忙拒战，怎奈火势燎原，那控宸、控鹤二都又乘势杀来，让人无从拦阻。双方乱杀一通，宸卫都死伤过半，剩下残兵一千多人，奉着闽主王昶等人逃出北关。逃到梧桐岭时，忽然听见后面喊声大震，王延羲的侄儿王继业统兵追来。王昶善于射箭，他张弓搭箭，射死了很多人。可是追兵云集，射不胜射，王昶放下弓箭，质问王继业说："爱卿身为人臣，臣子的节操何在？"王继业苦笑说："你君无君德，臣子怎能有臣节呢？况且新君是我的叔父，而你不过是我的堂兄，谁亲谁疏，不问便知！"说完，王继业发动兵士，将闽主拿下返回。随后，王延羲下令用酒灌醉王昶，用帛将他缢死。皇后李春燕、王昶的诸子以及王昶的弟弟王继恭一并被杀，草草下葬。

肃清障碍后，王延羲自称闽王，改名为王曦，改元永隆。他向邻国告丧，反而诬称闽主是被宸卫都所杀，虚心假意地悼念闽主，追谥号康宗，一面向晋称藩，派使者上表。晋主也派遣使者到闽，授王曦为检校太师中书令，福州威武军节度使，兼封闽国王。王曦虽然接受了晋命，但一切措施，仍然按照帝制来办。天师陈守元等人早被连重遇所杀，随后又将陈兴诛杀，用太子太傅李真为司空，兼同平章事，闽中总算稍微安定了些。

王曦因为宫阙被大火烧光了，于是另外建造了新的宫室居住，册封李真的儿女李氏为皇后。王曦嗜酒，那皇后也是如此，这对夫妻都把杯中之物视为生命。所以终日痛饮，不醉不休。一天闽主在九龙殿宴集群臣，他的侄儿王继柔一向不会喝酒，偏偏王曦命所有人必须用大杯喝酒，一律不得减免。王继柔实在喝不下去，就趁着王曦看别的地方时，将酒倒在酒壶里，不料被王曦看到，恨他违反命令，一怒之下竟然将他推出斩首。群臣面面相觑，吓得不行，勉强喝了几杯，偷偷看了看王曦的脸色，见他也有了醉容，便陆续逃离酒席，退出殿外。

泉州刺史余廷英曾假借王曦的命令，掠取良家妇女，王曦知道勃然大怒，当时就想将他杀掉。余廷英随即进献十万缗钱，算是卖酒钱。王曦还是嫌少，便说："皇后也喜欢喝酒，怎么没有？"余廷英于是又献给皇后十万缗，因此得以免罪。王曦曾经出嫁女儿，全朝的人都得进献贺礼，否则就要遭到鞭刑。有些官员想要做漏网之鱼，被王曦查获，御史刘赞因为不能举报，而被连坐，也受到了鞭笞。谏议大夫郑元弼入朝当面谏诤，王曦叱责他说："爱卿跟魏郑公比怎么样，你还敢来强谏吗？"郑元弼回答说："陛下像唐太宗，所以臣也敢自比魏征了！"王曦听了这话心里高兴，于是免去了刘赞的鞭打。

王曦又纳金吾使尚保殷女儿为妃，尚妃长得十分漂亮，非常受宠。每当王曦醉酒的时候，尚妃想杀谁就杀谁，想放谁就放谁，朝臣的大臣常常有朝不保夕的之感。建州刺史王延政是王曦的弟弟，他多次上书规劝，王曦不但不从，反而回信将他臭骂了一顿，并派遣亲吏邺翘到建州监军。

邺翘与王延政议事的时候，多次发生矛盾，邺翘对王延政说："你想要造反吗！"王延政听了，突然站起来，想拔剑斩了邺翘。邺翘吓得狂奔而逃，跑到南镇去投靠监军杜汉崇去了。王延政发兵进攻，南镇兵败，无奈，邺翘与杜汉崇只好逃回福州。王曦见这二人跑了回来，于是派遣统军使潘师逵、吴行真等人率兵四万，去攻打王延政。兵马到了建州城下，潘师逵在城西扎营，吴行真在城南扎营，都以河水作为自己的屏障，城外所有的庐舍全都被焚毁，整天烟雾迷蒙。王延政登城四下望去，不免惊心，急忙派遣使者到吴越乞求援兵。吴越王元瓘命同平章事仰仁诠、都监使薛万忠，领兵来救建州。可是兵马还没有到达，那王延政已经攻破了闽军，杀退了大敌。

原来潘师逵为人轻率寡谋，王延政得知情形后，先派遣将林汉徽出兵挑战，将他们引诱到茶山，再由城中出军接应，两路夹攻，大获全胜，斩首一千多级。第二天，王延政又招募敢死之士千余人，傍晚渡水，偷偷摸摸地劫了潘师逵的营寨，还趁风纵火，再加上城上鼓噪助威，吓得潘师逵脚忙手乱，弃营出奔。凑巧一头撞见建州都头陈诲，一枪刺去，潘师逵坠落马下，再刺一枪，断送了性命。其他人马都四散逃走。等到黎明，王延政又整兵再攻打吴行真的营寨，吴行真听说潘营全军覆没，正想逃走，突然听到鼓声遥震，急忙弃营奔逃。建州兵追杀一阵，杀死了一万多人。王延政于是趁势分兵进取水平、顺昌二城。

这时正好吴越的兵马赶到，王延政拿出牛、酒犒劳吴越的兵马，并且说闽军已经败退，请他们回去。偏偏仰仁诠等人不肯空手而归，竟在城西北方安下了营寨，想与建州为难。建州已经打了两回硬仗，人马劳乏，再加上分兵出攻，城内更加觉得空虚。不得已王延政想出了个办法，他请来了一个文笔极好的人，写了一封紧急书信，派人送到了闽主那里求救。闽主王曦本是王延政的敌人，虽然得了书信，但怎么肯马上答应呢？但是书信中的语气非常恳切，还援引停止兄弟阋墙，共御外侮的大义前来劝勉。闽主不忍心同室受辱，便命泉州刺史王继业为行营都统，率兵二万前去救援，并派遣轻兵断绝吴越的粮道。吴越大军粮食用尽后想要回兵，被王延政麾兵出击，大破吴越军，连俘带斩加起来有一万多人，仰仁诠等人也都仓皇逃窜。

王延政于是派遣牙将带着誓书，女奴捧了香炉，来到闽都与王曦结盟。王曦与建州的牙将一同来到太祖王审知的墓前，歃血与盟，总算是罢战息争，再续睦谊。但是双方心底的旧怨总是没有尽消，总不能将盟约贯彻始终。

不久，王延政添筑建州城，周长有二十多里，一面要求闽王升建州为威武军，自己当节度使。王曦认为威武军是福州的定名，不应该再命名给别的地方，于是只称建州为镇安军，任命王延政为节度使，加封富沙王。随后，王延政又改镇安为镇武，不听从王曦的意见，于是王曦又开始记恨起王延政了。

汀州刺史王延喜是王曦的弟弟，王曦怀疑他跟王延政通谋，便发兵将他抓了起来。后来，他又听说王延政与王继业有书信来往，便将王继业召回闽中，在郊外将他赐死，另外任命王继严为泉州刺史。后来他又怀疑王继严，把他免职后毒死，专用自己的儿子亚澄同平章事，掌判六军诸卫，自称为大闽皇。不久又僭号为帝，任命儿子亚澄为威武节度使，兼中书令，封长乐王，后来又加封为闽王。王延政也自称兵马大元帅，与王曦失和后，双方又进行了交战，各有胜负。到了晋天福八年，王延政也公然称帝，国号殷，改元天德。小小的一个闽国，竟然生出了两个皇帝来。正是：

阋墙构衅肇兵争，宁识君臣与弟兄！

分守一隅蜗角似，如何同气不同情！

第三十一回　纳娶叔母重贵乱伦

再说晋河北三镇之一成德节度使安重荣出自行伍，他恃勇轻暴，曾对部下说："现在这个时代，还讲什么君臣之礼，只要兵强马壮，谁就能做天子。"他在府署前立了一个幡竿，高十尺，他曾拿着弓箭自夸说："我要是能射中竿上的龙头，必能得天下。"说着，便一箭射去，正中龙头。他扔掉弓箭大笑，样子非常自负。于是他四处召集亡命之徒，采购战马，想要独霸一方。而他总有些无礼的奏请，朝廷稍微批驳一下，他便反唇相讥，丝毫不把晋主放在眼里。

晋主吸取教训，也抱有戒心。义武军节度使皇甫遇与安重荣是儿女亲家，晋主担心他们就近联手，便将皇甫遇调为昭义军节度使，并命刘知远为北京留守，预防安重荣反叛。安重荣不愿意事晋，也不屑于事辽。每次遇到辽使，必定侮辱谩骂，甚至会杀掉他们。辽主多次写信责问，晋主只好赔款谢罪。安重荣见晋主如此懦弱，更加气愤，再派遣轻骑掠夺幽州的百姓，占为己有。他又向晋廷上表，大概说："吐谷浑、突厥、契苾、沙陀、党项等各率部众前来归附，臣愿准备十万兵马，攻打辽国。朔州节度副使赵崇已经将辽节度使刘山赶走，请求回归中国，此外一些沦落在虏廷的汉臣，都翘首以盼，专待王师。天道人心，不便违抗，兴华扫虏，正在此时。陛下臣事北虏，甘心为子，竭用中国的脂膏，供填外夷的欲壑，四海臣民，无不羞愤。不如撕毁盟约，誓师北讨，上洗国耻，下慰人望，臣愿意做陛下的前驱。"晋主看完奏折后，却也有些心动，多次召集群臣商议。北京留守刘知远那时还没出发，他劝晋主不要轻信安重荣，桑维翰正调往镇泰宁军，得知消息，也上密疏谏阻，他说：

臣听说善于用兵者总是待机而发，不善于用兵者常常不自量力。陛下得以免除晋阳之难，之所以能拥有天下，都是契丹的功劳，不可辜负。如今安重荣恃勇轻敌，吐谷浑想利用我们替他报仇，这都对国家不利，不能听信。臣看契丹这些年来，兵强马壮，吞噬四邻，战必胜，攻必取。割中国之土地，收中国之器械，他的君主智勇过人，他的臣子上下和睦，牛马安息，国无天灾，只从这一点看，我们就不能与他为敌。况且中国刚刚稳定，士气沮丧，跟契丹乘胜之威风相比，气势相去甚远。如果与他撕破脸皮，那么必然要发兵镇守边塞。兵少了则不足以拒寇，兵多了则又难以馈运粮草。我们果然出击，他们就会退走；我们果然收兵，他们就会再来侵扰。臣担心边境的将士疲于奔命，镇定之地，将无复遗民。如今天下大致安定，战争的创伤还没恢复，府库枯竭，兵民疲敝，即使静心固守都担心不能支持，何况轻举妄动呢？契丹对我们恩义不轻，相互之间应该讲究信义，现在彼此间没有嫌隙而自起祸端，就算侥幸赢了，也是后患无穷。万一战败，那就完了！有人说每年要给契丹财物，这是耗费国力，对他们谦卑，说是屈辱。殊不知如果兵连而不休，祸结而不解，那么对于国家的财力不是耗费更重吗？就算侥幸取胜，那么得胜的武吏功臣，边藩远郡，将更加骄矜，相比起来，哪一种屈辱更重呢？臣愿陛下能训农习战，养兵息民，等到国无内忧，民有余力，然后寻机而动，则动必成功。最近我听说邺都留守还没有赴任，军府乏人。以邺都的富强，来作为国家的屏障，臣常想慢藏诲盗之言，勇夫重闭之戒。请陛下略加巡幸，以杜绝其奸谋，这是臣最希望的事情。冒昧上言，请陛下裁夺。

晋主看到这道奏折，才高兴地说："朕今天心绪不宁，烦懑不决，看到桑卿的奏章，就像醉酒初醒一般。"于是催促刘知远马上赶赴邺都，并兼河东节度使，同时下诏给安重荣说：

你身为大臣，家有老母，却愤不思难，抛弃君恩与亲情。朕是因为契丹而得天下，你因我而得富贵，朕不敢忘德，你怎么能忘呢？如今朕以整个天下向契丹称臣，你却想凭借一镇与之抗衡，岂不是自不量力？你好好想想，不要自找后悔！

安重荣得此诏书，反而更加骄慢。指挥使贾章一再劝谏，反被诬以重罪，推出斩首。贾章家中只有个女儿，年纪还小，因此得以免祸。那女孩儿却慨然说："我家三十多口都在战乱中罹难，唯独我很父亲存活下来。如今父亲无罪被杀，我怎忍心独自偷生！"于是安重荣也将此女处斩。镇州的人民都把这个女孩儿称为烈女，料定安重荣以后一定不得好死。饶阳令刘岩这时献上五色水鸟，安重荣却说是只凤凰，养在水潭里。他又派人制造了大铁鞭，放在牙门上，说是铁鞭通神，指到谁谁就得死，自称为铁鞭郎君，每次出行必定让军士抬着铁鞭，作为前导。镇州的城门有一个抱关铁像，样子像胡人，那铁像的头却无故自己掉落。安重荣小名铁胡，虽然也知道这是不祥的预兆，但造反的心思却总是不肯打消。

山南东道节度使安从进与安重荣同姓，凭借着长江这道天险，暗蓄异谋，安重荣与他暗中勾结，狼狈为奸。晋主既顾虑安重荣，又要提防安从进。他派人对安从进说："青州节度使王建立进朝，想要辞职回乡，朕已经准许了。朕特地把青州刺史一职给爱卿留下，爱卿要是乐意去，朕马上下令。"安从进回答说："陛下要是将青州搬到汉江的南面，臣就赴任。"晋主听他出言不逊，非常生气，但又担心他和安重容一起发难，只得暂且容忍。当时，安从进的儿子安弘超担任宫苑副使，留居在京师，安从进请求让他的儿子回家，晋主也答应下来。不久，安从进见儿子平安归来后，决定准备造反。

天福六年冬季，晋主回想起桑维翰的话，北巡邺都。学士和凝这时已升任同平章事，他面奏晋主说："陛下北行，安从进必定反，应当预先布置才是。"晋主说："朕留下郑王重贵居守大梁，爱卿觉得怎么样？"和凝又说："兵法上说，先人才能夺人，陛下此行，京城的事恐怕难以兼顾，还望陛下留下三十份空名的诏书，秘密地交给郑王，一旦有变，便可以将诸将的名字填写上去，命他们讨伐逆贼了。"晋主觉得不错，便依议而行，留下重贵居守大梁，自己向邺都进发。到了邺都后，留守刘知远已经派遣亲将郭威招诱吐谷浑酋长白承福进入内地，翦去了安重荣的羽翼，专等晋主的命令，听候发兵。晋主见安重荣虽然有造反的意思，但现在还没有表现出来，于是只任命杜重威为天平节度使，马全节为安国节度使，密令他们调集兵马，整治兵器，以控制安重荣。

安重荣这时写信给安从进，让他马上起事，趁着大梁空虚，掩击过去。于是，安从进开始举兵造反，进攻邓州。郑王重贵接到报告后，立即派遣西京留守高行周为南面行营都部署，前同州节度使宋彦筠为副使，宣徽南院使张从恩为监军，就在空白的诏书上填上了名字，颁发出去，命他们出兵讨伐。邓州节度使安审晖，正闭城拒守，急着催促高行周来援。高行周急命武德使焦继勳，先锋都指挥使郭金海，右厢都监陈思让等人带着一万精兵，前去援救邓州。安从进得到侦卒的探报后，不禁惊诧地说："晋主还没回去，是谁在调兵遣将？援兵怎么来的这么迅速？"于是退兵到唐州，驻扎在花山，列营待战。陈思让跃马前来，挺枪突入敌阵，焦、郭二将挥兵后应，一下子冲进了安从进的阵内。安从进没想到他这般勇猛，吓得步步倒退。主将一动，士兵自然大乱，被陈思让等人一阵扫击，一万多人全都溃散。襄州指挥使安弘义被擒，安从进单骑逃走，连山南东道的印信也都丢了。返回襄州后，安从进慌忙召集部下守御。高行周、宋彦筠、张从恩等人陆续追到襄州，将它四面围住。

安从进的情况十分危急，可是重荣并不知道，竟还纠集境内几万饥民，南下邺都，声言要去拜见皇帝。晋主看穿了他的阴谋，便命杜重威、马全节前去讨伐，再添派前贝州节度使王周为马步都虞侯。杜重威率军西进，来到宗城西南，正好与安重荣相遇。安重荣列阵自固，杜重威一再挑战，都被强弩射退。杜重威有些害怕，想要退兵。指挥使王重胤奋然说："兵家有进无退，镇州的精兵都在中军，请将军把锐卒分为二队，分别攻击他的左右两翼。我愿率军直冲敌兵中坚，他们一定难以兼顾，必败无疑。"杜重威采纳了他的意见，分军并进，王重胤身先士卒，闯入中坚，一顿横扫，非常勇猛，镇州兵马渐渐有些退却。杜重威、马全节见前军已经得势，也麾众齐进，杀死镇军无数。镇州将赵彦之见大事不好，卷旗倒戈，归降了晋军。晋军见他的铠甲鞍辔都是用银镶的，不由得起了贪心，也不问我的来由，当即将他乱刀分尸，把首级抛向敌人，然后将铠甲鞍辔当场分掉。安重荣见全军失利，已经十分惊慌，又听说赵彦之投降还是被杀，更加觉得战栗不安。于是带着残兵，飞奔而逃。部下两万人马，一半被杀，一半逃散。这一年冬季非常寒冷，逃兵饥寒交迫，最后没几个能存活下来，安重荣带着十多个骑兵，逃回了镇州。回去后，他驱赶百姓守城，用牛马皮做成衣甲，闹得全城不宁。杜重威大军兵临城下，镇州牙将将晋军放入城中，杀掉守城民兵两万多人，城中大乱。安重荣进入牙城固守，又被晋军攻破，没处奔逃，只能束手就戮，首级被割下送到了邺都。晋主命人用盒子装着安重荣的首级，送给辽主，改镇州成德军为恒州顺国军，用杜重威为顺国节度使，令他镇守恒州。

先前辽主耶律德光听说安重荣擅自扣押辽使，当即派人到晋廷责问。晋主担心辽国侵犯，急忙派遣邢州节度使杨彦珣为使者，到辽国谢罪。辽主盛怒之下接见了他，杨彦珣却从容说："如果家里出了一个逆子，父母也管不了，该怎么办？"辽主听后，怒气才下去了一些，但还是扣着杨彦珣，不肯放回。安重荣造反后，辽主这才相信罪在安重荣，跟晋主无关，将杨彦珣放归晋朝。当将安重荣首级送到西楼后，晋廷满心认为这下子没有过错了，谁知道辽使又跑来诘责，问晋朝为什么要招纳吐谷浑？晋主说吐谷浑的酋长暗中依附安重荣，不得已将他迁入内地。偏偏辽使索要白承福的头颅，这让晋主非常为难，为此忧郁盈胸，渐渐地生起重病来了。

当时已是天福七年，高行周攻克襄州，安从进自焚而死，安从进的儿子安弘超以及将佐四十三人全被活捉，送往大梁。那时晋主还在邺都，已经病入膏肓，听到捷报后，却不能回京接受战俘，只落得唏嘘叹息，一命呜呼。晋主石敬瑭在位七年，享年五十一岁，后来庙号高祖，安葬在显陵。

晋主有七个儿子，四个被杀，两个夭折，只剩下小儿子石重睿，年纪还小。晋主卧病在床，宰相冯道入见。晋主把石重睿喊出来，命他向冯道下拜，并且让内侍把重睿交到冯道的怀里，想要托孤寄命，使冯道辅助幼主。后来，晋主病逝，冯道与侍卫马步都虞侯景延广商议，景延广说国家多难，应该拥立年纪大的人做君主。冯道本是个模棱两可的人物，便依了景延广，决定拥立石重贵做皇帝，派人去奉迎。

石重贵那时已经被晋封为齐王，接得来使，星夜赶赴邺都，在保昌殿哭祭了晋主，然后在灵柩前即位，大赦天下。内外文武官吏都各有封赏。正巧襄州行营都部署高行周、都监张从恩等人从大梁献俘到了邺都，由嗣主石重贵来带乾明门受俘，嗣主下令将安弘超等四十多人推出市曹斩首。然后又在崇德殿宴集将校，行饮至受赏礼，任命高行周为宋州节度使，加检校太尉；改调宋州节度使安彦威为西京留守，兼河南尹；命张从恩为东京留守，兼开封尹，加检校太尉；降襄州为防御使；升邓州为威胜军，即授宋彦筠为邓州节度使。此外立功的将校也全都封赏。加景延广同平章事，兼侍卫马步军都指挥使。景延广自恃有定策之功，乘势擅权，文武百官相率侧目，敢怒不敢言。从前高祖在弥留之际留下遗言，命刘知远辅佐朝政。景延广却暗中劝重贵把这条抹了去，只加封刘知远检校太师，调任河东节度使。刘知远于是阴郁不已，失望而去。

冯道、景延广等人打算向辽主告哀，草表时两人发生争议，景延广认为称孙已经足够，不必称臣。冯道不同意，但又不置一词。学士李崧，新任为左仆射，在一旁力诤说："屈身事辽无非是为了社稷着想，如果今天不称臣，以后战事一开，那就糟糕了！"景延广还是固执己见，辩驳不休。石重贵正倚重景延广，就依了他计议，只称孙不称臣，写了表章向辽主告丧。晋使来到辽国，辽主看完表章后大怒，当即派使者到邺都，责问晋主为何只称孙不称臣，并斥责石重贵不先请示就擅自即位。景延广生气地说："先帝是北朝拥立的，所以才奉表称臣。如今皇上是中国所拥立的，不过估计先帝的盟约，卑躬屈膝，向他称孙，这已是格外谦卑了，有什么称臣的道理！况且国不可一日无君，如果先帝晏驾后，必须禀明北朝，然后才能立主，恐怕中国早就祸乱四起，试问北朝能负这个责任吗？"辽使倔强不服，怀着愤怒而归，详细禀报了辽主。辽主听后，怒上加怒，再加上政事令兼卢龙节度使赵延寿在旁边挑拨，更加火上添油。那时辽主耶律德光，自然愤不能平，当即便想兴兵问罪，直捣中原了。

晋主石重贵毫不在意，反日去勾搭一位寡居的娇娘，竟称心如愿行起乐来。读者你说这位寡妇是谁呢？原来是石重贵的叔母冯氏。冯氏是邺都副留守冯濛的女儿，很有姿色，晋高祖向来与冯濛友好，于是替弟弟石重胤做主，娶了冯濛的女儿为妻，冯氏因此被封为吴国夫人。不幸红颜薄命，丈夫很早就死了，冯氏寂居寡欢，免不了双眉锁恨，两泪倾珠。石重贵对她早已倾心，只因叔侄至亲，尊卑有序，不敢违背。再加上晋高祖一向对家族里的男女关系防范得十分严格，所以不敢胡来，只能望洋兴叹！后来他担任汴京留守，正值元配魏国夫人张氏得病身亡，他便想勾引这位冯叔母，要娶她来做继室。可是转头一想高祖出幸，总有回来的时候，要是被他知道了，一定会受到谴责。况且高祖的膝下只有一个幼子重睿，自己虽然是高祖的侄儿，受宠却不亚于皇子，以后有八九成的机会继承皇位，要是因为乱伦而得罪了高祖，现成的帝座岂不是要因为一时的淫乐而将他抛弃吗？于是勉强捺下情肠，专心筹划军事，这才得以平定了安从进，立了大功。

赴邺嗣位后，他大权在手，正好可以为所欲为，得偿所愿。正巧这位冯叔母和高祖皇后李氏、重贵的母亲安氏等人一同前来奔丧，彼此就在梓宫前，素服举哀。重贵偷偷瞄过去，只见冯氏缟衣素袂，更显得十分苗条。青溜溜的一簇乌发，碧澄澄的一双凤眼，红隐隐的一张桃靥，娇怯怯的一搦柳腰，真是无形不俏，无态不妍，再加那一腔娇喉，啼哭起来，仿佛是莺歌百转，饶有余音。此时的重贵呆立在一旁，几乎不知如何才好。那冯氏却早已偷偷将这些尽收眼底，故意把水汪汪的眼波，与重贵打了个照面，更把重贵的神魂都摄了过去。等到举哀完毕，重贵这才安定了神，当即命左右将她们导入行宫，挑选了一所幽雅的房间，让冯氏居住。

到了晚间，重贵先到李后、安妃的住处请过了安，然后顺路来到冯氏的房间。冯氏起身相迎，重贵便说："我的婶娘，辛苦吗？我特来前来问安！"冯氏说："不敢！不敢！陛下既然继承大统，妾身应当拜贺，那里当得起'问安'两个字！"说到这里，便向重贵行家人之礼，重贵连忙上去搀扶。冯氏与重贵相对而坐，重贵命侍女全都出去，随后便对冯氏说："我特来与婶娘商量一下，我已经继承皇位了，万事俱备，可惜没有皇后！"冯氏回答说："元妃虽然已经去世，难道没有嫔御吗？"重贵说："后房虽然不少，但都不配做皇后，怎么办？"冯氏嫣然说："陛下身为天子，要什么样的才貌佳人，尽可随意采选，中原这么大，难道没有一个中意的吗？"重贵说："中意的倒是有一个，但不知道她是否乐意？"冯氏说："陛下天威浩荡，谁敢不从？"重贵欣然起立，凑近冯氏的身旁，对着她的耳朵说了一句话："我是看中了婶娘。"冯氏又惊又喜，偏偏故意低声回答："这可使不得，妾身是残花败柳，怎么能侍奉陛下呢！"重贵说："我的娘！你已说过依我了，今天就得从了我。"说着，便用双手去搂冯氏。冯氏假意推开他，起身跑到卧房，想将寝门关上。重贵抢步赶了上来，关住了门，凭着一副臂力轻轻地把冯氏举起，抱到了罗帐里去了。冯氏也是半推半就，与重贵成就了好事。这一夜的海誓山盟，笔难尽述。

两人欢恋了几个晚上，大家都已经知晓。重贵竟然不避嫌疑，打算册立冯氏为后。他先尊高祖皇后李氏为皇太后，生母安氏为皇太妃，然后备着六宫仗卫，太常鼓吹，与冯氏一同到西御庄，就在高祖像前，行庙见礼。宰相冯道以下的官员，全都入贺。重贵怡然说："奉皇太后的命令，卿等不必庆贺！"冯道等人才退去。重贵带着冯氏回宫，张乐设饮，金樽檀板，展开西子之颦，绿酒红灯，煊出南威之色。重贵固然乐不可支，冯氏也喜出望外。到了酒酣兴至的时候，醉态横生，那冯氏凭着一身艳妆，起座歌舞，的确身姿曼妙，婉转动人，彩袖生姿，蹁跹入画。重贵越看越爱，越爱越怜，重贵趁势揽过冯氏的手，两人竟入寝宫，再演龙凤配去了。正是：

叔母何堪作继妻，雄狐牝雉太痴迷！
北廷暴恶移文日，曾否疚心悔噬脐？

第三十二回 刘弘熙杀兄篡位

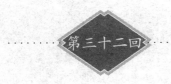

再说晋主重贵从邺都回到汴京，暂时不改元，仍称天福八年。他庆幸内外无事，整天和冯皇后尽情作乐，消遣光阴。冯氏得到专宠，所有宫内的女官，只要得到冯氏的欢心，无不封为郡夫人。重贵已被迷情所惑，也不管什么男女嫌疑，只要是皇后想干的事，他全都答应。皇后的哥哥冯玉大字不识几个，因为他是皇帝的椒房懿戚，得以担任知制诰，拜为中书舍人。同僚殷鹏很有才华，一切制诰常常由他代替，所以冯玉得以蒙混过关。不久，冯玉又升为端明殿学士，后来又升任枢密使，真个是皇亲国戚，与众不同。

笔者因为专门叙述晋事，别国别镇的状况未免有些疏漏。现在乘着晋室没什么事情，不得不将别国的情形略作叙述。先说南汉主刘龑，自从派遣何词入唐后，已经知道唐不足为惧，再加上击败了楚军，所以更加强横。刘龑生了十九个儿子，都封了王。长子耀枢、次子龟图，都已经早世。三子弘度，受封秦王。四子弘熙，受封晋王，这两人生性骄恣。只有五子越王弘昌，非常孝谨，并且很有智识。刘龑想立他为储君，但废长立幼，心里终究不踏实，所以也就蹉跎过去了。自从刘龑僭位后，岭南无事，全国太平，他竟然安安稳稳度过了二十多年。年龄虽然过了五十，但还算身强力壮，没什么病痛。他自认为能长命百岁，不妨将立储的问题宽限些时日。谁知六气偶侵，病魔作祟。在后晋天福七年，即南汉大有十五年，刘龑竟染了一场重症，医药无效。他当下召入左仆射王翻，秘密地对他说："弘度、弘熙，虽然年长，但终究不能委任大事，弘昌和我很像，我老早就想立他为太子，但苦于不能决断，我的子孙不肖，恐怕将来会骨肉纷争，就好像老鼠钻到牛角里，越斗越小。"说到这里，不禁泣下唏嘘。王翻劝慰说："陛下既然看中了越王，那就赶紧筹备，臣的意思是将秦、晋二王调到别的州，这样才能确保无虞。"刘龑点头同意，打算调弘度去守邕州，调弘熙去守容州。

商定好了后，正好崇文使萧益前来探问刘龑的起居，刘龑又述说了自己的意愿。萧益力谏说："废长立少，必起争端，此事还请三思！"刘龑被他这么一说，又弄得没了主意，蹉跎了好几天，竟然撒手人寰了。由于皇帝的人选一直没定下来，所以弘度依次当立，于是刘弘度即了南汉皇帝位，改名为刘玢，改大有十五年为光天元年。命弟晋王弘熙辅政，尊刘龑为天皇大帝，庙号高祖。刘龑僭位二十六年，享年五十四岁，生平最喜欢杀人，他创设了汤镬铁床等刑具，有灌鼻、割舌、肢解、刳剔、炮炙、烹蒸等酷刑，或者就在水中捕集毒蛇，然后把罪人扔到水中，被蛇吮噬，叫作水狱。每次处决罪囚，他必定亲往监视，往往看得他垂涎三尺，喜笑颜开。他性好奢侈，将南海珍宝全都收集起来，作为玉堂璇宫。晚年又筑起了一座南薰殿，柱子上都镂金饰玉，柱石间暗置了香炉，早晚焚香，人们能闻到气味，却看不到香气在哪里，真是穷奢极丽，不惜财力。

弘度即位后，比他的父亲还有骄奢，再加上有另一种好色的怪癖。他专门喜欢观察裸体男女在一起追逐嬉闹，混作一团。男女们在外面作乐，他在里面饮酒，整天嬉戏淫乐，不问政事。有时又在夜间穿着黑色的丧服，与妓女一起出行，出入百姓的家中，毫无顾忌。左右稍稍谏阻，就被立即杀死。只有越王弘昌以及内常侍吴怀恩多次进谏，虽然他不加听从，但还算是顾全脸面，没有对他们痛下杀手。

晋王弘熙心怀鬼胎，为了投其所好，每天向他进献一些声色犬马之物，引诱他更加荒淫。浑浑噩噩地过了好几个月，度过残冬，已是光天二年。弘熙图谋篡位，他知道皇帝哥哥喜欢搏击之术，特地嘱咐指挥使陈道庠带着力士刘思潮、谭令禋、林少彊、林少良、何昌廷等五人，聚集在晋王府，练习角抵戏，学艺有成后，即将他们献入汉宫。弘度非常高兴，亲自加以验视，果然个个拳法精通，不同凡人，于是便将他们五人留做侍卫，一有时间便命他们角逐，评量优劣，核定赏罚。不久，到了暮春，弘度召集诸王到长春宫，设宴作乐。酒宴之上，除了酒乐之外，又命令五力士演角抵戏，边喝酒边观看。五力士抖擞精神，卖弄拳技，逗得弘度欢心大开，只管把黄汤灌下肚子，顿时酩酊大醉，不省人事。弘熙见时机成熟，便发出暗号，那陈道庠随即指示刘思潮等人，抓着弘度，就势用力，竟然将弘度的脊骨拉断了。但听见一声狂叫，那弘度便当场暴毙。可怜这位少年昏君，只活了二十四岁，便被害死。

后来弘度被追谥为殇帝。所有的宫内侍从被杀得一个不留，诸王乘势逃出，不敢前去察看。第二天一早，才由越王弘昌带着弟弟们，到皇帝的寝宫哭丧。按照顺序，由弘熙嗣位，改名为刘晟，改光天二年为应乾元年。命弟弟刘弘昌为太尉，兼诸道兵马都元帅，老十循王刘弘杲为副，并参与政事。陈道庠和刘思潮等人都各有赏赐。南汉的官民虽然不敢公然讨逆，但宫中篡弑的情形已是无人不知无人不晓，免不得街谈巷议。循王弘杲请斩刘思潮等人以谢中外人士，读者试想，这弑君杀兄的刘弘熙，怎么可能肯把佐命的功臣付诸典刑呢？刘思潮等人知道后，反而诬陷弘杲谋反，弘熙于是嘱咐刘思潮监视他的行踪。正巧弘杲宴请宾客，刘思潮随即纠集谭令禋等人带着卫兵，持械闯入。弘杲来不及逃避，被当场刺死。弘熙听后，不但不加谴责，反而很是欣慰，还拿出许多金帛，厚赏刘思潮、谭令禋等人。一面严刑峻法，威吓臣下，并且猜忌骨肉之心比以前还厉害。南汉高祖刘龑一共十九个儿子，除了长子和次子早死以外，老三和老十接连遇害，老九万王弘操先前在交州阵亡，这个时候还剩下十四个儿子。这个心狠手辣的弘熙竟然将这十三个弟弟，陆续设法，尽行加害，杀一个，少一个，结果是同归于尽，这就是南汉主刘龑好杀的惨报。

笔者因为年代相隔太远，不应该再继续叙述下去，只好将南汉的事情暂时搁置，再来叙述唐事。唐主徐知诰，已经复姓李氏，改名为李昪。他自认为江南国力强大，与晋廷不相往来，唯独与辽国通使，彼此互有交往。每当辽使到唐，他都会给不少贿赂。送到淮北以后，进入晋境后，便暗中派人刺杀辽使，然后嫁祸给晋廷，想要让他们南北失和，自己好坐收渔利。晋天福五年，晋安远节度使李金全被心腹胡汉筠所怂恿，擅杀朝使贾仁沼。晋出兵征讨，他不得已奉表降了唐。唐主李昪派遣鄂州屯营使李承裕、段处恭等人率兵三千，前去迎接李金全。李金全降唐军，李承裕便进驻安州。晋廷派节度使马全节，出师前来收复，双方在安州城南经过一场交战，李承裕败逃。晋副使安审晖领兵追击，又大破唐兵，斩段处恭，擒李承裕，唐监军从杜光邺以下，全部被活捉。马全节将李承裕以及一千五百个俘虏全部杀死，然后押送杜光邺返回大梁。

当时晋主石敬瑭还活着，听说杜光邺等人被押送入都，不禁叹息说："这些人有什么罪呢？"于是赐给他们马匹以及衣服，放他们回江南。可是唐主李昪却将他们拒之门外，送回淮北，还给晋主写信书，里边有"边校贪功，乘便据垒，军法朝章，彼此不可"四句话。晋主又派人送他们回南唐，偏偏唐主李昪派了战船，力拒杜光邺，杜光邺没法，只好回到大梁。晋主授予杜光邺官职，编杜光邺的部兵为显义都，命旧将刘康统领，追赠贾仁沼的官阶，算是了结了。另一边，李金全到了金陵，却遭到了唐主李昪的冷遇，只命他为宣威统军，李金全已经不能回到晋国，没办法硬着头皮领命。从此李昪更加没了觊觎晋国的念头，只知道保守自己一片疆土。

不久吴越发生一场大火，把宫室府库里所储存的财帛兵甲全都付之一炬。吴越王钱元瓘由于惊吓过度，竟然一病不起，最后死了。将吏奉钱元瓘的儿子钱弘佐为嗣主，弘佐年仅十三岁，主子年幼，国家多难，再加上火灾之后，元气大伤。南唐的大臣们纷纷劝李昪乘机攻打吴越，李昪摇头说："为什么要趁火打劫呢？"于是派使者带着不少粮食和金银，到吴越吊唁赈灾，从此以后两国通好不绝。李昪的门客冯延已好说大话，他曾私下里讥讽李昪说："一个种田的老头能成什么大事？"李昪虽然有所耳闻，却也并不加罪。只是一心地保境安民，韬甲敛戈，让吴人得以休养生息。

李昪好不容易做了七年的江南皇帝，已经五十六岁了，不免精力衰退。方士史守冲献入仙丹的方子。他命人按照方子配好丹药后，服了下去，开始还觉得精神一振，后来渐渐变得急躁。近臣都劝他不要再服用了，李昪却不肯听从。不久，他的后背突然长了一个疽，非常疼痛，他还不让人知道，秘密召见医官诊治，每早仍然勉强上朝。无奈疽患越来越严重，医治无效，在弥留之际，他将长子齐王李璟召入，拉着他的手对他说："德昌宫储存了兵器金帛大约七百多万，你要谨守成业，与邻国和睦相处，以保全社稷。我试服丹药，想要延年益寿，不料反而自找速死，你应当以此为戒！"说到这里，把李璟的手放到自己的嘴里，要牙齿咬出了血，才放了下来，还哭着嘱咐说："以后北方一定会有战事，不要忘了我的话！"

李璟唯唯听命，当晚李昪崩殂。李璟秘不发丧，先下诏命齐王监国，大赦中外。过了几天，没有听到什么异议，这才宣布遗诏，即皇帝位，改元保大。太常卿韩熙载上书，说第二年才能改元，这是古制，要是不遵诏古训，就不符合规矩。李璟也不生气，下旨褒奖，但是诏书已经颁发，不便收回，就将错便错地蒙混过去了。

李璟原来叫李景通，有四个弟弟，分别是景迁、景遂、景达、景逷。景迁很早就死了，由李璟追封为楚王。景遂由寿王晋封为燕王，景达由宣城王晋封为鄂王，而景逷是李昪的妃子种氏所生。李昪受禅的时候，正好降生这个儿子，所以对他非常宠爱。种氏本是个歌妓，得宠于李昪，被加封为郡夫人。没想到她一得宠便想夺嫡，她曾向李昪进言，说景逷的才华胜过几位兄长。李昪听后，不禁发怒，斥责她刁狡，竟然把种氏赶出做了尼姑，并不给景逷封爵。李昪死后，李璟继位，种氏担心李璟报复，边哭边说："人彘骨醉的情形，恐怕在今天又要重见了！"幸好李璟对同胞兄弟十分友爱，晋封李景逷为保宁王，准许种氏入宫养老。李璟尊生母宋氏为皇太后，种氏也受册为皇太妃。尊父亲李昪庙号，称为烈祖。

不久，改封景遂为齐王，兼诸道兵马元帅，燕王景达为副。李璟和几个弟弟在李昪的灵柩前发誓，发誓兄死弟继，景遂等人一再谦让，李璟仍不改初心。给事中萧俨上书谏阻，也不见回复，只封长子李弘冀为南昌王，兼江都尹。中书令太保宋齐邱自恃功勋老臣，树党擅权，由李璟调他为镇海军节度使。宋齐邱心生怨恨，自请归老九华山，李璟立即允许，赐号九华先生，封青阳公。宋齐邱走后，李璟引用冯延已、常梦锡为翰林学士，冯延鲁为中书舍人，陈觉为枢密使，魏岑、查文徽为副使。这六人中除了常梦锡之外，多半是宋齐邱的旧党，专门喜欢互相倾轧，贻误国家，吴人视他们为五鬼。常梦锡多次上奏说这五人不应该得到重用，李璟却不采纳。

这时，从闽国那里传来消息，闽将朱文进杀死了闽主，自立为王，派人到南唐报信，唐主李璟斥责他大逆不道，将来使扣押，打算发兵征讨。群臣说闽乱的罪魁祸首是王延政，应该先发兵讨伐伪殷，才能斩草除根。于是将闽使遣回，特派查文徽为江西安抚使，命他试探建州的虚实，再考虑进兵。读者你们说闽中为什么会大乱呢？笔者在前文三十回中，已经叙述了闽主王曦酗酒靡乱的情形，早就料到他不能安享太平。唐主李璟即位后，曾写信给闽主王曦和殷主王延政，责怪他们兄弟反目，同室操戈，有悖手足之情。王曦回信辩驳，还引用周公诛杀管蔡，唐太宗诛杀建成、元吉的故事，作为比喻，为自己护短。王延政更加嚣张，他驳斥唐主李昪篡吴，有负杨氏的恩德。唐主非常生气，便跟两国断绝来往，尤其痛恨王延政的无礼，想要报复。正巧闽拱宸都指挥使朱文进，突然发难，再次弑杀闽主，激成了祸乱，于是全闽大乱，南唐坐收渔利。

先是朱文进与连重遇分别统领两都，连重遇弑杀王昶拥立王曦后，入任阁门使，控鹤都归魏从朗统领。魏从朗也是朱、连的党羽，统军不久，便被王曦所杀。朱文进、连重遇不免兔死狐悲，产生二心。一天，王曦召见他们侍宴，酒兴正浓，突然吟起唐代白居易诗："惟有人心相对间，咫尺之情不能料！"这二人知道王曦在暗讽他们，连忙起座下拜："臣子事君父，怎么敢再生他志呢？"王曦微笑着不说话，这二人假装哭泣，也不见王曦抚慰。酒宴过后，朱文进对连重遇说："看来主上对我们猜忌很深了，日后我们千万小心，不要遭到他的毒手！"连重遇连连点头。

正好王曦的皇后李氏嫉妒尚妃，想要害死她，并打算除掉王曦，好立儿子王亚澄为闽主，于是她出了一招借刀杀人的伎俩。她派人对朱文进、连重遇说："主上将要加害二公，你们知道吗？"这二人听后，更加恐惧，当即密谋，决定先行下手。正巧皇后的父亲李真生病，王曦到李真的府上问安，朱文进、连重遇暗中命拱宸马步使钱达在扶王曦上马的时候，将他杀死。

王曦死后，侍从全都逃走了。朱文进、连重遇，拥兵到了朝堂，召集百官会议。由朱文进宣言道："太祖皇帝，光启闽国，已有数十年，如今他的子孙荒淫无道，朝纲不振，上天已经抛弃了王氏，我们应该择贤嗣立，如果你们有异议的话，罪在不赦！"大家都是怕死之徒，没人敢说什么。连重遇随即接口说："功高望重没有人比得上朱公，今天就应当推立他为闽主！"大家又噤若寒蝉。朱文进也并不谦虚，直接上殿，穿上衮冕，朝南面坐着。连重遇率领百官北面朝贺，再拜称臣，草草完成了礼仪。随即由朱文进下令，将王氏宗族收押，从太祖子延熹以下，一共五多人，全部被杀。就连皇后李氏，皇子王亚澄也同时被杀。李真听说后，惊吓而死，其他百官得过且过，乐得苟且偷生。唯有谏议大夫郑元弼抗议不屈，打算投奔建州，却被朱文进杀害。朱文进自称威武军留后，权知闽国事。下葬闽主王曦，号为景宗。用连重遇总掌六军，兼礼部尚书判三司事，进枢密使鲍思润为同平章事，命羽林统军使黄绍颇为泉州刺史，左军使程文纬为漳州刺史，汀州刺史许文稹，举郡归降朱文进，朱文进答应他担任原职。部署稍微安稳以后，派人四处报告，并向晋奉表称藩。晋主授朱文进为威武节度使，知闽国事。唯独殷主王延政倡议讨逆，先派统军使吴成义率兵攻打闽国，但交战失利。再派部将陈敬佺领兵三千，驻扎在尤溪和古田，卢进率领两千兵马驻扎在长溪，作为援应。

泉州指挥使留从效对同僚王忠顺、董思安、张汉思说："朱文进屠灭王氏，他派遣心腹分别据守各州，我们世受王氏的厚恩，却要同流合污，一旦富沙王攻克了福州，我们就是死了也有愧啊！"王、董等人颇以为然，留从效随即召集部下壮士，在家中夜饮，酒酣时对他们说："富沙王已经攻克福州，密旨命我们擒杀黄绍颇，我看在座各位的长相，都不是贫贱之辈，为什么不乘机讨贼呢？要是听我的，富贵就在眼前，否则大祸临头了！"众壮士不知道有诈，踊跃效命，各自拿着器械，冲入刺史署衙，将黄绍颇抓住，剁成了两段。留从效取来州印，赶到王延政的同族王继勳的家中，请他主掌军府，并自称平贼统军使，派兵马使陈洪进将黄绍颇的头送到了建州。王延政授予王继勳为泉州刺史，留从效、陈洪进为都指挥使。漳州将陈谟闻风响应，也杀了刺史程文纬，请王继成暂领州事。王继成也是王延政的同族，与王继勳住得比较偏远，所以朱文进篡位时，王氏亲族大多被杀，唯有这两个人幸存下来。汀州刺史许文稹这时也见风使舵，奉表降殷。

朱文进听说三州相继叛变，慌得手足无措，连忙悬赏重金，招募士兵，总共收得二万人，命部下林守谅、李廷谔为将，前往攻打泉州，钲鼓声传达数百里之外。殷主王延政派遣大将军杜进，率兵二万援救泉州。留从效有了援兵，开城出战，与杜进夹攻闽军。闽军都是乌合之众，遇到强敌便作鸟兽散，林守谅战死，李廷谔被擒。捷报飞达建州，王延政又促令吴成义率战舰一千多艘，火速攻打福州。朱文进派人向吴越求救，并派子弟作为人质。可惜吴越还没出师，殷军就已经兵临城下。那时唐主李璟已经听从查文徽的奏请，派遣都虞侯边镐攻打殷国。吴成义非常聪明，他吓迫闽人，放风说唐军是来援助自己的，闽人十分惊恐。朱文进无计可施，只要派遣同平章事李光准到建州，献上国宝。

李光准刚刚起行，部吏就怀有二心。南廊承旨林仁翰私下对徒众说："我们世代臣事王氏，如今却助纣为虐，要是富沙王到来，还有什么脸面相见呢？”众人应声说：“我们愿意听从先生的命令！”林仁翰命大家披上盔甲，径直来到连重遇的府上。连重遇严兵自卫，由林仁翰执槊直入，将他刺死，并斩首示众说：“富沙王快进城了，恐怕大家要被灭族了！现在我已杀死了连重遇，除去一个逆党，你们为何不马上去杀朱文进，将功赎罪呢？”大家听后，个个摩拳擦掌，闯进了宫廷。到了这个时候，就算你朱文进威焰薰天，也变成了一个独夫，立即被乱军拖出，乱刀齐下，当即粉身碎骨！

当下众人大开城门，欢迎吴成义入城。吴成义验过这二人的首级，传送建州，并由闽臣附表，请殷主王延政归闽。王延政因唐兵来到，无暇迁都，只命侄儿王继昌出镇福州，改福州为南都，并复国号为闽。随后，又发南都侍卫及左右两军甲士一万五千人，一同赶往建州，抵御唐兵。正是：

外侮都从内讧招，一波才了一波摇；
闽江波浪喧豗甚，春色原来已早凋。

第三十三回 杨光远伏法

却说唐闽交争的时候，正是晋辽失好的时期。晋主重贵自从信任那个景延广，向辽称孙不称臣，辽主已经有些怒意。正巧辽回图使乔荣来晋互市，在大梁安置府邸。回图使是辽国的官名，执掌通商事宜。乔荣本是河阳的牙将，跟从赵延寿降了辽，辽主因为他熟悉中国的国情，便让他担任这个职务。偏偏景延广喜欢惹是生非，说乔荣为虎作伥，力劝晋主逮捕乔荣，将他打入狱中。晋主也不管好歹，对景延广言听计从。景延广将乔荣下狱后，又把荣府的存货全部夺取，再将境内的所有辽商全部捕杀，货物全都充公。晋廷大臣担心会激怒北廷，便上书说辽国对中国有恩，不该这么快就辜负人家。晋主重贵也有些难违众议，便将乔荣从监狱里放了出来，赠送厚礼将他遣归。

乔荣出狱后，前去辞别景延广。景延广却瞪着眼睛恶狠狠地说："回去告诉你的主子，不要再轻信赵延寿等人的诳言，轻侮中国。要知道中国现在正是兵强马壮的时候，你们若来侵犯，我们这里有十万把锋利的宝剑，等着你们。如果以后爷爷反而被孙子打败了，到时候贻笑天下，就后悔莫及了！"乔荣正担心失了货物和钱财，回去没法交代，听到景延广的大话后，便乘机回答说："你交代的话太多了，我不免会遗忘一些，还请你把这些话写在纸上，我回去好如实传达！"景延广随即命属吏照着他说的录下来，交给乔荣。乔荣得到证据后，开心地回去了，回到西楼，就把景延广交给他的纸条呈给了辽主。辽主耶律德光不看还好，一看这个此纸，勃然大怒，立即下令把辽国的晋使全都抓起来，送往幽州，一面调集五万大军，指日南侵。

当时晋国连遭水旱之灾，后来又遇到蝗灾，饿殍遍野。晋廷派遣六十多个使者，分头到各地搜刮百姓的粮食。一听说辽国将要入侵，稍微有些头脑的官吏，都会有所担心。桑维翰当时做了侍中，他力请晋主向辽主卑辞谢罪，免得动起干戈。唯独景延广认为不用害怕，再三阻挠。那晋主重贵始终倚重景延广，对他言听计从。朝臣的领袖除了景延广之外，要算桑维翰了。桑维翰的话都不见采用，还有谁敢来多嘴。河东节度使刘知远，料定景延广为人鲁莽，一定会招惹巨寇，只是身在外地，不便力争，只好招募士兵，专心戍边，他向晋主奏请置兴捷、武节等十余军，以便防备辽军入侵。

平卢节度使杨光远，早就心怀不轨。从前高祖曾借给他良马三百匹，景延广又传下诏命，索要这些马匹。杨光远如数奉还，并对心腹说："这分明是怀疑我！"于是派人到了单州，将儿子杨承祚叫了回去。杨承祚本是单州刺史，听到召唤后，便托词母亲生病了，连夜赶回青州。晋廷派遣飞龙使何超暂且管理单州的事务，并颁赐杨光远许多金帛、玉带、御马，稍加安抚。杨光远却视恩若仇，竟派遣心腹到辽国，报称晋主有负恩德，背弃盟约，而且国内发生严重的灾害，公私交困，乘着此时进攻，一定能成功。辽主本就跃跃欲试，再加上赵延寿在一旁怂恿，便对赵延寿说："我已召集山后和卢龙兵五万人，命你为将。你此去入侵中原，如果能够得手，我当立你为中原皇帝！"

赵延寿听后，喜欢得不得了，连忙跪地叩谢。谢毕起身，随即统兵起程。到了幽州，正好留守赵思温的儿子赵延照从祁州跑到父亲这里。赵延寿命他为先锋，驱军南下，直逼贝州。

晋主重贵因为即位一周年，御殿受贺，庆赏元宵节，忽接到贝州的警报，说是非常危急。重贵召群臣商议，群臣大都说："贝州是水陆要冲，关系重大，但是前此已经拨发了很多粮草，防备工作也很到位，最少能支持十年，为什么遇到入侵，便这么紧急呢！"重贵说："想必是知州吴峦，虚张敌焰，等朕慢慢地调遣援救去就是了！"

过了几天，又有警信到来，说贝州已经失守，吴峦战死。到了这时，晋廷的君臣们才意识到事情的严重性。读者看过前文，应该知道吴峦在云州时，守城半年，都不为所动，为什么这次这么快就被破城了呢？原来贝州升为永清军，曾由节度使王周管辖。后来王周调任，改用王令温。王令温因军校邵珂嚣张不法，便将他革职。邵珂心怀怨望，暗中勾结辽军。正巧朝廷命王令温入朝执政，保举吴峦权知州事。吴峦才刚刚到任，辽兵大举压境，城中的将士跟吴峦并不相识，怎么肯被他驱使呢？吴峦还是推诚抚慰，誓众守城，将士们都颇为感召，愿效死力。可是那居心叵测的邵珂也居然在吴峦面前自告奋勇，情愿独当一面。吴峦不知他有诈，还好言褒奖，命他率兵把守南门，自己带人守东门。赵延寿麾众猛扑，经吴峦登城督守，所有辽兵攻城的工具都被吴峦用火烧毁，残缺不全。不久，辽主耶律德光亲率大军来到贝州城下，再行进攻，吴峦毫不胆怯，一面向晋廷乞援，一面督促将吏死守。不料，日防夜防，家贼难防。邵珂竟然大开南门，迎纳辽兵。辽兵一拥而入，全城大乱。吴峦懊悔不已，但还是率领将吏进行巷战，直到支持不住时，投井殉国。贝州于是失陷，被杀了数万人。

晋廷闻报，便命归德节度使高行周为北面行营都部署，河阳节度使符彦卿为马军左厢排阵使，右神武统军皇甫遇为马军右厢排阵使，陕府节度使王周为步军左厢排阵使，左羽林将军潘环为步军右厢排阵使，率兵三万，前往抵御辽兵。晋主重贵，又下诏亲征，择日启程。可巧成德节度使杜威，即杜重威，因为避讳晋主的名讳，所以去除一个"重"字。派遣幕僚曹光裔到青州，向杨光远陈说祸福利害。杨光远随即令曹光裔入奏，谎称自己忠心不二，爱子杨承祚回到青州，完全是探望母亲，没有别的意思。杨氏蒙受恩宥，全族人都感恩戴德，怎敢再有其他想法，重贵信以为真，仍然命曹光裔前去抚慰。其实杨光远哪里改变了心思？不过是为了缓兵起见，暂时哄骗一下这个昏君罢了。重贵以为东顾无忧，可以安心北征了，便命前邠州节度使李周为东京留守，自率禁军起行。任命景延广为御营使，一切方略号令，全归景延广主裁。

在途中，晋主又接到各路的警报，河东奏称辽兵入侵雁门关，恒、邢、沧三州也报称敌寇入境，滑州又飞奏辽主已经到了黎阳。于是，重贵命河东节度使刘知远为幽州道行营招讨使，成德节度使杜威为副使，再派右武卫上将军张彦泽等人，赶赴黎阳，抵御辽兵。后来，他担心辽兵势盛，不能轻敌，又派译官孟守忠给辽写信，乞求再修旧好。辽主回信说："事情已经决定了，不能再改了！"

重贵不免心焦，硬着头皮到了澶州。探马报告说辽主在元城屯兵，赵延寿在南乐屯兵，又觉得跟敌人离得太近，心里更加愁烦。整天里军书不断，应接不暇。太原刘知远这时上奏，说打败了辽伟王于秀容，斩首三千级，其余的都逃走了。这是一喜。郓州知州颜衎派遣观察判官窦仪前来禀报，说是博州刺史周儒举城降辽，又与杨光远通使往来，带着辽兵从马家口渡河，左武卫将军察行遇战败，竟被所擒。这是一忧。

重贵忧喜交并，只好请出这位全权大使景延广，跟他商议军情。窦仪对景延广说："胡虏要是渡河，跟杨光远回合，河南就会两面受敌，到那时就难保了！"景延广也这么认为，便派侍卫马军都指挥使李守贞、神武统军皇甫遇、陈州防御使梁汉璋、怀州刺史薛怀让等人统兵一万，沿河抵御。忽然，又接到高行周、符彦卿等人的急报，说大军在戚城被辽兵围住，请立即发兵救援。景延广本来已经下令，饬令各将分地拒守，不得相救，这次高行周等人却来请求援兵，与军令有违，于是准备观望几天，再作计较。

后来，戚城的军报一天比一天紧张，这才禀报重贵。重贵听后，非常吃惊地说："这是我们的正军，怎么能不救呢！"景延广说："各军都已经派到别的地方去了，现在只剩下陛下的亲军，难道要派去救援不成？"重贵奋然说："朕亲自统军前去救援，有何不可！"于是召集卫军，整顿前行。

快到戚城附近时，远远地就听到鼓角喧天，重贵料知两军正在开战，当下挥军急进，仅走了一里多路，便达到战场。遥见敌骑很多，纵横满野，只见一少年骁将，身穿白袍，脚胯白马，保护着行营都部署高行周，冲突出围，敌骑从四面追来，被少将张弓搭箭，左射左倒，右射右倒，敌人望风披靡。重贵乘势杀上去，高行周见御驾亲自来援，也翻身再战，救出左厢排阵使符彦卿和先锋指挥使石公霸，杀死了很多辽兵，辽兵慌忙退去。

重贵登上戚城的古台，慰劳三位将军，三将齐声说："臣等早就派人去告急，可是一直等不到援兵，幸亏陛下亲临，这才得以重生。"重贵不禁失声说："这都是被景延广耽误了！景延广报告晚了几天，所以朕才来得太迟了。"三人凄然说："景延广跟臣等有什么深仇大恨，为什么不肯发兵救急呢？"说到这里，相顾泪下。经过重贵好言抚慰，这才收住眼泪。重贵问刚刚白袍少将是谁？高行周说："是臣的儿子高怀德。"重贵立即召见了他，赏赐给他弓箭马匹，高怀德拜谢后，重贵仍然回到澶州。

这边正奏凯班师，那边也捷书飞至，李守贞等人赶到马家口的时候，正值辽兵在那里筑垒，步兵劳作，骑兵在一边护卫，当由李守贞冲杀过去，骑兵退走，晋军乘胜攻垒，一攻即下，辽兵大溃，乘马渡河，淹死了数千人，战死了也有数千人，还有驻扎在河西的辽兵，见河东失败，也痛哭退回，辽人这才不敢再东侵了。李守贞生擒了敌将七十八人，以及部众五百多人，押送到澶州，一并伏法。又有夏州节度使李彝殷上奏，称自愿带着四万蕃、汉士兵，从麟州渡河，攻入辽境，牵制敌人的攻势。重贵下诏授李彝殷为西南面招讨使。不久，又听说杨光远打算在西面会合辽兵，随即命前保义节度使石赟分兵屯守郓州，防御杨光远。且命刘知远带领部众，从土门赶去恒州，会同杜威的各军，掩击辽兵。刘知远不肯受命，只移兵屯守乐平，逗留不进。

辽主耶律德光，听说各路失利，已经萌生退军的想法，但又不甘心马上退走。于是他想出了一条计策，假意抛弃元城，扬言北归，暗中在古顿、邱城旁边，埋伏精锐骑兵，等候晋军来追。邺都留守张从恩上奏说胡虏已经撤退，晋军正想追击，被连日的淫雨所阻挡，这才停止。辽兵埋伏十多天，发现并没有晋军追来，反弄得人饥马疲。辽主见计谋不能得逞，唏嘘不已。赵延寿献策说："晋军畏惧我们的气势，必定不敢前进，不如我们进攻澶州，四面合攻，如果能占据浮梁，那就能长驱直入，直捣中原了！"辽主依议，随即于三月初一，亲自督兵十万，进攻澶州。辽兵在城北列阵，一直横亘到东西两面，真是金戈挥日，铁骑成云。高行周等人从戚城来援，前锋与辽兵对仗，从上午打到傍晚，不分胜负。辽主自领精骑前来接应，晋主重贵也出阵以待。辽主望见晋军士气强盛，便对左右说："杨光远说晋国内遭遇饥荒，饿死了好多士兵，为什么还这般强盛呢？"于是将精骑分为两队，左右夹击晋军，可是晋军却屹立不动。等到辽兵靠近，却发出一声梆子响，紧接着便是万弩齐发，飞矢蔽空，辽兵前队多半中箭，当即便退了回去。随后，辽兵又去攻晋军东边，两下里苦战到了傍晚，互有死伤。辽主料知不能胜，只好引兵离开，到三十里外安营下寨。

没过多久，辽主便率军北归，帐中有个小校偷了一匹马前来投奔晋主，报称辽主已经收兵北归，景延广怀疑其中有诈，于是闭营高坐，不敢追击。那辽主将大军分为两队，一路出沧德，一路出深冀，安然退了回去。所过之地，焚掠一空，留下赵延寿为贝州留后。别将麻答攻陷德州，把刺史尹居璠捉走了。后来，由缘河巡检梁进招募了一些民兵，乘着敌人出境的时候，将德州又夺了回来。

晋主重贵见辽兵已经撤退，便留下高行周、王周镇守澶州，自己亲率亲军回到大梁。侍中桑维翰弹劾景延广不救戚城，专权自恣。于是，晋主将景延广调出朝廷，贬为西京留守。景延广郁郁寡欢，每天纵酒买醉，聊以自乐。随后，朝廷的使者出京搜刮民财，河南府出缗钱二十万，景延广擅自增加到三十七万，想将剩下的十七万缗，中饱私囊。判官卢亿进言说："明公已经位兼将相，富贵已极，如今国家不幸，府库空虚，不得已搜刮百姓，明公为何要额外求利，徒为子孙增累呢！"景延广听后，也觉得有些惭愧，才打消了这个念头。

各使按照圣旨，四处横敛民财，锁械刀杖，备极苛酷，百姓求生不得，求死不能。再加上朝廷又下旨强迫百姓入伍，称为武定军，一共收编了七万多人。每七户被迫出钱打造兵械，供给一个士兵，可怜的百姓有苦难说，害得卖妻鬻子，倾家荡产。那晋主重贵还下诏改元开运，连日庆贺，朝欢暮乐，哓得什么民间痛苦，草野流离？

邺都留守张从恩上书说赵延寿虽然据守贝州，但部众都是中原人士，思念故乡，正好乘机进击。晋主于是命张从恩为贝州行营都部署，率军收复贝州。张从恩带兵前去攻打，到了贝州城下，谁知赵延寿已经弃城逃走。城中烟焰迷蒙，余火还没熄灭。张从恩入城扑救，再盘查府库，发现里面空空如也，民居也被洗劫一空，只剩下一座空城了。

不久，滑州河决口，大水淹了汴、曹、单、濮、郓五个州，朝廷下令征集各路民工，堵塞决口，好容易才将决口堵住。晋主重贵想刻石碑纪念一下，中书舍人杨昭进谏，疏中“刻石纪功，不若降哀痛之诏，染翰颂美，不若颁罪已之文”，这四语最为恳切。重贵这才将想法搁置一旁。

后来，有人说宰相冯道身居要职，政见却模棱两可，毫无建树，于是被贬为匡国军节度使，进任桑维翰为中书令，兼枢密使。桑维翰再度秉持国政，尽心尽力，纪纲多少振作了些，局面迎来些转机。晋主又授刘知远为北面行营都统，晋封北平王，杜威为招讨使，督率十三个节度使，控御北方。桑维翰在内指挥，自行营都统以下，没有人敢违命，当时人们都佩服他的胆略。只是他权位达到顶峰之后，四方八方贿赂他的人也越来越多了，仅仅一年时间，便积资百万。并且他为人恩怨太过分明，睚眦必报，又长着一张大脸，耳目口鼻也都很大。僚属们按班进见，仰视声威，无不失色，所以执政才一年多，渐渐人们就对他有了诽谤之言。

杨光远一直被桑维翰所忌恨，此时桑维翰下定决心要除去杨光远。他专任侍卫马步都虞侯李守贞率步骑二万，进讨青州。杨光远正从棣州打了败仗回来，突然听说李守贞带兵杀到，慌忙领兵守城，并派人到辽廷求救。李守贞奋力督攻，四面重围，把青州城围得水泄不通。杨光远每天期盼着辽国的援兵，谁知辽兵只来了一千多人，被齐州防御使薛可言在半路就击退了。城中援绝势孤，粮食也吃完了，兵士多半饿死。杨光远料定坚守不住，便登上城楼，遥向北方叩首说：“皇帝啊！皇帝啊！你误我杨光远了！”说完就哭了，杨光远的儿子杨承勳、杨承信、杨承祚纷纷劝父亲出降，杨光远摇头说：“我在代北的时候，曾用纸钱驼马祭天，那些纸钱一进入池水就沉下去了，人们都说我能作天子，我要死守待援，不要再说出降晋的话了！”杨承勳等人快快退下，回想起当初怂恿叛变的首领，是判官邱涛以及亲校杜延寿、杨瞻、白承祚数人。于是等杨光远回府后，杨承勳便号召徒众，将这四人杀死，便将他们的首级送到晋营。一面纵火大噪，把杨光远从家里劫掠出来，然后开城迎纳官军，派即墨县令王德柔上表谢罪。

王德柔带着表章来到晋都，晋主重贵看完表章后，踌躇不决，便召桑维翰问道：“杨光远罪大滔天，理应当诛，但是他的儿子却能弃暗投明，能替他的父亲赎罪吗？”桑维翰连忙接口说：“哪有滔天大罪轻易就能赦免的道理呢？望陛下马上严明法纪。”重贵却还是迟疑不决，等桑维翰退去后，却只传命军前，命李守贞见机行事。李守贞已经进入青州城，接到命令后，便派遣客省副使何延祚，率兵进入杨光远的府上，将他杀死，这事儿便算了结了。然后上书报告，谎称杨光远是病死的。晋主重贵却反而起用杨承勳为汝州防御使。父亲叛君叛国，儿子们劫持父亲，不忠不孝，没有一个是好人，可笑那重贵赏罚不明，纵容叛逆，这样只能养出一班无父无君的禽兽，那里能保全国家呢！

先是杨光远叛命，中外大震，有人扬言说：“杨光远也想图谋大事吗？我真不信！杨光远一直患有秃疮，他的妻子又是个跛子，天下难道会有秃头的天子，跛脚的皇后吗？”就因为这几句话，反倒使得人心渐渐平定，不到一年，杨光远果然就伏诛了！

辽主耶律德光，听说杨光远被诛杀，青州回归晋朝，又打算大举入侵。他令赵延寿引兵先进，前锋直达邢州。成德节度使杜威，飞章告急。晋主又想亲征，可正好身体不适，便调派张从恩为天平节度使，马全节为邺都留守，会同护国军节度使安审琦，武宁军节度使赵在礼，共同抵御辽兵。赵在礼屯兵邺都，其他几路都屯兵邢州，两下里都按兵不战。辽主耶律德光又率大军随后赶到，在元氏县驻扎，声势浩大。各军此时都有些害怕，而这时朝廷又派人告诫他们慎重行事，所以更加惶恐，还没开战便胆怯后退，一路上丢盔卸甲，溃不成军。匆匆逃到相州，勉强挨过了残冬。

开运二年正月，朝旨命赵在礼退守澶州，马全节回守邺都，再遣右神武统军张彦泽，出兵戍守黎阳，西京留守景延广，出兵扼守胡梁渡。辽兵大肆劫掠邢、洺、磁三州，进逼邺都。张从恩、马全节、安审琦三军同时会集，在相州安阳水南列阵，以便截击。神武统军皇甫遇正加官检校太师，出任义成军节度使，也闻讯前来，与濮州刺史慕容彦超，带着数千骑兵，作为游骑，先去侦探敌人的举动。可是他们早上出去，晚上还没回来，安阳的诸将不免惊讶起来。正是：

军情艰险原难测，兵报稽迟促暗惊。

第三十四回　闽国覆亡

却说义成节度使皇甫遇与濮州刺史慕容彦超前去打探敌人的踪迹，走到邺县漳水旁，正巧碰上了几个辽兵，汹涌而来。皇甫遇等人且战且退，退到榆林店时，后面尘土飞扬，只见无数的辽兵追来，皇甫遇对彦超说："我们寡不敌众，可是逃跑只有死路一条，不如列阵与敌人对阵，等待援兵。"彦超也觉得很有道理，便布置一个方阵，严阵相向。辽兵从四面冲了过来，皇甫遇督军力战，从上午打到下午三点钟，双方打了一百多回合，死伤很多。皇甫遇坐骑受了伤，他就下马步战。仆人顾知敏把自己的马让给皇甫遇，皇甫遇一跃上马，再次冲锋，奋战了多时，才见辽兵退却。他发现顾知敏不见下落，料定被敌人捉走了，便对彦超喊："知敏是个义士，怎么能抛弃他呢！"彦超听后，便怒马突入辽阵，皇甫遇也紧随其后，从枪林箭雨之中救出了顾知敏，跃马而还。

当时已经傍晚了，辽兵又调出生力军前来围击，皇甫遇又对彦超说："我们估计走不出去了，只能以死报国了！"于是闭营自固，以守为战。安阳诸将见皇甫遇等人傍晚了都没回来，都产生了疑虑。安审琦说："皇甫太师一点消息都没有，想必是被敌人困住了。"话还没说完，有个骑兵赶来，报称皇甫遇等人被围困，危急万分。安审琦随随即带着骑兵出营，张从恩问他要去哪里，安审琦慨然说："去救皇甫太师！"张从恩说："传言未必可靠，就算是真的，虏骑肯定很多，夜色昏暗，你去了又能做什么呢？"安审琦大声说："成败乃是天数，万一失败，也应当有难同当，要是胡虏还没南下，就折去了皇甫太师，我们还有什么脸面回去见天子？"说到这里，便扬鞭驰去，渡河急进，辽兵见来了援兵，随即解围。皇甫遇与慕容彦超这才得以回到相州。

张从恩说："辽主倾全国兵马南来，气势汹涌，我们兵马不多，城中的粮草只够支撑十多天，要是有奸细把我们的虚实泄露出去，他们出动大兵前来围困，我们就死无葬身之地了。不如引兵回到黎阳，以河为屏障，估计还能保全。"安审琦等人还没答话，张从恩就率军先走了，各军不能坚持，相继向南撤走，毫无秩序，就像邢州溃退时的一样。张从恩只留下五百步兵，把守安阳桥，这时已经四更了。

相州知州符彦伦听说各军退走，惊讶地对将佐说："暮夜朦胧，人无斗志，区区五百步兵，怎么可能守得住安阳桥呢？快将他们召入城中，登城守御。"当下派人召回了守兵，刚一入城，天就亮了。向安阳水北远远望去，那里已是敌骑纵横了。符彦伦命将士登城，扬旗鸣鼓，虚张声势，假示军威。辽兵不知道情况，还以为这里兵防严密，不敢轻进。符彦伦又派出五百甲士，在城北列阵，辽兵更加害怕了，到了中午便退了回去。

北面副招讨使马全节等人上奏说敌人已经撤回，应该乘势大举，袭击幽州。振武节度使折从远也上表称截击归寇，进攻胜朔。于是晋主重贵又燃起了雄心，召张从恩入都，权充东京留守，自率亲军前往滑州。命安审琦屯守邺都，再从滑州赶到澶州，命马全节的部军依次北上。刘知远在河东得知消息后，不禁叹息说："中原兵民疲惫，固守都担心不能支持，如今却向强敌挑衅，侥幸胜了，也是后患无穷，况且还必能胜呢！"

辽主还不知晋主亲自出马，只从恒州取道，向北回师。前军是带着牛羊的老弱病残，走过祁州城下，刺史沈斌望见辽兵羸弱，还以为有机可乘，便派兵出击。不料兵马刚刚出去，那后队的辽兵便突然杀到，竟然将州兵隔断，趁势急攻。沈斌登城督守，赵延寿在城下指挥着辽兵，抬头对沈斌喊："沈使君！你我本是故交，你想这区区孤城，怎么能保得住？不如趋利避害，赶快出降吧！"沈斌正色回答："你父子兵败，陷没于虏廷，却忍心伤天害理，带着这些野蛮的畜生来吞噬你的父母之邦，试问你的还有天良吗？你不知羞愧，反而引以为豪！我沈斌就是弓折矢尽，宁愿为国家捐躯，也不会效仿你的！"赵延寿听后，恼羞成怒，扑攻更加猛烈，两下相持了一昼夜，到了第二天早晨，城被攻破了，沈斌自杀。赵延寿带兵在城里掳掠一通后，便出城回去了。

晋主再命杜威为北面行营都招讨使，带领本道兵马，会马全节等人进军。杜威进兵定州，派供奉官萧处钧收复祁州，权知州事。一面会同各军，进攻泰州，辽刺史晋廷谦开城出降。晋军乘胜攻击满城，擒住辽将没刺，又移兵拔取了遂城。一路高歌猛进，势如破竹。

辽主耶律德光退到虎北口时，连接接到晋军进攻的消息，非常愤怒，于是又带着八万多人回头向南杀来。晋营哨卒，报告杜威，杜威不禁心生畏意，拔寨急退，回兵保守泰州。后来，辽军步步进逼，他们又退到阳城，那辽主却不肯罢休，继续向南进兵，晋军退无可退，不得不上前厮杀。正巧遇着辽兵的前锋，当即迎头拦截，一阵痛击，杀败了辽兵，把他们向北驱赶了十多里，辽兵这才从白沟退了回去。

过了两天，晋军又结队南行，才走了十多里，又遇上辽兵掩击，四面环攻。晋军突围而出，到白团卫村，依险列阵，前后左右，排着鹿角，充作行寨。辽兵从四面围了上来，像蚂蚁一样密密麻麻，将晋营围住，并出奇兵绕到营后，断绝晋军的粮道。当晚东北风大起，拔木扬沙，非常猛烈。晋营这边，没了水源，只好挖井取水，刚挖出一点水，就被泥沙盖住，士兵用布把水里的泥沙过滤走后，才得以喝上一点，但终究不能解渴，免不了人马俱疲。挨到黎明，风势更加剧烈，辽主耶律德光盘坐在车上，大声发令道："所有的晋军都在这里了，今天必须全部拿下，然后向南攻取大梁。"于是命铁鹞军同时下马，来攻晋营。他们拔去鹿角，用短兵杀入，后队又顺风扬火，呐喊助威。

晋军被逼上绝境，却也愤怒了起来，齐声大喊："都招讨使！为什么还不下令决战！难道甘心束手就死吗？"杜威还很迟疑，慢慢回答说："等风沙小点，再做决定！"李守贞进言说："敌众我寡，如今正好风扬尘起，他们看不出我军有多少人，天助我也，要是再不出军奋战，等大风缓和了，我们就完了！”说到这里，便对众人喊道：“马上出去迎敌！”又回头对杜威说：“将军你守御吧，我李守贞愿意率领中军决一死战！”马军排阵使张彦泽这时想退却，副使药元福阻止说：“军士们又饥又渴，如果退走，必定崩溃。敌人猜我们不能逆风出战，我们为何不出其所料，上前痛击，这正是兵法中的诡道！”马步军都排阵使符彦卿，也挺身说：“与其束手就擒，宁可拼死报国！”遂与张彦泽、药元福拔关出战。皇甫遇也麾兵跃出，纵横驰骤，锐不可当，辽兵突然遭到这样强烈的进攻，倒退了几百步。风势越吹越大，天色越来越暗，几乎辨不出南北。符彦卿与李守贞相遇，二人并马而行，符彦卿说：“我们是撤回呢，还是再行前进，不胜不还呢？”李守贞说：“兵利速进，正当长驱取胜，怎么能回马自我沮丧呢？”符彦卿于是召集给军，拥着一万多骑，横击辽兵，呐喊声震动天地。辽兵大败而走，一瞬间势如崩山，晋军追击了二十多里。

辽铁鹞军已经下马，仓促之间不能再上马，只得丢弃马匹和甲仗，积满沙场，逃到阳城东南水上才稍微结成了队列。杜威听说他们打胜了，也率军出追，到了阳城，遥见辽兵正在排兵布阵，便下令说：“贼已破胆，不能让他们在组建阵列！”于是派遣轻骑前去截击，辽兵皆逾水遁去。耶律德光乘车向北逃了一千多里，又改骑一头骆驼，匆匆赶路。诸将请示杜威，说应该派人穷追猛赶，不要让他逃走了。杜威却扬言说，“我们遭遇强敌，能活着就不错了，你们还想索取敌人的衣囊吗？”李守贞接口说：“这两天我们人马饥渴，现在得以畅饮，脚必定会浮肿，不如全军南回吧”于是，他们退保定州，后来又从定州回京，晋主也随即还都。

杜威归镇后，上表请求入朝供职，晋主不许。各位读者你说他是何用意？原来杜威一直以来镇守恒州，他自恃是皇亲贵戚，贪纵无度，总是托词整备边防，四处敛取官员和百姓的钱帛，然后充入自己的私囊。一旦富人家里有些奇珍异宝、美女或者骏马，他一定会想法子夺取过来，甚至随便诬陷个罪名，将他横加杀戮，财产充公。胡虏入侵时，他却表现得非常畏缩，任由胡人掳掠，所以他所治的城池很多都成了一片废墟。他考虑了到自己的辖境没什么油水了，又加上首当其冲，面临着强敌，总是睡不安稳，不如进京参见，面请皇帝改调回京。晋主重贵驳斥了他的请求，他一气之下，竟然不接受朝命，擅自入朝。

朝廷听说后，群臣惊骇。桑维翰入奏说：“杜威经常自持勋亲，做出一些无礼的事情，现在正是疆场多事，他却无心守御，擅自离开边镇，藐视皇帝的命令。正好乘他入朝时，降旨将他罢黜，以免后患无穷！”晋主重贵，沉默不答，脸上反而露出几分怒意。桑维翰又说：“陛下要是顾全亲戚情谊，不忍心加罪，也应该授他离京城点的小镇，不要再把重镇雄藩交给他了。”重贵听后，这才说：“杜威与朕是至亲，肯定不会有二心的，是长公主想要跟他相见，所以他才入朝，希望爱卿不要怀疑！”桑维翰不好再说什么，怏怏不乐地离开了。从此以后，他不愿再问朝政，托词足疾，上表乞求退休。晋主还算好言慰留，礼贤下士。

不久，杜威入都，果然是带着妻子一起觐见的。他的妻子是晋主的亲妹妹，那时已经晋封为宋国长公主，这次私自入宫觐见，是替杜威面请，改调镇守邺都。晋主重贵不加考虑，马上应诺，命杜威为邺都留守，仍称邺都为天雄军，令他兼充节度使。调原来的留守马全节镇守成德军，杜威欣然辞行，带着妻子一同赴任。

再说辽主连年入侵，中国已经被他蹂躏的痛苦不堪。就是北廷的人畜也伤亡了很多。但是耶律德光还是对南侵念念不忘，述律太后对德光说："如果要汉人做辽国的主子，你觉得行吗？"德光回答，当然不行。述律太后又说："你不愿意汉人主掌辽国，为什么你要统治汉人呢？"德光回答说："石氏太对不起我了，不能原谅！"述律太后说："你今天即使得到了汉人的疆土，也不能久居，万有什么闪失，后悔也来不及了！"她又对群臣说："自古只听说汉和蕃，没听说蕃和汉，要是汉人真的能回心转意，我们也不妨与他们讲和。"这消息传到大梁后，桑维翰忍不住又劝晋主与辽修和，纾缓一下国家的负担。晋主重贵于是派供奉官张晖奉表称臣，到辽国赔礼道歉。

辽主耶律德光说："将景延广、桑维翰送过来，然后割镇、定两道给我，我就讲和。"张晖不敢做决定，回去禀报晋主。晋主说辽没有讲和的诚意，不用再去了。同时他回想起两次辽兵入侵时，都被击退，自认为不用担心，乐得安享太平，沉迷酒色。凡是四方贡献的珍奇，全都归入内府，采选嫔御，广修宫室，多造器玩，粉饰后庭。在宫中修筑了织锦楼，用几百名织工，制成地毯，整整花了一年时间才建成。他又常常召来优伶，整夜歌舞，赏赐无数。桑维翰又进谏说："强邻虎视眈眈，陛下怎能偷安呢！先前陛下亲御胡寇，遇到战士受了重伤，也不过就赏帛几段。如今伶人的一谈一笑，只要合了陛下的心意，动辄赏赐万缗钱，还赐给锦袍银带，难道不怕那些在疆场上拼死流血的战士寒心吗！他们会说陛下对优伶远远胜过战将，一定会心灰意冷，谁还肯奋身为国效力，为陛下保卫社稷呢？"重贵却不听从。

枢密使冯玉专心逢迎，非常得晋主欢心，再加上他是晋主的小舅子，竟然得以升任同平章事。冯玉曾得了点小病，休假在家，重贵对群臣说："刺史以上官职的任免事务，等冯玉病情好转了再说。"后来，内外的官吏都巴结冯玉，冯府门庭如市。还有宣徽南院使李彦韬为人奸邪阴险，一直是高祖的幸臣，现在因为讨好了冯玉，得以充任侍卫马军都指挥使，晋官检校太保。这两个嬖臣专权，朝政更加败坏。

先是重贵染病，桑维翰曾派女仆入宫朝见太后，并询问皇弟重睿有没有读书。这件事被重贵听说了，他不免心存芥蒂。后来冯玉擅权，偶尔会跟他谈起此事，冯玉便说桑维翰有废立的意思，这更加触动了重贵的疑心。李彦韬是冯家的走狗，当然也跟冯玉沆瀣一气，联合排斥桑维翰。还有天平节度使李守贞也与维翰不和，他们内外构陷，终于将桑维翰除去，被罢为开封尹，晋前开封尹赵莹为中书令，左仆射李崧为枢密使，司空刘昫判三司。桑维翰权柄被夺后，总是称病，谢绝宾客，也不常上朝。有人对冯玉说："桑公是元老，就算撤除枢密的职务，也应当唯一重任，怎么能让他做开封尹，去治理那些琐碎的事务呢！"过了半天，冯玉才说："担心他造反啰！"那人又说："他一介书生，怎么可能造反？"冯玉又说："自己不能造反，难道不能教别人造反吗？"朝臣认为冯玉党同伐异，对他颇有怨言。冯玉内恃懿戚，外结藩臣，一步一步地，便将要把石氏一家的天下轻易地送给他人了。

笔者因为开运二年的秋季，闽为唐所灭，不得不按时叙入，只好把晋事暂且放一下，再叙述闽事。闽主王延政与唐交战，不分胜负。唐安抚使查文徽，多次请求增兵，唐主李璟又派都虞侯何敬洙为建州行营招讨使，将军祖全恩为应援使，姚凤为都监，率兵数千攻打建州，由崇安进兵，驻扎在赤岭。闽主王延政派遣仆射杨思恭、统军使陈望，率兵一万，前往抵御。陈望在淮河以南列阵，十多天不出战，唐人也不敢进逼。偏偏杨思恭传达王延政的命令，催促陈望出击。陈望回答："江淮兵精将悍，不能轻敌，我国的安危全都在此一举，必须谋划周到些，才能进兵！"杨思恭变色说："唐兵深入，主上寝食难安。如今唐军不过只有几千人，将军拥兵一万多，不马上督兵出击，而是白白地消耗粮饷，迁延观望，请问将军怎么对得起主上的重托？"陈望不得已，只好引军渡河，与唐交战。

唐将祖全恩见闽兵到来，只用一千人与其交战，假装战败，引诱陈望穷追。陈望率军急追，突然听到后队噪声大起，他急忙回头，发现后队已经被唐兵截成了好几段，顿时脚忙手乱，也来不及施救。唐将姚凤率精兵突入闽军中坚，先将帅旗砍翻，祖全恩又亲自率军杀到。两位唐将夹击陈望，陈望更加心惊胆战，一个疏忽，身上已经中了一槊，跌落马下，当场送命。杨思恭也不援应，一听说陈望阵亡，慌忙逃了回去。王延政非常害怕，龟缩在城里固守，并向泉州调将董思安、王忠顺，命他们率本州的五千兵马，分别防守建州的要害。

偏偏建州战火还没熄灭，福州又发生兵变。从前福州指挥使李仁达背叛王曦奔走建州，王延政将他收为己用。后来朱文进弑杀王曦，李仁达又回到福州，说愿意替朱文进谋取建州。朱文进担心他有诈，没有重用他。还有著作郎陈继珣也背叛王延政，归入福州。不久，朱文进被杀，王延政的侄儿王继昌被王延政派去镇守福州，李仁达、陈继珣担心不能免罪，打算先发制人。王继昌为人暗弱并且嗜酒，再加上不体恤将士，部下都很有怨言。王延政也担心侄儿的安危，便派指挥使黄仁讽为镇遏使，率兵保护王继昌。王继昌却瞧不起黄仁讽，黄仁讽不免心存不满。李仁达、陈继珣乘机对黄仁讽说："如今唐兵乘胜南下，建州孤危，富沙王不能保有建州，怎么能顾及福州呢？以前王潮兄弟都是光山的普通百姓，夺取福建却易如反掌，况且我们呢？不如我们乘此机会，自图富贵，难道比不上王潮兄弟吗！"黄仁讽也不多说，只是点头表示同意。李仁达、陈继珣退出后，随即召集党羽，乘夜突入府舍，将王继昌杀死。吴成义听说变乱，前来援救，可惜双手不敌四拳，也被杀了。

李仁达本来想自立，担心众人不服，便特地请来雪峰寺的和尚卓岩明为主，说这个和尚两只眼睛都是重瞳，而且手长过膝，有天子之相。党徒随声附和，于是将秃奴拥了起来，解下袈裟，披上了衮冕，就在南面高坐起来。李仁达率将吏们北面拜贺，尊晋为正朔，称为天福十年。并派使者到大梁，上表称藩。闽主王延政接到消息后，非常恼怒，下令将黄仁讽灭族，并派统军使张汉真带领水军五千，会同漳泉的兵马一同讨伐卓岩明。

到了福州东关，船刚刚下锚，那城内杀出一员大将，带着一千多弓弩手，飞箭射向来船。张汉真来不及防备，所带的战舰全都被射得帆折樯摧。他当下挥令撤退，不料江中又驶出许多小舟，舟中载着水兵，七挡八叉，来捉张汉真。张汉真措手不及，被他叉落水中，活捉了过去，余下的人不是逃走了就是淹死了。该统将入城报功，随即将张汉真砍成两段。各位读者你说这位大将是谁呢？原来就是黄仁讽。黄仁讽因为家族被夷灭，无愤可泄，所以勇往直前，擒杀来将，聊以报仇雪恨。那半僧半帝的卓岩明，毫无他用，只知道在殿上喷水散豆，喃喃诵经，说是他在施法，镇压了来兵，才得以胜利。赏赐完毕后，便派人到莆田接父亲前来享福，尊为太上皇。李仁达掌管六军诸卫事，派黄仁讽守西门，陈继珣守北门。

黄仁讽事后反思，不觉有些惭愧，好似良心发现。他对陈继珣说："人生世上，贵在忠信仁义，我曾事富沙王，却中途背叛，忠在哪里？富沙王将侄儿托付给我，我却反帮助乱党，将他杀死，信在哪里？近日与建州兵交战，所杀的大都是乡曲故人，仁在哪里？抛弃妻儿，使她们变为鱼肉，受人屠戮，义在哪里？我罪恶滔天，死有余愧了！"说着，便泪如雨下。陈继珣劝慰说："大丈夫建功立名，顾不了什么妻子儿女了，暂且搁置这件事把，不要自取大祸！"偏偏他们的谈话别人偷听，报告给了李仁达。李仁达为了除掉他们，竟然诬陷他们谋反，突然发兵将他们逮捕，枭首示众。

不久，李仁达集合将士，请卓岩明亲临校阅。卓岩明昂然到来，刚刚坐定，李仁达就用眼睛示意部众，部众心领神会，竟然跑上台阶将卓岩明杀死。李仁达假装惊惶，想要逃走，被大家拥住，强迫坐到卓岩明的座位上。李仁达下令杀掉伪太上皇，并自称威武军留后，用南唐保大年号，向唐称臣，又派人入贡晋廷。唐主命李仁达为威武节度使，赐名弘义，编入国籍。随后，李仁达又派使到吴越，奉表修好，好做一个三头蛇。

闽主王延政见国势越来越危急，也派人到吴越乞求援兵，表示愿意成为附庸。吴越还没发兵，那唐军突然发兵进攻，日夜不休。王延政的左右向他告密，说福州的援兵有谋叛的迹象。于是，王延政没收了他们的武器，将他们遣回福州。然后，在半路埋伏，将他们杀得一个不留，一共有八千多具尸体，运回去做成肉干，充作兵粮。读者试想，兔死尚且狐悲，这些守兵也有天良，怎忍心残食同类呢？因此人人痛怨，军心瓦解土崩。有人劝董思安早早选择去向，董思安慨然说："我世代侍奉王氏，一见他危急就背叛他，天下还有人肯容我吗？"部众受了他的感召，这才打消了叛意。

唐先锋使王建封攻了好几天城，探听到守兵已没有斗志，便从梯子先登上城，唐兵随后而上，守兵全部逃跑。闽主王延政无可奈何，只好自缚请降。王忠顺战死，董思安整军奔往泉州。汀州守将许文稹、泉州守将王继勳、漳州守将王继成、听说建州失守，相继降唐。闽国从王审知僭越盘踞，到王延政降唐，一共经历了六个主子，共五十年。正是：

不经弑夺不危亡，祸乱都因政失常。

五十年来王氏祚，可怜一战入南唐！

第三十五回 石晋挑衅辽国

却说王延政被掳到金陵，拜见唐主。唐主降旨赦免了他，并授他羽林大将军，所有建州的大臣一概赦免。唯有仆射杨思恭，暴敛横征，剥民肥己，建州人称他为杨剥皮，唐主下旨罗列他的罪状，将他处斩，以谢建州百姓。另外任简王王崇文为永安节度使，令他镇守建州。王崇文为政清廉，刑罚宽明，建州人民得以安定。

第二年三月，唐泉州刺史王继勳送书信到福州，希望能与李弘义修好。李弘义认为泉州本来隶属威武军，一直归他节制，如今却与他平起平坐，免不了暗生愤怒，拒绝接受书信。后来，他竟然派弟弟李弘通，率兵一万前去攻打泉州。泉州指挥使留从效对刺史王继勳说："李弘通兵势强盛，本州的将士因为使君赏罚不明，所以不愿出战，使君应该退位自省吧！"王继勳沉吟不决，就被留从效指挥部众，架出府门，幽禁在府邸。留从效下令部署队伍，出兵截击李弘通。双方鏖战了十多回合后，留从效突然拿出旗子一挥，部下的士兵都冒死冲上，李弘通招架不住，回马逃跑。主将一逃，全军大乱，走得快的士兵还能幸免，稍微迟一步的，便命丧黄泉。留从效追了十多里，这才收兵凯旋，并派人到金陵告捷。唐主李璟授留从效为泉州刺史，召王继勳回到金陵，调漳州刺史王继成为和州刺史，汀州许文稹为蕲州刺史，将这几个降将调离原任，以惩前毖后，休养生息。

燕王李景达采纳幕客谢仲宣的话，面奏唐主，说宋齐邱是国家勋旧，将他抛弃在九华山，不免令大家失望。于是唐主又召宋齐邱为太傅，但只让他上朝，不让他参政。偏偏宋齐邱是个闲不住的人，硬要来出风头。枢密使陈觉一向与宋齐邱关系要好，他托请宋齐邱上疏推荐自己，愿去召李弘义入朝。宋齐邱也乐得吹嘘，递上了一封奏折，却不见批答。后来，陈觉自己又上了一书，说孤身前往，凭借三寸不烂之舌，不怕李弘义不来归降。于是唐主令陈觉为福州宣谕使，封李弘义的母亲为国夫人，四个弟弟都升了官。

陈觉带着赏赐给李弘义的金帛，来到了福州。他满心期望李弘义能亲自来迎接，这样他就可以仗着他的三寸不烂之舌，劝他入觐了。不料李弘义却高坐在府署，只派属吏引导自己相见。只见李弘义脸上透露这一股杀气，凛凛可畏。再加上两旁站着刀斧手，仿佛跟陈觉有仇，有请君入瓮的情状。吓得陈觉魂飞魄散，只是说唐主有所赏赐，不敢提"入朝"这两个字。李弘义只是拱手言谢，便命属吏送陈觉到馆驿，用平常的酒饭相待。陈觉觉得自讨没趣，住了一晚，便告辞回去了。

走到剑州时，他越想越惭愧，越惭愧越气愤，竟然假传圣旨派侍卫官顾忠再到福州，召李弘义入朝。他自称唐主命他暂领福州军府事，并擅自发汀、建、抚、信各州的守兵，命建州监军使冯延鲁为将，前往福州，督促李弘义入朝。冯延鲁先写信给李弘义，晓谕祸福。李弘义毫不畏怯，竟然回信请战，并派楼船指挥使杨崇葆率舟师迎战冯延鲁。陈觉担心冯延鲁独木难支，又派剑州刺史陈诲为沿江战棹指挥使，援应冯延鲁。一面向金陵上表，只是福州形势孤危，很容易就能攻克。

唐主李璟事先没有接到消息，看完表文后，才知道陈觉矫诏调兵，专擅的了不得，禁不住怒气勃发。学士冯延己当时已进任首相，与朝上的一班大臣，大多是陈觉的党羽，他们慌忙上前劝解，都说兵逼福州，不应该半途中止，等战胜后再作处理。唐主于是暂且忍耐，不久接得军报，说冯延鲁已经得胜，击败了杨崇葆。后来，又接到军报，冯延鲁进攻福州西关时，被李弘义一鼓击退，士兵死伤很多。那时唐主不能罢手，只好将错便错，当下命永安节度使王崇文为东南面都招讨使，漳泉安抚使魏岑为东面监军使，延鲁为南面监军使，会兵进攻福州。

凭着人多势众，唐军攻陷了福州的外城。李弘义收集残众，固守内城，改名李弘达，奉表晋廷。晋授李弘达为威武节度使，权知闽国事，只不过是授他些虚名，并没有什么帮助。唐兵在福州外城，除了攻扑以外，还一再招诱。福州排阵使马捷禁不住诱惑，愿意充作内应，将内城城门打开，放唐军进来。李弘达不料发生内变，几乎手足失措，幸亏指挥使丁彦贞带着几百个敢死之士，将闯进来的唐兵击退。但是孤城总是危急得很，李弘义寝卧不安，又改名为达，派人到吴越乞求援兵，并奉表称臣。正好唐漳州将林赞尧作乱，杀死监军使周承义。剑州刺史陈诲连忙会同泉州刺史留从效，率军去平定漳州的兵乱，将林赞尧赶走了。他们联名保荐故闽将董思安为漳州刺史，得到了唐主的同意。董思安因为父名章，上书辞职。唐主特改称漳州为南州，并命他与留从效合兵，助攻福州。

福州已经危如累卵，怎么禁得住唐兵的合攻呢？李弘义只好再三派人到吴越催促援军，吴越王弘佐召诸将商议，诸将都说道路险远，不便往援，唯有都监使邱昭券主张出师。王弘佐说："唇亡齿寒，自古就有这样的明戒，我世代尊奉中原的命令，位居天下兵马元帅，难道邻国有难，我就坐视不救吗？诸君只乐饱食安坐，奈何为国！"说着，便命统军使张筠、赵承泰，调兵二万，水陆齐下，往援福州。李弘义听说援兵到来，急忙开水门迎接。吴越军还没进城，偏偏唐军就已经听到风声，发兵急攻，进攻东武门。李弘义与吴越军拼命抵御，鏖斗了多时，不能得胜，只勉强保守危城。

唐主又派信州刺史王建封再往福州，满以为添兵益将，指日就能成功。偏偏王建封生性孤傲，不肯服从王崇文。陈觉、冯延鲁、魏岑、留从效等人又彼此争功，彼进此退，彼退此进，好像一盘散沙，根本不团结。因此将士们灰心丧气，没了斗志。唐主召江州观察使杜昌业为吏部尚书，杜昌业查阅簿籍的时候，慨然叹息说："连年用兵，国库快要耗空了，这样怎么能持久呢？"

再说晋主重贵本来想发兵援救闽国，可是北方辽国时常入侵，无暇顾及南方，只好用虚词笼络，得过且过。定州西北有座狼山，当地人进山筑起城堡，意在躲避敌寇。城堡中有座寺庙，由女尼孙深意住持，孙深意妖言惑众，远近的人都奉若神明。中山人孙方简和弟弟孙行友与孙深意是同宗，自认是孙深意的侄辈，对他十分恭敬。孙深意病死后，孙方简又谎称孙深意羽化升天，用漆抹在孙深意的尸体上，放入神龛中，服饰和生前的一样，并用香活供奉。孙深意的党徒辗转依附，多达几百人。当时晋、辽关系破裂，北方赋役繁重，寇盗蜂起。孙方简兄弟自称有天神相助，可以庇护人民。百姓趋之若鹜，来求他保护。于是他挑选壮丁，组成部伍，就在寺院做了山寨，号为一方保障。

辽兵入侵时，孙方简督众邀击，夺了许多甲兵牛马等军资，分给徒众，众人都欢呼雀跃。乡民闻风前往依附，纷纷携老挈幼，络绎不绝，没多久便收得了一千多家。他担心被官兵征讨，于是归附了晋廷。晋廷也想借他的势力抵御敌寇，并令他为东北招收指挥使。于是，孙方简多次侵入辽境，四处抢掠。可是，得手之后，他也渐渐的骄恣起来，开始向晋廷提出了许多要求。晋廷怎么肯事事都依他，他不能得偿所愿，随即叛晋降辽，并作为向导，引辽兵入寇。正巧河北发生饥荒，饿殍遍野，兖、郓、沧、贝一带，盗贼蜂起，官兵不能禁止。天雄军节度使杜威派遣部将刘延翰出塞买马，竟然被方简抢夺，献给辽廷。途中刘延翰得以脱逃，跑回了大梁。他禀报说孙方简为虎作伥，应该早做预防。于是晋主命天平节度使李守贞为北面行营都部署，义成节度使皇甫遇为副，彰德节度使张彦泽充任马军都指挥使，义武节度使李殷充任步军都指挥使，并遣指挥使王彦超、白延遇等人率步兵十营驻守邢州。李守贞虽然身为统帅，但是与内廷都指挥使李彦韬不和。李彦韬正依附冯玉，掌握军权，总是牵制李守贞。李守贞表面上对他很敬奉，暗中却怨恨不平。各位读者！你想朝廷内外不和，形同水火，国家大事交给他们手里能不出事吗？

晋主担心吐谷浑等人又被辽国引诱，多次召白承福入朝，又是赐宴，又是赏赐，并命他戍守滑州。白承福命部众仍然住在太原，选择地界畜牧。番众不知道法律，常常违犯河东的禁令。节度使刘知远，依法惩办，不肯宽免。番首白可久渐渐产生怨望，带着部众逃往辽国去了。

刘知远得报后，秘密与亲将郭威商议说："如今天下多事，番部总是在太原出没，实在是腹心大患，况且白可久已经叛离，能保证他不会去引诱别人吗？"郭威回答："我听说白可久到了辽国，辽主授他为云州观察使，要是这件事被白承福知道了，他必定心生欣羡，产生异图。俗语说得好：'擒贼先擒王'，只要除掉白承福，他的部落自然而然就衰败了。况且白承福财产丰厚，连喂马都用银槽，我们要是能占为己用，用来犒劳军士，雄踞河东，就算中原发生变乱，我们也可以独霸一方了，希望公早做决定！"刘知远连连称好，于是密奏吐谷浑反复无常，请将他们迁居内地。于是，晋主派人把吐谷浑的人押回中原，分别安置在各州。

刘知远见白承福势单力薄，随即派郭威召诱白承福，等到白承福一进入太原城，便用兵围住，诬陷他谋反，把白承福亲族四百多口，杀了个精光。白承福所有的遗产，全部被没收。事后他上奏晋廷，仍然将"谋叛"二字，作为话柄。晋主哪里知晓其中缘由，反而还颁旨褒赏，吐谷浑从此衰微，河东却从此雄厚了。

不久，三万辽兵入侵河东。刘知远命郭威出兵阳武谷，前去抵御辽兵，大获全胜，斩首七千级，张贴告示告捷。张彦泽也报称泰、定二州，接连击败辽人，俘虏辽兵二千名。晋廷君臣，收得捷报后，个个扬扬得意，还以为是北国渐渐衰落，容易对付呢。

就在这时，从幽州来了个头目，说赵延寿有回归晋廷的想法。枢密使李崧、冯玉信以为真，急忙让杜威写信给赵延寿，转达了朝廷的旨意，并用厚利引诱他回国。不久，收到赵延寿的回信，大概说长久身处异国，非常思念故国，希望能发大军前来接应，那时一定前来归顺。冯玉等人满心痴望，派人到幽州，与赵延寿约定会师的日期。赵延寿假意答应，暗地里报告了辽主。辽主将计就计，并嘱咐瀛州刺史刘延祚给乐寿监军王峦书信，假意说愿意举城内附。并且说瀛州城中的辽兵不满一千人，朝廷要是发兵袭击，自己再作为内应，马上可以攻下。还说这个秋天多雨，瓦桥关以北积水非常深，辽主已经回到牙帐，就算他听说关南发生变故，道远水阻，又怎么能敢来呢？请朝廷乘机马上行动。王峦收到书信后，连忙派人上报朝廷。

冯玉、李崧收到消息后，欢喜得了不得，打算先发大军，去迎接赵延寿与刘延祚。杜威也上书说瀛、莫可以攻取。深州刺史慕容迁又献上瀛、莫两州的地图。冯玉与李崧启奏晋主，请任用杜威为都招讨使，李守贞为副使。中书令赵莹私下里对冯、李二人说："杜威是皇亲国戚，身兼将相，却贪得无厌，拥兵自重，怎么还能把兵权交给他呢？T他一旦手握重兵，边境一定不能安宁，不如专任李守贞，就不会有这些顾虑了！"冯、李却不以为然，于是授杜威行营都招讨使，李守贞为兵马都监，安审琦为左右厢都指挥使，符彦卿为马军左厢都指挥使，皇甫遇为马军右厢都指挥使，像梁汉璋、宋彦筠、王饶、薛怀让等将领，都跟着北征。晋主又颁发诏书，专发大军，去征讨辽虏，先收回瀛、莫，安定关南，然后再收复幽、燕，荡平塞北。最后一行说活着辽主的人，任命为上重镇的节度使，赏钱万缗，绢万匹，银万两。诏书一下，各军陆续出发。偏偏天公不作美，从六月开始下雨，到十月还没停止，行军运粮都不免拖泥带水，军士们怨言四起。

杜威到了广晋，与李守贞会师，继续向北前进，他担心兵马不够，再命妻子宋国公主进京，请晋主增兵。晋主把禁军拨去了一大半，也顾不得宿卫空虚，只希望他能早日凯旋。杜威带领全军，直逼瀛州，远远看见城门大开，空无一人，不由得暗暗惊疑，徬徨不前。当下在营外驻扎，分别派探马四处探听。等到探马回来后，说辽将高漠翰已经引兵出逃，刺史刘延祚不知去向。于是杜威令马军排阵使梁汉璋带着二千骑前往追击辽兵。梁汉璋奉令前进，走到南阳务时，陷入了埋伏中，辽兵从四面齐起，将梁汉璋困住中心。梁汉璋左冲右突，不能走脱，只落得个全军覆没，暴骨沙场的下场。

败报传到杜威的营中，杜威慌忙引军撤回。那时辽主耶律德光听说晋军已经撤退，于是大举南来，追击晋军。杜威一直很胆小，他星夜南奔，张彦泽当时在恒州，引兵前去会合，主张与辽兵厮杀。杜威于是和他一同赶去恒州，派张彦泽为先锋，进兵到中渡桥。这座桥在滹沱河的中流，已经被辽兵扼守，由张彦泽带兵去争夺，三退三进，辽兵焚桥退去，与晋军隔河列营。

辽主耶律德光见晋军大举抵抗，自己的兵马又争桥失利，担心晋军乘势急渡滹沱河，势不可挡，正打算引众北归。后来，他听说晋军沿河筑寨，准备长久对峙，于是决定逗留不走。杜威筑垒自固，闭门高坐，偏偏裨将们都是节度使，没人愿意奋进出击，只知道逢迎杜威，置酒作乐，很少谈论军事。磁州刺史李穀献策说："如今大军与恒州相距不过咫尺，烟火相望。要是多用三股木放在水中，在木头上放些柴草和土，马上就能建起一座桥，再与城里约定举火相应，招募壮士，在夜里杀入虏营，里应外合，胡虏自然就惊溃了！"诸将都觉得是好主意的，唯独杜威不肯听从，反而派李穀到怀孟，督运军粮。

辽主耶律德光见杜威久不出兵，料知他懦弱无能，于是便用大兵向晋营压去，暗中派部将萧翰与通事刘重进，率领骑兵百人和步卒数百，偷偷渡到滹沱河的上游，绕到晋军的后面，断绝晋军的粮道。途中遇到晋军砍柴的士兵，便顺手掠去。有几个脚生得长的，逃回营中，却又被吓傻了，说有无数的辽兵截断了归路。这个消息在营中瞬间传开了，将士们非常恐惧。辽将萧翰等人杀到栾城，如入无人之境，城中一千多守兵猝不及防，竟被萧翰闯入，没办法只好狼狈乞降。萧翰把活捉的晋民在脸上刻了"奉敕不杀"四个字，把他们放了回去。运粮的那些役夫，在路上遇到他们，还以为是辽兵已经深入，不如赶紧逃生，于是把粮车丢弃，四处奔逃。一时间风声鹤唳，传遍了中原。李穀在怀孟听到消息后，连忙上奏，说大军危急，请车驾马上亲临澶州，并召高行周、符彦卿等人护卫，急尽快发兵戍守澶州、河阳，防备敌人继续深入。晋廷接到奏疏后，非常恐慌。那杜威又奏请增兵，都城的卫士全都调到了前线，只剩下宫里几百名护卫宫禁的守兵，也被调到了前线。晋主又下令调发河北以及滑、孟、泽、潞诸州的粮草五十万，运到诣军前。不久，杜威又派张祚向晋主告急，晋主无兵可派，只好命张祚回去报告，让杜威严防死守。张祚在回去的途中，竟被辽兵掳走了。从此内外隔绝，音信全无。

开封尹桑维翰眼见局面如此危急，求见晋主，打算陈述守御的计划。晋主那时正在苑中调鹰，贪图一时的快乐，不愿意见桑维翰。桑维翰不得已跑到枢密院，与冯玉、李崧商谈国事。话不投机半句多，任你桑维翰如何的韬略弘深，议论确当，那冯、李两公却只摇头闭目，不答一词。桑维翰怅然走出，对他的亲信说："晋氏将要亡了！"

过了两三天，军报更加紧急，晋主于是想亲自出征，都指挥使李彦韬入阻止说："陛下如果亲征，谁来守宗社呢？臣听说千金之子坐不垂堂；况且陛下身为天子，难道要亲冒矢石吗？"于是晋主命高行周为北面都部署，符彦卿为副使，一起镇守澶州，派遣西京留守景延广出兵屯守河阳。

杜威在中渡桥，与辽兵相持很多天，还是一筹莫展。这惹恼了指挥使王清，他入帐见杜威说："我军暴露在河滨，没有城池作为屏障，营孤粮尽，马上就要崩溃了。我情愿率步兵二千作为先锋，夺下桥，为大军开道，将军率军在后面跟进，只要进入恒州，我们就可以放心了！"杜威踌躇了半天，这才允诺。他派宋彦筠领兵一千跟王清一同前往。王清挺身向前，渡河进战，打了十几个回合，杀死几百名辽兵，呼气的气势稍微减弱了些。宋彦筠却胆小如鼠，一跟辽兵接战，不到半刻钟，便退了回去。辽兵从后面追杀，宋彦筠跳水逃了回去。唯独王清还带着孤军，猛力奋斗，双方互有杀伤。他一再派人到大营催促杜威进兵，杜威却安坐在营幄，不让一人一骑去救王清。王清力战到了晚上，对部众说："上将握兵，坐视我们被围困，不肯来援，想必是另有异谋。我们既然食君禄，应当尽力君事，迟早总是一死，不如以死报国吧！"部众听了，十分感动，全都死战不退。不久，天色渐渐昏暗，辽主又派出生力军，来围杀王清。可怜王清势孤力竭，与众人全部战死。临死之前还杀死了几名辽兵。正是：

沙场战死显忠名，壮士原来不惜生；
只恨贼臣甘误国，前驱殉节尚无成。

第三十六回 石重贵举国降辽

却说王清死后，辽兵乘胜渡过了河，把晋营团团围住，气焰十分嚣张。晋营中势孤援绝，粮食又吃完了。杜威无计可施，只有降辽这一条计策，或许还能保全性命。他跟李守贞、宋彦筠等人商议，大家都没说话。唯独皇甫遇愤然说："朝廷因为将军是贵戚，委以重任，如今还没战败，就要厚着脸皮投敌，敢问将军怎么对得住朝廷？"杜威回答说："时势如此，不能不委曲求全了！"皇甫遇愤慨而出。杜威秘密派遣心腹将士跑到辽营请降，希望得到重赏。辽主德光说："赵延寿在汉人中威望尚浅，不足以做中原的主子；如果你降了我，我就让你当皇帝。"这话传到杜威耳中，令他大喜过望，随即令书记官草好降表。第二天，他召集诸将，拿出降表给他们看，命他们依次签名。诸将虽然非常骇愕，但大多贪生怕死，遵命照办，唯独皇甫遇不肯签字。杜威派遣人将降表呈入辽营，辽主欣然接受，并遣返使者，命他禀报杜威，准备即日受降。

杜威下令军士出营列阵，军士踊跃而出，个个摩拳擦掌，等待厮杀。可是一会儿后，只见杜威出帐宣布说："现在我们粮尽途穷，要想活着，看来只有降敌了。"说着，便命军士脱掉铠甲，扔掉兵器，军士们都非常意外，禁不住号哭起来，霎时间声震原野。杜威与李守贞同时扬言说："主上失德，信用奸邪小人，猜忌我军，我们也是走投无路，才会出此下策。不如投靠北朝，再求富贵。"

话音还没落下，已经有一员辽将带着辽军，前来受降，那辽将身上穿着的赭袍，十分鲜明。你说来者何人？原来就是赵延寿。赵延寿到了军前，先抚慰士卒，杜威以下都相率迎谒。赵延寿命随行的辽兵，递上赭袍，交给杜威。杜威欣然接受，披在身上，向北下拜。起身后，他面对着众人，居然还趾高气扬，隐隐以中国皇帝自命。赵延寿随即引导杜威等人去拜谒辽主，见面后，辽主对杜威说："你如果真立有大功，我一定不负前言！"杜威率领众将叩头谢恩。辽主当面授杜威为太傅，李守贞为司徒。

杜威表示愿意作为前驱，引辽主到恒州城下，诏谕守将王周，劝他出降。周打了城门，辽主率大军入城。辽主又派兵往袭击代州，刺史王晖也举城迎降。辽主又派通事耿崇美招降易州。易州刺史郭璘一直以忠勇著称，每当辽兵过境时，必定登城拒守，无懈可击。辽主德光曾担心他截击自己的归路，对他很有戒心，每次路过城下，必定指着城池叹息说："我想要吞并中原，只恨被这个人所阻拦，我迟早要除掉他！"这次耿崇美前去招抚易州，易州的军官闻风生畏，争先出降。郭璘阻止不住，只是痛骂耿崇美。惹得耿崇美怒起，拔剑将郭璘杀死。

易州轻松地归了辽国，义武军节度使李殷、安国军留后方泰都相继降辽。辽主命孙方简为义武节度使，麻答为安国节度使，再派客省副使马崇祚权知恒州事。于是引兵从邢相南行，杜威带着降众随行。皇甫遇不肯降辽，偏偏辽主召他入帐，命他作为先驱进去大梁。皇甫遇极力推辞，流着泪出账对左右说："我位列将相，战败而不死，怎么能忍心倒戈害主呢？"当晚，他带着几个随从出走，走到平棘，对随从说："如今大势已去，辽兵马上就攻打大梁了，还有什么面目继续南行呢？"于是自刎而死。

辽主改命张彦泽作为前锋，用翻译傅住儿为都监，带着张彦泽进逼大梁。张彦泽引兵二千骑兵，倍道疾驰，星夜渡过白马津，直抵滑州。晋主重贵这才听说杜威投敌的消息，接连又收到辽主的檄文，由张彦泽传递过来，里面写着纳叔母于中宫，乱人伦之大典等话。吓得重贵面色如土，急忙召见冯玉、李崧、李彦韬三人，进宫议事。这三人面面相觑，最后由李崧开口说："禁军都已经调了出去，急切之间已经无兵可调了，看来只有飞诏河东，命刘知远发兵进京入卫了！"重贵听后，连忙命李崧草诏，派出使者西往。

过了一晚，天色微微亮，宫廷内外，突然起了一阵喧哗声。重贵惊醒起床，出门询问左右，才得知张彦泽带着番骑，已经逼到城下了。后来又有内侍禀报："封邱门已经失守，张彦泽斩关直入，已经抵达明德门了！"重贵更加慌忙，急忙命李彦韬搜集禁兵，前去阻拦张彦泽。不料李彦韬一离开，宫中更加混乱，还有两三处被人纵起火来。重贵自知自己难免一死，便带着剑进入后宫，驱赶后妃以下十多个人，要一同奔赴火海。亲军将薛超从后面追上来，抱住重贵，希望他暂时冷静一下。不久，有人送来辽主的书信，信中的语气非常平和，重贵于是命亲兵扑灭烟火，召入翰林学士范质，含着泪对他说："杜郎背叛我，降了辽国，真是太辜负我了，从前先帝准备离开太原时，想选择一个儿子留守，他跟辽主商量，辽主曾说我可以担当此任，爱卿替我起草一道降表，把这件事写下来，我母子或许可以活命。"范质依令起草，很快就写好了，只见表中写着：

孙男臣重贵进言：当初唐运告终，中原无主，数穷否极，天缺地倾。先人仅有田一成，有兵一旅，兵连祸结，力屈势孤。幸好有皇帝爷爷救患解难，兴利除害，亲披甲胄，深入疆场，披露蒙霜，飞渡雁门关之天险，驰风击电，行中冀之诛，黄钺一麾，天下大定，势凌宇宙，义感神明。功成而不居，晋得以兴祚，则皇帝爷爷有再造于石氏之恩也。谁知后来天降凶祸，先君去世。臣遵承遗旨，继承帝位。但臣即位之初，荒迷失政，一切军国重事，都委任将相大臣。至于擅自继承宗庙之事，没用禀命，还轻发文字，抗尊不敬，自启祸端，最后果然惹起圣怒。灾祸到了，人也有感应；运数尽了，老天也会亡你。十万兵马，望风而降，亿兆黎民，翘首归心。臣负义包羞，贪生忍耻，自取灭亡，上累祖宗，下负臣民。只不过是苟且偷生，苟延残喘。皇帝爷爷如果能看在当初的情面上，稍稍减轻一下雷霆之怒，留臣等一命，使之不绝先祀，臣一家百口都蒙再生之德，一定感恩戴德，永生不忘。这虽然是臣所希望的，但是并不敢强求。臣与太后以及臣妻冯氏，连同全家的戚属，正在郊野面缚待罪，所有国宝一面，金印三面，现在派长子陕府节度使石延煦，次子曹州节度使石延宝，负责押送进献，并奉表请罪，陈谢以闻。

表文草写好了，递给重贵查看。重贵正看着，突然有一个老妇人踉踉跄跄地走进来，一边哭一边说：“我曾多次说过冯氏兄妹是靠不住的，你宠信冯氏，听任他们胡作非为，如今闹到这个地步，如何保全宗社，如何对得住先人？”重贵转头一看，进来的不是别人，正是皇太后李氏。当时他正心烦意乱，也无心行礼，只呆呆地站在一旁，李太后还准备开口，外面又有人走进说：“辽兵已经进入宽仁门，专等太后和皇帝回话了！”太后又问重贵说：“你到底想怎么样办？”重贵也答不出一句话来，只好将降表交给了太后，太后粗略一看，又痛哭起来。

范质在一旁劝慰说：“臣见辽主信中的语气，并没什么恶意，或许如果我们奉表请罪，他还能把宗社还给我们也说不定呢？”太后也想不出别的法子，慢慢回答：“大祸已经燃眉了，也顾不了那么多了。他既然写信给我，我也只好回复他了，爱卿也替我起草一封吧。”范质于是又起草了一份表章。上面写着：

晋室皇太后新妇李氏妾进言：张彦泽、傅住儿兵马到后，还望皇帝公公降书安抚。妾伏念先皇帝当初在并汾遭遇的危难，势同累卵，急若倒悬，智勇俱穷，朝夕不保。皇帝公公从冀北发兵，亲赴河东，跋山涉水，逾越险阻，马上平定巨孽，安定中原。救石氏之覆亡，立晋朝之社稷。不幸先皇帝去世，嗣子继位。他不能再续两家情谊，息民养兵，反且恩将仇报，多次挑起兵戈，造成的影响和伤害已经难以追回，其祸患也是咎由自取！如今上天震怒，中外携离，上将投诚，六师解甲，妾本欲举全族自焚，正在惶惑之中，抚问已至，明宣恩旨，暗示宽容，慰问叮咛，妾哪里能想到已经垂危的性命忽然又蒙再生之恩！省罪责躬，九死未报。现在特派孙男延煦、延宝，奉表请罪，陈谢以闻！

太后与重贵把表文大概看了一下，便召入延煦、延宝，命他们带着表文，前往辽营。相传延煦、延宝，是重贵的侄儿，重贵收为养子，也有人说是重贵亲生的，也不知道哪个是真的。这两人一直居住在内廷，所兼任的节度使职衔只是遥领，并没有上任。这次晋主下了命令，只好赍带着表文前去。那辽国傅住儿已入朝来宣读辽主的敕命，重贵无法拒绝，只得勉强出见。傅住儿命重贵脱去黄袍，改穿素衣，下台阶跪拜，听读辽主的诏敕。重贵这时顾命要紧，不得已唯言是从，左右看到主子受辱，个个都捂着脸哭泣。

等到傅住儿宣读完毕出朝后，重贵流着泪进入内宫，特地派内侍去召张彦泽，想跟他商量后事。张彦泽不肯应召，只是让内侍回复说：“臣无面目见陛下！”重贵还以为他心怀愧疚，害怕责备，因此才不敢来。晋主再派使慰召，张彦泽微笑着不答话，自己来到侍卫司中，假传晋主的命令，召开封尹桑维翰进见。桑维翰应命前来，走到天街，正好与李崧相遇，两人交谈了起来。才说了一二句，就有军吏走到桑维翰的马前，作揖说：“请相公到卫司去。”桑维翰料定是张彦泽搞的鬼，看样子免不了祸端，于是对李崧说：“侍中当国，今日国家将亡，反而让我桑维翰死，这是什么道理？”李崧听了这话，也满怀羞愧地走了。

桑维翰进了侍卫司，看见张彦泽正加假模假样地高坐在那里，面色高傲，不禁愤恨交加，指着张彦泽说："去年刚刚免去你的罪责，使你得以镇守大镇，后来又授予你兵权，主上待你不薄，你为什么如此忘恩负义？"张彦泽无话可说，只是将桑维翰关在别的屋子里，派兵看守。

张彦泽一面索捕仇人，只要与他一点矛盾，全都处死；一面纵兵大掠，抢来的珍宝大多占为己有。贫民也乘势闯入富家，杀人越货，一连抢劫了两个昼夜，都城被洗劫一空。张彦泽的居住的地方，珍宝堆积如山，他自以为对北朝有功，于是日益骄横，每次出入，随行的人不下几百人，前面是大旗引路，上面写着"赤心为主"四个字。路旁的百姓免不了笑骂揶揄。那些随从们闻声拿捕，有几个晦气的，被他们拿到张彦泽面前，张彦泽也不问青红皂白，只是瞪着眼睛，竖起三个指头，便将犯人枭首。宣徽使孟承诲藏匿在家中，也被张彦泽逮到，结果了性命。閤门使高勳外出还没有回来，张彦泽乘醉进入高勳的家中，高勳的叔母和弟弟出来酬应，一句话不对，全都被杀死，尸体陈列在门前。京城上下都对他非常戒备，差不多像豺虎入境一样，寝食不安。

先是张彦泽曾任彰义军节度使，他擅自杀害掌书记张式，甚至残忍地将他决口剖心，截断四肢。然后他又捕住逃亡的将领杨洪，也是先截断手足，然后处斩。河阳节度使王周曾奏劾张彦泽不法之事二十六条，刑部郎中李涛等人也交章请诛，于是晋主将张彦泽贬为龙武将军。后来他抵御辽军有功，再次被重用。上文桑维翰所说的，就是指这件事。

李涛时任中书舍人，他对亲信私下里说："我就算躲起来，还是会被他抓住的，不如亲自去见他，听他处置，省的提心吊胆！"于是便大胆前往，到了张彦泽那里投了名片进去，大声叫道："上疏请求皇上杀死太尉的李涛前来请死！"张彦泽欣然接见，还笑着对他说："舍人今天知道怕吗？"李涛回答："李涛确实害怕足下，好像足下先前害怕李涛一般，如果朝廷早听我的话，哪会沦落到今天！"张彦泽听了更加狂笑，命摆酒与李涛同饮。李涛拿起酒杯，一饮而尽，然后从容地走了，旁若无人，张彦泽倒也没拿他怎么样。

不久，张彦泽又令部兵入宫，胁迫重贵的家属搬到开封府，宫中人无不痛哭。重贵与太后李氏、皇后冯氏得以乘坐车驾，十多名宫人、宦官随后步行。张彦泽见重贵等人携带着金珠，又派人对重贵说："北朝皇帝就要来京城了，库物里的财物不能擅自取藏。"重贵没法，全部交出。张彦泽挑了一些好的，其余的仍然封存在封库中，留给辽主。重贵等人进了开封府署后，张彦泽又派控鹤指挥使李筠率兵监守，内外音信不通。重贵姑母乌氏公主用金帛贿赂守兵，这才得以进去见重贵和太后，相拥痛哭了一会儿，便诀别而归，当晚就自尽了。重贵命人到内库去取几匹帛来，库吏却不肯照给，还厉声说："这些还是晋主所有的吗？"重贵又向李崧要酒，李崧派人说："不说我舍不得酒，而是担心陛下饮酒后，更加忧躁，或许会发生什么不测，所以不敢奉进。"重贵因要求得不到满足，便再召见李彦韬。等了很久，他还是没来，正在那里潸然泪下，忽然由张彦泽派来一个悍吏，硬是索要楚国夫人丁氏。

丁氏是延煦的母亲，虽然年过三十，但姿色不衰，被张彦泽所垂涎。重贵禀明太后，不想让他前往，太后当然也是迟疑不决。冶容诲淫，想总不能保全名节了！没有索要冯皇后，还算保存重贵的体面。无奈张彦泽一再强迫，连太后也不能阻止，丁氏更加身不由己，被他带走。当晚张彦泽将桑维翰勒死，然后用带子绕在他的脖子上，禀报辽主，谎称桑维翰是自缢身亡。辽主怅然说："我并不想杀桑维翰，为什么要自尽呢？"于是传命厚恤家属。晋将高行周、符彦卿都到辽营请降。辽主将他们传入，这两人到帐前拜谒，只听见辽主说："符彦卿！你还记得阳城的战事吗？"符彦卿回答说："臣当日出战，只知道为晋主效力，没有别的想法，今天特来请罪，死生全凭陛下定夺！"辽主转怒为笑说："你也算是个硬汉，我就赦免你的罪行吧！"符彦卿拜谢，与高行周一同退出。

这时延煦、延宝又奉表入帐，并呈上传国宝等，辽主览过表文，也不多说，只是在接受传国宝时，却反复查看，最后问延煦说："这印是真的吗？"延煦回答是真的，辽主沉吟半天说："恐怕未必！"于是从案上取过片纸，草草写了几行话，递给延煦说："你去交给重贵吧。"二人退了出来，随即返回报告重贵。重贵见了辽主的手书，原来是模模糊糊的汉文。上面写着：

大辽皇帝交给孙石重贵知悉，请孙不必惊恐，一定会有你吃饭的地方。只是你献上的国宝，未必是真的，你要是诚心归降，马上将真印送来！

重贵看了前几句，心里多少放宽了些。等看到最后几句，又不免焦急起来，自言自语地说："我家只有这个宝物，怎么说是假的呢！"忽又猛然醒悟说："不错！不错！"一看旁边只有几个愁容惨淡的妃嫔，没人可代笔。于是自己拿起笔书写道：

先帝进入洛京时，伪主李从珂自焚，传国旧宝从此不知去向，想必是和李从珂一起烧毁了。先帝受命后，又重新制作了此宝，臣僚们都知道这件事。臣已经到了这个地步，哪里敢藏宝不献呢？谨此状闻。

这奏状派人递上去后，才免去了辽主的诘责。后来，听说辽主渡河要来京城，打算和太后一起奉迎。张彦泽却不想让他见辽主，还特地派人对辽主说："天无二日，哪里有两天子在路旁相见的道理？"辽主依议，不许重贵在郊外迎接，赵延寿等人对辽主说："晋主既然已经乞降，应当使他衔璧牵羊，大臣们抬着棺材，到郊外迎接才对。"辽主摇头说："我派奇兵直取大梁，并非前往受降，何必用这些古礼！只是那景延广曾出言不逊，非常可恨，应当马上逮捕过来！"于是派兵去捉拿景延广，自己引亲军渡河南行。途中传令晋臣，一切照常，朝廷制度仍然沿用汉朝的礼仪。晋臣请备齐法驾，迎接辽主。辽主又派人回复说："我正披甲指挥兵马，太常的仪卫还没时间用，尽可不必施行！"

等到了封邱，景延广自己前来拜见。辽主愤怒地斥责说："两国失欢都是你一人导致的，你还敢来见我吗？你说的十万把利剑，今天在哪儿呢？"景延广极口抵赖。辽主召乔荣对证，那景延广还是不肯承认，后来乔荣取出一张纸，就是当天的笔录，字迹分明。此时证据确凿，百口莫辩。乔荣又指正了景延广十大罪状，每说一事，就添加一个筹码。数到八时，辽主愤然说："罪不胜诛，还说他做什么？"景延广浑身发抖，伏地请死。辽主下令将他锁住，押往北庭。景延广当夜住宿在陈桥，见守兵不注意，悬梁而死。

当时已经到了年底，到了除夕这一天，晋廷文武百官听说辽主马上到京，星夜出宿于封禅寺。第二天就是正月元旦，百官在寺内排班，遥辞晋主，然后该穿素衣纱帽，出迎辽主。

只见辽兵整队前来，前面是步兵，后面是骑兵，各个是雄赳赳的健儿，气昂昂的壮马。当中拥着一位辽国皇帝，貂帽貂裘，裹着铁甲，高坐在逍遥马上，英气逼人。惹得晋臣眼花缭乱，慌忙匍匐在道旁，叩头请罪。辽主见路边有个一高坡，就纵马上去，笑盈盈地俯视晋臣，然后命亲军传谕，叫晋臣一律起身，该穿平时的服饰。晋臣三呼万岁，响彻云霄。

晋左卫上将军安叔千这时起身出班，走到高坡前，再次跪下，嘴里说着胡语。辽主笑着说："你就是安没字吗？你以前镇守邢州，已经上表多次通诚，我还记得，还没忘记。"安叔千听后，好像小孩儿得到烧饼一样，非常高兴，便磕了几个响头，呼跃而退。他本来喜欢学说少数民族的话，却不认识几个汉字，时人称他为"安没字"，所以辽主也如此称呼。

晋臣都已经起立，引导辽主入进入封邱门。刚到门前，晋主重贵带着太后等人一齐出城，来迎接辽主。辽主拒绝与他相见，只命仍回到封禅寺中，自己亲率大军进城。城内的百姓见辽兵入城，非常惊骇。辽主上登城楼，派翻译宣布说："我也是人，百姓们无须惊慌，此后我定会使你们休养生息！我本无意南来，是你们汉人引我到这里的！"百姓听后，这才稍稍安静下来。辽主再下楼进入明德门，这明德门内就是宫禁，他却下马拜揖，然后才入宫。辽主令枢密副使刘敏权知开封尹事。到了傍晚，辽主仍然出屯赤冈。他这么做是不想让士兵污乱宫闱，夷狄尚且知道礼义。

晋閤门使高勳上诉辽主，说张彦泽妄杀他的家人；百姓也争相投诉，罗列张彦泽的罪状。辽主命人将张彦泽绑来，向百官宣示，问张彦泽是否应该处死，百官都说该斩。辽主说："张彦泽应该处死，那么傅住儿也不能说没有罪，索性叫他一同受死吧。"于是命人逮捕傅住儿，与张彦泽一起绑到北市，派高勳监刑。号炮一响，两个脑袋齐声落地。张彦泽先前所杀的士大夫的子孙，都身穿孝服前来观看，边哭边骂。高勳命将张彦泽的尸骸断腕剖心，祭奠枉死的人。百姓又破开他的脑袋，取出脑髓，并把人的肉割下来分着吃，一会儿就吃光了。

辽主又命将晋主的宫眷全部迁到封禅寺，派兵把守。这时正赶上连日雨雪，外面没有什么供应，重贵等人又冻又饿。李太后派人对寺僧说："我曾施舍你们几万两金钱，你们就不知道感念吗？"僧徒都说胡虏心意难以猜测，不敢给他们吃的，太后听后，哭泣不止。重贵又偷偷请求守兵，要来了一些粗糙的饭菜，勉强充饥。过了几天，辽主颁下诏敕，废重贵为负义侯。晋朝自从石敬瑭僭位，只传了一代，总共两个君主，只有十一年就灭亡了。正是：

大敌当前敢倒戈，皇纲不正叛臣多；
追原祸始非无自，成也萧何败也何！

第三十七回　耶律德光中原称帝

却说辽主废去晋主重贵，并且命他迁往黄龙府。黄龙府本是渤海扶余城，辽太祖耶律阿保机东征渤海时，到了城下，见有条黄龙出现在城上，因此改名为黄龙府。重贵听说要迁徙到辽东，又慌又悲，就是李太后以下的宫眷，都相向号泣，用泪洗面。辽主却派人传话给李太后说："我听说重贵不听从你的劝谏，才导致灭亡的。你可以自便，不必跟重贵一同前往。"李太后哭着回答："重贵对我十分恭顺，只不过违背了先君的盟誓，与上国失和，所以才遭到败灭。如今幸蒙大恩，保全我一家性命，母亲不跟着儿子，以后还能去哪里？"

于是，辽主仍从赤岗入宫，所有内外各门，都派辽兵守卫。每道门上都洒上了狗血，并用竿悬挂着羊皮，用来辟邪。辽主对晋臣说："从今以后，不修甲兵，不买战马，轻赋省役，好使天下共享太平了。"于是撤销东京的名称，降开封府为汴州，府尹为防御使。辽主改穿戴中国的衣冠，百官的起居一切按照旧制。赵延寿荐引李崧，说他的才华可以重用。还有辽学士张砺从前也做过晋臣，与赵延寿同时降辽，也说李崧可以入相，辽主因授予李崧为太子太师，充任枢密使。当时威胜军节度使冯道从邓州入朝，辽主也听说冯道的名声，随即召见。冯道拜谒如仪，辽主开玩笑地问："你是什么样的一个老头子？"冯道回答："一个无才无德，痴顽的老头子。"辽主听了，不禁微笑，又问："你看天下的百姓，怎么解救他们？"冯道回答说："现在即使有佛出世，恐怕也救不了百姓；唯有陛下能救得了！"辽主听后，非常开心，任命冯道为守官太傅，充任枢密顾问。随即又派出使者到各地，颁诏各镇，各地的藩王都争相上表称臣。唯独彰义节度使史匡威占据泾州，不受辽命。雄武节度使何重建，手刃辽使，举秦、成、阶三州降了蜀国。

杜威自从降辽后，仍然复名杜重威，率部众屯驻在陈桥。辽主在河北时，担心他拥兵生变，曾命他缴纳出几百万铠仗，搬到恒州，镇州即恒州；又缴出战马几万匹，驱赶到北国。后来辽主渡河进入大梁后，竟然想派遣胡骑把降兵赶到河里，全部处死。部将说其他地方的晋兵，闻风肯定害怕，必定抗命，不如暂时安抚他们，缓图良策。辽主虽然罢议，但心中始终不能释疑，所以军队的供给很不及时，害的陈桥的戍卒昼饿夜冻，都在怒骂杜重威。

杜重威不得上表陈述军情，辽主召赵延寿商议，仍然想把晋兵全部杀死。赵延寿说："皇帝亲冒矢石，取得了晋国，是归为己有呢，还是替他人代取呢？"辽主变色说："我倾国南征，五年不解甲，才得到中原，难道甘心让给别人吗？"赵延寿又说："晋国南有唐，西有蜀，皇帝可曾知道吗？”辽主说：“怎么可能不知道！”赵延寿又说：“晋国东自沂密，西及秦凤，绵延几千里，接连吴蜀，晋也曾用兵防守，连年不懈。臣想南方暑湿，北方人能以长久居住在这里，以后如果皇帝北归，无兵镇守边境，那吴蜀必定乘虚入侵，恐怕中原仍然非皇帝所有了！岂不是多年的辛苦，还是要归他所有吗？”辽主愕然地说：“我还没想到这一点呢，照你说我该怎么办？”赵延寿说：“最好是将陈桥的降卒分守南部边境，吴、蜀就不能为患了。”辽主说：“先前我在潞州，一时失策，把唐国的降兵全都交给了晋国，晋得到这些兵马后，反而与我为仇，转战多年，才得告捷。如今他们落到我的手里，如果不全部歼灭，恐怕后患仍不浅呢！”赵延寿说：“从前留住的晋兵，没有留住他们的妻儿作为人质，所以才会有后患。现在如果把士兵的家属全都迁徙到恒、定、云、朔之间，每年轮番让他们到南边镇守，他们一定会顾念妻儿，不敢生变。这才是目前的上策啊！”辽主这才称好，随即将陈桥的降卒分遣还营。

看官！你道延寿此言，是为辽呢？是为晋呢？还是为降卒呢？笔者不必评断，但看上文辽主与延寿言，许他为中国皇帝，他喜出望外，便可知他的心术，话中有话了，含蓄得妙。

再说晋主重贵得到辽主的敕命，迁往黄龙府，重贵不敢不行，又不愿马上启程，延挨了好几天。谁知辽主已经派三百名骑士，强迫他们北迁，没办法重贵只好带着家眷起行。除重贵外，如皇太后李氏，皇太妃安氏，皇后冯氏，皇弟重睿，皇子延煦、延宝，都相从随往。此外还有宫嫔五十人，内官三十人，东西班五十人，医官一人，控鹤官四人，御厨七人，茶酒三人，仪銮司三人，亲军二十人，一同从行。辽主又派晋相赵莹、枢密使冯玉和都指挥使李彦韬陪送重贵。沿途所经过州郡的长官都不敢迎奉。就算有人献上点吃的，也被辽骑抢去。可怜重贵这一行人，得了早餐，没有晚餐，得了晚餐，又没有早餐，再加上山川艰险，风雨凄清，触目皆愁，后悔莫及！重贵回忆起在大内时，与冯后等人调情作乐，谑浪笑傲，真是恍如隔世。

进入磁州境内，刺史李縠在路边迎接，相对泪下。李縠边泣边说：“臣实在没用，有负陛下厚恩！”重贵流涕不止，仿佛有东西堵在喉里，一句话都说不出来。李縠倾其所有，献给重贵，重贵接受后，这才说了“与卿长别”四个字！辽兵不肯容情，催促李縠马上离开，于是李縠拜别重贵，自己返回磁州。石重贵走到中渡桥，见杜重威的寨址，慨然愤叹说：“我石家有哪里对不起杜贼的，竟然被他害到这个地步！天呐！天呐！”说到这里，不禁大哭。左右勉强劝慰，这才度过河继续北上。

到了幽州，全城的百姓都来迎观。有些父老牵羊持酒，想献给重贵，都被卫兵赶走了，不让他们与重贵相见。重贵处境非常悲惨，州民都无不唏嘘。重贵入城后，住了十多天，州将承辽主的命令，犒赏酒肉。赵延寿的母亲也都派人送来一些吃的，重贵和从行的诸人才算饱餐一顿。

不久，他们又从幽州启行，路过蓟州、平州，东向榆关，一路上草木塞路，尘沙蔽天，途中毫无供给，大家都饿得饥肠辘辘，非常困顿。夜间住宿也没有一定的馆驿，就在山麓林间瞌睡了事。还幸亏山上到处都是野菜和果子，宫女从官都去采摘，还可以充饥。重贵也只好吃这些东西，苟延续命。

又走了七八天，到了锦州，州署中悬挂着辽太祖阿保机的画像，辽兵强迫重贵等人下拜。重贵十分屈辱，拜后哭着说："薛超误我！不让我死！"再走了五六天，过海北州。境内有东丹王墓，重贵特派延煦前去瞻拜。后来，他们渡过辽水抵达渤海国铁州，迤逦行到黄龙府，大约又过了十多天，有说不尽的苦楚，说不完的劳乏。李太后、安太妃两人年龄已高，疲劳得不行。安太妃本来就眼疾，再加上连日流泪，竟然双目失明了。就是冯皇后以下诸妃嫔，也都是累得花容憔悴，玉骨销磨，这真是所谓的物极必反，数极必倾，前半生享尽了荣华富贵，也免不了有此结果啊！

辽主耶律德光把重贵迁往北方后，占据着中原。于是号令四方，征求贡献。整天里纵酒作乐，不顾兵民。赵延寿请求拨给辽兵粮饷，耶律德光笑着说："我国从来没有这个规矩，如果士兵没有吃的，就命他们打草谷吧。"读者你们说"打草谷"三个字，怎么解释？原来就是劫夺的代名词，自从辽主有这个指示，胡骑就四处剽掠，东西两京以及郑、滑、曹、濮数百里间，财畜俱尽，村落一空。

辽主曾对判三司刘昫说："辽兵应该犒赏，你马上去办！"刘昫说："府库空虚，没东西颁赏，看来只有搜刮富户了！"辽主允诺。于是向都城里的士民括借钱帛，又派出使者数十人，分别到各州，到处括借。百姓稍有违命，便加以苛罚。百姓非常痛苦，不得已倾家荡产，交纳钱粮。谁知辽主并没有把这些钱财拿做犒赏，颁发给将士，而是一股脑儿贮入内库，于是内外怨愤，连辽兵也怨气冲天。

杨光远的儿子杨承勳由汝州防御使，调任郑州。辽主因为他劫父致死，召令他入都，杨承勳不敢不来。等到进谒辽主时，被辽主当面呵斥，且处以极刑，令部兵割下他的肉分着吃。另用杨承勳的弟弟杨承信为平卢节度使，使其继承杨氏的宗祀。匡国军节度使刘继勳曾参与和辽断绝盟约的政策，这时朝见辽主，也被辽主斥责，将他锁住押送到黄龙府。宋州节度使赵在礼，听说辽将述轧、拽剌等人进入洛阳，急忙从宋州赶到洛阳，拜见辽将。述轧、拽剌高坐堂上，并不答礼，反而勒令他献出财帛。赵在礼非常愤懑，只托言去了大梁后，再行报命。侥幸脱身，转去了郑州，接得刘继勳被拘押的消息，不免非常惶恐，便在马棚里悬梁自尽了。辽主听说赵在礼的死耗，这才将刘继勳放出，刘继勳此时已经惊慌成疾，差点送命。出现如此种种的事情，导致各镇担惊受怕，都想再拥戴一个首领，驱逐胡兵。可巧河东节度使刘知远，乘势崛起，雄踞西陲，于是大家将中原的帝位都放在了刘氏身上，又算做了一代的乱世君主。

刘知远镇守河东，本来是蓄势待时，审机观变，所以晋主与辽绝好，他也明知不是良策，始终没有劝谏过。等到辽主入汴后，他急忙派兵分守四境，防备不测，他又担心辽兵强盛，一时不便与之反抗，便特地派客将王峻带着三册表文，驰往大梁。一是恭贺辽主入汴；二是说河东境内汉族和少数民族杂居，需要随时防备，所以他不便离镇入朝；三是因辽将刘九一驻守南川，阻碍了他进贡的道路，请将刘将军调开，以便入贡。辽主耶律德光看完表文后，非常喜欢，便命左右草写诏书，褒奖刘知远。诏书草定，由辽主过目，特提起笔来，在

“刘知远”三字上又加一个“儿”字。又取出一支木枴，作为赐物，命王峻持着诏书和木枴，回去禀报刘知远。按辽国那边礼仪，辽主赏赐大臣，以木枴为最贵重，大约像汉朝旧制中颁赐几杖相似。辽臣中唯皇叔伟王才得到过此物。王峻拿着木枴西行，辽兵望见后，相率避让道路，可见得这支木枴多么郑重了。

王峻到了河东后，回复刘知远，并呈上辽主的诏书以及赏赐的木枴。刘知远粗略一看，见没有什么稀罕，便问王峻大梁的情形。王峻回答：“辽主贪婪残忍，致使上下离心，必定不能久据中原，大王要是举兵倡义，锐图兴复，海内定然响应，那时胡儿即使想久居中原也不可能了！”刘知远说：“我递去的三道表章，其实是缓兵之计，并不是甘心臣服胡虏。但用兵应当审时度势，不能轻举妄动，如今辽兵刚刚占据京城，没有发生变乱，怎么能轻易与他争锋呢？好在辽主痴迷钱财，欲壑填满后必定北归。况且冰雪已经消融，南方潮湿，虏骑一定不能久留。我乘他们离开时，再进取中原，一定能成功！”于是按兵不发，专等大梁那边动静，再决定对策。

辽主打发王峻回去后，很久都没接到刘知远的谢表，便对他有所怀疑，于是又派人催促贡品。于是刘知远派遣副留守白文珂入献奇缯名马。辽主当面对白文珂说：“你的主帅刘知远，既不臣事南朝，又不臣事北朝，究竟是何居心？”白文珂只能勉强解释。辽主又命他回报，白文珂随即兼程西归，报明刘知远。孔目官郭威在一旁进言说：“胡虏对我们的猜忌越来越深，不可不防！”刘知远说：“再派人探听虚实，起兵也不迟。”

忽然又从大梁传来辽主的诏书，上面写着大辽会同十年，大赦天下。刘知远吃惊地说：“辽主颁行正朔，宣布赦文，难道真要做中国的皇帝吗？”行军司马张彦威劝说道：“中原无主，只有大王威望日隆，理应乘乘机正位，号召四方，共同驱逐胡虏。”刘知远笑着说：“这怎么行呢？我究竟是晋臣，怎能背主称尊呢？况且主上北迁，我要是能在半道将他截回，迎入太原，再谋恢复，才算是名正言顺，容易成功些。”于是下令调兵，打算从丹陉口出发，去迎接晋主。特地派指挥使史弘肇部署兵马，预戒行期。

各位读者，你们说这刘知远的举动果真是诚心为晋吗？原来，他探听到大梁消息，多是推尊辽主为中国皇帝，不禁心中一急，他急中生智，便想出了一个迎接晋主的办法，试验军情。到底大梁城内是什么样的情形呢？笔者不得不据实叙明。

辽主耶律德光入据大梁后，已经过一个多月了，于是召集晋朝百官入议，开口问：“我看中国的风俗与我国的不同，我不便在这里久留，我选择一个人做中国的皇帝，你们意下如何？”话音刚落，就听到下面一片喧声，或是歌功，或是颂德，都说中外人心，都愿意推戴辽主为中原之主。辽主狞笑说：“你们果真是这样想的吗？”话刚落地，又听到了几百个“是”字。辽主说：“既然大家意见一致，说明就是天意了，我就在下个月初一，升殿颁敕就是了。”大家这才退下。

到了二月初一，天色微明，晋百官就已经了来到正殿，排班候着。只见四面的乐悬，依然重设，两旁仪卫，特别一新。大众都已经忘却了故主，只是眼巴巴地望着辽主临朝。好容易等到辰时，这才听见钟声震响，杂乐随鸣，里面拥出一位华夷的大皇帝，头戴通天冠，身着绛纱袍，手执大珪，昂然登座。晋百官慌忙拜谒，舞拜三呼。朝贺礼毕后，辽主颁发正朔，下赦诏，当即退朝。

晋百官陆续散归，都道是富贵犹存，没有什么惆怅的。唯独那个为虎作伥的赵延寿回到私第后，非常失望。本来辽主当面答应，得了中原后就立他为帝。此时却忽然变卦，自己的皇帝梦，化成了水中的泡影，哪能不郁闷。他左思右想，才想到一个办法。第二天，他随即拜谒辽主，请求封自己为皇太子。辽主勃然大怒说："你也太傻了！天子的儿子才能做皇太子，别人怎么能掺和进来！"赵延寿连忙磕头，好像哑巴吃黄连，有说不出的苦衷。辽主慢慢地说："我封你为燕王，莫非你还不知足吗？那我格外提拔你就是了。"赵延寿又不好多嘴，只得称谢离开。于是辽主将学士张励召入，命他为赵延寿升官。当时恒州被称为辽国的中京，张励于是打算奏请赵延寿为中京留守，大丞相录尚书事都督中外诸军事，兼枢密使。辽主见了奏草，拿起笔涂抹掉了第二句话，只剩下中京留守兼枢密使八个字，颁发给赵延寿。赵延寿不敢有违，只是更加怨恨辽主食言，越加愤愤。

谁知赵延寿还没称帝，刘知远却自加帝号，居然与辽国抗衡起来了。河东指挥使史弘肇奉刘知远命，召集诸军到球场，当面传言，命他们马上去迎接晋主。军士齐声说："天子已经被掳走了，哪里来的主子？现在请我王先正位号，然后再出师！"史弘肇转告刘知远，刘知远说："胡虏现在还很强大，我军的士气很没有振作起来，应该乘此机会建功立业。军士们无知，赶快别让他们再胡言乱语了！"于是命亲信赶到球场，传示禁令。军士正争呼万岁，听到禁令传下后，这才稍微静下来，依次回营。

当晚，行军司马张彦威等人上笺劝进，刘知远还是不肯应允。第二天，他们又递上了第二份笺，刘知远于是召集郭威等人商议。郭威还没开口，旁边的都押衙杨邠就进言说："上天给你的如果不取，反而会收到惩罚，大王如果再谦让的话，恐怕人心一移，反而生变了！"郭威也接口说："杨押衙所言甚是，希望大王不要再犹豫了！"刘知远说："我始终不忍心忘却晋，就算暂时正位，也不该更改国号，另外再颁发正朔。"郭威说："这倒无妨！"刘知远于是决定称尊，择定在二月辛未日，即皇帝位。

到了这一天，刘知远在晋阳宫内，披着服衮冕，登殿受百官的朝拜。将士们都联翩拜贺，三呼万岁。随即由刘知远传制，仍称为晋朝，只是惟略去了开运的年号，复称为天福十二年。礼成回宫，又传谕各道，凡是为辽主搜刮钱帛的行为，一概禁止。并且下令指日率军迎接故主，令军士部署整齐，护驾启行。笔者记得唐朝袁天罡与李淳风曾一起作推背图，曾传下谶语说：

宗亲散尽尚生疑，岂识河东赤帝儿！
顽石一朝俱烂尽，后图惟有老榴皮。

刘知远称帝后，人们这才得以解开了这个谶文。第一句是暗中斥责石重贵；第二句是借汉高祖的故事，比喻刘知远；第三句是取自辽主石烂改盟的话。后来辽主灭晋，石头已经烂尽，所以天下应该改姓了；第四局中的老榴皮，取榴刘同音的含义，作为暗喻。照此看来，似乎万事都有定数啊！

第三十八回 一代雄主半路归天

却说刘知远已经即位称帝，他亲自带领军士，从寿阳出发，假意说要北上，邀迎故主。当时石重贵等人早就走远了，差不多要到黄龙府，哪里还能截回呢？刘知远于是分兵戍守，亲自率军回到晋阳。当时，军饷匮乏，他打算敛取些民财，来犒赏将士。而将士巴不得得到重赏，当然没有异言。唯独有位新皇的贤内助，听说这个事儿，就乘刘知远入宫时，直言进谏说："国家刚刚创业，虽然是天意，但也需要靠百姓一同治理天下。陛下刚刚即位，没给百姓些恩惠，反而先剥削他们，这哪里是新天子救民的本意呢？妾请陛下千万不要夺取民财！"刘知远皱眉说："可是公钱不够，如何是好？"话刚说完，那位贤内助又说："后宫还颇有些积蓄，不妨全部拿出来，赏劳各军！就算不能厚赏，想必各军也应当体谅，不会产生怨言。"刘知远不禁改愁为喜说："你的话真是令我豁然开朗，我当从命！"于是从内宫里拿出金帛，全部颁赏下去，军士们格外感激，更加欢跃。各位读者你们说这位贤妇是谁呢？原来是刘夫人李氏。李氏本是晋阳一家农民的女儿，因为颇有才美，刘知远还是个士兵时，在晋阳放马，偶然窥见李氏，便想娶她为妻。刘知远先向李家求婚，可是李家瞧不起他，不愿联姻，严词拒绝了。惹得刘知远性起，邀了几个伙伴，星夜闯到李家，把李氏劫了回去。李家只是个普通人家，我们无从申诉，只好由他劫走了。李氏脱不了身，没办法只好从了刘知远，与他成为夫妇。不料遇难成祥，转祸为福，刘知远屡屡得到升迁，做了大官，进王爵，握兵权，李氏随夫贵显，也得以受封为魏国夫人。这次刘知远称帝，事出匆忙，还没来得及册立皇后，李氏这时乘隙进言，情愿将半生的积蓄全部充公。农家女能有这样的度量，怪不得身受荣封，转眼间就成了国母。

这些慢慢再说。且说辽主耶律德光听说刘知远在河东称帝，勃然大怒，立时夺去了刘知远的官爵，派翻译耿承美为昭义节度使，守住泽潞；高唐英为彰德节度使，守住相州；崔廷勳为河阳节度使，守住孟州。三面扼定后，同时也好断绝河东的来路，正好相机进攻。谁知各处的人民，苦于辽主的贪虐，再加上散兵游勇辗转招诱，都相聚为盗，到处都在揭竿起义。

滏阳的强盗头目梁晖，聚集了一千多人，派人到晋阳，说情愿供他驱使。磁州刺史李穀也派人密报刘知远，命梁令晖去袭击相州。梁晖经过侦查，得知相州空虚，高唐英还没有率军到来，随即率壮士数百名，乘夜潜到相州城下。城上毫无守备，头目便悄悄架起云梯，有好几十个矫健的壮士陆续登上了城。城内还没察觉，直到那些人将城门打开，放入众人，一哄儿杀了进去，守城将吏这才从梦中惊醒。守城士兵急切之中怎能抵御，只得拼命闯出，夺路飞跑，一半送掉了性命，一半得以逃生。梁晖占据相州后，自称留后，一面向晋阳报捷。

还有陕府指挥使赵晖、侯章，以及都头王晏等人杀死了辽监军刘愿，将首级悬挂在府门上。众人推赵晖为留后，侯章为副，奉表晋阳，输诚投效。

刘知远听说这两处响应后，随即想进兵攻取大梁。郭威说："晋州和代州还没攻下，我们不应该深入敌境，应该先攻取这二州，然后再谋取大梁。"于是刘知远派遣史弘肇率兵五千，前去攻打代州。代州刺史王晖，当初背晋降辽，还以为能高枕无忧，忽然听说晋阳的兵马到来，慌忙调兵守城。可是晋阳的兵马来的太急，守兵还没有集齐，敌人就已经登上了城楼，霎时间满城都是敌兵。王晖无处可逃，当场被河东的士兵抓住，牵送到史弘肇的马前，一刀毙命。

攻下代州后，晋州也相继归顺。原来刘知远登极后，曾派遣部将张晏洪、辛处明等人前去招降晋州。正巧晋州留后刘在明去大梁朝见辽主去了，由副使骆从朗暂时统领知州，骆从朗将张、辛二使拘禁起来。正巧辽吏赵熙奉命前来，搜刮民财。骆从朗对他格外巴结，助纣为虐，搞得民不聊生。相州大将药可俦，替百姓抱打不平，并听说河东势盛，有归顺的想法。于是他纠集群众攻杀骆从朗，并杀掉了赵熙，将狱中的张、辛二使放了出来，并推举张晏洪为留后，辛处明为都监。张、辛于是向晋阳奏报，刘知远自然欣慰。

接连是潞州留后王守恩，也上表输诚，不久又得到澶州的表章，乞求马上援救。澶州当时已归属辽国，由辽将耶律郎五居守，耶律郎五贪婪不仁，士兵和百姓苦不堪言。水运什长王琼联络强盗头子张乙，一共得到一千多人，袭据了南城，围攻耶律郎五。耶律郎五一面拒守，一面向辽主求救。王琼担心恐辽兵来援，寡不敌众，急忙命弟弟王超奉表到晋阳，请求援师。刘知远召见王超，赏赐丰厚，第二天将他遣还，只说援兵马上就到。王超回到澶州时，王琼已经败死，只落得怅断鸰原，自寻生路罢了！

辽主接连听说各地的变乱，不免心惊，于是派遣天雄军节度使杜重威、泰宁军节度使安审琦、武宁军节度使符彦卿等人各归原镇。他认为用汉官来治理汉人希望可以免除汉民的反抗，同时仍用亲信作为监军。正巧赵延寿的妻子去世，打算续婚。他的妻室燕国公主本来是唐明宗李嗣源的女儿。她还有个妹子永安公主，居住在洛阳，赵延寿听说小姨子颇有姿色，于是向辽主请求，愿意用妹妹代替姐姐。辽主当然允诺，随即派人到洛阳，迎接永安公主入京。

这永安公主，是许王李从益一母同胞的妹妹，一直由王德妃抚养。石敬瑭篡唐即位后，曾将王德妃母子留在宫中。并且封李从益为郇国公，继承唐祀。石重贵嗣立后，动不动就猜忌他们母子，于是王德妃自请离开，带着李从益兄妹去了洛阳。这时她接到辽主的敕令，她一介女流，怎么敢违背，随即与郇国公李从益一同送永安公主入京，亲自主持婚礼，顺便前去拜谒辽主。辽主耶律德光，也下座答礼，并对王德妃说道："明宗与我约为弟兄，你就是我的嫂子，怎么好受你的参拜呢！"王德妃命李从益前来拜谒，辽主也欢颜相待，命他们母子居住在客馆。婚嫁完毕后，王德妃母子向辽主辞行。辽主面授李从益为彰信军节度使，王德妃以李从益年少无知，不通政事为由替他推辞了。于是辽主命他随母回到洛阳，仍然封李从益为许王。而辽主自己还想留在中原做皇帝，他任命张砺、和凝为同平章事，并且亲临崇元殿，改穿赭袍，令晋臣行入閤礼。唐朝的规矩中，天子的正殿叫作衙，便殿叫作閤，辽主让晋臣行入閤礼，无非是想随时咨询，求治弭乱的意思。

不料礼仪刚刚行过，那宋、亳、密各州都有警报传来，都说被盗贼所攻陷。辽主长叹说："中国人如此难屈服，真是出乎我的意料啊！"于是便动了北归的想法。天气渐渐变暖，春光将老，辽主越加不耐烦，他召入晋臣说："天气慢慢变得炎热了，我实在不愿长久留在这里，打算暂时回到北庭，给太后请安。这里留下一个亲将，令为节度使，料想不至于发生什么变故。"晋臣齐声说："皇帝怎么能北去呢！如果想要探亲，不如派人把皇太后接过来。"辽主摇头说："太后亲族庞大，好像古柏蟠根，不便移动。我意已定，不必多说了！"晋臣不敢再言，纷纷退出。不久，就有诏书颁下，复称汴梁为宣武军，令国舅萧翰为节度使，留守汴梁。萧翰是述律太后的兄长的儿子，他的妹妹是辽主的皇后，赐姓为萧，于是辽国皇后一族，世称萧氏。

辽主想命晋臣跟着一同北行，又担心人心摇动，于是只命文武诸司以及诸军吏卒随往北庭，这样算下来也已经达到数千人了。辽主又挑选宦官、宫女数百名，命令随从。所有库中金帛全部捆载起来，运往北廷。萧翰送辽主出城后，仍然回来驻守。辽主向北进发，见沿途一带，村落空无一人，也不免唏嘘，立刻命有司颁发数百纸榜单，揭示人民，招抚流亡的百姓。偏偏胡骑生性喜欢剽掠，遇到有人民聚处的地方，便前去劫夺，辽主也不加禁止。辽主一行白天赶路，晚上休息，到了白马津，率众渡河后，对宣徽使高勳说："我在北庭时，每天骑马射猎，非常惬意。自从进入中原后，每天就待在宫廷了里，一点乐趣都没有，现在得以生还，即使是死了也没什么遗憾了！"

抵达相州时，正值辽将高唐英围攻州城，与梁晖相持不下。辽主纵兵助攻，顿时攻破了城池，梁晖巷战亡身。城中所有男人全部被杀。最可怜的是那些婴儿，被胡骑扔向空中，然后举着用刀接住，多半剖腹流肠，也有的坠落在地，摔成了肉饼。妇女年纪大的被杀，年纪小的被掳走了。辽主留下高唐英守相州，高唐英检阅城中的遗民，只剩下七百多人，而骷髅大约有十万多具。读者试想，惨不惨呢？

辽主听说磁州刺史李穀暗通晋阳，派兵将他抓了起来，亲自审讯。李穀诘问辽主有什么证据，反而弄得辽主无话可说，只好假装将手伸到车里，做一副取文书的样子。这动作被李穀识破，于是将计就计，乐得再三诘问，不依不饶。辽主无话可答，竟然被他瞒过了，命人将他放了回去。

后来，辽主经过的一些城邑，满目萧条，于是他对蕃、汉群臣时候："使中国受到如此深重的灾难，全是燕王一个人的罪过。"又对相臣张砺说："你也算是一个出力的人员！"张砺俯首怀惭，无言可答，闷闷都随向北行，这些也无须细述。

宁国军都虞侯武行德，受了辽主的派遣，与辽吏督运兵仗。他们用舟装载兵仗，从汴京入河，溯流北驶。武行德手下有一千多士兵，行驶到河阴时，他私下里对士兵说："我们被胡虏所制，远离家乡，人生总有一死，难道都要做外国的鬼吗？如今虏主已经北归，虏势渐渐衰弱，为何想个法子将胡虏赶走，据守河阳，等中原有主后，我们再向他臣服，岂不是一条好计吗？”士兵全部赞成，愿任他驱使，武行德于是将舟中的甲仗分给士兵，一声号令，全军俱起，将辽吏砍成了肉泥，并乘势袭击河阳城。辽节度使崔廷勳正派兵帮助耿廷美，进攻潞州。城内没有防备，突然被武行德杀入，赶走了崔廷勳，占据了河阳。他命弟弟武行友带着蜡书，从小道赶往晋阳，表明诚意。

那时潞州留守王守恩已经向晋阳告急，刘知远命史弘肇为指挥使，率兵援救潞州。史弘肇用部将马诲为先锋，星夜进兵，赶到潞州城下，发现城门寂静无声，并不见辽兵，马诲非常疑惑。后来，王守恩出城相迎，两人交谈后，才得知辽兵听说有援兵，已经退走了。马诲奋然说："胡虏听说我军到来，便匆忙退兵，这就是古人所说的强弩之末啊！我们应当前往追击，杀敌报功！"正说着，史弘肇也到了，随即由马诲请命，挥兵追击胡虏。途中遇到辽兵，大呼向前，挟刀齐进，好像秋风扫落叶一般，不到一个时辰，就斩获了一千多个胡虏的首级，其余的辽兵纷纷逃走。马诲高奏凯歌，收兵回去。辽将耿崇美退守怀州，崔廷勳也狼狈逃了回来。就连洛阳的辽将拽剌等也闻风胆落，跑到怀州，与耿崇美、崔廷勳等人会晤，商讨对策，并且派人报告辽主。

辽主得到报告，非常失意，又自叹说："我有三个过失，怪不得中国会背叛我呢！我下令各道搜刮民财，是第一失；纵兵打草谷，是第二失；不早遣回各个节度使还镇，是第三失。如今后悔莫及了！"辽主耶律德光也是一个好大喜功的雄主，这次大举入侵中原，到处顺手，已经如愿以偿，可是他还想久据中原，偏偏不能如意，接连收到这么多警耗，由愤生悔，由悔生忧，最后竟然恹恹成疾。到了河北栾城，他便觉得全身苦热难耐，用冰水擦身子，一边擦一边吃，可是还是不见好转。等到了杀狐林，病势就更加严重了，当天就死了，享年四十五岁。

由于天气炎热，亲信们担心尸身腐臭，只好把他的肚子剖开，腹入食盐，他的肚子特别大，能容下几斗盐。亲信们将尸体运送回国，而其他人则陆续返回大梁。辽太后述律氏，看到耶律德光的尸体，并没有哭，而是摸着他的尸身，恨恨地说："你不听我的话，谋夺中原，使得内外不安，现在还必须等诸部安宁下来，才好安葬你呢！"

原来辽主一死，辽国的形势立时发生变化，赵延寿痛恨辽主背约，首先发难。他本担任任枢密，遥领中京，这时就想借中京为根据地，成就霸业。他引兵先进入恒州，并对左右说："我再也不愿进入辽京了！"谁知人有千算，天却只需一算，像这样卖国求荣，糜害中原的赵延寿，怎能长享富贵，得以善终呢？赵延寿进入恒州时，就有一个辽国的亲王，悄悄地跟着他，也带兵进入了恒州。赵延寿不敢拒绝，只好由他进城。这位辽国亲王是谁呢？原来就是耶律德光的侄儿，东丹王突欲的长子。突欲奔逃后唐，唐主李嗣源赐他姓名李赞华，留居在京师。后来李赞华被李从珂所杀，唯独突欲的儿子还留在北庭，不曾随父亲一起归顺唐朝，他的名字叫作兀欲。德光见他舍父事己，认为他很忠诚可靠，便特地封他为永康王。

兀欲随辽主进入汴京，随后又跟着辽主归国。他见赵延寿总是怏怏不乐，料定他在图谋不轨，所以暗中对他加以防范。这次追踪到恒州，其实就是要夺取他的根据地。一进入城门，兀欲便命门吏缴出钥匙，进到府署，又令库吏缴出簿籍，全城的要件全都掌握在他的手里。而辽将又多半归附，愿意奉他为嗣君。兀欲登上鼓角楼，与诸将商定密谋，择日让他们推戴自己为新君。那赵延寿还好像在睡梦中，一点都不知晓，反而自称自己受了辽主的遗诏，权知南朝的军国大事，并向兀欲索要管钥和簿籍，兀欲当然不会给他。

这时有人通知赵延寿说："辽将与永康王总是聚在一起商议什么，一定是个阴谋，请预先备才是啊。如今中国士兵还有一万多人，可以借以攻击胡虏，否则再拖延就麻烦了！"赵延寿迟疑不决，后来想得一个法子，打算在五月初一，将文武百官叫到府上，加以笼络。晋臣李崧对他说："胡虏的心意难以揣测，请公暂时搁置这件事。"赵延寿这才罢休。

辽永康王兀欲听说赵延寿邀请百官赴宴，随即跟各辽将商定，准备到时出兵掩击。后来又听说赵延寿取消了计划，他也不得不另想别法。可巧兀欲的妻子从北庭赶来探望兀欲，兀欲大喜说："妙计成了，不怕燕王不中我的圈套。"于是准备了酒席邀请赵延寿，以及张砺、和凝、冯道、李崧等人，到自己的府上饮酒。赵延寿如约到来，就是张砺以下的官员也纷纷应召而来。兀欲热情地将他们迎入，请赵延寿坐在首席，大家依次列坐，兀欲也坐下相陪。酒过数巡，谈了许多客套的话，兀欲这才对赵延寿说："内子已经到了，燕王想见见吗？"赵延寿说："妹妹果真来了吗？那我怎么能不见呢！"随即起身离座，与兀欲欣然进到了内室，可是去了好半天，还是不见出来，李崧等人十分担忧。和凝、冯道私下里问张砺说："燕王真有妹妹嫁给永康王吗？"张砺摇头说："并不是燕王的亲妹妹，我与燕王在辽国好多年了，永康王的夫人与燕王联为异姓兄妹，所以这样称呼。"话还没说完，兀欲便从里出来，唯独不见赵延寿。李崧正要开口询问，兀欲笑着说："燕王谋反，我已经将他锁起来了！"这话一出，吓得这几个人面面相觑，不敢说话。兀欲又说："先帝在汴京时，曾留给我一封信，答应我掌管南朝的军国大事。不幸先帝在归途中突然驾崩，他哪来的遗诏交给燕王？他怎么能擅自主张，谎称有先帝的遗命呢？不过罪责只在燕王一人，诸公都不要担心。请再喝几杯！"和凝、冯道等人唯唯听命，勉强又喝了几杯，便匆匆告谢而出。

第二天由兀欲下令，宣布先帝的遗制，上面说："永康王为大圣皇帝的嫡孙，人皇王的长子，太后非常钟爱，众望所归，可就在中京即皇帝位。"读者看到这里，就知道这个遗制是兀欲捏造的。可是大圣皇帝以及人皇王到底是谁呢？笔者在这里应该补叙明白。大圣皇帝就是辽太祖阿保机的尊谥，人皇王就是突欲。阿保机在世时，自称天皇王，称长子突欲为人皇王，因此兀欲捏造遗制时，特别声明。兀欲这时才举哀成服，传讣四方，并派人报知述律太后。述律太后大怒道："我儿平定晋国，夺取中原，这么大的功业，他的儿子就留在我的身边，应该嗣立。人皇王叛我归唐，兀欲是人皇王的儿子，怎么能僭越称帝呢？"当下传谕兀欲，命他取消成议。兀欲哪里肯答应，竟然在恒州即了皇帝位，受蕃汉各官的朝贺。不久，他便将丧服撤去，鼓吹作乐，声彻内外。

这时听说述律太后将要发兵征讨，兀欲于是恨恨地说："我不逼人，人却逼我，我难道要束手就擒吗？"于是命亲将麻答驻守恒州，将晋臣文武吏卒留在恒州，自己率部兵北行。他挑选了一些宫女、宦官、乐工，一共几百人，随从马后。最后还有几十名军士，押着一辆囚车，里面坐着一个燕王赵延寿，滑稽极了。笔者写到这里，不禁随口吟诗一诗，随手写这里，为赵延寿写照。诗云：

失身事虏已堪羞，况复甘心作寇仇！
自古贤奸终有报，好从马后看羁囚。

第三十九回 刘知远入主中原

却说赵延寿被兀欲拘押，带回辽京。消息传到河东，河东的军将认为河中节度使赵匡赞是赵延寿的儿子，正好乘势招谕，劝他归降。刘知远采纳了这个提议，派人到河中宣抚。不久，传说纷纷而来，说赵延寿已经死了，再由郭威献策，派人前往河中吊祭。其实当时赵延寿还活着，过了二年，才受尽折磨，惨死在狱中。

刘知远召集将佐，商议进取计划，诸将齐声说："想要攻取河南，必定先平定河北。为今之计，不如先出师井陉，攻取镇、魏二州。这两镇如果能够拿下，河北就算平定了，河南到时候自然会拱手臣服。"刘知远沉吟着说："这个主意未免太过迂腐，我打算从潞州进发。"话刚说完，有一人抗声谏阻说："这两个计策都不可行。如今虏主虽然已死，但是他的党众分别占据坚城，还很强盛。如果我们出兵河北，兵少路远，又有没有援兵，倘若敌人合势共击，截住我前锋，切断我后路，我不能进，又不能退，援绝粮尽，该怎么支持？这是万万不可行的。要是从潞州进兵，山路险窄，粮少兵残，不能供给大军，也不是良策。臣意应该从陕、晋进发，陕、晋二镇刚刚归附，我们引兵过境，他们必然欢迎，粮饷通畅，道路便捷，可算万无一失，不出二十天，洛、汴就能平定了。"这三个提议相比较，还算这个提议最好。刘知远点头说："爱卿这个主意不错，朕当照行。"

节度判官苏逢吉当时已经升任中书侍郎，他也出班进言说："史弘肇在潞州屯兵，群虏相继逃走，不如出师天井关，直达孟津，更为利便。"刘知远也觉得很好。后来，司天监奏称现在太岁星在午，不利于南行，应当从晋、绛抵达陕州。刘知远于是决定，于天福十二年五月十二日，从太原启程。告谕诸道，一面部署内政，册封魏国夫人李氏为皇后，皇弟刘崇为太原尹，从弟刘信为侍卫指挥使。皇子承训、承祐、承勳，以及皇侄承赟为将军，杨邠为枢密使，郭威为副使，王章为三司使，苏逢吉、苏禹珪为同平章事。那些早就归附的各镇将领，如赵晖、王守恩、武行德等人都授予节度使。

转瞬间启程的期限到了，刘知远命太原尹刘崇留守北都，赵州刺史李存瓌为副，幕僚李骧为少尹，牙将蔚进为马步指挥使，辅佐刘崇驻守。刘知远带着全眷以及部下将士三万人，由太原出发。越过阴地关，道出晋、绛时，刘知远打算召回史弘肇，一同护驾。苏逢吉、杨邠谏阻说："如今陕、晋、河阳都已经向化，虏将崔廷勳、耿崇美也将逃走，倘若召还史弘肇，恐怕河南人心动摇，胡虏的气势再次昌盛，反而会产生后患了。"刘知远还在犹豫，便派人问史弘肇的意见，史弘肇派人送来回信，与苏、杨两人的意见相符。于是，刘知远命史弘肇仍然驻扎在潞州，准备夺取泽州。

泽州刺史翟令奇坚壁拒守，史弘肇派兵前去攻打，十多天都攻不下，部将李万超愿意前往招降，得到史弘肇允许。李万超骑到城下，仰头对翟令奇说："如今胡虏已经北逃，天下无主，太原刘公，兴义师，定中土，所向披靡，反抗者杀。将军为什么不为自己早作打算呢？"翟令奇迟疑不答，李万超又说："将军身为汉人，为什么要屈身为胡虏守节呢？况且城池一旦被攻破，玉石俱焚，将军甘心为胡虏而死，难道百姓也愿意吗？"翟令奇被他这一提醒，这才答应归降，开门迎纳官军。史弘肇闻报，也飞驰到泽州。安抚了民众，留下李万超暂时统领州事，自己仍然回去镇守潞州。

当时辽将崔廷勳、耿崇美等人又进逼河阳，节度使武行德与其交战连连失利，飞书向潞州求援。史弘肇率众南下，刚刚进入孟州境内，崔廷勳等人已经拥众北逃了。他们经过卫州时，大掠一番之后便匆匆离去。武行德出去迎接史弘肇，两军联合，分路攻略河南。史弘肇为人，沉毅寡言，治军严整，将校一旦有过错，立杀无赦，所以兵马所到之处，对百姓秋毫无犯，因此士皆用命，百姓归心。刘知远从容南下，一路上兵不血刃，都是由史弘肇先驱开路，抚定人民，所以很轻松地直逼洛阳来了。

辽将萧翰留守汴梁，他听说刘知远拥兵南来，崔、耿等将都已经逃回，自知大势已去，不如北归。筹划了好几天，他又担心中原无主，必定大乱，归途也不免受祸。于是他想出了一个不是办法的办法，捏传辽主的诏命，命许王李从益掌管南朝军国大事。当即派遣部将，赶往洛阳，把李从益母子接来。王德妃听说后，大吃一惊地说："我儿如此年少，怎么能当此大任呢？"说着，急忙带着李从益逃到徽陵城中。徽陵即唐明宗陵。辽将四处打听，最后竟然真被让他找到了，强迫李从益母子前往大梁。萧翰用兵拥护李从益，当天就登上了崇元殿。李从益当时只要十七岁，胆子很小，几乎吓得从座子上掉下来。他勉强支撑，接受蕃、汉诸臣的谒贺。翰率部将在殿上拜谒，命晋百官在殿下拜谒，奉印纳册，由李从益接受。礼毕后，王德妃知道这不是好事，亲自站在殿后。直到李从益返回，还是惊魂未定。可是那些晋臣却又接连前来叩拜，王德妃连忙止住说："不要拜了！不要拜了！"晋臣却只管屈膝，黑压压地跪了一地。王德妃又连声说："快……快请起来！"大家起来了后，她不禁哭着说："我家母子孤弱得很，是被诸公所推戴，这哪是什么福气，眼见就要大祸临头了！怎么办，怎么办？"大家支支吾吾了一番，全都告退了。萧翰留下部将刘祚带着一千多人护卫李从益，自己带着蕃众北去了。

王德妃昼夜不安，多次派人去侦探河东兵马，当下有人报告说："刘知远已经进入了绛州，收降刺史李从朗，留下偏将薛琼为防御使，自己亲率大军向东来了。"不久，又有人报告，说刘知远已经抵达陕州。后来，又收到刘知远的檄文，是从洛阳传到来的，宣慰汴城的官民。说凡是经辽主补署的官吏，都一概不予追问。晋臣接到檄文后，又私自聚谋，打算迎接新主，免不了有人伺机逃出，赶到洛阳投效，也想做个佐命的功臣。

王德妃焦急万分，与群臣会议几次，打算召见宋州节度使高行周，河阳节度使武行德，一同商讨拒守的事情。可是命令传过去后，并没看到人来，王德妃于是对群臣说："我母子被萧翰所逼迫，应该灭亡，诸公却没有罪过，可以早迎新主，自求多福，千万不要挂念我们母子！"说到这里，那眼眶里泪水已经坠落了一地。大家也被她感触，无不哭泣。忽然有个人开口说："河东兵马绕道而来，势必非常疲劳，如果调集各营将士与辽将并力拒守，以逸待劳，也不一定会失掉汴梁，只要能坚持一个月，北廷的援兵一定会来，到时候就无虑了。"王德妃说："我母子是亡国余孽，怎么敢跟别人争夺天下呢？倘若新主怜悯我们的苦衷，知道我们是被辽将所逼，或许还能宽待我们。如果再想着抵抗，惹动他的怒气，我们母子死不足惜，恐怕全城也要生灵涂炭！"大家听了这话，还是交相讨论，主张坚守。三司使刘审交说："城中无论是官府还是百姓都没有什么钱财了，剩下的百姓也没几个人，要是再被围困一个月，一定都会饿死的。希望诸公不要再坚持了，一切听从太妃处置！"大家这才无话可说。于是王德妃与群臣议定，派人奉表到洛阳，迎接刘知远。表文上署的名衔是"臣梁王权知军国事李从益"几个字，李从益也回到自己的府上，专等着刘知远到来。

刘知远来到洛阳后，两京文武百官陆续前来迎谒。收到李从益降表后，他便命郑州防御使郭从义领兵数千，先进入大梁清宫。临行前秘密嘱咐郭从义说："李从益母子并非真心欢迎我，我听说她曾召高行周等人与我相争，高行周等人不肯应召，这才走投无路，派使者送来降表迎接。你进入大梁后，可先除去这两个人，不得有误！"郭从义奉命出发，到了大梁，便率兵围住李从益的府邸，传达刘知远命令，迫令李从益母子自杀。王德妃临死前大喊："我家母子究竟有什么罪过，为什么不留我儿在世上，使他每年寒食节能供上一盂麦饭，祭扫徽陵呢！"说完，便与李从益伏剑自尽。

王德妃母子死后，大梁城中的人都为他们而悲惋。郭从义派人报告刘知远，刘知远却非常高兴。不久，刘知远启程，前往大梁，汴城百官争相前往荥阳迎驾。辽将刘祚无法归国，也只好随同迎降。刘知远纵马入城，御殿受贺，下诏大赦。凡是辽主所任命的节度使以及各个官吏，都仍然担任原职，不再改变。仍然称汴梁为东京，国号大汉，只是仍然采用天福年号，他还对左右说："我实在不忍心忘怀晋朝啊！"后来，封赏功臣，犒劳兵士，当然又有一番忙碌。笔者述不胜述，姑且省去些笔墨。

当时各道的镇帅先后纳款，就是吴越、湘南、南平三镇，也派人送来贺表。大汉皇帝刘知远，得到晋国的版图，南面垂裳，又是一番新朝的气象。南唐主李璟，当辽主进入汴梁时，曾派使者前去祝贺，并请旨到长安修复诸陵，即唐高祖、唐太宗的诸陵。可是辽主没有答应。后来，晋密州刺史皇甫晖、棣州刺史王建都为了躲避辽兵投奔南唐，淮北的强盗头子也大多向江南请命。唐史馆修撰韩熙载上疏说："陛下恢复祖业，就在今天。如果虏主北归，陛下还不进兵的话，等到中原有主时，恐怕就慢人一步，以后再想恢复大业就遥遥无期了。"唐主看了奏折后十分感慨，非常想出师。无奈福州的战事不但没有成功，反而传来败报，兵马损失了不少，自慨国威已经受挫，哪里还能规取中原呢！

原来，福州李达得到吴越的援军后，与唐兵相持不下，这事笔者已经在前面交代国了。双方攻守一年多了，还是没有分出胜负败。吴越军又命水军统帅余安率领战舰千艘，陆续支援福州。船队行驶到白虾浦时，海岸都是泥淖，必须事先铺上竹箦，才能登岸。唐兵在城南看见后，用弓箭狂射，使得竹箦不能铺上。余安正也没有办法，等了半天，唐兵的箭势慢慢减弱，便纵兵布置竹箦，全军登岸之后，下令进攻唐兵。唐将冯延鲁抵挡不住，弃师先逃走了，冤冤枉枉地死了好多人，并阵亡了良将孟坚。原来唐兵停射是冯延鲁的主见，冯延鲁打算让敌人登岸，然后全部加以歼除，孟坚苦谏不从。等到吴越兵登上岸后，大呼奋击，锐不可当。冯延鲁逃走，孟坚战死。唐将留从效、王建封等人也亦相继披靡，城中的士兵又出来夹攻，大破唐兵，尸横遍野。幸亏唐帅王崇文亲自督领牙兵三百人，断住了后路，且战且退，才得以保全残众，回到江南。这次唐兵惨败，损失将士两万多人，丢弃的军资器械达数十万，以至于南唐府库一空，兵威大损。

唐主认为这次损兵折将，都是因为陈觉矫诏，冯延鲁失策导致的，过错只在这两人身上，打算将他们正法以谢中外，其余的人全部赦免。御史江文蔚本被是中原人士，与韩熙载一样具有盛名，韩熙载投奔南唐后，江文蔚也因连坐安重荣的叛党，惧罪南逃。唐主喜爱他的文采，任用他为谏议官，他见唐主下诏只追究陈觉、冯延鲁两人的罪过，并没有设计冯延己、魏岑，心中大为不平，于是对仗纠弹，递上了一道几千言的奏折。说得淋漓痛快，笔者不忍割爱，因限于篇幅，故只摘抄一段如下：

臣听说赏罚是帝王所推崇。赏以进君子，不是由于私恩；罚以退小人，不是由于私怨。陛下即位以来，所信重的只有冯延己、延鲁、魏岑、陈觉四人，他们全都是陛下的下僚，突然得以身居高位，却不能进一个贤臣，成为国家之美。阴狡弄权，引用群小，在外掌握兵马兵，在内操纵国家。师克在和，而四凶邀利，迭为前却，使精锐者奔北，馈运者死亡，粮草戈甲，全都丢给了敌寇，折戟于邻邦，贻笑于四海。如今陈觉、冯延鲁虽然已经伏诛，可是冯延己、魏岑等人仍然还在，祸根不除，枝叶复生。冯延己善于巧言令色，毫无才学，只凭恃旧恩，才逐渐被任用。他们蒙蔽天子，敛怨归上，以至于纲纪大坏，刑赏失调。风雨也因此不应农时，阴阳因此失去失序。伤风败俗，损政害人，污浊了日月之明，败坏了乾坤之德。魏岑与冯延己狼狈为奸，蛇豕成性，专利无厌。他刚逃亡回国，又鼠奸狐媚，谗害君子，交结小人。魏岑善于奉承冯延己，于是得以担任枢要，面欺人主，把亲王当作小孩侮辱，远近惊骇。进俳优以取容，作淫巧以求宠，视国用如私财，夺君恩为己惠，上下相蒙，人们在路上遇到都不敢议论。征讨的大权都在魏岑的手里，国家财产的取舍也都凭着魏的一句话。福州之战，魏岑为东面应援使，却自焚营壁，纵兵入城，使本来就要败亡的穷寇坚定决心，而是我们失势。按军法逗留畏懦者斩，律法说："主将守城，为贼所攻，不固守而弃去，及守备不设，为贼掩覆者皆斩。"昨天所赦免的诸将，都以军政威令，各非己出。魏岑与陈觉、冯延鲁更相违戾，互肆威权，号令并行，理在无赦。况大病败绩，宇内震惊，要雪洗宗庙之羞，应该把奸臣千刀万剐。现在已经杀掉了两个罪人，还是不能平息众人的愤怒，尽去四凶，方能解恨。如今民多饥馑，政未和平。东有伺隙之邻，北有霸强之国。市里谣言四起，人情汹汹。陛下应当正视这一切，魏岑同罪却不同刑，冯延己谋国不忠，理法难容。可是他们都没有受到严惩，人民都感到疑惑，请把他们全都明正典法以谢四方，则国家幸甚！

江文蔚上疏时，明知自己言辞太过激烈，担心触动唐主的怒气，于是事先在江中准备了一艘小舟，载送老母，专等被贬。果然唐主下诏，斥责他诽谤大臣，降为江州司士参军，江文蔚随即奉母赶赴江州。正直的臣子虽然离去，但是谏草却都留了下来，江南人士辗转传写，连当时的纸价都被抬高了。太傅宋齐邱曾推荐陈觉为福州宣谕使，现在又竭力营救陈觉，竟然得到唐主的恩准，赦免陈觉、冯延鲁的死罪，只流放陈觉到蕲州，流放冯延鲁到舒州。韩熙载也忍耐不住，上书弹劾宋齐邱，连同冯延己、魏岑二人。唐主却只撤去冯延己的相位，降为少傅，贬魏岑为太子洗马，齐邱全却一点都不加罪，宠信如故。韩熙载又多次上言说宋齐邱结党营私，必定会成为国家的祸患。于是，宋齐邱与韩熙载结下深仇，弹劾他嗜酒猖狂，结果韩熙载被贬为和州司士参军。当时辽主已经驾崩，辽将萧翰也放弃汴京北逃了，唐主又想收复北方，用李金全为北面招讨使。谁知刘知远已经捷足先登，驰入大梁，还要他费什么心，动什么兵呢！

吴越将士解了福州之围，凯旋回到钱塘。吴越王弘佐另派东南安抚使鲍修让，协助戍守福州。不久，吴越王病殁，年仅二十，他膝下无子，弟弟王弘倧依次嗣立，颁布敕书到福州，李达令弟弟李通暂且担任留后，自己前往钱塘，朝贺新君。王弘倧加李达兼官侍中，赐名孺赟，后来又把他遣归。李达返回福州，与鲍修让互不相让，多次发生纠纷，于是想杀掉鲍修让，举兵降唐。偏偏被鲍修让察觉，率先引兵攻打李达的府第，一场蹂躏，不但杀死了李达，连他一家老小也一并罹祸。随即鲍修让将李达的首级送到钱塘，报明情状。吴越王弘倧另派丞相吴程，出任威武军节度使事。

从此福州归了吴越，建州归了南唐，各守疆域，相安无事。那北方最强的大辽帝国偏偏由兀欲继统，他仇视祖母，彼此争斗。结果兀欲打了胜仗，竟把一位聪明狡黠的述律太后，拘押到辽太祖阿保机墓旁，锢禁起来。正是：

虏廷挺出女中豪，佐主兴邦不惮劳，
只为立储差一着，被孙拘禁祸难逃。

第四十回 汉高祖亲征

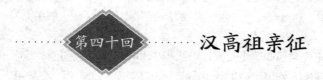

却说辽永康王兀欲在恒州擅自称帝，随即便率兵北向，归承大统。到了石桥，正好遇上辽太后派来的兵士，为首的乃是降将李彦韬。李彦韬跟随辽主北去后，进谒辽太后，太后见他相貌魁梧，语言伶俐，便命将他纳入自己的麾下。这个时候太后听说兀欲率军北来，便命李彦韬为排阵使，前去抵御兀欲。兀欲的前锋就是伟王，伟王对他喊道："来将莫非是李彦韬吗？你要知道新主是太祖的嫡孙，按理应当嗣位。你受了谁的差遣，敢前来抗拒？你要是下马迎降，还不失富贵；否则刀枪无情，何必来做杀头鬼呢？"李彦韬见来军势盛，本就带着几分惧意，一听说伟王招降，乐得当场从马鞍上滚落下来，在道旁迎拜。伟王大喜，又晓谕李彦韬的部众，叫他们一起投诚，免得遭受屠戮。大家纷纷抛戈释甲，情愿归降。两军一合，倍道急进，不到一天便到了辽京。述律太后派出李彦韬出战，总认为他肯卖命抵挡一阵子，不料才过了一个晚上，就听说伟王的兵马到了，惊得手足失措，满脸悲泪。

城中的将吏一直感念兀欲当初的厚恩，他们听说兀欲率大军前来，争先出迎。原来兀欲在辽京时，性情豪爽，非常慷慨。耶律德光赏赐给他的宝物和金帛，他都毫不吝啬地分给了部下。所以将士们大多受到他的笼络，相率爱戴。伟王入城后，兀欲也跟着到了，述律太后束手无策，只好听他处置。兀欲当即派人入宫，拥出太后，胁迫前往木叶山。木叶山就是阿保机埋葬的地方，墓旁建了许多矮小的房屋，是守墓人住的地方。那述律太后被胁迫到这里以后，没办法只好在矮屋栖身。白天听猿啼，晚上闻鬼哭，就算她是铁石心肠，也是忍受不住，况且她已经年力已衰，突然遭到这么大的变故，自己也不愿久留于世上，果然没过多久就病死了。

兀欲改名为阮，自号天授皇帝，改元天禄。国舅萧翰赶到国城时，大局已定，他孤掌难鸣，也只能得过且过，进见兀欲，行过了君臣之礼，才报称张砺谋反，已被中京留守麻合杀掉了。兀欲也不细问，只命萧翰复职了事。

各位读者你们觉得张砺被杀，是什么原因呢？当初，张砺跟随辽主耶律德光一同进入汴京，他曾劝耶律德光任用原来的镇帅镇守各镇，不要用辽人，萧翰因此怀恨在心。从汴州回到恒州后，萧翰便跟麻合说了这件事，并派骑兵包围了张砺的府邸，将张砺牵出质问说："你教先帝不要用辽人为节度使，是何居心？"张砺抗声说："中国人民不是辽人所能统治的，先帝不采纳我的话，所以才功败垂成。我现在还想问国舅呢，先帝命你驻守汴京，你为什么不召自来呢？”萧翰被问的无话可说，更加愤怒，他饬令左右将张砺锁住。张砺又恨恨地说：“要杀就杀，为什么要锁我？”萧翰根本不理会他，只命令左右牵他下狱。第二天，狱卒进到牢房里一看，发现张砺已经气绝倒地，想必是自己气死了。各位读者记着！张砺、赵延寿都是汉奸，一起为虎作伥。张砺拜相，赵延寿封王，为胡虏效力，结果都死在了胡虏的手上。古人有言：“惠迪吉，从逆凶。”这两人就是榜样！

兀欲已经统治了辽国，于是先把先君耶律德光安葬，仍然葬在木叶山营陵，追耶律德光为嗣圣皇帝，庙号太宗。临葬时兀欲派人到恒州召见晋臣冯道、和凝等人一同会葬，正巧恒州发生兵乱，指挥使白再荣等人将麻答逐出，并占据了定州。冯道等人乘机南归，仍然到中原去侍奉新主，免得做了异域的鬼魂，也算不幸中的大幸。要说那恒州兵变的源头，还要归咎于麻答。麻答是辽主耶律德光的堂弟，他平生好杀，在恒州时，他非常残酷，总是虐待汉人，把汉人或是剥面挖眼，或是薅发断腕，使他受尽折磨，辗转呼号，然后才杀死。他进出随身一定带着刑具，甚至在他睡觉的地方，也挂着人的肝胫手足，人民受不了他的荼毒，所以酿成变乱。不久，白再荣等人又上表归顺汉廷，于是恒、定二镇仍为大汉所有。

再说辽负义侯石重贵自从迁徙到黄龙府后，便奉述律太后的命令，改迁到怀密州，怀密州在黄龙府西北一千多里的地方。石重贵不敢逗留，带着家眷和随从，又开始了长途跋涉。故后冯氏不堪艰苦，密嘱内官搜寻毒药，想要跟重贵一同喝下，做一对地下鸳鸯。可奈毒药难以找到，自杀不成，不得不再次上路。过了辽阳二百里，正巧那时辽嗣皇兀欲进入都城，他幽禁了述律太后，并特地颁下赦文，召重贵等人回到辽阳。重贵等人见有了生机，心里安慰了许多，便返回到了辽京。第二年的四月，兀欲巡幸辽阳，重贵带着母亲和妻子，身穿白衣纱帽，前往拜谒兀欲。还算蒙兀欲的特恩，让他改穿平常的服饰入见。重贵跪在地上悲泣，陈述自己以往的过失。兀欲命人将他扶起来，赐他坐在自己的身旁。当下摆起酒席，奏起乐歌，命重贵就座同饮。那帐下的伶人从官，多半是从大梁掳来的，此时得以见到故主，无不伤怀。宴席散去后，伶人纷纷带着衣服和吃的献给重贵。重贵又是感动又是哭泣，想着从被掳走到现在，总算是苦尽甘来，倒也安心下来了。

偏偏福无双至，祸不单行。兀欲在这里居住十多天后，因天气已经临近盛夏，打算到陉州避暑，竟向重贵索要内官十五人，以及东西班十五人，还要重贵儿子石延煦随他一同前往。重贵不敢不依，心中非常伤感，最苦恼的是他膝下的幼女也被蕃骑取走了。父女惨别，怎么不悲痛？原来兀欲的妻兄禅奴见重贵身旁有一个幼女，绰约多姿，娇小动人，便想要来作为婢妾。他面向重贵请求，重贵以女儿年幼为由拒绝了他。禅奴又转告兀欲，兀欲竟然派人硬是向重贵索要，赐给禅奴。到了仲秋，凉风轻拂，暑气尽消，兀欲这才离开陉州去了霸州。陉州是塞北的高凉地，夏季赶去陉州，秋季离开陉州，乃是辽主的惯例。

重贵牵挂延煦，探听到兀欲离开陉州的消息后，随即求李太后前去拜谒兀欲，好乘机探望延煦。李太后于是赶到霸州，与兀欲相见，延煦正好在兀欲的帐后，他当即出来拜谒祖母，老少重逢，悲喜交集。兀欲对李太后说：“我并不想害你的孙子，你不用担心！”李太后拜谢说：“蒙皇帝特恩，宽恕臣妾的子孙，没齿难忘。但妾身一家在这里白白吃饭，总是要烦劳上国供给，扪心自问不免惭愧，能否赐给我们一块空地，使臣妾的子孙们得以耕种为生？如果能够得到允许，更是感激不尽了！”兀欲和颜悦色地说：“我一定会使你满意的。”说着，便对延煦说：“你就跟你祖母一同返回辽阳，静待消息吧。”延煦于是与李太后一同拜辞，仍然回到辽阳，等候辽主的敕令。

不久，辽主的敕令颁到了，命重贵等人徙居于建州，重贵于是又带着家眷启程了。从辽阳到建州大约有一千里，途中登山越岭，非常艰辛。安太妃眼睛早就瞎了，禁不住这样的困苦，整天躺在车里，饮食不进，奄奄一息。当下她与李太后等人诀别，并嘱咐重贵说：“我死后，把我的尸身烧成骨灰，向南扬洒，好使我的遗魂能够返回中国，不至于成胡虏之地的孤魂野鬼了！”说着，痰喘交作，不一会儿就去世了。重贵遵照她的遗命，准备焚烧她的尸体，可是路边没有草木，只有一带沙碛，无边无际，哪里找得出引火之物呢？幸亏左右想出了一个办法，他们将车轮拆下来，作为火种，才算把尸体焚烧了。还有一些余骨没有烧尽，只好用车载到了建州。

建州节度使赵延晖已经接到辽主的敕令，让他优待重贵，于是出城迎入，把自己的居处让给重贵母子居住。他们一住好几天，李太后与赵延晖商量，希望求得一块耕地。赵延晖派人四处寻找，终于在离建州十多里外，找到了一处五千余顷的良田，既可以耕作也可以放牧。当下赵延晖拨发库银，交给重贵，使得在垦地旁边修筑了房子。重贵随从这时还有几百人，全部参加耕种。他们种了许多蔬菜和小麦，按时收成，供养重贵母子。重贵却是逍遥自在，安享天年，随身除了冯后之外，还有几个宠姬，陪伴寂寥，随时消遣。

一天重贵正与妻妾闲谈，忽然来了几名胡骑，说是奉了皇子命令，索要赵氏、聂氏两位美人。这两位美人是重贵的宠姬，哪里肯无端割舍呢？偏偏胡骑不肯罢休，硬是将这二人扯上马车，向北驰去。各给读者，你想重贵这时伤心不伤心呢？只见重贵趴在桌子上号啕大哭，李太后也不胜凄婉。而冯氏拔去几颗眼中钉，却暗中喜欢不得了。大家哽咽好半天，想不出什么好的法子，只好撒手了事。可是李太后目睹了这样的惨剧，非常苦恨，慢慢地病了起来。蹉跎过了一年，已经是后汉乾祐三年了。李太后的病情已经无药可医，她常常仰天号泣，手指着南方，呼喊杜重威、李守贞等人的姓名，边哭边骂：“我死了没有灵魂倒也罢了，要是有灵魂的话，在地下与他们相遇，一定饶不了你们这些奸贼！”于是，病势更加严重，拖延到八月份，已经到了弥留之际。见重贵在一旁，呜咽着对他说：“从前安太妃病终时曾教你焚骨扬灰，我死后，你也可照办，我剩下的骨灰你可以送到范阳的佛寺，我也不愿作虏地的孤魂野鬼呢！”当晚，李太后便去世了，重贵、冯氏以及宫人还有宦官东西班，都披发光脚，抬着棺材到田地中，焚骨扬灰，就地而葬。

后来，人们就不知道重贵夫妇的去向了。到了后周显德年间，有中国人从辽国逃了回来，说他还在建州，可是随从的吏役多半亡故，此后便没了消息，大约也总难免一死，生作异乡人，死作异乡鬼罢了。史家因重贵北迁，号为出帝，也有人因他年少失国，号为少帝，究竟他哪一年死的，死在哪里，无从查考。笔者也不能臆造，只好空在这里，还望读者不要笑我的疏忽。

再说刘知远入主大梁，四方送来的表贺，络绎不绝。河南一带都已经归顺，辽兵有的降了有的跑了，辽将高唐英当时驻守相州，被指挥使王继弘、楚晖所杀，这二人将他的首级送到了汴梁。刘知远非常高兴，免不了有一番封赏。湖南节度使马希广，派人告哀，并说兄长死了，该由弟弟继承，有请求册封的意思。于是刘知远加封马希广为检校太尉，兼中书令，行天策上将军事，镇守湖南，加封楚王。

马希广即马希范的弟弟，马希范曾受石晋的册封，每年都向晋国进贡。他为人豪爽奢侈，挥金如土，曾建造会春园及嘉宴堂，耗费巨大。后来又修建了九龙殿，用沉香雕成八条巨龙，在表面上再用金宝装饰，抱柱相向，还自称自己也是一条龙，所以才称为九龙殿。辽兵灭晋，中原大乱后，湖南牙将丁思瑾劝马希范出兵进取荆襄，然后图谋汴洛，成就霸业。马希范也觉得他的想法很妙，但始终没有照行。丁思瑾想用死来劝谏，竟然将自己掐死了。可是马希范却还是纵乐忘返，哪里肯发愤称雄呢？白天他聚集一群狎客，赌博豪饮，晚上又和美女们荒淫狎亵。他的后宫多达上百人，还嫌不够，甚至连先王的妾媵也要加以非礼。他还命人偷偷搜寻良家女子，但凡有些姿色的，便强迫入宫。有个商人的老婆长得很漂亮，马希范知道后，便胁迫那个商人把妻子送入宫中。可是他不情愿，当即被马希范杀害，将那个女子抢了回来。偏偏这个女子颜如桃李，节若冰霜，誓死不辱，竟然悬梁自尽了。马希范却丝毫不知悔改，肆淫如故。果然贪欢成痨，一病不起。

病危时，马希范召入学士拓跋常，将一母同胞的弟弟马希广托付给他，命他辅佐马希广嗣立。拓跋常一直以敢谏闻名，向来不讨马希范的欢喜，这次却将后事嘱托给他，想必是回光返照，幡然悔悟。只是马希广还有个哥哥叫马希萼，是朗州节度使，舍长立少，到底不是个好办法。马希范死后，拓跋常担心会有后患，劝马希广让位给兄长。都指挥使刘彦瑫、天策学士李弘皋却一定要遵从先王的遗命，于是这才决定下来。后来，马希广受了汉主的册封，似乎名位已经确定，后顾无忧了。谁知不久便骨肉成仇，祸起阋墙。湖南北十州数千里，从此祸乱不已，将要拱手让人了。

笔者因楚乱在后，汉乱在先，于是先把楚地的事情暂时搁置，接着叙述汉事。天雄军节度使杜重威，天平军节度使李守贞等，此前奉了辽主的命令，各自还镇。刘知远进入汴京后，杜重威、李守贞都奉表归降。当时宋州节度使高行周入朝，汉主命高行周前往邺都，镇守天雄军，调杜重威镇守宋州。并调河中节度使赵匡赞镇守晋昌军，调李守贞镇守河中，此外的将领也各有迁调，无非是防微杜渐，免得他深根固蒂，雄霸一方。各镇大多奉命迁徙，唯独那个反复无常的杜重威竟然抗不受命，派遣儿子杜弘璲，向北乞援。当时辽将麻答还在恒州，他随即调拨赵延寿留下的两千幽州兵，命指挥使张琏为将，向南援助杜重威。杜重威请张琏协助自己守城，再求麻答增派援兵。麻答又派部将杨衮率一千五百辽兵和幽州兵一千，一同赶赴邺都。汉主刘知远得知消息后，连忙命高行周为招讨使，镇宁军节度使慕容彦超为副，率兵前往讨伐杜重威。并下诏削夺杜重威的官爵，饬令二将马上出师。

高行周与慕容彦超，一同来到邺州城下，慕容彦超自恃骁勇，向高行周请命，说愿意督兵攻城。高行周说："邺都重镇，易守难攻，况且杜重威驻兵这么长时间了，兵甲坚利，怎么可能一鼓而下呢？”慕容彦超说：“行军全靠锐气，如今我们乘锐而来，还不速攻，更待何时？”高行周说：“用兵之道贵于持重，审时度势之后才能决定是否进攻，现在还不应该急着攻城，先等城内发生变乱，再进攻也不迟！”慕容彦超又说：“此时不攻，却在城下驻扎，我军气势日渐衰弱，敌人的气焰就越盛，何况辽兵马上就来援救杜重威，如果到时候他们内外夹攻，敢问主帅怎么对付呢？”高行周说：“我身为统帅，进退自有主张，休再争执！”慕容彦超冷笑说：“大丈夫当为国忘家，为公忘私，为什么将军要顾及儿女亲家，甘心耽误国家大事呢？”高行周听后，更加恼怒，正要开口诘责，慕容彦超又冷笑几声，匆匆离开。原来高行周有个女儿嫁给了杜重威的儿子，所以慕容彦超才怀疑他营私，并在军前扬言说高行周因为疼爱女儿，而姑息叛贼，所以才不让攻城呢。高行周有口难辩，不得已上表奏明汉廷。

汉主担心发生变故，于是决定亲征。当下召入宰臣苏逢吉、苏禹珪等人商讨亲征的事宜，这两人却没有主意，模棱两可，汉主又询问吏部尚书窦贞固。刘知远当初身为晋臣时，与窦贞固是同僚，向来关系融洽。这次窦贞固很赞成他亲征，还有中书舍人李涛，虽然没有参加商议，却也递上一疏，劝刘知远御驾亲征，马上赶往邺都，不要延误时机。汉主见这二人同心，便将他们一起提拔为相，并下诏出巡澶、魏，前去犒劳王师。第二天，他随即启程，命皇子承训为开封尹，留守大梁，凑巧晋臣李崧、和凝等人从恒州前来归附，报称说辽将麻答已经被赶走，杜重威已经没了后援。汉主非常高兴，面授李崧为太子太傅，和凝为太子少保，命他们辅佐刘承训驻守京城。并且颁诏恒州，命宣抚指挥使白再荣为留后。又改称恒州为镇州，仍命名为成德军。

号炮一振，銮驾出征，前后簇拥的诸将士，不下一万人。他们行色匆匆，也无暇访察民情，一直赶到邺下行营。高行周首先迎谒，哭着述说军情。汉主认为过错是在慕容彦超，因此当慕容彦超谒见时，当面斥责了他几句，并且命他向高行周道歉。高行周这才稍稍释怀。汉主随即派遣给事中陈观去招抚杜重威，劝他速降。杜重威闭城谢客，不肯让他进去。陈观复命后，触动汉主的怒意，便命攻城。慕容彦超踊跃直前，领兵先进，高行周不好违慢，也只好驱军接应。汉主登高遥望，只见城上的矢石好像雨点一般，飞向城下。城下的各军，冒险进攻，也是个个争先，人人努力。可是矢石无情，不容各军前进，从早晨攻到下午，仍然是危城兀立，垣堞依然，只得鸣金收军。检点士卒，发现有万余人受伤，千余人丧命。汉主这才感叹高行周有先见之明，就是好勇多疑的慕容彦超此时也索然意尽，哑口无言。

高行周入帐献策说：“臣来围困这里很久了，听说城中的粮食将要吃完，只是兵心未变，再加上有辽将张琏助守，所以不易攻下。请陛下招谕张琏，张琏要是肯降，杜重威也就无能为力了。”汉主依议，派人去招降张琏，并用高官厚禄许诺。偏偏张琏不肯投降，一再去劝说，始终没有效果。迁延了二十多天，围城之中渐渐不能支撑，这时内殿直韩训献上攻具。汉主摇头说：“守城全靠众人齐心，如今众心已离，城池自然不保了，还要什么攻城器具呢？”韩训怀听了，惭愧地退了下去。这时，忽然帐外有人禀报，说有一个妇人求见，汉主问明底细，才将她叫了进来。正是：

猖獗全凭强虏助，窃危要仗妇人扶。

第四十一回 杜重威自食恶果

却说汉主刘知远传令召见来妇，各位读者你们说这位妇人是谁呢？原来是杜重威的妻子宋国公主。公主进了账，向汉主行过了礼后，由汉主赐坐在身旁。汉主问到杜重威的情况，公主说："重威见陛下即位，好似重见天日，不胜庆幸，但是又担心陛下追究以前的过错，负罪难逃，所以一听说要移镇，怕遭到不测。正巧又有辽将前来监守，于是只好触犯天威，劳动王师。现在重威愿意开城谢罪，特地命臣妾前来乞恩，请求陛下网开一面，留他一条生路！"汉主说："朕相信重威，重威还不信朕吗？况且朕已经一再招降，他为什么要抗命呢？"公主说："重威并不敢违抗陛下，实在是虏将张琏挟制重威，不许他迎降。"汉主说："虏将难道不怕死吗？"公主说："正是怕死，所以才百般阻挠呢！"汉主沉吟了半天，才微笑说："朕一视同仁，既然已经赦免了重威，为什么不能赦免张琏呢？烦劳你回去告诉他们，如果真心出降，不管是华还是夷，一律赦免！"公主起身拜谢，辞别回城。

杜重威得到公主的传语后，转告张琏，张琏回答说："你们可以保全性命，恐怕我很难幸免，我愿意坚守此城，一直到死！"杜重威劝道："我们粮食早就吃完了，士兵都饿着肚子，看来是不能不降了。汉主既然说了一律赦免，谅他不会欺人，请君不要担心了！"张琏又说："恐怕未必。"杜重威说："我再派次子弘琏前去请求汉主，求得一封朝廷的赦书，大家好安心出降了。"张琏这才允诺，杜弘琏随即前往汉营。过了半天，杜弘琏拿回汉主的手谕，答应张琏回国。杜重威这才派遣判官王敏先送谢表，然后身穿素服出降，拜谒汉主。汉主赐还衣冠，仍然授他检校太师，守官太傅，兼中书令。大军随汉主入城，只见城内已经饿殍载道，满目萧条。辽将张琏也来拜见，汉主忽然瞪着眼睛说："全城的兵民都是因为你一个人弄得这般凄惨，你可知罪吗？"张琏没料到汉主会有这么一问，一时间无话可答。汉主当即下令将张琏推出斩首，又抓获几十个头目，一同斩杀！唯有什长以的士兵才得放还幽州。辽国的将士没地方报怨，便将怒气撒在百姓的身上，大肆掠夺一番后便离开了。枢密使郭威进入营帐，在汉主耳朵边说了几句话，汉主随即命他会同王章，按照名单将杜重威部下的那些亲信将领，全部拿下，一律处斩。又将杜重威的私资以及部下的家产，抄没充公，分赐战士。杜重威这时好像被钢刀剜肉一般，无从呼喊，只好与妻子相对，暗中流涕罢了。

汉主在邺都住了几天，下令还都，留高行周为邺都留守，充任天雄军节度使。高行周极力推辞，汉主对苏逢吉说："想是因为慕容彦超吧，我当命慕容彦超徙镇泰宁军，爱卿可以为我状告行周。”苏逢吉于是将汉主的话转告高了行周，高行周这才受命留守邺都。汉主又晋封高行周为临清王，即命杜重威随驾还都。回到大梁后，汉主加封杜重威为楚国公。杜重威平时出门，路人总是向他扔瓦砾，一边扔一边骂，幸亏他脸皮很厚，还是禁受得起，但是威风已经全部扫地了。本来宋州还有个官缺，但是汉主不愿再任用杜重威，只命史弘肇兼管，这都不用细表。

再说汉主刘知远的原籍本属于沙陀部落，刘知远自认为姓刘，所以改国号为大汉，牵强地往西汉高祖，东汉光武帝身上靠，认作自己的远祖。当尊汉高祖为太祖，光武帝为世祖，立庙祭享。高祖刘湍尊为文祖，妣李氏为明贞皇后；曾祖刘昂为德祖，妣杨氏为恭惠皇后；祖父刘僎为翼祖，妣李氏为昭穆皇后；父亲刘琠为显祖，母亲安氏为章懿皇后，一共立了四庙，与汉高祖、光武帝并列，合成六庙。命太常卿张昭，议定六庙的乐章舞名。刘知远因为邺都已经平定，入庙告祖，所有订定乐舞都令举行，真的是和声鸣盛，肃祀明禋。

不料皇子开封尹刘承训自从祭祖之后，受了风寒，病情一天比一天严重。刘承训为人孝顺忠厚，明达政事，所以汉主对他格外留心看护，多方医治。无奈区区药物不能挽回造化，刘承训还是于天福十二年十二月中，悠然而逝，年仅二十六。汉主在太平宫举哀，哭得涕泗滂沱，差点晕过去。经过左右极力劝慰，勉强收了泪水，亲自主持棺殓，追封为魏王，送归太原安葬。从此汉主的脸上常常带着悲容，整天少乐多忧，一代枭雄又将要谢世了。

蹉跎过了残年，便到了元旦，汉主因为身体不适，不愿接受朝贺，自己留在宫中调养。转眼间又过四天，病体稍微好转了些，便出宫视朝，改天福十三年为乾祐元年，颁诏大赦。过了几天，汉主又改名为刘暠，晋封冯道为齐国公，兼官太师。就在这时，兵部递上的奏牍，报称凤翔节度使侯益与晋昌节度使赵匡赞，一同叛国降蜀，盘踞关中，请速派大将前去征讨。汉主听到消息后，随即命右卫大将军王景崇、将军齐藏珍调集几千禁兵，去征讨关西。

原来蜀主孟昶继承了孟知祥的位子后，除去了强臣李仁罕、张业，国内太平，十年无事。辽主灭晋后，晋雄武节度使何重建举秦、成、阶三州归降蜀国。于是蜀主雄心勃发，想发兵吞并关中，派遣山南西道节度使孙汉韶等人攻下了凤州。正巧晋昌军节度使赵延寿的儿子赵匡赞听说杜重威等人被汉主治罪，担心自己也不能保全，索性向蜀主投降，另图富贵。于是，他派人奉表给蜀主，乞求派兵援应长安，即晋昌军，顺便进攻凤翔。蜀主非常高兴，随即命中书令张虔钊为北面行营招讨安抚使，宣徽使韩保贞为都虞侯，率兵五万，出兵散关。随后，他又命令何重建为副使，领部众出陇州，与张虔钊等会师，一同进逼凤翔。一面令都虞侯李廷珪统兵二万，出子午谷，为长安遥作声援。

凤翔节度使侯益接得侦报后，得知蜀主要大举入侵，惊慌得不得了。他正打算拜表向汉主告急，忽然雄武军军官吴崇恽，送来了何重建的手书，并附带蜀枢密使王处回的招降文书，内容大意无非是晓示利害，劝侯益归降蜀国。侯益担心等不来汉主的援兵，不如依着何重建的意思，献城投降，免得惊惶。于是他交出了凤翔的地图和兵籍，让吴崇恽带回去，并附表请蜀主平定关中，还写信给赵匡赞，跟他约为犄角，互相帮扶。偏偏赵匡赞狐疑不定，再加上又听了判官李恕的话，仍然上表汉廷，自己请求入朝。

这李恕本是赵延寿的幕僚，赵延寿命他辅佐赵匡赞，任他为晋昌军节度判官。当赵匡赞降蜀时，李恕就曾开口谏阻，可是赵匡赞不从，后来他又极谏说："燕王当初入胡，也是迫不得已。现在汉家新得天下，正在积极地招抚各地，如果这时能向汉廷谢罪归朝，一定能保全爵禄。而入蜀恐怕不是好办法，水浅了养不了大鱼，请将军三思，到时候不要后悔！"赵匡赞听了，觉得很有道理，于是派遣李恕入朝谢罪，情愿面觐汉主，听受处分。汉主问李恕说："赵匡赞为什么要归附蜀呢？"李恕回答说："赵匡赞曾做过北朝的官，父亲又在虏廷，他担心陛下不肯原谅他，所以才想依附蜀国以求生。臣一再谏诤，说国家一定会优待降臣，赵匡赞也幡然悔悟，所以才派遣臣来请罪！"汉主又说："赵匡赞父子本是我的故交，不幸陷入虏廷。如今赵延寿已坠入监狱，我怎么再忍心害匡赞呢？你回去告诉匡赞，叫他不必多疑，尽管来见我！"李恕拜谢而去。

后来，汉主又收到侯益的表章，意思也与赵匡赞一样，谢罪请朝。这时王景崇还没有起行，汉主将他召入卧内，秘密地对王景崇说："赵匡赞、侯益，虽然前来请降，但是不知道他们有没有诡计，你率兵西去，当密切留意他们的动静！他们如果诚心入朝，就不必过问，倘若迁延观望，你可便宜从事，千万不要中了他们的奸计！"王景崇应声遵旨，即日起行，西赴长安。

赵匡赞担心蜀兵会先赶到，那时就他就难以脱身了，所以没等李恕回报，他就匆匆地离开长安，赶往大梁。途中他与李恕相遇，得知汉主的谕言后，更加放心地前行。后来他又遇到王景崇，王景崇也让他过去，而自己率兵直入长安。王景崇才进入长安城，军报就陆续到来，都说蜀兵已经进入秦州，就要来攻长安了。王景崇见随从的兵马不多，担心敌不过蜀兵，于是急忙发本道兵马以及赵匡赞一千多牙兵，一同抵御蜀人。后来，他又担心赵匡赞的牙兵会叛逃，打算在他们脸上刺字，不让他们得逞。他当下与齐藏珍商议，齐藏珍还没有赞成，那牙兵将校赵思绾就已经跑来请求在自己脸上刺字，为步兵做个榜样。王景崇当然心喜，齐藏珍等赵思绾退出后，私下里对王景崇说："赵思绾面带杀气，恐怕不是什么好人，况且刺面的命令还没有发出，他就主动前来请求，这样的人越是谄谀，越是狡诈，此人万万不能留着，应该赶紧除掉才是！"王景崇摇头说："他又没罪，我要是杀他怎么服众呢？"于是王景崇没有听从齐藏珍的建议，自己督兵抵御蜀军去了。

蜀将张廷珪这时正从子午谷出师，探得赵匡赞入朝的消息后，便打算撤军回去。不料王景崇突然杀到，一时措手不及，只好仓促对敌。可是那时王景崇已经麾兵突入自己的阵中，冲破中坚，没办法张廷只好且战且退，逃到十多里以外，才算摆脱了追击。他手下的兵士伤亡数千名，十分懊丧地退兵回去了。侯益听说王景崇得胜，廷珪败还，自然见风使舵，决心抗蜀。蜀帅张虔钊走到宝鸡时，大概知道了侯益反复无常的情形，便与诸将会商。有人主张进，有人主张退，弄得张虔钊没了主意，只好按兵不动，暂时驻扎。忽然他听说汉将王景崇，召集凤翔、陇、邠、泾、鄜、坊各兵，纷纷前来，吓得魂不附体，急忙引兵连夜逃走。等王景崇追到散关时，蜀兵已经奔回关中，只剩后队的四百多人，被王景崇一鼓活捉了回去。

王景崇两次告捷，朝廷命王景崇兼凤翔巡检使。他引兵回到凤翔时，侯益开门将他迎人。侯益跟王景崇谈到入朝的事时，说话支支吾吾，王景崇不免动疑，随即派部军分守诸门，再看侯益下一步的行动。这时突然接到朝廷的圣旨，说是御驾升天，由皇次子刘承祐即皇帝位，王景崇不由得心下一动，倒有些踌躇起来。笔者这里先不说王景崇的心思，先将汉主临死前的经过大致交代一下。

汉主刘知远自从长子刘承训死后，感伤成疾，一直都不见痊愈。幸亏他是至高无上的皇帝，什么鹿茸、人参这些补品，每天得以大量服用，这才勉强支撑了一两个月。乾祐元年正月下旬，汉主的病体加重，服药无效，于是他召宰相苏逢吉，枢密使杨邠、郭威等人，托付遗命。还有都指挥使史弘肇，虽然汉主命他兼镇宋州，却是在都城遥领，所以也得以奉召前来。四位大臣一同进到御寝，见汉主病入膏肓，都满脸悲容，汉主对他们说："人生总有一死，有什么好怕的？只是承训已经没了，承祐依次当立，朕担心他幼弱无知，所以一切后事，不得不托付给诸位爱卿了！"四人齐声说："敢不效力！"汉主又长叹说："眼前国事，还没什么危险，但必须好好防备着杜重威！"说到"威"字，喉咙里好像有东西梗住一样，再也说不出话了。这四人慌忙退了出去，请后妃、皇子等人送终。

家属刚刚进去，就发出了哭声，苏逢吉听见哭声急忙进去说："且慢！且慢举哀！皇帝还有要旨传下，需要立刻就办，办完之后才能发丧。"后妃等人不知道是什么原因，可是苏逢吉身任首相，又是顾命中的第一个大臣，料他一定有重要的事。当即停止了哭啼，命他尽管去办。苏逢吉退出后，见杨邠、郭威等人已经拟好了诏敕。他当即命侍卫带领禁军，去捉拿杜重威以及他的儿子杜弘璋、杜弘琏、杜弘璲。杜重威在自己的府上安然坐着，一点都没有防备，等禁军入门，仓皇接诏，刚刚跪下，那头上的冠带就被禁军剥夺了。那侍卫宣诏道：

前几天朕身体有些不适，罢朝了几天，而杜重威父子却暗中咒骂，出言不逊，怨谤大朝，煽惑小辈。杜重威包藏祸心，屡教不改，品行难驯。辜负了朕的深恩，应马上正法。特下旨将杜重威父子，一并处斩。所有晋朝公主以及外亲族，一切如常，仍与供给。特谕。

杜重威听后，魂飞天外，急得连哭带辩。偏偏侍卫不留情面，令禁军将杜重威绑住，并将他的三个儿子拿下，一并牵出，连他的妻子宋国公主，都不让他们诀别。匆匆赶到市曹，早有监刑官在那里等着，指挥两边的刽子手，走到杜重威父子的身旁，拔出光芒闪闪的刀，剁将过去，只听见三四声响，杜重威父子的头颅，都已经堕落在地。尸体陈列在大街上，京城的人士在一旁观看，想起杜重威投降辽兵的举动，不禁激起一腔义愤，有人痛骂，有的用脚踢，就连军吏都禁遏不住。霎时间几具尸体都成了肉泥，已经无法辨认了。

杜重威伏诛后，苏逢吉等人才为故主发丧。并传出遗制，封皇子刘承祐为周王，即日嗣位，朝见百官，然后举哀成服。先是汉主刘知远打算改年号，宰臣提议用"乾和"二字，后来汉主被改为"乾祐"，却正好和嗣主的名字相同，当时有人就说这是嗣主继位的征兆，所以后来沿称乾祐，不再改元。太常卿张昭，拟定先帝谥号，称为睿文圣武昭肃孝皇帝，庙号高祖，归葬睿陵。统计刘知远称帝，还不到一年，但是按照历法算已经过了年，历史上算作两年，享年五十四岁。

刘承祐即位后，尊母李氏为皇太后，颁诏大赦，号令四方。关中接得诏书后，王景崇踌踌不定，就是为了如何处置侯益的问题。侯益非常狡猾，王景崇一直对他抱有疑心。有人劝王景崇杀掉侯益，王景崇叹息说：“先帝命我便宜行事，但是这话非常机密，我担心嗣皇帝不知道，我要是杀了侯益，反倒显得专横擅权了。况且赦文已经颁下，更加觉得不好办，我只好密奏朝廷，再作计较。”拿定主意后，就起草密疏，可是奏疏还没有发出去，那侯益就已经私自离开了凤翔，星夜进京去了。王景崇不禁十分后悔，不停地骂自己。

这侯益却是个随机应变的机灵鬼，他一进入都门，便去求见嗣主。嗣主承祐问他为什么要引入蜀军？侯益也并不慌忙，反倒从容答道：“蜀兵多次侵犯西陲，臣想将他们诱入境内，一举歼灭。”承祐不由得“嗤”了一声，让他退了出去。侯益见嗣主这个态度，倒也有些担心自己的安危，幸好他的家资雄厚，能够仗着那些黄白之物去活动相臣。金银是人人喜欢，宰相以下，都得了他的好处，哪有不替他说话的？一时你吹嘘，我称扬，究竟承祐年纪还小，还以为是自己前日错怪了侯益，于是任命侯益为开封尹，兼中书令。侯益又贿赂史弘肇等人，诬陷王景崇，说他如何专恣，如何骄横。刘承祐不得不信，派供奉官王益到凤翔，征赵匡赞牙兵进京。

牙兵将校赵思绾接到圣旨后，非常不安，再加上王景崇在一旁激了他几句话，越觉心慌。可是迫于天威，他还是带着士兵跟着王益起行了。在路上，赵思绾对同党常彦卿说：“小太尉已经落入人手，我们要是到了京师，只能自投死路，怎么办怎么办？”小太尉指赵匡赞。常彦卿说：“我们只有临机应变，我自有方法，你不要再多说了！”

第二天，他们到了长安，长安这时已经改名永兴军。节度副使安友规、巡检使乔守温出迎王益，在客亭摆下酒席。赵思绾进来请示说：“我部下的将士们已经在城东安驻了。只是将士们的家属都在城中，希望暂时入城，带着家眷一同到城东住。”安友规不知是计，且见赵思绾的兵马并没有武器，乐得做个人情，便答应下来。赵思绾带兵驰入西门，正巧有个州校把守城门，身上悬挂着剑，赵思绾看见后，突然上前，顺手夺剑，挺刃一挥，便把那州校的头颅砍了下来。当下他命令党羽，一齐动手。可是他们手中没有兵器，只好在附近找了些棍子，左横右扫，打死了十多个守门兵，然后把城门关住，进入府署劈开武库，取出甲仗，分给部众，把守各门。安友规等人在城外听说兵变，惊惶失措，不等酒席结束，便都溜走了。朝使王益也随之逃之夭夭，不知去向。赵思绾据住城池，募集城中的少年，一共收得四千余人，修缮城池，才过了十多天，城中的守备就已经很严整了。王景崇却也不急于声讨，反而暗中授意凤翔的官民向朝廷上表，请命自己知军府事。正是：

功业未成先跋扈，嫌疑才启即猖狂。

第四十二回　汉将郭威

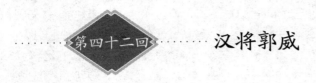

却说王景崇暗中授意凤翔的官民，向朝廷请求让自己代管凤翔的军府事。汉主承祐与群臣会议，都料定是王景崇的诡计，不肯答应，另外派遣邠州节度使王守恩为永兴节度使，陕州节度使赵晖为凤翔节度使，调王景崇为邠州留后，命他马上赴镇。可是王景崇迁延观望，不肯马上动身。那时又突然杀出一个叛臣，竟然勾结永兴、凤翔两镇，谋据中原。这人是谁呢？就是河中节度使李守贞。

李守贞与杜重威为故交，他听说杜重威被诛杀后，不免兔死狐悲。他暗想汉室刚刚成立，嗣君年幼，朝中执政的都是些后起之秀，没一个可以与他相提并论的，不如乘机起事，说不定还可以转祸为福。于是他暗中招纳亡命之徒，养死士，治城堑，缮甲兵，昼夜不息。参军赵修己精通术数，李守贞召他前来密议，赵修己说时命未到，不可妄动，再三劝阻他。李守贞却半信半疑，赵修己只好辞职归田。忽然有个游方的和尚总伦前来拜谒李守贞，说是被李守贞的王气吸引，所以才来到这里，称李守贞为真主。李守贞非常高兴，尊他为国师，每天都想着怎么发难。一天，他召集将佐，设置了酒宴，畅饮了好几杯后，他起身拿起弓箭，远远地指着一张画有老虎舐掌图的字画，对将佐们说："我将来要是能有大福，就能射中虎舌。"说着，即张弓搭箭，向图射去，飕的一声，好像箭镞长了眼睛，不偏不倚，正中虎舌。将佐们同声喝采，都离座拜贺。李守贞更加觉得自豪，与将佐们入席再饮，抵掌而谈，自鸣得意。将佐们乐得当面阿谀，更使得李守贞手舞足蹈，乐不可支。这场酒宴一直喝到夜深人静，才算散席。

不久，从长安来了个使者，递上文书。李守贞打开一看，乃是赵思绾的劝进表，不由得心花怒开。使者又献上御衣，光辉灿烂，金碧辉煌。李守贞到了此时，欢喜到了极点，大概问了来使几句，并左右厚礼款待，过了几天才命使者回报，结作爪牙。从此李守贞造反的心思更加坚决，妄言是天人相应，僭号为秦王。他派遣使者册封赵思绾为节度使，下令仍称永兴军为晋昌军。

同州节度使张彦威因为与河中离得最近，探听到李守贞的所作所为，时常戒备，并秘密向朝廷上边，请求援兵。汉廷派滑州指挥使罗金山率领部众，帮助张彦威一同戍守同州。因此李守贞这次起事，同州可以不必担心。李守贞派遣骁将王继勳出兵占据潼关。军报驰入大梁，汉主于是命澶州节度使郭从义充任永兴军行营都部署，与客省使王峻，率兵征讨赵思绾；邠州节度使白文珂为河中行营都部署，率兵征讨李守贞。后来，又派出夔州指挥使尚洪迁为永兴行营都虞侯，阆州防御使刘词为河中行营都虞侯，一同征讨赵思绾。

各军兵马同时西行，只有尚洪迁恃勇前驱，一马当先，第一个赶到长安城下。赵思绾正养足了锐气，专等官军前来交战，他遥望尚洪迁前来，当即挥兵杀出，与尚洪迁交锋。尚洪迁还没来得及列阵，赵思绾就已经杀到，主客异形，劳逸异势，就算尚洪迁如何的骁悍过人，到了此时也旗靡辙乱，禁止不住。尚洪迁勉强招架了一阵子，终究还是不能支撑，看到士卒多半受伤，只好挥兵先退，自己率亲军断后，且战且退。赵思绾穷追不舍，恼动了尚洪迁的血性，回身与他拼死力斗，这才把赵思绾击退。但是尚洪迁身上已经受了数十处创伤，回到大营后呕血不止，过了一晚就丧命了。

郭从义、王峻二人，因为尚洪迁战死，不免有些畏缩，敛兵不进。再加上王峻与郭从义两人不和，更加你推我诿，延宕不前。汉廷再派遣泽潞节度使常恩领兵援应，郭从义分兵前去迎接，两下会师，总算克复了一座潼关，由常恩屯兵守着。河中行营都部署白文珂，逗留在同州，也没有进兵。新授凤翔节度使赵晖，到了咸阳，部署兵士，一时也不能急进。汉主承祐非常担忧，特派枢密使郭威为西面军前诏谕安抚使，所有河中、永兴、凤翔各军，都归郭威节制。

郭威奉命将要启程，在此之前，他到太师冯道那里询问良策。冯道献计说："李守贞是宿将，自认为功高望重，必定能约束士卒，笼络人心，使他们归附自己。将军去后，千万不要爱惜财物，把金银珠宝都赏赐给将士们，大家受了你的恩惠，一定会众情倾向，无不乐从，那时李守贞就无能为力了！"郭威受教而去，承制传檄，调集各道兵马，前来会师。并促令白文珂赶往河中，赵晖赶去凤翔。赵晖那时已经探得王景崇降了蜀，并且勾结李守贞，于是连表奏闻，朝廷下诏命郭威兼讨景崇。于是郭威与诸将商议军情，反复权衡轻重缓急，诸将认为先攻打长安、凤翔。时任华州节度使扈彦珂，也奉调从军，唯独在旁边献议说："如今三处叛军联合在一起，推荐李守贞为主帅，只要李守贞灭亡了，那另外两镇自然丧胆，一战可下。古人有言：'擒贼先擒王。'不取首逆，而先攻王、赵，已经是下策了。况且河中路途最近，长安、凤翔路途遥远，攻远舍近，要是王、赵拦住我们的前锋，李守贞偷袭我们的后路，岂不是很危险吗？"郭威听他说完后，连声称好，于是决定分三路夹击河中，白文珂和刘词从同州进兵，常恩从潼关进兵，自己带着部众从陕州进兵。一路上，郭威与士卒同甘共苦，小功必赏，微过不责，士卒有病，常常亲自探视，部下无论贤愚，只要有什么要说的，都会和颜悦色，虚心听从。因此人人喜悦，个个欢腾，都愿意为其效力。

李守贞当初听说由郭威统兵，毫不在意，再加上禁军曾是自己的部下，受过他许多恩惠，所以他一到城下，必定能坐待他们倒戈，不战而降。谁知那三路汉兵，陆续会集，个个扬旗伐鼓，耀武扬威。尤其是郭威所带的随军，更加觉得气盛无比，野心勃勃。李守贞看见后，已有三分惧色，他登上城楼俯视，见到认识的军将，便想喊着与他叙旧。可是还没等他开后，下面早就一片哗然，都叫自己为叛贼，搞得他无地自容。后来，他转头一想，如今木已成舟，悔恨也没用了，只得提起精神，督众拒守。郭威在城西扎下营寨，白文珂在河西安下营寨，常恩竖在城南立下营盘。郭威见常恩所立下的营盘七零八散的，又见他没有将才，于是将他打发回去，自己分兵驻扎在南城。

诸将都请求急攻，郭威摇头说："李守贞是前朝的宿将，勇猛过人，再加上善待部下，所以屡立战功，况且城池濒临大河，楼堞完固，哪里能一下就能攻得下来的呢？他们居高临下，势如高屋建瓴，我军仰首攻城，非常危险，这么做就如同赶着将士们奔赴火场，九死一生，有什么用出呢？从来勇有盛衰，攻有缓急。时有可否，事有后先。依我看，不如先把城池围困起来，以守为战，使我们粮绝援尽。而我们厉兵秣马，坐食专饷，温饱有余，等到城中缺粮，公私交困的时候，我们再架设云梯，发兵攻城！同时再传入檄文，一边攻打一边招抚，我料定城中将士都想着逃生，守城士兵一定会土崩瓦解！"诸将说："长安、凤翔与李守贞联结，一定会来相救，要是他们内外夹攻，我们该如何是好？"郭威微笑着说："尽管放心，赵思绾、王景崇只是凭着胆气才起事的，根本就不懂谋略，况且有郭从义等人在长安，赵晖在凤翔，足以牵制他们了，不必担心！"于是郭威征发各州的民夫二万余人，派白文珂督领，在城墙四面挖掘长壕，筑起连垒，连接队伍，把城池围住。

过了几天，见城上守兵还没有变志，郭威又对诸将说："李守贞先前畏惧高祖，不敢嚣张。如今见我们崛起于太原，没什么名望，也没有什么功绩，所以轻视我们，才敢造反。我们正应该守静示弱，慢慢地制服他。"于是命将吏偃旗息鼓，闭垒不出。又命士兵沿河遍设火铺，延长到数十里，命部兵轮番巡守。后来，又派遣水军在河滨来回巡逻，日夜防备，水陆扼守。遇到敌军间谍，无不捕获，于是李守贞无计可施，只有带兵突围这一个法子。偏偏郭威早就料到了，只要见守兵出来，就命各军截击，不让一人一骑突过长围。所以李守贞的兵士，屡出屡败，屡败屡还。李守贞又派人带着蜡书，分头求救，南求唐，西求蜀，北求辽，使者都被汉营的逻卒抓获。城中更加穷蹙无计，渐渐地粮食快吃光了，不能久持，急得李守贞眉头紧锁，窘急万状。国师总伦一直在他身旁，李守贞总是诘问他，局面为什么会这样。总伦解释说："大王当为天子，这是人力不能改变的，只是现在遇到些灾难，还得灾星过后，只剩下一人一骑时，才是大王鹊起的时机呢！"李守贞到了此时，还相信他的鬼话，待遇如初。

王景崇占据着凤翔，与李守贞勾通后，受了他的封爵，便将侯益一家七十多口全部杀死。只剩下一个儿子侯仁矩，曾为天平行事司马，由于在外地才得以幸免。侯仁矩的儿子侯延广那时还在襁褓之中，乳母刘氏用自己的孩子将他替换过来，然后抱着侯延广潜逃出来，一路讨饭来到大梁。侯益跟她见面后，看到孙儿，听到噩耗，不禁痛哭一场，哀请朝廷诛杀叛贼为自己复仇。于是汉主传诏到军前，催促将士们赶紧攻打凤翔。

赵晖这时已经到了凤翔的城下，与王景崇相持着。忽然他听说蜀兵前来援救王景崇，已经到了散关，当即派遣都监李彦从率军袭击援兵，将他们杀退，并乘势夺取凤翔西关。王景崇退守大城，赵晖多次用老弱病残的士兵引诱他出战，可就是不见王景崇出师。于是，赵晖又想出一条计策，他暗中命一千人绕出南山，穿上蜀兵的衣服，打着蜀军的旗号，从南山下来。又命围城的军士假装惊慌，大喊着蜀兵杀来了。王景崇本来就已经派遣儿子王德让到蜀都乞援，眼巴巴地等着他的好消息，一听说蜀兵到了，还辨什么真假，随即派几千兵马出城迎接。出城才一里多路，突然听到一声炮响，只见赵晖的兵马从四面杀出，把这几千凤翔兵团团围住。这时凤翔兵士才知道中了埋伏，可怜他们进退无路，全都葬身沙场。王景崇接到消息后，只落得垂头丧气，懊悔不及，从此更加不敢轻易出战。

那蜀主孟昶果然派遣山南西道节度使安思谦，率兵来救凤翔，再派雄武节度使韩保贞，引兵出汧阳，牵制汉军。孟昶命王德让先回凤翔报信，见到儿子后，惊弓之鸟的王景崇才命部将李彦舜等人出城迎接蜀兵。赵晖知道蜀兵到来，急忙分兵扼守宝鸡。蜀将申贵为安思谦的前锋，用诱敌之计来引诱汉兵。汉兵进入宝鸡城内，发现蜀兵稀少，便出城追赶，半路遇上埋伏，兵败而回，不料宝鸡城已经被蜀兵乘虚而入，攻占下来。幸亏赵晖先事有预防，他担心宝鸡的戍兵不足以抵抗蜀军，又派五千精兵作为援应，途中遇到败军，两下会合，又将宝鸡夺了回来。安思谦引军到渭水，经申贵回报，这得子先胜后挫。他打算再次进攻，但又打探到宝鸡城内有所准备，料定一时不能攻下，便对将士们说："敌人气势强盛，我军少粮，不便与他久持，不如我们暂且退回去，以后再想办法"于是退屯凤州，不久又回到兴元。

王景崇听说蜀兵退了回去，又派使者向蜀告急，可是蜀臣大多不愿意发兵。经过王景崇再三表请，这才由蜀主下令，仍然命安思谦前去援救。安思谦请蜀主先拨给他四十万斛粮草，然后才肯出兵，蜀主叹息说："安思谦还没出兵，就来索要粮草，其心意不想可知了，他哪里还肯为朕进取呢？朕暂且拨粮给他，看他愿不愿意出兵？"于是调发兴州、兴元几万斛粮草交给安思谦。安思谦这才由兴元出兵到凤州，再由凤州进军散关，另派部将申贵、高彦俦等人击破汉箭筈、安都等寨。宝鸡守兵出截玉女津，也为蜀兵所败，仍然退了回去。随后，安思谦进驻模壁，韩保贞也出新关，一起在陇州会合，打算攻打宝鸡。赵晖想再次分兵接应，又担心势分力弱，反而被王景崇所乘，于是饬宝鸡的兵将，严守城池，不得妄动。一面向河中发去檄文，向郭威请求援兵。

郭威正打算强攻河中，一举歼灭李守贞，正巧南唐起兵前来援救河中，不得不分师邀击，暂缓攻城。原来，李守贞的幕下两个有游客，一个是狂士舒元，一个是道士杨讷。这两人见李守贞被围困，便特地扮作平民，出城向南唐求救。舒元改姓为朱，杨讷改姓名为李平，好不容易混出重围，赶到金陵，请唐主出手救援。唐主李璟犹豫不决，谏议大夫查文徽、兵部侍郎魏岑两人怂恿唐主出师。于是唐主命北面行营招讨使李金全率军救援河中，以清淮节度使刘彦贞为副，查文徽为监军使，魏岑为沿淮巡检使，一起出兵，同赴沂州。

李金全令部众暂时停歇，派遣探骑侦察汉营，再作决定。探骑去了好半天，直到中午还没回来。营中已经做好了午餐，大家正在吃饭，突然那探骑入帐通报说："距此地十多里外，有一个长涧，涧北有汉兵驻守，不过几百人，并且看起来很羸弱，请将军马上出击，不要错过机会！"李金全还没等他说完，便厉声将他叱退，仍然安坐吃饭。诸将都感觉莫名其妙，吃完饭后，他们都跑到李金全面前，请求出战。李金全又厉声说："再敢言出战者斩！"诸将默然退出，免不了交头接耳，埋怨李金全。等到夕阳西下，暮色苍黄，李金全又下令说："营内队伍必须整齐，各军的器械不得离身，大家守住营门，不要妄动，违令者立斩！"于是诸将心中更加疑惑，但是军令如山，谁也不敢不遵，只好依令照办。

傍晚时分，突然听得鼓声大震，四面八方都有兵马掩杀而来，都在营门前呐喊，也不知道来了多少人马。李金全的兵马在营内，只守住营垒，无人出战，那来兵喧嚷了多时，却也没有进攻。到了晚上，来兵撤退，寂静无声时，李金全才命人埋锅造饭。

吃饭的时候，李金全问诸将说："你们想想，中午那会儿我们能出战吗？"诸将这才齐声说："大帅料敌如神，才得以幸免危祸，但大帅究竟是怎么料到的？"李金全微笑着说："兵法有云：'知己知彼，百战不殆。'汉帅郭威，一向以能征善战闻名，难道我军远道而来，他不知道吗？涧北设下羸兵，明明是引诱我们过涧，坠入他的埋伏之中。我军直到傍晚都不出兵，他的埋伏没有了用处，当然前来鼓噪，乱我军心，后来他见我们壁垒森严，无隙可乘，不得已知难而退，明眼人并不难预料！"诸将听后，纷纷拜服。

李金全的兵马在那里驻扎了几天，又探得汉军营垒严密，料定河中一定保全不了，便对诸将说："郭威为帅，李守贞一定很难幸免，即使我们去援救，也是有损无益，不如退师算了。"查文徽、魏岑等人前时乘兴而来，此时也是兴尽欲返，于是当即拔营退驻海州。且派人入奏唐主，详细陈述交战的情形，唐主派人给汉廷送去了书信，为先前的行为婉言道歉，请求仍然互通商旅，并请汉主赦免李守贞。

汉廷接到来信后，置之不理，后来接到赵晖告急，急忙命郭威设法前去营救。郭威用计打败唐兵后，亲自率军增援赵晖，行军到华州时，接到赵晖的书信，说蜀兵粮食吃完撤军了，于是郭威又折了回去。在路上过了残腊，便到了乾祐二年。白文珂听说郭威带兵前来，急忙引兵迎接，河中的行营里，只留下都指挥使刘词，主持一切事务。

先是郭威西行援救赵晖时，曾告诫白文珂、刘词说："贼兵不能突围，迟早难逃我手，要是他们率军冲突，那我们就功败垂成了。成败关键，在此一举，我看贼兵的精锐都在城西，我离开后他们必定前来突围。你们一定要严防死守，千万不要放他们过去！"白文珂、刘词两人，依着郭威的话，日夜注意，搞得李守贞也不敢出来。可是等白文珂率军迎接郭威时，城中探听到这个消息后，派人悄悄出城，扮作卖酒的人，任人赊欠。那些巡逻的汉兵多半嗜酒，见了这杯中之物，不禁垂涎三尺，况且又不要现钱，乐得畅饮几杯，你也饮，我也饮，喝得酩酊大醉，都倒在营中睡熟，不再去巡逻。刘词虽然也很小心，但实在没有提防这一点，差点中了敌人的诡计。

当晚三更，刘词觉得有些疲倦，就靠在桌子上打盹儿，正快蒙胧睡去的时候，忽然听到栅外有鼓噪声，一下子惊起，赶出帐外，向外一望，已是火势炎炎，光明如昼。部兵东张西望，也不知道发生了什么。刘词故作镇定，不动声色，并下令说："区区的小贼，怕他什么？"于是率兵抵御，冒烟而出。客省使阎晋卿说："敌人的衣甲是黄色的，被火一照，很容易辨认，只是将士们都没了斗志，这才是最令人担忧的地方！"于是裨将李韬大声喊道："我们饱食君禄，如今有急难难道不该以死报国吗？我愿当先，诸将士快随我来！"说到这里，随即一马当先，冲了上去。俗语说得好："一夫拼命，万夫莫当。"听了李韬这句话后，众情激愤，就算是火势燎原，也一点都不害怕，只管奋勇向前。河中并将一个个相率后退，为首的骁将王继勳虽然勇敢善斗，但到了此时也被杀得大败，身受重伤，逃入城中，手下剩得百余骑，狼狈地跟着他逃了回来，其余的人全都战死。

刘词这才收军回营，扑灭余火，星夜修补营寨，第二天营寨焕然一新。等到郭威到来，刘词出营迎接，向郭威请罪。郭威高兴地说："我正担心这件事呢，要不是将军勇猛过人，差点被敌人耻笑，如今你大破贼兵，敌人黔驴技穷，再也没什么好担心的了。"进入营寨后，郭威又厚赏了刘词和李韬，效命的将士也纷纷拿到奖赏。只是严申酒禁，非等破城之后，才能犒宴，不准私自饮酒。爱将李审首犯军令，喝了一些酒，郭威知道后，将他召入帐中诘问："你是我帐下亲将，竟然敢违我将令，要是不加以重刑，如何服众？"于是喝令左右，将李审推出辕门，斩首示众。正是：

用威用爱两无私，便是诸军用命时，
莫怪将来成帝业，尧山兵法本来奇。

第四十三回 削平三叛

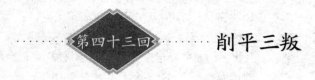

却说河中叛帅李守贞被围困了一年多，城中粮食已经吃光，士兵和百姓十个当中死了五六个，眼见是把守不住了。李守贞左思右想，除了突围外没有别的办法了。于是他挑选了五千多敢死之士，分作五路，突攻长围的西北边。郭威派遣都监吴虔裕引兵横击，向河中的兵马扫了过去，五路纷纷败逃，多半伤亡。第二天又有守兵出来突围，陷入埋伏之中，统将魏延朗、郑宾都被汉兵所擒。郭威并没有杀掉他们，反而好言抚慰。魏、郑二人感念厚恩，决定投诚。郭威命他们写信，射到城中，招降副使周光逊以及骁将王继勳、聂知遇。周光逊等人料知不能久持，也率千余人出城投降。后来，城中的将士陆续逃了出来，都向汉营归命。郭威于是下令各军，分道进攻，各军闻命后，当然踊跃争先，巴不得一鼓攻下。可是城高堑阔，一时间还是攻它不进，因此一攻一守，又迁延了一两个月。

正巧郭从义、王峻报称说赵思绾已经有了投降的意思，但是他们认为赵思绾为人反复无常，凶狠狡诈，此人不除，必为后患，他们请示郭威到底该怎么处置他。郭威命他们便宜行事，于是首先发难的赵思绾，也首先伏诛。赵思绾被郭从义、王峻所围困，苦苦坚守了一年多。他曾派儿子怀义到蜀国乞援。可是蜀兵连河中都解救不了，怎么可能来援救长安呢？没有援兵倒还好，最艰苦的是没了粮草。赵思绾一直喜欢吃人肝，常常亲自持刀，把人的肝挖出来烹制成美食吃掉，吃完的时候人还没死。他又喜好取出人胆来做下酒菜，并且一边喝一边说："吞人胆如果能吃到一千个，就能胆气无敌了。"这时城中的粮食吃完了，他就下令劫掠妇女和儿童充作军粮。把他们的肉做成肉酱分给士兵吃，自己则吞食肝胆，以此代饭。有时也用活人犒军，按照数量分给大家，就如杀猪宰羊一般。可怜城中冤气冲天，整天笼罩着黑雾，不论晴天还是雨天，都是这样。郭从义见官民怨声载道，于是派人去诱降他们。

赵思绾年轻的时候，曾想当左骁卫上将军李肃的仆从，李肃那时正好退休，于是也谢绝了他。李肃的妻子张氏，是梁、晋两朝元老张全义的女儿，很有远见，当时他就问李肃为什么不接纳赵思绾，李肃慨然说："这个人目光狡黠，言语怪诞，以后一定是个叛贼！"张氏说："臣妾也是这么想的，但是夫君就这样拒绝了他，他一定会怀恨在心，以后他一旦得志，必定会遭到他的报复，到时我们恐怕就危险了。不如厚赠他些金帛，让他另寻生路吧！"李肃听了张氏的话，馈赠了他不少银两，赵思绾这才拜谢而去。

后来赵思绾用计占据了长安，李肃正好闲居在城中，赵思绾前往谒见，还是像以前一样对他非常恭敬。李肃不敢当，起身躲避，可禁不住赵思绾的勇力，被他强行按在座中，一定要李肃接受自己的叩拜，并尊称李肃为恩公。李肃勉强敷衍，心中却非常难过。等到赵思绾退出后，急忙跑去对张夫人说："我早说这人一定会叛国，如今果然闯出了乱子，他又跑来见我，我的名声已经受到侮辱，该怎么办？"张氏说："为什么不劝他归降呢？"李肃又说："他现在已经骑虎难下了，怎么肯答应呢？我要是劝他的话，反而会引起他的疑心，岂不是自找屠戮吗？"张氏说："长安虽然坚固，料定他不能久据。他要是舍弃这里了，那就不必多说了，否则官军来攻打时，总有非常危急的一天，到那时再说这种话，就不会有事了。"李肃也同意这个看法，决定静待其变。

赵思绾多次派人给李肃送来好多吃的用的，李肃不好拒绝，但又不便接受，非常为难。他心想与其将来多凶少吉，不如早早图个痛快，免得到时受到牵连，死不如死。于是他找来毒药，正想服下，亏得被张氏事先觉察，将药夺了过去，这才免死。等到长安被围，军士们以人肉为食的时候，张氏又对李肃说："此时正好可以去他府上劝他投降，千万不要再延误了！"于是李肃就去见赵思绾，赵思绾听说李肃来了，连鞋子都没穿好，就急忙出门相迎，把李肃请到上座，开口问道："恩公前来，想必是挂念思绾，设法解围，还请赐教！"李肃回答说："公本与国家没什么矛盾，不过因为害怕朝廷怪罪才据城固守，与官兵抵抗。如今国家三道用兵，均未成功，公如果能乘此变计，幡然归顺，我料定朝廷肯定非常欣喜，许诺保全你的富贵，为其他两镇做个榜样。你自己想一下，与其像这样坐以待毙，还不如出城保全身家呢！"赵思绾忧虑地说："要是朝廷不容我归顺，岂不是弄巧成拙吗？"李肃又说："这你就不要担心了，包在我身上。我虽然辞官了，可是到底是两朝元老，如果你先表明诚意，我再附上一疏，为你洗释前嫌，朝廷不会不答应的！"可是赵思绾还是不能决定，判官程让能，正接到郭从义的密书，有意出降，于是乘着李肃进言的机会，也前来劝说，向他陈述祸福。于是，赵思绾决定投降，随即令程让能起草，撰成二表，一表是由李肃署名，一表是由赵思绾署名，派遣使者送到朝廷。过了十多天，使者返回禀报，说是朝廷已经宽赦了他，并准备将他调任他镇，赵思绾非常高兴。不久，就有诏敕颁到行营，授赵思绾为检校太保，调任华州留后。当由郭从义传入城中，命赵思绾出城受诏，赵思绾释甲出城，拜受朝命，跟郭从义当面约定了起程的日期，指日前往华州赴任。郭从义允诺，答应让他回城整装，不过还是派兵跟着他进城，守住南门。赵思绾回去后，却迟迟不肯出发，托言行装还没有整理好，要求改变行期，一连变卦了两三次。于是郭从义与王峻商议说："赵思绾狼子野心，始终不能任用，不如早点除掉他，杜绝后患！"王峻非常赞成，只是说这事必须要禀报郭威。

郭从义于是派人到河中的行营，请求郭威批准除去赵思绾。得到郭威的准许后，他随即与王峻率军入城，径直来到府署，然后派人召赵思绾出来，对他说："太保就要起程了，我们也来不及为你饯行，请就此对饮一杯，权作告别。"赵思绾不得不从，一出署门，便被郭从义一声暗号，挥动军士，将他拿下。并进入府署搜捕家属以及都指挥常彦卿，一并牵到市曹，枭首示众。郭从义将赵思绾的家产没收，共得钱二十余万贯，一半充入国库，一半赈济百姓。城中的人口，本来有十多万，此时只剩下一万人了。郭从义又请来了李肃，请他主持赈灾事务，李肃当然出面办理。两天的时间，就将赈银发放完毕，然后入府交差，回到家里跟张夫人说明，一对老夫妻，才得以高枕无忧，白头偕老了。

赵思绾伏法后，郭威少了一份担忧，于是日夜督兵，一意攻城，终于冲进了外城。李守贞收拾残余的士兵，退保内城，诸将请郭威乘胜急攻，郭威却说："狗急了还会跳墙呢，何况是一支军队呢！现在我们大功将成，就譬如把河水舀干了捉鱼，不必性急。"李守贞料定自己必死无疑，于是在衙署中放了很多柴火，打算自焚。僵持了几天，守将开城迎降，有人报知李守贞，于是李守贞连忙纵火焚薪，举家投入火中。说时迟，那时快，官军已经驰入府衙，用水浇灭了大火，可是李守贞和妻子以及儿子李崇勳都已经烧死了，还有几个儿子和女儿，只是被烟熏晕了，还没有丧命。官军翻出李守贞的尸体，将他的首级割下，然后将李守贞没有死的子女，连同首级，一同献到郭威的马前。

郭威查验李守贞的家属，发现还缺少逆子李崇训一个人，又命军士进入府中搜查。府署的外厅已经烧毁，只要内室完好无损。军士进入室中，只见积尸累累，也不知谁是崇训，只见堂上坐着一个妇人，衣着华丽整洁，毫不慌张。大众都怀疑他是木偶，正要走近看一看，只听见该妇人呵声说："不要过来！不要过来！郭公跟我的父亲是旧交，你们怎么敢侵犯我？"军士不知道她是什么人，又听她词庄色厉，所以也不敢上前锁拿，只好退出府门，报知郭威。郭威也分惊诧，便下马入府，亲自查看。那妇见人郭威进来后，这方下堂相迎，亭亭下拜。郭威一看，倒有几分面熟，可是一时又记不起来，当即问她姓甚名谁。等到这位妇人从容说出来时，郭威这又惊又喜地说："原来你是我的世侄女啊，那怎么能让你受到连累！我马上送你回娘家。"那位妇人听后，反而凄然说："叛臣的家属难逃一死，承蒙叔父的大恩，宽恕微命，万分感恩！但是侄女误嫁孽门，与叛子李崇训结婚多年，崇训已经自杀，不知道是否能让侄女为其棺殓，作为永别！如果能得到准许，来生当誓为犬马，再报隆恩！"郭威见她这么可怜，不禁心软，便让她指出李崇训的尸体，由随军代她殓埋。这位妇人送丧尽哀完毕之后，便向郭威拜谢，回到了娘家。郭威派兵护送，这都不用细叙。可是这个妇人到底是谁呢？她自已书说与崇训结婚，那就是崇训的妻室。可是她的母家，却在兖州，兖州即泰宁军节度使魏国公符彦卿，就是这位妇人的父亲。

起事之前，李守贞曾找过术士询问祸福。有一个术士能够听声推数，判断吉凶。李守贞把家里人都叫了出来，让他们发出声音。术士听一个，评一个，都不过是平常的套话。等到崇训的妻子符氏发言时，他不禁大惊说："她以后当大富大贵，必定母仪天下！"李守贞听了这话，反而更加自夸说："我的儿媳能够母仪天下，那我取天下，当然就能成功，何必再多加疑虑呢？"于是决定造反。

等到城破以后，李守贞葬身火海。唯独崇训不愿意随从，而是先杀死了家人，后来又想手刃符氏，符氏逃走藏了起来，用帷帐把自己遮住，李崇训找了半天都没找到她。李崇训自杀后，符氏得以脱身，东归兖州。符彦卿写信给郭威道谢，并且因为郭威有再生之恩，愿让女儿拜他为父，郭威也不推辞，回信答应了。只是符氏的母亲说她丈夫家人都死了，只剩下她一个人活了下来，无非是神明佑护，所以不如削发为尼，做一个禅门弟子，聊尽天年算了。

符氏摇头说："死生乃是天命，无故毁形断发，何苦呢？"幸亏没有出家，她后来再嫁给周世宗，果然应验了术士所说的话，这事儿以后再说。

且说郭威攻克河中，检阅李守贞的文书，所有往来信札，有的与朝臣勾结，有的与藩镇交通，彼此都指斥朝廷，语气之中都是大逆不道的话。郭威想把这些作为证据，奏闻朝廷，秘书郎王溥进谏说："那些肮脏的东西只敢在夜里出来，一遇到阳光就烟消云散，请将军将这些信件付之一炬，免得人人自危，朝廷动荡！"郭威觉得很有道理，于是将河中所留文牍全部烧毁，当即驰书奏捷。郭威召赵修己为幕宾，掌管天文。四面搜缉伪丞相靖崎、孙愿，伪枢密使刘芮，伪国师总伦等犯人。抓到他们后，与李守贞的子女，装入囚车，派将士押送到京城。

汉主刘承祐，御明德楼，接受俘虏，张贴告示，百官称贺。礼毕后，汉主便命将所有罪犯在都城游行示众，将李守贞的首级悬挂在南市，在西市将罪犯处斩。至此，两处叛逆已经平定，但剩下凤翔一城，也是朝夕可下。朝旨命郭威还朝，留扈彦珂镇守河中，华州一缺命刘词补任。授郭从义为永安节度使，兼加同平章事职衔。此外立功的将士，也都各有封赏。

郭威奉诏还都。进朝拜见汉主，汉主承祐命郭威升阶说话，当面加以慰劳，还亲自斟上御酒赐给郭威，郭威跪着一饮而尽，叩头谢恩。汉主又命左右取出赏物，如金帛、衣服、玉带、鞍马等物件，一一备具。郭威拜辞道："臣受命一年，只攻克一座城，有什么功劳呢？况且臣统兵在外，镇安京师，拨运军食这些要事都是由诸大臣居中调度，才使得臣得以灭叛诛凶，臣怎敢独揽此功？请将这些赏赐分给朝廷诸位大臣！"汉主刘承祐说："朕也知道诸大臣的功勋，以后会赏赐的。只是这些物品只是赏给你的，请不要推辞！"郭威于是拜谢而出。

第二天早上郭威再次入朝，汉主打算命郭威兼领方镇，郭威又拜辞道："杨邠位在臣之上，却没有镇守一块土地，臣怎么敢领受这样的恩赐！况且臣曾蒙陛下厚恩，忝居枢密，帷幄参谋，不能与将帅同例。史弘肇是开国功臣，一直总管武事，所以才能兼领藩封，臣万万不敢接受！"汉主于是任命郭威为检校太师，兼职侍中，且加赐史弘肇、苏逢吉、苏禹珪、窦贞固、杨邠等人的兼职，与郭威大致相同。惟中书侍郎李涛，那时早就罢相，没有得到赏赐。汉主还想特别赏赐郭威，郭威一再叩谢说："运筹建画，出自庙堂；发兵馈粮，出自藩镇；暴露战斗，出自将士；如今要把功劳全都归到臣的身上，再三加赏，反而会使臣折福。臣愿竭尽余生为陛下效力，以后立了其他功，再领陛下的赏赐就是了！"汉主这次才打消了再赏赐他的念头。

后因为受赐的诸臣，都说皇帝的恩赏只涉及朝内的大臣，与外藩的将帅无关，不免有重内轻外的嫌疑。于是再议加恩，加天雄节度使高行周为太师；山南东道节度使安审琦为太傅；泰宁节度使符彦卿为太保；河东节度使刘崇兼中书令；忠武节度使刘信、天平节度使慕容彦超、平卢节度使刘铢，并兼侍中，朔方节度使冯晖、夏州节度使李彝殷，并兼中书令；义武节度使孙方简、武宁节度使刘赟，并加同平章事。其他的如镇州节度使武行德，凤翔节度使赵晖等人，也都各加封爵，不胜殚述。

赵晖围攻凤翔已经一年多了，闻他听说河中、长安相继平定，唯独凤翔没有攻克，觉得自己功落人后，免不了非常焦急。于是督促部众努力进攻，志在必克。王景崇困守危城，也是智穷力竭，食尽势孤。幕客周璨对王景崇说："将军先前与河中、长安，互为表里，所以坚守到现在。如今这二镇都被荡平，将军还能靠谁呢？蜀人是不可靠的，不如降顺汉室，也许还能保全性命！"王景崇说："我一时失策，连累了你们，后悔莫及！你劝我出降，倒也有几分道理，但城破必死，出降也未必不死，难道你不知道赵思绾是什么下场吗？"周璨听了，知道劝说不动，只好退出署外。

过了几天，城外的进攻更加猛烈。王景崇登城四下张望，见赵晖跨马而来，亲冒矢石，所有将士，无不效命，城北那边，攻扑最为厉害，不由得俯首长叹，猛然间想到了一计，立即下城，召集亲将公孙辇、张思练说："我看赵晖的精兵，大多在城北。明天五更的时候，你们二人可打开东门，假装投降，放敌寇进来。我和周璨带领牙兵，突出北门，攻击赵晖的兵马。如果侥幸得胜，或守或去，再作良图。万一失败，也不过一死，比现在这样束手待毙，要好得多。"两将唯唯听命，王景崇又与周璨约定，第二天一早就动手。他们准备停当后，专等天明了。

第二天，城楼谯鼓已经敲响了五更，公孙辇、张思练两人来到东门，随即命随兵纵起火来，周璨也到了府署，恭候王景崇出门。不料府署中忽然起火，烧得烟焰冲天，非常猛烈。周璨急忙召牙兵来救火，等到扑灭时，署内已毁去一大半，四面的墙壁还立在那里，唯独王景崇的居室却一点都没遗留下来，眼见是那王景崇全家，都随从那祝融火神去往了南方。公孙辇与张思练，正派人来约王景崇，突然见到府舍成了废墟，大惊失色。急忙返回禀报这两将，急得这两将没有办法，只好弄假成真，毁门出降。周璨早就有了降意，当然也跟着归降赵晖。赵晖引兵入城，检出王景崇的烬骨，折作几段。当即晓谕大众，禁止侵掠。立遣部吏向大梁报捷。汉廷当然又有一番赏赐，无容细表，于是，到这里，三处叛逆全都灭亡。

当时另有一位大员，也坐罪被杀。各给读者你们说他是谁呢？原来就是太子太傅李崧。李崧受祸的原因，与三位叛逆不同。从前刘知远进入汴京，李崧北去还没有回来，所有都中的宅舍，都被刘知远赐给了苏逢吉。苏逢吉得到李崧的府邸后，还把宅中的财产和洛阳的家产全都占为己有。李崧回京后，虽然受命为太子太傅，仍不得还回家产。他自己也知道如今形势孤危，不敢生怨。房屋的契券还在手里，为了讨好苏逢吉，就拿出来献给了苏逢吉，苏逢吉不好当面驳斥，只好勉强接受，然后回来对家里人说："这房子是皇上特赐的，还用得着李崧来献券吗？难道还想卖情吗？"从此苏逢吉开始对李崧怀恨在心。李崧的弟弟李屿嗜酒成性，却没什么见识，他经常跟苏逢吉的子弟往来，酒喝多了就喜欢乱说话，总是埋怨苏逢吉夺了他们的府邸。苏逢吉知道后，更加忌恨李崧。

翰林学士陶穀先前被李崧所引用，这时见苏逢吉得势了，为了依附苏逢吉，他总是诋毁李崧。正巧这时三处叛逆联兵，都城震动，史弘肇京城巡逻，遇到有犯罪的人，不问情节轻重，一股脑儿打进叛逆的案子里，全都处死。李屿的仆夫葛延遇由于一些过错，被李屿杖责，心中积怨，于是与苏逢吉的仆人李澄同谋，高发李屿谋叛。苏逢吉得到葛延遇的诉状，正好乘隙报怨，于是将原状递交给史弘肇。并排派人到李崧的府邸，把葛延遇的事情对他说一遍，假装叹息。李崧还以为他什么好人，愿意把小女儿托付给他。苏逢吉又假意允许，回到家中后就命人将李崧一家老小送到了监狱。

李崧这才看穿了苏逢吉的狡猾，又是悔恨又是气愤地说："从古以来，没有一个国家不灭亡的，也没有一个人不死的。我死就死了，为什么要这样陷害我呢？"等到当堂审讯时，李屿先进去对质，还是一口咬定自己是冤枉的，不肯认罪。李崧听见后，对李屿说："就算你能口吐莲花，也没用了，当道的权豪硬要灭掉我们家族，不要再白费口舌了了！"于是李屿为了免受皮肉之苦，只好瞎编一通，说自己跟李崧还有家里二十个仆人一同作乱，又派人勾结李守贞，并且召来了辽兵。苏逢吉得了供词，又把二十人改为五十人，汉主下诏处斩李崧及李屿，还有他们的家属无论老少，全都处斩。而那葛延遇和李澄，反而受到了奖赏，都中人士都为李崧呼冤。正是：

遭谗诬伏愿拼生，死等鸿毛已太轻；
同是身亡兼族灭，何如殉晋尚留名！

第四十四回 弟兄操戈

却说汉主刘承祐见三处叛乱都已经平定，内外无事，自然非常欣慰，除了赏赐诸臣外，又加封吴越、荆南、湖南三位镇帅。吴越王钱弘倧，秉性刚严，统军使胡进思，骄横不法，为王钱弘倧所忌惮。他密与指挥使何承训商议，谋划除掉胡进思。何承训假装应承，回去就将此事告知了胡进思。胡进思随即带领亲兵，星夜叩宫，穿着甲衣进见。钱弘倧吃惊地问他有什么事，胡进思以及部下说了许多大逆不道的话，吓得钱弘倧急忙跑进了义和院，闭门避祸。胡进思将院门反锁，假传王命，说是吴越王突然生病了，不能理事，要把王位传给王弟钱弘俶。钱弘俶本来出镇台州，弘倧继位时，将他召入钱塘，赐居南邸，参知相府事。胡进思颁发了伪敕，随即召集文武大臣，到南邸迎接弘俶。弘俶惊愕地说："如果能保全我的兄长，我才能承命。否则宁愿避居贤路，还望不要强迫我！"胡进思拜手说："愿遵王命！"诸官吏也俯伏称贺。弘俶于是进入元帅府南厅，受册视事，将故王钱弘倧迁到锦衣军，派都头薛温率兵保护，并告戒薛温说："如果以后有不正常的命令，都不是我的意思，你一定要坚决拒绝，不得相从！"薛温受命而去。

胡进思多次劝弘俶害死弘倧，可弘俶就是不肯答应，并且对胡进思严加防备。何承训看穿了弘俶的心思，请弘俶马上诛杀胡进思。钱弘俶痛恨何承训反复无常，命左右将他拿下，推出斩首。胡进思听说何承训出卖自己，也说他该杀，只是每天总想担心弘倧报复，又假传弘俶的命令，饬令薛温毒死弘倧。薛温抗声说："薛温受命时，没接到这样的命令，所以不敢妄动！"胡进思又在夜里派去两个私党，跳过围墙，想要刺杀弘倧。幸亏弘倧非常戒备，听到有异样的动静后，大声呼喊，薛温急忙率众来救，捉住这两个刺客，将他们砍死在院中。第二天，薛温报告弘俶，弘俶吃惊地说："能够保全我的兄长，都是你的功劳。"于是厚赏薛温许多金帛，仍然命他小心留意。胡进思无从下手，心里非常焦急，忧惧日积，突然间背上长了个毒疽，没过多久就死了。

钱弘俶仍奉汉为正朔，奏达弘倧传位给自己的情形。汉主承祐，授弘俶为东南面兵马都元帅，兼镇海、镇东等军节度使，封吴越国王。不久，因平乱再施恩，加授尚书令，弘倧得到弘俶优待，移居东府，优游了二十年，安然告终，吴越号为让王。同时荆南节度使高从诲病逝，他的儿子高保融嗣位。先是汉高祖起兵太原，高从诲曾派人劝进，一面向大梁进贡，取媚辽主。后来汉主定国，高从诲上表称贺，并求给郢州，没有得到允许。高从诲于是偷偷发兵侵略郢州，被刺史尹实击退。不久，又发水军偷袭襄州，也被节度使安审琦所破，败归荆南。高从诲两次战败，担心汉兵南下征讨，急忙向唐、蜀称臣，求他们援助。当时的人见他东奔西走，南投北降，见利即趋，见害即避，便叫他为高无赖。乾祐元年，高从诲因为与汉失和，北方商旅不通，境内贫乏，于是又上表汉廷，自陈悔过，愿意每年向汉廷进贡。那时汉廷正担心三叛联兵，没有时间诘责他，于是便派使臣宣抚荆南。不久，高从诲生了重病，命第三子高保融掌管内外兵马大事。高从诲死后，高保融继为留后，并向汉廷告丧，汉廷授高保融为荆南节度使，兼同平章事。第二年，汉平定三叛，推恩加封，命高保融兼官侍中，与吴越同时颁诏。

还有湖南节度使楚王马希广也得到晋封，做了太尉，算是大汉的隆恩。马希广当然拜命，唯独马希广的兄长马希萼，占据着朗州，也派遣使者到汉廷，请求赐予节钺。笔者曾在四十回中，叙明这马希萼是哥哥，马希广是弟弟，弟弟继承王位，而哥哥却大权旁落，终究免不了同室操戈，想必这些各位读者都看过了。果然没过多久，他们兄弟二人关系就破裂了。马希广有个堂弟叫马希崇，曾为天策左司马，生性狡猾阴险，他暗中给马希萼写信，说指挥使刘彦瑫等人妄称遗命，废长立少，希望兄长不要被他们骗了。马希萼看完书信后，惹动了怒意，于是以奔丧为由，前去打探虚实。走到砯石时，被刘彦瑫得知，他向马希广请命，派遣都指挥使周廷诲带着水军，前去迎接马希萼。双方会面后，周廷诲逼着马希萼脱下盔甲，然后才能进京。马希萼见周廷诲恶狠狠的样子，不敢不屈意相从，卸甲改装，随周廷诲进入国城，穿上孝服守丧，留居在碧湘宫。等到丧葬的事情处理完了之后，马希萼请求回去。周廷诲对马希广说："大王如果能让位为兄长，那不必说了；否则就大义灭亲，不要让他活着回去！"马希广说："我怎么忍心杀我哥哥呢？我宁愿与他分土而治，互不侵犯。"于是厚赠了马希萼，将他遣回了朗州。

马希萼非常失望，回镇后随即向汉廷上诉，说马希广越次擅立，不合古训，臣的位次居长，愿与马希广各修职贡，置邸称藩。汉廷认为马希广已经接受册封，不便再封马希萼，于是没有答应他的请求，只对他说兄弟本为一体，不要伤了和气。然后又赐马希广诏书，也无非是劝他兄弟之间要友爱相处，不要手足相残。马希广倒是受命，可马希萼偏偏不肯听从。他招募乡兵，修造战舰，打算要和马希广争个你死我活。

正好南汉主刘晟将弟弟们全部杀死，骄奢淫逸，非常残暴。他派工部郎中钟允章到楚国求婚，谁知马希广不答应，谢绝了钟允章。钟允章回去禀报后，刘晟气愤地说："马氏难道想侵略我们吗？"钟允章说："马氏就要发生内争了，怎么能害我们呢？"刘晟又说："如果真像你说的，那我正好乘机进兵了。"钟允章极口赞成。刘晟于是派遣指挥使吴珣、内侍吴怀恩，率兵进攻贺州。楚主马希广连忙派指挥使徐知新、任廷晖统兵前往救援。到了贺州城下，见城上已经插满了敌人旗帜，大家都十分恼怒，决定立刻攻城，鼓声一起，各队奋进，忽然听到几声怪响，地面突然裂开，前面的士兵全部掉了下去。徐知新等人连忙守兵，可是兵马却损伤了差不多一半。徐知新担心敌兵会追击，星夜逃回，请求增兵。马希广责怪他不肯尽力，将徐、任二将处斩。这徐、任二将兵败的原因，并不是因为胆怯，实在由于太过鲁莽。南汉统将吴珣，攻陷贺州后，就在城外挖了一个大的陷阱，上面覆盖着竹箔，然后再铺上泥土，专等楚军到来。其实徐、任要是留心查看，就能免祸，可是他们当初太过冲动，贸然挥兵前进，白白地把前驱的士卒送到了陷阱当中。虽然他们难辞其咎，但是情有可原，不至于处斩。马希广当天，为什么不给个机会，让他们戴罪立功呢？而是不问缘由，突下杀手，伤了将士们的心，还怎么能御敌固防呢？

果然，南汉兵转攻昭、桂、连、宜、严、梧、蒙诸州，多半攻陷，并大肆掠夺一番走了。马希萼乘势发兵，督领战舰七百艘，准备攻打长沙，他的妻子苑氏阻谏说："兄弟相攻，无论胜负，都会被人耻笑，不如别出兵了！"马希萼不听，引兵赶往潭州即长沙。马希广得到消息后，召入刘彦瑫等人，对他们说："朗州是我的哥哥治理，我不想跟他争了，我情愿将国家让给他。"刘彦瑫却极力说不可，天策学士李弘皋、邓懿文，也同声谏阻。于是马希广命岳州刺史王赟为战棹指挥使，前去抵御马希萼，同时命刘彦瑫为监军。刘彦瑫与王赟带领战舰来到仆射洲，正遇上巧朗州战船逆风前来。王赟据住上风，挥众截击，大破朗州兵，缴获战舰三百艘，又顺风追赶，正要赶上马希萼的坐船时，忽然后面有差船追来，说传马希广的命令，不要伤害他的哥哥！王赟于是率军撤回，马希萼这才得以从赤沙湖逃回。苑氏听说马希萼打了败仗，哭着对家人说："祸将就要到了！我不忍心被屠戮啊！"于是投井自尽。

静江军节度使马希瞻是马希广的弟弟，他听说两位兄长交兵，多次上书劝诫，可是双方都不听从，随即重病而死。马希萼因为兵败，恼羞成怒，招诱了辰溆州以及梅山的蛮族，一起攻打湖南。蛮人贪利忘义，争来赴敌，与马希萼一同进攻益阳。马希广派遣指挥使陈璠前去支援，与马希萼交战于淹溪，陈璠兵败而死。马希萼又派那些蛮兵攻破了迪田，杀死镇将张延嗣，马希广再命指挥使黄处超前去征剿，也战败而亡。马希萼连得胜仗，再次向汉廷上表，请别置进奏务于京师。汉主承祐仍然下诏不许，并劝他兄弟讲和。马希萼于是改道求援，臣事南唐。南唐主命楚州刺史何敬洙，带兵前去援助马希萼，一同攻打马希广。

马希广到了此时，哪能不焦灼万分。他慌忙派遣使者到汉，说荆南、岭南、江南连兵一处，想要瓜分湖南，请汉主火速发兵驻扎于澧州，扼住江南、荆南要路。可是汉廷一时没有颁发谕诏，急得马希广寝食不安。刘彦瑫对马希广说："朗州士兵不满一万，战马不过一千，有什么好害怕的？臣愿意带领一万人马，一百五十艘战舰，直逼朗州，活捉马希萼，为大王解忧。"马希广听了，非常高兴，当即授刘彦瑫为战棹指挥使，兼朗州行营都统，并且亲自出都门为他饯行。

刘彦瑫辞别马希广后，率军航行进入朗州境。当地父老纷纷带着牛、酒前来犒军。刘彦瑫还以为是民心所向，一定可以取胜。战舰每经过一处，就用竹木断绝自己的后路，以表示决心。行驶到湄州，望见朗州战舰一百多艘，装载着州兵、蛮兵各几千人。他当即下令乘风纵击，并且抛掷火具，焚毁敌船。敌兵倒也十分惊骇，正打算逃回呢，忽然风势倒吹，大火反而烧到刘彦瑫的战船，结果弄得玩火自焚。刘彦瑫来不及扑救，只好退走，无奈后路已经被自己斩断，前面追兵又到了，士卒穷途无路，战死和淹死的，不下数千人。

刘彦瑫一个人得以逃脱，败报传入长沙，马希广整天忧泣，不知如何是好。有人劝马希广拿出金银犒赏将士，鼓励他们再去拒敌。马希广虽然吝啬，此时也没办法，只好忍痛发放内库的金银，取悦士心。有人又说希崇流言惑众，造反的证据确凿，请马上诛杀，以断绝马希萼的内应。马希广又是不忍心，潸然流涕说："我杀了我弟，以后还怎么见先王于地下。"将士见马希广如此迂懦，不免有些泄气。那时，马军指挥使张晖正好从小道进攻朗州，他听说刘彦瑫兵败，也退屯益阳。后来朗州将领朱进忠来攻，他对部众说："我带人绕到敌人的后面，你们留在城中等我，首尾夹击，不愁不胜。"说着，便带着部众出城，却头也不回地就从竹头市逃回了长沙。朱进忠听说城中没了主将，驱兵急攻，于是攻克了益阳。九千多人守兵，全部被杀。

马希广见到张晖逃回，急上加急，不得已派遣僚属孟骈到朗州求和。马希萼让孟骈回去禀报："大义已经断绝，我们不到地下便不相见了！"马希广听后，更加惧怕，忽然又接到朗州的探报，说马希萼自称顺天王，大举入寇。那时马希广无计可施，只好飞使入汉，三跪九叩首的，乞请援师。汉主承祐，倒也被他感动，打算调将遣兵，前去援救湖南。偏偏也是像湖南那样，一波未平，一波又起，连自己的宗社都要拱手让人，哪里还能顾及南方呢？这说来又是话长，笔者按照时间叙事，不得不依着次序，先叙述汉廷的乱事。

汉主承祐嗣位，一晃已经过了三年。开始他任用勋旧，命杨邠掌握机要，郭威主持征伐，史弘肇统领宿卫，王章管理财赋，四个大臣齐心协力，国家得以稍稍稳定。只是国家大事全都由这四位大臣掌握，宰相苏逢吉、苏尚珪等人反而显得多余。二苏多次调补官吏，杨邠说这样只会浪费国家财产，总是加以抑制，于是汉廷将相生嫌，互怀猜忌。正巧关西又发生变乱，纷扰不休，中书侍郎兼同平章事李涛请调杨、郭二枢密使，出任重镇，控御外患，内政可委任二苏处理。这个意见本来是思患预防，调停将相的意思，没想到杨、郭二人却误会李涛的意思，怀疑他联络二苏，从旁倾轧自己，竟然进宫向太后泣诉，自请留在奉山陵。李太后怀疑承祐喜新厌旧，当面斥责承祐，承祐说是李涛向自己的请命的，于是太后更加生气，立即下令罢免了李涛的政柄，勒令他回府。承祐想讨母亲的欢心，更加重用杨、郭、史、王四位大臣，除了史弘肇兼官侍中之外，其他三位大臣都加同平章事兼衔。二苏因此更加失权，心中愈加不平。不久郭威出兵征讨河中，朝政归三大臣主持。杨邠掌管任命官员，往往重武轻文，文吏升迁常常多方抑制。史弘肇掌管巡察，擅权专杀，都中人一旦触犯禁令，就横加诛夷。王章管理财政，总是加税增赋，聚敛苛急，不顾百姓死活。于是官民交怨，恨不得将三大臣同时除去。

等到三叛被平定后，郭威回朝，汉主不是今日赐宴，就是明月颁赏，仿佛四海清夷，从此没了忧患一样。承祐年纪越来越大了，可是性情却慢慢骄恣，除了视朝听政之外，动不动就跟近侍在宫中戏狎。飞龙使后匡赞、茶酒使郭允明最善于谄媚，很得汉主的宠信，他们总是编造隐语，夹杂着一些淫声谑语，不顾主仆的名分，乱糟糟地聚在一堆，互相笑谑。李太后知道后，常常将承祐召入宫中，严词督责。承祐起初还算遵礼，不敢发言，后来听得厌烦了，竟然反唇相讥说："国事由朝廷做主，太后你一个妇人，管什么朝事呢？"说到这里，便抢步离开，惹得太后非常生气，他却仍去寻乐去了。太常卿张昭得知此事，上疏切谏，大意是劝他远小人，亲君子。承祐连太后的话都不肯听，何况他的话呢？

到了乾祐三年初夏，边报称辽兵入寇，横行河北，汉主免不得召集大臣，共商战守的问题。会议结果是派遣枢密使郭威出镇邺都，督率各道防备辽兵。史弘肇又提出一议，说郭威虽然出镇，仍然可以兼领枢密使。苏逢吉援引先朝的例子加以辩驳，史弘肇愤然说："做事要随机应变，为什么非要按照老规矩去办呢？况且兼领枢密，才可以便宜行事，使诸军畏服。你们这些文臣怎么晓得疆场上的事呢？"苏逢吉畏惧他的凶威，不敢与他相争，只退朝后对人说："用内制外，方得为顺。现在反用外制内，祸变不远了！"第二天，有诏颁出，授郭威为邺都留守天雄军节度使，仍兼枢密使，凡是河北的兵甲钱谷，只要见到郭威的文书，不得违误。

这天晚上，宰相窦贞固为郭威饯行，并邀请了朝廷大臣列座相陪，大家各敬了郭威一樽酒后，才回到座位。史弘肇见苏逢吉也在一边，便举杯满上，故意向郭威厉声说："昨天在朝堂上，各争异同，弟应为君干了这杯。"说完一饮而尽。苏逢吉知道他是在嘲讽自己，也忍耐不住，举杯说："我们都是为了国家，何必要介意呢？"杨邠也举杯说："我的意思也是这样！"于是便和苏逢吉一起了干了一杯。郭威这时也过意不去，用话解劝他们。史弘肇又厉声说："安朝廷，定祸乱，还得靠长枪大剑，笔杆子有什么用处呢？"王章听后，十分不平，也插嘴说："没有笔杆子，饷军财赋从哪里来呢？史公也未免太欺负人了吧！"史弘肇听后，这才无话可说。

过了会儿散了席，大家都怏怏不乐回到家里。郭威第二天入朝辞行，叮嘱汉主说："太后随先帝多年，具有经验，陛下刚刚成年，有什么事还需要禀明太后才好实行。再者陛下应该亲近忠直，屏逐奸邪，善善恶恶，明辨是非！苏逢吉、杨邠、史弘肇都是先帝的旧臣，尽忠殉国，愿陛下推心委任，遇事多向他们咨询一下！至于疆场的戎事，臣愿意竭尽愚诚，不负陛下的信任，请陛下不要担心！"承祐当时还认认真真地听了进去，可是等郭威北去后，便将这些话抛到脑后，再也记不起来了。那三五个朝贵，却是明争暗斗，好像有什么不共戴天的大仇似的。

一天，由王章摆下酒席，宴请朝中权贵。酒至半酣的时候，王章提议行个酒令，以拍手为节奏，节拍错了就要罚酒一杯。大家都同意，唯独史弘肇吵吵说："我不习惯这样的手势令，不要为难我！"客省使阎晋卿正坐在史弘肇的旁边，他对史弘肇时候："史公就不要扫大家的兴了，如果不习惯的话，你就先练习一下，其实并不难学，你试试呀。"说着，便拍手演示给他看，史弘肇看了几拍，倒也有些明白了，便答应下来了。酒令开始，你也拍，我也拍。轮到史弘肇，终究是个新手，不禁忙中出乱，幸亏阎晋卿在一旁指导，才免了罚酒。苏逢吉在旁瞧着，冷笑说："身旁有姓阎的人，自然不用担心罚酒了！"话还没说完，忽然听到席上"豁喇"一声，震得杯盘乱响，随后就听到史弘肇的骂声，大家这才得知席上的震动是由史弘肇拍桌子导致的。苏逢吉见史弘肇变脸了，慌忙闭住了口。可是史弘肇不肯罢休，将衣袖卷了起来，握着拳头冲了上来。苏逢吉慌忙离座出走，跨马往家里跑。史弘肇向王章要来宝剑，要追击苏逢吉，杨邠在一旁哭着劝道："苏公是宰相，你如果要加害他，那你眼里还有天子吗？请公三思而后行啊！”史弘肇怒气还是不平，跃身上马，扬鞭离开了。杨邠担心他去追苏逢吉，也随即上马追驰，与史弘肇并马同行，直到送史弘肇回到府中，才告辞归去。

读者们试想，苏逢吉虽然出言嘲讽史弘肇，也无非随口一说，并没什么恶意，为什么史弘肇会这么生气呢？原来史弘肇原籍郑州，出身于农家，年少时他好勇斗狠，总是闯祸，只是乡里如果有不平事，他倒也能扶弱锄强。有一个酒妓阎氏，被有权势的人家所逼迫，史弘肇用武力解决了这件事情，阎氏这才得以脱祸。这个酒妓是个多情种子，于是以身报德，并拿出积蓄，赠给了史弘肇，让他去投军。史弘肇投入军中，得为小校，于是感念阎氏的大恩，将她娶为妻室。夫荣妻贵，相得益欢。苏逢吉所说的姓阎的人是指阎晋卿，史弘肇还以为他在讥讽他的爱妻，所以怒不可遏，何况两人本来就不和，再加上三分酒意，更觉得怒气上冲。幸亏苏逢吉逃走得快，侥幸保命。苏逢吉遭遇这场风波后，忐忑不安，想请求外调躲避灾祸，后来他又想：“我要是走出都门，只要仇人动一动手指头，我就成了齑粉了。”于是打消了这个念头。王章也郁郁不乐，也想外调。还是杨邠极力慰留，才算迁延过去。汉主承祐知道这件事情后，特地命宣徽使王峻设席为他们和解，可是却没有效果。正是：

岂真杯酒伏戈矛，攘臂都因宿忿留；

天子徒为和事佬，不临死地不知休！

第四十五回 刘承佑丧命

却说杨邠、史弘肇等人揽权执政，势焰熏天，就是皇帝老子也奈何不了他们。汉主近侍以及太后的亲戚，靠着关系上位的人大都被杨邠等人撤除。太后有个朋友的儿子，请求补任军职，史弘肇不但不允许，反而把他斩首示众。还有太后的弟弟李业，充任武德使，掌管内宫的钱财。正巧宣徽使一职空缺，李业私下里对太后说，请求升补。太后将这件事转告给承祐，承祐又转告执政大臣，杨邠与史弘肇都抗议说："内使迁补，需要有次序，不能因为是外戚就格外提拔，紊乱朝纲！"承祐回去告诉了太后，太后只好作罢。客省使阎晋卿依次应当升任宣徽使，可是久久不得补任。枢密承旨聂文进、飞龙使后匡赞、茶酒使郭允明、都是汉主的幸臣，也始终得不到升官。平卢节度使刘铢罢职回京，在家守候了几个月，也没得到调任。因此各生怨恨，渐渐地动了杀机。

承祐三年守丧期限满了，除丧听乐，赐给伶人锦袍玉带。伶人知道史弘肇骄横，不得不前去道谢，没想到却触怒史弘肇，被他当面叱辱道："士卒们守边苦战，还没得到如此重赏，你们有什么功劳，就得到如此重赏？"当时就命他们将衣服脱下，归还官库。承祐曾娶张彦成的女儿为妃，却不怎么和谐。后来又得到一个耿氏女子，耿氏秀丽绝伦，承佑对她大加宠幸，想立她为皇后。与杨邠商量，杨邠说现在立后太过仓促，应该缓缓。偏偏红颜薄命，耿氏没过多久竟然夭逝了。害得承祐非常悲痛，如丧考妣。他想用皇后的礼仪将她殓葬，又被杨邠从旁阻挠，不得如愿。慢慢地，承祐深恨为其所制，积怨难平。一次，他与杨邠、史弘肇商议政事时，面谕道："办事需要谨慎，不要让别人说闲话！"杨邠与史弘肇齐声说："陛下别说了，有我们在，还怕什么人？"承祐虽然不敢再斥责他们，但心中却非常愤怒。退朝后，他与左右谈及此事，左右乘机进言说："杨邠等人如此专恣，日后一定作乱，陛下要想安枕无忧，应该设法除去这几个奸臣！"承祐听后还是不能决断。当晚他听到作坊里锻造的声音，还以为发生什么意外，起床坐在那里，一晚上都不敢睡觉。从此，他更加担心祸乱，便动起了除去权臣保全自己的念头了。

宰相苏逢吉与史弘肇一直不和，苏逢吉多次挑拨李业，让他诛杀史弘肇。于是，李业与聂文进、后匡赞、郭允明等人定好密计，然后进见承祐，承祐却让他们转告太后。太后说："这事哪里能轻举妄动呢？还是跟宰相们好好商量一下，权衡厉害之后才能决定。"李业回答说："先帝在的时候，曾说朝廷大事不可与书生商议，文人都怯懦得很，容易误人。"太后还是不以为然，她把承祐召来，嘱咐他一定要慎重。承祐愤愤地说："国家大事，不是你们这些女流之辈能做主的，儿子自有主张。"说完，便拂衣而去。李业等人也相继告退，退出后，他们将这件事告诉了阎晋卿，阎晋卿担心谋事不成，反致大祸。为了保全自己，他竟然跑到了史弘肇的府上，想将知道的都告诉史弘肇。也是史弘肇恶贯满盈，天要亡他。那时史弘肇正好有事，不能见客，竟然命门吏谢绝了阎晋卿。阎晋卿不得已只好回去了。

第二天天亮，杨邠、史弘肇、王章入朝，刚走到广政殿东庑，忽然有十几个甲士冲了出来，拔出腰刀，先向史弘肇砍去，史弘肇猝不及防，竟被砍倒。杨邠、王章非常惊骇，想要逃跑，怎禁得起甲士围攻，七手八脚，立即将这两人砍翻，结果又是三刀，三道冤魂一同前去往阴曹地府了。殿外的官吏不了解情况，都惊慌地不得了，忽然聂文进走了出来，宣召宰相以及朝臣，排班于崇元殿，听读诏书。宰臣们硬着头皮，入殿候旨。聂文进进来宣诏道："杨邠、史弘肇、王章，三人密谋叛逆，危害宗社，所以一并处斩，当与卿等同庆。"大家听完诏后，退出朝房，不敢散去。后来由汉主承祐亲御万岁殿，召入诸军将校，面加慰谕道："杨邠、史弘肇、王章三人，欺负朕年幼，专权擅命，使你们总是活在忧恐之中。朕如今除去了大患，这才真正成了你们的主子，你们也可以免遭横祸了！"大家都拜谢而退。承佑又召前任节度使、刺史等升殿，又同样地抚慰了一遍，大家都没有异言，陆续退出。可是宫城诸门，还有禁军守住，不放一人出行，等到中午的时候，这才放大家出宫。大众步行回家，才得知杨邠、史弘肇、王章三家的家属全都被屠戮，家产也全被充公了。

第二天，京城正在禁兵四出，搜捕杨、史、王三人的戚党并平时的仆从，随抓随杀。大众都担心连坐，等到晚上没事了，才得安心。侍卫步军都指挥使王殷一直与史弘肇关系很好，此时正出屯澶州。承祐听任李业等人的话，派遣供奉官孟业带着密敕，命李业的弟弟澶州节度使李洪义，乘机杀掉王殷。又因为邺都留守郭威，一直与杨、史等人穿一条裤子，也派人带着密诏，授予邺都行营马军指挥使郭崇威，步军指挥使曹威，命他们杀掉郭威以及监军王峻。

当时高行周调镇天平军，符彦卿调镇平卢军，慕容彦超调镇泰宁军，都由承祐颁诏，令他们与永兴节度使郭从义、同州节度使薛怀让、郑州防御使吴虔裕、陈州刺史李谷，一同入朝。命宰相苏逢吉权知枢密院事；前平卢节度使刘铢权知开封府事；侍卫马步都指挥使李洪建，权判侍卫司事；客省使阎晋卿，权充侍卫马军都指挥使。苏逢吉虽然与史弘肇有仇，但是李业等人私下定谋，自己并没有参与。突发此变，他也觉得惊心，私下里对同僚说："事情发生地太匆忙了，要是主上能够问问我，也不至这般仓皇了！"刘铢生性残忍，接任开封尹的职务后，便与李业合谋，打算斩草除根。凡是郭威、王峻的家族，无论老少，全都抓起来杀掉。李洪建是李业的兄长，李业命他捕杀王殷的家属，他却不肯作恶，只派兵监守殷家，王家的人仍然可以照常寝食，得保平安。远在澶州的王殷一点都不知情，忽然李洪义进入军帐，将密诏递给他，让他自己看。王殷看完后非常震惊，问这是从哪里来的，李洪义说："朝廷派孟业来这里，嘱咐我依着密旨，加害使君，洪义与使君多年的交情，怎么忍下此毒手呢？"王殷慌忙下拜道："要是我能活着，必定以死相报！"他又问孟业现在在哪里，李洪义说："我和他一起前来，想是在门外。"说完，就出门把孟业带了进来，同入见王殷。王殷问起朝事，孟业才说了几句，就弄得王殷气愤不已，下令将孟业囚住，同时派副使陈光穗火速赶到邺都，通报郭威。

话说郭威到了邺都后，兴利除弊，严令边将谨守疆场，不得妄动，如果遇到辽人侵掠，尽可坚壁清野，以逸待劳。边将相率遵令，辽人也不敢入侵，河北总算稍微安定了些。

一天，郭威正与宣徽使监军王峻出城巡阅，坐着谈论边境的事，忽然澶州副使陈光穗求见，郭威就将他请了进来。陈光穗呈上密书，由郭威披阅，这才得知京都发生变乱，他随即将密书藏入袖中，将陈光穗带回府署。王峻还不知道情况，也跟着回去了。郭威急忙召入郭崇威、曹威以及大小三军将校，齐集一堂，当面宣言道："我与诸公披荆斩棘，跟从先帝夺取天下，先帝升天后，我亲受顾命，与杨、史诸公努力经营，废寝忘食，才使得国家无事。如今杨、史诸公无故被杀，又有密诏到来，取我和监军的首级。我想故人都死了，我也不愿独生，你们可奉行诏书，砍我首级报答天子，也不至于连累你们！"

郭崇威等听后，不禁失色，都哭着回到说："天子年幼，此事肯定不是圣意，定是左右的小人诬陷怂恿；如果让这些小人得志，国家还能安宁吗？末将等愿意跟着将军入朝，当面洗雪冤屈，荡涤鼠辈，廓清朝廷，万万不能自寻死路，徒受恶名啊！"郭威还有些为难。枢密使魏仁浦进言说："将军是国家大臣，功名卓著，如今手握强兵，镇守重镇，却被小人诬陷，这哪里是三言两语能自解的？事已至此，怎么能坐以待毙呢？"翰林天文赵修己也在一旁接口说："将军这样死去一点没有价值，不如顺从众人的请求，驱兵南下，天意如此，将军就不要拒绝了！"于是郭下定决心，留下养子郭荣镇守邺都。

郭荣本来姓柴，他的父亲名叫柴守礼，是郭威妻子的侄儿。他天姿聪明，为郭威所喜爱，就把他收为义子。汉廷命郭荣为贵州刺史，而郭荣却愿意跟随义父，所以就没有到贵州赴任，留在邺城，担任牙内都指挥使，遥领贵州。郭威见邺都有人留守，于是命郭崇威为前驱，自己与王峻带领部众，向南进发。路过澶州时，李洪义、王殷，来到郊外接见，王殷对郭威痛哭一场，愿意举城归降郭威，于是带着部众跟着郭威渡河。路上抓到一个间谍，审讯之后，得知他叫鸢脱，是汉宫中的一个侍卫，受了汉主的命令，前来打探邺军的情况。郭威大喜道："我正要劳烦你回去奏闻朝廷。"当下命随从的文官起草一封文书，放在鸢脱的衣领中，让他回去代为启奏。文书中说：

臣郭威进言：臣发迹寒贱，得遇圣明，又富又贵，实在超过了平生所望，现在只想一心报国，哪里还敢有别的想法！前几天忽然接到诏命，令郭崇威等人杀臣，臣当时就想领命受死，而诸军却不肯行刑，逼臣带兵前往京城，令臣在朝堂上请罪，并且说先前的事，一定是陛下左右的奸臣所为！现在鸢脱来此，真是上天相助，使臣得以表明心迹。臣三五天就能赶到京城，陛下要是认为臣有欺天之罪，臣哪敢惜死。如果这时有奸臣从中作祟，请陛下将他们绑送到军前，以快三军之意，则臣虽死无恨了！谨托鸢脱附奏以闻。

郭威将鸢脱遣归后，率军继续赶路。到了滑州，节度使宋延渥的妻子是高祖的女儿永宁公主，他见自己不是郭威的对手，只好开城迎接郭威。郭威入城后，拿出府库的财物，犒赏将士，并申告说："主上被奸臣迷惑，诛戮功臣，我这次来实在是逼不得已。但是以臣拒君，终究不对，我日思夜想，更加觉得惭愧。你们的家都在京师，不如遵照先前主上的旨意将我诛杀，我死而无憾！"诸将应声说道："国家有负将军，而将军却没什么对不住国家的，请将军马上行动，千万不要迟疑！安邦雪怨，正在此时！"郭威这才无话可说。王峻却私下里对军士们说："我得到郭公的许可，等进京以后，听任你们掠夺十天！"众人听了，更加踊跃，怂恿郭威马上进兵。于是郭威便与宋延渥一同离开滑城，直趋大梁。

当时汉廷的君臣早就听说郭威率军南来，打算发兵抵御。正巧慕容彦超与吴虔裕应召入朝。汉主承祐随即与他们商量发兵事宜，慕容彦超力请出师。前开封尹侯益也位列朝班，站出来说："邺都军兵强马壮，势不可挡，我们应该闭城坚守，挫他锐气！臣想邺都并将的家属大多在京师，最好是让他们的母亲妻子登上城楼招降他们，这样就可不战而胜了！"慕容彦超回答说："这是懦夫的愚计！叛臣入犯，理应发兵声讨，侯益年纪大了，不足与其商量大计！"汉主承祐说："慎重也有好处，朕就命你们一同前行吧！"于是命侯益与慕容彦超、阎晋卿、吴虔裕以及前鄜州节度使张彦超，率领禁军赶赴澶州。

诏书刚刚颁下，鸢脱刚好回朝，他报称郭威大军已经到了河上，并拿去郭威的奏折，呈给汉主。承祐看过文书后，又怕又悔，连忙召宰臣们前来商讨。窦贞固首先开口说："先前的急变，臣等实在没有事先等到消息。既然已经除去了三逆，为什么要连累外藩呢？"承祐也叹息说："先前这件事太过鲁莽，事到如今，说什么也没用了。"李业在一旁抗声说道："前事不要再提了！如今叛兵逼近，总应该出兵截击，请打开国库，拿出所有的财产犒赏兵马，重赏之下必有勇夫，何必担心呢？"苏禹珪驳斥李业说："国库用完了，那平时国家的开销敢怎么办？臣认为这办法不行！"这语一出，急得李业头上青筋暴起，向苏禹珪下拜道："相公暂且先保全天子，不要爱惜库资了！"于是打开国库，取出钱财，分赐给禁军，每人二十缗，下军十缗。所有邺军的家属，也仍加抚恤，让他们给自己家人通信，诱降他们。

不久，接得紧急军报，说是郭威大军已经到了封邱，封邱距都城不过百里。宫廷内外，得到这个消息后，都十分震惊。李太后在宫中知道后，不禁流着泪说："先前不听李涛的话，应该受祸，现在后悔也来不及了！"承祐也很觉不安。唯独慕容彦超自恃骁勇，入朝奏请道："先前因叛臣郭威已经到了河上，所以陛下收回前命，留臣宿卫。臣看北军如同蝼蚁一般，当为陛下生擒贼首，请陛下不要忧虑！"承祐慰劳一番，命他出朝候旨。慕容彦超退出时，碰见聂文进，就问他北来士兵的数量以及将校的姓名，聂文进大概说了一下，慕容彦超听后，这才大惊失色地说："像这样的巨贼，真倒不能轻视啊！"

不久有朝旨颁出，命慕容彦超为前锋，左神武统军袁艾、前邓州节度使刘重进与侯益为后应，出兵抵御郭威。慕容彦超随即领军出都，在七里店驻营，掘堑自守，用美酒和女人来犒赏军士。袁艾、刘重进、侯益也出都出城驻扎在赤岗，两支兵马等了半天，并没见到邺军到来。后来天色已晚，两支队伍各退守都城。第二天又出兵，到了刘子坡，与邺军相遇，彼此安营扎寨，按兵不战。

承祐打算亲自前去犒军，禀明李太后。太后说："郭威是我家的故交，如果不是有生命危险，不至于这样！你只需守住都城，飞诏慰谕。郭威必然有所请求，我们能答应就答应，答应不了就再跟他理论了。那时君臣名分还能保全，千万不要轻易地到军中去啊！”承祐不听，出召聂文进等人随驾，竟然前往军中去了。李太后又派遣内侍告诫聂文进说：“贼军就在眼前，千万要小心啊！”聂文进回答说：“有臣随驾，万无一失，就算有一百个郭威，我都能全部抓回来！太后何必多心！”内侍离开后，聂文进就护着车驾来到七里店，汉主下车慰劳了慕容彦超，在营中呆了好半天，到了傍晚，见南北两军仍然按兵不动，于是起驾回宫了。慕容彦超送承祐出营，又扬声说：“明天如果陛下宫中无事，就请再到臣的营寨来，看臣破贼！臣实在不必与他们交战，只需要断喝一声，那贼众自然逃散了。”。承祐非常欣慰，安心回到宫中酣睡去了。

第二天一早，汉主用过早膳，又想出城观战。李太后连忙前来劝阻，可是却禁不住少年豪兴，一定要自去督军。到底慈母无威，只好眼睁睁地由他自去。承祐率侍从出城，忽然御马无故失足，差点将乘舆掀翻。幸亏侍从人多，急忙将马缰勒住，才安然无恙，得以继续前行。到了刘子坡，汉主立马与高坡之上，看双方交战。南北大军各出营列阵，郭威下令道：“这次来是清君侧，并不敢与天子为敌。如果南军未曾来攻，你们也不要轻举妄动！”

话刚说完，突然听到南军阵内鼓声一震，那慕容彦超引着轻骑跃马前来。邺军指挥使郭崇威与前博州刺史李筠也领骑兵出战。两下相交，喊声震地，打了数十个回合，不见胜负。郭威又派前曹州防御使何福进、前复州防御使王彦超领精骑出阵，横冲南军。慕容彦超猝不及防，突然被突入，眼见得人仰马翻，不可遏制，自己仗着勇力，上前拦阻。可是肉体身躯怎禁得铁骑纵横，劲气直达，只听“扑喇”一声，竟将慕容彦超战马撞倒，邺军一齐上前，来捉慕容彦超。幸好慕容彦超跳起得快，改骑别的马，再想督战，可是一看左右，见敌骑已经围了上来，他担心陷入重围，索性赶紧逃命，于是纵马冲出，引兵退去，部下死了一百多人。汉军里面，全仗着这位骁勇的慕容彦超，见慕容彦超败退，将士们纷纷丧气，陆续归降北军。侯益、吴虔裕、张彦超、袁艾、刘重进等人纷纷归附郭威，郭威军势大振。慕容彦超见大势已去，只好带着几十个骑兵奔向兖州去了。郭威料知汉主形势孤危，对宋延渥说：“如今兵荒马乱，天子危急，你是皇亲国戚，可率牙兵前去保护车驾。见到天子后，请面奏主上，请他马上到营中，免得发生意外！”宋延渥奉命后，急忙引兵赶往汉营，可是乱兵纷纷而来，挡住了他的脚步，只得半路折了回来。

这天晚上汉主承祐与宰相从官几十个人，留宿在七里寨。吴虔裕、张彦超等人相继逃走，侯益也偷偷跑到郭威大营，自请投降，剩下的士兵失去了统帅，当然四散溃逃。到了天明，汉主承祐起床一看，只剩得一座空营，慌忙登高北望，只见邺营高悬旗帜，烨烨生光。将士出入营门，非常雄壮，不由得魂飞天外，当即策马下岗，加鞭跑了回来。走到玄化门，大门已经紧闭，城上站着开封尹刘铢，厉声对他喊道：“陛下回来，怎么没有兵马呢？”承祐无话可答，回头看着自己的随从，想要让他代替自己答话。可是突然听到弓弦声响，汉主急忙闪避，可那随从已经应声倒地，吓得承祐肝胆俱裂，回马乱跑，向西北方向逃去了。苏逢吉、聂文进、郭允明等人也跟着一起跑，一口气跑到赵村。后面尘图大起，人声马声，杂沓而来，承祐料有追兵，慌忙下马，想到百姓家暂时躲避，没想到背后突然刺入一刀，疼得他难以忍受，一声狂号，倒地而亡，享年仅仅二十岁。正是：

主少由来虑国危，况兼群小日相随；

将军降敌君王走，剚刃胸中果孰悲！

第四十六回 郭威进京

却说汉主承祐逃入赵村，背后忽然被刀刺入，当场倒地身亡。读者你说这一刀是谁刺的呢？原来就是茶酒使郭允明。他见后面追兵赶了上来，以为是邺都的将士，于是想弑主建功，恶狠狠地下此毒手。不料追兵靠近后，他仔细一看，并不是邺军，而是汉主承祐的亲兵，前来护卫。郭允明这才明白自己弄错了，心里一急，便把弑主的刀子向自己的脖颈上一横，也当场倒毙。苏逢吉想要逃走，偏偏前面有一个人挡住了去路，只见他浑身血污，面色恐怖，仿佛鬼魂。模糊辨认，发现正是是被他害死的太子太傅李崧。这一吓非同小可，顿时心胆俱碎，跌落马下，立即毙命。唯有聂文进逃了一程，被追兵赶上，乱刀狂砍，分成了几段。李业、后匡赞还留在城中，他们听说北郊兵败，就从宫中夺取金宝，藏入怀中，混出城外。李业奔逃陕州，后匡赞奔逃兖州。阎晋卿在家自尽，都中大乱。

郭威得到汉主被弑的消息，放声痛哭。将佐们都入帐劝慰，郭威边哭边说："我早晨出营巡视，还望见天子的车驾停在高坡，正想下马脱去甲衣去迎接天子，偏偏车驾已经南去，我还以为他是回都休息了，没想到被奸贼所弑，怎么能不悲呢？细想起来，实在是老夫的罪孽啊！"将佐们说："主上失德，应有此变，跟将军无关，请将军马上入都平乱，以保国安民！"郭威这才收泪，率军入都，刚到玄化门，见刘铢仍然在那里拒守，箭如雨下，于是大军转向迎春门，门已大开，难民载道。郭威无心顾及，纵马驰入，先到自己的府上探望，只见门庭还在，就是人物两空，他料到家人已经遇害，忍不住又流下几滴悲痛之泪。他一气之下，派遣何福进守住明德门，纵兵四掠，可怜满城的屋宇，受尽铁蹄的蹂躏。邺都兵马进城后，毁宅纵火，杀人取财，闹得一塌糊涂，不可收拾。前滑州节度使白再荣，闲居在私第，被乱兵闯了进去，将他捆住，尽情劫掠。将他们家的财物全抢走后，又对白再荣说："我们曾经都是你的部下，如今却这么今无礼，以后也无颜见到大人了。大人不如把头颅也给我们吧！"说完，便拔刀剁下了白再荣的头，扬长而去。

吏部侍郎张允，家资百万，为人却非常吝啬，即使妻子儿子，也不肯妄动一分钱。甚至家中所有的箱笼的钥匙，全都悬挂在衣间，好像妇人家的环佩一样，走起路来，叮当作响。此时兵荒马乱，他只好躲藏在佛殿中，他担心被人找到，特地钻到重檐下面的夹板之中，像老鼠一样匍匐在里面。无奈乱兵不肯放过他，先是到他家中拷问题的妻子，逼迫他们说出他的去向，然后来到佛殿搜寻，四处寻找，还是没发现踪迹。于是乱兵登上重檐，从夹板中窥视，果然发现有人在里面趴着，当即用手牵扯。张允还不肯出来，拼死相拒。一边躲，一边扯，两下里用力过猛，那夹板却不怎么坚固，竟然脱落，连人带板，掉了下去。乱兵如狼似虎，将张允抓住，把他的衣服剥下，连同钥匙一起取走了。张允这时跌得鼻青脸肿，不省人事。渐渐地苏醒过来，开眼一望，只剩下自己一个赤裸裸的身子，又痛又冷。他发现钥匙也被抢走后，急着想走出佛殿回家，可是手又不能动，脚也不能迈，正在悲惨的时候，幸好家人找来了，将他抬了回去。一进家门，急忙问妻子家中的情况，听到多年的积蓄都被抢夺一空的时候，"哇"的一声，鲜血直喷，不到半天，就呜呼哀哉了。

乱兵越抢越凶，夜以继日，满城烟火冲天，号哭震地。右千牛卫大将军赵凤看不过去，挺身而出说："郭侍中举兵入都，是为了锄恶安良，这些鼠辈竟然竟敢浑水摸鱼，与乱贼有什么区别？难道郭侍中的本意是让他们这样吗？"于是他拿起弓箭，带着几十名士卒，来到巷口，踞坐在那里。遇到乱兵劫掠，当即与从卒用弓箭射过去，射死了好几个人，巷中的民居，这才得以保全。第二天早上，郭崇威对王殷说："士兵的骚乱太严重了，如果再不阻止剽掠的话，再过一天，大梁就要变成一座空城了！"于是向郭威请命，严行部署，命将领分道巡城，严令士兵不得再加剽掠，违令者立斩。兵士们都仗着先前劫掠十天的约定，不肯罢手，等看到市曹挂着几个士兵首级的时候，才稍稍收敛，回到大营，当时已经到了傍晚了。

郭威和王峻入宫，向李太后问安，李太后那时已泣不成声。可是事已至此，已经无法挽回，不得已出来慰抚郭威等人。郭威面请太后，以后的军国重事必须有太后的教令才能施行。太后也不多说，只命郭威为故主发丧，然后另外选择嗣君。郭威唯唯听命，出宫后，他命礼官到赵村检验故主的尸骸，妥善棺殓，移入西宫。郭威的部下都争议着用什么规格的丧礼才合适，有人说应该按照三国时魏曹髦被废位高贵乡公的先例来办，以公礼下葬。郭威叹息说："祸乱太仓促了，我们不能保护天子，已经有很大的罪过了，怎么还敢贬低君主呢？"于是择日举哀，命前宗正卿刘皞支持丧礼，并秉承太后的命令，宣召百官入朝，商议后事。

太师冯道，为人非常老成，其实最为无耻，他率领百官入见郭威。郭威倒还下阶参拜，冯道居然受拜，跟往常一样，并慢慢地对他说："郭侍中这一行，也算是不容易啊！"郭威听了这话，不禁变了脸色，半天才恢复原状。他粗略看了一下百官，大都都在，唯独不见窦贞固、苏禹珪两位宰相。当即询问冯道，才得知这二人从七里寨逃回后，躲在家里，不敢出来。郭威当下派人去召，二人不敢拒绝，只好入朝。郭威仍然一副好脸色的与他们叙旧，请他们照常办事，这才将他们二人的忧虑一概扫除。

于是大家在一起商议，议定这次祸乱的罪魁祸首是李业、阎晋卿、聂文进、后匡赞、郭允明等人。阎、聂、郭三人已经死了，李业、后匡赞在逃，还有权知开封府事刘铢、权判侍卫府事李洪建也属于从犯，人还留在都城，立即派兵前去逮捕。这二人被抓住后，把打入狱中。冯道乘机进言说："国家不可一日无君，明天应该禀明太后，请她定夺！"百官当然赞同，郭威也不能不答应。事情基本议定后，已经到了黄昏，大家这才退朝散归。第二天一早由郭威会同冯道，到明德门等候太后接见，好奏陈军国大事，并太后早立嗣君。太后将冯道召进入商量了好半天，才由冯道带着教令，出宫宣告道：

懿维高祖皇帝，翦乱除凶，变家为国，救生民于涂炭，创王业于艰难，天下刚刚平定，就匆匆升天！枢密使郭威、杨邠，侍卫使史弘肇，三司使王章，亲承顾命，辅立少君，协力同心，安邦定国。但是不久四方多事，三叛联兵，吴蜀内侵，契丹挑衅，百姓惊慌，宗社倾危。郭威授任专征，带兵进讨，亲冒矢石，尽扫烟尘，外寇荡平，中原安宁。后来，又因为强敌未尽扫，边塞多艰，依赖重臣郭威，往临邺都，使得疆场以修藩篱之固，朝廷以宽宵旰之忧。没想到奸臣连谋，小人得志，密藏锋刃，突发殿廷，先杀害忠良，才奏闻于少主，无辜受戮，有口称冤。随后，他们又派出使臣，假传宣命，谋害枢密使郭威、宣徽使王峻、侍卫步军都指挥使王殷等人。人知无罪，天不助奸。如今郭威，王峻，澶州节度使李洪义，前曹州防御使何福进，前复州防御使王彦超，前博州刺史李筠，北面行营马步都指挥使郭崇威，步军都指挥使曹威，护圣都指挥使白重赞、索万进、田景咸、樊爱能、李万全、史彦超，奉国都指挥使张铎、王晖、胡立、弩手指挥使何赟等人，率领义师，来安社稷。逆党皇城使李业，内客省使阎晋卿，枢密都承旨聂文进，飞龙使后匡赞，茶酒使郭允明，胁迫君王于大内，出战于近郊，等到计穷力竭，实行弑逆，冤愤之极，今古未闻。如今凶党已经除去，群情共悦。神器不可以无主，皇位不可以久旷，当务之急，应马上选择贤君，以安天下。河东节度使刘崇，许州节度使刘信，都是高祖的弟弟；徐州节度使刘赟，开封尹刘承勳都是高祖的儿子，都在当选之列，文武百官，商议选择合适的人，嗣承大统，毋再迁延！特此谕知。

教令宣读完毕后，郭威等人与百官退入朝堂，择选嗣君。郭威倡议道：“高祖有三个儿子，如今只剩下前开封尹刘承勳，现在要选择嗣君，除了他最合适还能选谁？”大家齐声说：“这是不易的至理，我们都没有疑问！”郭威说：“既然大家意见统一，那我们入禀太后就是了。”随即率着众人出朝，再到明德门，来到万岁宫，面见李太后，请立刘承勳为嗣君。李太后说：“承勳按道理应当册立，名正言顺，可是他自从卸任开封尹后，久患重病，不能起床，怎么办？”郭威回答：“能否让大家看一看病情？”太后说：“这有什么不可的？”于是命左右入内，将承勳抬了出来，让众人看，大家看承勳奄奄一息，这才无话可说。

郭威对王峻说：“这可怎么办啊？”王峻说：“看来只好迎立徐州节度使了。”郭威沉吟了半天，才慢慢回答：“还是跟百官商议一下再说吧。”于是他们又出了明德宫，再到朝堂，当下询问大家的意见，大家都同意立刘赟。郭威也不便反驳，但是淡淡地说：“时候不早了，我们也不好再进宫去叨烦太后了，看来只好上表奏闻了。”大家又应声说：“很好！很好！那就请侍中草表就是了。”郭威应声而出，大家慢慢散回。郭威回到府上，便命书记草表，草成后，由郭威审阅，不是很满意，让他修改一遍，还是不满意，没办法只好将就了事。

第二天入朝，百官都已在列，由郭威取出表文，推冯道为首，自己与百官陆续署名，完毕后，便命内侍呈给太后看。不久便得到太后教令，召入冯道、郭威，同意他们的提议。太后命冯道代撰教令，择日往迎。冯道是个著名的圆滑人物，他料到这次迎立刘赟并不是郭威的本意，所以不如这把这件事推诿出去，较为妥当，省得得罪郭威，于是他跑去禀报太后说：“迎立新主，必须事先商定礼仪，就是教令也得斟酌，等臣与郭威商定之后，再行奏闻吧。”太后点头称是。冯道与郭威便告辞而出，冯道边走边说：“郭侍中的幕下人才很多，所有的教令礼仪，请侍中酌定才是。”郭威笑道：“太师何必过谦呢。”冯道皱着眉头说：“我已经老了，前日的教令太后命我起草，我搜肠刮肚，勉强写成，这次就饶了我吧。”郭威说：“我一介武夫，不通文墨，幕下也没什么文学能人，不过我记得我出征河中时，每次接到朝廷的诏书，文笔精炼，非常合适。当时我问明朝使，得知是出自翰林学士范质的手笔，不知他现在还在不在都中？”冯道说范质还没回乡，应该还在都中，郭威大喜道：“等我前去访求就是了。”于是分路而行。

时值隆冬，风雪漫天，郭威冒雪前进，到处访问，终于探访到了范质的住址。于是登门拜访，二人相见恨晚。郭威当即脱下自己穿的紫袍，披在范质的身上，范质当然拜谢。郭威邀请他入朝，替太后代作教令。范质问前代的先例，太上皇的传话按例称为诰，皇太后的话称为令，现在是不是还遵照古制。郭威回答说：“现在国家无主，凡事须听太后的裁断，不妨就称为诰吧。”范质随即应命，提笔作了诰文，一挥立就。诰曰：

天未悔祸，丧乱弘多。嗣主幼冲，群凶蔽惑，构奸谋于造次，纵毒虿于斯须。将相大臣，连遭受戮，股肱良佐，无罪见屠，路上的行人都为之嗟叹，朝野上下都为之扼腕。我高祖披荆斩棘创下的基业，将坠毁于地。幸赖大臣郭威等人，激扬忠义，拯救颠危，除恶蔓以无遗，才是国家不绝。宗祧事重，缵继才难，既闻将相之谋，复考蓍龟之兆，天人协赞，社稷是依。徐州节度使刘赟，禀上圣之资，抱中和之德，先皇视之如子，钟爱特深，固可以庇护天下，君临万国，应当命所司择日备法驾奉迎，即皇帝位。神器至重，天步方艰，致理保邦，不可以不敬，贻谋听政，不可以不勤，允执厥中，祇膺景命！

读者看过以前的章节，就知道刘赟是刘知远的养子，并不是亲生的。到底他的生父是谁呢？原来就是河东节度使刘崇。刘崇是刘知远的弟弟，刘赟是刘知远的侄儿，刘知远非常喜爱刘赟，就把他引为自己的儿子。郭威将诰文给大臣们看，大家都同声赞美，没有改动一个字。当由郭威上奏太后，请派遣太师冯道和枢密直学士王度、秘书监赵上交，一起赶往徐州，迎接刘赟入朝。太后当即批准，颁下了诰令。

冯道得到诰文后，又不免吃惊，沉思良久，竟然跑去见郭威说：“我已经老了，怎么还派我去徐州啊？”郭威微笑着说：“太师的勋望与众不同，这次出迎嗣君，如果不让太师作为领袖，谁还能胜任呢？”冯道应声说：“侍中这么做，果真出自诚心的吗？”郭威怅然说：“太师不要疑心，皇天在上，我郭威真的没有异心。”冯道于是与王度、赵上交，一同出都南下。路上冯道越想越不对劲，便对这二人说：“我平生说话一向很谨慎，可是如今却错话连篇，真是糊涂了。”

郭威将冯道等人送出都城后，又带着群臣上禀太后，说是嗣皇到京城还需要些日子，先请太后临朝听政。太后允许，立即颁下诰命，仍是翰林学士范质的手笔。诰命说：

前番因奸邪作祟，乱我邦家，幸好勋德效忠，得以翦除凶恶。俯从人欲，已立嗣君，宗社危而复安，纪纲坏而复振。皇帝法驾未至，而庶事繁多。百官上言，请予临政，宜允众议，权总万机，仅此十天，即复明辟。此诰！

李太后既然同意听政，当然首先要赏赐功臣，升王峻为枢密使兼右神武统军，袁艾为宣徽南院使，王殷为侍卫马步军都指挥使，郭崇威为侍卫马军都指挥使，曹威为步军都指挥使。而三司的事宜，暂且命陈州刺史李穀充任。

就在这时，朝廷忽接到兖州的奏牍，说是节度使慕容彦超已经拿住了前飞龙使后匡赞，押送到了东都，特地奏闻朝廷。后匡赞到了京城，郭威便命人将他押送法司，与刘铢、李洪建二犯，一并审讯，定罪之后便行刑。经过法司呈入案卷，说后匡赞与苏逢吉、李业、阎晋卿、聂文进、郭允明等人密谋，令散员都虞侯奔德等人下手，杀害杨邠、史弘肇、王章，证据确凿。刘铢、李洪建党附李业等人，屠害将相家属，也证据确凿，罪应诛杀。只是李业在逃还没有抓获，应该发檄文到陕州，勒令节度使李洪信马上捉拿李业，将他送到京城，并案正法。于是郭威派人到陕州，勒令李洪信交出李业。李业当时之所以投奔陕州，是因为陕州节度使李洪信是李业的堂哥，所以才去投靠他，李洪信知道李业闯祸了，不敢收留他，让他逃往别的地方。李业又向西奔往晋阳，路过绛州时，被强盗盯上了，见他身上有许多财宝，便将他杀害，抢走了金银。李洪信听说郭威带着兵马进京后，担心连坐，便派人追捕李业，得知他被强盗所杀，于是派人报告朝廷。派去的人与朝廷的使者在路上相遇，两人一并入都，报知郭威。于是这件事情的主犯算是全部伏法，郭威全案奏闻太后，太后当然批准。

先前刘铢被抓时，刘铢对妻子说："我死后，你也要成为别人的奴婢了。"刘妻哭着说："这一切都是拜君所赐，正应该有此报应。妾因为你而受罪，恐怕不只是做奴做婢那么简单，搞不好要一起斩首呢！"刘铢听了，无话可说，当即被官吏带走，送到监狱。而他妻子的话正巧被郭威听说了，郭威觉得她很可怜，于是派人到监狱替自己斥责刘铢说："我与你同事汉室，难道就没有一点交情吗？屠灭家属，虽然是主上的命令，你为什么就不能留一线情分，就忍心屠戮我的全家吗？敢问你家里有没有妻儿呢，现在也应该知道顾念了吧？"刘铢知道自己必死无疑，便硬着嘴巴说："我当时只知道为了汉室，不想考虑别的，如今落到你的手里，要杀要剐，悉听尊便，还有什么好说的！"使人回去报告郭威。郭威听后，非常恼怒，便下令杀死他的儿子，但释放了刘铢的妻子。王殷的家属，先前由李洪建保全。王殷多次向郭威求情，希望能免李洪建一死，郭威却不同意，只赦免了他的家属。刘铢、李洪建、后匡赞，同日处斩，并将苏逢吉、阎晋卿、郭允明、聂文进枭首，悬挂在市曹。这时突然接到镇、邢二州的急报，说是辽主兀欲发兵深入，屠封邱，陷饶阳，乞求立即调师出援。郭威于是入禀太后，太后随即命郭威统师北征，国事暂且委任窦贞固、苏禹珪、王峻，军事委任王殷，授翰林学士范质为枢密副使，参赞机要。郭威即于十二月初一，率领大军从都城出发。走到滑州，见到徐州来使，原来是奉了刘赟的命令，命他来慰劳诸将。诸将见郭威的脸色好像有些生气，便面面相觑，不肯拜命，并私下里互相说道："我们屠陷京师，难辞其咎，要是刘氏复立的话，我们还有活路吗？"郭威听后，做出好像很吃惊的样子，立即把许州来的使者打发回去，带着军士赶赴澶州。

当时正值晴天，一路上冬日荧荧，景色十分美丽。诸将乘势阿谀，说郭威的马前有紫气拥护。郭威假装没听见，驱兵渡河，进入澶州住了下来。第二天一早，吃过早餐后，又下令起行。忽然听得军士大噪，声如雷动，他却不慌不忙，返身回到室内，将门关上。军士跳墙进来，向郭威面请道："天子还得由侍中自己来当才好，大家已经与刘氏成了仇人，不愿意再立刘氏的子弟了！"郭威还没回答，军士们就将郭威围住，前簇后拥，又有人扯裂了黄旗，披在郭威的身上，争呼万岁。郭威没法禁止，一时弄得很仓皇。等到众人的声音稍微安静下来后，这才宣布说："你们不要再喧哗了，想要我还朝，也得奉汉室宗庙，谨奉太后，并且不得骚扰人民！如果听我的，我就回朝，不然我宁死不从！"众人齐声说道："愿从钧谕！"郭威于是率众南还，沿途禁止军士喧扰。

到了河边，河里的冰刚刚融化，需要修筑浮桥，才能渡河。郭威命军士先驻扎一晚，等明天一早再筑桥渡河。到了半夜，北风大起，天气突然冷了下来，第二天一早到河边一看，河里的冰已经十分坚固了，大家当即拥护着郭威南渡，人们称为凌桥。人马刚刚到了对岸，大风就停止了，河里的冰也慢慢融化了。正是：

入都报怨揽权威，北讨南侵任手挥；
岂是天心真有属，凌桥特渡雀儿归！

第四十七回 郭雀儿兴周

却说枢密使王峻、马步军都指挥使王殷本来是郭威的心腹，他们听说澶州兵变，料定郭威必定拥兵南还，自立天子，于是当即派马军指挥使郭崇威，率骑兵七百人，赶赴宋州，表面上说是保护刘赟，其实暗中加害他。郭崇威出发后，王峻便和王殷、窦贞固等人商议，前去迎接郭威。窦镇固、苏禹珪两为宰相，本就庸懦得很，况且手上又没兵权，怎么敢跟郭威对抗呢？没办法只好答应下来。正巧郭威派人来到，奉上一封信笺给李太后，说他被诸军强迫，班师南归，军士们一致拥戴他为皇帝，他始终不看忘怀汉恩，愿意事汉宗庙，如母亲一般侍奉太后等话。王峻等人随即将信笺呈上，试想一介女流多次经过巨变，只能在宫中偷偷哭泣，一点别的办法都没有。窦贞固、苏禹珪已经和王峻、王殷等人出了都城，来到七里店，迎接郭威。郭威一到，他们随即在路旁卑躬屈膝，争相叩拜。郭威还是下马与他们相见，共叙寒暄。说了几句客套话后，便由窦贞固等人捧出一篇劝进表递给郭威，朝中所有官员全都在上面签了名字。郭威喜形于色，可是表面上却很是谦逊，口口声声地说还没有接到太后的诰敕，不敢擅自即位。窦贞固等人又请郭威进京，郭威总是以没有接到太后的诰敕为由，不肯进城，只留驻皋门村。

这天晚上，窦贞固等人还朝，将情况报明了太后，也不知道他们使了什么手段胁迫太后的，竟然被他们取来了一道诰文，于第二天黎明，送到了郭威的军营，当着众人的面宣读诰文。诰文说：

枢密使侍中郭威，以英武之才，兼内外之任，翦除祸乱，弘济艰难，功业格天，人望冠世。如今军民爱戴，朝野推崇，宜总万机，以应群请。可即监国，中外庶事，并取监国处分，特此通告。

郭威拜受诰敕，立时就孤道寡起来了，他也弄了一道教令，传示官民。上面说：

寡人出自军戎，并无德望，因缘际会，得到宠灵。高祖皇帝创业之初，就把寡人当作心腹，高祖登上大位后，又将重权交付于我。当顾命之时，受忍死之寄，与诸勋旧，辅立嗣君。后来三叛联兵，四郊多难，奉命朝旨，委以专征，兼守重藩，抵御劲敌，敢不横身戮力，竭节尽心，以报国家！寡人希望得以肃清疆场，保安宗社！不料奸邪构乱，将相接连被诛，寡人这才率领义师，以清君侧。寡人志在安定刘氏，报效汉恩，推择长君以继承汉统，于是奏明太后，请立徐州相公，奉迎之人已经在路上、可是车驾还没来到都城，北面辽兵进犯，于是寡人奉命，带领师徒，前往掩袭。快要临镇，已渡洪河，十二月二十日，将要到达澶州，军情忽变，旌旗倒指，喊叫连天，将士们引袂牵襟，强迫寡人自立为主。寡人环绕而逃避无所，纷纭而逼胁愈坚。顷刻之间，安危不保。身不由己，只好屈从，于是马步诸军拥着寡人来到京阙。如今奉太后诰旨，以时运艰危，机务难旷，传令寡人监国，逊避无由，于是勉强遵受。寡人夙夜忧愧，所望内外文武百官，看在寡人忠忱的份上，指正寡人的不足之处，则寡人深感幸焉！布教四方，咸使闻知！

一年将过，转眼就是新年。郭威仍然留驻在皋门村，打算等新岁之后入都，即位改元，做一个新朝天子。那徐州节度使刘赟对此事还并不知晓，他命右都押牙巩廷美、教练使杨温留守徐州，自己与冯道等人向西赶来，路上的仪仗，非常烜赫，差不多跟天子出巡一样，左右都高呼万岁。刘赟得意洋洋，昂然前进，到了宋州，入宿府署。第二天一早刘赟起床，听到门外有人马的嘶喊声，不知发生了什么变故，匆忙出门登楼，从窗户往外俯视，只见许多骑士气势汹汹地环集在门外，为首的统兵将官，扬鞭仰望。刘赟觉得他英气逼人，便吃惊地问："来将是谁？为什么要在此喧哗？"话还没说完，就听得来将应声回答："末将是殿前马军指挥使郭崇威，眼下澶州兵变，朝廷特地派我来到这里保护车驾，并没有恶意！"刘赟回答说："如此说来，你先命骑士暂且退下，你上来见我！"郭崇威没有答话，只是低着头不说话。刘赟于是派遣冯道出门，与郭崇威叙谈了片刻，郭崇威这才下马入门，跟着冯道登上了楼，觐见刘赟。刘赟握着郭崇威的手，抚慰了几句话，然后就哭了起来。郭崇威见状，倒也有几分不忍，便安慰他说："澶州虽然有些变动，但是郭公仍旧效忠汉室，请你不要惊慌！"刘赟稍稍放心，彼此又说了几句话，郭崇威就下楼出去了。

徐州判官董裔入进见说："郭崇威此番前来，我看他的言行举止有些奇怪，一定有什么异谋。我听到谣传，都说郭威已经称帝，陛下还一股脑儿得深入前行，不免凶多吉少啊！陛下有指挥使张令超护驾，为什么不把他召来商量，晓以祸福，命他乘夜劫持郭崇威，夺去他的部众，然后向北逃往晋阳，到时与刘公召集大兵，再行东下。郭威此时刚刚入京，必定没有功夫派兵追击我们，这才是如今的上上之策啊！"刘赟听后，犹豫不决，董裔叹息着离开了。当晚，刘赟夜不安枕，辗转反侧，细细一想，觉得董裔的话很有道理。第二天一早，他宣召张令超，谁知那张令超已经被郭崇威所引诱，不肯进见，眼见大势已去了。

不久，冯道进来见刘赟，还带来了一封书信。这封信原来是郭威派人送给刘赟的，里面说了兵变的大致情况，并将冯道召回，留下王度、赵上交随同刘赟护驾回朝。刘赟也明知道郭威在骗自己，但一时又不好说破。冯道开口辞行，刘赟悲伤地说："寡人此来，只能仰仗着先生，先生身为三十年的旧相，老成望重，所以寡人对先生非常信任。如今郭崇威夺去了我的卫兵，危在旦夕，求先生帮我出出主意吧！"冯道支支吾吾地敷衍了几句，只说等回京之后，抚定兵变，再回来报命。刘赟的部将贾贞在一边，瞪着眼睛看着冯道，并举起佩剑向刘赟示意，刘赟摇头说："不得草率！这件事与冯公无关，不要怀疑他！"冯道乘势告辞离开，星夜赶回了京城。不久，即有太后的诰命传到宋州，由郭崇威拿给刘赟看，令刘赟跪拜接受。诰云：

当初枢密使郭威，志安社稷，议立长君。徐州节度使刘赟为高祖近亲，立为汉嗣，请自藩镇征赴京师。虽然诰命已下，可军情不许，天道在北，人心靡东，所以改变主张，重申分土之命。刘赟可降授为开府仪同三司，检校太师上柱国，封湘阴公，食邑三千户，食实封五百户。钦哉唯命！

刘赟接到诰命后，面色如土。郭崇威却毫不容情，立即强迫刘赟出居在外馆，不准他逗留在府署。董裔、贾贞为刘赟抱打不平，硬要与郭崇威理论。郭崇威竟然挥动部众，将这二人拿下，当场枭首。可怜这位湘阴公刘赟，鼻涕眼泪，流了一堆。没办法他只好迁居别馆，由郭崇威派兵监守，寸步难移。王度、赵上交，仍奉郭威的命令，召还都中。

王峻等人助纣为虐，又派遣申州刺史马铎率兵到许州，控制节度使刘信。刘信是刘知远的堂弟，曾任侍卫马军都指挥使。刘知远快驾崩的时候，杨邠等人将刘信迁到许州，不准他向刘知远辞别，刘信大哭一场便离开了。后来刘承祐嗣位，刘信还是担任原职。等到杨邠等人被诛杀，刘信召集将佐，开宴庆贺，并对他们说："我还以为老天无眼，让我三年不能进京，主上孤立，差点就落入贼人之手。如今幸好重见天日，贼臣被诛，乐得与诸公畅饮几杯了！"不久，邺都军进入京城，承祐被弑，刘信又惶急无计，食不下咽。后来他听说郭威要迎立刘赟，随即命儿子前往徐州奉迎刘赟。谁知一波未平，一波又起，马铎突然领兵到来，直入城中。刘信情急无奈，索性自尽了事，马铎随即派人回去复命。

王峻、王殷等人已经为郭威除去了两个后患，于正月五日迎接郭威入都，一面胁迫李太后下诰，把汉室所有国宝全都送给郭威，郭威敬谨受诰。诰云：

自古以来，朝代更迭，并不是出于一姓，而是传诸百王。莫不人心顺之则兴，天命去之则废。昭然事迹，著之典书。本朝连遭厄运，奸邪构乱，朋党横行，大臣冤枉以被诛，少主仓猝而及祸，人自作孽，天道宁论！监国郭威，深念汉恩，匡扶刘氏，既平定乱祸，又正定了颓纲。他正思固护于基业，择继嗣于宗室。然而军心尽归于西伯侯，讴歌不在于丹朱，六师竭力推戴之诚，万国景仰钦明之德。鼎革斯启，图箓有归。既得贤君，也是国家幸事。现特奉符宝授予监国，可即皇帝位。天禄在躬，神器自向，天命所归，永保兆民，敬之哉！

郭威受诰后，并接收了国宝，当即从皋门进入大内，穿上天子衮冕，登临崇元殿，受文武百官朝贺。苏禹珪、窦贞固以下，联翩入朝，舞蹈跪拜，山呼万岁。就是历朝元老冯太师也从宋州赶了回来，入殿称臣，参与朝贺。礼毕退班，即由新天子下诏道：

自古受命之君，兴邦建统，莫不上符天意，下顺人心。夏朝因为德行衰微，所以才有商朝建立，大汉衰落而有魏皇登基。朕早事前朝，久居重位。受遗命而辅政，哪敢忘却伊、霍之忠，仗钺临戎，又委以韩、彭之任。朕鞠躬尽瘁，焦思劳心，讨叛乱于河、潼，张声援于岐、雍，荡平大乱，初立微功。才旋师于关西，又统兵于河被，训练师旅，守护边境。朕忠心将身心交给国家，不让任何贼人毒害君父。外忧少息，内患突发。群小密谋，大臣遇害，栋梁崩塌，社稷将倾。朕那时正在藩镇，也遭到谗构。为逃万死于一生，率军赶赴京城，肃清君侧，斩四贼于九衢，幸安区宇。为延续汉祚，众人择立刘氏宗亲。诏命已发，可军情忽变。朕被众人所迫，无可逃避，被扶拥到京城，尊戴为主。再加上中外劝进，万民推崇。虽然勉强顺从众心，但临御实在有愧于心。改元建号，祇率旧章，革故鼎新，宜覃沛泽。朕本姬氏的远裔，虢叔之后昆，积庆累功，格天光表，盛德既延于百世，大命复集于眇躬。今建国宜以大周为号，可改汉乾祐四年为周广顺元年。自正月五日以前，天下的罪人，除开罪不可赦的人，全都赦免罪过。故枢密使杨邠、侍卫都指挥使史弘肇、三司使王章等人以劳定国，尽节致君，千载逢时，一旦同命，悲感行路，愤结重泉，虽然已经沉冤得雪，宜更伸于渥泽，并可加等追赠，备礼归葬，葬事由官府给予，子孙后代应当录用。其余同遭枉害者，也应该予以追赠。马步诸军将士等，戮力协诚，输忠效义，先是平定内难，后又推戴朕躬，言念勋劳，所宜旌赏。其原属将士等，各与等第，超加恩命，仍赐功臣名号。内外前任、现任文武官致仕官，各与加恩、如父母在未有恩泽者即与恩泽，已有恩泽者，更与恩泽；如亡没未曾追封赠者，更与封赠。天下州县所欠乾祐二年以前夏秋残税，并与除放。澶州官路，两边共二十里内，得除放乾祐三年残税欠税。河北沿边州县，曾经契丹蹂践处，豁免逋欠，如澶州同。凡天下仓场库务，宜令节度使专切钤辖，掌纳官吏，一依省条指挥，无得收 余秤耗。旧所进羡余物色，今后一切停罢。乘舆服御，宫闱器用，大官常膳，概从俭约。诸道所有进奉，只助军国之费，诸无用之物，不急之务，并宜停罢。帝王之道，德化为先，崇饰虚名，朕所不取。未必。今后诸道所有祥瑞，不得辄有奏献。古者用刑，本期止辟，今兹作法，义切禁非，宽以济猛，庶臻中道。今后应犯窃盗赃赃及和奸者，并依晋天福元年以前条制施行。罪人非叛逆，毋得诛及亲族，籍没家资。天下诸侯，皆有戚友，自可慎择委任，必当克效参裨。朝廷选差，理或未当，宜矫前失，庶叶通规。其先时由京差遣军将，充诸州郡都押牙，孔目官，内知客等，并可停废，仍勒却还旧处职役。近代帝王陵寝，令禁樵采，唐庄宗、明宗、晋高祖诸陵，各置守陵十户，汉高祖陵前，以近陵人户充署职员及守宫人，时日荐飨，并旧有守陵人户等，一切如故。仍以晋、汉之胄为二王后，委中书门下处分。值景运之方新，与天下为更始，兴利除弊，一道同风，朕实有厚望焉！此诏。

第二天，郭威再次视朝，派前曹州防御使何福进暂且任许州节度使；前复州防御使王彦超提拔为徐州节度使；前澶州节度使李洪义暂且任宋州节度使。又过了一天，赠前朝汉太后尊号，称为昭圣皇太后，徙居西宫。命有司择日为故主发丧，丧期已定，周主郭威亲至西宫成服。祭奠举哀，辍朝七天。禁止坊市音乐。追谥故主为汉隐帝，并遵循古制，殡灵七月后，才派遣前宗正卿刘皞，护着灵车，备着仪仗，送到许州安葬。五代中汉代享年最短，先后只有两个君主，仅仅四年。汉前开封尹刘承勳，也于这年去世，由周主追封为陈王。汉太后又活了三年，于显德元年在宫中病逝，祔葬于汉高祖陵，这也不用多说。笔者先前在叙述郭威的时候，只说了他的官爵和功勋，并没有谈到他的履历和籍贯。这次郭威称帝，追尊四代，也应该将他少年的家世补叙明白。

郭威本是邢州尧山人，父亲叫郭简，曾为晋朝顺州刺史，死于兵变之中。郭威当时只有几岁，跟着母亲王氏逃往潞州，母亲却死在了半路，幸好有姨母韩氏照料抚育，这才得以长大成人。潞州留后李嗣源的儿子李继韬招募壮士，郭威那时正好十八岁，住在故人常氏的家中。他听到消息后，应召入伍。郭威生性刚烈，不肯居人之下。李继韬喜爱他的勇敢，就算他违法犯禁，也总是给予特别宽待。郭威曾在街市上游逛，见一个屠夫嚣张跋扈，众人都很害怕他，不由得愤怒起来。他走到屠夫面前，说要买肉，屠夫割的肉稍不如他的意，他就横加呵叱，其实就是来找茬。那屠夫也不是好惹的，他光着膀子指着自己的肚皮对他说："借你两个胆子，你敢杀我吗？"话还没说完，就被郭威一刀刺入胸膛。市民非常震惊，拉着郭威去见官。李继韬不忍心杀他，偷偷将他放走了。后来，他的一个叫李琼的朋友，给了他一本《阃外春秋》的兵书，他这才开始读书，慢慢对兵法有所了解。后来，他娶了同乡的女子柴氏为妻，柴氏家境殷实。她把自己的嫁妆全都变卖，换成钱后交给郭威，让他再去参军。于是郭威又投靠到后汉高祖的麾下，屡立战功，慢慢发迹，最后取代汉朝，称帝建国。

郭威做了皇帝后，追尊了祖上四代。追尊高祖郭璟为信祖，高祖母张氏为睿恭皇后；追尊曾祖郭湛为僖祖，高祖母申氏为明孝皇后；追尊祖父郭蕴为义祖，祖母韩氏为翼敬皇后；追尊父亲郭简为庆祖，母亲王氏为章德皇后。夫人柴氏早逝，追封为皇后，尊谥号圣穆皇后。继室杨氏也早早病逝，又曲继室张氏，郭威出镇邺都时，把张氏留在了京师，被刘铢所杀。郭威的儿子青哥、意哥；侄儿守筠、奉超、定哥；孙祖宜哥、喜哥、三哥，同时被杀。周主顾念前情，追封继室杨氏为淑妃，张氏为贵妃；儿子青哥赐名为侗，追赠太保；意哥赐名为信，追赠司空；守筠改名为愿，追赠左领军将军；奉超赠左监门将军；定哥赐名为逊，赠左千卫将军；宜哥赠左骁卫大将军，赐名为谊；喜哥赠武卫大将军，赐名为诚；三哥赠左领卫大将军，赐名为諴。除了追赠家属之外，又进封故人和功臣。高行周进位尚书令，仍封为齐王；安审琦封南阳王，符彦卿封淮阳王，遣归原镇。王殷加同平章事职衔，充任邺都留守，典军如故。前太师冯道为中书令弘文馆大学士，以司徒兼门下侍郎同平章事。前宰相窦贞固为侍中，兼修国史，苏禹珪守司空平章事。此外各自晋爵不等。追封杨邠为恒农郡王，史弘肇为郑王，王章为琅琊郡王，召还郭崇威，任为洋州节度使，兼检校太保；曹威为荆州节度使，兼检校太傅，各领军如故。郭崇威避周主的讳，省去"威"字，叫作郭崇；曹威改名曹英。皇养子郭荣听说邺都由王殷把守，上表请求入觐，周主下旨叫他不必来朝，调授为澶州节度使，兼检校太保，封太原郡侯。

河东节度使刘崇是刘赟的生父，当初他听说故主遇害，打算发兵向南。后来他收到刘赟入嗣的消息，欣然地说："我的儿子当了皇帝，我还有什么要求呢？"于是按兵不进，只派人到郭威那里，探明虚实。郭威年轻的时候身份微贱，曾在脖子上刺了一个飞雀，人们都称他为郭雀儿。当时郭威为了稳住刘崇，便对河东来的使者说："郭雀儿要做天子，就不会等到今天了！"然后他又指着脖子，对来使说："世上哪有刺过青的天子？请转告刘公，叫他不必多疑。"来使随即辞行，返回禀报刘崇，刘崇听后，非常宽慰。唯独太原少尹李骧进言说："将军千万不要相信郭威，我看他的志气不在小，以后必将自立。请将军马上引兵翻过太行山，占据孟津，等徐州殿下即位了，然后还镇，这才不至于被他欺骗呢！"刘崇拍着桌子大怒说："你这个腐儒想要离间我父子吗？左右快将他推出斩首！"李骧大喊道："我身负经世之才，却为愚夫谋事，也是该死！只是我家中还有老妻，情愿与她同死！"刘崇听后，更加愤怒，竟命属吏将李骧的妻子抓了起来，一同处斩。

后来，郭威废除了刘赟，刘赟被禁锢在宋州，刘崇传令到徐州，却派遣徐州押牙巩廷美上表周廷，请求将刘赟调到别的地方去。就这一道表章，就把刘赟送到枉死城中去了。正是：

不听忠言错已成，归藩一表促儿生；

雕青天子欺人惯，肯使湘阴入汴京！

第四十八回　马希萼称王

却说周主郭威接到巩廷美来表，踌躇了一会儿，特地想出了几句话，作为答复河东的文书。大概说的是：

湘阴公就在宋州，朕正打算将他召到京城，但是请将军千万不要担心，朕一定会妥善安顿他的。只是将军在河东，还请安心，如果能同力扶持，别无顾虑，即当封为王爵，永镇北门，必定不会爱惜铁契丹书！特此覆谕。

巩廷美接到复书，转达给刘崇，并说周主狡诈，不可不防。他还请求刘崇马上发兵援救徐州，自己愿意与教练使杨温，固守徐州，静待后命。刘崇得到回报后，也想在晋阳称帝，与周朝抗衡，所以一时没有心思派遣援兵。谁知那巩廷美、杨温二人已经奉刘赟的妃子董氏为主，仍然打起汉旗，不服从周朝的命令。周主派遣新任节度使王彦超率兵前往徐州，并且给在宋州的湘阴公刘赟写了一封信，命他写信给巩廷美等人，嘱咐他们静候新节度入城，如果遵命，当各任为刺史。刘赟此时被禁锢在馆驿，当然听命给他们写信，嘱咐巩廷美、杨温开城迎接王彦超，巩廷美、杨温不肯从命，一心拒守。王彦超到了城下，射书招降，这二人仍然不肯从命。王彦超于是下令督兵围攻。巩、杨二将日夜戒备，毫不示弱，专心等待河东的援兵。

河东节度使刘崇决心与周朝抗衡，就在晋阳宫殿中，南面称帝。国号仍称汉，沿用乾祐年号，他占据并、汾、忻、代、岚、宪、隆、蔚、沁、辽、麟、石十二州，命节度判官郑珙、观察判官赵华为同平章事，次子刘承钧为侍卫亲军都指挥使兼太原尹，副使李存瓌为代州防御使，裨将张元徽为马步军都指挥使，陈光裕为宣徽使。李存瓌、张元徽等人请刘崇建立宗庙，刘崇慨然说："朕因高祖皇帝的基业一朝坠地，不得已才南面称尊，暂且继承汉祚。可到底我是什么样的天子，你们是什么样的将相呢？宗庙暂且不必立了，但是家人的祭礼不能断绝，好延续我的宗祀。如果我们能规复中原，再修宗庙，以安我的祖先，到那时也不迟啊！"将吏这才罢议。只是河东地窄民贫，每年收纳的税收并不多，所以百官的俸禄不得不格外节省，宰相的俸钱一个月只有一百缗，节度使每月只有三十缗，其他的人只能稍微给一点。历史上称刘崇为东汉，或者称为北汉，免得与南汉相混淆。笔者因为南北分称，容易记忆，所以以后谈到河东，都以北汉为名。

北汉主称帝这一天，就是湘阴公刘赟的死期。当时宋州节度使李洪义，向周廷报丧，只说是刘赟自己暴亡的。后来司马光所著的《涑水通鉴》和朱熹所著的《紫阳纲目》里面都记录着："周主威弑湘阴公赟于宋州。汉刘崇称帝于晋阳。"可见刘赟的暴亡，其实是李洪义密奉周主的命令，暗中下手。连秉笔直书的司马光和朱熹都记录为弑杀，这更令郭威更无从躲闪了。

闲文少表，且说周主郭威即位后，颁诏四方，荆南节度使高保融首先上表拜贺。并且报称去年十一月间，朗州节度使马希萼攻破潭州，十二月缢杀了楚王马希广，马希萼自称天策上将军，武安、武平、静江、宁远等军节度使，嗣位楚王。周主郭威因国家刚刚安定，无暇南顾，只下旨嘉奖了高保融，加封他为渤海郡王。只是高保融奏报的楚国事务只不过大纲，想要知道详情，还需要另行叙明。

自从楚王马希广出师，屡战屡败，致使益阳失守，长沙吃紧，马希萼大举入寇。马希广向汉朝告急，汉当时正发生内乱，根本没工夫派兵出援。马希萼见马希广势力孤危，急忙引兵进攻岳州，刺史王赟登城坚拒，无懈可击。岳州此时已经向南唐称臣，马希萼在城下对王赟喊道："将军不是马氏的旧臣吗？不臣事我，反倒臣事异国吗？你既然身为人臣，怎么敢怀二心，这岂不是侮辱先人吗？"王赟从容回答："亡父曾是先王的将领，也曾大破淮南兵，如今大王兄弟构兵，正好南唐坐收渔利，先王大破淮南，而他的后人却甘心做淮南的属臣，到底是哪一个耻辱大呢？如果大王能释怨罢兵，不伤和气，我愿意拼死臣事大王两兄弟，怎敢再生二心呢？"先前马希萼初与马希广交战时，担心不是他的对手，就卑躬屈膝地向南唐求援，并愿意向南唐称臣，所以王赟才会这么说。这时马希萼听了王赟的话，觉得非常惭愧，只好引兵转攻长沙。他的部将朱进忠已经从益阳出兵，攻陷了玉潭，然后又与马希萼会师，屯兵于湘西。

马希广命刘彦瑫召集水师，与水军指挥使许可琼率战舰五百艘，坚守北津城，以及南津，并派自己的弟弟马希崇为监军。先前有人说，马希崇勾结马希萼，有内应的嫌疑，请马希广将他诛杀，可是马希广却置之不理，这时又派他作为监军，真是愚笨至极！他又派遣马军指挥使李彦温带领骑兵屯守驼口，扼住湘阴路；步军指挥使韩礼率步兵屯守杨柳桥，扼住栅路。他们与马希萼相持了几天，不分胜负。强弩指挥使彭师暠登城西望，向马希广献策说："朗州人几番得胜后，异常骄恣，连队伍都不整齐，里面还夹杂着蛮兵，更加觉得喧嚣。要是拨给臣三千步卒，从巴陵渡江，绕出湘西，攻打敌人的后方，再命许可琼带着战舰，攻打敌人的正面，背腹夹攻，不怕敌人不逃。他们吃了这场败仗，恐怕将来就不敢再贸然入侵了。"马希广觉得此计甚妙，便召许可琼前来商议。谁知许可琼暗中已经与马希萼密约，共灭马希广，然后分治湖南。这时他听到彭师暠的计议，当然瞠目结舌说："这是非常危险的计策，千万不要听从！况且彭师暠出身蛮都，能保他不生异心吗？"马希广于是将此计策作罢。从此，他对许可琼更加信任，命诸将尽受许可琼的节制，每天赏赐许可琼五百金。许可琼时常闭垒不出，不让士卒得知朗军的进退，或者自己谎称巡江，与马希萼在江上私会，愿为内应。马希广还以为他是难得的良将，对他言听计从。彭师暠听说许可琼有通敌的嫌疑，入谏马希广说："许可琼就要叛变，国人全都知道，请马上将他诛杀，不要留下后患啊！"马希广听了，反而呵斥道："可琼世代都是楚将，怎么可能叛变？"彭师暠无奈退出，喟然长叹道："我王仁柔寡断，败亡的日子不远了！"

不久，长沙大雪，地上的积雪高四尺多。两军苦不得战，马希广迷信僧巫，用泥土做成鬼神的形状，用手指着江对面，说这样能吓退朗州人。马希广又命众僧日夜诵经，向佛祷告，他也披上缁衣膜拜，高念宝胜如来，声彻户外。朗州步军指挥使何敬真乘着大雪稍微停歇，立即率蛮兵三千，逼迫韩礼的大营，又暗中派遣小校雷晖冒充长沙兵士，混入韩礼的营寨，刺杀韩礼。韩礼非常惊骇，大走狂呼，全军都受到了惊扰。何敬真乘乱掩入，一举将韩礼的军营捣破。韩礼的兵马大溃，韩礼本人也身受重伤，好不容易逃了回去，第二天就毙命了。扫除韩礼这一路兵马后，朗州兵马得以水陆齐进，急攻长沙。长沙某军指挥使吴宏对小门使杨涤说道："强敌兵临城下，城将不保，我们现在不效死报国，更待何时？"于是各引兵出战，吴宏出清泰门，杨涤出长乐门。将士们纷纷怒马争先，以一当十，奋斗了三四个时辰，朗州兵马稍微有些退却。刘彦瑫与许可琼袖手旁观，并不出兵援救。吴宏的士兵又饿又累，先退回了城中，杨涤也撤军回城吃饭。

随后，朗州兵马又争相扑城，彭师暠挺槊突出，与朗州兵交战于城北，不分胜负。朗将朱进忠带着蛮众到城东纵起火来，城上的守兵被烟雾所迷惑，不免惊惶，连忙向许可琼求救，让他来救城。可是许可琼却举军投降了马希萼，守兵见许可琼投降了敌人，当然惊慌失措。朗州兵于是一拥登城，长沙失陷。马希广听说许可琼投敌了，料定大事不妙，急忙带着妻儿躲藏在祠堂之中。朗州兵和蛮兵进城之后，到处屠杀官民，焚烧庐舍，彻夜不休。自从马殷建国后，所积攒的珍宝被抢夺一空。宫殿屋宇全都化为了灰烬，闹得人声鼎沸，烟焰迷离。

马希广的另一路兵马统帅李彦温这时还屯兵于驼口，他望见城中火起，急忙率军来援。行到清泰门时，朗州人已经占据了城池，矢石交下，据城而守。李彦温正打算冒险进攻，忽然有一群逃兵绕城而来，个个神色仓皇，非常狼狈。为首那个将领凄声喊道："李将军快快自寻生路吧！城池已经被攻陷了！"李彦温一瞧，正是刘彦瑫，便问主子现在怎么样了。刘彦瑫说："我也不知到他的下落，我已经找到了先王和诸王的几个儿子，从旁门逃出，幸亏能与将军相遇，正好我们结伴同行，朗兵厉害得很，要是不赶快逃的话，要是他们追杀上来，我们就死定了！"李彦温被他这么一吓，也觉十分惊慌，连忙与刘彦瑫等人一同奔逃袁州，转降南唐。

马希萼入城之后，即与马希崇相见，马希崇随即率将吏进谒，上书劝进。长沙指挥使吴宏此时被俘，战袍上都是鲜血，他对马希萼说："我不幸被许可琼所误，今天死了，地下也好面对先王了！"彭师暠此时被郎州兵马围困了起来，他将槊扔到地下，大喊道："彭师暠誓死不降，情愿领死！"马希萼叹息说："这两位也算是忠勇过人！"于是让他们自便，不愿意加害他们。马希崇于是引导着马希萼入府视事。马希萼下令关闭城门，搜捕马希广夫妇以及掌书记李弘皋、李弘节、都军判官唐昭胤、学士邓懿文、小门吏杨涤等人。这些人先后被抓到，全都做了俘囚。

马希萼命人将马希广带了上来，问道："你我继承父兄的遗业，难道不分长幼吗？"马希广哭着说："都是将士们的推举，朝廷的任命，所以我才暂时拜受，并不是出自本心。"马希萼也不禁有些心软，便对左右说："他只是个愚蠢的人，怎么能作恶呢？肯定是受了小人的蒙骗，才会这样的。"于是命人将他牵往狱中。后来，马希萼又审讯李弘皋、李弘节等人，他们多半说是受了先王的遗命，不肯认罪，惹得马希萼火冒三丈，命人将李弘皋、李弘节、唐昭胤、杨涤四人，绑出府门，凌迟处死，把他们的肉分给蛮人吃。邓懿文一直沉默不语，总算从宽处理，被斩首示众。于是马希萼自称天策上将军，武安、武平、静江、宁远等军节度使，嗣爵楚王。授马希崇节度副使，判军府事，其余要职全都任用朗州人充任。

第二天，马希萼对将吏们说："马希广这个懦夫，受制于左右，我想饶他一命，你们觉得怎么样？"诸将都不敢对答，唯独朱进忠当年被马希广鞭笞过，此时乘机报仇，他奋然进言道："大王血战三年，这才攻克长沙，一国不容二主，今日不除掉他，以后后悔莫及了！"马希萼于是命人将马希广从狱中牵出，将他勒死。马希广临刑之前，还喃喃朗诵佛书，到死才闭嘴，马希广的妻子被乱棍活活打死。彭师暠不忘故主，将马希广的身体棺殓起来，埋葬在浏阳门外，后人称为废王冢。马希萼命儿子马光赞为武平留后，任命何敬真为朗州都指挥使，统兵戍守。因为故学士拓拔恒曾劝马希广让出国位给马希萼，所以马希萼召令他官复原职。但是拓跋恒却称疾不起，马希萼也无可奈何。

不久，马希萼命掌书记刘光辅向南唐进贡称臣，唐主李璟命右仆射孙晟、客省使姚凤为册礼使，册封马希萼为楚王。马希萼又令刘光辅道谢，唐主厚待了刘光辅，并问到湖南的情形。刘光辅密奏道："湖南军民疲惫，君主骄恣，陛下要是发兵攻取，易如反掌！"于是唐主命都虞侯边镐为信州刺史，屯兵袁州，渐渐地要图谋吞并湖南了。

南方正扰攘不休，北方也兵戈迭起。北汉主刘崇听说刘赟死于人手，向南大哭道："我后悔没有听信忠臣的话，以至于害了我儿的性命啊！"于是命人为李骧立下祠堂，岁时祭拜，同时整兵缮甲，锐意复仇。可巧辽将潘聿拈奉辽主的命令，写信给刘崇的儿子刘承钧，询问国情。刘崇随即命承钧回信，大概说汉朝沦亡，自己因此承袭帝位，打算遵循晋朝的故事，求北朝派兵援助。潘聿拈转报辽主，辽主兀欲得了回信后，当然欣然答应，发兵屯于阴地、黄泽、团柏，遥作声援。刘崇随即命皇子刘承钧为招讨使，白从晖为副使，李存瓌为都监，统兵万人，分作五道，出攻晋州。

晋州节度使王晏闭门不出，城上的旗帜兵仗，却散乱不整。承钧还以为他不善于拒守，于是饬领兵士架梯攻城。不料一声鼓响，那城楼上的伏兵，突然冒了出来，带着硬弓毒矢，一顿狂射，还有长枪大戟，巨斧利矛，钩的钩，斫的斫，将北汉兵杀伤无数，承钧连忙鸣金收军，退到城壕的外面。王晏见敌人撤退，大开城门，驱兵杀出，前来追击，承钧哪里还敢恋战，急忙挥兵狂奔，跑了十多里，才将追兵甩掉。他下令择地下寨，招集散卒，检阅士兵，发现已经死伤一千多人了，并且还失去了副兵马使安元宝，不知是否阵亡。后来经过探骑打探，才得知安元宝被擒，投降了晋州。

承钧又是羞愧又是气愤，决定转攻隰州，行至长寿村时，突然遇到隰州步军指挥使孙继业从侧面杀了出来，又让承钧吃了一惊。承钧前锋牙将程筠是个愣头青，也不管好歹，竟然挺枪跃马，出战孙继业。这两人两马相交，双枪并举，大约打了一二十个回合，只听孙继业一声大喝，便将程筠刺落马下。隰州兵一拥而上，将程筠抓住，立刻斩首，枭示军前。承钧见折了大将，跟疯了一样，非常愤怒，他挥兵向前，想跟孙继业拼命。偏偏孙继业刁滑得很，就是不跟他交战，只是率军急退，逃回了城中。承钧追到城下，可是城上早有准备，由隰州刺史许迁亲自督守，再加上孙继业登城相助，里守外攻，大约过了几个昼夜，北汉兵不但没有占到丝毫便宜，反而损伤了许多人马。承钧见久攻不下，只好率军退去。

北汉主刘崇，接得败报，正焦灼万分之际，怎奈不如意的事接踵而来。徐州一城，被周将王彦超陷入，巩廷美、杨温被杀，湘阴公夫人董氏还算由周主特别恩赦，安抚保护，不曾殉难。刘崇忧愤交并，立即派遣通事舍人李言，到辽国乞援。辽主兀欲本来就奉行两头都不得罪的计策，当初周主郭威称帝时，他曾率军攻陷饶阳，后来为了向郭威示好，他又下令从饶阳撤兵。随后，他又派蕃将朱宪奉书周廷，祝贺郭威即位，周廷也派尚书右丞田敏回谢。这次他虽然与北汉联络，但心底的算盘是想让他们鹬蚌相争，自己好做个渔翁。此时李言到辽国乞师，兀欲有些不肯发兵，只派遣使臣拽剌梅里与李言一同到北汉，谎称周朝使臣田敏已经答应每年向他们进贡十万缗钱，所以他们不便出兵援助。刘崇不禁情急，连忙派宰相郑珙带着国书和金帛，与拽剌梅里一同回去，向辽主纳贿。国书中刘崇自称侄皇帝，致书于叔天授皇帝，请行册礼。辽主兀欲见自己的目的达到后，非常高兴，于是厚待郑珙，每天都设宴招待他。可惜郑珙在路上感染风寒，禁不起肉酪厚味，一天晚上赴完酒宴回到馆舍后，竟然暴毙了。兀欲把郑珙的遗体送回北汉，并派遣燕王述轧、政事令高勳一同来到北汉，册封刘崇为大汉神武皇帝，刘崇的妃子为皇后。刘崇情急求人，也顾不得什么屈膝之辱了，只好对着辽使，拜受册封，改名为刘旻，令学士卫融等人到辽国报谢，并请求援师。

于是，辽主召集诸部酋长打算即日大举南下，援汉侵周。可是诸部酋长大都不愿南行，兀欲却强硬命令他们从军，自己督领部众来到新州，驻扎在火神淀。忽然夜间发生了兵变，以燕王述轧及伟王的儿子呕里僧为首，持刀入帐，竟将兀欲给劈死了。

辽太宗耶律德光的儿子齐王述律，在军中听说兵变后，逃进了南山。随后，述轧自立为帝。偏偏各部酋长不愿意推戴他，情愿前去迎立述律，于是调转枪头，攻杀述轧和呕里僧。于是述律从火神淀进入幽州，即辽主位，号天顺皇帝，改元应历，当下为故主兀欲发丧，并遣派使者到北汉告哀。

刘崇派枢密直学士王得中等人祝贺述律即位，并为吊兀欲丧，仍称述律为叔，请兵攻打周朝。述律喜好游猎，不亲政事，每天夜里聚众酣饮，通宵达旦，睡到中午才起床，国人都叫他睡王。北汉再三派人前来乞援，他这才派遣彰国军节度使萧禹厥统兵五万，与北汉会师，从阴地关进攻晋州。

时晋州节度使王晏与徐州节度使王彦超职位对调，王晏已经调离原镇，可是王彦超还没赶到，巡检使王万敢暂时统领晋州军事。他与龙捷都指挥使史彦超、虎捷都指挥使何徽，募兵拒守。辽兵五万人，北汉兵二万人，一同来到晋州城北，三面营垒，日夜攻扑。王万敢等人多方抵御，并派人火速到大梁求援。周主郭威急忙命王峻为行营都部署，发诸道兵马援救晋州。郭威亲自到西庄为王峻饯行，还赏赐三杯御酒，王峻饮毕拜别，上马领兵离去。大军赶到了陕州，王峻却停留在那里迟迟不进。周主接到报告后，免不得派人催促，并且打算督师亲征，正是：

将军故意留西鄙，天子劳心欲北征。

第四十九回 降南唐马氏亡国

却说王峻留驻在陕州，并非故意逗挠不前，而是另有密谋，不便先行奏闻。周主郭威，接到他按兵不动的消息后，又惊又疑，打算亲自统领禁军出征，取道泽州，与王峻会合救援晋州，一面派遣使臣翟守素前去通知王峻。王峻与翟守素相见后，屏退了左右，贴着他的耳朵说："晋州城十分坚固，可以长期坚守。刘崇会合辽兵，气势正盛，不可与其力争，我在此驻兵，并不是畏怯他们，而是想等他们气馁之后，再出兵进攻，我盛彼衰，才容易取胜。如今皇上刚刚即位，藩镇未必心服口服，万万不可贸然离开京师！我最近听说慕容彦超占据着兖州，暗怀异志，我相信车驾早上出兵汜水关，慕容彦超晚上就会袭击京城，京城一旦失陷，大事就去了！希望你转告陛下，叫他不要怀疑！"翟守素唯唯受教，即日派人到京城，报知周主郭威，郭威听后，恍然大悟，自己提着自己的耳朵说："差点坏了我的大事！"于是把亲征的计议，下旨取消了。

当时已经是广顺元年十二月，天气严寒，雨雪霏霏。王峻仍然下令各军火速进发，到了绛州，他也无暇休息，便对都排阵使药元福说："晋州南边有个地方叫蒙阬，地势非常险恶，要是敌兵将它占据，阻断我们前进，那就麻烦了。你马上率领你部下的三千士兵，赶到那里，要是能越过蒙阬，那就可以无忧了！"药元福应命前驱，冒雪急进，到了蒙阬附近，见那里的地势果然非常险恶，幸好没有敌兵把守，便纵马飞越，出了蒙阬，方才驻扎下来。他令部校回去禀报王峻，王峻得知后，非常高兴地说："我事得成了！"于是随即挥军继进，过了蒙阬，与药元福相会，向晋州进兵。

北汉主刘崇和辽将萧禹厥见晋州城久攻不下，而且粮食快要吃完了，再加上大雪漫天，没地方找吃的，不免智穷力尽，每天都想着退兵。忽然接到哨骑的探报，刘崇才得知王峻已经过了蒙阬，不由得心惊胆战，立即命人烧去营垒，星夜返回晋阳。等到王峻到了晋州，敌兵早就逃走了。城里的王万敢、史彦超、何徽等人出迎王峻，将他导入城中。史彦超向王峻禀报道："敌兵虽然离开了，可是相距并不遥远，要是派轻骑追击，必定大获全胜。"王峻回答说："我军远道而来，一路十分疲劳，暂且休养一晚，明天再说。"史彦超只好退出。第二天一早，王峻升帐，史彦超又来禀报，药元福等人也在一旁怂恿，王峻这才同意发兵追击，命药元福统兵，与指挥使仇弘超、左厢排阵使陈思让、康延诏，策马出追。追兵追到霍邑时，追上了敌人，众人随即奋击过去。敌军的后队都是北汉兵马，一听到追兵到来，都漫山遍野地四散逃跑，各个慌不择路，有的坠崖，有的堕谷，死了无数。药元福催促后军急进，偏偏康延诏懦怯，沿途逗留，并对药元福说："这里地势险窄，我担心会有伏兵，我们还是先回去再说吧。"药元福愤然说："刘崇带着胡骑此次南来，志在吞并晋州和绛州，如今气衰力惫，狼狈逃回，不乘此时扫灭他们，必为后患。"话还没说完，那王峻派人到来，说是穷寇莫追，饬令回军，药元福长叹几声，只好收兵而回。

辽兵回到晋阳，人马损失了十分之三四，刘崇也丧兵无数。萧禹厥见这次无功而返，觉得非常羞愧，于是将过错全都推到一个部落酋长的头上，将他钉死在市中。辽兵这次损失很大，他们离开之前，刘崇不得不给他们很多金银，作为补偿。如此一来，害得北汉府库空虚，人财两失，刘崇也只好付诸一叹，慢慢想办法报仇了。

再说楚王马希萼占据长沙后，刑戮无度，渐渐失去了人心。再加上他纵酒荒淫，把军府政事全都委任给马希崇。小门使谢彦颙是家僮出身，长得面目清秀，姣如处女，希萼对他很是宠爱，经常让他跟妃嫔杂坐在一起，视同自己的男妾。谢彦颙恃宠而骄，常常凌蔑大臣，就是手握大权的王弟马希崇，他也不加尊敬，不是对他勾肩搭背，就是用戏言挑衅，搞得马希崇非常恼火。按照惯例，王府摆宴开席，小门使只能在门外伺候，马希萼唯独让谢彦颙位列希中，坐在诸将之上，诸将也都愤愤不平。上次一战，楚王的府署大都烧毁，于是马希萼命朗州指挥使王逵，副使周行逢率部众千余人修葺府署，劳役非常辛苦，但却一点犒赐都没有。士卒们都很有怨言，王逵对周行逢偷偷地说："众怒已经很深了，不早点想办法，恐怕就要祸及我两人了！"于是带着部众逃回了朗州。

马希萼那时还沉醉未醒，左右怕他发酒疯，不敢禀报。第二天，他们才将这件事报告给了马希萼。马希萼大怒，立即派遣指挥使唐师翥领兵前去追击，直抵朗州城下，被王逵等人伏兵邀击，士卒尽死，唐师翥孤身一人逃了回来。王逵进入朗州城，赶走了留后马光赞，另奉马希萼的侄儿马光惠知朗州事，不久又立他为节度使。马光惠愚笨懦弱，嗜酒成性，不能服众，王逵与周行逢与朗州守将何敬真商量，废去了马光惠，推立辰州刺史刘言，权知留后，王逵自为副使。他们担心马希萼前来讨伐，特地向南唐求请旌节，唐主不许。于是他们又奉表周廷，自称藩臣，周主也不给回复，置之不理。

先前，马希萼本与许可琼密约，分治湖南。攻入潭州后，马希萼背约食言，他担心许可琼心怀怨望，暗通朗州，于是将许可琼贬出为蒙州刺史，一面派马步指挥使徐威、左右军马步使陈敬迁、水军指挥使鲁公绾、牙内侍卫指挥使陆孟俊，率兵出城在西北边立营置栅，防备朗州兵。

徐威等人为了修府署，每天起早摸黑，风吹日晒十几天，马希萼却丝毫不见抚慰，免不得怨声又起。马希崇已经感觉到了众怒四起，可是却一声不吭，徐威察觉出马希崇怀有野心，于是伺机起事，拥立马希崇。一天马希萼在端阳门摆下宴席，宴集将吏，却没有通知徐威等人，马希崇这天也称疾没来。徐威一气之下，决定起兵作乱。他先派人赶了几十匹马闯进府署，然后自率徒众拿着兵器跟在马匹后面，说是前来抓马，乘机冲到座上，来抓马希萼。马希萼吓得惊慌失措，打算翻墙逃走，可是被徐威等人追上，绑了起来，关在囚车。小门使谢彦颙被徐威抓主，从头到尾，被砍成了肉酱。随后，徐威等人推举马希崇为武安留后，并大肆掠夺了两天，这才停止下来。

马希崇打算借刀杀人，特地命彭师暠押住马希萼，解往衡山县锢禁，随时管束。除去马希萼后，马希崇本以为可以高枕无忧了，可是突然接到朗州的檄文，数落他篡逆的罪状，马希崇看后十分慌张。忽然他又听说朗州留后刘言，派马步军到达益阳，快要逼近潭州，顿时仓皇失措，急忙发兵二千前往抵御，并派人到朗州求和，表示愿为邻藩。刘言见了潭使，犹豫不决，掌书记李观象进言说："马希萼的旧将还在长沙，必定不愿与将军做个好邻居，如果马希崇愿意将这些旧将的首级全都献上，我们才能跟他讲和。马希崇如果真的这么做了，再取湖南就易如反掌了。"刘言依议而行，随即命潭使返报。果然马希崇畏惧刘言，杀死了马希萼的旧臣杨仲敏、魏光辅、魏师进、黄勍等十多人，派前辰阳令李翊为使者带着首级前往朗州。李翊到达朗州后，献上首级，可是那时首级一个个都血肉模糊，辨认不出来了。刘言与王逵于是说他以假乱真，狠狠地呵叱李翊一顿。李翊又愤又怕，竟然一头撞死在了阶下。刘言见状，也颇为心动，暂时答应和马希崇议和，调回了益阳的兵马。马希崇听说朗州军撤回后，又举得自己安然无事，乐得纵情酒色，终日寻欢。可是天算不如人算，彭师暠押送马希萼到了衡山，竟然与衡山指挥使廖偃一同拥立马希萼为衡山王，改县为府，断江立栅，编竹成战舰，居然与马希崇为起敌来了。那马希崇是如何弄巧成拙，反而害了自己的呢？原来彭师暠受了马希崇的差遣，他明知道这是借刀杀人，于是他跟廖偃相见后，慨然对他说："要我弑君，我当然不愿意了，我宁可以德报怨，也不甘枉受恶名！"廖偃也非常同意，随即与彭师暠拥立马希萼，招募徒众，十多天就得到了一万多人，并派遣判官刘虚己向南唐乞援。

马希崇得知这个变故后，也派遣使者向唐廷上表，请兵抗拒朗州兵。唐主李璟随即命袁州守将边镐向西赶往长沙。楚将徐威等人见马希崇屠杀旧将，又怒又惧，加上他又引狼入室，打算乘机将他杀掉。正巧马希崇察觉了这件事，马希崇左思右想，觉得无计可施，只好赶紧迎接边镐，也许这样还能自保。忽然他听说镐军已经到了醴陵，正如所望，急忙派人拿出库银去犒劳镐军。派去的使者回来报告马希崇，边镐让他传话说，这次是为了平定楚地的战乱，并不是替他们赶走朗州兵的，如果他想要自保，那就马上迎降。马希崇听后，半天没有说话，过了会儿，泪如雨下。没奈何他只好逼迫前学士拓跋恒，奉着信笺来到边镐的营寨，情愿降唐。拓跋恒怅然说："我活了那么久了没有死，却只能为这个小儿赍送降表，真是可叹啊！"于是起身前往镐军大营请降。

边镐率兵抵达潭州，马希崇率弟弟和侄儿等人出城，望尘迎拜。边镐下马抚慰，与马希崇等人一同入城。边镐寓居在浏阳门楼，湖南的将吏相率前来祝贺，边镐随即大开湖南的仓库，取出金帛粟米，金帛赏给将吏，粟米赈济饥民，全城大悦。徐威等人收了金银，乐得听他驱使，还管什么外敌不外敌的。唐武昌节度使刘仁赡，这时也乘势攻取了岳州，他进城后，安抚吏民，群情欣然。

捷报传入金陵，唐百官纷纷额手称庆，唯独起居郎高远说："乘乱取楚，是很简单，但我看统兵的各将都不是什么良才，恐怕是易取却难守啊。"唐主李璟却喜出望外，授边镐为武安节度使，征召马氏全族入朝。马希崇不愿东行，全家人聚在一起哭泣。他想要重金贿赂边镐，让他代自己奏请，请唐主恩准自己留居在长沙。边镐微笑着说：“我朝与你们家世为仇敌，屈指算来已经快六十年了，可从来都没有大举入境，想灭掉你们马氏。而如今你们兄弟自相残杀，走投无路，才来乞降，这是天意要将你们马氏的疆土赠送给我朝啊。你如果还留在长沙，万一翻脸，反复无常，恐怕人肯宽恕你，上天也不肯宽恕你了！”马希崇无词可答，只得带着宗族以及将佐一千多人，哭着登上了船，一起前往金陵。

马希萼占据衡山之后，还想攻占岭南，他特命龙峒守将彭彦晖，依兵屯于桂州。桂州节度副使马希隐是马殷的小儿子，他不愿彭彦晖前来，急忙写信给蒙州刺史许可琼，约他一同抵拒彭彦晖。许可琼引兵来到桂州，与马希隐合兵一处，杀退了彭彦晖。彭彦晖逃回衡山后，马希萼非常吃惊。这时正好唐将李承戬奉了边镐的命令，引兵数千来到衡山，敦促马希萼入朝金陵，逼得马希萼忧上加忧。就是廖偃、彭师暠也想不出什么救急方法，索性投顺南唐，这也是没有办法的办法，于是他们与马希萼沿江东下，朝见南唐主去了。

先是湖南有个童谣：“鞭打马，马急走！”到了此时，果然应验。马希隐听说两位哥哥都降了唐，还想据守岭南，负隅顽抗，偏偏南汉主刘晟派遣内侍吴怀恩率军入侵，先乘虚袭据了蒙州，后来又乘胜进逼桂州。马希隐与许可琼保守不住，乘夜斩关，带领余众，向全州逃去了。吴怀恩得了蒙、桂，又接连攻克了连、梧、严、富、昭、流、象、龚等州，于是南岭以北属南唐，南岭以南属南汉。只有朗州一隅，还被刘言占据，但也不再属于马氏了。自从马殷据有湖南，到马希崇降唐，一共经历了六主，加在一起一共五十六年。

马希萼兄弟先后到了金陵。唐主李璟嘉奖他们的恭顺，任命马希萼为江南西道观察使，驻守洪州，仍封楚王。任命马希崇为永泰军节度使，驻守扬州。其余湖南的将吏，也都依次拜官，同时因为廖偃、彭师暠二人，忠于故主，特授廖偃为左殿直军使兼莱州刺史、彭师暠为殿直都虞侯。大家都得了厚恩，湖南刺史都望风降唐。最可惜的是前岳州刺史王赟，此时已改调永州，他为故国伤心，不忍心降唐。经过唐廷一再征召，勉强入朝觐见。唐主李璟责怪他迟迟不来，命人给他送去了毒酒，将他赐死。人生到此，天道难论，真是有人有幸，有人不幸啊！

南唐屯兵湖南后，又想北征。参军韩熙载入任户部侍郎，他上书谏阻道：“郭氏奸雄，不亚于曹操和司马懿，他虽然即位不久，但边境的防守非常坚固。我们要是妄动兵戈，恐怕非但不能成功，反而会深受其害！”唐主李璟这才罢兵不发。偏偏兖州节度使慕容彦超，叛周起兵，向唐求援，于是又触动了唐主李璟的雄心，出兵五千人，命指挥使燕敬权为将，去援助慕容彦超。慕容彦超从汴京逃回后，心里老是不安宁，每天晚上都睡不好觉。他特地派人带着贡品，自表歉意，以探试周主的想法。周主加授慕容彦超为中书令，并派遣翰林学士鱼崇谅到兖州传旨抚慰。上面说：

当初前朝失德，少主信用谗言。仓促之间，召卿赴阙，卿即奔驰应命，一晚上就赶到了京城，救国难而不顾身，闻君召而不俟驾。以至天亡汉祚，兵散梁郊，降将败军，相继而至，卿即便回马首，径返龟阴。为主为时，有终有始，所谓危乱见忠臣之节，疾风知劲草之心。

若使为臣者皆复如是，则有国者谁不欲大用斯人！朕潜龙河朔之际，平难浚郊之时，缘不奉示谕之言，亦不得差人至行阙。且事主之道，何必如斯？如果对汉朝有二心，又怎能效忠于周室，以此为惧，不亦过乎？卿只需悉力推心，安民体国，事朕之节，如事故君，不惟黎庶获安，抑亦社稷是赖！但坚表率，未易替移，由衷之诚，言尽于此，卿其勿疑！

慕容彦超得了这道手谕，还是放不下心；同时他又听说刘赟暴死，更加觉得不安。于是，他四处招募壮士，积蓄刍粮，采购战马，并且派人通书北汉。不巧使者被边境的守将抓获，奏报周廷。周主郭威随即命中书舍人郑好谦，给慕容彦超传话，与他订下誓约。慕容彦超却始终不肯相信，他特令都押牙郑麟来到朝廷，表面上是来认罪的，其实就是来刺探情况的。随后，慕容彦超又捏造天平节度使高行周的书信，说是约他一起造反，因此才会违背朝廷。周主郭威看了文书后，只见里面冻死些指斥朝廷的话，不禁微笑道："鬼蜮伎俩，怎能骗到我？"于是将这封书信送给高行周看，高行周果然上书辩解，并且感谢周主信任。周主随即派遣阁门使张凝领兵赴赴郓州，帮助高行周守城。慕容彦超的计谋没有得逞，又上表请求入朝，周主当然乐得准许。不久，周主又得到慕容彦超的奏折，说是境内盗贼四起，不便离开守镇。周主看后，也是付诸一笑，只等他首先发难，然后再兴师问罪就是了。

好不容易过了一年，已是广顺二年。慕容彦超招募乡兵入城，同时引入泗河水注入城濠，准备战守，并且命部吏扮作商人，混入南唐，求请援师。一面募集群盗，剽掠邻境。后来，他得到朝廷的诏敕，下令沂、密二州，不再属于泰宁军。慕容彦超怎么肯无缘无故地就失去了这二州呢？于是决定抗命不尊。判官崔周度谏阻道："将军对朝廷并没有什么深仇大恨，为什么要背叛呢？况且主上又再三谕慰，将军如果能撤去边防，与陛下推诚置腹，一定能长享富贵，安如泰山。将军难道忘了杜重威、李守贞吗，为什么要自取灭亡呢？"慕容彦超却不肯听从，还是背叛了周朝。周主命侍卫步军都指挥使曹英为兖州行营都部署，齐州防御使史彦韬为副，皇城使向训为都监，陈州防御使药元福为都虞侯，向东征讨慕容彦超。

慕容彦超听说周廷出师，连忙派人南下，约唐兵前来夹击。唐将燕敬权已经到了下邳，可是他担心众寡不敌，便又退到了沭阳。不料徐州巡检使张令彬，派兵偷袭了唐营，大破唐军，竟然将燕敬权活捉了去，献入周廷。周主郭威打算借他笼络南唐，于是命人将敬权释放，赐他衣服金帛，放回本土。敬权感泣谢罪，周主对他说："奖顺除逆，各国都一样，难道江南就不一样吗？我国的贼臣，据城肆逆，殃及万民，你们却出兵帮助凶逆，我实在是不理解。你回去后把这些话转告给你的主子，叫他不要再出兵了！"敬权应命辞行，返报唐主。唐主也觉得感激，不敢再援救慕容彦超了。

慕容彦超失去了一大援手，不得已登城守御。曹英等人到了城下，猛攻不克，于是安下营寨，决定筑垒围城。可巧王峻从晋州还师，也由周主调到兖州。慕容彦超见周军纷至沓来，非常心慌，多次率壮士出城突围，可是都被药元福打败，只好闭城固守。周军将城墙四面围住，困得兖州水泄不通。从春到夏，守兵疲惫不堪，慕容彦超因为府库的钱财都用完了，下令搜刮民财，用来犒赐守兵。前陕州司马阎弘鲁，把自己的家产全都奉献出来，资助守城。可是慕容彦超却说他还有私藏，命崔周度到阎弘鲁的家中，实行搜括。可是崔周度到处搜遍了，还是毫无所得。他返回禀报慕容彦超，彦超斥责周度包庇阎弘鲁，将他们全都打入了监狱。阎弘鲁家里有个乳母，她从泥土中捡了一个金缠臂，献给慕容彦超，想以此来赎阎弘鲁。没想到慕容彦超更加认为阎弘鲁私藏金银，他非常气愤，便派军校拷打阎弘鲁夫妇，硬是要他们献出私藏。可怜阎弘鲁夫妇，哪里还有金银献给他呢？结果他们婉转哀号，一同死在了棍棒之下。周度也遭到连坐，命送黄泉。这周度坐罪，还不完全是因为阎弘鲁的事情，大半是因为前日的忠谏，触怒了慕容彦超，所以才遭此大祸啊！

周主郭威，因为兖州久攻不下，下诏亲征。他命李穀、范质为同平章事，留李穀权守东京，兼判开封府事，进郑仁诲为枢密使，权充大内都点检，郭崇充在京都巡检。布置妥善后，于是从京城出发，直抵兖州。他先派人去诏谕慕容彦超，可是城中的守兵却出言不逊，于是周主开始督军进攻。诸军见御驾亲临，当然冒险进取。一时间鼓声喧天，旌旗飘扬，一座坚城就要崩陷了，而那凶狡贪横的慕容彦超也要全家遭殃了。正是：

休笑人家尽懦夫，蛮横到底伏天诛！
试看身首分离日，谁惜昂藏七尺躯！

第五十回 王逵攻入潭州府

却说慕容彦超困守在兖州，已经是势穷力竭，并且他生性贪婪吝啬，平时搜刮来的民财，一半用来犒劳兵士，一半进了自己腰包，搞得将士们都没了斗志，相继出降。周主郭威又亲临城下，督军猛攻，眼见这座兖州城是保守不住了。慕容彦超无法可施，竟然跑到镇星祠中禳灾祈福。那么，这镇星祠里面供奉着哪位神仙呢？原来慕容彦超造反之前，有个术士占验天文，说是镇星走到角亢，角亢为兖州的分野，可以邀得神明的保佑。慕容彦超信以为真，特地修建了一座祠堂，还命百姓家里都立起黄幡，每天都要祭拜一次。这时他已经走投无路，所以不得不仰求星君。他正在祭拜的时候，突然听到城门已被攻破，他急忙出祠督战，可是那周军像潮水一般涌入，怎能招架得住呢？巷战好一会儿，发现手下的士兵越来越少，相继溃散。这时他才醒悟过来，什么神明保佑都是骗人的，他气愤地回到镇星祠，放起一把无名火，将祠堂付之一炬。然后他又跑到府署，带着妻子投井自尽了。他的儿子慕容继勳带着五百残兵，想要突出重围，不料被擒，当场被处死。周主命人将慕容彦超枭首，将慕容氏一族全部诛杀。兖州平定后，周主留端明殿学士颜衎暂时掌管兖州军府事，降泰宁军为防御州，并想杀尽慕容彦超的将佐。翰林学士窦仪于心不忍，特地与宰臣冯道、范质商量，请周主将他们赦免。于是两宰臣面奏周主，说是这些将佐不过是被慕容彦超胁从，不应治罪。周主于是法外开恩，对他们不予过问。

车驾启程，路过曲阜县时，周主拜谒孔子祠，行释奠礼。他登上大殿，将要拜谒时，左右却劝阻道："孔子只是个陪臣，不应该接受天子的参拜！"周主摇头说："孔子是百世帝王的老师，岂能不敬礼呢？"于是虔诚地拜了一番，命人把祭器留藏在祠中。后来，他又到孔林祭拜孔子墓，他访查到孔子的第四十三世孙孔仁玉，任命为曲阜令；颜渊的后裔颜涉，任命为主簿。又饬令颜衎修葺孔祠，永远禁止在墓旁砍柴，然后才起驾还都。回到宫中，设宴犒赏，当然又有一番手续。

过了几天，德妃董氏病逝在宫中。天子悼亡，免不了要辍乐举哀，饰终尽礼。董氏镇州人，原本嫁给了一个叫刘进超的同乡。后来，刘进超在晋朝为官，充任内廷职使。辽兵入侵时，刘进超殉难，董氏一直寡居在洛阳。汉高祖刘知远从太原进入京师，郭威率军路过洛阳时，听说董氏德艺兼长，便将她纳为了妾媵。后来郭威出镇邺都，只命董氏随行。所以家属全部被杀，只有董氏幸免于难。郭威称帝后，中宫的位置一直空着，只册封董氏为德妃，掌管后宫。此时董氏突然病逝，享年只有三十九岁。

郭威既为董妃的去世感到悲伤，同时又勾起了全家被屠的旧痛，好几天都不愿意上朝。紧接着，天平节度使高行周，在任所病终，周主又辍朝了几天，所幸内外无事，朝政清闲。唯有冀州的边境偶尔有辽兵入侵，被都监杜延熙一鼓驱退，倒也损失不大，不足为虑。不久武平军留后刘言派遣牙将张崇嗣入奏，报称自己已经收复了湖南，愿意仿照马氏的故事，乞求朝廷册封。周主将来使留住馆驿，到底如何处置湖南的事宜，朝廷当然又有一番议论。

自唐将边镐入据长沙后，潭州百姓受了恩惠，都称边镐为边菩萨，对他心悦诚服。后来边镐迷信佛教，他四处设斋筑寺。潭州平时征缴的赋税，除了贡献金陵外，全都用在了佛事上，耗费无节。而对地方上的政务，却置之不理，于是潭人非常失望。南汉内侍省丞潘崇彻和将军谢贯乘机攻打郴州，边镐出兵与其交战，大败而回。郴州随即被陷，边镐军威从此一蹶不振。

唐指挥使孙朗、曹进跟着边镐平楚，功劳不小，可是他们部下所得到的赏赐，反而比不上湖南的降卒，军士们都有怨言。后来，唐主又派郎中杨继勳等人征收湖南的租税，非常苛刻。行营粮料使王绍颜秉承杨继勳的旨意，克扣军粮，更加激起众怒。孙朗、曹进忍无可忍，带着部众攻打王绍颜，王绍颜慌忙躲进仓库里，不敢出声。大家四处都找不到他，便跑到了府署，向边镐请求，斩杀王绍颜以谢将士。边镐嘴上含糊答应，可是等孙朗他们回到营中，却并没有将王绍颜交出，斩首示众。孙、曹两人怒不可遏，于是密谋杀边镐，他们趁夜率领部众焚烧府门，正赶上下雨，多次点火都被雨水浇灭。边镐本来就有戒心，一听说有人纵火，连忙出兵格斗，并且命人吹起鼓角，让人觉得天就快亮了。孙朗果然中了边镐的计谋，他们担心天亮后大军齐集，到时难以脱身，索性斩关杀出，投奔朗州。于是一声吆喝，挥退党徒，纷纷斩关出城，连夜向朗州奔去。

走了两三天，才抵达朗州城外，求见刘言。刘言将他们召入署府，问明来意后，非常高兴。王逵在一旁问孙朗说："我想再去夺取湖南，又担心唐兵前来支援，从中作梗，怎么办？"孙朗回答说："我做了很多年唐臣了，非常了解唐朝的底细。如今唐廷朝中没有贤臣，军中没有良将，唐主忠奸不辨，赏罚不当，能够保守淮南已经不错了，还有什么能力兼顾湖南呢？我愿意做将军的前驱，攻取湖南如同捡一根稻草一样简单！"王逵听后，非常激动，厚赐了孙朗和曹进，整兵治舰，准备大举进兵。

唐廷这边，唐主李璟正任用冯延已、孙晟为同平章事。这两位宰相老是意见不合，孙晟曾对左右说："金杯玉碗，难道都是用来装狗屎的吗？"冯延已听说后，更加忌恨孙晟。先前，唐主曾派将军李建期出兵屯守益阳，乘机图取朗州；然后又命全州知事张峦兼任桂州招讨使，乘机图取桂州。可是这两军出去了好多天，不见捷报，于是唐主召见冯延已、孙晟，说道："楚人归附我，是想休养生息。我不能抚平疮痍，反而劳民费财，我担心会失去楚人的心意。现在我打算将桂林、益阳两处的兵马全都调回，再授刘言旌节，从此息兵，爱卿们觉得怎么样？"孙晟说："陛下要是真这么想，不但可以使楚人安宁，就是唐人也能得到恩泽呢！"冯延已勃然说："臣认为不妥，先前我们派出偏将，攻下湖南，远近震惊，一旦向他妥协，三分领土失掉二分，这不是让他瞧不起吗？请陛下委任边将窥察形势，能进就进，可退就退。”唐主点头称善，于是派遣统军使侯训率兵五千，与张峦合兵，共攻桂州。侯训与张峦联军南下，快到桂州城下时，被南汉兵内外夹击，杀得大败。侯训竟然战死，张峦收集残兵，逃回了全州。败报到了唐廷，唐主决定召回驻扎在益阳的李建期，并授刘言为节度使。偏偏冯延已又来反对，说应该先召刘言入朝，观察他的举止，要是他真肯效顺，再授予旌节也不迟。于是唐主派遣使者到朗州，召刘言入朝。

刘言与王逵密商对策，王逵说：“武陵背江面湖，带甲百万，怎么能拱手让人呢？况且边镐治理无方，已经失去了人心，我们可一战擒拿，怕他做什么？将军这一入朝，岂不是自投罗网？”刘言还在犹豫，王逵又说：“兵贵神速，要是再拖延，反叫边镐有所准备，就不容易进攻了。”刘言于是遣归唐使，一面假意答应入朝，一面召集何敬真、张仿、蒲公益、朱全琇、宇文琼、彭万和、潘叔嗣、张文表等牙将，全都任命为指挥使，令周行逢为行军司马。部署队伍，即日发兵。

周行逢精通谋略，张文表勇猛善战，叔嗣善于冲锋，三人交情非常好，亲如手足。王逵为统军元帅，分道赶赴长沙即潭州，令孙朗、曹进为先锋，直抵沅江。一路上，擒住唐都监刘承遇，收降唐军校李师德。他们乘胜进逼益阳，大刀阔斧，砍入唐守将李建期的寨内。李建期慌忙对敌，被孙朗、曹进二将，缠住厮杀。张文表、潘叔嗣又持槊助战，任你李建期有多大的能耐，也被他七手八脚活捉了去。两千守兵，全都战死，一个不留。于是，朗州兵水陆并进，势如破竹，破桥口，入湘阴，直逼潭州。此时，这位大慈大悲的边菩萨，变成了无人无势的边和尚，他自知敌不过朗兵，慌忙派人到唐廷乞援。无奈远水难救近火，唐兵还没赶到，朗州兵已是登城。边镐弃城夜逃，城中的官兵和百姓全都逃散，人多马杂，把醴陵桥门都踏断了，淹死的压死的大约有一万多人。

王逵进城视事，自称武平军节度副使，权知军府事，并派遣何敬真追杀边镐。边镐那时已经狂奔而逃，根本追赶不上，只杀死些掉队的士兵。王逵又命蒲公益攻打岳州，唐岳州刺史宋德权和监军任镐，不战而逃。湖南各州县的唐吏都闻风胆战，相继逃走。从前马氏的领土，一股脑儿都归了刘言，只有郴、连二州还是被南汉占有。王逵又打算攻取郴州，亲自督领诸军连同峒蛮一同五万人，将郴州围住。南汉将潘崇彻星夜前来救援，出其不意，袭击朗州兵，朗兵大败而回。

王逵撤兵后，又派人到朗州，请刘言入主长沙。可是刘言不愿舍弃朗州这块根据地，于是上表周廷，报捷称臣，并且说潭州残破不堪，请将湖南的府署移到朗州。周主与群臣商议，大家都主张招抚，于是于广顺二年正月，授刘言为武平节度使，兼朗州大都督，升朗州为湖南首府，等级在潭州之上。任王逵为武安节度使，周行逢为武安行军司马，何敬真为静江节度使，朱全琇为静江节度副使，张仿为武平节度副使。这诏圣旨颁布到朗州后，刘言等人全都欣然拜受。

唐廷这边，唐主李璟因为兵败，追究有罪之人，削夺边镐的官爵，把他流放饶州，斩宋德权、任镐，贬冯延已、孙晟为左右仆射，并自陈过失，决定休兵息民。左右对李璟说：“陛下如果十年内不再用兵，国家就能达到小康。”李璟愤然说道：“朕将终生不再用兵！何止十年啊！”可是，不到几个月，他又起用冯延己为相，朝中大臣都觉得很奇怪，这且以后再表。

再说王逵进入潭州后，与何敬真、朱全琇等人各置牙兵，分厅视事，官民们都不知道到底由谁做主。有时宴集诸将，也不辨尊卑，不分主客，彼此之间吵吵嚷嚷，一点规矩都没有，王逵因此感到非常担忧。唯有周行逢、张文表两人，对王逵还算恭敬，所以王逵也将这二人视作自己的左右手，遇事总是交给他们办。何敬真、朱全琇不免怀疑王逵有所意图，可是他们受了周廷的命令，要前往镇守静江军，不得不离开潭州。王逵得以拔去眼中钉，恰也十分欣慰。只是他自恃有功，不甘久居刘言之下，所以平日里与刘言通书，言辞十分倨傲。刘言也不肯容忍，对他颇为忌恨，打算先下手除掉王逵。

王逵也有所察觉，时常戒备。周行逢也对王逵说：“刘言一直猜忌我们，敬真、朱全琇又与将军不和，要是将军不先下手，将来两路一起发难，将军该怎么办？”王逵回答说：“你说得很对，我早就为此担忧了，就是苦无良策！”周行逢于是对着王逵的耳朵说了几句话，王逵听后，大喜道：“有如此良计，不怕除不去凶党，有你与我同治潭、朗，还有什么担心的呢？”于是依计行事，派遣周行逢到朗州，进谒刘言。刘言问他这次的来意，周行逢说：“南汉已经兴兵入侵，全、道、永三州，战事吃紧，我这次来是特地向你报告的！”刘言说：“王节度使为什么不率军前往抵御呢？”周行逢说：“南汉势大，并非潭州兵力所能抵挡的，必须联合武平、静江两路兵马才足以御寇。”刘言思考了半天，才回答道：“我这里的兵马也不多，而且这里是军事要地，不便调兵出去，看来只好调派静江军与潭州军一同前去御敌了！”周行逢听后，嘴角露出一丝狡笑，说道：“如此甚好，请大都督照行！”于是刘言传令何敬真为南面行营招讨使，朱全琇为先锋使，催促他们赶赴潭州会师，共同抵御南汉。

周行逢辞别刘言后，回到潭州，向王逵禀报，计划尽在掌握之中。不久，何敬真、朱全琇到来，王逵到郊外迎接，双方见面后，王逵假意迎奉，唬得这两位非常高兴。这两人又问到敌情，王逵回答说：“我已拨兵前去堵截了，想必寇势不至于蔓延，两位将军远道而来，先进城休息休息，过两天再去征剿也不迟！”于是将何敬真、朱全琇请求城内，摆酒接风，并召入美妓美酒作陪，惹得这两人眼花缭乱，情志昏迷。饮罢散席后，王逵嘱咐各妓留在客馆，侍奉他们，夜以继日地缠绵。俗语说得好：“酒不醉人人自醉，色不迷人人自迷。”何敬真、朱全琇一住就是好几天，差不多和这些妓女们结下了不解之缘，男男女女，朝朝暮暮，卿卿我我，还记得什么军事。王逵一面为他们提供美酒佳肴，让他们沉迷酒色，沉湎不醒。一面又派人到朗州，再请刘言增派援兵。

刘言接到使者后，又派指挥使李仲迁率领部兵三千，到了潭州。王逵让他与何敬真相见，何敬真令他先行出发，赶往岭北，在那里等待，说自己随后就到。李仲迁领命，率兵翻过山岭，在岭北扎营等了好几天，并不见何敬真到来，也不见什么南汉兵。他正惊疑不定时，谁知军中的都头符会因离家日久，思乡心切，竟然劫着李仲迁回到了朗州。

何敬真、朱全琇那时还留居在馆中，整天昏醉，忽然来了个朗州使人，说是传刘言的命令，责备他们耽误军情，沉迷荒宴，要把他们捆起来，送到潭州的狱中。何敬真醉眼朦胧，怎么能辨别真伪呢？其实这朗州使人，是由潭兵假扮的，就是南汉入侵也是由周行逢捏造出来的。朱全琇闻变，急忙奔逃，被王逵派兵追上，当即拿还。当下从狱中牵出何敬真，与朱全琇一同斩于市曹。并派人报知刘言，污蔑何敬真、朱全琇私通南汉，故意逗留，不得不军法从事。李仲迁等人这时正好回就来，他对刘言说，自己在岭北等了很久，始终不见何敬真、朱全琇到来，所以才率军回到郎州。刘言听后，便相信了王逵的奏报，打消了疑心。

除去何敬真、朱全琇后，周行逢又对王逵说："武平节度副使李仿是何敬真的亲戚，李仿要是不除，恐怕以后会为何敬真复仇，请将军多加预防才是！"王逵于是转达刘言，请另派副使李仿一同前来御寇。刘言是个蠢人，中计后，没有丝毫察觉，这次又依王逵请求，将李仿调来了潭州。王逵又是殷勤出迎，设宴款待李仿，并在帐后埋伏了刀斧手。酒意半酣的时候，王逵掷杯为号，伏兵立即杀出，将李仿剁成了肉泥。得手后，王逵留下周行逢驻守潭州，自己亲率轻骑，前往偷袭朗州去了。

朗州这时毫无防备，王逵率军杀入，直趋府署。指挥使郑珓出来拦阻，还没开后，脖子上就已挨了一刀，倒地身亡。刘言闻变，还不知什么原因，冒冒失失地走了出来，迎头撞上王逵，王逵挥动徒众，将刘言架到一间馆舍，拘禁了起来。朗州兵士正要仓皇逃走，王逵当即在城中下令，说刘言私通南唐，所以特地前来问罪，此外一概不问。兵士们都没得到刘言什么恩惠，哪个肯来为刘言出头？况且当初朗州本来就是由王逵夺取的，刘言不过是坐享其成，各军大都又是王逵的旧部，乐得依从王逵的命令，得过且过。

王逵安然占据朗州后，奉表到周廷，只说刘言想举湖南降唐，并又添加了许多虚假的罪名。他说刘言想要攻打潭州，部众不肯听从，所以才刘言幽禁。后来是他到了朗州，才将军府抚定，保境安民，他还奏请仍旧将军府移到潭州。周主郭威虽然很聪明，但到底相隔太远，实在无法辨别虚实。再加上湖南是个羁縻之地，更不必详细追究，只要他们仍然称臣纳贡，也不妨事事依从他们。于是周主派通事舍人翟光裔，抚慰王逵，答应他所有的要求，且授王逵为武平军节度使，兼中书令。王逵厚赏了翟光裔，并送他回周，自取朗州的图籍，回到潭州，另派潘叔嗣前去鸩杀刘言。刘言镇领朗州一共三年，朗人曾叫他"刘咬牙"。此前，有童谣云："马去不用鞭，咬牙过今年。"鞭与边同音，边镐赶走了马氏，刘言又驱逐了边镐，王逵再杀了刘言，至此童谣也果然应验了。

再说镇宁节度使郭荣，莅镇以后，由周主选择朝臣，作为他的僚佐。郭荣用王敏、崔颂为判官，王朴为掌书记。这几个人都是当时的名士，辅导有方。郭荣的妻子刘氏曾被封为彭城县君，前时留居在大梁，被刘铢所杀。周主即位后，追封刘氏为彭城郡夫人，又因郭荣断弦待续，所有另外给他选择配偶。郭荣听说符彦卿的女儿，聪慧过人，现在寡居在母家，没有再嫁，所有特地向周主请求，愿意纳她为继室。周主本已经认符氏为义女，乐得为养子结合，于是写信给符彦卿，求他的女儿作为自己的义媳。符彦卿当然遵命，当即将女儿送到了澶州，与郭荣结为夫妇。怨女旷夫，各得其所，自不用说。

郭荣在镇二年，多次请求入朝。王峻当时已经入相，他忌惮郭荣的英明，总是在一旁阻挠。后来，赶上黄河决口，王峻奉命前去巡视，郭荣抓住机会，再次陈情，终于得到周主的批准，入朝觐见。郭荣即日启程，来到京城，父子相见，到底是子孝父慈，周主当即授郭荣为开封尹，兼功德使，加封晋王。王峻得知消息后，急忙从河上返回大梁，请求辞职，可是周主不许。不久，王峻又乞求外调，又经周主再三慰留，并命他兼领平卢节度使。王峻还是不识好歹，连章请求周主，解除自己丞相和枢密的职务，并且好几天都不理事。周主又派近臣前去征召，可是王峻还是托疾不朝。后来，因为枢密直学士陈同与王峻关系很好，周主特地派他前去传示谕旨，说他要是再不上朝，就亲自前去探望病情，王峻这才不得已进见。周主虽然还是对他温颜劝勉，但心里却存下了芥蒂。王峻还是不识时务，总是向周主提出许多无礼的请求。于是曾经共同患难的君臣，免不得变起脸来。笔者有诗讥讽王峻：

难得功臣保始终，鸟飞已尽好藏弓；

如何恃宠成骄态，坐使勋名一旦空！

第五十一回 郭荣即位

却说周枢密使同平章事王峻恃宠生骄，总是要挟周主，周主虽然很宽容，但免不了心存芥蒂。王峻又在枢密院中，增筑厅舍，极其华丽，还特邀周主前来参观。周主平时崇尚俭约，但又不便诘责他，只好敷衍几句，起驾回宫。后来，周主在内苑中也建了一个小殿，王峻跑来说："宫里那么多宫室，怎么还要再建呢？"周主非常生气，反问道："枢密院的屋子也不少啊，爱卿为什么要添筑厅舍呢？"王峻惭不能回答，只好惭愧地退了下去。

这天正值寒食节，周主没有上朝，百官也请了例假。刚过辰时，周主因为起床较晚，所以就没吃早餐，偏偏王峻此时跑到内殿，说有要事面陈。周主还以为他有什么大事，就立即召见了他。王峻行过了礼，向周主面请道："臣看李穀、范质两位宰相，实在不能称职，不如改用其他人吧！"周主问："谁能代替他们呢？"王峻回答说："端明殿学士尚书颜衎、秘书监陈观，这二人才能卓越，陛下何不重任呢？"周主怏怏地说："任免宰相这种事情不应该太过仓促，等朕慢慢观察一段时间，再行定议。"可是王峻却在那里啰唆不休，硬是要周主答应。周主这时肚子饿地呱呱叫，恨不得将他叱退，勉强忍住了气，含糊地说："等寒食节过后，我就为你改任这两个人就是了。"王峻这才辞退。

周主入内用膳，越想越气，越气越恨。过了一晚，第二天召见百官。王峻昂然直入，被周主喝令左右，将他拿下，拘押了起来。然后，周主气愤地对冯道等人说："王峻是朕的患难弟兄，所以对他朕是事事容忍，格外开恩。偏偏他欺朕太甚，竟然想驱逐大臣，剪除朕的羽翼。朕只有一个儿子，总是被他忌恨，百般阻挠，不让他进宫。像这种目无君上，骄横无耻的人谁能忍受得了？朕也顾不了那么多了！"冯道等人稍微劝解了一下，请饶恕王峻的死罪。于是周主将王峻放出，降为商州司马，勒令他马上赴任。王峻神色沮丧，狼狈出都，到了商州，忧愤成疾，不久便死了。颜衎、陈观，因为是王峻的同党，一同坐罪，也同时被贬。

邺都留守王殷与王峻一同辅佐周主，都立有大功。王峻得罪后，王殷也忐忑不安。先是王殷出镇邺都，仍领掌管亲军，兼同平章事职衔，黄河以北，都受王殷的节制。王殷总是向百姓敛财，弄得怨声鼎沸。周主曾派人告诫王殷说："朕在邺都起家，府库中的储蓄，足够支撑好几年，只要你按照规定向百姓收取税用，进贡朝廷是绰绰有余！所以你千万不要额外征收，取怨人民！"王殷却不以为然，仍苛敛如故。并且将河北的戍兵任意调换，毫不奏报，周主对此非常愤恨。广顺三年九月，是周主的诞辰，叫作永寿节，王殷上表请求入朝庆寿，周主怀疑王殷有阴谋，不准他入朝。到了冬季，周主正预备郊祀的礼仪，不料王殷竟然擅离职守，来到京城，并带着许多骑士，出入拥卫，烜赫异常。那时周主正好有点不舒服，得到消息后，非常惊疑。又因为王殷多次请求面见周主，还请周主拨给他卫兵，以保护他的安全。这样一来，周主更加怀疑，于是勉强带病来到滋德殿，召见王殷。王殷刚刚登上殿外的台阶，周主就命侍卫出殿将他拿下，责怪他擅离职守，罪在不赦。一篇诏敕，把王殷生平的官爵全部削夺，并将他流放登州。王殷失魂落魄的赶往登州，后来在半路上又接到将吏的赍诏，说他有意谋叛，准备乘郊祀那天起兵作乱，可就地正法。王殷无从辩白，只好伸颈就戮，一道冤魂投入冥府，与前时病死的王峻再做阴间的朋友去了。

周主杀死二王后，这才免去了后顾之忧，当即命皇子晋王郭荣掌管内外兵马大事。改邺都为天雄军，调天平节度使符彦卿前去镇守，加封卫王。调镇州节度使何福进镇守天平军，加同平章事。镇州那边，命侍卫步军都指挥使曹英出任，澶州那边，命侍卫马军都指挥使郭崇出任。此外还有一些迁调，不能一一尽述。只是周主的病体始终不能痊愈。转眼间到了腊月，周主勉强支持亲临太庙，从斋宫乘车到了庙廷才下车。由近臣搀扶着走上台阶，刚一进去，就已经痰喘交作，不能行礼。没办法，周主只好命晋王郭荣主持，自己仍退居斋宫。到了夜间，痰喘更加厉害，差点儿就谢世归天，幸亏经过良医调治，才得以重生。第二天就是广顺四年元旦，周主又勉强起来，亲自来到南郊，大祀圜丘。他自觉身体疲乏，不能叩拜，只好仰瞻申敬，草草成礼。礼毕回宫，登明德楼，受百官朝贺，宣布大赦，改广顺四年为显德元年。对内外文武百官优旨加恩，这都不用细叙。周主经过这番劳动后，病情更加严重，只好停止诸司的进奏，遇到大事，都由晋王郭荣入禀，然后再由周主决定是否颁行。

晋王郭荣总握内外兵柄，每天都在府中办事，人心总是稍微安定了些。忽然澶州牙校曹翰入都进见郭荣，拜谒完毕后，他随即对郭荣说："大王是国家的储君，应当想着尽孝才对。如今主上卧病，大王不入宫服侍，却整天在外办事，这怎么能让天下人景仰你呢？"郭荣听后，悟出了言外之意，其实就是让他常伴周主左右，以防不测。于是郭荣将曹翰居在府上，代替自己解决政务，自己到宫中服侍周主，朝夕不离。

周主嘱咐郭荣说："朕要是起不来了，你马上将我安葬在山陵，不要让我的灵柩久留在殿内。陵墓务必俭素，不得劳役百姓，不得多用工匠，不要设置下宫，不要守陵的宫人，不用石人石兽，只需要用纸衣为殓，瓦棺为椁。安葬完毕后，你可招募三十户陵墓附近的百姓，免除他们的徭役，命他们替朕守墓。陵前只需要立一块石碑，上面镌刻上：'周天子平生好俭，遗令用纸衣瓦棺。嗣主不敢有违。'你照我说的做，就可以了。你如果违背我的遗言，我死后有知，必定不保佑你！"郭荣含糊遵命，周主见他有些迟疑，再次告诫说："从前我西征时，见唐朝十八帝陵全都遭到挖掘，这都是由于墓中藏着了太多的金银玉器，才惹来了盗墓贼。你平生也读史书，应该知道汉文帝为人俭素，世人都知道他葬在霸陵原，可是他的墓穴至今完好如初。所以，对于朕每年寒食节，你可派人祭扫，如果没人可以差遣，遥祭也行。并且在河府、魏府间，各葬一副剑甲，澶州葬通天冠绛纱袍，东京葬平天冠衮龙袍，千万千万，不要忘了我的遗言！"郭荣唯唯受教。

周主又命郭荣传令，加封宰臣冯道为太师，范质加封为尚书左仆射，兼修国史，李穀加封为右仆射，兼集贤殿大学士，升端明殿学士尚书王溥为同平章事，宣徽北院使郑仁诲为枢密使，枢密承旨魏仁浦为枢密副使，司徒窦贞固晋封为汧国公，司空苏禹珪晋封为莒国公，授龙捷左厢指挥使樊爱能为侍卫马军都指挥使，虎捷左厢指挥使何徽为侍卫步军都指挥使，且加殿前都指挥使李重进为武信军节度使，检校太保，仍然统领禁军。

李重进的母亲是周主的同胞姐姐，曾被封为福庆长公主，周主因为李重进是自己的外甥，所以用他为亲将。后来，周主病重后，特地召李重进入内，托付遗命。且令他向郭荣下拜，表明他们君臣的名分。李重进一一遵旨，周主又叹息说："朕观当世的文才，没有人能超过范质、王溥，如今这两人都做了宰相，我死后就也就没什么遗憾了！"当晚，周主郭威病逝于滋德殿，享年五十一岁。

晋王荣秘不发丧，过了三天已经大殓，迁灵柩于万岁殿，并召集文武百官，颁示周主的遗命，令晋王郭荣即皇帝位，百官奉敕，当即奉着郭荣在灵柩前即位。这年从正月初一开始，一直是阴天，日月旁边常常出现晕环。嗣主郭荣即位后，天气忽然晴朗，阳光明媚，中外人士相率称奇。嗣主郭荣要居丧几天，由宰臣冯道等人上表请嗣主听政，连上了三道奏疏才得到应允。嗣主在万岁殿东庑下召见朝臣，开始理事。他命太常卿田敏为先帝拟定谥号，田敏尊周主谥号为圣神恭肃文武孝皇帝，庙号太祖。

就在这时，忽然潞州节度使李筠派人报告说北汉主刘崇与辽将杨衮，率兵数万，从团柏谷入侵潞州。周主郭荣刚刚即位，就听到这种事情，倒也有些心惊。幸亏他天姿英武，不以为忧，随即召见群臣商议，想要亲征。冯道等人觉得不可行，并说刘崇上次从晋州逃回，势弱气衰，短时间内是不可能振作起来的。现在的情况肯定是潞州的谣传，李筠不战先怯，上奏朝廷只会夸大其词，虚张声势。还说陛下刚刚继承大统，人心未定，先帝的山陵才刚刚开工，不应该轻率出征。如果刘崇入寇，只需要命将领带兵出征，便足以制敌等等话。周主郭荣摇头说："刘崇见我朝大丧，心怀侥幸，觉得我刚刚即位，立足未稳，眼下是个入侵中原的良好机会。如今潞州告急，我看李筠不像是在撒谎，我要是亲自出征，也可以先声夺人，免得被他看扁了！"冯道等人还说一再劝阻，周主郭荣又说："从前唐太宗创业时，多次亲征，朕岂会怕河东的刘崇？"冯道却回答道："陛下未必学得了唐太宗。"周主郭荣奋然说："刘崇只不过一万多人，全都是乌合之众，如果遇到王师，肯定像泰山压卵一样，我军必胜无疑。"冯道又说："陛下还说先扪心自问一下，自己是不是真的能做得了泰山吧！"周主郭荣听后，十分不悦，拂袖起座，返身入内去了。

第二天，周主颁出诏敕，分发到各道，命他们招募勇士，送入京城。各道节度使得到圣旨后，陆续送来壮丁，由周主编入禁卫军，每天操练，准备护驾亲征。不久，周主又接得潞州的急报。只见纸上写着：

昭义军节度使臣李筠，万急上言：河东叛寇刘崇乘我国大丧，结连契丹，大举入寇。臣出守太平驿，遣步将穆令均前往迎击，被贼将张元徽用埋伏计，诱杀穆令均，士卒丧亡过千。寇焰十分嚣张，兵逼驿舍，臣不得已回城固守，誓死坚守，谨待援师。臣指挥不当，自取丧师之罪，还请有司议谴！谨冒死上闻，翘切待命！

周主郭荣得了此报，见事情紧急，也不想再与冯道等人啰唆什么了，直接召见王溥、王朴两人，跟他们商量亲征的事宜。王溥与王朴都赞成亲征，奏请周主应该先调各道兵马，会集潞州，然后车驾才能起行。于是，周主诏天雄军节度使符彦卿从磁州进兵，赶赴潞州，截击敌兵的后路，用澶州节度使郭崇为副使；河中节度使王彦超，从晋州进兵赶赴潞州，截击敌人的东面，用陕府节度使韩通为副使；又命马军都指挥使樊爱能、步军都指挥使何徽、滑州节度使白重赞，郑州防御使史彦超，前耀州团练使符彦能等，引兵先赴泽州，以宣徽使向训为监军。一面令冯道恭奉梓宫，赶往山陵，留枢密使郑仁诲居守京师，车驾于三月上旬起行。

到了怀州，周主听说刘崇已经引兵向南，形势危急，打算兼程前进。控鹤都指挥赵晁对通事舍人郑好谦说："贼势昌盛，我们不可轻敌，主上想倍道进兵，恐怕不是良策。"于是郑好谦跑去劝阻周主，周主郭荣发怒说："你怎么敢阻挠军情呢，想必是有人主使，马上将他供出来，免得受刑！"郑好谦慌忙了说了实话，说是赵晁说的。周主郭荣于是将赵晁逮捕入狱，即日下令起行，挥众急进。

不到几天，车驾就到了泽州，周军驻扎在东北方向。北汉主刘崇带着辽兵走过潞州，不想马上进攻，竟向泽州进发。刘崇军到了高平南岸，听说周军已到了，这才据险立营，只派前锋前去挑战，被周军邀击一阵，便即败退。周主郭荣担心他们逃走，再命诸军星夜前进，并敦促河阳节度使刘词赶紧派兵援应。诸将因刘词没来，不免寒心，但因为周主军令森严，又不敢中途逗挠，不得已驱军前行。第二天一早，诸军来到巴公原，远远地望见敌兵，北汉将张元徽在东列阵，辽将杨衮在西列阵，行伍很是整齐。周主命滑州节度使白重赞与马步都虞侯李重进，率左军居西，樊爱能、何徽，率右军居东，使向训、史彦超率精骑居中央，殿前都指挥使张永德，率禁兵护住御驾。

两阵对峙，周军与敌兵相较，人数只不过是他们的三分之二那么多。刘崇见周军较少，后悔叫辽兵来帮忙，并对诸将说："我观敌人的数量，与我本部的兵马相差不多，早知如此，何必还要求援外人呢？不过把他们叫过来看看也好，现在我们不但可以破周，而且还能使外人心服，倒也算是一举两得了。"说着，诸将都乘机上前谄媚，唯独辽将杨衮策马上前，望了周军阵列半天，然后对刘崇说："周军严肃，不可轻敌！"刘崇奋髯说："机不可失，将军不要再说了！看我与周军决战，今天一定要为我儿报仇！"杨衮默然退去。忽然东北风大起，吹得两军毛发竖立，个个惊悚。一会儿，又转刮起了南风，风势也小了点。北汉副枢密使王延嗣以及司天监李义，向刘崇进言道："风势已小，正可出战。"刘崇便下令进兵。枢密直学士王得中叩马谏阻道："风势逆吹，这对我们不利，李义一直掌管天文，却不知道风势的顺逆，如此愚昧，罪当斩首！"刘崇怒叱道："我意已决，你这个老书生不要再胡说了！要是再敢多嘴，我先斩你！"王得中吓退在一旁，刘崇随即挥动大军，命张元徽先进。

张元徽率领一千骑兵攻击周军右军，正与樊爱能、何徽相遇，两下交锋，不过几个回合，樊爱能、何徽就忽然引兵撤退，于是周军右军纷纷溃散，步兵千余人解甲投戈，投降了北汉，同时高呼万岁。刘崇望见南军阵动，亲督诸军继进。矢如飞蝗，石如雨点，周军不免惊乱。

周主郭荣亲自带领亲兵，躬冒矢石，向前督战。那时惹恼了一员周将，大声喊道："主上如此危险，我们怎么能不拼死奋战呢？"他又对张永德说："贼兵士气已经骄横，只要我们力战，就可破敌，将军部下有不少弓弩手，请乘机西出作为左翼，末将愿作为右翼，冒险夹击，不愁不胜。国家安危，正在此一举了！"张永德点头称善，于是与那将分别带着二千人，左右出战。这位周将身先士卒，冲向敌阵，士卒也紧跟其后，捣入敌阵，无不以一当百。北汉兵不能抵御，纷纷倒退。各位读者你们说这位周将是谁呢？原来就是将来的宋太祖赵匡胤。赵匡胤涿郡人，父亲名叫赵弘殷，曾担任岳州防御使。赵匡胤出自将门，入充为宿卫，这时随驾出征，见周主身陷危境，不由得激起热忱，勇往直前，把北汉兵杀得大败。赵匡胤的履历，《宋史演义》里有详细的介绍，所以这里就不多说了。

此时，内殿直马仁瑀也对部下大喊道："如果让车驾受敌，还要我们做什么！"于是跃马直出，拿着弓箭连连射去，一口气射杀了十多人，士气更加振奋。殿前右番行首马全义到周主前面奏请说："贼军已经披靡，马上就会被我们打败，请陛下按兵不动，慢慢看臣等杀敌立功！"说着，便率领几百名骑兵冲入敌阵，正巧碰到了张元徽出来拦阻，马全义随即纵马舞刀，与张元徽大战数十个合。马仁瑀在一旁暗中帮助马全义，他用箭对准张元徽马头，一箭射去，"嗖"的一声，正中马眼。那马不堪疼痛，一下子乱跳了起来，将张元徽掀落在地，马全义趁势一刀，将张元徽砍成两段。张元徽是北汉的骁将，突然被杀，北汉兵的士气一下子低落了下来。天空中的南风，越吹越猛，周军顺风冲杀，气势更加逼人。刘崇见状后，料定不能支持，慌忙举起红旗，鸣金收军。可是军士们早已溃散，一时无法聚齐。辽将杨衮望见周军得胜，不敢出兵增援，并且他恨刘崇妄自尊大，不知进退，乐得袖手旁观，引军撤回。此战，北汉大败，周军大胜。

樊爱能、何徽两人带着残众，擅自向南逃脱，沿途遇到粮车，反而纵兵剽掠。运粮的车夫见乱兵到来，纷纷逃亡，一番践踏，伤亡了不少。周主郭荣急忙派遣军校去追，樊爱能、何徽二人竟然不肯奉诏，甚至杀死了来使，纵马奔逃。凑巧在路上遇到了河阳节度使刘词，率兵来援，樊爱能见到他后，连忙摇手说："辽兵已经杀过来了，我军败退，你又何必去送死呢？"刘词问道："天子是否安全？"何徽回答道："我们幸亏跑得快，才保全性命，主上还不肯退归，大概逃往泽州去了吧。"刘词勃然大怒，说："主辱臣死，你们为什么不去援救？"于是引兵北趋，赶到了战场。

这时敌兵正值败退，还有一万多残兵，在涧水边列阵。天色将晚，南风依旧强劲，刘词带着一支生力军，越过涧溪，呐喊冲锋，杀入敌阵。北汉兵此时已经气馁，还有什么心思交战仗？被刘词率军一扫，死的死，逃的逃。刘词挥众追去，还有溪涧南岸休息的周军，看见刘词一军得胜，也鼓动余勇，跃涧齐进，与刘词一军并力追击。可怜北汉兵没处逃生，或死或降，刘词等人一直追到高平，这才回军。一路上只见尸横遍野，血流成渠，被抛弃的辎重器械，不可计数。周军陆续将器械搬入大营，当时已经黄昏了。周主郭荣还在野外，于是随便住了一晚，命各军认真巡逻，注意戒备。他们抓到了许多樊、何麾下投降敌人的士兵，被周主下令全部处死。

第二天，又进军高平。刘崇听说周军快来了，急忙打扮成百姓的样子，骑着胡人的马匹，从雕窠岭逃了回去。可是到了夜里，迷了路，他强迫村民作为向导，村民却把他们误引到了晋州。走了一百多里，刘崇才知道走错了，他将村民杀死后，返辔北逃。逃了半天，饥肠辘辘的他正准备吃饭，刚拿起筷子，就听到周兵追了过来，连忙扔下碗筷，上马急奔。刘崇的年纪大了，如此没日没夜地逃命，几乎支撑不住。幸亏他骑的马是辽主所赠，特别精良。刘崇一路趴在马背上，才算勉强逃回了晋阳。

周主郭荣见刘崇已经逃走，估计也追赶不上，于是命各军在高平暂时休息。他又选出了几千北汉的降卒，号为效顺指挥军，命前武胜行军司马唐景思为将，发往淮上，防御南唐。还有二千余降卒，每人赏赐两匹绢，并发给他们衣服，将他们放回了本部，那些降卒拜谢而去。周主郭荣转入潞州，由节度使李筠激将他迎入城中，正要赏赐功臣，忽然有人禀报说樊爱能、何徽二人前来请罪。周主微笑道：“他们还敢来见朕马？”于是喝令呼左右，将他们打入囚车，听候发落。正是：

到底英君能破敌，管教叛贼送残生。

第五十二回 晋阳之战

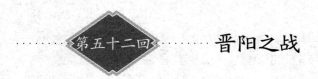

却说周主郭荣夜宿行宫，暗思樊爱能、何徽是先帝的旧臣，何徽曾守御晋州有些功劳，不如饶他一死。可转头一想这二人如果不杀，如何振肃军纪，辗转踌躇，不能决断。正巧张永德进宫值宿，周主向他咨询，张永德说："他们两人其实没什么大的功劳，勉强做了统将，却不思报国，反而望敌先逃，一死都不能抵过，况且陛下刚刚削平四海，如果不申明军法，就算有百万雄师，又有什么用呢？"周主郭荣正靠在枕头上假装打盹儿，听到张永德的话，突然从床上跳了起来，将枕头扔在地上，连声称好。当下出帐升座，召入樊爱能、何徽。这两人被捆住了手脚，被人押了上来后，趴在地上向周主叩头。周主叱责道："你们是多年的宿将，久历战阵，这次并不是不能战，其实是瞧不起朕，想要将我出卖给刘崇。如今还敢跑来见朕，难道还想求生吗？"他们无法辩解，除了叩头请死之外，还希望周主能赦免他们的妻儿。周主说："你们以为朕想杀你们吗？实在是因为军法严明，不能姑息。家属无辜，朕自当宽恕，何必乞求呢？"两人听后，非常感激，连连拜谢。随后，由帐前军士将两人推出，斩首示众，并诛杀了十多名不战自退的部将，将他们的首级挂了起来。第二天早上，周主令人将他们棺殓，特赏榇车将他们归葬。周主恩威并施，军士们无不心服。从此骄将惰卒，再也不敢像以前一样藐视军法了。

这天，周主升帐，按功行赏，命李重进兼忠武军节度使，使向训兼义成军节度使，张永德兼武信军节度使，史彦超为镇国军节度使，其余的各有升调。张永德保荐赵匡胤，此战拼死保护车驾，智勇双全，周主特授他为殿前都虞侯，领严州刺史。一面派人到怀州，释放赵晁，命他建功赎罪。赵晁慌忙赶到潞州谢恩，随驾如故。

周主郭荣又命天雄军节度使卫王符彦卿为河东行营都部署，知太原行府事，澶州节度使郭崇为副，使向训为都监，李重进为马步都虞侯，史彦超为先锋都指挥使，领步骑二万，进讨河东。随后，又敕令河东节度使王彦超，陕府节度使韩通，引兵进入阴地关，与符彦卿合军西进。用刘词为随驾都部署，以鄜州节度使白重赞为副。符彦卿、史彦超两军，指日登程，刘词还在潞州，等候车驾出发，然后从行。

北汉的第一重门户，就是汾州城，由防御使董希颜驻守。史彦超从阴地关进兵，围攻数日，不能攻克。不久，符彦卿的前军也到了，与史彦超合攻，四面猛扑，锐不可当。这时守兵有些畏惧，史彦超忽然下令停止攻击，各部将都跑来谏阻，史彦超说："城已垂危，马上就能攻下，但是必须要我们的精锐奋勇登城，这样一来死伤肯定很多，何不等待一两天，让他们投降就是了！”于是收兵入营，派遣使者入城投书，叫他们赶快投降。果然，董希颜当即开城相迎。史彦超入城后，安抚民兵，休息了一晚，符彦卿也跟着到了，便与其会师，进逼晋阳。

北汉主刘崇，收集散兵，整缮甲兵，修筑城堑，以防御周军。那时，辽将杨衮要回军，屯守代州，刘崇派王得中送行，顺便到辽廷那里乞援。辽主答应支援他们，并先派遣王得中回报，但是一来一回，不免有些耽搁。那刘崇等了一段时间，见援兵还没来，只好固守晋阳，无暇其他属地。辽州刺史张汉超、沁州刺史李廷诲先后降周。石州刺史安彦进被王彦超所擒获，解送潞州，石州也被攻陷。周主郭荣听说后前军纷纷得手，惹动雄心壮志，要亲征河东。车驾刚刚到达潞州，又接到符彦卿的军报，说北汉宪州刺史韩光愿、岚州刺史郭言也举城归顺，周主格外欣慰。后来车驾进入北汉境内，河东的父老都箪食壶浆，争着迎接王师，还哭诉着说刘氏横征暴敛，搞得民不聊生，他们愿意提供粮草，帮助王师攻打晋阳。

原本，周主并没有吞并河东的想法，只不过想耀武扬威，好让刘崇不敢轻视他。这时看到河东人民夹道相迎，所以打算一劳永逸，将河东兼并。周主当下与诸将商议，立誓要剪灭晋阳。诸将都担心粮草不足，建议班师，以后再说。可是周主已经出发，并且下定决心了，怎么肯退回呢？于是，他挥军急进，直抵晋阳城下。那时符彦卿、史彦超等人早就在晋阳城外安营扎寨了，他们听说御驾亲临，当然出营迎谒。周主进入符彦卿的大营，与他商讨军事，符彦卿密奏道：“晋阳城池坚固，难以一下子攻克，我军远道而来，士兵疲劳，粮草匮乏，恐怕一时不能取胜，况且我听说辽国的援兵就要来了，还请陛下三思，是进是退一定要慎重啊！”周主沉默不答。

后来，周朱听说代州防御使郑处谦赶走了辽将杨衮，并派人前来纳款投诚，周主对符彦卿说：“代州前来归降，忻州必定孤危，爱卿可率军前去攻打，这里由朕督领。朕一定要扫灭河东，了却后患。”符彦卿不便多说，只好勉强应命。周主于是命郭从义为天平军节度使，令他与使向训、白重赞、史彦超等人跟着符彦卿一同北进，而自己率领各军，围困晋阳城。周军旌旗蔽天，金戈耀日，延绵四十多里。并将石州刺史安彦进带到城下，枭首揭竿，威慑城里的守兵。同时，周主又令宰臣李穀调度粮草，饬令调发泽、潞、晋、隰、慈、终各州以及山东附近的人力，运粮馈军。怎奈行营的人马差不多有数十万，所运到的粮草，随到随尽。军士没有吃的，不免四出剽掠，渐渐地四周百姓对周军大失所望，纷纷逃入山谷，躲避兵难。周主对此也有所耳闻，下令诸将招抚户口，禁止侵扰。只下令征纳当年的租税，并号召百姓献出粮草，凡是献出粮食五百斛，纳草到五百围的人，授予乡官，至于千斛千围，则授予州县的官职。

各位读者！你想河东百姓已经离散，还有何人再来供应？白白地拿出一纸文书，有名无实，城下数十万兵马仍旧要靠上面的饷运，没有别的办法。那符彦卿的奏报，络绎不绝。第一次紧要的奏报，是辽主囚住了杨衮，另派精骑来到忻州。周主随即授郑处谦为节度使，命他接济符彦卿。第二次紧要的奏报，是忻州监军李勍，杀死刺史赵皋和辽通事杨耨姑，举城请降。周主又授李勍为忻州刺史，令符彦卿火速赶往忻州。第三次紧要的奏报，是代州军将桑珪、解文遇杀死郑处谦，托言郑处谦暗通辽国。符彦卿担心有变，请周主调派援师。周主再派遣李筠、张永德将兵三千，前去增援符彦卿。最后一次，是他们报称进兵忻口，先锋都指挥使史彦超，追敌阵亡。周主虽然英明神武，看到这里也不禁心惊。

原来符彦卿等人到了忻州，正值郑处谦被杀，桑、解两人见符彦卿到来，却也开城迎接，只是符彦卿心里不踏实，心怀戒备。等到李筠、张永德带着援兵赶快，见自己兵力较厚，才稍觉安心。可是辽兵时常来到城下，挑衅不休，符彦卿决定出击，与诸将开城列阵，静等敌兵前来。不一会儿见敌骑到来，三三两两，好像一盘散沙。前锋史彦超自恃骁勇，哪里瞧得上眼，当即怒马突出，杀奔前去，跟随的骑兵只不过二十多人，敌骑略略招架，就四散奔走，史彦超驱马急赶，东挑西拨，越觉得兴高采烈，不肯回头。符彦卿担心史恐彦超有危险，急忙命李筠引兵接应。李筠走得慢，史彦超走得快，不久就看不到史彦超的人影了。李筠追赶了一段路程，见前面都是山谷，树林丛杂，崖壑纵横。他四面探望，并不见有史彦超，也不见有辽兵。他自知凶多吉少，只好仔细窥探，再行前进。猛地听到几声胡哨，深谷之中突然涌出许多辽兵，当先一员大将，生得眼似铜铃，面似锅底，手执一柄大杆刀，高声喊道："杀不尽的蛮子，快来受死！"李筠心里一慌，也管不了史彦超的死活了，只好火速收军，回马急奔。说时迟，那时快，番兵番将已经杀了上来，冲得周军七零八落。李筠此时也顾不了其他的了，连部兵都给抛弃了，一口气跑回了大营。番将哪里肯舍弃，骤马追来，幸亏符彦卿出兵抵住，才放过了李筠，符彦卿与番将大战了一场，死伤相当。太阳快下山的时候，番将这才收兵回去，符彦卿也敛兵回城。

这一次交战，周军丧失了一员大将史彦超，还有他带去的二十多骑兵，一个也没有逃回，就是李筠麾下也伤亡过半。符彦卿长叹道："我先前说不如撤军，偏偏主上不同意，害得我丧兵折将，现在该如何是好啊？"说到这里，即命侦骑星夜出探，访问史彦超的下落。第二天早上符彦卿得了侦报，说史彦超被辽兵诱入山中，冲突不出，杀了一些辽兵之后，力竭身亡。符彦卿听后，不禁流了几滴眼泪，便令随员写好奏疏，报明这次的败状，请求周主责罚，同时请求周主班师回朝。

周主郭荣接到奏章后，忍不住悲咽道："可惜啊！可惜啊！这次丧我猛将，全都怪朕啊！"于是追赠史彦超为太师，命符彦卿找到他的遗骸，随即撤回御营。周主本打算吞并北汉，每天都征兵催饷。东起怀孟，西自蒲陕，这一带所有的丁壮马夫全都调遣上了。役夫们都已经劳敝不堪，再加上大雨连绵，瘟疫交作，更加不能久顿城下，于是周主动了会师的念头。后来他听说史彦超战死，更加坚定了决心。

先前，北汉使臣王得中从辽国返回晋阳，被周军隔断，不得不暂时留在代州。代州守将桑珪将他抓了起来，送到了周营。周主将他松绑后，赏赐了一些酒肉和宝物，并温和地问他："你到辽国求援，辽兵什么时候能来？"王得中说："臣受汉主之命，送杨衮北返，其他的事情不知道。"周主冷笑道："你休想骗朕！"王得中说没有欺骗，句句属实。周主于是退居后帐，嘱咐将校再加盘问。将校跑去对王得中说："我主宽容仁慈，待你不薄，要是你不讲实话，一旦辽兵突然杀到，你觉得你能活着出去吗？”王得中叹息道：“我食刘氏俸禄，应为刘氏尽忠！况且我家中老母还在围城之中，要是以实相告，不但害死了我的老母，恐怕还会误了我的主子。到时候国破家亡，我怎能忍心独生？我宁可杀身取义，保我国家，虽死也瞑目了！”周主没法，只好决定南归，并下令将王得中缢死。

正巧符彦卿等人从忻州返回，入见周主，面奏史彦超的遗骸没办法找到。不得已周主也只命人招魂入棺，将他旧时的衣冠放入棺材，命士兵安葬，最后付诸一叹。周主出营亲自祭奠，祭奠完毕后入营，命军士收拾行装，即日班师回朝。同州节度使药元福入奏道：“进军容易退军难，陛下须慎重行事！”周主说：“殿后的事朕就托付给爱卿了。”药元福于是部署队伍，步步为营，先让各军先行，自己殿后。营内还有十万粮草，周军来不及搬走，只好全都毁去。此外还有随军的资械也大都被抛弃，大家匆匆上路，巴不得立刻赶到京城，所以队伍散乱，不成行列。北汉主刘崇见周军会师，出兵追击，幸亏药元福率领一军断后，严行戒备，列成方阵，等北汉兵接近时，屹立不动，镇定如山。北汉兵冲突了好几次，可是对方好似铜墙铁壁，无隙可钻，渐渐地神颓气沮。那药元福阵内却发出一声梆响，把方阵变为长蛇阵，来攻击北汉兵，北汉兵顿时骇退，反被药元福追杀了几里，周军斩杀了一阵后，这才慢慢退去，向南护驾去了。

周主回到潞州，休息了几天，才又启行来到新郑县。周太祖陵嵩陵就在这里，太师冯道负责监工，陵墓建成后，冯道也病死了。他一心穷兵黩武，周太祖送葬的时候都不在场，所以周主不免有些心怀愧疚。周主郭荣拜谒嵩陵，望着陵墓痛哭不已，等祭奠礼完毕后，才收泪而退。按照周太祖遗愿，周主附近的百姓轮流守墓。追封冯道为瀛王，赐谥号文懿。冯道享年七十三岁，做了四代宰相，还被辽封为太傅，善于逢迎为悦，阿谀取容之术。他曾自作《长乐老》，自述历朝荣耀的经历。后来北宋欧阳修编写《五代史》，嘲讽他寡廉鲜耻，并拿他与虢州司户王凝的妻子作比较。

王凝病死于任所后，留下一个幼子。他的妻子李氏带着儿子背着尸体路过开封府，并投宿旅舍。馆主不肯让她们留宿，拉着李氏的手臂，赶她出门。李氏仰天大哭道：“我身为妇人，不能守节，怎么能任由别人拉扯手臂呢？”她见门旁有一把斧子，便顺手取来，将自己的手臂砍去，晕倒在了门外，好容易才被人救醒。路旁的行人，围观感叹，都责怪馆舍的馆主不讲人情。没办法，馆主只好留她入宿，并用请大夫前来医治，李氏才得以安全无恙。开封尹知道这件事后，厚恤李氏，笞责馆主，且为李氏向朝廷请求名节。忠臣不事二主，烈女不事二夫。像王凝的妻子这样的女子才算烈女，冯道最为无耻，最为不忠，要是跟王凝的妻子比起来，真是可羞，希望后世的人千万不要效仿这个长乐老啊！

周主郭荣回到大梁，册封卫国夫人符氏为皇后，备礼册命。进符彦卿为太傅，改封魏王。郭从义加封中书令，刘词移镇长安，王彦超移镇许州，与潞州节度使李筠，并加封侍中。李重进移镇宋州，加同平章事衔，兼侍卫亲军都指挥使；张永德加检校太傅，兼滑州节度使；药元福移镇陕州，白重赞移镇河阳，并加检校太尉；韩通移镇曹州，加检校太傅。这些人都算从征有功，所以才迁官加爵。其实只有高平一战，周军杀退劲敌，还算有点功绩。而出师进攻晋阳，有损无益。先前收降的几个北汉州县，一经周主还师，安置在那里的刺史全都望风逃回，地界又回到了北汉主手里。而代州的桑珪，坚城自守，最后也被北汉兵攻破，桑珪逃走，代州失陷。周主无端耗去了无数的军饷，浪费了无数的人力，结果一座城池都没攻下，可见用兵千万不能轻率啊！

回京以后，周主每天上朝，政事不管大小，都由他亲自决断，百官只管拱手受命，不问可否。河南府推官高锡，上书劝谏，让周主择贤任能，小的事情交给下面的人办，周主不从。一天，周主对侍臣说："兵贵精而不贵多。如今一百家农夫都不足以养活一名甲士，为什么要白白地养着一些庸兵，消耗民脂民膏呢？朕观历代禁军宿卫，大都羸弱，而且士气骄横不肯用命，一遇到大敌不是逃就是降。回想这几十年，君主的姓氏多次更换，都因为这个弊病。朕打算检阅各军，留下强兵淘汰弱卒，这样就能振作军心，免得重蹈前朝的覆辙！"侍臣全部赞成。于是周主命殿前都虞侯赵匡胤，检阅军士，挑选精锐充作卫兵。又饬令各镇招募勇士，全都送到京城，仍然归赵匡胤简选，遇到才能出众的人，当即补入殿前诸军之中。此外命马步各军的统将也细心挑选，将骄兵惰卒一概淘汰。从此，宫廷内外的军士虽然数量减少了一些，但个个都是勇猛强壮的雄兵。

这年冬季，北汉主刘崇，忧愤成疾，竟然逝世。刘崇次子刘承钧向辽告哀，辽册刘承钧为汉帝，称他为儿。刘承钧也奉表称男，改名为刘钧。又在晋阳创立七庙，尊刘崇为世祖，改元天会，并向辽国乞师，锐意复仇。辽派遣高勳为将，率兵帮助刘钧。刘钧随即令部将李存瓌与高勳一共攻打潞州，久攻不克，只好撤还，高勳也率军归国。刘钧料知敌不过周朝，只好罢兵息民，礼贤下士，境内粗安。只是辽骑却多次侵犯周朝边境，不免让人头疼。周主因大军刚刚回归，战争的疮痍还没恢复，所以只告诫守边的将吏，固守边疆，不得出战。

不久，已是显德二年，周主仍然采用旧时的年号，没有改元。这时，夏州节度使李彝兴不奉朝命，拒绝周使。周主与群臣商议，群臣大都说："夏州地处偏僻，朝廷向来优待他们，这次他们拒绝使者，无非是因为府州防御使杜德扆，厚沐国恩，被授予旌节，李彝兴不愿与他比肩，所以才会转变态度。臣等以为府州狭小，无足重轻，不如抚慰李彝兴，保全大局。"周主听后，怫然说："朕攻打晋阳时，杜德扆率众来援，并为我抵御刘氏。朕授予他节钺，不过是奖赏他的功劳，怎么能委屈他呢？夏州只生产羊马，贸易百货全都仰着我国，我们要是和他断绝往来，他便没了能耐，还敢嚣张吗？"于是周主派遣供奉官到夏州，斥责李彝兴，果然李彝兴惶恐谢罪，不敢抗违。

周主的猜测被证实后，非常高兴，又下诏向各处征求意见，询问内情，并问及边事。边将张藏英上书献策，说深、冀二州的交界有个葫芦河，此河横亘数百里，要是能将它挖深一点，足以限制胡人南下，用人力制造天险，最为利便。于是周主派遣许州节度使王彦超、曹州节度使韩通，发起兵夫，前去挖掘河道。一面命张藏英绘制地图，将具体情况都呈报上来。张藏英奉诏后，立即绘制了一副地图，请旨入朝，当面向周主陈说。他说等葫芦河凿深后，在河岸大堰口处修筑城垒，派兵驻守。没有战事时士兵可以务农，有战事时便操戈出战，并愿自为统率，协调大局。周主大喜道："爱卿熟悉地势，细心规划，一定能为朕守御边疆。朕批准爱卿的请求，你可随意调度士兵，千万不要辜负朕的期望！”

张藏英立即拜辞，回镇一个多月，募得边民一千多人，个个是身强力壮，矫健不群。那辽主述律听说周军在堰口筑城，便派兵前来骚扰。王彦超、韩通分头抵御，却也抵住了辽兵。可是辽兵忽来忽去，没有规律。周军进击，他便退去，周军退回，他又跑来，害得王、韩两将日夜防备，寝食不安。并且也搞得那一班凿河筑城的民夫，惊惶得很，一会儿劳作一会儿停工，进度非常慢。正巧张藏英将兵丁招募齐了，来到了大堰口。他与王彦超、韩通会议，决定自作前驱，王、韩作为后应，杀他一个痛快，让辽兵再也不敢来。当下张藏英引众出击，一往无前，辽兵望风披靡。张藏英又挺着长矛，左旋右舞，挑到的地方人人落马，刺到的地方个个穿胸。任你辽兵如何狡猾，也逃不脱性命。再经过王彦超、韩通从后追上，杀死辽兵无数，剩得几个脚长的，抱头鼠窜，不知去向。

张藏英追赶到了二十里外，远望不见辽兵，这才退回。于是葫芦河疏凿得以修成，大堰口城垒渐渐竣工。王彦超、韩通同时返镇，只留下张藏英保守城寨，但足以抵制辽人。周廷改称大堰口为大宴口，号屯军为静安军，即命张藏英为静安军节度使。正是：

凿河筑垒费经营，扼要才堪却虏兵。
胡骑不来河北静，武夫原可作干城。

第五十三回 周蜀开战

却说周主郭荣打败北汉，击退辽兵后，便有了西征南讨，统一中国的想法。周主当下召入范质、王溥、李穀等宰臣，以及枢密使郑仁诲等人，开口说道："朕观历代的君臣，能使天下太平，实非易事。近代从唐、晋失德后，天下更加混乱，悍臣叛将，前赴后继。我太祖抚定中原，河南河北基本稳定，只有吴、蜀、幽、并这几处还未臣服。朕日夜筹划，苦于没有良策。朕想朝中应该有不少能人异士，那就请各位畅所欲言，陈论献策，当场写成文章，如果有好的建议，朕一定施行，爱卿们觉得如何？"范质、王溥等人齐声称善，于是周主诏翰林学士承旨徐台符以下二十多人，入殿亲试。每人各撰写两篇文章，一个题目为"为君难，为臣不易论"；一题目为"平边策"。徐台符等人得了题目后，各自开始撰著。有的人绞尽脑汁，眉头紧蹙，半天写不出一个字；有的人却是下笔成文，思如泉涌，非常敏捷。从辰时到未时，大家陆续写成，先后交卷。周主于是逐篇细览，发现多半在讲空话，把孔圣人的"修文德，来远人"两句话，扩展延伸，敷衍成篇，一点都不实用。只有给事中窦仪、中书舍人杨昭俭提倡向江淮用兵，非常符合周主的心意。还有一篇高明卓越的大论，乃是比部郎中王朴所作。上面写道：

臣闻唐失道而失吴、蜀，晋失道而失幽、并，观察他失去的的原因，就能知道怎么避免的方法。失去的原因，君暗政乱，兵骄民困，近者奸于内，远者叛于外，小不制而至于大，大不制而至于僭越。天下离心，人不用命。吴、蜀乘其乱而窃其号，幽、并乘其间而据其地。解决的方法，在于反思唐、晋的过失而已。必先进贤退不肖以清其时，用能去不能以审其材，恩信号令以结其心，赏功罚罪以尽其力，恭俭节用以丰其财，时使薄敛以阜其民。俟其仓廪实，器用备，人可用而举之。彼方之民，知我政化大行，上下同心，力强财足，人安将和，有必取之势，则知彼情状者，愿为之间谍，知彼山川者，愿为之先导。彼民与此民之心同，是即与天意同。与天意同，则无不成之功矣。凡攻取之道，从易者始。当今惟吴易图，东至海，南至江，可挠之地二千里。从少备处先挠之，备东则挠西，备西则挠东，彼必奔走以救其弊。奔走之间，可以知彼之虚实，众之强弱，攻虚击弱，则所向无前矣。攻虚击弱之法，不必大举，但以轻兵挠之。南人懦怯，知我师入其地，必大发以来应；数大发则民困而国竭，一不大发，则我可乘虚而取利。彼竭我利，则江北诸州，乃国家之所有也。既得江北，则用彼之民，扬我之兵，江之南亦不难平之也。如此则用力少而收功多。得吴则桂、广皆为内臣，岷、蜀可飞书而召之。若其不至，则四面并进，席卷而蜀平矣。吴、蜀平，幽州亦望风而至。惟并州为必死之寇，不可以恩信诱，必须以强兵攻之。然彼自高平之败，力已竭，气已丧，不足以为边患，可为后图。方今兵力精练，器用具备，群下知法，诸将用命，一稔之后，可以平边。臣书生也，不足以讲大事，至于不达大体，不合机变，惟陛下宽之！

周主看到这篇文章，大加称赏，便将他召来谈话。王朴谈论风生，无不符合周主的心意，于是被授为左谏议大夫，不久又命知开封府事。就是窦仪、杨昭俭，也得以升官；窦仪为礼部侍郎，杨昭俭为御史中丞。周主决定采用王朴声西击东的计策，先命偏师进攻蜀，然后派出正军袭击唐。先是秦、成、阶三州归附蜀，蜀人又趁乱取下了凤州。蜀主孟昶，喜好郊游，沉迷酒色，因此挥霍无度，一旦国用不足时，就向百姓索取。秦、凤人民受不了蜀主这样横征暴敛，又想回归中原，于是派人到周廷，乞求周主举兵收复旧地。周主正想发兵，又得了这个机会，更加喜悦，立即命凤翔节度使王景和宣徽南院使向训为征蜀正副招讨使，向西进攻秦、凤。蜀主闻报后，连忙派遣客省使赵季札赶赴秦、凤二州，整备边防，以防不测。赵季札本没有什么材干，偏偏他又目中无人，妄自尊大。一到秦州，节度使韩继勳将他迎入城中，两人谈论军事，可是赵季札说话总是吹毛求疵，鸡蛋里挑骨头，韩继勳免不了顶撞几句，赵季札便怏怏不乐地离开了。后来，他又来到凤州，刺史王万迪见他趾高气扬，也很是不服，勉强应酬了事。赵季札匆匆回到成都，面奏蜀主，说韩、王都非将才，不足以御敌。蜀主也叹息道："韩继勳确实不能抵挡周师，爱卿你觉得谁合适呢？"赵季札大声说："臣虽不才，愿当此任，只教周军片甲无回！"蜀主于是命赵季札为雄武节度使，调拨宿卫兵一千人，归他统带，去扼守秦、凤。又派知枢密王昭远，依次到北边的城塞，部署兵马，防备周师。而自己仍然寻花问柳，赌酒吟诗，整天与后宫佳丽、教坊歌伎以及词臣狎客，一起笑乐，好像太平无事一样。

蜀广政初年，后宫最受宠的要算妃子张太华。张太华长的眉目如画，色艺兼优，蜀主孟昶对她视若珍宝，每次出入必定带着她。他们曾一同在青城山游玩，住在九天文人观中，一个多月都不回宫。一天，忽然雷雨大作，乌云笼罩，张太华胆子小，害怕打雷，就躲到小楼里，不料霹雳无情，偏偏向这美人头上震击过去，只听一声巨响，便香消玉殒了。孟昶悲痛的不得了，他见张妃在世时，对这里非常留恋，于是在她死后，将她生前穿的红锦龙褥埋在道观前的白杨树下。

孟昶回到宫中后，还是悲痛不已。朝中一班媚子奸臣，想要为主解忧，于是又四处采选靓丽的美人。天下无难事，只怕有心人，他们果然找到了一位绝色美女，献入宫中。孟昶仔细端详，该女子花容玉貌，跟张太华非常相似，而且秀外慧中，擅长文墨。蜀主用诗词歌赋试探她，无不精通，把这好色的昏君欢喜得不可名状。没过多久，蜀主就将她封为贵妃，别号"花蕊夫人"，不久又赐号慧妃。慧妃喜爱牡丹、芙蓉，所以蜀中有牡丹苑，有芙蓉锦城。牡丹苑中，各色各样的牡丹，全都具备。芙蓉锦城，是在城上种植芙蓉，在秋季盛开，蔚若锦霞，因此叫为锦城。

蜀地一直号称天府之国，非常饶富，再加上十年没有战事，百姓五谷丰登，一斗米才值三钱，都城里的女子连辣椒和小麦都不认识，只知道采购胭脂，买笑寻欢。蜀主孟昶觉得都城繁荣，别的地方应该也不会差，所以居安忘危，除了花蕊夫人之外，又广选良家女子，充入后宫，各赐位号，有昭仪、昭容、昭华、保芳、保香、保衣、安宸、安跸、安情、修容、修媛、修娟等名目，待遇如同公卿大夫，甚至连舞伎李艳娘也召入宫中，列为女官，特赐妓院十万缗钱，替她赎身。

这年周蜀开战，正值夏季，孟昶派出赵季札、王昭远两人后，总觉得他们能轻松应敌，所以依旧流连声色。渐渐地天气炎热，蜀主便带着花蕊夫人等人，到摩诃池上避暑，凉夜开宴时，环侍群芳，孟昶左搂右抱，非常欢娱。他环视众嫔嫱，还是要算那花蕊夫人最为漂亮，酒酣兴至，他命左右取过纸笔，要在席间作诗一首，用来赞美花蕊夫人，第一句写道："冰肌玉骨清无汗"，第二句接着写道："水殿风来暗香满。"，正准备写第三句的时候，突然有紧急边报到来，说是周招讨使王景从大散关达到秦州，连拔八寨。孟昶不禁扔下笔，恨恨地说："可恨强寇，败我诗兴！"于是命人撤去酒肴，召词臣拟旨，派都指挥使李廷珪为北路行营都统，高彦俦为招讨使，吕彦琦为副招讨使，客省使赵崇韬为都监，率军前去抵御周师。一面促使赵季札火速赴秦州，援应韩继勳。

赵季札奉命出军，连爱妾都带在身旁，一路上按照驿站慢慢前进，兴致盎然，非常淡定。到了德阳，他听说周军连连攻城夺寨，气势强盛，不由得畏缩起来。后来，蜀主发来朝旨催促他进军，他更加觉得进退两难。可恨那床头妇人，强横刁蛮，贪生怕死，硬是要他回京躲避敌寇，一点商量的余地都没有。赵季札于是上书请求解任，托词说还朝有要事启奏。他先派遣亲军保护爱妾与辎重一同西归，然后引兵随返。到了成都后，他留军士在外驻扎，自己单骑入城。都中人民还以为他大军战败，孤身一人逃了回来，相率震恐。随后，赵季札入见蜀主，蜀主问他军机要事，他只是支支吾吾地回答几句，一点切实的办法都没有。蜀主大怒道："我还以为你有什么才能，我将重任托付给你，想不到你竟然如此愚笨懦弱！"于是命人将赵季札押往御史台，交给御史制裁。御史弹劾他行军打仗时还带着爱妾同行，故意逗留，延误军情，并擅自回朝，应该加以死罪。蜀主批准，命人将季札推出崇礼门外，斩首示众。蜀行营都统李廷珪率兵到达威武城，正值周排阵使胡立带领百余骑，前来巡逻。李廷珪随即挥军杀上，把胡立困在中心，胡立兵少势孤，冲突不出，被蜀将射落马下，活捉了过去。胡立的部下大多被蜀军抓获，只剩下十几个骑兵逃回了周营。李廷珪得了一场小胜，却向朝廷报称大捷，并命军在衣服上绣了一把斧头，称作破柴都。周主本来姓为柴，斧头可以砍柴，所以他才这么叫。

蜀主孟昶接着捷报，非常欣慰，当即派遣使者到南唐、北汉，约他们一同出兵夹击周。偏偏得意的事情少，失意的事情多，捷报才到，败报又来了。李廷珪的前军被周将所打败，将士被掳去三百多个。蜀主又派遣知枢密使伊审征鼓励行营将士，再行督战。

伊审征到了军前，与李廷珪商议计谋，先派先锋李进在马岭寨驻扎，截住周军的来路；再派游击队从一旁的斜谷出击，进屯白涧，作为偏师；又令染院使王峦，引兵出凤州北境，到堂仓镇及黄花谷，断绝周军的粮道。三路出师，伊审征、李廷珪等择地扎营，专待消息，准备接应。

王峦率兵三千人，来到堂仓，他先派侦骑到黄花谷中，探明敌人的踪迹。侦骑回来禀报说谷外有周军往来，而且都是运送辎重接济周营的士兵，并没有大将护送。王峦大喜道：“我去把他辎重全都夺过来，让他粮食中断，到时全军自然溃散了。”于是率军前进，赶往黄花谷。可这黄花谷谷长路窄，兵士不能列阵而行，只能鱼贯而入，慢慢地蛇行过去。谁知周军早就埋伏在谷口，见蜀兵出谷前来，立即突出，打倒一个捉一个，打倒两个捉一双。当时王峦正押着后队，还不知情，只知道催促士兵，火速赶路。等前队已经被周军抓走一千多人的时候，他才收到警报，慌忙传令退回。无奈后面的谷口也有周军出现，王峦拼命杀出，手下只剩下一百多骑，紧紧跟随着，此外都陷入谷中，被周军前后搜捕，一股脑儿捉了去。王峦带着这百余骑奔往堂仓，急急如漏网鱼，累累如丧家犬，恨不得三脚并作两步，便抵达大营。可他们刚刚到达堂仓镇附近，就见前面摆着一彪人马，很是雄壮，为首的戴着兜鍪，穿着铁甲，立马横枪，大声叫道：“我乃周将张建雄也！来将快下马受缚，免得我动手。”王峦到了此时，叫苦不迭，他自思进退无路，只好硬着头皮，纵马来战。两下交锋，一个是胆壮气雄，一个是心惊力怯，才战到四五个回合，就杀得王峦满身是汗，招架不住。张建雄大喝一声，扯住王峦的衣襟，将他摔落马下，周军随即一拥而上，将王峦绑了起来，牵到张建雄马前。蜀兵只有百余骑，怎么能夺回主将呢？可是他们又无路逃脱，没办法只好跪地乞降。张建雄命军士将蜀兵绑起来，仍然由原路回军。那时黄花谷内的蜀兵被周军捉了个精光，张建雄仔细检点，刚刚捉了三千人，一个也不少，一个也不多。更加惊奇的是，双方一个人都没死，都由张建雄带着，回营报功去了。原来王景、使向训等主帅早就放着蜀兵劫粮，早就在黄花谷口设下伏兵，正巧王峦中计，于是才导致全军覆没。

蜀军先锋李进在马岭寨中，得知消息后，吓得战战兢兢，还以为周军有天神相助，竟然杀得王峦片甲不留。他转念一想，还是逃命要紧，走为上策，于是便抛弃了马岭寨，奔回了大营。白涧的屯兵，听到消息后，也相继奔溃。伊、李两蜀将的规划，瞬间失败，他们自知站不住脚，不如见机早退，于是也抛弃了营寨，往回撤军，直到青泥岭下，才依险扎营。雄武节度使韩继勳听到各军纷纷不战而逃，也乐得逃生，照着葫芦画个瓢，逃回了成都。秦州观察判官赵玭召集官属对他们说：“敌兵气势非常强劲，战无不胜。我国派遣的兵将，一向号称骁勇，可是一经战阵，不是战死了就是逃跑了，我们怎么能束手待毙呢？要想活命，今天就赶紧投降，不知诸君意下如何？”大家都是贪生怕死之徒，听了赵玭的话，齐声答应，当即就开城迎纳了周军。

王景等人进入秦州后，又分兵攻打成、阶二州，王景亲自督军，前去围攻凤州。成、阶二州的刺史，听说秦州失守，当即迎降，唯独凤州守将固守不降，周军屡攻不下。韩继勳逃回成都后，蜀主孟昶夺了他的职，改用王环为威武节度使，赵崇溥为都监，前去救援秦州。这两将走到半路，接得秦州降周的消息，连忙引兵转走凤州。刚刚进入凤州城，那王景就已经率师前来攻击，他们急忙登城守御。王景命士兵从四面攻扑，都被赵崇溥督兵击退。于是王景下令在城外修起营垒，将城池团团围住，断绝城中的粮草和和水源，让他们困死在城内。

正巧曹州节度使韩通奉了周主之命，来协助王景。王景令他带兵到城固镇，堵住蜀中的援师。不久，凤州城中饷竭援穷，渐渐地支撑不住，每天夜里都有士兵从城墙上缒下来投降周主。王景乘危督攻，一鼓登城，城上的守兵没怎么抵抗就溃散了。王环、赵崇溥还做殊死抵抗，带着部众进行巷战，无奈士兵毫无斗志，陆续逃散，只剩下王、赵两将，无路可走，被周将擒住。赵崇溥愤不欲生，绝食而死，王环被拘押在狱中。于是秦、凤、成、阶四州全都为周所有。

王景上书奏捷，在凤州静候朝命。周主传谕褒奖三军，并命他赦免四州所俘获的将士，愿意回去的士兵，分发盘缠将其遣回，愿意留下的士兵，给予赏赐和粮饷，编为怀恩军，即命降将萧知远统领，暂时驻扎在凤州。后来周主想兴兵南讨，所以暂时下令停止西征，命萧知远率兵西归。

蜀中兵败失地，上下震惊，伊审征、李廷珪等人奉表请罪。蜀主却置之不理，不加惩罚，只是命人在剑门、白帝城各处，多积蓄些粮草，为守御做准备。一面搜缴铁器，锻造兵器，并禁止百姓私自使用铁器。没了铁器，蜀人觉得很不方便，于是将过错归咎到李廷珪等人的头上。蜀主的母亲李氏也多次告诫他，说他用人不当，除了高彦俦足够忠诚，可以依靠之外，其他人都应该撤换，可是孟昶却不听从，只罢免了李廷珪的兵权，降为检校太尉。等萧知远等人回蜀后，蜀主孟昶也放回了周将胡立等八十多人，并嘱咐胡立代替自己，转交国书，向周请和。

胡立回到大梁后，呈上蜀主孟昶的国书。周主展开一看，只见开头两句话写着："大蜀皇帝，谨致书于大周皇帝阁下。"周主不禁愤怒道："他还敢不知好歹，与朕为敌吗？"于是又继续看下去，乃是一篇骈体文。上面写着：

窃念自承先训，恭守旧邦，匪敢荒宁，于兹二纪。顷者晋朝覆灭，何建来归，不因背水之战争，遂有仇池之土地。洎审晋君北去，中国且空，暂兴敝邑之师，更复成都之境。厥后贵朝先皇帝应天顺人，继统即位，奉玉帛而未克，承弓剑之空遗，但伤嘉运之难谐，适叹新欢之且隔。以至去载，忽劳睿德，远举全师，土疆寻隶于大朝，将卒亦拘于贵国。幸蒙皇帝惠其首领，颁以衣裘，偏裨尽补其职员，士伍遍加以粮赐，则在彼无殊于在此，敝都宁比于雄都！方怀全活之恩，非有放还之望。今则指导使萧知远等，押领将士子弟，共计八百九十三人，还入成都，具审皇帝迥开仁愍，深念支离，厚给衣装，兼加巾屦，给沿程之驿料，散逐分之缗钱。此则皇帝念疆场几经变革，举干戈不在盛朝，特轸优容，曲全情好。求怀厚谊，常贮微衷。载念前在凤州，支敌虎旅，曾拘贵国排阵使胡立以下八十余人，嘱令军幕收管，令各支廪食，各给衣装，只因未测宸襟，不敢放还乡国。今既先蒙开释，已认冲融，归朝虽愧于后时，报德未稽于此日。其胡立以下，令各给鞍马、衣装、钱帛等，专差御衣库使李彦昭部领，送至贵境，望垂宣旨收管。矧以昶昔在龆龄，即离并都，亦承皇帝风起晋阳，龙兴汾水，合叙乡关之分，以申玉帛之欢。倘蒙惠以嘉音，即伫专驰信使，谨因胡立行次，聊陈感谢。词不尽意，伏惟仁明洞鉴，瞻念不宣。

周主看完后，脸色稍微缓和了些，便对胡立说："他向朕乞和，情有可原，但是不应该与朕平起平坐，朕不便答复他。你在蜀待了一段时间，了解蜀中的形势吗？”胡立跪在递上，一一陈述了蜀主荒淫的情事，并自请战败的罪名。周主说：“现在朕想南征淮南，所以先让蜀苟延残喘一两年，等朕征服了南唐，再图西蜀也不迟。朕赦免你的罪过，你且退出去吧！”胡立谢恩而退。

蜀主孟昶一直在等周主的回书，可始终等不到，他又气又羞，竟用手指头指着东边说道：“朕郊祀天地、即位称帝的时候，你还在做贼呢，现在竟然敢这么藐视我！”于是又跟周断绝关系，双方再次成为敌国。正是：

丧师失地尚非羞，满口骄矜最足忧；
幸有南唐分敌势，尚留残喘度春秋。

第五十四回　赵匡胤斩关擒二将

却说蜀主孟昶致书乞和，周主虽然没有答复，但是为了南讨兴师，只得暂时停止西征，令各将就此班师回朝，再命宰臣李穀为淮南道前军行营都部署，兼管庐、寿等州行府事，许州节度使王彦超为副，都指挥使韩令坤等一十二员大将，一齐从征，向南进发，并先谕淮南各个州县道：

朕自从继承太祖基业，统治四海以来，正应当恭己临朝，修文养德，哪里想兴兵动众，专耀武功？可是一看那些昏乱之邦，朕就必须承担起吊民伐罪的责任。可笑小小的淮甸，敢拒绝大邦！因为唐室之衰亡，接着黄寇之纷扰，淮南得以飞扬跋扈、盗据一方，僭称伪号已有六十年。多亏了数朝以来总是多事，再加上你与北国勾结，贿赂他们挑起兵端，使得大邦无暇顾及淮南。晋、汉两代，边境不宁，而你们又招纳叛亡之徒，朋助凶奸，李金全之据安陆，李守贞之叛河中，你们却大起师徒，作为援应，入侵高密，杀掠吏民，迫夺闽、越之封疆，涂炭湘、潭之士庶。后来我朝开国，山东李守贞不服，你们又发兵援接叛臣，观衅而凭陵徐部。沭阳之役，曲直可知，尚示包荒，犹稽问罪。而后维扬一境，连年饥荒，我国家顾念你们灾荒，准许你们用物品交换粮食。前后擒获的将士，全都遣放。同时禁令边兵，不许他们侵犯你们。我国没有辜负你们，你们却如此奸诈，勾诱契丹，至今未已，结连并寇，与我为仇，罪恶难名，神人共愤。今则推轮命将，鸣鼓出师，征浙右之楼船，下朗陵之戈甲，东西合势，水陆齐攻。吴孙皓之计穷，自当归命，陈叔宝之数尽，何处偷生！一应淮南将士军人百姓等，久隔朝廷，莫闻声教，虽从伪俗，应乐华风，必须善择安危，早图去就。如能投戈献款，举郡来降，具牛酒以犒师，纳圭符而请命，车服玉帛，岂吝旌酬，土地山河，诚无爱惜。刑赏之令，信若丹青。若或执迷，宁免后悔！王师所至，军政甚明，不犯秋毫，有如时雨。百姓父老，各务安居，剽掳焚烧，必令禁止。须知助逆何如效顺，伐罪乃能吊民。朕言尽此，俾众周知！

这道谕旨，传入南唐，江淮一带，当然震动。先前后唐占据湖南，但不久潭州就失守了，唐主李璟信用的二冯其一冯延巳也被坐罪罢相。可是不到几个月，便命他复职，冯延鲁也升任工部侍郎，兼东都即广陵副留守。就是陈觉、魏岑等人也相继被起用，满堂奸佞，南唐的国政更加紊乱。每年冬季，淮水就会进入枯水季，河水非常浅。每年这个时候，唐主都发兵前往戍守，号为把浅兵。寿州监军吴廷绍觉得疆场无事，便奏请撤去守兵，竟然获得了唐主的准许。清淮节度使刘仁赡，上书力争，却没有效果，还是撤走了守兵。这时忽然听说周师要南下，而且正值天寒水涸的时候，淮上人民非常恐慌。唯独刘仁赡神色自若，还是像往常一样严加守御，众人的情绪才慢慢安定。唐主命神武统军刘彦贞为北面行营都部署，率兵二万赶往寿州，奉化节度使同平章事皇甫晖为北面行营应援使、常州团练使姚凤为应援都监，率兵三万屯守定远县，召镇南节度使宋齐邱回到金陵，又授户部尚书殷崇义知枢密院事，与宋齐邱一同商议兵谋，居中调度。

周都部署李毂等人引兵到了正阳镇，见淮上没有人防守，便下令赶紧建造浮桥，几个晚上就建成了，随即率军越过淮河，直指寿州城下。虽然有两千多唐兵在半路拦阻，但哪里是周军的对手，略略交锋，便溃逃了。周都指挥使白延遇乘胜长驱，进至山口镇时，又遇到一千多唐兵，也是不值周军一扫。只是最后进攻寿州的时候，却是城坚难拔，用了许多兵力，还是毫无起色。李毂多次向周廷上书，报明情况。周主知道后，打算亲征，可正巧此时枢密使郑仁诲病逝，朝中失去了一位谋臣，周主很是叹惜，打算亲自到府上吊丧。近臣奏称现在的年月方向不利于驾临大臣的府邸，周主摇头说："朕与他君臣情重，还顾得了什么年月方向？"于是亲自来到郑宅，哭奠而归。

后来，吴越王钱弘俶派来贡使，进献贡品，周主召见使臣，嘱咐他带着诏书回国，谕令吴越王发兵攻击唐。吴越王应诏发兵，特命同平章事吴程袭击常州。唐右武卫将军柴克宏引军邀击，大破吴越军，斩首万余级，吴程逃回，柴克宏又移军援助寿州，不料途中忽然患病，竟然暴毙了。

再说寿州那边，唐将还是固守不出，李毂久攻不克，便在行营中过了年。第二年已是周显德三年了，周主听说寿州久攻不下，决定亲征，命宣徽南院使向训，暂且留守汴京，端明殿学士王朴为副，彰信节度使韩通暂且担任点检侍卫司及在京内外都巡检。派侍卫都指挥使李重进为先锋，前往正阳，河阳节度使白重赞，出屯颍上，遥应李重进。两人率先出发，周主亲自督领禁军随行。

那时唐将刘彦贞已引兵援助寿州，并准备几百艘战船，让他们驶往正阳，摧毁周军的浮桥。李毂探知这一消息后，召集将佐们商议道："我军不能水战，要是正阳的浮梁为贼军摧毁，到时一定会腹背受敌，无路可退，不如撤军回保正阳，等车驾到来后，听任皇上定夺。"一面报明周主，一面焚去粮草，拔营齐退。

周主行军到固镇，接到李毂的奏报，并不认同他的看法，而是急忙派人带着谕旨到李毂的大营，命令他停止退兵。李毂退到正阳时，才收到了谕旨，并又上奏道："贼将刘彦贞来救寿州，臣不是害怕，而是担心贼舰顺流掩击，毁了臣的浮梁，截断臣的后路，所以才不得已退守正阳。如今贼船逼近，淮河的水位上涨，要是车驾亲临，万一粮道断绝，那就危险了，请陛下暂时驻扎在陈颍，等臣观察一段时间后，再行进取也不迟！"周主看完奏折后，怏怏不乐，飞使敦促李重进赶往淮上，与李毂会师。且传谕道："如果唐兵来了，就马上出击，不要错失机会！"

李重进奉命抵达正阳，那唐将刘彦贞到了寿州，见周军退走了，便想率军追击。刘仁赡谏阻道："将军还没来，敌人就已经退走了，想必是畏惧将军的声威，所以才逃走了，我们守住城池就够了，何必跟他们交战呢？要是追击失利，那就不妙了。"刘彦贞说："火来水挡，兵来将御，敌兵已经怯退，正好乘此机会进击，为什么不行呢？"池州刺史张全约也极力阻谏，无奈刘彦贞坚持己见，非要驱军急进。刘仁赡长叹道："要是正遇上周军了，必败无疑！看来寿州也难保了。我当为国效命而死，城在人在，城亡人亡。"说完便哭了起来，部众受了他的感召，纷纷入城登楼，修城增兵，决定死守。

这位不识进退的刘彦贞，他本无才无能，不熟悉军旅，平时靠着剥削百姓的手段，日剥月削，积财百万，一半充入了私囊，一半用来贿赂权贵。所以冯延己、陈觉、魏岑等人，争着在唐主面前替他标榜，赞颂他治民如汉代时良吏龚遂、黄霸，称誉他用兵如汉代良将韩信、彭越。唐主信以为真，一听说周师入境，便把兵权交给了他，他也坦然接受并不推辞，贸然前往，副将咸师朗等人也是轻率寡谋，毫不足用。于是刘彦贞不听众人的谏阻，执意进兵，直抵正阳，只见唐军旌旗辎重延绵了数百里。

周先锋将李重进望见唐兵到来，便渡过淮河向东前进，见唐军列阵以待，也来不及与刘彦贞搭话，便身先士卒，冲入唐军阵中。唐将咸师朗，自恃骁勇，策马舞刀，迎战李重进。两人兵器并举，战了四五十个回合，不分胜负，李重进假装不敌，回马绕阵而走。咸师朗不知是计，纵马急追，大约追了二百多步，由李重进按住了刀，挽弓搭箭，朝他放了一箭。咸师朗从后追上，两人相距不过几步远，他急切之中无从闪避，左肩中了一箭，忍痛不住，撞落马下。唐兵急忙上前抢救，被李重进回马杀退，捉住了咸师朗，派遣部卒将他押入李縠的军营，自己又继续纵马冲突唐阵。

李縠听说李重进得胜了，便调拨韩令坤等将士，渡过淮河前去接应。那时李重进正杀入了唐阵，凭着一把大刀，左劈右砍，杀死很多人。刘彦贞部众虽然很多，但都是酒囊饭袋，不擅交战，突然遇到一支像李重进这样雄壮的人马，好似虎入羊群，纷纷望风逃避。再加上韩令坤等人相继杀来，唐军哪里还敢抵敌，霎时间狂奔乱窜，四散逃生。最后只剩下刘彦贞几百个亲军，怎么支持得住，当然是拥着刘彦贞，落荒西逃。李重进怎肯轻易放过他，急忙率军紧紧追赶。正巧前路有一个小山坡，地势不高，但非常陡峭。唐军跃过山坡逃散，刘彦贞也跃马上坡，不料马失后蹄，倒退下来，刘彦贞跌落马下，从坡上滚了下去。凑巧李重进追了上来，顺手一刀，便把刘彦贞劈成了两段！此外四处逃窜的唐兵，被周军分头追杀。这一战周军斩首万余级，唐兵伏尸三十里，被抛弃的军资器械到处都是。周军慢慢地搬了回去，一共得到二十多万件。

唐刺史张全约正为前军运送粮草，途中见到有败兵逃回，还报称刘彦贞已经战死，他急忙将粮车折回了寿州。所有李彦贞的残众，也全都逃入了寿州城内。刘仁赡上表唐主，推举张全约为马步左厢都指挥使，一同驻守寿州城。皇甫晖、姚凤听说刘彦贞大败，不敢屯留在定远县，随即撤军退保清流关。滁州刺史王绍颜，听说消息后，弃城而逃。

周主得知正阳之战得胜，也从陈州赶到正阳，命李重进代为招讨使，任命李縠判寿州行府事，自己督领大军进攻寿州，在淝水南边扎下营寨，将正阳的浮梁搬到下蔡镇，且召集宋、亳、陈、颍、徐、宿、许、蔡等处数十万兵马，围攻寿州，昼夜不息。刘仁赡那时早就准备了许多守城的用具，周军一攻城，他们就一个劲儿地从城上发矢掷石，鸣炮扬灰，使周军不能逼近城墙。周军虽然众多，却无从下手，只好驻扎在城下，周主也是无可奈何。

忽然周主接到战报，说唐都监何延锡率战舰百余艘，在涂山驻扎，为寿州遥作声援，于是周主召殿前都虞侯赵匡胤入帐道："何延锡来援寿州，但只在涂山立下营寨，不敢来到这里，想必也没什么能耐。只是寿州城内的守兵，得到了声援，更加不易动摇，你可引兵前去，扫灭这支兵马。"赵匡胤领命，随即率军五千，赶往涂山，遥见唐兵把船只停靠在山下，一字排开，倒是非常整齐，岸上只有一营，想必是何延锡驻扎的，便对部将说："我军是陆军，敌军是水师，作战方式不一样，想要破敌，我只能采用计谋了。"

赵匡胤当即挑选了几百名老弱的骑兵，教他们到敌营引诱敌人，并自引精骑埋伏在涡口。何延锡正在营中坐着，想着寿州形势孤危，不好不救，但又不能贸然前去，所以心里非常矛盾。突然有士兵进账禀报道："周军来了！"何延锡急忙上马，召集水军，出营角斗。一看营外只有几百个周军的骑兵，再加上老少不齐，或高或矮，何延锡不禁大笑："我还以为周军有多厉害呢，难道这些老弱病残也想来端我的营寨吗？"便挥兵杀上。那周兵并不与他交战，而是立即返奔。何延锡追了一程，也想着回军，但只听见敌骑大声笑骂："料到你们这些没用的狗贼不敢追来，我的大军都在涡口，你们要是再敢追我，就叫你们人人断头，全部丧生！"何延锡被他们这么一激，不肯罢休，索性继续追赶，并命令五十战舰向涡口驶去，就算遇到什么不测，也可以上船急走。于是周兵在前面跑，唐兵后面追，没过一会儿便到了涡口，只见前面都是芦苇，有人那么高，并没有周军在那里驻扎。这下何延锡胆子更大了，他又听到敌骑在大喊大叫，骂得非常难听，于是下令奋力直追。那敌骑却从芦苇中，窜了进去。何延锡不知好歹，也纵马进入芦苇之中，追杀敌骑，不料两旁埋伏着绊马索，竟将马足绊住，马一下子坠倒在地，何延锡也跌了个倒栽葱。他慌忙爬了起来，突然迎面来了位红脸的大将军，兜头就是一棍，将何延锡的脑袋击碎，当场死于非命。

读者们不必细猜，就能知道这位将军就是赵匡胤。赵匡胤杀死何延锡后，便指挥伏兵，驱杀唐军，唐军纷纷做了断头鬼。有几个跑得快的，四散逃走，哪里还好上船！而那五十艘战船，匆匆驶来，正好被赵匡胤率军拦住，抢夺了过来。赵匡胤乘着夺来的战船，带着何延锡的首级到御营报功，周主自然再三嘉奖。不久，又接到巡检使司超的报告，说是在盛唐这个地方，击败了唐兵，夺得战舰四十余艘。周主大喜，对赵匡胤说："我军处处得胜，先声已经夺人，只是寿州还不能攻下，阻碍大军的前进。朕打算派人进击清流关，爱卿你觉得可行吗？"赵匡胤说："臣愿率军二万，前去攻取此关。"周主说："清流关非常雄壮，除非偷袭这个办法之外，不容易成功，爱卿如果想去的话，就烦你前去吧！"赵匡胤说："臣马上引兵前往！"周主于是派兵二万，命赵匡胤统领而去，又派人命朗州节度使王逵，出兵攻打鄂州，特授南面行营都统使。王逵应诏出师，这事后文自有交代。

再说赵匡胤前去偷袭清流关，一路上星夜前进，偃旗息鼓，寂无声响，只命各队衔枚疾走。在距离关隘十里的地方，赵匡胤将部兵分为两队，前队直往关下，自己引兵从小路包抄。

皇甫晖、姚凤两人，探得周兵到来，开关迎敌。他们正在山下列阵，不料山后杀出一队雄师，喊呐前来，直接就去抢关。皇甫晖、姚凤连忙回军，向关门奔回，可是那周军已经赶到，守兵关门不及，被周军一拥杀进，吓得皇甫晖、姚凤手足失措，没办法只好逃往滁州。就这样，赵匡胤不费吹灰之力，就将易守难攻的清流关夺了下来，随后又率军直逼滁州城。

皇甫晖、姚凤刚逃进城中，后面就传来了鼓声，他们回头遥望，远远地看见旗帜飘扬，如飞而至。在中间有一面最大的帅旗，上面隐约露出一个“赵”字。皇甫晖叫苦不迭，连忙命人把城外吊桥立即拉上，阻挡来军。自己与姚凤忙登城拒守，俯身一看，见周军已经逼近城壕，全都下马划水，越过城壕。那赵匡胤更加来得突然，只见他勒马一跃，竟跳过七八丈阔的城壕，皇甫晖见后不禁瞠目结舌！不久，即见赵匡胤指挥兵士，督令攻城。皇甫晖当下开口大喊道：“赵统帅不必逞英雄了，我们各为其主，请容我列阵出战，我们决一胜负，不要逼人太甚！”赵匡胤笑道：“你尽管出来与我交战，我便让你一箭之地，容你列阵，赌个你死我活，叫你死而无怨！”说到这里，便用鞭一挥，命部众退后数百步，自己也勒马倒退，静候守兵出战。

等了多时，听到城门一响，两门突然打开，守兵从里面滚滚冲了出来，后面便是皇甫晖、姚凤二人，并马督领士兵。两军对阵，赵匡胤拿着一杆通天棍，上前突阵，并大喊：“我只擒拿皇甫晖，其他人不是我的对手，不要上来送死！”唐兵见他来势凶猛，当即向两边让开，由他冲了进来。赵匡胤当即冲到皇甫晖的马前，皇甫晖忙拔刀迎战。刀棍相交，才几个回合，皇甫晖的刀就被赵匡胤用棍架开，随即赵匡胤右手拔剑，向皇甫晖脑袋上砍去，皇甫晖将头一偏，不由得眼花缭乱，再经赵匡胤用棍一敲，便从马上坠落下来。姚凤急忙前来相救，马头却已经中了一棍，马蹄前蹶，也将姚凤掀翻。周军乘势齐上，把皇甫晖、姚凤都活捉了去。唐兵失了主帅，自然溃散，滁州城唾手可得，赵匡胤入城安民，遣人报捷。

周主命马军副指挥使赵弘殷，向东攻取扬州，路过滁州城，天已经黑了。赵弘殷是赵匡胤的父亲，打算进城休息一晚，便到城下叩门。赵匡胤问明来意后，说：“父子虽然是至亲，但守城确实公事，深夜不便开城，请父亲暂且住在城外，等明天天一亮我便出城迎接！”赵弘殷没法，只好照办，在城外留宿了一晚。第二天天明，由赵匡胤出城迎接，导赵弘殷入城。随后，赵匡胤又接连迎接了几位朝廷来的使者，一个是翰林学士窦仪，是来清点滁州的库藏。一个是左金吾卫将军马承祚，来掌管滁州的府事。还有一个蓟州人赵普，是来做滁州的军事判官。赵匡胤一一接见，气氛非常融洽，同时将皇甫晖、姚凤等人，押送到周主军营。皇甫晖那时已经受伤，进账见了周主，不能站立，只是趴在地上说：“臣并非不忠于职守，只是士卒懦弱无能，所以才被活捉。臣先前也多次与辽人交战，从来没有见过你们这样如此勇猛的精兵，如今贵朝兵甲坚强，又有智勇过人的统帅赵匡胤，难怪臣吃了败仗，臣能死在他的手上，也值了！”周主听后，见他趴在地上，奄奄一息，也起了一些怜悯之心，命左右替他松绑，留在帐后养伤，可是皇甫晖最后还是死了。周主料到扬州此时没有防备，命赵弘殷马上进兵，并再派韩令坤、白延遇两员大将，援应赵弘殷。赵弘殷此时已经抱病，还是勉强带病出征，与韩、白二人会合，当即引兵前去。

唐主李璟多次接到败报，非常慌张，特地派遣泗州牙将王知朗，奉书给周主，情愿求和。书中唐主自称唐皇帝奉书大周皇帝，请息兵修好，愿意把周主当成兄长一样侍奉，每天供奉货财，补助军需。周主得书后并没答复，只将王知朗骂走了。唐主没法子，又派翰林学士钟谟、工部侍郎李德明，带着御药，以及金器千两，银器五千两，缯帛二千匹，犒军牛五百头，酒二千斛，来到寿州城下，奉表称臣。周主命令排练兵马，从帐内直达帐外，两旁都站着赳赳武夫，握刃拿枪，非常严肃，然后令唐臣入见。钟谟、李德明一入御营，瞧见如此威严的军容，已觉得非常惊惶。没办法走近御座，见上面坐着一位威灵显赫的周天子，不由得魂悸魄丧，拜倒在案前。正是：

上国耀兵张御幄，外臣投地怵天威。

第五十五回　李景达丧师

却说唐使钟谟、李德明，入见周主，拜倒在座前，战战兢兢地叙述了自己的姓名、官位和来意后，便呈上唐主的表文，由周主亲自展阅。表中写道：

臣唐主李璟上言：我听说舍短从长，乃推通理；以小事大，著在格言。想您皇帝陛下，体上帝之姿，膺下武之运，协一千而命世，继八百以卜年。大驾天临，六师雷动，猥以遐陬之俗，亲为跋扈之行。循省伏深，兢畏无所，岂因薄质，有累蒸人！今则仰望高明，俯存亿兆，虔将上国，永附天朝，冀诏虎贲而归国，用巡雉堞以回兵。万乘千官，免驰驱于原隰，地征土贡，常奔走于岁时，质在神明，誓诸天地。别呈贡物，另具清单，伏冀赏纳，伫望宏慈。谨表！

周主看完后，将表文扔在桌子上，对唐使说："你主子自称是唐室的苗裔，应该知道礼义。我太祖拥有中原，加上朕即位到现在，已经有六年多了，你国与我国只有一水之隔，却从来没有派遣一个使者前来修好，却只听说你们常常漂洋过海和辽国通好，往来不绝，舍弃华邦却结好胡虏，礼仪又在哪里？你们主子让你们来这里，是想说服我罢兵吧？朕并非愚主，岂是你们三寸舌头所能说得动的？你们回去告诉他，让他马上来见朕，然后谢罪，朕或许看在他诚心诚意的份上，答应罢兵。否则朕马上向金陵进兵，借用你们送来的库资，犒赏我军。到时候你们君臣就不要后悔了！"钟谟与李德明一向很有口才，可是此时被周天子的声威震慑，一句话都不敢开口。他们连连叩头听命后，立即辞行离开了。周主留住钟谟，遣还李德明。

后来又得到广陵的捷报，韩令坤、白延遇等人攻入扬州，赶走了唐营屯使贾崇，活捉了扬州副留守冯延鲁。只是赵弘殷在半路上病情恶化，已经返回滁州了。周主又命韩令坤转取泰州。广陵就是扬州，从前扬州市中，有一个疯子在大街上游行，痛骂市民说："等显德三年，把你们全都杀了。"后来又改口说："要不是有韩、白二人，你们肯定死无葬身之地！"市民觉得他在说疯话，就没有理睬他。谁知周显德三年春季，果然有周军杀来，周将白延遇率先入城，唐东都营屯使贾崇，不敢抵抗，随即焚去官府和民舍，弃城南走。随后韩令坤也到了，下令搜捕官吏。冯延鲁本为副留守，一时来不及逃避，慌忙削发披袍，躲藏在寺庙里。偏偏有人认出了，报知周军，这似僧非僧的冯侍郎竟被周军找到，周军将他牵出，像捆猪狗一般将他捆了起来。韩、白两将抓到冯延鲁后，便禁止士兵烧杀抢掠，百姓得以安宁，果然像那个疯子所说。后来，韩令坤奉周主之命，转取泰州。

泰州是杨氏遗族居住的地方，杨溥让位给李昪后，病死在丹阳。随后，他的子孙迁居到泰州，被幽禁在永宁宫中，与外面断绝来往，甚至一家男女相互作为配偶，所以生出来的人蠢如猪狗。唐主李璟因江北兵乱，担心杨氏子孙乘势复兴，于是特派园苑使尹延范，来到泰州，统计杨氏遗留下的男子，发现还有六十多人，妇女也不下几十个人。于是尹延范受唐主的密嘱，竟将杨氏六十多个男子驱赶到江边，全部杀死，仅带着妇女渡江而去，杨氏一族惨遭灭门。唐主李璟反而归咎尹延范，下令将他腰斩。尹延范有苦说不出，冤冤枉枉地受了死刑。后来唐主哭着对身边的人说："尹延范也成了魏国的成济啊！魏国成济帮助司马昭刺死了曹髦，后来又被司马昭所杀。我并不是不知道他的忠诚，只是担心国人不服，没办法才将他处死！"于是命人抚恤尹延范的家属，不让他们缺衣少食。后来，唐主听说泰州被韩令坤攻下，刺史方讷逃走；鄂州长山寨守将陈泽被朗州节度使王逵所擒，献入周营；天长制置使耿谦，举城降周。常州、宣州，又有吴越兵入侵，静海军制置使姚彦洪，投奔吴越。这一连串的噩耗，急得李璟心慌意乱，日夜召入宋齐邱、冯延己等人商议军情。宋齐邱、冯延己等人也没有办法，只是劝唐主向辽国乞援。唐主不得已派使者北去，可是赶到淮北时，被周将截住，搜出了蜡书，拘送到了寿州御营。

唐廷这边等不到辽国的援兵，再由冯延己奏请，特派司空孙晟以及礼部尚书王崇质，向周主奉表，愿像两浙、湖南一样，奉周朝为正朔。孙晟对冯延己说："这次本来是由你去的，只是我受国厚恩，始终不敢有负先帝，所以愿意代替你走一趟，可和即和，不可和即死。你是国家大臣，应当知道'主辱臣死'的大义，不要再误国了。"冯延己惭愧地不能回答，只是再命工部侍郎李德明与孙晟等人一同前往。孙晟退出之后，对王崇质说："你家有一百多口人，应该早做打算，我主意已定，不会辜负永陵的一把坟土，其他的就不管了！"永陵即后唐太祖李昪的陵墓。于是孙晟草草整理了行装，与王崇质、李德明二人一百多名随从一起出都西去了。

途中又连接听说败耗，光州兵马都监张延翰降周，刺史张绍弃城逃走；舒州也被周军攻陷，刺史周宏祚投水自尽；蕲州将李福，被周招降，杀死知州王承儁，也举州降了周。孙晟不禁长叹："国事已经到了如此地步，我此行恐怕是回不来了！"于是兼程前进，直抵寿州城下，拜谒周主后，将表文呈入，上面些着：

朝阳委照，爝火收光，春雷发声，蛰户知令。伏念天祐之后，率土分摧，或跨据江山，或革迁朝代，皆为司牧，各拯黎元。臣由是克嗣先基，获安江表，诚以瞻乌未定，附凤何从？今则青云之候，明悬白水之符，斯应仰祈声教，俯被遐方，岂可远动和銮，上劳薄伐！倘或俯悯下国，许作功臣，则柔远之风，其谁不服！无战之胜，自古独高。别进金千两，银十万两，罗绮二千匹，宣给军士，伏祈赐纳！

周主一边看一边说："又拿一纸虚文来搪塞朕，朕难道会被你们欺骗吗？"孙晟从容回答："称臣纳币，并非虚文。况且陛下这次南征，敝国已经谢罪归命。叛即讨，服即宽恕，古来圣帝明王大都如此。望陛下采纳臣的意见！"周主又说："朕率军南来，岂是为了这区区的金帛？如果想要朕罢兵，那就马上将江北的各州县全都交出来，不得迟疑！”孙晟也正色说：“江北的土地传自先朝，并非从大周处得到，并且吴越、湖南也都奉表称臣，成为大周的藩国，为什么陛下不能网开一面，以示隆恩呢？”周主大怒道：“不必多说，你国要是再不割让江北，朕决不退师！”然后，周主又对李德明说：“你前次来见朕，朕叫你回去告诉你的主子前来谢罪，怎么没有来啊？”李德明慌忙叩头，并回想起了冯延已曾有密嘱，说是愿意献濠、寿、泗、楚、光、海六州，再加上每年进贡一百万金帛，乞请罢兵，于是把这些全都说了出来。周主说：“光州已经为朕所得，还需要你们来献吗？而且此外各州，朕也不难攻取，只是寿州久抗王师，你国节度使刘仁赡颇有能耐，朕非常欣赏他，你等可替朕将他招来！”李德明还没回答，孙晟已经眼睛瞪着李德明，好像含着一腔怒意。周主也看出来了，索性逼孙晟前去招降仁赡，没想到孙晟竟然爽快地答应了。

周主派中使监督着孙晟，一同来到寿州城下，招呼刘仁赡答话。刘仁赡在城上向孙晟拜手，问他的来意。孙晟仰着头喊道：“此前我去周营议和，没有成功，周主便逼我前来招降你。将军深受国恩，千万不要开门降寇，主上已经发兵来援了，几天之内就到了！”说完后便回去了，中使禀报周主，周主叱责孙晟说：“朕命你前去招降刘仁赡，你怎么反教他坚守呢？”孙晟大声说：“臣是唐朝的宰相，怎么能教节度使外叛呢？要是大周也有这样的叛臣，不知陛下肯不肯容忍呢？”周主见他理直气壮，倒也不能驳斥，便说：“你也算是淮南的忠臣，可是天意想要灭亡淮南，你虽然忠诚，也没什么用处了。”于是将孙晟留在帐后，优礼相待，只是与李德明、王崇质商议和款的条件是一定要南唐献江北的各州，才答应修好。

李德明、王崇质不敢力争，只是说需要回去禀报唐主，才能遵旨。周主于是将这二人遣还，并付给诏书。上面写着：

朕擅一百州之富庶，握三十万之甲兵，农战交修，士卒乐用，苟不能恢复内地，申画边疆，便议班旋，直同戏剧。至于削去尊称，愿输臣节，孙权事魏，萧詧奉周，古也固然，今则不取。但存帝号，何爽岁寒，倘坚事大之心，必不迫人于险，事资真悫，辞匪枝游。俟诸郡之悉来，即大军之立罢，言尽于此，更不烦云。苟曰未然，请从兹绝。特谕！

李德明、王崇质两人得了诏书，便回到金陵，把周主的诏书呈给唐主过目。唐主沉吟不决，宋齐邱在一旁进言说：“江北是江南的藩篱，江北一旦失去，江南也不能保守了。李德明等人去周营议和，并不是去献地，怎么反而替周主传诏，叫我国割献江北呢？”李德明听了忍耐不住，大声回答道：“周主英武过人，周军气焰嚣张，要是不割让江北，恐怕江南也要遭受蹂躏！”宋齐邱厉声说：“你们两人也想学张松吗？张松献出西川地图，被古今之人唾骂，你们难道没听说过吗？”王崇质被他这么一吓，慌忙推卸责任，把过错全都归咎到李德明一个人的头上。于是枢密使陈觉以及副使李征古，同时入奏说：“李德明奉命出使，不能伸张国威，捍卫领土的完整，反而向敌国示弱，情愿割弃屏藩，坐献要害，这与卖国贼有什么区别？请陛下马上将李德明处死，以明正典，然后再图退敌！”李德明听后，更加暴躁，竟然挽起袖子痛骂陈觉等人。唐主见后，非常愤怒，当场命人将李德明绑出，数落他卖国求荣的罪状，然后斩首示众。唐主又从各州挑选精锐士兵，总共六万人，命弟弟齐王李景达为诸道兵马元帅，统兵抵御周军。授陈觉为监军使，起用前武安节度使边镐为应援都军使，依次出发。

这时中书舍人韩熙载上书，说齐王是皇上最亲的人，而元帅责任最重，不必再另用监军。唐主不听，又派遣鸿胪卿潘承祐马上赶到泉州，招募勇士。潘承祐举荐前永安节度使许文缜、静江指挥使陈德诚以及建州人郑彦华、林仁肇，说他们都可以担任将帅。于是唐主命徐文缜为西面行营应援使，郑彦华、林仁肇各授为副将，再与周军决战。还有右卫将军陆孟俊，也从带着一万多人从常州赶来，前去攻打泰州。

那时周将韩令坤已经回军屯守维扬，只留一千多人驻守泰州城，兵单力寡，哪里敌得过陆孟俊一万大军，当然只能弃城逃走，于是泰州又被陆孟俊占去。陆孟俊又乘胜攻取扬州，大军抵达蜀冈。韩令坤听说陆孟俊兵多势众，却也心惊，再加上他又刚刚纳了爱妾杨氏，正在朝欢暮乐的时候，不免英雄气短，儿女情长。于是他命令部兵护着杨氏，先行一步，随后自己也弃城逃走。在半路上忽然接到周主的诏旨，说滑州节度使张永德已经来援，那时韩令坤只好勒马回城。入城以后，他又听说赵匡胤调守到了六合，并下令不准放过扬州一个逃兵，如果有扬州兵过境，一概砍掉双足。韩令坤自思归路已经被切断，不如决一死战，与陆孟俊见个高下。下了决心后，韩令坤索性将爱妾杨氏也追了回来，整兵备械，专待陆孟俊攻城，好与他鏖斗一场。

陆孟俊不管死活，领着大军到了扬州，在城东下寨。韩令坤先发制人，纵马杀出，领着一千多敢死之士，大刀阔斧，搅入陆孟俊寨内。陆孟俊猝不及防，顿时骇退，主将一逃，全军四溃。可是韩令坤不肯舍去，盯着陆孟俊紧紧追赶，追到二人大约相距百余步时，韩令坤拈弓搭箭，一箭射去，便把陆孟俊射落马下，然后指挥人马将他擒住，收军还城。

韩令坤正打算将陆孟俊押送到寿州城外周主的御营，偏偏冤冤相凑，爱妾杨氏突然出厅哭诉，要将陆孟俊剖心复仇。原来杨氏是潭州人，陆孟俊先前曾追随边镐攻打潭州，杀死了杨氏家眷二百多口，只有颇有姿色的杨氏被楚王马希崇看中，充作妾媵。后来马希崇降了唐，出镇舒州，将家属留在了扬州。韩令坤得到扬州城后，没对马希崇的家属怎么样，只是见杨氏华色未衰，勒令她做自己的妾侍。杨氏是一介女流，怎么抵拒得了，只好随遇而安。此时她见了仇人陆孟俊，怎能饶过他？当然要求韩令坤借公报私，杀掉陆孟俊为家人报仇。韩令坤心疼爱妾，当然依从，便将陆孟俊洗刷干净，活祭杨氏父母，挖心取肝，脔割了事。

另一边，唐元帅李景达听说陆孟俊败死，急忙从瓜步渡江。大军行到六合县附近，探知赵匡胤据守在六合，料知这是个不好惹的人物，便在六合东南二十多里处，安营扎寨，逗留不进。赵匡胤早就已经探知，也按兵不动。诸将请求出兵袭击李景达，赵匡胤摇头说："李景达率大军前来，却在半路下寨，设栅自固，这明明是怕我。如今我们只有两千多人，要是贸然前去攻击他，他见我军寥寥无几，反而壮足胆气，那时就不妙了。不如等他来攻，我们以逸待劳，不愁不胜。"

果然过了几天，城外鼓声大震，有一万多唐兵向六合杀来。此时赵匡胤已经养足了锐气，立即率军杀出。赵匡胤自己举着宝剑督军，与唐兵厮杀了半天，不分胜负。两军的兵马都面露饥色，没有气力再战，于是双方各自鸣金收军。第二天一早赵匡胤升帐，命军士们把自己的皮笠交出来给他看，斗笠上留有剑痕的有十多个人，于是指着他训斥道：“你们交战时，为什么不肯尽力？我督战时，见到临阵脱逃的军士便用剑在他们的斗笠上划了一道，作为记号。你们如此不忠，要你们有什么用？”于是命人将这数十人绑出军辕，一一斩首。从此部兵畏服，不敢懈怠。

赵匡胤随即命牙将张琼偷偷带着一千人出城，绕到唐军的背后，截住他们的去路。自己亲率千余人直捣唐军大营。唐营中正在吃早饭，突然听说周军杀到，急忙开营迎敌。李景达也出来督战，不料周军勇猛得很，个个好似生龙活虎，不可抵挡。赵匡胤带领一班人马突然冲入中军，竟将李景达马前的帅旗，一矛挑翻。李景达吃一大惊，连忙勒马往回跑。帅旗是全军的耳目，帅旗一倒，全军大乱，况且李景达逃走，军中已经没人主持，士兵是你也逃，我也走，反被周军前截后追，杀死了无数人马。李景达逃到江口，正巧遇上周将张琼排开阵行在那里等着，要活捉李景达。幸亏李景达的部将岑楼景勇猛过人，上前抵住了张琼。在两人大战十几个回合之际，李景达才得以带着残军，拼命冲出，坐着小舟，渡江而去。岑楼景还在与张琼力战，随后赵匡胤又率军追到，他只好舍弃张琼，夺路逃生。张琼与赵匡胤合兵，追到江口，连杀带俘大约有五千人，其余的唐兵都泅水逃生，又淹死了几千人，周军这才奏凯回城。

这次大战，李景达挑选了两万精兵，作为前驱，留陈觉、边镐为后应。陈觉与边镐正要渡江，偏偏李景达已经败回，精兵伤亡了一大半。赵匡胤只用两千士兵，便把两万多唐兵驱杀过江，自然威名大震，轰动淮南！

周主听说六合大捷，又打算从扬州进兵，宰相范质等人在马前跪拜着极力劝谏，说是兵疲食少，请班师回朝。周主还是不肯听从，经过范质再三泣谏，才有撤军的想法。正巧此时唐主又派人上来表文，力请罢兵。上面写着：

圣人有作，曾无先见之明，王祭弗供，果致后时之责。六龙电迈，万骑云屯，举国震惊，群臣惴悚。遂驰下使，径诣行宫，乞停薄伐之师，请预外臣之籍。天听悬邈，圣问未回，由是继飞密表，再遣行人，致江河美海之心，指葵藿向阳之意。伏赐亮鉴，不尽所云！

周主得表后，才下令整备回朝。留下李重进继续围困寿州，再派使向训暂为淮南节度使，兼充沿江招讨使，韩令坤为副招讨使，自己到濠州巡阅各军，再到涡口亲自视察浮梁。就在这时，唐舒州节度使马希崇带着兄弟十七人前来投奔周主，周主任命他为右羽林统军，随着车驾北归。并将唐使臣孙晟、钟谟以及冯延鲁等人也一并带回，并召赵匡胤父子回京。

赵匡胤留兵驻守六合，自己带着亲兵进入滁州，探望父亲赵弘殷。那时赵弘殷的病情好多了，于是赵匡胤护着父亲一同起行，赶往汴京，判官赵普也跟着一起回去了。路过寿州时，正值南寨指挥使李继勳被刘仁赡出兵袭破，所储备的攻城器具全被焚毁，将士伤亡好几百人。李继勳跑到东寨，多亏了李重进来救，才得以安然无恙。寿州城外的周军经过这一场挫折，纷纷灰心，打算请旨班师。幸好赵匡胤跑到行营，助他一臂，帮他整修器具，修筑营垒，部署了十多天，周军的士气又重新振作了起来。于是赵匡胤辞别了李重进，赶往大梁。

周主加封赵弘殷为检校司徒，兼天水县郡男，赵匡胤为定国军节度使，兼殿前都指挥使。赵匡胤又举荐赵普，说他可堪重用，于是周主任命赵普为定国军节度推官。忽然吴越王上表，奏闻常州的军情，说是他们被唐燕王李弘冀打败，丧师数万，周主不胜惊叹。后来，又接到荆南的奏表，说是朗州节度使王逵被部下所杀，军士推立潭州节度周行逢为帅。周主又叹息："吴越丧师，湖南又失去一支人马，恐怕唐兵会乘机猖狂，还得劳朕亲自出马啊！"正是：

南征北讨不辞劳，战血何妨洒御袍！
五代史中争一席，郭家养子本英豪。

第五十六回 严夫人归乡

却说王逵占据了湖南，又从潭州夺取了朗州，任命周行逢掌管朗州的事务，自己回到了长沙。后来他从潭州迁居到了朗州，把周行逢调到了潭州，任用潘叔嗣为岳州团练使。周廷授予王逵以节钺，下令攻打唐国，于是王逵发兵出境。路过岳州的时候，潘叔嗣设宴款待，对待王逵十分恭谨。然而王逵身边都是一些贪得无厌之徒，多次向潘叔嗣索要贿赂，潘叔嗣不肯多给，导致双方产生不合。王逵难免会听信谗言，于是将潘叔嗣责骂了一番，潘叔嗣不肯示弱，与他争了起来，惹得王逵一时兴起，当面呵斥道："等我夺下了鄂州，再来拿你是问！"说完挥兵而去。

进入鄂州境内，突然有上万只蜜蜂攒集在麾盖上面，赶都赶不走，甚至聚集在了王逵身上，王逵不禁大惊失色。然而王逵身边的谄媚之徒都向他道喜，说这是即将封王的征兆，王逵这才转惊为喜。果然他们在长山寨一战中旗开得胜，冲入寨中，擒获了唐将陈泽。正要乘胜追击的时候，突然接到了朗州的警报。原来潘叔嗣心怀仇恨，暗中带领兵马侵袭了朗州。王逵惊骇道："朗州是我的根本之地，怎么可以让他夺去呢？"于是仓促地回去支援，乘船急返。赶到朗州附近，王逵先派哨兵进去打探，那天回来禀报说城内没有动静，城外也没有乱兵。王逵半信半疑，命令船只火速前进，赶往朗州。在江面上，王逵远远地就看见城上甲兵严整，城下也非常平静，那时也来不及细问，立即离船上岸。

当下正是仲春时节，百花齐放，岸上草木迷离，看不出有什么埋伏。谁知道才走了几步，树丛中一声暗号，跑出许多兵马来捉王逵。王逵的随兵不过数十人，见无法抵御，纷纷而逃。王逵正要逃跑，却被伏兵追上，像老鹰捉小鸡一样把他捉了去。王逵被牵到一棵大树下，看见一员大将骑在马上，抬头一看，不是别人，正是岳州团练使潘叔嗣。仇人相见分外眼红，王逵当即被潘叔嗣痛骂一顿，然后被乱刀砍死。原来潘叔嗣对先前的事情耿耿于怀，所以伺机报仇。他乘王逵攻打鄂州之际，带兵攻打朗州。朗州是王逵的根据地，他料到王逵一定会回来救援，所以特意探明了他的行踪，在江岸草丛里设下了伏兵，将王逵擒获处死。

潘叔嗣正要领兵回去，众部将都主张他占据朗州，自立为王。潘叔嗣想了很久，论地位他没有周行逢的地位高，论威望更是比不上他，如果就这样自立为王，他担心人心不服，于是潘叔嗣说道："我杀王逵，是害怕他日后回来报仇，不想留下后患，所以不得已出此下策。现如今仇人已经死了，朗州对我来说已经没有了用处，我还是回到岳州吧！"部将说道："朗州无主，谁来镇守？”潘叔嗣说：“最好去请周公吧，他近来深得民心，让他来镇守朗州，军民都会心悦诚服的。”说完，便命部将李简进入朗州，安抚百姓，而自己率兵回到了岳州。

李简进入朗州城后，让朗州吏民去迎请周行逢做朗州主帅。大家听后，都非常踊跃，当即与李简赶往了潭州。当时周行逢听说王逵被潘叔嗣杀害，正准备带着潭州兵前去讨伐潘叔嗣，可是还没出兵，就听说李简奉命了潘叔嗣的命令，前来迎接自己做朗州之主。见到李简后，在众人的拥护下，他半推半就地来到了朗州，勉强答应了下来，自称为武平留后。后来，有人为潘叔嗣做说客，请求将潭州刺史的空缺让潘叔嗣上任。周行逢摇着头说：“潘叔嗣擅自杀害主帅，罪不可赦，如果我将潭州交给他，岂不是我说明是我指使他杀害主帅了？这怎么能行了！”思前想后，周行逢觉得潘叔嗣始终是个祸患，想将他留在身边，这样就能好好约束他了。于是周行逢召潘叔嗣为朗州行军司马，可是潘叔嗣却称病不肯任职。周行逢说：“我召他为行军司马，他却不肯奉命，难道他也看我不顺眼，也想杀我吗？”于是，他又派人召潘叔嗣，假装说要将潭州托付给他，要他来朗州的署府，当着所有人的面交接职位。潘叔嗣见到来使后，非常高兴，不加思考得就去了朗州。周行逢传令让他进来相见，自己高坐在堂上，让潘叔嗣站在庭下。满心欢喜的潘叔嗣刚一抬头，便听到周行逢厉声斥责道：“你以前只是一个小校，没有什么大的功劳，王逵任用你为团练使，待你不薄，然而你却恩将仇报杀了主帅，你可知罪？我不忍心杀你，好心提拔你为行军司马，你却违抗我的命令，该当何罪？”说到这里，便命人将潘叔嗣，拖出斩首。众人见状后，心中暗暗叫好，没有一个人为他求情。于是周行逢向周廷上表，详细讲述了变乱的整个过程。周廷不加追究，只是授予周行逢为武平军节度使，管理武安、静江等军事。

周行逢本是朗州一个普通农民家的孩子，出身田间，深知民间的疾苦，所以做了武平节度使后，平时励精图治，守法无私，深得民心。有一次，他的女婿唐德求他给个小官做一下，周行逢却说：“你确实没什么才能，怎么能做得了官呢？如果我今天给你个一官半职，他日你要是犯了错误，我又不能不依法惩治你，到时候恐怕连小命都保不住。你还不如回家务农，这样还可以保全身家呢。”周行逢公私分明，不但铁面无私，而且顾全情谊，给了他一些银两和农具，将他送回了乡里。正所谓上行下效，周行逢清正廉明，对他手下的官员也是严加约束，吏民都很敬佩，也都尽忠职守，两袖清风。

那时湖南正闹饥荒，百姓只能吃野草为生，周行逢还在潭州，下令开仓放粮，赈济灾民，救活了很多人，因此更加受到百姓的爱戴，而自己虽然手握大权，却总是洁身自好，终身节俭。有人说他太过节俭了，不像一个当官的样子，周行逢感叹说：“我见马氏父子，极度奢靡，不体恤百姓，如今子孙却要以要饭为生，我难道要向他学习吗？”周行逢年少时候喜欢闹事，曾触犯法律被发配到静江军，所以在脸上刺了字。等他做了官以后，身边的人都劝他用药水除掉脸上的字。周行逢慨然地说：“我听说汉代的黥布，不失为一位英雄。况且我是因为犯了错才得到了惩罚，也是因为如此我才走到了今天，为什么一定要除去呢？”身边的人听到后都很敬佩。只是他秉性勇猛果敢，不肯轻易饶恕有过错的人，遇到那些骄惰的将士，一定会严惩不贷。一天，他听说有十多个将吏密谋作乱，于是暗中埋伏士兵，假装召谋反的将士前去赴宴，酒至半酣之时，埋伏的士兵一齐冲了出来，当场将他们抓住，然后一并拖出，处斩示众。因此部下经常相互告诫，不要触犯法律，即使是百姓一旦有过失，无论大小，大多处以死刑。

周行逢的妻子严氏被封为勋国夫人，看见周行逢用刑太过严苛，不免有些危机感，她曾一旁劝说："人性有善有恶，怎么能不分青红皂白，一律滥杀呢？"周行逢怒斥道："这是外面的事，你们女人不要管！"

严氏知道劝不了周行逢，过了几天，骗周行逢说："家里的佃户很狡猾，他闻们听说你公务繁忙，管不了一些琐碎的事情，就总是偷懒，还倚势欺民，我想亲自去监督他们。"周行逢答应了，严氏便回到了故乡，修葺故居，就在那里定居下来了，再也没有回去了。她平时的生活粗茶淡饭，闲散舒适，毫无娇贵之气。周行逢多次派人请她回去，严氏总是说喜欢那里的清闲生活，不愿住在城里。只有每年春秋两季，她会穿着青色裙子，带着佃户进城缴租。周行逢下令不用他们交租，她却让人传话说："税是公家的财产，要是主帅免了自己的家租税，那怎么再去收别人的租税呢？"周行逢听后，自愧不如，无言以对。

一日周行逢闲来无事，带着爱妾回到了回到故乡，看见严氏正在田地里监督农民干活，不禁下马安慰说："我已经做了大官，身份显贵，不像从前那样了，夫人又何必这样辛苦自己呢？"严氏回答说："你忘记了以前当户长的日子了吗？那时如果交租迟了，就会受到鞭打，如今虽然你已经显贵了，却也不能将以前的事情忘记啊！"周行逢笑着说："夫人可真是富贵不移啊！"于是命令侍妾强行把严氏架到轿子上，抬进了朗州。严氏住了一两天，还是不肯久留，向周行逢辞行。周行逢不想让她回去，再三追问她为什么要走，严氏语重心长地说："我如实告诉你吧，你用刑太过严厉，将来必失人心。妾不是不愿意留下来享福，只是害怕一旦祸起，仓促之间难逃一死，所以提前回到家乡，情愿抛弃荣华富贵归于贫贱，安居田野，免得招人耳目，或许日后容易逃生呢。"周行逢听后，什么话都没说，同意严氏离开。等到严氏走后，确实减轻了刑罚。

严氏是秦州人，父名名叫严广远，曾担任马氏政权的评事，他见周行逢为人不凡，便将女儿许配给了他。周行逢得到这样的贤内助，最终得以免祸，严氏也得以寿终。史家把严氏的事迹收入到《列女传》，详细记载了严氏的言行，这真不愧为巾帼丈夫呢！

再说周主回到大梁后，听说寿州久攻不下，更加上吴越、湖南无力相助，又想要御驾亲征。宰相范质等人仍不停地劝阻，所以周主一直踌躇不决，没有动身。

唐驾部员外郎朱元颇有武略，他给唐主上书，论证了用兵得失之事，唐主因此命他收复江北，率领士兵渡江，还派了将士李平作为援应。朱元率军攻打舒州，周刺史郭令图弃城逃去。唐主又授予朱元为舒州团练使，李平也收复蕲州，被任命为蕲州刺史。从前唐人对茶盐苛以重税，名字叫作薄征，又在淮南营田令百姓劳役，所以百姓积怨很深。周军入境后，沿途百姓为表示欢迎，往往牵羊担酒，犒劳周军。周军不知感恩，反而时常掠夺他们，百姓对他们都很失望。从此百姓们自立堡寨，依险为固，用厚纸作为衣甲，用耕作工具作为兵器，人称白甲军，与周军抗衡。白甲军齐心协力，守望相助，确实有些厉害。每次与周军相遇，往往奋力角斗，不畏艰险，周军常常被打败，相互戒备不敢靠近。朱元因势利导，使这些人为己所用，得以接连收复光、和诸州，锋芒直指扬、滁。周淮南节度使向训，拼尽全力攻打寿州，并将扬、滁二州的将士调到了寿州城下，扬、滁空虚，又被唐兵夺了回去。

刘仁赡镇守寿州城，发现周兵日益增多，多次请求唐廷派出救兵，唐主只是命令齐王李景达奔赴救援。李景达因为之前战败，只是驻军在濠州境内，不敢前进。还有监军使陈觉，胆子比李景达还要小，但权柄却比李景达还要大。凡军中往来的书信，都由陈觉一人主持，李景达只是在末尾署上自己的名字，就算了事。所以唐军虽然有五万之众，却毫无斗志。士兵们也乐得逍遥，过一天算一天。只有唐将林仁肇等人有心奔赴救援，特率水陆各军，进援寿州。偏偏周将张永德驻兵在下蔡，截住了唐廷的援兵。林仁肇想到了一个方法，用战船载着干柴，借风纵火来烧下蔡的浮梁。张永德出兵抵御，被火所困，险些支撑不住，幸亏风回火转，那熊熊的烈火竟然反扑向了唐兵的战船，林仁肇只好逃了回去。张永德又打造了一千多尺长的铁索，大约距浮桥十多步的地方，将两端固定，横截于淮水之上，然后在上面系上了许多巨大的木头，以阻截敌船，免得唐军再来攻打。可是林仁肇却不死心，一次失败，二次再来。张永德特地悬赏重金，招募了一些水性很好的壮士，潜游到敌船的下面，系上铁索，然后派兵逼近围攻的敌船。敌船被系上了铁索，不能行动，被张永德率军夺走了十多艘，船内的唐兵无处逃生，只好扑通扑通地跳下水去，去河神那里当差去了，林仁肇见状，又带着剩余的船只逃走了。

张永德大捷，解下自己所佩戴的金带，赐给泅水的头目。他见李重进一直都没有战绩，心中暗自生疑，于是在上表奏捷的时候，附上密书，说李重进屯兵城下，却不全力攻城，恐怕是有二心。周主认为李重进是自己的亲戚，应该不会背叛他，于是特地示意李重进，让他为自己辩白。李重进单骑来到张永德的大营，张永德也不能不见，于是设宴相待。李重进在酒宴上从容饮酒，笑着对张永德说："你我受到主上的重任，手握重兵，彼此应当为主效力，杜绝二心。我不是不知道我在寿州城下旷日持久，有过无功。可是无奈刘仁赡善于防守，寿州又很坚固，一时间实在是攻不进去，希望你能体谅我的处境，不要猜疑我了！皇天在上，我李重进发誓绝对不会辜负君主，也不会辜负朋友！"张永德见他词意诚恳，不由得心平气和，当面道歉，彼此尽欢而散。

一天，李重进正在营帐内阅读文书，忽然巡逻的士兵捉到了间谍一名，送到帐下。那人不慌不忙，说有秘事相报，要求李重进身边的人回避一下。李重进说："我营帐前的人都是我的亲信，你尽管说来！"那人听后，才慢慢地从怀中取出蜡丸，交给李重进。李重进打开一看，里面是唐主的一封亲笔书信。上面写着：

古语说：'知彼知己，百战百胜，知己知彼，百战不殆。'如今听说将军受了周主之命围攻寿州，驻兵将近一年，这是危险的做法呀。我的守城将士刘仁赡，有匹夫不可夺之志，城中的积蓄，足够二年之用，只要坚守城池，足以自保。我的弟弟李景达率大军近在濠州，秣马厉兵，养精蓄锐，将要与将军相见。将军自己思量。可以战胜吗？何况周主已心生猜疑，又派张永德监守下蔡，用以分散将军的势力，张永德密承上旨，已在朝堂上散布谣言说，将军逗留不进已生二心。那些爱猜忌的人，将谣言大肆渲染，越传越大，恐怕将军还未动寿州的一块砖，将军的身家性命就已岌岌可危了。假如有一天朝廷削去了将军的兵权，更是生死未卜！将军为什么不拥兵敛甲，退而图谋自保呢？或者也可以择地而处，南下投归，孤当虚位以待，与将军共享富贵。铁券丹书，可以昭信，希望将军考虑再三。

李重进看完，大发雷霆说："无知狂徒，竟敢来送反间书！"当即命令左右擒住送信的人，并派人把唐主的信送到了朝廷。周主看后，也很生气，传入唐使孙晟，厉色问："你多次告诉朕，你的主子决意求和，并无他意。那他为什么还要实行反间计，招诱我朝的军将呢？我君臣同心，岂能听信你主子的诳语？你主子刁滑得很，你也欺骗朕，该当何罪？"说着，将唐主的书信扔了下去，让孙晟自己去看。孙晟阅读完后，神色自若，正言回答："上国认为我的主子是在欺骗你，难道上国是真心实意对待我们的吗？我的主子一再求和，如果陛下慨然应允，理应班师回朝以表诚意，然而你们围困我寿州一年之久，这是什么意思？臣奉命北来，原是奉了我主的旨意，订约修好，可是几个月过去了，没有收到陛下的回复，怪不得我主子改变主意，易和为战了！"周主听后，越发生气地说："朕前些天回朝，本想休兵，偏偏你们唐兵不肯住手，夺去了我的扬、滁各州，这就是你说的真心求和吗？"孙晟又说："扬、滁各州原本就是我国的土地，不能称作为夺。"周主气得拍着桌子说："你真不怕死吗？敢来与朕斗嘴！"孙晟奋然说："臣来到这里，早就将生死置之度外了，要杀就杀，虽死无怨！"

周主起身走进内宫，命令都承旨曹翰送孙晟到右军巡院，并且小声嘱咐了几句，并给了他一封敕书。曹翰应命退下，并叫孙晟下殿，跟他一起来到右军巡院中。曹翰命院吏准备了酒肴，与孙晟对饮。曹翰跟他谈论了许多，无非就是盘问唐廷的底细，国家的机密，孙晟十分警惕，一句也不肯说。曹翰不禁焦躁起来，站起来说："有旨意请相公一死！"孙晟安然说："我死得其所了！"说完，便向曹翰索要他的官服，整理好衣冠后，向南拜了拜说："臣孙晟以死报国了！"说完，从容就死。随行孙晟的数百人也都惨遭杀害，唯有钟谟幸免于难，但也被贬为了耀州司马。

杀了孙晟不久之后，周主开始有些后悔，说："孙晟不愧是忠臣啊！朕之前对他礼遇丰厚，每年朝会都要让他参会，并且经常赏赐他厚礼，谁知道他始终不忘旧主，不愿受恩。这样难得的忠臣，朕未免误杀了。"于是又召见钟谟，晋升为卫尉少卿。钟谟首鼠两端，怎么能比得上孙晟。孙晟的死信传到了南唐，唐主伤心流泪，追封为鲁国公，授予谥号文忠，提携孙晟的儿子为祠部郎中，好好抚恤了他的家属，这都不用细说了。

且说周主杀完孙晟之后，更加执意要攻打南唐。考虑到自己的水军实力不足，周主特地命人在城西汴水中打造了数百艘战舰，命唐降将每天晨起督练，准备出兵。但是连年征战，国家的耗费很大，国库不免有些支付不起，所以经费非常艰难。周主听得华山有个隐士叫陈抟，仙风道骨，能够白日飞升，还精通点石成金之术，于是派人将他带到了朝廷。陈抟因主命难违，只好跟着使者进京。周主见到他后，和颜悦色地问他："先生通晓飞升黄白之术，能不能指教一二呢？"陈抟回答："陛下贵为天子，应该潜心治国，为什么要使用这种法术呢？"周主说道："先生期望朕使国家得到大治，用意值得嘉奖，朕愿意与先生共同治理天下，还请先生留下来辅佐朕。”陈抟又说：“臣只是山野之人，不懂治国之道，况且上有尧、舜，下有巢、由，盛世未尝没有隐士。现如今臣能居住在华山，享太平盛世，也未必不是出自于陛下的圣恩啊！”周主还想挽留他，并且想任命他为左拾遗，然而陈抟再三推辞，于是周主这才下令，允许他回山。临行前，陈抟随口吟诗一首：

十年踪迹走红尘，回首青山入梦频。
紫阁峥嵘怎及睡？朱门虽贵不如贫。
愁闻剑戟扶危主，闷听笙歌聒醉人。
携取旧书归旧隐，野花啼鸟一般春。

陈抟回山后，周主又命令州县长吏随时前去探访问候，并特赐诏书说：

朕以卿高谢人寰，栖心物外，养太浩自然之气，应少微处士之星。既不屈于王侯，遂甘隐于岩壑，乐我中和之化，庆乎下武之期。而能远涉山涂，暂来城阙，浃旬延遇，宏益居多，白云暂驻于帝乡，好爵难縻于达士。昔唐尧之至圣，有巢、许为外臣，朕虽寡德，庶遵前鉴。恐山中所阙，已令华州刺史，每事供须。乍返故山，履兹春序，缅怀高尚，当适所宜。故兹抚问，想宜知悉。

陈抟奉诏后又作了一首诗：

华泽吾皇诏，图南抟姓陈。
三峰十年客，四海一闲人。
世态从来薄，诗情自得真。
超然居物外，何必使为臣？

陈抟的这两首诗，当时都被传诵一时，被称作答诏诗。这正是：

不贪荣利不求名，甘隐林泉老一生。
世俗浮尘都洗净，西山留得好风清。

第五十七回 刘仁赡夫妇尽忠

却说周兵围攻寿州一年之久，还是没有攻下。转眼间已是显德四年，寿州城中粮食渐渐耗尽，有些支持不住。刘仁赡连日求救，齐王李景达率军还驻扎在濠州，听说寿州危急万分，于是派应援使许文缜、都军使边镐和团练使朱元等人，统兵数万，沿着淮河逆流而上，支援寿州。各军共同占据了紫金山，安下了十多个营寨，和城中烽火相通，又在南边修筑甬道，绵延数十里，直达州城，援军通过甬道为城中的兵马输送救济的粮食，寿州城的危机得以缓解。

李重进急忙召集诸位将士，当面嘱咐道："刘仁赡死守寿州城已一年有余，我军多次发起猛攻，还是难以攻克，我想原因无非是他城坚粮足，还有善于防守的守将。最近听说城里粮食紧缺，正是乘势急攻的好时机，偏偏又来了许文缜、边镐等大军，筑道运粮，如果现在不施以计谋破敌，日后便更难拿下了。今晚我打算前去劫寨，兵分两路，一路山前，一路山后，前后夹击，不愁不胜。诸位将士可要为国家而努力，奋力向前啊！"众将齐声应令。当下正是初春时节，天气还有些寒冷，李重进令牙将刘俊为前军，自己为后军，趁着半夜打霜的时候，领兵整装出发，直达紫金山。

唐将朱元，担心李重进会半夜偷袭，嘱咐许文缜、边镐要多加戒备。许文缜和边镐却认为自己兵多将广，不用在意。朱元叹息着回到营中，命令部下严行巡察，以防夜袭。三更已过，朱元还没有安睡，只是穿着衣服躺在床上。眼睛刚刚闭上，突然巡逻的士兵来报说："周兵来了！"朱元一跃起床，命令军士坚守营寨，不得妄动，一面差人通报边镐、许文缜二营。那时这二人已经睡熟，接得朱元军报后，才从梦中惊醒，急忙号召兵士出寨迎敌。然而他们还没出来，周将刘俊已经杀到。一边是劲气直达，游刃有余，一边是睡眼蒙胧，临阵先怯，加上天昏夜黑，模糊难辨。前队的唐兵，已被周军乱刀砍死了许多。边镐、许文缜两人手忙脚乱，只好倾寨出来迎敌。冷不防寨后有火炬齐舞，又有一军杀了进来，领兵的大将正是李重进，吓得边镐、许文缜心惊肉跳，急忙丢下正营，逃入旁寨。朱元保住营帐，无人入犯，只听见一片喊声震动耳鼓，料到边镐、许文缜的大营已经失守，于是命令壕寨使朱仁裕守营，亲自率领部将时厚卿等人出营救援。在路上，恰巧遇见李重进跃马挥兵，蹂躏着各个营寨。朱元大吼一声，率众抵敌，与周军鏖战多时，杀了一个平手。边镐、许文缜见朱元来援，才敢稍稍出头，前来指挥。李重进见援兵四集，担心会有闪失，便与刘俊等急忙撤兵，转头回去了。朱元也不追赶，只是和边镐、许文缜检查营盘，刚刚攻破的两个寨子，正是边镐、许文缜二人的正营。士兵死伤数千人，粮车失去数十车。边镐、许文缜懊悔不已，只有朱元寨中没有损失一兵一卒。朱元对着边镐、许文缜冷笑几声，回营安睡去了。

刘仁赡听说边镐、许文缜战败的消息，更加愤怒，立即上书齐王李景达，请求命令边镐守城，自己督各军决战，然而李景达却不答应。刘仁赡郁闷成疾，渐渐地不能起床。他的小儿子刘崇谏看到父亲垂危，担心城池失手，思前想后，还不如逃出城外，投降周军，还可保全家族。于是他连夜出城，打算泛舟渡往淮北，不料被小校拦住，送回了城中。刘仁赡躺在穿上，问他去淮北的意图，刘崇谏倒是敢作敢当，供认不讳。刘仁赡听后，大怒道："生为唐臣，死为唐鬼，你怎么能违弃君父，私出降敌呢？左右，快把这个不忠不孝的逆子拉出去斩了！"左右不好违令，将刘崇谏绑了出去。监军使周廷构上前阻止，并跑到刘仁赡那里求情。刘仁赡下令关上中门，不让周廷构入内，并让人传话说："逆子犯法，理应腰斩，敢为逆子说情者，同罪当斩。"周廷构听到后，又哭又叫了好一阵子，还是没有人开门，于是他慌忙派小吏到刘仁赡夫人那里求救。刘仁赡夫人薛氏知道后，皱着眉头说："刘崇谏是我的小儿子，作为父亲怎么忍心将他置于死地呢？但他确实触犯了法律，罪责实在难容，军法不可徇私，臣节不可丢失，如果今天宽宥了他，那我刘氏一门忠孝至此就丢尽了，以后还有什么颜面去面对众将士呢？"说着，便派人速去行刑，然后举丧，众人又是震惊又是敬服，但周廷构却认为他们夫妇两人太过残忍，心里替刘崇谏抱打不平。

李重进得到消息后，非常感叹。手下很多部将都动了撤军的念头，说是一来刘仁赡连自己的儿子都没有放过，军令如山，大义灭亲，像这样的守将实在难以制服；二来紫金山那里还有唐军的援兵，虽然打了败仗，但是却没有撤退，所以寿州城还是不易攻人，不如奏请班师，等有机会了再来攻打。李重进颇以为然，不得已上奏朝廷，等候周主回复。

周主看到李重进的奏章，犹豫不决。恰好这时李穀得了重病，告假回京，周主特地派范质、王溥同去李穀家里询问他，是否应该退兵。李穀回答："寿州已是危在旦夕，如果陛下御驾亲征，众将士必定士气大涨，先破援兵，后攻孤城。城中自知必亡，一定会投降，寿州城便唾手可得了。"

范质、王溥回来告诉了周主，周主于是下诏亲征。仍命王朴留守京城，授右骁卫大将军王环为水军统领，带领战舰数十艘，从闵河沿颍河进入淮河，作为水军前队，自己也坐着大舟，督率战舰百余艘，鱼贯而进，可谓是舳舻横江，旌旗蔽空。

之前周军与唐军交战，陆军精锐，唐军无法抵御，只是水军却寥寥无几，和唐军的实力相差很远。唐军也因此自负，仿佛有些筹码握在手里，所长才敢与周军抗衡。这时看到周军的战舰顺流而下，无不惊心。朱元一直留心军事，打探得知周军已经进入淮河，于是登上紫金山最高处，向西遥望，果然看见战船如织，飞驶而来，或纵或横，指挥得当，不禁大惊失色道："完了！完了！周军水军如此精湛敏捷，我水军反而比不上了，真是出人意料啊！"此时，周军的船队已逼近紫金山，周主身披甲胄，带着许多将士，陆续登岸，其中有一威风凛凛的大将，随着周主。龙颜虎步，与周主不相上下，朱元心里不由得暗暗喝彩。有将校当年与其交过手，认得那员大将就是赵匡胤，随即报明朱元。朱元立即下山，到边镐、许文缜寨中，和这二人说：“周军来势汹汹，不可轻敌，我军只要守住山麓，坚守不出，等他的锐气稍减后我们再出兵交战。”许文缜说：“周军大老远地跑过来，正是我们交战的好时机，怎么能怯战不前呢？”话还没有说完，就有士兵前来报道：“周将赵匡胤前来踹营了！”许文缜听后，随即上马，领兵杀出，边镐也跟着出去了。朱元劝拦不住，只好留在营里按兵不动，摇着头说：“他们这次出兵，一定会战败！”果然没多久，边镐、许文缜两军，就狼狈地逃了回来，都说赵匡胤太厉害了。朱元哂笑着说：“我说过周军势盛，不便与其力争，只能静候。两公不听我的忠告，才会有此下场！”边镐、许文缜还是不肯认错，并埋怨朱元见死不救。朱元说：“我要是前来接应两公，恐怕各寨都要失去了。”说完，就愤愤地回营去了。

于是，许文缜和边镐对朱元怀恨在心，他们秘密上报陈觉，请求陈觉上表唐主替换主帅。陈觉早就因为朱元恃功不逊，想把他搞下来了，得到密保后，立即上书弹劾，诬陷朱元如何骄恣，如何观望不前。唐主李璟信以为真，派遣武昌节度使杨守忠替换了朱元。杨守忠奉命来到濠州，随后陈觉又传达齐王李景达的命令，召朱元到濠州议事。朱元早就料到了会有此变，长叹道：“将帅不才，妒功忌能，恐怕淮南就要被我们断送了。我迟早会有一死，不如就在这里了结吧！”说着，便拔剑出鞘，想要自刎。忽然有人夺门而入，夺下了他的剑，劝说道：“大丈夫在哪里不能富贵呢，怎么可以像个妇人一样寻死呢？”朱元放下剑转头一看，原来是门下客宋垍，便说：“你是要我向敌人投降吗？”宋垍回答说：“就这样死了也没有什么意义，不如换一个好的主子，不要辜负了一身抱负啊！”朱元叹息说：“我为朝廷鞠躬尽瘁，拼死杀敌，想不到会被主上猜忌！罢了！罢了！我也顾不得什么名节了！”于是将宝剑丢掉，暗中派人到周军大营，说要投降。

周主当然接纳，乘势带领军马督攻紫金山。许文缜、边镐两人还仗着自己兵多，下山御敌。赵匡胤用诱敌之计，将他们引到了寿州城南，然后三路伏兵一起杀出，把唐兵冲作数段。吓得边镐、许文缜叫苦不迭，骑马飞奔了回来。后面的周军，紧追不舍，两人还指望朱元出来相救，殊不知朱元在寨内，已竖起了投降的白旗，这两人自知大事不妙，无奈弃山逃走。朱元开营迎敌，只有裨将时厚卿不肯从命，被朱元所杀。

周军攻破紫金山大寨后，周主率领士兵穷追不舍，沿淮河向东前进。周主从北岸前进，命令赵匡胤等从南岸追击。水军统领王环，领着战船，从中流而下，沿途杀获唐兵一万多人。那时边镐、许文缜正向淮东逃去，正巧遇到杨守忠带兵来援，并且说濠州全军出动，已从水路赶来了。边镐、许文缜又放大了胆，与杨守忠合成一处与周军抵抗。正所谓冤家路窄，杨守忠又与赵匡胤相遇了。

杨守忠不知好歹，前来应战，周军阵内骁将张琼抵御杨守忠。两人战了十多合，见杨守忠打不过张琼，渐渐地乱了刀法，许文缜纵马来助，周将中也杀出一个张怀忠，四人在战场上一阵厮杀，忽然听到扑通一声，杨守忠被拨落下马，由周军活捉了过去。许文缜见杨守忠被擒，难免乱了手脚，一个失手，也被张怀忠擒住。唐军中三个将官，被捉去了一对，当然大乱。边镐转身就要逃走，由赵匡胤驱军追上，用箭射倒了边镐的坐骑，边镐坠落在地，也被周军捆了回去，剩下的众人无处可逃，多半跪地投降。

陆地上双方打得正酣，江面上这时候也没闲着。齐王李景达和监军使陈觉，正坐着艨艟战舰扬帆驶来，与周军来战，正好迎面撞上了周水军统领王环，两军便在中流大战了起来。水军正打得热闹，只听见岸上鼓声大震，两旁全是周军，发出连珠箭射向唐军。唐舰中多数士兵被射死，李景达手足失措，看着陈觉说："难道紫金山已经沦陷了吗？"陈觉说："紫金山如果已经陷没，为什么杨守忠那支军队没有一点踪迹呢？"李景达说："岸上全是周军，看来凶多吉少，我军该如何抵挡呢？"陈觉说："不如赶紧撤军吧，再不撤兵就要全军覆没了！"李景达急忙传令，全军退回。战舰一动，顿时乱作一团。王环乘势杀上，夺取唐舰无数，所缴获的粮械更是数不胜数。唐兵有的溺死，有的投降，差不多有两三万人。李景达、陈觉全都逃回濠州去了。

周主追到镇淮军，这才下令停止追击。这时天色已晚，周主便在镇淮军留宿了一晚。第二天周主又发动附近各县的几千民夫，到镇淮军筑城，夹淮为垒，左右相呼应。并且将下蔡的浮梁迁徙到了这里，挡住了濠州的来路，省得唐军再来支援寿州。春季来临，淮河水位上涨，唐濠州都监郭廷谓，率水军前来想要烧毁浮梁，偏偏被周右龙武统军赵匡赞打探到，埋伏下士兵，一举将其击退。郭廷谓慌忙逃了回去，陈觉听说郭廷谓又战败，连濠州都不敢逗留，竟然怂恿李景达与他自己一同返回了金陵。那时只有静江指挥使陈德诚一军还没有与周军交战，兵马都安然无恙，可是他见李景达等人都已撤军，担心孤军难保，于是也渡江回去了。

唐主听闻诸军败退，打算亲自督军与周军抵抗。中书舍人乔匡舜，上书劝谏，唐主说他阻挠众志，将他流放到了抚州。后来唐廷又讨论守御方略，唐主问神卫统军朱匡业、刘存忠有何计策。朱匡业不好直言，只是朗诵了罗隐的诗："时来天地皆同力，运去英雄不自由。"刘存忠也从旁进言，说他与朱匡业的想法相同。唐主大怒道："你们坐视国危不理，不知道为朕出谋划策，反而吟诗调侃，朕岂是你们能嘲弄的？"两人叩首谢罪，唐主并未消气，将朱匡业贬为抚州副使，将刘存忠流放到了饶州。一面部署兵马，要御驾亲征。没过多久，陈觉逃了回来，他拉拢宋齐邱等人极力阻谏，说周军异常精锐，无懈可击，说得唐主一腔锐气化作乌有，又把御驾亲征的问题放在一边，不再提起了。于是濠、寿一带，非常孤险，危如累卵。

周主任命向训为淮南道行营都监，统领兵马驻守镇淮军，亲自率军返回下蔡，向寿州发书，让刘仁赡自己选择祸福。过了三日，不见回音，于是亲自到了寿州城下，再次监督进攻。刘仁赡听闻援兵大败，慨然叹息，导致病上加病，卧床不起，周主发来的书信他更是看都没有看一眼，只是昏昏沉沉地睡在床上，满口胡话，不省人事。周廷构见周主又来攻城，料到寿州不保，于是与营田副使孙羽以及左骑都指挥使张全约商议，决断出城投降。当时他们就写好了降书，结尾署的刘仁赡的名字，派人送到周营。周主看完降书，非常高兴，当即派閤门使张保续入城，传谕宣慰。那时，刘仁赡全然不知，周廷构、孙羽等人款待来使，并且强迫刘仁赡之子刘崇让和张保续一同前往周营，叩头谢罪。周主在寿州城北，大陈兵甲，行受降礼。周廷构令刘仁赡的左右，抬着刘仁赡出城，刘仁赡奄奄一息，说不出话，只能任由他们摆布。周主好言劝慰了几句，只见刘仁赡瞟了几眼，也不知道他有没有听见，周主又命人将他抬回城中，好好养病。一面赦免州民的死罪，凡是曾受南唐文书，聚集山林抗拒王师的壮丁，都可重操旧业，不追究之前的过失。平日里打架斗殴导致有杀伤的，也不许再诉讼。旧的政令，只要是给百姓带来不便的，一概让地方官奏闻。追授刘仁赡为天平节度使，兼中书令，并且下诏说：

刘仁赡尽忠所事，抗节无亏，前代名臣，几人可比？朕此次南伐，得到你已不胜欣喜，就请不要再推辞！

读者你想，这为国效死的刘仁赡，连爱子尚且不顾，怎么可能突然变节，背弃唐而投降于周呢？只是因为重病在身，奄奄一息，任由他们摆布。这位赤胆忠心的刘仁赡在寿州城投降后，始终不肯变节，过了一夜就抱恨归西了。说也奇怪，刘仁赡归西的那天，老天可怜他的忠诚，一整天都乌云密布，细雨如泣。州中人民痛哭流涕，一些裨将感念刘仁赡的恩德，自刎殉节，一共自杀了十多人。刘仁赡的妻子薛夫人，抱着棺材悲痛欲绝，哭晕过去好几次，好不容易醒了过来，却水米不沾，眼泪哭干了，眼睛流出的都是鲜血。就这样过了四五天，一道贞魂也到黄泉碧落，追随亡夫去了。

周主派人前去吊唁，追封其为彭城郡王，授予刘仁赡长子刘崇讚为怀州刺史，赐宅院和山庄各一处。寿州原来的首府是在寿春，周主因为寿春被长久困守，城池败坏，便将寿州城的首府迁到了下蔡，改称清淮军为忠正军，并慨然叹息道："我这是在旌表刘仁赡的忠节啊！"唐主听说刘仁赡的死讯后，也痛哭尽哀，追赠其为太师中书令，授予谥号忠肃，并焚烧敕书告慰亡灵，其中有三句话写道：

魂兮有知，鉴周惠耶？歆吾命耶？

当天夜里唐主梦见刘仁赡在台阶下面跪拜，与他生前领命的情形一样。等到唐主醒来，更加惊叹，进封刘仁赡为卫王，妻薛氏为卫国夫人，立祠祭拜。后来宋朝也将此事列入祀典，赐祠额曰忠显，历代庙食不绝。可见人心未泯，公道犹存，忠臣义妇，俎豆千秋，一死也算值得了。正是：

孤臣拼死与城亡，忠节堪争日月光。
试看淮南隆食报，千秋庙貌尚留芳。

第五十八回 淮南割地求和

再说周主收服了寿州之后，任命朱元为蔡州防御使，周廷构为卫尉卿，孙羽为太仆卿，开仓发放粮食，救济寿州的饥民。另外派右羽林统军杨信为忠正军节度使去管辖寿州，自己率领军队回到京城，留下李重进等人进攻濠州。

却说唐将郭廷谓驻守在了濠州，因为听说周主回来了，于是悄悄率领水军到涡口折断了浮梁，又击破了定远军营，周武宁节度使武行德被打了个猝不及防，竟然丢下全营一个人逃跑了。郭廷谓向金陵报捷，于是唐主提拔郭廷谓为滁州团练使，并且充当了淮上水陆应援使。只是周主接到了武行德战败的消息，按律将其定罪，降武行德为左卫将军，又追究李继勳失寨的罪名，也将其降为右卫将军。

周主的亲生父亲叫柴守礼，曾经是太子少保光禄卿，周主做了天子后，就辞官回家了。他时常和前许州行军司马韩伦在洛阳游玩。韩伦是韩令坤的父亲，也是一个老太爷，柴守礼就更不用说了。这两个人装腔作势恃强凌弱，洛阳的百姓没有一个人敢触犯到他们的，竟然以阿父称呼他们。

一天他们和市民发生了一些小的口角，柴守礼竟然出动家丁，打死了好几个人。韩伦也在旁边助纣为虐，打骂不休。市民不甘就这样被枉死，引起了公愤，于是向地方官起诉。地方官看到了这一纸诉状后，吓得瞠目结舌，不敢批复，只好派人过去调解，大事化小，小事化了。可是那柴守礼、韩伦二位老人怎么可能认错呢？市民也不肯罢休，索性跑到了京城去告御状。当时周廷的官员都知道柴守礼就是周主的生父，接到冤诉的时候，谁敢评论谁对谁错呢？于是官员只好将诉状上交给了周主。周主顾念父子亲情，将柴守礼置之不理，唯独追究了韩伦的恶行。后来，周主又听说韩伦干预郡中政事，武断乡曲，公私交怨，罪恶多端，于是命令刑官定罪，刑官议定为斩首弃市。韩令坤听到消息后，急忙跑到周主那里为父亲苦苦哀求，说情愿削去自己的职位，来赎父亲的罪过。周主被韩令坤的孝心感动，于是只削去了韩伦本身的官爵，流配到了沙门岛。而韩令坤并没有获罪，仍然担任原职。

周主回京后，脾气时好时坏。内供奉官孙延希，奉周主之命监督修筑永福殿，由于工期紧张，他就命民工们在工地上吃饭，用木柴当成筷子，没想到被周主撞见，当场严厉斥责孙延希，说他虐待民工，喝令左右将他拖出，下令处死。还有，左库藏使符令光，一直都在内廷任职，做事向来清明谨慎。刚好周主又想要南征，下令让符令光监督，制作军士的战袍，并限定了完成的期限。符令光没有如期完成任务，周主又下令将其处死。宰相等人为符令光求情，周主却置之不理，拂衣而去。不久，符令光真的就被处死了。因为这两个案子，京城的人都为他们喊冤，觉得周主量刑太重。周主后来也非常后悔，但是他性子刚烈，一旦有人有忤逆他，就要将其加罪。多亏了有皇后符氏，从中劝解，这才算保全了不少人的性命。

显德四年十一月，周主又想要御驾亲征濠州、泗州，符皇后因为天气严寒，极力劝阻。周主执意不从，符后竟因此抑郁成疾，茶不思饭不想。周主却对她不闻不问，决定第三次南征，命王朴为枢密使，仍然留守东京，亲自率领赵匡胤等人出京，一路疾行，赶到了镇淮军。天刚亮的时候渡河，大军就过了淮河，直抵濠州城西。濠州东北十八里，有一片河滩，唐人在滩上立了围栅，栅内留有守兵。周主派内殿直康保裔，领军率先渡过，赵匡胤作为后应。康保裔还没有完全渡到河岸，赵匡胤就已经一马当先，冲入水中，截流而进。骑兵们紧随身后，争先恐后，转眼间就登上了河滩，攻入了唐军的围栅。栅内的守兵被打得措手不及，纷纷溃散，周军乘势拔去了围栅，打开通道，径直到了濠州城下。

李重进先前奉命攻打濠州南关，可是连日攻打不下，忽然听说周主又来御驾督师，士兵们都奋勇百倍，有的爬梯子，有的干脆赤手空拳地往上爬，不到半天就已经攻入了南关城。城东又有一个水寨，和城中的河滩作为犄角，王审琦奉周主的命令，领兵捣入，随即占领了水寨。城北尚且屯有敌船数百艘，周主命令水师纵火焚敌，敌船不堪一击，被毁去七十多艘，剩余的船纷纷逃散。

濠州的诸道防守，接连被周主攻克，只剩下了一个偌大的孤城，该如何保守呢？郭廷谓想出一个办法，他派人到周营上表说：“我的家人都留居在江南，如果投降的话，必然招致灭门之祸，所以请周主准许我先派人去金陵禀命，然后再投降。”周主微笑说：“他这无非是缓兵之计，想去金陵乞求支援。朕也不妨答应他，等他援兵一到，再一举歼灭，只管叫他死心塌地倾城出降！”于是周主仍留下李重进驻守濠州城下，亲率大军去攻打泗州。大军一路向东，赵匡胤作为前锋，焚烧了南关，攻破了水寨，拔下了月城，直抵泗州。泗州守将范再遇，惊慌得不得了，当即打开城门请求归降。赵匡胤率兵入城，禁止掳掠，秋毫无犯，泗州百姓喜出望外，争先恐后地拿出好吃的犒劳将士们。周主到了泗州城下，范再遇在马前拜迎，周主命他为宿州团练使，范再遇十分高兴，拜谢而去。赵匡胤上奏周主，报称全城安定，周主便没有进城，而是兵分三路，继续进兵。赵匡胤率领步兵从淮南前进，周主自己带领亲军从淮北前进，剩余的将士率水军从淮河上前进，准备进攻楚州、扬州、天长军等淮东地区。

淮河两岸因为常年有战事，百姓都不敢从这里走，两岸长满了芦苇，并且到处都是泥淖沟堑。周军乘胜追击，踊跃向前进，几乎忘记了一路的辛苦。沿途又与唐兵相遇，一边迎战一边前进，金鼓声长达数十里。周军行到楚州西北时，有个名叫清口的地方，有唐营驻扎，成了保护楚州的屏障，由唐应援使陈承昭扼守。赵匡胤沿河而上，趁夜来了个突然袭击，捣入唐营，陈承昭没有一丝防备，慌忙逃生。赵匡胤进入帐篷，没有看到陈承昭，料到他已经从帐篷后面逃跑了，于是快马加鞭，依然是马到擒来。所有清口的唐船，除了已经被烧毁的以外，还有三百多艘，将士除了被杀还有被淹死的以外，投降了七千多人，淮河上的唐舰，被周军扫得精光，周水军出没纵横，毫无阻碍。

濠州守将郭廷谓，用了缓兵之计，派使者到金陵请求支援。金陵那边送来唐主的回信，说陈承昭会前来支援，所以郭廷谓决定关闭城门，等待援军到来。不料陈承昭已经被赵匡胤捉去，全军覆没，郭廷谓无计可施，只能依着周主的命令，送上了降书。当即他命录事参军李延邹起草降书，李延邹勃然大怒："城在人在，城亡人亡，这是作为人臣最起码的道义，有什么颜面向敌人投降！"郭廷谓说："我并不是不愿意效死唐主，但满城的百姓平白无故受到牵连，我实在于心不忍。况且泗州已经投降，清口全军覆没，我们区区的一个小城该如何保全啊？还不如顺应时势造，通变达权，屈节用以保民，还希望你不要拘泥于小节！"李延邹把笔一扔，说："大丈夫宁死都不会叛国，怎么可能为叛臣写投降书！"郭廷谓大怒，拔剑相逼道："你敢违抗我的命令吗？"李延邹道："头可断，血可流，降书不可写！"话还没有说完，只见郭廷谓把剑一挥，李延邹便人头落地。那时濠州还有一万多人马，几万斛粮草，郭廷谓举城向周投降，全城的兵马和粮草，都为周军所有。

周主看到泗州和濠州相继归降，没有了后顾之忧，当然高兴，立时授命郭廷谓为濠州防御使，另外加派将吏驻守濠州，然后亲自率兵前往楚州攻城。郭廷谓跑去拜见周主，周主对郭廷谓说："朕自南征以来，江南的各个将领，相继败退，唯独爱卿还能折断我涡口的浮梁，攻破定远寨，这也算是报国了。濠州区区一座小城怎么可能持久，即使是由李璟亲自驻守，也是守不住的！爱卿还算是通晓事理的人。朕现在命爱卿前往攻打天长军，爱卿可否愿意？"郭廷谓说愿意前往，周主即刻下令让郭廷谓率领原班人马，前往攻打天长。又派铁骑右厢都指挥使武守琦，率领骑兵数百人向扬州行进。行至高邮，看到扬州的守将，已经毁掉了官府和民宅，驱赶百姓渡江南行。等到武守琦进入扬州城的时候，扬州城已是满目萧条，成了一片瓦砾场，仅剩下几十个人，不是老病，就是残疾，可能是行动不便，所以才不得不留下来的。武守琦看着这个场景不禁叹息，并据实上奏朝廷。

周主仍然任命韩令坤前去扬州安抚百姓，招缉流亡的兵民，并让他暂时管理扬州各项事宜，又派兵将攻破了泰州、海州。只有楚州防御使张彦卿和都监郑昭业，铁石心肠，就像寿州的刘仁赡一样誓死抵抗。周主亲自执掌旗鼓，连日攻打，城外百姓的住宅被夷为了平地，一片萧条。周主又发动州民，凿通老鹳河，引战舰入江，水陆夹击楚州城。炮声震地，鼓角喧天，张彦卿却不为所动，只是和郑昭业同心抵抗外敌，视死如归。张彦卿的儿子张光祚，跟随父亲登上城墙，望见周军的声势浩大，觉得城中危在旦夕，于是哭着对张彦卿说："敌强我弱，难以支撑，城外又无一人来援，看来垂死挣扎是没用的，不如出城投降吧，父亲！"张彦卿沉默不语，对周围的将士说："那里有敌军来攻，你们能看到吗？"诸位将士向四周环顾，张光祚也回头去看，不防张彦卿突然拔出腰刀，向张光祚头顶劈去，只听见砉然一声，张光祚的人头已经随着宝剑落到了地上。诸将听到有剑声，慌忙转过头来，只见一颗血淋淋的头颅，已在城上摆着，大家不禁瞠目结舌！张彦卿哭着向众将士说："这是我的爱子，劝我投降敌人，我张彦卿受李氏厚恩，为其尽忠义不容辞。这座城池就是我的葬身之地！诸位将士怕死想要投降的，尽管去，但是不要来劝我投降，如果有人想劝我投降，请看看我儿子的首级！”诸位将士听了，都深受感动，没有人再敢提投降这件事了。

就这样苦守了四十天，猛然间听到城外一声怪响，就好像天崩地塌一般。守城的士兵，被炸到了天上，城墙一下坍陷了十几丈宽，已经堵不胜堵，周军从城墙缺口杀入，一拥而入。原来是周主督攻一月有余，焦躁异常，于是命令军士在城墙上凿出了窟窿，里面塞满火药，线燃药发，便把城墙轰坍了，于是攻进了城里。张彦卿还在城里摆布兵阵，誓死巷斗，战到日暮，杀得枪折刀缺，还不罢休。后来又退到州府署衙，兵器都已经损坏了，张彦卿仍然拿着绳床搏斗，还杀死了十几个周军，自己也身负重伤，大声叫道："臣已经尽力了！"于是自刎而死。

郑昭业被周将所杀，剩余的几千名士兵全部战死，无一人投降。俗话说，杀敌一千，自损八百，周军此次也伤亡不少，周主大怒，下令屠城。从州署到民宅，一律放火烧毁，官吏百姓死了上万人。赵匡胤奉命四处围捕张彦卿的家属，无论男女，全都诛杀，唯独留下了张彦卿的小儿子张光祐，说是忠臣的遗裔不该全都杀害。等到屠城结束后，赵匡胤才请示周主，请求留张彦卿一脉，也使周朝的子民能像他们一样尽忠。那时周主怒气已消，于是批准了赵匡胤的请求。又下令修筑城垣，把百姓召回城里居住。

后来又接到郭廷谓的奏报，说唐天长军使易赟，已举城归顺，周主仍令易赟为刺史。亲自率兵从楚州出发，赶往扬州。韩令坤将其迎入城内，只见城里毫无居民，满目萧条。周主见城内空虚，特地命令在故城东南隅，另筑一小城，方便驻守。不久又接到黄州刺史司超的捷报，说是和控鹤指挥使王审琦一同击退了舒州军，捉拿了唐刺史施仁望，淮右到此就算大致安定了。

周主出巡泰州，后来又到了迎銮镇，进攻江南。他临江遥望，看见有十多艘敌舰，停泊在江心，即刻命令赵匡胤带着战船，前往攻击。敌舰不敢迎战，望风而去。赵匡胤一直追击到了南岸，毁掉了唐军营栅，方才收军驶回。第二天，周主又派都虞侯慕容延钊、右神武统军宋延渥水陆并进，沿江直下。慕容延钊带兵到了东沛州，大破唐兵，江南大震。

这时已经是周显德五年三月，即唐主李璟中兴元年。唐主听说周军已经兵临江边，害怕他们会即刻南渡，又耻于降号称藩，就想传位于皇弟李景遂，令他出面求和。李景遂本为皇太弟，但是上表辞位，说自己不能拯救国家于危难之中，并且自愿出就外藩。齐王李景达，因出师败还，也辞去了元帅一职。唐主于是改封李景遂为晋王，兼江南西道兵马元帅，李景达为浙西道元帅，兼润州大都督。立皇子燕王弘冀为太子，参治朝政，派枢密使陈觉，奉上表书到迎銮镇，谒见周主，贡献方物，并告诉周主他将要传位于太子，听命于周朝。

周主告诉陈觉说："你的主子要是诚心想要言和，何必又要传位呢？况且江北郡县还有庐、舒、蕲、黄四州以及鄂州汉阳、汉川二县，并没有归我所有。如果想要求和，必须即刻将这些城池献上，才可以商议！"陈觉跪在案前，不敢违命，只是说还要派人回去，再取表章回来。周主说："朕如果想要得到江南，并非什么难事，不但我军鼓勇争先，战胜攻取，就连荆南、吴越，也会助顺讨逆，来请求出兵会师呢。"说到这里，马上拿出两份奏表，拿来给陈觉看。陈觉一一接过来阅读，一表是荆南高保融，奏称本道舟师，已经到了鄂州，一表是吴越王钱弘俶，奏称已发战船四百艘，水军一万七千人，停泊江岸，听候军命。看完两份奏表，陈觉更加惶恐，且见迎銮镇一带，战舶如林，兵戈如蚁，大有气吞江南的气势，不由得毛骨悚然，磕了无数个响头，再三祈求。周主方这才说："你快去派人取奏表，割献江北，朕也是的放手时就放手，也不是一定要取你们江南。"陈觉听了，急忙拜谢而退，立刻派随员回到金陵，极力夸大周主的声威，劝唐主最好马上割让江北，以保全江南。

唐主不得已，于是再派閤门承旨刘承遇，到迎銮镇，愿将庐、舒、蕲、黄四州，及鄂州汉阳、汉川二县全部贡献给周主。只是乞求把海陵的盐监仍旧归于江南，周主不答应。经过刘承遇的苦苦哀求，并答应每年进贡军盐三十万石，周主这才答应了他的请求。此外如奉周朝为正朔，每年进贡礼物等条件，陈觉和刘承遇也都一一答应了下来，周主于是下令罢兵，且颁诏江南道：

皇帝恭问江南国主无恙，使人至此，奏请分割舒、庐、蕲、黄等州，画江为界，朕都已经知道了。历年多事，都不能尽玉帛之欢，到了近年，又酿成了干戈之役，两地交战兵将一直都未曾休息，百姓也痛苦万分。先前你派人来请求和解，现如今又派人带着书函来到这里，请割州郡，仍定封疆，态度诚恳，你都能做到如此，我又有什么苛求呢！特准许边陲停息烟火交战，将士们都收兵回京，永言欣慰，深切诚怀。其常、润一带，及沿江兵棹，现如今已经指挥退兵；两浙、荆南、湖南水陆兵士，都下令罢兵，以践行和约。言归于好，共享承平，朕对你寄予厚望啊！

陈觉、刘承遇，认为此行已经达到了目的，于是来到周主这里辞行。周主又对陈觉说："传位一事，大可不必，朕这里有一封亲笔信，劳烦你转交给你的主子便是了。"随即取书交给陈觉，陈觉与刘承遇再次拜谢而去。回到金陵后将周主原书呈与唐主。书中写着：

朕看到了你的来文，看出了你有传位的意思，虽然古人有引咎责躬、因灾致惧之举，但也不过如此了。况且你现在又血气方刚，春秋正盛，为一方之英主，得百姓之欢心。现如今南北才通，疆埸甫定，正是消除战争创伤，百废待兴之时，怎么可以辞去重任呢！与其仰慕伯仲叔季之道，不如行济世利民之行。况且天灾流行，分野常事，就算是前代的贤君也都不可避免的啊。如果现在开始就立德立行，那么后福就不远啦。勉修政务，勿忘经纶，才能保高义于初终，垂远图于家国。得以流芳百世，这岂不是一件美事吗？特此谕意，请君慎重考虑！

周主送走了陈觉等人，于是下诏吴越、荆南军各自回归本地。为了犒劳将士，于是周主赐钱弘俶帛二万匹，高保融帛一万匹，下令在庐州设置保信军，授命右龙武统军赵匡赞为节度使，自己从迎銮镇回到了扬州。唐主又派同平章事冯延已，给事中田霖，为江南进奉使，向周主献上犒军银十万两，绢十万匹，钱十万贯，茶五十万斤，米麦二十万石，附以表文。略云：

臣听说陛下孟津初会，仗黄钺以临戎，铜马既归，推赤心而服众。皇帝量包终古，德合上元，以其执迷未复，则薄赐徂征；以其向化知归，则俯垂信纳。仰荷含容之施，弥坚倾附之念。然以淮海遐陬，东南下国，亲劳玉趾，久驻王师，实在是惭愧。现如今六师返斾，万乘还京，合申解甲之仪，粗表充庭之实。望风陈款，不尽依依。

冯延己等人已经到了扬州，呈上表文，接着又派汝郡公徐辽、客省使尚全送上买宴钱二百万缗。同时又献上了一篇只有四六句的表文，原文如下：

伏以柏梁高会，展极居尊，朝臣咸侍于冕旒，天乐盛张于金石，莫不竞输宝瑞，齐献寿杯。而臣僻处偏隅，回承睠顾，虽心存于魏阙，奈日远于长安，无由觐咫尺之颜，何以罄勤拳之意！遂令戚属躬拜殿廷，纳忠则厚，致礼则微，诚惭野老之芹，愿献华封之祝。

周主接连得到了两份表书，特地在行宫赐宴。冯延己、田霖、徐辽、尚全，一并列座。徐辽代替唐主李璟捧上寿酒，并进贡金酒器、御衣、犀带、金银、锦绮、鞍马等物，周主也各有赠赐。宴会结束后，周主驱车启程返回京城。下诏晋升侍卫诸军及诸道将士的官阶，优待行营的将士，追恤临阵伤亡的各个家属，并对其子孙量材录用。新得来的淮南十四州六十县，所欠赋税，一律免除。当即授予唐将冯延鲁为太府卿，充任江南国信使，并以卫尉少卿前唐使钟谟为副，令其带着国书以及今年的历书，赶赴江南，并赐唐主御衣玉带，以及锦绮罗縠共十万匹，金器千两，银器万两，御马五匹，散马百匹，羊三百头，为了犒赏兵将们赐帛一千万匹。

唐主李璟看到国书之后，去除帝号，自称国主，用周显德年号，一切仪制，都降了一级；并因为周信祖的庙号为璟，特地将本名除去偏旁部首，改名为景。再派冯延鲁、钟谟到周都，奉上表书谢恩。周主下令在京师设置了进奏院，用来接待外来的使者，并升任冯延鲁为刑部侍郎，钟谟为给事中，仍然将他们派回了江南。正是：

连年争战苦兵戈，割地称臣始许和；

我为淮南留一语，国衰只为佞臣多！

第五十九回　五代第一贤主

却说唐使冯延鲁、钟谟被周主遣还后，又释放了南唐的降兵，一共五千七百五十人。后来又将许文缜、边镐、周廷构等唐将，也一并放归。先是冯延己、陈觉等人自诩多才，藐视一切，对天下大事夸夸其谈，以为收复中原这种事情可运于股掌之中。冯延己尤其擅长聚众吟咏，著有一百多首诗词，都是铺张扬厉，粉饰隆平的诗句。唐主李璟本来就喜好诗词，时常与冯延己互相唱和，两人的才华不相伯仲，李璟因此将他引为知己。翰林学士常梦锡多次进谏，极言冯延己等人只会说大话，没有一点能耐，不应该轻信他们。无奈冯延己此时正得唐主的欢心，你就是说的口干舌燥，喉咙冒烟也是无用！淮南之战打起后，唐兵节节败退，常梦锡又密谏说："冯延己等人诡言善辩，看起来像个忠臣，其实都是大奸臣。要是陛下再不觉悟，恐怕国家就要灭亡了！"唐主李璟仍然不从。后来李德明被杀，虽然是由宋齐邱、陈觉等人在一旁怂恿，但冯延己参与其中，与他们串通一气，斥责李德明为卖国贼，应该伏诛。不久，许文缜等人战败于紫金山，一同做了俘虏，陈觉与齐王李景达，从濠州逃回了金陵，国人都十分恐惧。唐主李璟召入冯延己等人，会商军事，唐主急得甚至哭了起来，冯延己还是一副有恃无恐的样子。枢密副使李征古，是冯延己的同党，他大声说："陛下应当治兵御敌才是，怎么能作这种小儿女的姿态，只知道对着我们哭泣呢？难道是喝醉酒了，或者是奶妈没来？"唐主听后，不禁变了脸色，而李征古却泰然自若，一点都不害怕。

这时，司天监奏报说天文有变，皇帝应该避位躲灾，唐主于是又召集群臣，说："国难没有消除，我打算让出皇位，国家大事可以托付给谁呢？"李征古抢先回答："宋公宋齐邱是国家的栋梁之材，有再造之能，陛下如果真的不想做皇帝了，何不把皇位传给宋公呢？"陈觉此时也在一旁插嘴说："李枢密所言甚是！陛下退位后，深居于内宫，国事尽管委任给宋公，先让宋公处理，然后再向陛下汇报，准能万无一失！臣等也可随时入侍，与陛下一同闲谈些老庄佛理了，岂不快活！"唐主听后，用眼睛看着冯延己，冯延己看样子也是这个意思。于是唐主命中书舍人陈乔草诏，准备把国事都交给宋齐邱处理。陈乔等群臣退去后，独自一人拿着写好的诏书，跪在地上密奏唐主说："宗社重大，怎么能交给别人呢？现在陛下如果签署了这道诏书，从此百官万民都会听命于宋齐邱了，那时一尺地，一个人，都不再归陛下所有了！就算陛下甘心淡泊，向往安闲自在的生活，可是当初烈祖创业是多么的艰难，难道就能一下子抛弃吗？古时有齐淖齿，赵李兑，近有让皇，这些人都下场陛下应该了解。抚今思昔，能不寒心吗？臣担心陛下大权一去，就算想安安稳稳地做个种田的老头恐怕都难！”唐主听后醍醐灌顶，惊愕地说：“要不是爱卿的话，朕差点落入贼人的圈套之中！”于是，将草诏当场撕毁，便带着陈乔进宫去见皇后钟氏以及太子李弘冀，并指着陈乔说对他们说：“这是我国的忠臣！以后国家有急难，你们母子可以把大事托付给他，我就算死也放心了。”于是，唐主开始认清现实，对宋齐邱、陈觉等人起了猜忌之心。

陈觉到周廷议和，回到金陵后，假传周主的诏命，说江南连年出兵抗拒周朝，都是由严续主谋，必须将他处死。严续是故相严可求的儿子，娶了唐烈祖李昪的女儿。他秉性刚正，不与宋齐邱等人往来。唐主任命他为门下侍郎，兼同平章事。陈觉一直与严续有毛段，于是故意借机诬陷。唐主心里已有三分明白，不忍心杀掉严续，只将他罢为少傅；并且令陈觉退出枢密院，任命他为兵部侍郎。并将左相冯延已，也罢除相位，降为太子少傅；罢黜枢密副使李征古，命他为晋王李景遂的副官。

等到钟谟南归后，听到陈觉等人怂恿唐主让位给宋齐邱，非常震惊，于是乘机向唐主进言说：“宋齐邱累受国恩，见危不能以命相救，反而图谋篡逆。陈觉、李征古等人暗中依附于他，助纣为虐，罪行实在难容，请陛下申罪正法！”那时唐主忽然想起了陈觉的话，便问钟谟说：“陈觉曾传周主的旨意，要求朕必须诛杀严续，爱卿在周廷有没有听说过这句话？”钟谟吃惊地说：“臣从来都没听说过，恐怕是陈觉捏造的。就是前时的李德明，与臣一同前去议和，他也无非是衡量敌我的强弱，审时度势之后才请求割地求和的。宋齐邱与陈觉说他卖国，于是把他给杀了。试问如今的陈觉前去通款，比起当初的李德明所请求的又怎么样呢？所以李德明因罪被杀，陈觉也应该有罪才对！”唐主沉吟了半天，才对钟谟说：“到底周主想不想杀严续呢？”钟谟又说：“臣敢肯定周主一定没说过这个话。陛下要是不信，臣可以再到周廷那里问个明白！”唐主点头，于是又令钟谟再带着表文入见周主，大概说自己先前久拒王师，都是臣昏愚所致，与严续无关，请周主加恩宽恕。周主看完表文后，不禁惊诧地说：“朕什么时候想杀严续了？就算严续主张抗拒朕，那时也是各为其主，朕又何必追究过去的事情呢？”钟谟于是又将严续的为人刚正，以及陈觉等人矫诏的情况报告给了周主，周主又说：“照你说来，严续是你国的忠臣，朕为天下之主，难道教人杀忠臣吗？”钟谟叩谢而归，报明唐主。

确定情况后，唐主非常恼怒，于是对宋齐邱等人起了杀心，并又派钟谟去禀告周主。周主说：“诛佞录忠，是你们国家的内政，我无权干涉！你的主子自有权衡，朕不会约束他。”钟谟赶紧回去报告了唐主，唐主于是命枢密使殷崇义草诏，历数宋齐邱、陈觉、李征古等人的罪行，流放齐邱到九华山，贬谪陈觉为国子博士，安置在饶州，夺李征古的官职，流放到洪州。陈觉与李征古失魂落魄地出了都门，途中又接到唐主的敕书，命令他们自尽。南唐五鬼，以陈觉为首，还有魏岑、查文徽已经病死，此外只剩下二冯，唐主却不再问罪，不久又升任冯延已为太子太傅，冯延鲁为户部尚书，宠用如故。

一天，唐主在内殿摆宴，从容地对冯延已说：“吹皱一池春水，何干卿事！”冯延已回答说：“这怎么能比得上陛下所咏的‘小楼吹彻玉笙寒’更为高妙呢。”当时江南已经是丧败不支，苟延岁月，君臣不能卧薪尝胆，反而各述曲宴旧诗，作为消遣，难怪南唐会一蹶不振，终致灭亡。宋齐邱到了九华山，唐主命地方官员，将宋齐邱锁在居宅里，限制他的自由，只在墙上挖个洞，送些饭菜给他吃。宋齐邱感叹说："我从前为李氏谋划，幽禁了让帝，并将他的族人全部杀死在泰州，天道不爽，理应及此，我也不想再活了！"于是悬梁自尽。唐主追谥号为丑缪，追赠李德明为光禄卿，赐谥曰忠。

不久，唐主又派人到周廷报告，同时进贡冬季的礼品。周主特派兵部侍郎陶穀报聘，陶穀一向很有才名，周主听说江南人士都擅长文学，所以特地让陶穀前去。陶穀来到金陵，见了唐主，吐属风流，温文尔雅，唐主对他肃然起敬，特命韩熙载陪客，殷勤款待。韩熙载素称江南才子，家中藏了非常多的书，陶穀向他借阅，并让自己的随从抄录，一时不能脱身。唐宫中有一个歌妓叫秦蒻兰，知书识字，色艺兼优，唐主命她到客馆中，充作女役。陶穀见她容颜秀丽，体态娉婷，已不禁暗暗喝彩，可是身为使臣，不便细问人家她的姓氏，还以为是驿吏的女儿，所以不敢唐突。谁知那秦蒻兰却故意撩人，有时眼角留情，有时眉梢传语，有时轻颦巧笑，有时卖弄风骚，惹得陶穀把持不住，不免与交谈了几句。偏偏她应对如流，不管什么诗歌她大多了如指掌，这更加令陶穀倾心钟爱，青眼垂怜，渐渐地亲近香肤，引为知己。美人解意，才子多情，孤男寡女，干柴烈火，哪有不移篙近岸，成就好事的？一宵好梦，备极欢娱。

第二天一早陶穀起床，那美人却已经不见了，接着一整天都没见到她。陶穀此时有些怀疑，恰巧韩熙载奉唐主之命，邀请他赴宴，陶穀不好推辞，便跟着一起去了。到了唐廷，内侍出来将他引入内殿，唐主已经站在台阶下等着了。一番寒暄过后，唐主请陶穀入席，并召歌妓跳舞助兴，陶穀非常矜持，唐主看了，微笑着说："先生来到江南也有一段时间了，一直住在馆舍之中，难道不嫌长夜漫漫吗？"陶穀回答说向韩熙载借了些书，每天以书为伴，不觉得寂寞。唐主又说："江南的春色，听说已经被先生采了一枝，你又何必相欺呢？"陶穀极力辩解，唐主付诸一笑，仍然举杯劝酒，陶穀饮了一二杯，忽然听见歌声悠扬，从屏风后面穿了出来。歌中唱道：

好姻缘，恶姻缘，只得邮亭一夜眠。

陶穀听了这两句话，已觉惊心，又有歌词继续唱道：

别神仙。琵琶拨尽相思调，知音少！再把鸾胶续断弦，是何年！

这首词的词牌名叫"春光好"，陶穀精通词曲，当然知晓。他料到唐主一定别有用意，于是连忙向屏风后看去，果然走出一位歌娘，似曾相识，微皱眉宇，仔细一瞧，正是昨夜相偎相抱的那个秦蒻兰！陶穀禁不住满脸通红，汗水直下，他当即起座谢宴，托言自己已经喝醉，不能再饮，向唐主告辞！唐主乘机嘲讽了几句，陶穀也只好装聋作哑，转身退去。第二天陶穀向唐主辞行，灰溜溜地回大梁去了。唐主戏弄了周朝的使臣，心里非常得意，这也不必多说。

再说南汉主刘晟听说唐为周所败，不免担忧。他自从篡位以后，猜忌骨肉，先后把刘弘昌以下的十三个弟弟，杀得一个不留。还有他的侄儿们也未能幸免，全部被屠杀。他还将几个长得漂亮的侄女充任后宫，强迫她们作为婢妾，并派兵入海，抢劫商贾的金帛，增筑几千间离宫，并在殿侧安置宫人，命她们值班打更，名为候窗监。每次宫中举行宴会，刘晟独自坐在殿廷间，而侍宴的百官都各结彩亭，列坐在殿旁的两侧房间里。酒宴完毕后，又命人把猛兽关在笼子里，送到殿上。刘晟下殿用弓箭射杀野兽，如果野兽没死，再用戈戟戮死，算作乐事。有一次，他半夜喝醉酒，把瓜放在伶人尚玉楼的脖子上，拔剑劈瓜，同时也把尚玉楼的脑袋也砍了下来。第二天酒醒，他召尚玉楼侍宴，左右说昨晚尚玉楼已经被陛下所杀，这才醒悟，叹息不已。后宫专宠的女人中，有两个李妃，一个叫李丽妃，一叫李蟾妃。还有宫女卢琼仙、黄琼芝有些姿色，并且心机很重，也被刘晟特授为女侍中，朝服冠带，参决政事。宦官中最受宠的是林延遇，诸王被杀都是由林延遇主谋。林延遇临死前推荐同党龚澄枢代替自己。龚澄枢狡猾奸诈，与林延遇是一丘之貉。南汉主不理朝政，权力都在嬖幸小人的手上。这时刘晟听说周廷征服了淮南，打算向周廷进贡，可是却为湖南所阻隔，不便来往，于是开始修造战舰，整治武备，打算自固。不久，他又叹息说："我自己得以免祸就行了，还要管什么子孙呢？"这时正好牛郎星与织女星之间发生月食，他命星术士占卦。术士说他在劫难逃，应该受灾。于是刘晟索性破罐破摔，仍旧纵情酒色，常常通宵达旦，渐渐地精枯色悴，病重而亡，时年三十九岁。

他的长子刘继兴嗣立，改名为刘鋹，尊故主刘晟为中宗。当时刘鋹只有十六岁，他把国事全都委给了宦官，其中龚澄枢、陈延寿权势最大，又进卢琼仙为才人，内政都取决于卢琼仙，台谏官却寥寥无几，并且不准参与国政。刘鋹喜好奢侈，修筑万政殿，一根柱子的费用就要白金三千锭。又建造天华宫，修筑黄龙洞，每天都要耗费千万两银子，可他却毫不吝惜。宦官李托有两个养女，都颇有姿色。李托将她们献入宫中，南汉主对她们大加宠爱，长女得以列为贵妃，次女也得以列为才人，一时并宠。还有一个波斯的宫女，黝黑的皮肤，高挑的鼻子，却也是光艳动人，性感媚人，由南汉主赐名为媚猪。尚书右丞钟允章想要整肃纲纪，惩治奸猾，宦官们当然不会放过他，于是诬陷他谋反，并逼着刘鋹对钟允章加刑，最后竟然灭了他的全族。刘鋹后来提拔李托为内太师，兼六军观军容使，国事都要禀明李托才能实行。刘鋹每天与大小李妃，以及波斯媚猪纵情淫乐，自称萧闲大夫，不再临朝视事。南汉朝廷的宦官多达七千多人，有的又加以三公三师的职衔，女官也不下数千人。陈延寿又引进女巫樊胡子，她头戴远游冠，衣着紫霞裙，踞坐在帐中，自称是玉皇附体，能够预知祸福，称呼刘鋹为太子皇。刘鋹非常迷信，常常到樊胡子那里求教。卢琼仙以及龚澄枢等人争相依附，樊胡子于是说卢琼仙、龚澄枢、陈延寿等人是上天派来辅佐太子皇的，不宜轻易加罪。刘鋹于是更加信任这几个人，视国事如同儿戏。只不过岭南地处偏僻，周天子无暇问罪，所以昏聩糊涂的刘鋹还能得以荒纵几年，直到赵宋开国才灭亡。这些都要留到《宋史演义》中再作详述，本书已临近结尾，就不叙谈这些了。

且说周主回都后，皇后符氏突然薨逝，享年只有二十六岁，周主赠谥号为宣懿。皇后的妹妹也颇有姿色，周主想将她册为继后，因为南征已经得手，又想着北讨，所以就没来得及办理此事。不久，即为显德六年，高丽、女真都派人来进入贡礼品。周主登临崇德殿，召见番使，命有司到处悬挂遍设乐器，以显示大汉的威仪。四面钟磬陈列，可有几处却只是虚设，周主并没有听到响声。等番使退朝后，周主召见乐工，问他为什么不在那几处击打钟磬。乐工说这是古时传下的规矩，所以不敢乱敲。周主再加诘问，乐工也不能多答，于是命端明殿学士窦仪，讨论古今的雅乐，考订缺失。窦仪说他不如王朴通晓乐律，于是周主命王朴订定乐律。王朴引经据典，写了一片奏章，上面写着：

臣闻礼以检形，乐以治心。形顺于外，心和于内，而天下不治者，未之有也。夫乐生于人心，而声成于物，物声既成，复能感人之心，是谓之乐。昔黄帝吹九寸之管，得黄钟正声，半之为清声，倍之为缓声，三分损益之，以成十二律，旋相为宫，以生七调为一均，凡十二均，八十四调而大备。遭秦灭学，历代罕能用之。唐祖孝孙考正大乐，其法始备，安史之乱，十亡八九，至于黄巢，荡尽无遗。时有博士殷盈孙，铸镈钟十二，编钟二百四十。处士萧承训，校定石磬，今之在悬者是也。虽有钟磬之状，殊无相应之和，其镈钟不问音律，但循环而击，编钟编磬，徒悬而已。丝竹匏土，仅有七声，黄钟之宫，止存一调；盖乐之缺坏，无甚于今。陛下临视乐悬，知其亡失，以臣尝学律吕，宣示古今乐录，命臣讨论，臣虽不敏，敢不奉诏！

王朴上疏后，援照古法，用秬黍定尺，一黍为分，十黍为寸，积成九寸，径三分，为黄钟律管。推演得十二律，作为律准。共分十有三弦，长九尺，依次设柱，系弦成声。第一弦为黄钟律，第二弦为大吕律，第三弦为太簇律，第四弦为夹钟律，第五弦为姑洗律，第六弦为仲吕律，第七弦为蕤宾律，第八弦为林钟律，第九弦为夷则律，第十弦为南吕律，第十一弦为无射律，第十二弦为应钟律，第十三弦为黄钟清声。声律调谐好后，用七律为一均，错成五音：宫声为主，徵声、商声、羽声、角声，互为联属。五音相续，迭声不乱，合成八十四调，然后配以笙簧，间以钟磬，凡四面乐悬，无不协响，合成节奏。无论何种歌曲，只要谱入乐声，都能应腔合拍，不快不慢。王朴又上言这个音律早就失传，只是臣的见解，希望得到百官的校正。周主于是命百官再行研究考证，百官大多是门外汉，晓得什么音律呢？彼此不过同声附和，都称王朴才高八斗，不是他们所能比得上的。于是周主命乐工演试，果然五声有序，八音和谐，乐得周主心花怒开，极称盛事。

周主又考究贡举的得失，务必录用真才实学的人，裁并了寺院，严禁旁门左道。平时周主也十分注重农事，下令工人用木头雕刻了一位农夫和蚕妇的雕像，放在殿廷上。并下令诸州，规定以一百户为一团，每团设置三位耆长，命他们管理民事，课耕劝稼。同时周主下令兴修水利，从汴口开掘人工河通往淮河，以利于通航，再将汴水导入蔡水，以便漕运，这些工程无论对国家还是百姓，都十分有益，众人无不拥戴。周主派遣王朴巡视汴口，督建斗门。工程告竣后，王朴路过故相李穀的府邸时，忽然发病，晕倒在座位上了。随从慌忙将他抬了回去，可终究还是医治无效，与世长辞，享年五十四岁。周主亲自前往吊丧，用玉钺叩地，再三痛哭，不能自已。左右从旁慰劝，周主仰天长叹：“难道上天不想让我平定中原吗？为什么这么就夺走了朕的王朴？”回宫后，一连好几天郁郁寡欢。王朴精通术数，很多预言都中了。周主志在统一中原，常常担心自己寿命有限，不能如愿以偿。一天他从容地问王朴，说他能做多少年的皇帝，王朴算了算，回答说：“陛下有心致治，以苍生为念，天高听卑，自然会受到上天的庇佑。臣本没什么才学，一知半解，推演数理，发现陛下可做三十年的皇帝。三十年后，就不是臣所能预料到了。”周主大喜道：“要是真如爱卿所言，朕可以做三十年的皇帝，那朕就用十年开拓天下，十年休养百姓，十年安享太平，朕平生的志向就算满足了！”后来征辽回师，随即晏驾，总计在位只有五年零六个月，好像与王朴的预言不符合。有人说五乘以六刚好三十，王朴不便直言相告，所以才用隐谜来回答。究竟王朴能不能预知未来，笔者也不敢断定，只好援据遗闻，随笔录叙。正是：

怀才挟术佐明王，天不假年剧可伤！
岂是庆陵将晏驾，先归地下待吾皇！

第六十回 陈桥兵变

却说王朴死后，周主失去了一个臂膀，但是他北伐的雄心仍旧不改，没过久便下诏亲征。

周主南征时，北汉主刘钧，乘虚袭击周的边境，发兵围困隰州。隰州刺史孙议得病暴亡，而后任又没有上任，突然听说河东来攻，不免惊惶。幸亏都监李谦溥暂时统领州事，他修缮城隍，整理兵备，准备防守，倒也是措置有方，不致失手。当时正值盛夏，河东兵冒着暑热前来围城，李谦溥带着两个小兵登城，监督士兵抵御，从容不迫，他身穿细葛布做的战袍，手挥羽扇，毫无慌张，有几分诸葛亮的模样。河东将士猜不透他，不敢猛攻。李谦溥暗中派人约建雄军节度使杨廷璋，各自率领几百敢死之士，趁夜抢劫河东的兵寨。河东兵猝不及防，仓皇逃散，李谦溥亲率守军开城追击，将他们往北赶了十多里，斩首数百级，隰州解围。

李谦溥当下奏报周主，周主即令李谦溥为隰州刺史，并命昭义军节度使李筠与杨廷璋联兵北讨，讨伐河东。李筠率军进攻石会关，连破河东六寨，杨廷璋仍命李谦溥前去入侵汉境，夺得一座孝义县城。北汉主刘钧不禁担忧，慌忙派人到辽国乞求援师。辽主述律不愿出兵，支支吾吾，敷衍了事，急得刘钧忧急万分。后来，刘钧再三通使请求援助，辽主这才授南京留守萧思温为兵部都总管，助汉拒周。那时，周主已经征服南唐，返回大梁，接得辽汉合兵入侵的消息，周主决定亲征。他想北汉这个跳梁小丑总仗着辽人的帮助，所以才敢这么嚣张。所以周主决定釜底抽薪，首先攻打辽国，辽人一败，北汉必定形势孤危，自然就容易扫平了。

计议已定，周主任命宣徽南苑使吴延祚留守汴京，宣徽北院使昝居润为副，三司使张美为大内都部署。其余各将各领马步诸军以及大小战船，赶赴沧州，自己亲率禁军作为后应。都虞侯韩通，由沧州治水道，节节进兵，立栅于乾宁军南，修补坏防，开出三十六水道，可直达瀛、莫诸州。周主也时来到乾宁军，观察地势，指示军机。安排妥当后，周主下令进攻宁州。宁州刺史王洪，自知不能守御，开城乞降。周主于是派韩通为陆路都部署，赵匡胤为水路都部署，水陆并举，向北长驱。车驾自御龙舟，随后继进。

北方各州县，自从石晋割让给辽邦后，好几年都没打过仗，突然听说周师入境，都吓得魂胆飞扬。所有的官吏人民，全都望风逃窜，周军顺风顺水，直逼益津关。益津关的守将终廷辉，登高向南望去，只见河中的敌舰一字排开，旌旗招飐，矛戟森严，不由得心虚胆怯，连打了好几个寒噤。他正想办法如何应对，正巧有一人到来，喊着让他开关，终廷辉低头一看，原来是宁州刺史王洪。终廷辉问他的来意，王洪但只说有秘事相商，需要进关面谈。终廷辉见他一人一骑，也不足畏惧，便开关放他进来。两人见面后，王洪先陈述自己降周的原因，然后劝终廷辉也率军出降，一来可以保全关内的百姓，二来还能保全自己的富贵。终廷辉有些犹豫，王洪又说，“此地本就是中国的版图，你我又是中国的人民，从前被时势所迫，没办法归属北廷。如今周师到此，我们正好可以重回祖国，岂不是好事，你又何必再迟疑呢？”终廷辉听了这番话，自然心动，便答应出降。

周主命王洪返回宁州驻守，留终廷辉守住益津关，并各派兵将助守。另外再派赵匡胤为先锋，率水军溯流西进，渐渐地水路促狭，不便行舟，于是舍舟登陆，入捣瓦桥关。赵匡胤到了关下，守将姚内斌见来兵不多，即率数千骑士出城截击。经赵匡胤大杀一阵，姚内斌的部下伤亡了几百人，这才退了回去。第二天，周主也倍道赶到，都指挥使李重进以下各将都带着人马相继到来。还有韩通一军，收降莫州刺史刘楚信、瀛州刺史高彦晖后，沿途没有丝毫阻碍，也到瓦桥关下会师来了。眼见周军云集，雄关唾手可得。

赵匡胤督军攻城，先在城下招降姚内斌，大概说王师前来，各城相继归降，单靠这区区的一个关隘，万难把守，不如见机投顺，还不失富贵，否则玉石俱焚，不要后悔！姚内斌沉默了很久，才回答说明日再给答复。赵匡胤也不强迫他，只是按兵不攻，静待回复。等了一晚，赵匡胤正打算再去攻关，正在此时，有探骑跑来报告，说敌将姚内斌已经开城投降了。赵匡胤等他到来后，带他去见周主。姚内斌拜倒在周主座前，周主也是好言抚慰，并授他为汝州刺史，姚内斌叩首谢恩，随起就带着周军入关。

周主随后设置酒宴，遍宴群臣，席间众人又商议进取幽州，诸将说：“陛下出师前后只有四十二天，没费多少工夫就南攻下了关南各州，这都靠陛下的威灵，才会有如此奇功啊。可是幽州是辽南的重地，一定会有重兵把守，将来一定会旷日持久，反倒对我们不利，不如见好就收吧，还请陛下三思！”周主听后，沉默不答。散宴后，周主便召指挥使李重进入帐说：“我军前来，势如破竹，关南各州县，都望风归降，这正是灭辽扫北的好机会，为什么要中道还师呢？且朕打算统一中原，平定南北，时不可失，所以朕决定继续前进！你可率军一万，第二天出发。朕随即统兵接应，不捣入辽都，誓不撤军！”李重进听后，料定很难劝阻，只好应声退出。随后，周主又传令，命散骑指挥使孙行友率骑兵五千，前往攻打易州，孙行友也奉旨而去。

李重进于第二天率军起行，大军行到固安时，只见城门洞开，守吏已经逃走，任周兵拥入。李重进命军士们暂作休息，另派哨骑探视路径。探马回报说固安县北有一安阳河，河水没有桥梁，又没有船只，想是辽兵担心我军追击，所以才拆桥藏舟，阻挡我们的去路。李重进闻报后，非常踌躇，忽然听说周主驾到，随即出城迎接，并禀明周主，前路有河水阻碍。周主一心想着进取，当即与李重进来到河水旁边探视，果然水势浩大，深不见底。巡视了一会儿后，周主便对李重进说：“这河水太深，不能趟过去，只好马上建筑浮梁，才能进兵。”李重进当然应命。周主于是命军士采木作桥，规定期限，一定要按时完成，而自己率领亲军驻扎在瓦桥关。

天有不测风云，人有旦夕祸福。周主忽然得病，一连好几天都没好转。那时孙行友已经攻下易州，擒住刺史李在钦，献入行营。周主抱病升帐，问他愿不愿意投降，李在钦偏偏抗声不屈，这下触动了周主怒意，当即被推出斩首。周主觉得身体支持不住，便退到了寝所。又过了两天，病情还是不见好转，当由赵匡胤入帐劝他回师。周主不得已，只好允许，乃改称瓦桥关为雄州，留陈思让居守，改益津关为霸州，留韩令坤居守，然后下令回京。

走到澶渊的时候，周主却逗留不行。宰辅以下的官员，只令他们在寝门外问疾，不许入见，众人都感到惶惑得很。澶州节度使，兼殿前都点检张永德，与周主是郎舅之亲，可以进入寝室，探问病情。张永德婉言进谏说："天下未定，国家的根本空虚，而四方的藩镇大多幸灾乐祸，盼望着京师发生变乱，好从中取利。如今澶州与汴州相距甚远，车驾要是不马上回去，恐怕会使人心摇动，愿陛下俯察实情，早日回都才是！"周主听后，非常不高兴地说："谁指使你说这些话的？"张永德说："群臣都有这个意思。"周主注视着张永德说："我知道你是受人指使，难道我不知道你的心意吗？"张永德听后，觉得莫名其妙。过了一会儿，周主又摇头说："我看你福薄命穷，怎么能当得起呢？"张永德听了这话，更加不知所云，只管低头不语。这时突然又猛得听见周主厉声说："你先退下吧，朕马上下令回京！"张永德慌忙退了出来，部署各军，专待周主出来。周主也即出帐，乘着辇车还都。

各给读者，你说周主为什么要疑忌张永德呢？原来周主因病南还时，途中病情稍微有些好转，便从囊中取出文书，处理军务，忽然看到一块木板，长约三尺，上面写着一行字迹，乃是"点检作天子"五个字！不由得惊异起来。他也不便询问左右，仍然将木板放到囊中，暗中思量石敬瑭是唐明宗的女婿，后来篡夺了唐朝的基业，建立了晋朝。如今张永德也娶了长公主，难道我周家天下也要被他篡夺吗？左思右想，也想不出头绪，等到张永德进账劝他回京时，心里忍耐不住，便透露了一些口风。张永德哪里知晓这个，当然摸不着头脑，只好搁过一边。

等到周主回京后，病体稍微好转，便册宣懿皇后的同胞妹妹符氏为继后，封长子宗训为梁王，次子宗让为燕国公。命范质、王溥两相，参知枢密院事。授魏仁浦为枢密使，兼同平章事，吴延祚也授予枢密使。都虞侯韩通得兼宋州节度使，加检校太尉，赵匡胤为殿前都点检，加检校太傅，兼忠武军节度使。此外文武诸官，也各有都迁调。唯独罢免了都点检张永德的官职，只命他为检校太尉，留奉朝请。朝臣们都非常惊疑，但又不知道周主葫芦里卖的什么药，只敢在私下里啧啧私议罢了。

先前周主身份卑微的时候，曾做了一个梦，他梦见有个神仙给了他一把大伞，颜色璀璨如金，还给了他一卷道经。周主看了看那卷道经，似解非解，醒来后还能记住几句。从此以后，福至心灵，言行举止无不合宜，深得郭威的信任，于是得以身登九五，据有大宝。征辽归国后，周主一直被疾病缠身，有时勉强视朝，一会儿便支持不住，下令退朝。御医每天诊治，终究无效。一天周主正卧床休养，恍惚间又见到了那位神人，向他索要大伞和道经。周主当即交还，又想向神仙询问以后的事，神仙却没有回答，拂袖而去。周主追上去，拽住了神仙的衣袖，求他告诉自己，可是突然听到一个人大声说话，一下子就被惊醒了。周主睁开眼一看，手里拉着的衣服原来是卧榻前一个侍臣的。就是梦中听见的声音，也无非是侍臣惊问自己，不由得自己也觉得好笑起来。周主转念一想梦中的情景，觉得很不吉利，便起床对侍臣说："朕做了一个很不祥的梦，恐怕是天命已去了。"侍臣安慰他说："陛下正值春秋鼎盛，福寿长着呢，梦兆不足为凭，请陛下安心！"周主说："你们哪里知道呢？朕不妨跟你们说说。"于是便将前后的梦境大致说了一遍。侍臣们仍然从旁劝解，可是自从周主做了这个梦之后，病情更加严重了。

显德六年六月，周主忽然已经到了弥留之际，他急忙召范质等人进宫接受顾命，并嘱咐立梁王宗训为太子，并命起用故人王著，担任宰相。范质等人遵命，等退出宫门后，他们互相商议说："翰林学士王著，整天买醉，怎么能做宰相呢？这件事只有我们几个人知道，不要让外人知道了。"众人都点头会意。当晚，周主竟然在万岁殿驾崩，享年三十九岁。可怜这年华韶稚的新皇后，正位还没有十天，忽然遭受如此大的变故，叫她如何不哀，如何不哭！还有梁王宗训，那时才七岁，晓得什么国家大事，眼见这寡妇孤儿，难以度日了。

宰相范质等人亲受遗命，奉着那七岁的小皇帝在灵柩前即了皇帝位。服纪月日，一依旧制，翰林学士兼判太常寺窦俨，追先帝谥号为睿武孝文皇帝，庙号周世宗，这年冬天葬入庆陵。总计五代十二君当中，要算周世宗最为英明。他文武参用，赏罚得当，并且深知民间疾苦，兴利除害，所以在位五年多来，武功卓著，文教斐然，驾崩之后，全国上下无不默哀。但他也不是没有缺点，纳李崇训的妻子为皇后，在夫妇伦常上还是不无遗议；另外他纵容生父柴守礼杀人，在父子一伦方面也留有缺憾；还有他脾气刚烈，因怒杀人，往往刑不当罪，不免有些急躁。但瑕不掩瑜，功足抵过。可惜周主郭荣享年不久，怀着雄心壮志抱恨而终，致使这对孤儿寡母受制人手，一朝变起，宗社沉沦。这或许天数使然，不是人力所能挽回的！

闲话少说，再说周幼主宗训嗣位后，一切政事，均由宰相范质等人主持，尊符氏为皇太后，恭上册宝。朝右大臣，也各有一番升迁，更不必多说。惟宋州节度使兼检校太尉韩通，调任郓州节度使，仍充侍卫亲军副都指挥使。改许州节度使赵匡胤为宋州节度使，仍充任殿前都点检，兼检校太傅。封晋国长公主张氏，即张永德的妻子为大长公主，令驸马都尉兼检校太尉张永德，为许州节度使，进封开国公。范质、王溥、魏仁浦、吴延祚四人都各加公爵。

北面兵马都部署韩令坤派人上报朝廷，说在霸州打败了五百辽国骑兵。周廷因为国家刚刚发生大丧，不便用兵，只命令守边各将，谨慎守住边疆，不要轻易出师。辽主述律，本来就沉溺酒色，没有南侵的志向。先前关南各州失守时，他曾对左右说："燕南本是中国的地界，如今仍然还给中国，有什么好可惜的呢？"北汉主刘钧，屡战皆败，也不敢轻易生事。不过三国的连界，彼此的兵将也难免发生矛盾，有些小规模的战事，但自从周廷指示他们谨慎驻守后，边境也还算安宁。

好不容易过了残年，周廷仍旧没有改元，沿称为显德七年。正月初一，幼主宗训也没有上朝，只是由文武百官进表称贺。突然接到镇定的急报，说是辽兵联合北汉，大举入寇，请朝廷马上派兵支援。宰相范质等人急忙进宫禀报符太后。符太后是一个年轻女人，怎么懂得军事呢？所以只能交给范质等人处置。范质等人商议一番后，决定派殿前都点检赵匡胤，会师北征，令副都点检慕容延钊为前锋，率兵先发。此外如高怀德、张令铎、张光翰、赵彦徽等人，陆续会齐，当即祭旗兴师，逐队出都。赵匡胤也辞别了朝廷，领兵出行。

京城这时却传起了一个谣传，说是点检将做天子，市民们多半都躲藏起来了。到底这个谣言是从哪里传出来，当时也无从考究。朝中大臣也有几个知道的，总觉得是空口胡说，不足凭信，那符太后和幼主宗训却全然不知。谁知道，正月初三出兵，正月初四的晚上，就从陈桥驿递来警报，急得满廷百官都不知所措。原来赵匡胤到了陈桥，竟由都指挥高怀德、都押衙李处耘、掌书记赵普等人与赵匡胤的弟弟赵匡义密商，推立点检为天子。这几个人忙了一晚上，把全军的将士都运动妥当，便于正月初四的早晨，一齐来到赵匡胤的寝所，高呼万岁。赵匡胤听到喊声后方才惊醒，刚要起起床到外面去看看，到底发生了什么事情，赵匡义就进来禀报了这件事。赵匡胤不肯答应，并出帐劝谕将士，可众人都拿着刀围着他，执意要拥戴他为天子。随后，高怀德捧入黄袍，披在赵匡胤的身上。众将校一律下拜，三呼万岁。赵匡胤还要推辞，偏偏众人根本不听，竟将他扶掖上马，强迫他领兵回到汴京。赵匡胤拉着缰绳对众人说："你们要是能听从我的命令，我就答应还都，否则我不能做你们的主子！"众人当人齐声允诺。于是赵匡胤与众人约法三章，一是不得惊犯太后母子，二是不得欺凌公卿大夫，三是不得侵掠朝市府库。经大众齐声答应，然后才整队回京。

殿前都指挥石守信、都虞侯王审琦，那时已经接到赵匡义的密报，大概知道了事情的来龙去脉。他两人与赵匡胤兄弟有莫逆之交，关系非常要好，所以也有心推戴赵匡胤。于是他们暗中传令禁军，放赵匡胤全军入城，禁军乐得攀龙附凤，没有什么异言。赵匡胤等人竟然安安稳稳地，率军抵达了大梁。刚进入都城，赵匡胤便先派属吏楚昭辅前去保护自己的家属。当时赵匡胤的父亲赵弘殷已经病逝，只有老母杜氏在家，接到消息后，杜氏惊喜地说："我儿向来具有大志，如今果然实现了！"

等到赵匡胤入城后，已是正月初五的上午。百官早朝，正在议论陈桥的消息，忽然见客省使潘美，驰入朝堂，报称点检由各军推戴，奉为天子，现已入都，专等大臣问话。范质等人仓皇失措，唯独侍卫亲军副都指挥使韩通慌忙退朝，打算集合部众出城抵御。途中他遇到赵匡胤的部校王彦昇，王彦昇大声对喊道："韩侍卫快去接驾，新天子到了！"韩通大怒说："天子还在宫中，哪里来的反贼敢来篡位，你们贪图富贵，去顺助逆，实在可恨！我劝你马上回头，免得受夷族之祸！"王彦昇还没等他说完，已经是怒不可遏了，随即拔刀冲了过来。韩通手无寸铁，怎么可能是他的敌手，没办法只好回身急奔。王彦昇不肯舍弃，紧紧追捕，韩通跑入家门，没来得及关上大门就被王彦昇闯了进来。王彦昇的手下还有十多名骑兵，也一拥而进，韩通赤身空拳，又无从躲避，竟被王彦昇手起刀落，砍翻在地，一道忠魂，奔入鬼门关去向周世宗诉冤鸣枉去了。王彦昇杀死韩通后，索性闯了进去，把韩通的一家老小杀得一个不留，然后出去禀报赵匡胤。

赵匡胤入城后，命将士一律归营，自己退居公署。不到半天，由军校罗彦瓌等人将范质、王溥等人，带到署门。赵匡胤哭着对他们说："我受世宗的厚恩，被六军胁迫到这里，真是愧对天地，该怎么办啊！”范质等人面面相觑，仓促之间不敢回答。罗彦瓌随即厉声说道：“我们没有主子，如今愿意奉点检为天子，如有人不肯从命，请试试我的剑！”说到这里，即拔剑出鞘，露刃相向，吓得王溥面色如土，降阶下拜，范质不得已也跪了下来。赵匡胤急忙下阶将他们扶起，让他们就座，商议即位的事宜。掌书记赵普在一旁，便提出效仿尧禅位于舜的先例，范质等人也只好唯唯相从。于是请赵匡胤到崇元殿，行受禅大礼。一面宣召百官，一直等到第二天天明，才看见百官齐集。由于事出仓促，他们没有禅位的诏书，没想到翰林学士陶穀已经预备好了。只见他从衣袖中取出一张纸，上面写的就是禅位的诏书。宣徽使引导赵匡胤登上王庭，北面拜受，随即登上崇元殿，传声衮冕，即皇帝位，受文武百官朝贺。

草草毕礼后，即命范质等人入内，胁迫周主宗训以及太后符氏移居西宫。这对寡妇孤儿哪能抗拒？符太后大哭了一场，带着幼主宗训去往西宫了。赵匡胤下诏，奉周主为郑王，符太后为周太后，并命人每年都要祭拜周室的陵庙。周朝到此就算灭亡了，总计周朝经历了三个皇帝，一共九年多，算作十年。不久，赵匡胤又将周郑王迁到房州，过了十二年后，周郑王死了，年仅一十九岁，追谥为周恭帝，周太后符氏后来也死于房州。

赵匡胤既为天子，改国号为宋，改元建隆，遣使者遍告全国的藩镇。所有内外官吏，都各自加官晋爵。追赠韩通为中书令，饬令有司依礼殓葬。并准备追究王彦昇的罪状，经过百官代为求情，才得以宽免。说也奇怪，赵匡胤即位后，那辽、汉合兵入侵的事情，却一字不提。华山隐士陈抟，听说宋主受禅，欣然地说：“天下从此太平了！”后来，果然像陈抟说的那样。

宋主嗣位初年，中原还有五个国家，除赵宋之外，就是北汉、南唐、南汉、后蜀，北方还有个辽国。其余为南方三镇，一是吴越，一是荆南，一是湖南。后来，经过宋朝遣兵派将，依次削平。只是辽主述律，后来被一个厨子所杀。嗣子耶律贤继位，尊先帝为穆宗。耶律贤不像他父亲那样嗜酒好色，他励精图治，辽国反而渐渐地强盛起来。辽国以后的君主一再相传，多次成为宋朝的祸患，这些事情都详叙在《宋史演义》中。本书只叙述五代的史事，把十三主五十三年的大纲，交到结束。读者如果想接着往下看，就请再看《宋史演义》就是了。笔者这里还有两首歪诗，来作为本书的收场。诗云：

六十年来话劫灰，江山摇动令人哀；
一言括尽全书事，军阀原来是祸胎。
频年篡弑竟相寻，礼教沦亡世变深；
五代一编留史鉴，好教后世辨人禽。